Jörg von Bargen · Die Abtrünnigen

Bibliografische Information der Deutschen Nationalbibliothek

Die Deutsche Nationalbibliothek verzeichnet diese Publikation in der Deutschen Nationalbibliografie; detaillierte bibliografische Daten sind im Internet über http://dnb.ddb.de abrufbar.

ISBN 978-3-89969-189-4

www.principal.de
Umschlagfoto: © hydebrink - Fotolia.com

Printed in Germany

Jörg von Bargen

Die Abtrünnigen

Kriminalroman

PRINCIPAL VERLAG

Der Autor:

Der promovierte Diplom-Kaufmann Jörg von Bargen studierte in Hamburg Betriebswirtschaft und Soziologie. Als Cuxhavener, der mehrere Jahre in Bremerhaven zur Schule gegangen ist und dort gelebt hat, verbinden ihn Elbe und Weser gleichermaßen. Schließlich münden beide in die Nordsee. Zuletzt arbeitete er als Pressesprecher einer Konzernholding, bevor er sich als Unternehmensberater selbstständig machte. Heute lebt er mit seiner Familie in Buchholz in der Nordheide.

Anmerkung des Autors:

Dieser Roman verfolgt nicht die Absicht, einen Beitrag zur Diskussion des Rechtsradikalismus in Deutschland zu liefern. Trotz der Aktualität dieser Entwicklung dient er der Unterhaltung. Dennoch bietet sich dieses Thema geradezu frei Haus an. Schließlich gab es in Hamburg-Bahrenfeld das erste Opfer der NSU-Morde zu beklagen, galt Tostedt in der Nordheide längere Zeit als Zentrum diverser rechtsextremer Aktivitäten. Nach der unmaßgeblichen Meinung des Autors sind es die Unterstützer radikaler Gruppierungen, die deren Erfolg erst ermöglichen. RAF oder NSU wären isoliert nie in der Lage gewesen, jahrelang ihre Verbrechen zu begehen.

Die Verdächtigen (neben allen anderen Personen) in diesem Buch sind frei erfunden und nicht etwa geheimen Unterlagen oder Recherchen entsprungen. Von einer These lässt sich der Autor allerdings nicht abbringen: Die Pannen, die den Ermittlungsbehörden speziell bei der NSU-Affäre unterlaufen sind, ausschließlich als Ausdruck von deren Inkompetenz zu betrachten, reicht ihm als Erklärungsmodell nicht aus. Hier vermutet er auf manchem rechten Auge den grünen Star im letzten Stadium. Hoffentlich sind diese Herrschaften aussortiert und von ihren Sesseln entfernt worden.

Buchholz in der Nordheide, im Juli 2015
Jörg von Bargen

Zum Buch:

Als Hauptkommissar Hilpert wegen des Mordes an einem ehemaligen Mitglied einer rechtsradikalen Gruppierung in Hamburg gerufen wird, muss er sich zügig von der Hoffnung verabschieden, seinen fünften Fall faktisch nebenbei lösen zu können. Es bleibt nicht bei einem Toten. Was anfangs eindeutig und klar erscheint, stellt sich als komplizierter heraus als erwartet. Eine Anwältin weist ihn auf einen Journalisten hin, der sich mit den rechten Aktionisten in mehreren Zeitungsartikeln kritisch befasst hatte. Dieser verschwand 2006 kurz vor Beginn der Fußballweltmeisterschaft in Deutschland. Sein Schicksal ist bis in die Gegenwart ungeklärt.

Durch die Aussage eines ehemaligen Weggefährten des Toten stoßen die Ermittler auf einen verlassenen Bauernhof in der Nähe von Tostedt in der Nordheide. Hilpert benötigt mehrere Anläufe, bis er die Rätsel, die das Gehöft birgt, vollständig gelöst hat. Als er sich verstärkt mit der ideologischen und insbesondere finanziellen Unterstützung der rechten Szene auseinandersetzt, nähert er sich Schritt für Schritt den Motiven für die Morde. Bei seinen Ermittlungen sieht er sich mit erheblichen Widerständen und Anfeindungen konfrontiert. Zeitweise steht er sich selbst im Weg und gefährdet den Erfolg seiner Arbeit. Auch in seiner eigenen Behörde stößt er auf rechtsradikale Strömungen und Korruption. Als er sich entscheidet, einen homosexuellen Oberkommissar aus Hannover in sein Team aufzunehmen, ist es bei einigen Kollegen vorbei mit Toleranz und Gleichmut.

Prolog

Hamburg, wenige Wochen vor der Fußball-WM 2006

Nachdenklich steckte er sein Handy in die Jackentasche und blickte sich misstrauisch in der Redaktion um. Niemand an den Nachbarschreibtischen hatte etwas von dem Inhalt seines Telefonats mitbekommen. Stimmte die Hälfte dessen, was ihm zugesagt wurde, stände er vor dem entscheidenden Durchbruch seiner Recherchen. Die 5.000 Euro, die ihm dafür als Honorar abverlangt wurden, waren geradezu lächerlich. Für die versprochenen Informationen hätte er, ohne zu zögern, das Zehnfache gezahlt. Seit Monaten hetzte er mit Kamera und Diktafon durch die Gegend und unterhielt sich mit Gott und der Welt. Gelegentlich ließ ein Befragter einen Hinweis wie eine Brotkrume fallen. Von wenigen Ausnahmen abgesehen, kam dabei nichts Weltbewegendes heraus. Alles blieb verschwommen, nicht fassbar. Er wusste, wo er hinwollte. Für seine Mutmaßungen legte er seine Hand ins Feuer. Trotzdem fehlten ihm Fakten und vor allem Namen. Er fühlte sich wie ein Kind, das lernen musste, dass es durch die Schaufensterscheibe zwar sah, was das Herz begehrte, diese gleichzeitig jedoch den Zugriff auf die schönen Dinge verwehrte. Die Stimme am Telefon versprach ihm all die Informationen, nach denen er bislang gelechzt hatte. Er war durch und durch Journalist. In ihm meldete sich das Fieber, das ihn stets erfasste, wenn er auf Enthüllungstour war. Er wusste, die spektakulären Geschichten kamen überwiegend durch Zuträger ins Rollen. Seit den ersten Anfängen in der Schülerzeitung an seinem Gymnasium träumte er davon, doch bis zum heutigen Tag war ihm der ganz große Schlag versagt geblieben. Nach wie vor war er Lichtjahre davon entfernt, den eigenen Namen unsterblich zu machen. Er war mit Mitte vierzig in einem Alter, in dem man sich den nächsten beruflichen Kick erhoffte. Viel länger durfte er nicht warten. Hinter ihm begannen die jüngeren Kollegen beiderlei Geschlechts mit den Hufen zu scharren. Eins, zwei, drei marschierten sie los, nahmen Tempo auf und stürmten an einem vorbei. Was wäre das für ein Einstieg in einen neuen Job, mit einer Artikelserie im

Gepäck, die die Gazetten bundesweit füllte. Auf dem Schreibtisch in seiner Wohnung lag ein Angebot, das er kaum ignorieren konnte. Es versetzte ihn vor allem in die Lage, diverse Brücken in Deutschland abzubrechen, die ihn in seiner Flexibilität behinderten. Seine Frauengeschichten begannen ihm über den Kopf zu wachsen. Er hasste es, wenn man versuchte, ihn unter Druck zu setzen. Er sah sich als Freigeist, der sich von niemandem gängeln ließ. Andere bezeichneten ihn als Egozentriker, der gedankenlos sein Vergnügen und vor allem Selbstbestätigung suchte. Ihm war deren Meinung gleichgültig.

Er ließ sich den Anruf auf der Zunge zergehen. Watergate kam ihm in den Sinn. Hatte er eine Geschichte mit ähnlicher Dimension in Hamburg aufgetan, eventuell eine Nummer kleiner, aber immer noch groß genug? War er auf dem Weg zum Olymp für Journalisten? Ab sofort musste er weitaus vorsichtiger agieren, als er es bisher getan hatte. Dass ihm bloß niemand die Story wegschnappte! Das Thema Rechtsradikalismus hatten viele auf dem Zettel. Die Kollegen von den großen Magazinen, von Rundfunk und Fernsehen schliefen ebenso wenig wie er. Selbst der freundliche junge Mann, der ihm gegenüber seinen Schreibtisch eingenommen hatte, wartete möglicherweise auf die Gelegenheit, über seine Schulter zu schauen, um nach vorne zu preschen. Er verschränkte seine Hände hinter dem Kopf und wippte leicht in seinem Sessel, als ihn eine männliche Stimme aufschreckte. »He, Maximilian, du siehst aus, als wolltest du alle Probleme dieser Welt lösen. Die können bestimmt bis morgen warten. Wir gehen ein Bier trinken. Kommst du mit?«

»Beim nächsten Mal jederzeit«, antwortete er freundlich. »Heute Abend steht leider ein Termin in meinem Kalender.«

»Alles klar.«

Er winkte dem Mann zu, der mit zwei Kollegen dem Ausgang zustrebte. Zehn Minuten später tat er es ihnen nach. Irgendwo in der Innenstadt wollte er eine Kleinigkeit essen gehen. So kurz vor einundzwanzig Uhr verblieb ihm ausreichend Zeit dafür. Anschließend konnte er sich bei einem großen Kaffee hinsetzen und sich auf seine Fragen konzentrieren, die er der Informantin stellen wollte. Er hatte eine Liste mit den Personen parat, die er interviewen wollte und die bislang wenig Lust auf seine Fragen hatten. Unter Umständen kam es auf die gar nicht mehr an. Gab es neue Namen? Waren es bekannte Bürger dieser Stadt? Erhielt er endlich das dringend notwendige Beweismaterial, das ihn in die Lage versetzte, Ross und Reiter zu nennen, ohne mit einstweiligen Verfügungen bombardiert zu werden, die einem die Glaubwürdigkeit zu nehmen drohten? Würde er durch seine Arbeit der rechten Szene in Hamburg und Umgebung einen empfindlichen Stoß zufügen können? Kam er an die Drahtzieher heran, die aus dem Verborgenen heraus die Aktivitäten finanziell unterstützten und intellektuell führten? Dieses Interesse erfüllte ihn gleichermaßen wie sein beruflicher Ehrgeiz. Er war beileibe nicht ohne Moral. Aufgekratzt setzte er sich in der Tiefgarage in seinen Wagen und fuhr zum verschlossenen Tor vor. Ein kurzer Ruck an dem herunterhängenden Seil und er war hoffentlich auf dem Weg zu neuen journalistischen Meriten. Enttäuschung gehörte zu seinem Job. Am Ende stand er oft genug im kurzen Hemd da. Er nahm es gelassen. Letztlich investierte er ein paar Stunden Zeit. Er wischte seine Befürchtungen mit einer Handbewegung zur Seite. Verstand er es nicht, mit Rückschlägen zu leben, hätte er einen anderen Beruf ergreifen müssen.

Das Gericht bei dem Italiener in der Nähe des Gänsemarkts war ordentlich. Mit Bedauern hatte er auf ein Glas Rotwein verzichtet und sich für Kaffee entschieden. Irgendwann hatte er genug davon getrunken. Seine Hände begannen schon zu zittern. Zum wiederholten Mal zog er die Namensliste aus seiner Tasche und notierte sich eine zusätzliche Frage, die ihm eingefallen war. Endlich konnte er einen Standortwechsel vornehmen. Er bezahlte seine Rechnung und stieg in seinen Wagen, den er an der Straße geparkt hatte. Ihm verblieb ausreichend Zeit, um pünktlich zu seinem Termin zu erscheinen.

Der Straßenverkehr hatte sich spürbar beruhigt. Inzwischen ging es auf Mitternacht zu. Da bewegten sich unter der Woche nicht mehr allzu viele Kraftfahrzeuge durch Hamburg. Hinterm Lenkrad seines BMW spähte er beim Anfahren in den Rückspiegel. Wurde er verfolgt? Nichts tat sich. Hinter sich gewahrte er das diffuse Licht der Straßenbeleuchtung. Gelegentlich kam ihm ein Fahrzeug entgegen. Die Stadt hatte sich mehr oder weniger zur Ruhe begeben. Das würde nicht lange halten. Als Erstes rief der Hafen nach seinen Knechten, die zur nächsten Schicht durften. Achtsam linste er nach vorne und verlangsamte die Geschwindigkeit. Er hatte sein Ziel erreicht. Bis zur Halskrause mit Adrenalin vollgepumpt, fuhr er in eine Parkbucht und atmete tief durch. Anschließend stieg er aus. Der mittelgroße Mann ließ sein Auto am Rand des Stadtparks stehen und bewegte sich ein paar Schritte davon weg. Er fröstelte in seiner leichten Lederjacke. Den Tag über hatten sie den prallen Sonnenschein genießen dürfen. Mittlerweile hatte es sich deutlich abgekühlt. Dafür war der Himmel sternenklar. Ein abnehmender Mond verbreitete schwaches Licht. Das Frühjahr nahm ebenso gern Anleihen beim Sommer wie beim Winter. Dieser späte Termin hatte sich relativ spontan ergeben, sodass er keine Zeit hatte, sich zu Hause mit wärmender Kleidung zu versorgen. Davon abgesehen, hätte er eh nicht daran gedacht. Vorsichtig sah er sich um und strich sich automatisch über das unrasierte Kinn. Dreitagebärte waren das Erkennungszeichen seiner Generation und seines Berufs als Reporter. Außer ihm war niemand auf der Straße zu sehen. Zu dieser Zeit gab es keine Passanten, die die frische Luft genossen oder auf den ausgedehnten Rasenflächen des Parks lustwandelten. Selbst die letzten Autos schienen sich zurückgezogen zu haben. Einige wenige standen abgestellt am Straßenrand. Leute, denen man um diese Zeit begegnete, wollte man lieber nicht treffen. Er wurde unruhig. War es ein Fehler, allein zu der Verabredung gefahren zu sein? Wen hätte er mitnehmen sollen? Jemanden aus der Redaktion? Als wollte er sich die Frage selber beantworten, schüttelte er den Kopf. Er war nie ein Teamplayer gewesen und teilte ungern Ruhm und Ehre. Es blieb ihm nichts anderes übrig, als die anstehende Arbeit allein zu erledigen und mit dem Risiko zu leben, dem er sich unter Umständen aussetzte. Da musste er durch. Er dachte an die bevorstehende Fußballweltmeisterschaft. Was würde sie bringen? Er war kein ausgewiesener Fan und verstand die Diskussion um den Trainer Klinsmann nicht. Der sich langsam anbahnenden Euphorie konnte und wollte er sich nicht entziehen. An allen Ecken wurde man darauf angesprochen. Er hatte sich sogar an einer Wette mit Kollegen beteiligt. Einen Zehner war ihm die deutsche Nationalmannschaft allemal wert. Nur an diesem Abend ging es um ganz andere Angelegenheiten als Fußball. Gebannt starrte er die Straße hoch und warf einen Blick auf seine Uhr, bis er die Lichter eines entgegenkommenden Autos gewahrte. Befreit atmete er auf und klopfte auf seine Jackettinnentasche. Er war vorbereitet. Er spürte den Briefumschlag, den er dort verwahrt hatte. Er knisterte, wenn er sich bewegte. Langsam ging er voraus. Der Wagen hielt wenige Schritte entfernt von ihm am Straßenrand. Die Scheinwerfer erloschen, der Motor wurde abgestellt. Die Fahrertür öffnete sich. Als er erkannte, wer da ausstieg, begriff er, dass er auf der falschen Hochzeit tanzte. Er wollte sich umwenden und davonlaufen, als ihn von hinten ein furchtbarer Schlag am Hinterkopf traf. Der Täter hatte sich bislang im Schatten einer stämmigen Eiche verborgen gehalten und musste ihn die ganze Zeit über beobachtet haben. Mittlerweile stand der Fahrer des Autos neben ihm. Er beugte sich zu dem Besinnungslosen hinunter und durchsuchte seine Taschen. Er ließ den Umschlag ebenso mitgehen wie den Schlüsselbund, die Brieftasche und den Zettel mit den Notizen. Zwei weitere Männer waren ausgestiegen und auf sie zugetreten. Einer der beiden überließ den anderen zwei den Kfz-Schein und den Autoschlüssel des am Boden liegenden Mannes.

»Die Kiste müsst ihr bis morgen über die Grenze gebracht haben. Dort könnt ihr sie verkaufen. Wir wollen nicht wissen, wo. Die Kohle gehört euch bis auf die fünf Scheine im Umschlag, die krieg ich.«

»Bis der Wagen als gestohlen gemeldet wird, hat der in Warschau längst einen neuen Besitzer gefunden«, erwiderte der Angesprochene gelassen. »Geile Sache.«

Wenig später war das Duo samt BMW entschwunden. Schneller konnten sie ihr Geld nicht verdienen. Die verbliebenen Männer griffen sich den Bewusstlosen und trugen ihn zu ihrem Auto. Völlig emotionslos öffneten sie den Kofferraumdeckel und hievten ihn dort hinein. Stöhnend bewegte der Verletzte den Kopf. Zögerlich raffte er, wie ihm geschah.

»Was wollt ihr von mir?«, fragte er gepresst. Dabei fasste er sich an die Wunde. Entsetzt starrte er anschließend auf seine blutverschmierte Hand. »Scheiße, was habt ihr da angestellt? Das ist nicht lustig.«

Einer der Männer antwortete: »Das hat niemand behauptet. 'n paar Leute woll'n sich mit dir unterhalten. Halt die Klappe, sonst zieh'n wir dir noch einen über den Schädel. Ich bin mir nicht sicher, ob dir das bekommen würde.«

»Was wird mit meinem Wagen?«

»Der musste leider eingezogen werden.«

»Was heißt das?«

»Er wird verkauft.«

»Spinnt ihr? Und das Geld? Was geschieht damit?«

»Das geht als Verkaufsprovision drauf. Das hat man davon, wenn man mit dem Feuer spielt. Du wolltest auf keine Warnung hören. Und jetzt die Hände nach vorne.« Der Journalist gehorchte. Der Mann vor ihm umwickelte sie fest mit Klebeband. Mit den Füßen geschah das Gleiche. »Untersteh dich, Krach zu machen. Du weißt, was dir blüht. Ich fackel nicht lang. Jetzt in der Nacht hört dich eh niemand.«

Mit einem Ruck schloss der Wortführer den Kofferraumdeckel, drückte ein Ohr dagegen und horchte. »Du kannst abzwitschern«, wandte er sich an den Mann neben ihm. Er reichte ihm den Schlüsselbund des Opfers, setzte sich in sein Fahrzeug und fuhr davon.

Er war als Letzter zurückgeblieben. Gemessenen Schrittes ging er zu seinem Wagen, der gut hundert Meter entfernt von dem Ort des Überfalls stand. Er lehnte sich gegen die Beifahrertür und zündete sich eine Zigarette an. Mittlerweile war die absolute Stille eingekehrt. Seine Hände zitterten, als habe er zu viel Alkohol getrunken. Er spielte mit dem Schlüsselbund in seiner Jackentasche und fühlte anschließend nach seinem Handy. Es würde dauern, bis ihn der Anruf erreichte. Er spähte in alle Richtungen. Es war nach wie vor ruhig. Ihre Aktion war von niemandem beobachtet worden. Das war kein Kavaliersdelikt, woran er sich beteiligt hatte. Seine Berufswünsche konnte er sich allemal abschminken, würde man sie erwischen. Und sie waren beileibe nicht durch mit allem. Momentan sah es nicht danach aus. Zufrieden warf er die Kippe fort und setzte sich hinter das Steuer seines Wagens. Er orientierte sich Richtung Innenstadt. Dort musste er seinen Job erledigen.

Als ihn eine gute Stunde später der erwartete Anruf erreichte, stand er längst vor seinem Bestimmungsort. Er stieg aus und sah sich um, bevor er die Straße überquerte. Einer der Schlüssel passte ins Schloss der Eingangstür des modernen Mehrfamilienhauses, das harmonisch zwischen zwei Gründerzeitgebäude geschmuggelt worden war. Er war froh, Turnschuhe übergezogen zu haben, so konnte er sich wenigstens leise die Treppen hinaufstehlen. Er wusste, die Freundin des überwältigten Journalisten wohnte im selben Haus. Erwartete sie ihn womöglich? Er hatte Glück. Nichts regte sich, als er an ihrer Tür vorbeiging. Eine Treppe höher hatte er sein Ziel erreicht. Vorsichtig schloss er auf. Niemand überraschte ihn, als er die Wohnung betrat. Er durfte keinen Lärm veranstalten, als er damit begann, sie zu durchsuchen. Er achtete peinlich darauf, keine Unordnung zu schaffen. Zufrieden beendete er zwanzig Minuten später sein Tun. Wie befreit stand er kurz darauf vor dem Gebäude. Alles war ruhig geblieben. Seine Beute schien auf den ersten Blick mager ausgefallen zu sein. Sie bestand gerade mal aus einem Notebook und einem USB-Stick. Selbst das Passwort für den PC hatte er gefunden. Niemandem stand in dieser Nacht der Sinn nach Geld oder wertvollen Preziosen. Mit einem Seufzer hatte er die Rolex-Uhr auf dem Schreibtisch des Journalisten liegen lassen. Die hätte ihm gut zu Gesicht gestanden. Für einen kurzen Moment überlegte er, ob er zurückgehen und sie sich greifen sollte. Ein paar Tausender gab es sicherlich dafür. Energisch schüttelte er den Kopf. Der Abend war erfolgreich genug für ihn. Inzwischen war es nach zwei Uhr. Die Straße war wie leer gefegt. In dieser Gegend kam es niemanden in den Sinn, frühmorgens betrunken nach Hause zu kommen und dabei fröhliche Lieder anzustimmen. Er setzte sich ans Steuer und fuhr sanft an. Kavalierstarts weckten gern ungebetene Zeugen. Akribisch achtete er bei der Weiterfahrt auf alle Verkehrsregeln. Bloß nicht von einer Kamera an einer Kreuzung ins Visier genommen werden oder einer Zivilstreife auffallen. Der Zufall hatte manchem das Genick gebrochen. Ihm sollte das nicht geschehen. Als er an dem vereinbarten Treffpunkt angelangt war, gab er seine magere Beute ab.

»Na, alles glattgelaufen?«, wurde er befragt.

»Meinst du, ich bin blöd? Mich hat niemand gesehen.« Er wies auf den Computer. »Ich schätze, darum ist es euch gegangen.«

»Kluges Kind. Was ist mit dem Kennwort?«

Er fasste in die Hosentasche und überreichte ein Stück Papier. »War leicht zu finden. Die Idioten verstecken es meist in der Nähe ihres Schreibtisches, da sie es ständig vergessen und keine Lust haben aufzustehen, wenn sie ihren PC öffnen wollen.«

»Hat er ansonsten keinen anderen Speicher verwendet?«

Seine rechte Hand spielte mit dem Stick in der Hosentasche. »Ich hab nichts gefunden«, log er frei drauflos.

»Gut, du kannst abhauen. Ich kümmer mich um das Material.«

»Willst du mich nicht mitnehmen?«

»Fahr schön nach Hause. Was jetzt ansteht, sollte dich nicht scheren. Je weniger du weißt, desto besser ist es für dich.«

»Was wird aus unserem gemeinsamen Freund?«

»Was soll mit dem geschehen? Er kriegt, was ihm zusteht. Das wurde längst Zeit.«

»Wenn du meinst.«

Er hatte keine Lust, sich mit seinem Gegenüber zu streiten. Ihn interessierte vielmehr brennend, was in dieser Nacht passieren würde. Seine Fantasie gaukelte ihm einiges vor. Fröhlichkeit wollte dabei keine aufkommen. Scheinbar gelassen winkte er ab und gähnte herzhaft. »Ich bin müde und will schlafen. Macht von mir aus, was ihr wollt. Ich hab meinen Job erledigt und fahr nach Hause.«

»Besser so.«

Er streckte die Hand aus. »Was ist mit der restlichen Kohle? Sie wurde mir für diese Nacht zugesagt.«

Sein Gesprächspartner reichte ihm einen Umschlag. »Du brauchst nicht nachzuzählen.«

»Das hatte ich nicht vor.«

Nachlässig steckte er den Umschlag ein. Für das Geld hatte er hervorragende Verwendung. Wenig später trennten sie sich. Auf dem Weg nach draußen befiel ihn ein ungutes Gefühl. Was sollte er tun? War es angesagt, tief in der Nacht durch die Gegend zu gurken, um mitzubekommen, was mit dem Journalisten geschah? Egal, wie er die Dinge betrachtete, er steckte mittendrin. Kam ihnen die Polizei auf die Fährte, ging er wegen Beihilfe in den Kahn. Beihilfe wozu? Schwere Körperverletzung, Raub oder mehr? Blieb es an dieser Front ruhig, störte er seine Komplizen eventuell als unzuverlässiger Mitwisser. Sie jagten ihm mehr Angst ein als die Staatsmacht. Sie waren unberechenbar und brutal. Egal, wie er die Dinge drehte und wendete, es war für ihn allemal vorteilhafter, über den weiteren Ablauf des Abends informiert zu sein. Er hatte vorsichtshalber seine Videokamera eingesteckt. Vielleicht gelangen ihm ein paar aufschlussreiche Aufnahmen, mit denen er sich den Rücken freihalten konnte. Entschlossen wendete er sein Fahrzeug und orientierte sich Richtung Elbbrücken. Ihm war klar, wo er hinmusste, obwohl es ihm niemand erzählt hatte. Glücklicherweise waren seine Kumpel leicht zu durchschauen. Eine dreiviertel Stunde später hielt er in der Nähe seines Ziels, einem niedersächsischen Bauernhof. Er parkte an der Straße und bewegte sich vorsichtig hin zum Grundstück. Er stapfte über die breite Zufahrt. Links von ihm stand das Haupthaus. Davor entdeckte er zwei Autos und ein Motorrad. Er wusste von einer Scheune, die halb rechts daneben stand. Er hatte sich hier des Öfteren aufgehalten, sodass er keine Taschenlampe benötigte. Er musste bloß aufpassen, dass er nicht über liegen gebliebene Gerätschaften stolperte. Der Hof war alles andere als sonderlich aufgeräumt. Ordnung war nicht gerade die Stärke der gelegentlichen Bewohner der Liegenschaft. Was lag, das lag und rottete vor sich hin, da ein alter Eimer, dort ein abgebrochener Spaten. Rechts von der Scheune erblickte er im schwachen Mondlicht bei näherem Hinsehen einen Haufen Kalksandsteine und einen Zementmischer. Das war neu. Wollten die etwa bauen? Seltsam. Weshalb wusste er nichts davon? Vielleicht war es gut so.

Plötzlich öffnete sich die Haustür und jemand trat heraus. Die Sichtverhältnisse waren zu schlecht, als dass er die Person hätte erkennen können. Bestimmt war es jemand aus ihrem Haufen. Der kahle Kopf und die wuchtige Figur sprachen dafür. Vorsichtshalber trat er zur Seite und nutzte den Sichtschutz, den eine Eiche bot. Dabei stieß er gegen eine Gießkanne. Entsetzt hielt er sich die Hand vor den Mund. Der Mann blieb stehen und schaute sich um, bis er sich von ihm entfernte. Kurz darauf vernahm er das startende Motorrad. Diese Gefahr war an ihm vorbeigezogen. Er bezweifelte, dass er freundlich behandelt worden wäre, wäre er erwischt worden. Seine Beliebtheit hielt sich in ihrer Gruppe in Grenzen. Da wurde schnell mal zugelangt, ohne groß zu fragen. Langsam wurde ihm mulmig. Er war im Begriff, sich abzusetzen, als kurz hintereinander zwei größere Limousinen auf den Hof fuhren. Gespannt verharrte er in seinem Versteck. Mehrere Leute betraten das Haus. Er kannte sie alle. Vorsichtig schlich er zu dem geöffneten, hell erleuchteten Fenster. Die Beteiligten hielten sich in der Küche auf. Von hier aus bekam er einen guten Überblick über die Personen in dem Haus. Sie redeten leise miteinander, sodass er nicht mitbekam, worum es ging. Was er sah, reichte ihm völlig. Es ließen sich hervorragende Bilder mit der handliche Videokamera machen. Er nahm jeden auf, den er vor seine Linse bekam. Sie waren viel zu beschäftigt, als dass es ihnen in den Sinn kam, in seine Richtung zu blicken. Davon abgesehen stand er im Dunkeln. Mit dem Rücken zu ihm saß ein gefesselter Mann auf einem Stuhl. Vor ihm stand ein Riese, der gerade zu einem Schlag mit der flachen Hand ausholte. Einer der Anwesenden redete auf den Geprügelten ein. Er hörte das Patschen und das anschließende Stöhnen. Der Getroffene antwortete auf eine Frage, die er nicht verstand. Der Großgewachsene wandte sich von ihm ab und setzte sich an den Küchentisch vor ein geöffnetes Notebook. Er vernahm das Tackern der Tastatur. Vorsichtig fasste der Mann in seine Jacketttasche und entnahm ihr etwas, vermutlich eine CD. Er stellte sich dabei geschickt an, sodass die anderen Personen in dem Raum davon nichts mitbekamen. Kurz darauf schloss er den Computer und sagte etwas in den Raum hinein. Ihm schwante nichts Gutes. Er bewegte sich näher ans Fenster heran. Was er mitbekam, überstieg seine ärgsten Befürchtungen. Jemand griff nach einer Waffe, die auf dem Küchentisch lag und zielte auf den Gefesselten. Hastig drückte er den Auslöser. Als der gedämpfte Schuss fiel, atmete er tief durch und wandte sich entsetzt ab. Er wollte sich vom Acker machen, als die Haustür abermals geöffnet wurde. Eine Person eilte hinaus, gefolgt von einer zweiten. Er schaffte es gerade noch hinter die Eiche. Sie schauten nicht nach links und rechts.

Vielmehr redeten sie aufgeregt miteinander, stiegen in eines der Fahrzeuge und fuhren davon. Hoffentlich fiel ihnen nicht sein Wagen auf, den er wenige Meter von der Zufahrt entfernt abgestellt hatte. Er hatte Glück. Er wollte sich abwenden, als erneut ein Schuss fiel. Er musste weg von hier. Langsam wurde es ihm zu gefährlich. Mit einem flauen Gefühl in der Magengegend eilte er zu seinem Fahrzeug. Was er gesehen hatte, reichte ihm. Man konnte nicht jeden Tag einen Mord beobachten und für die Nachwelt festhalten. Würde man ihn jetzt entdecken, ging es um mehr als um ein paar Maulschellen. Sie würden ihn kalt lächelnd über die Klinge springen lassen. Dafür kannte er die verbliebenen Anwesenden zu gut. Was hatte er erwartet? Dass sie den Gefesselten beschimpften oder ein paar Schläge auf die Nase verpassten und anschließend nach Hause gehen ließen? Dafür war die Aktion zu aufwendig. Doch Mord? War das von Anbeginn an geplant gewesen? Und er Idiot mittendrin! Er setzte sich hinters Steuer seines Wagens und registrierte, wie ihm übel wurde. Das hatte er so nicht gewollt. Sein Magen begann sich zu drehen. Er riss die Wagentür auf und übergab sich. Er war bei Weitem nicht so cool, wie er geglaubt hatte. Kurz darauf kam ihm die Limousine entgegen, die er vor dem Haupthaus gesehen hatte. Er duckte sich so gut er konnte. Niemand interessierte sich für ihn. Er atmete tief durch, bevor er nervös anfuhr, mit feuchten Händen wendete und beinahe im Straßengraben gelandet wäre. Mehr schlecht als recht nahm er Fahrt auf. Die Rücklichter des Fahrzeugs vor ihm entfernten sich zügig, da er bewusst langsam fuhr. Er wollte nur noch weg von diesem Ort, ohne ins Blickfeld der Leute vor ihm zu geraten. Er verstand gerade mal einen Teil des Geschehens. Was er gesehen hatte, reichte ihm.

Die nächsten Tage las er aufgeregt die Zeitungen und schaute die Nachrichten im Fernsehen. Schon bald stierten ihn dicke Schlagzeilen an, erreichten ihn hektische Kommentare. Nur allmählich stellte sich bei ihm die alte Gelassenheit ein. Mit jedem Tag, der verging, wurde es ruhiger um den Verschwundenen. Er dachte angestrengt darüber nach, was er mit seinem Wissen anfangen sollte. Seine Betroffenheit hatte sich längst gelegt. Einfach zur Tagesordnung überzugehen, war nicht drin. Grinsend fuhr er sich mit beiden Händen durchs dünne Haar. Ihm war eine brillante Idee gekommen. Aus der Not eine Tugend zu machen, war eine seiner größten Stärken. Er musste es geschickt anstellen, durfte nichts übereilen. Bloß keine Hektik! So zu tun, als sei nichts geschehen, war angesagt. Mitleid mit dem Opfer stellte sich bei ihm nicht ein. Letztlich hatte es selber Schuld. Wie hieß es so schön: Wer sich in Gefahr begibt, kommt darin um. Wichtig war, dass das Sprichwort nicht auf ihn zutraf. Er streichelte über seine handliche Kamera. Sie hatte ihm gute Dienste geleistet und würde ihm künftig ebenso hilfreich sein. Er verfügte über einen kleinen Schatz. Es gab Tage, da ergriff einen das Gefühl, die Zukunft im eigenen Sinn gestalten zu können. Heute war so einer. Er musste nur die Ruhe bewahren. Für ein schlechtes Gewissen fand sich bei ihm kein Raum.

Deutschland, während der Fußball-WM 2006

Die Straße schien so ausgestorben, als habe jemand ein Ausgehverbot verordnet. Dabei war es taghell. Das Wetter konnte besser nicht sein. Es war angenehm warm und trotzdem hielt sich das Gros der Menschen zu Hause auf. Ein früherer Tante-Emma-Laden war vor Jahren zu einem provisorischen Versammlungsraum umfunktioniert worden. Die beiden ehemaligen Schaufenster waren mit schwarzer Farbe übermalt worden, sodass man nicht hineinschauen konnte. Lautes Stimmengewirr und Grölen drang aus den verräucherten Räumlichkeiten nach draußen. Im tiefsten Altona störte das niemanden. Beschwerden war nicht zu erwarten. An diesem Tag wurden keine weltanschaulichen Diskussionen geführt, obwohl die Embleme an der Putzfassade des Hauses auf eine politische Organisation hinwiesen, die eindeutig am rechten Rand angesiedelt war. Fußballschauen war angesagt. Die WM hatte breite Massen mobilisiert. Vom Hilfsarbeiter bis zum Universitätsprofessor, vom Grünen bis zum unverbesserlichen Nazi, Männlein wie Weiblein. Deutschland auf dem Weg ins Endspiel, wie man hoffte. Drinnen war während des Spiels reichlich Alkohol getrunken worden. Auf dem ausladenden Holztisch standen angebrochene und leere Bier- und Schnapsflaschen, auf Gläser war weitgehend verzichtet worden. Im Rund saßen sieben Männer, die sich langsam aus ihrer Schockstarre lösten. Ihre Haare waren kurz geschoren, Bomberjacken und Springerstiefel ergänzten das klassische Outfit des engagierten Rechten. Man mochte meinen, sie waren einem der Fernsehspiele des ZDF entlehnt worden, die sich kritisch mit politischen Strömungen in Deutschland auseinandersetzten und gern um Mitternacht unter Ausschluss der Öffentlichkeit gezeigt wurden. Die besonders Mutigen waren an allen möglichen Stellen ihres Körpers tätowiert. Einer von ihnen hatte ›Hass‹ auf seine Fingerknöchel einfräsen lassen. Seine Gesinnung konnte er nicht deutlicher zum Ausdruck bringen. Trotzdem ging es diesmal ausschließlich um Sport. Niemand hatte Interesse, etwa über die Aktion zum Geburtstag des Führers zu fabulieren. Sie diskutierten heiß das Fußballspiel, das gerade zu Ende gegangen war. Man regte sich über die Taktik des Bundestrainers auf, die den Sieg der eigenen Mannschaft verhinderte, über die wie gelähmt spielenden Nationalspieler, die dem Gegner weit unter ihrem Niveau entgegentraten. Die Diskussionen änderten nichts an der Tatsache, dass Deutschland wie gehabt gegen Italien verloren hatte. Der Sommertraum hatte eine ordentliche Delle bekommen. In der Runde baute sich, beinahe physisch spürbar, eine sich ständig steigernde Aggressivität auf. Einer der Besonneneren konnte in letzter Sekunde verhindern, dass eine Bierflasche im Fernseher landete. Als die wilde Meute beschloss, die Niederlage irgendwo in der Stadt zu rächen, zog einer von ihnen für sich die Reißleine. Da er der Einzige in der Gruppe war, der studierte, hielt sich sein Einfluss auf die anderen in Grenzen. Er passte nicht dazu, trotz seiner eindeutigen Kleidung. Obwohl betrunken wie die anderen, schaffte er es einigermaßen elegant, sich von seinem Stuhl zu erheben. Mahnend versuchte er auf die Leute einzuwirken. »Ihr wisst, dass wir uns während der Weltmeisterschaft zurückhalten und keine Bimbos klatschen sollen«, warf er ohne echte Überzeugung ein. Rülpsend landete er wieder auf seinem Platz.

Neben ihm saß jemand, auf den die Anwesenden eher gehört hätten. Der maß gut 1,95 Meter und verfügte über einen durchtrainierten massigen Körper. Dieser hielt sich bislang zurück. Er hatte sich wohl noch keine eigene Meinung gebildet oder musste erst den letzten Schluck aus der Flasche verarbeiten.

»Hört, hört«, erklang es aus der Runde, »der Herr Student scheißt sich in die Hose.«

Der Kritisierte hielt sich zurück. In dieser angespannten Situation war es angebracht, den Mund zu halten. Der eine oder andere seiner Kumpel hätte kein Problem damit, mit der Klatscherei bei ihm zu beginnen. Er war der Einzige, der sich den Kopf nicht rasiert hatte und der nicht tätowiert war. Das stieß manchem bitter auf. Viele sahen ihn skeptisch von der Seite an, meinten, er habe bei ihnen nichts zu suchen. Er passte nicht zu diesen Leuten. Das wurde ihm trotz des Alkohols nie klarer als in diesem Augenblick. Im Gegensatz zu ihm äußerte sich sein Nachbar. Er erhob sich leicht schwankend von seinem Stuhl. Seine Stimme klang überraschend klar. »Ihr lasst Christoph gefälligst zufrieden. Der hat andere Aufgaben, als auf unsere Gegner einzudreschen.« Er wies mit dem Zeigefinger auf einen der Glatzköpfe, der am lautesten geschrien hatte. »Oder willst du künftig unsere Resolutionen schreiben? Wir warten geradezu auf dich als Chefideologen. Fang an zu üben. Am besten, du lernst als Erstes das Alphabet. Dabei bloß keine Buchstaben vergessen. Es sind verdammt viele.«

Grummelnd griff der Gescholtene nach seiner Flasche. Gegen Knut Paulsen kam keiner von ihnen an. Er war der stärkste und der mutigste Mann in ihrer Gruppe. Und er war selbst im Kopf schneller als die meisten von ihnen. Paulsen blickte sich um und wandte sich an Christoph, der rechts von ihm saß und ihm dankbar zunickte. Leise sprach er auf ihn ein: »Am besten, du verschwindest. Ich sorg dafür, dass dir keiner folgt. Noch 'n paar Biere und es geht hier rund. Wer weiß, was den Idioten alles einfällt. Ich will niemandem deinetwegen 'ne Kopfnuss verpassen müssen. Wir sind Kameraden. Der Feind steht draußen, nicht drinnen.«

»Okay, ich hau ab, Knut, danke.«

»Wir seh'n uns.«

Mit einem Ruck stand Christoph Grothe auf. Auf wackeligen Beinen verließ er das Vereinslokal der Rechtsliberalen Front. RLU prangte auf ihren Jacken, wenn sie gemeinsam auf die Straße gingen. Sie hatten vor und während des Spiels kräftig zugelangt. Der Alkohol begann seine Wirkung zu zeigen. Grothe orientierte sich nach keiner Seite, als er unsicher die Hauptstraße überquerte. Zu seinem Glück bildeten sich nach verlorenen Spielen keine Autokorsos. Die gönnte man der eigenen Mannschaft ausschließlich, wenn sie siegreich war. Auf der anderen Straßenseite beugte er sich vor und übergab sich auf den Bürgersteig. Unwillig wischte er sich mit dem Handrücken über den Mund. Säuerlich stieß er auf und gab ein wenig grüne Galle ab. Aus dem Eingangsbereich einer Drogerie löste sich eine Gestalt und ging auf den Angetrunkenen zu.

»Na, Christoph, habt ihr die Niederlage anständig begossen?«

Erstaunt blickte er auf und erkannte den Mann, der ihn angesprochen hatte. »Klar, Dr. Siebert, so, wie es sich gehört.«

Der anfangs verbindliche Ton des älteren Mannes wurde um einige Nuancen schärfer. »Wie lange willst du dich mit diesen Idioten abgeben? Meinst du nicht, es ist höchste Zeit, sich umzuorientieren?«

Der junge Mann stierte den etwa fünfzigjährigen Mann unwillig an. »Das sind meine Freunde. Auf die kann ich mich verlassen.«

»Freunde? Tumbe Schläger sind das!«

»Wo gehobelt wird, da fallen Späne.«

»Klugscheißer, du vergisst, dass es denen nicht primär um die Sache geht. Die wollen Blut sehen. Du müsstest intelligent genug sein, das zu begreifen.«

»Was haben Sie gegen eine nationale Gesinnung? Bisher kam es mir nicht so vor, als fühlten Sie sich in der linken Ecke wohl.«

»Red keinen Blödsinn! Die Zeiten sind zumindest in Deutschland vorbei, in denen politische Ziele auf der Straße durchgesetzt werden. Ganz im Gegenteil, diese Idioten machen alles kaputt und schrecken die Menschen ab. Schau sie dir an, deine Freunde. Die seh'n zum Fürchten aus. Ich stelle mir gerade vor, meine Nichte tauchte mit solch einem Typen bei mir auf.« Er schüttelte sich. »Da wird einem speiübel. Du gefährdest deine künftige Karriere mit diesem Umgang. Wo willst du dein zweites Staatsexamen vor diesem Hintergrund machen? In Weißrussland?«

»Da bin ich optimistisch. Das wird sich finden.«

»Ein Scheißdreck wird sich finden!«, vernahm er in seinem Rücken die kräftige Stimme von Knut Paulsen, der ihm gefolgt war. »Der Doktor hat recht. Das was diese Idioten auf der anderen Straßenseite wollen, hat mit unseren Zielen längst nichts mehr zu tun. Wenn die Blut sehen, geht es ihnen gut. Die haben keine politischen Ideale.«

»Danke, Herr Paulsen, vielleicht hört Christoph ja auf Sie«, ließ sich Siebert vernehmen.

»Ich werde mich drum kümmern.«

Der große Mann packte seinen Freund und stützte ihn auf dem Weg nach Hause. Knut Paulsen vertrug den Alkohol deutlich besser als Grothe. Fraglos half ihm dabei seine Masse. Später unterstützte er ihn beim Entkleiden und verließ ihn erst, als er fest schlief. Er beschloss, in nächster Zeit auf ihn aufzupassen. Entschied er sich, aus der RLU auszusteigen, konnte man anschließend nicht zur Tagesordnung übergehen. Ihre bisherigen Freunde hatten sicher etwas dagegen.

Die Ereignisse sollten sich am selben Abend überstürzen. Die national gesinnten glatzköpfigen Herren unterschätzten die massive Polizeipräsenz in Hamburg während der Fußballweltmeisterschaft eindeutig. Auf Schlaumeier wie sie warteten zu ihrem Leidwesen gut ausgebildete Beamten, die endlich beweisen konnten, dass ihr Training nicht umsonst war. An diesem Abend verbrachten die RLU-Mitglieder die Nacht im Gefängnis. Mancher von ihnen hatte Blessuren davongetragen. Nachgerade katastrophal für sie war, dass sie erkennungsdienstlich erfasst wurden. Für Aktionen aus der Tiefe des Raums waren sie damit verbrannt. Christoph Grothe begriff bei nüchterner Analyse, dass er sich bisher mit den falschen Leuten abgegeben hatte. Entschlossen zog er sich von seinen ehemaligen Gesinnungsgenossen zurück. Mit den Konsequenzen seiner Entscheidung musste er sich die nächste Zeit befassen. Zu seinem Erstaunen folgte ihm Knut Paulsen. Ihm war es die kommenden Monate zu verdanken, wenn Racheaktionen der ehemaligen Kumpane ins Leere liefen. Zwei, drei Attacken wusste Paulsen konsequent zu unterbinden. Danach wurde es ruhiger. Trotzdem war beiden bewusst, dass sie nicht vergessen waren. Sie galten als Verräter. Und Verrat durfte nicht ungesühnt bleiben. Grothe begriff später, wie wichtig es für ihn war, diesen Weg gegangen zu sein. Die Dinge liefen für ihn wie am Schnürchen. Er schloss sein Studium und das anschließende zweite Staatsexamen erfolgreich ab. Vorsichtig arbeitete er erneut an einer politischen Karriere, obwohl sich dieses Vorhaben anfangs wie ein Spießrutenlaufen gestaltete. Erst nach seiner Eheschließung mit Andrea Peterson holte er sich für den Standort Hamburg den erforderlichen Ritterschlag. An der Reederfamilie kam in der Hansestadt kaum jemand vorbei. Sie verfügte über beides: eine lange Tradition bis zurück ins vorletzte Jahrhundert und ein beachtliches Vermögen. Seine neue Partei legte enormen Wert auf gute Kontakte zur Wirtschaft und hatte keine Einwände gegen großzügige politische Spenden. Peterson senior war ein generöser Mensch, der aus seiner konservativen Seele keinen Hehl machte. Niemand brachte den Mut auf, sich offen gegen seinen Schwiegersohn zu stellen.

1

Der letzte Frühjahrssturm hatte manchen Baum entwurzelt. Armdicke Äste waren wie Streichhölzer abgeknickt worden. Trotzdem war Hamburg von dem ganz großen Chaos verschont geblieben und ging zur Tagesordnung über. Die Wege und Gräber auf dem Ohlsdorfer Friedhof waren weitgehend wiederhergestellt worden. An vielen Stellen kümmerten sich Angehörige oder Gärtner liebevoll darum, die Schäden, die Wind und Regen angerichtet hatten, zu beseitigen. Sie taten es unaufgeregt. Schietwetter gehörte zu Hamburg wie der Sand zur Wüste. Welcher Beduine beklagte sich darüber in der Sahara? Man richtete sich darauf ein. Vor einem der Gräber stand ein hoch aufgeschossener, gut aussehender Mann in den Dreißigern. Er ließ die Hände kraftlos hängen, bückte sich, legte einen kleinen Blumenstrauß auf das Grab und starrte auf den Grabstein. »Petra Hilpert«, murmelte er, »geborene Wellner. Was hast du verbrochen, dass du so jung sterben musstest?«

Er erhob sich und trat einen Schritt zurück. Seine Lippen bewegten sich. Er sprach kaum vernehmbar zu sich oder besser zu ihr. Unbewusst begann er zu erzählen, was in letzter Zeit geschehen war. Ob seine verstorbene Frau ihn hörte? Konnte sie Trauer darüber empfinden, ihr Kind nicht aufwachsen zu sehen? Oder war sie nunmehr von allem Leid befreit? Ihm kam ein Lied in den Sinn, in dem der Interpret beklagte, dass das Leben nicht fair sei. Fabian Hilpert wischte sich die Tränen mit der Hand aus seinem Gesicht. Petra war völlig überraschend kurz nach der Geburt ihres gemeinsamen Kindes gestorben. Nach wie vor hatte er Probleme, damit zurechtzukommen. Seine Tochter konnte gerettet werden. Sie und ihre Mutter hatten nur wenige Augenblicke etwas voneinander. Er sah Marias kleines Gesicht vor sich, in dem er vermeinte, seine verstorbene Frau zu erkennen. Sie hatten sich auf ihr Kind gefreut. Er liebte es so sehr, dass er aufpassen musste, es nicht zu sehr für sich zu vereinnahmen. Glücklicherweise gab es da die Großeltern, die ein gehöriges Wörtchen mitredeten. Petras Tod kam für sie, für die Ärzte, völlig überraschend. Ihr gesamtes Vermögen hatte nicht gereicht, ihr Leben zu erhalten. Bis heute konnte oder wollte ihm niemand konkret die Todesursache nennen. Die lapidare Aussage des Chefarztes war, dass so etwas gelegentlich passierte. Die Geburt eines Kindes sei nach wie vor für Mutter und Kind mit erheblichen Risiken verbunden. Hatte man im Krankenhaus wichtige Untersuchungen vergessen? War geschlampt worden und hatte man sich nicht ausreichend auf Komplikationen eingestellt? Anfangs hatte er über Rache und Vergeltung nachgedacht. Fragte sich bloß, an wem er sich rächen sollte. Untersuchungen wollte er einleiten lassen. Hätte er eine Obduktion verlangen sollen? Was hätten ihm die Ergebnisse gebracht? Keinesfalls Petra. Er musste sein Schicksal hinnehmen. Entschlossen wandte er sich ab und machte sich auf den Rückweg. Sein Wagen stand in der Nähe einer Kapelle. Wären da nicht die Gräber, man könnte die Stille eines gepflegten Parks genießen. Unwillkürlich fiel sein Blick auf die Grabsteine und er fing ungewollt an zu rechnen. Es gab mehr Menschen, die zu jung starben, als man vermuten mochte. Er ließ die kleine Kapelle rechts liegen und ging auf seinen Wagen zu. Wenn er früher in Wellingsbüttel zu tun hatte, war er manches Mal am Ohlsdorfer Friedhof vorbeigefahren. Nun gab es gute Gründe, ihn gelegentlich aufzusuchen. Neben seinem Wagen stand ein Mann, die Hände vor der Brust verschränkt. Wenige Schritte später erkannte er seinen Schwiegervater. Matt winkte er ihm zu. Sie begrüßten sich mit einer Umarmung, wie es Menschen taten, die einander mochten.

»Na, Fabian, alles in Ordnung am Grab? Du bist heute früher unterwegs als sonst.«

»Ich wollte nachschauen, ob alles okay ist. Es war nicht erforderlich. Der Gärtner hat nach dem letzten Sturm so großartig aufgeräumt, als sei nichts passiert. Alles ist tadellos wie zuvor.«

Traurig blickte Wellner zu Boden. »Es ist leider nicht mehr viel, was wir für Petra tun können.«

»Falsch, Paul, wir tun mehr. Das Wichtigste ist unsere Maria. Wir müssen dafür sorgen, dass sie anständig durchs Leben kommt. Das hätte Petra so gewollt. Finanzielle Probleme wird sie nach menschlichem Ermessen keine bekommen. Wir müssen uns um ihre Seele kümmern. Da funktioniert kein Geld. Es stört eher.«

Der Blick des Mittfünfzigers verklärte sich. »Die kleine Terroristin. Das kriegen wir gebacken. Deine Eltern leisten ganze Arbeit. Und ich darf mitmachen. Überleg mal, sie bekommt selbst gemachte Kindernahrung, hergestellt aus biologisch angebautem Obst aus dem Alten Land, Gemüse aus Vierlanden, geprüft und zubereitet von deiner Mutter oder der Köchin.«

Hilpert lachte kurz auf. »Und mein Vater, der arme Kerl, wird seitdem gesund ernährt. Butter, andere tierische Fette, alles wurde aus dem Eisschrank entfernt. Nichts mehr mit Schweinshaxe zum Mittagessen und Weizenbrötchen mit frischem Mett zum Frühstück.«

»Und wer denkt an mich? Spätestens zum Abendessen greift das eiserne Regiment deiner Mutter ebenso bei mir. Unsere Köchin ist ganz verzweifelt.«

»Ja, sie kann gnadenlos sein. Nun mal ehrlich, wie stehst du dazu?«

»Das Essen schmeckt ja. Außerdem hat sie recht, wenn sie sagt, dass unsere Maus ihre Großeltern braucht und diese allein deshalb so lang wie möglich leben müssen. Und ...«, er klopfte auf seinen Bauch, »ich habe drei Kilo abgespeckt, ohne dass es wehgetan hat. Sie ist mit Geld nicht zu bezahlen.«

»Da kann ich dir nur zustimmen. Niemand kann sie kaufen. Sie muss dich mögen, wenn sie dich mit ins Nachtgebet einschließen soll.«

Wellner legte seinen Arm um Hilperts Schulter. »Sie ist genauso großartig wie ihr Sohn.«

Aufkommende Rührseligkeit wurde durch Hilperts Handy unterbrochen. Konzentriert horchte er hinein und antwortete knapp: »Ich komme.« Er reichte seinem Schwiegervater die Hand. »Ich muss los, es gibt einen Toten in der Regerstraße in Bahrenfeld.«

»Können die dich nicht mal auf dem Friedhof zufriedenlassen?«

»Mörder nehmen keine Rücksicht, auf Ermittler erst recht nicht.«

»Pass auf dich auf.«

»Keine Angst, ich mache diesen Job seit Längerem.«

»Gerade deshalb. Da neigt man zu Leichtsinn.«

Zügig verschwand Hilperts Golf aus Wellners Blickwinkel. Er gönnte ihm, dass er den Tod seiner Frau überwinden würde. Er war zu jung, um sich als trauernder Witwer im dunklen Anzug die fröhlichen Volksmusikanten anzusehen. Sein Schwiegersohn war fester Bestandteil seiner Familie geworden und er hätte ihn gern in sein Unternehmen eingebunden. Das allerdings vergeblich. Hilpert war Polizist durch und durch. Er umfasste seinen kleinen Blumenstrauß fester und machte sich auf den Weg zum Grab seiner Tochter. Keine dreißig Jahre alt war sie geworden. War das der Preis für ihren ökonomischen Erfolg? Ihm kamen die Kennedys in den Sinn. Die mussten sehr viel stärker über Generationen leiden. Trösten wollte es ihn nicht. Irgendwo machte es ihm eher Angst.

Der Verkehr war wider Erwarten fließend, als habe jemand für den Hauptkommissar die grüne Welle geordert. Nirgendwo behinderte ihn eine Baustelle. Das nächste Wasserrohr würde irgendwann platzen, das nächste marode Siel an anderer Stelle den Verkehr gnadenlos zum Stocken bringen. Bekam jemand aus der Verkehrsbehörde mit, dass es in Hamburg tatsächlich Strecken gab, die relativ gut zu befahren waren, würde garantiert jemand dazwischenschlagen. Busbeschleunigungsspuren waren der große Hit geworden. Der Erfinder dieser Verkehrseinrichtung war mit Sicherheit kein Fan der Regierungspartei. Er grinste in sich hinein. Eine Stadt mit dem unbeständigen Wetter, den regelmäßigen Verkehrsinfarkten und der brutalen Mietsituation musste etwas an sich haben, was sie von anderen unterschied. Kurz darauf hatte Hilpert sein Ziel erreicht. Er stellte den Wagen ab, wo er für sich eine Lücke erspähte. Einen eifrigen Uniformierten, der ihn des Feldes verweisen wollte, wedelte er mit seinem Ausweis zur Seite. Beflissen hob der das rot-weiße Absperrband für ihn hoch. Er orientierte sich nach vorne. Das einstmals hell verputzte Haus hatte in der Vergangenheit bestimmt bessere Zeiten gesehen. Eine Überarbeitung der Außenhaut mit Spachtelmasse und Farbe hätte ihm gutgetan. Augenscheinlich wurde gerade das Nötigste veranlasst, um das Gebäude vor einem GAU zu bewahren. Hilpert wies sich ein zweites Mal gegenüber einem Uniformierten vor der Eingangstür aus und wurde durchgelassen. Das Treppenhaus litt erwartungsgemäß ebenfalls unter einer gewissen Vernachlässigung. Wenigstens war alles sauber. Noch stemmten sich die Bewohner gegen den Verfall.

In der Erdgeschosswohnung empfing ihn Bernd Stange. »Ah, da bist du ja. Ich hab dich vermisst.«

»Ich war auf dem Friedhof.«

Er nahm den Freund in den Arm. »Dort alles in Ordnung?«

Hilpert nickte knapp und streifte sich Plastikschuhe und Handschuhe über. Die Leute von der SpuSi bestanden darauf, dass die Ermittler keine Spuren verunreinigten. Sie und ihre Kollegen von der KTU waren starke Partner bei ihrer Arbeit. Ihnen durften sie nicht in den Arm fallen. Die Zweizimmerwohnung passte sich dem Eindruck, den das Haus von außen vermittelte, nahtlos an. Das Mobiliar war alt und verschlissen, manches Elektrogerät in der Küche nicht mehr verwendungsfähig. Soweit Hilpert seiner Nase und seinen Augen trauen durfte, legte der Mieter zu Lebzeiten keinen besonderen Wert auf Sauberkeit und Ordnung. Der Gestank ließ sich gerade so aushalten. Wer hier gelebt hatte, war am Ende der Talsohle seiner Existenz angekommen. Am Küchentisch hockte ein großer, kräftiger Mann. Sein Kopf war auf die Tischplatte gesunken. Seine Arme hingen schlaff herunter. Äußerliche Gewaltanwendung war nicht zu erkennen. Vielmehr schien es, als sei er am Tisch eingeschlafen. Vor ihm standen eine halb leere Whiskyflasche und ein Glas mit einem Rest an Alkohol. Die Verpackung der Flasche war auf den Boden gerollt. Daneben lag eine aufgebrochene Schachtel mit Schlaftabletten. Eine Hand des Toten ruhte auf etwa 20 leeren Kapseln. Die Menge hätte allemal gereicht, einen Nashornbullen ins Land der Träume zu entsenden.

»Na ja, ist ein langer Kerl«, meinte Hilpert ironisch, als man ihn darauf hinwies. »Da ist jemand auf Nummer sicher gegangen.«

»Der Tote heißt Knut Paulsen«, informierte ihn Stange.

»Und wer hat ihn gefunden?«

»Seine Schwester. Sie meinte, sie würde gelegentlich nach dem Rechten schauen. Paulsen hatte nach ihrer Aussage ein Alkoholproblem.«

»Okay. Was suchen diese Kapseln auf dem Tisch?«

»Die bestehen aus Glyzerin und haben das Schlafmittel enthalten. Irgendjemand hat sie auseinandergebaut und das Zeugs ins Glas geschüttet. Der Tote hat es allem Anschein nach zusammen mit dem Alkohol zu sich genommen. Die Menge reichte mit links aus, ihn umzubringen.«

»Ihr seid euch da sicher?«

»Nicht so ganz. Momentan gehen wir vom Augenschein aus. So gelassen, wie der am Tisch hockt, fällt meines Erachtens eine andere Todesursache aus.«

»Wissen wir, wie lange er tot ist?«

»Nach Aussage vom Doc starb er letzte Nacht so zwischen eins und zwei. Genaueres nach der Autopsie.«

»Klar, es ist wie wir es kennen. Geh bitte mit in die Gerichtsmedizin.«

»Selbstverständlich.«

»Du tust mir damit einen Gefallen. Ich habe nachher ein Vorstellungsgespräch.«

»Du willst dich nicht etwa verändern, Fabian?«

»Nein, ein Kollege aus Hannover möchte zu uns wechseln.«

»Das ist gut, wir müssen personell in jedem Fall nachlegen.«

»Sehe ich genauso.« Hilpert wies auf die Kapseln. »Ich möchte, dass die auf DNA-Spuren hin untersucht werden.«

»Hast du einen Verdacht?«

»Das wäre zu viel gesagt. Warum soll sich ein Alkoholiker, der sich das Leben nehmen will, der Mühe unterziehen, das Schlafmittel rauszupulen und ins Glas zu schütten. Wahrscheinlich hatte der zu Lebzeiten zittrige Hände. Guck dir seine Pranken an. Der hätte damit jedem Gorilla Konkurrenz gemacht. Es wäre allemal logischer gewesen, er hätte die Dinger geschluckt und ordentlich mit seinem Stoff nachgespült. Schau auf den Tisch. Darauf sind keine Spuren des Medikaments zu finden. Hätte er die Dinger auseinandergenommen, wäre sicherlich was verschüttet worden. Oder meinst du, der hat nachher alles sorgfältig abgewischt, bevor er seinen Abflug gemacht hat? Sieh dich um, der Knabe war zu Lebzeiten garantiert kein Putzteufel.«

»Du gehst von Mord aus?«

»Ich halte das für äußerst wahrscheinlich. Mag sein, dass ich mich irre. Apropos Finger, dass nicht vergessen wird, Abstriche davon zu machen. Es müssten sich Spuren des Zeugs darauf nachweisen lassen, sollte er Selbstmord begangen haben.«

»So schlau sind wir auch gewesen.«

»Großartig, wenn auf meine weisen Ratschläge verzichtet werden kann, dürfte nichts mehr schiefgehen.«

Wie bei der Bundeswehr klackte Stange die Hacken zusammen. »Jawohl, Herr Unteroffizier.«

Hilpert grinste in seine Richtung. Stange war mehr Freund als Mitarbeiter. Auf ihn konnte er sich verlassen wie auf sich selbst. Aus dem Nebenzimmer kam jemand von der Spurensicherung auf sie zu. »Seltsam, der Tote muss eine Art EDV-Freak gewesen sein. Was er nebenan aufgebaut hatte, war vor wenigen Jahren absoluter Stand der Technik. Bis heute kann man damit vernünftig arbeiten.«

»Nehmt den Computer auseinander. Vielleicht findet sich darin was Interessantes.«

»Danke für den Tipp«, reagierte der Kollege leicht verschnupft. »Den hätten wir ansonsten in der Ecke stehen lassen, so alt, wie der ist.«

Hilpert zwinkerte ihn verlegen an. Er neigte gelegentlich dazu, sein Umfeld mit Selbstverständlichkeiten zu nerven. Er blickte sich im Wohnzimmer um und trat an ein kleines Buchregal. Neben ein paar zerfledderten Kriminalromanen und der Broschüre einer Bank standen darin mehrere Lehrbücher, die sich mit dem Maurerhandwerk befassten. Er ging davon aus, dass der Tote diesen Beruf erlernt hatte. Einen anderen Grund sah er für das Vorhandensein dieser Literatur nicht. Das war kein Stoff, den man abends zur Unterhaltung im Bett oder auf dem Klo las.

Er wandte sich Stange zu. »Es laufen hier genug Leute herum, da werde ich mich ins Präsidium verabschieden und kann darauf verzichten, den Klugscheißer zu spielen. Denk dran, ich will, dass jede einzelne Kapsel auf Spuren von ihm untersucht wird. Das gilt ebenso für die Packung.«

»Ich sag den Jungs von der KTU Bescheid.«

»Wenn ich dich nicht hätte.«

»Ja, ich bin zu gut für diese Welt. Meine Mutter sieht das ähnlich. Nur meine Frau nicht, die ist leider ausgebüxt, wie wir beide wissen.«

Hilpert wandte sich dem Ausgang zu. Es war Zeit sich zu sputen. Bislang floss der Verkehr. In etwa einer Stunde wäre er zu Fuß schneller. Im Gehen winkte ihm ein Kollege von der Spurensicherung zu. Neugierig blieb er stehen. »Na, was hast du für mich?«

»Die gesamte Wohnung ist sehr systematisch untersucht worden. Selbstmord können wir uns schenken. Der vermeintliche Täter hat versucht, alles so herzurichten, wie es vorher war. An den verwischten Staubspuren kann man es am deutlichsten erkennen.«

»Irgendwelche Fingerabdrücke?«

»Schön wär's.«

»Wir haben es also definitiv mit einem Mord zu tun. Danke für den Hinweis.«

»Das ist mein Job.«

2

Gegen halb drei saß Hilpert überraschend pünktlich hinter seinem Schreibtisch. Es hatte sogar zu einem Mittagessen in der Kantine gereicht. Für neue Informationen zum aktuellen Mordfall war es eindeutig zu früh. Davon abgesehen wollte Stange ihm persönlich Bericht erstatten, sobald er zurück war. Folglich hatte er Muße, sich auf das anstehende Vorstellungsgespräch einzustellen. Die Bewerbungsunterlagen, die ihm vorab zugeschickt worden waren, wiesen auf einen gewissenhaften Polizisten hin. Mit Anfang dreißig würde er vom Alter her gut ins Team passen. Er klappte die dünne Mappe zu, lehnte sich zurück und dachte an seine Tochter, von der er viel zu wenig hatte. Die hatte es immerhin geschafft, dass seine Eltern in die Villa nach Blankenese gezogen waren. Unter normalen Umständen hätte es nicht einmal ein Bulldozer leisten können, sie nur einen Millimeter von Buchholz wegzubewegen. Und gleich nach Hamburg in die große Stadt. Für die Hausangestellten war sie die Prinzessin. In Gedanken versunken schreckte er hoch, als er ein Hüsteln vernahm. Vor ihm stand ein mittelgroßer schlanker Mann. Die dunklen Haare trug er kurz. Hilpert erkannte ihn sofort. Es war der Bewerber. Das Foto hatte nicht gelogen. Es sah ihm ähnlich.

»Tut mir leid, wenn ich so bei Ihnen hereinplatze. Ich bin in Hannover früher losgekommen als geplant.«

»Wo ist das Problem, Oberkommissar Albers? Setzen Sie sich zu mir an den Schreibtisch.«

Sie reichten einander die Hand. Hilpert griff anschließend nach der knappen Bewerbungsunterlage, warf einen Blick darauf und legte sie zur Seite. »Warum wollen Sie Hannover verlassen?«

»Ein Tapetenwechsel steht mir gut zu Gesicht. Da liegt Hamburg durchaus auf der Hand.«

»Sie wollen ein Beziehungsproblem lösen?«

»Kann man so nennen.«

»Gut und was zieht Sie gerade in meinen Bereich?«

»Ich habe von Ihnen gehört. Es klang recht positiv.«

»Sie wollen nicht zu dem Superstar der Hamburger Polizei?«

»Wie kommen Sie auf so einen Scheiß?«

»Die Medien haben viel dazu beigetragen. Man wird in eine Ecke gestellt, als stände man über den anderen.« Er machte sich gerade. »Ich muss Ihnen als erfahrenen Polizisten nicht erzählen, dass die Realität eine andere ist.« Nachdenklich spielte er mit seinem Kugelschreiber auf der Schreibtischplatte, als sei er auf der Suche nach der alles entscheidenden Frage. Schließlich sah er zu dem Bewerber herüber. »Das wäre somit geregelt. Viele Fragen kommen mir nicht in den Sinn. Ihre Unterlagen sind stimmig. Mir scheint, Sie könnten sich gut in unser Team einfügen. Wenn es sonst keine Bedenken seitens des Personalrats oder Ihres jetzigen Vorgesetzten gibt, fangen Sie bei uns an. Wir sind chronisch unterbesetzt. Soweit ich gelesen habe, waren Sie zuletzt acht Jahre im Raubdezernat tätig?«

»Das ist korrekt.«

»Das könnte passen.«

»Sie haben keine weiteren Fragen?«

»Soll ich Sie einem Lügendetektortest unterziehen, um herauszufinden, ob Sie korrupt oder inkompetent sind? Sie sind seit Jahren Polizist und kein Versicherungsvertreter gewesen. Soll ich Ihnen einen Testfall vorlegen und Sie erzählen mir, wer der Mörder war? Blödsinn! Ich verlass mich da auf meinen Bauch.«

»Es gibt trotzdem eine Besonderheit, über die ich Sie informieren sollte.«

»Und die wäre?«

»Ich bin schwul.«

Hilpert lachte auf. »Hoffentlich ist das nicht ansteckend.« Grinsend fuhr er fort: »Sie haben kein Problem damit, dass ich hetero bin?«

»Warum sollte ich?«

»Na gut, damit ist das Thema abgehakt.«

»Mehr haben Sie dazu nicht zu sagen?«

»Mich interessiert vor allem, ob Sie ein anständiger Polizist sind. Inwieweit sie als Mensch überzeugen, wird sich erweisen. Alles andere ist mir egal. Solange Sie kein Päderast sind, machen Sie in Ihrer Freizeit, was Sie wollen.«

»Und die Kollegen, wie werden die dazu stehen?«

»Bei uns im Präsidium ist alles versammelt. Vom überzeugten Demokraten bis zum Rassisten. Garantiert sind ein paar Schwulenhasser darunter. Das war in Hannover sicher nicht anders, oder sollte ich mich da irren?«

»Klar, Gutes und Schlechtes liegen oft dicht beieinander.«

»Da müssen Sie durch. Wir können Vorurteile nicht abbauen, sondern sie allenfalls bekämpfen. Ihre Vorgängerin war eine Frau. Da meinten viele, sie könnte mir nicht zur Seite stehen, wenn es hart auf hart ging.« Er beugte sich vor und bedachte den Kollegen mit einem traurigen Grinsen. »Die hat manchen Kerl in die Tasche gesteckt. Mit ihr an meiner Seite fühlte ich mich stets gut.«

»Wo ist sie jetzt?«

»Sie ist tot, erschossen worden. Als sie mich gebraucht hätte, war ich nicht da.«

»Oh, Tschuldigung, das habe ich nicht gewusst.«

»Woher denn? Mein Lebenslauf lag Ihnen ja nicht vor.«

Hilpert stand auf und reichte ihm die Hand. »Bei uns duzen wir uns alle, ich heiße Fabian.«

Zögernd ergriff Albers seine Hand. »Mein Name ist Julian.«

»Ich weiß. Wann kannst du anfangen?«

»In vierzehn Tagen.«

»So schnell? Da hat man dich in Hannover wohl nicht sehr zu schätzen gewusst.«

»Keine Ahnung, Fakt ist, Kriminalrat Leupold mag keine Schwulen. Die beschädigen sein Weltbild, erst recht, wenn sie bei der Polizei beschäftigt sind. Ginge es nach ihm, kämen Leute wie ich in Sicherheitsverwahrung.«

»Die Zeit liegt glücklicherweise hinter uns. Ansonsten nehmen wir ihm offenbar ein großes Problem ab. Gelegentlich kann der dafür einen ausgeben.«

»Eher beißt der sich ein Stück von der Zunge ab.«

»Das kann niemand wollen. Dann bezahlen wir halt unser Bier selber. Ansonsten bring ich deine Unterlagen auf den Instanzenweg.«

Kurz darauf hatte ihn der Oberkommissar verlassen. Hilpert erwischte sich dabei, wie er ihm hinterherschaute und auf seinen Gang achtete. War er auffällig? Gedanklich schlug er sich auf den Mund. Da tat er tolerant und weltoffen, versuchte den Eindruck zu erwecken, über den Dingen zu stehen. In Wahrheit steckte er voller Vorurteile, war nicht besser als viele Gescholtene. Glücklicherweise konnte Albers nicht seine Gedanken lesen. Oder doch? Er beschloss, an sich zu arbeiten.

Im Verlauf des Nachmittags gesellte sich Stange zu Hilpert. »Na, wie war die Obduktion?«, fragte er den Kollegen und Freund.

»Danke der Nachfrage, sie war erheiternd, wie wir es kennen. Man mag sich gar nicht davon losreißen.«

»Und gab es irgendetwas Neues?«

»Nein, das Schlafmittel in hoher Konzentration, kombiniert mit Alkohol, war eindeutig die Todesursache. Irgendwann hat das Herz aufgehört zu schlagen. Der Todeszeitpunkt passt eindeutig.«

»Hatte der Tote irgendwelche Verletzungen, Hämatome?«

»Nichts, wenigstens nichts Aktuelles. Er war ein kräftiger Kerl. Da hätte Schwarzenegger in jungen Jahren daherkommen müssen, um dem 'ne Kopfnuss zu verpassen. Er hat wohl gerne ausgeteilt, und musste gelegentlich einstecken. Allem Anschein nach scheint er die letzten Jahre ruhiger geworden zu sein. Die Kratzer sind längst verheilt. Wenn der körperliche Probleme hatte, dann mit Leber und Nieren. Er muss zuletzt mächtig getrunken haben. Dafür hatte er recht ansehnliche Blutgefäße. Lebensbedrohlich erkrankt war er nicht.«

»Gibt es eine Auswertung seines Computers?«

»Klar, damit können wir nur wenig anfangen. Ob man es glaubt oder nicht, dieser Berg von einem Mann fotografierte gern. Tolles Fotoarchiv, das er aufgebaut hat. Leider ist es nicht sehr aussagekräftig für uns. Er hat irgendwann mit der Knipserei aufgehört. Eine Kamera haben wir jedenfalls nicht gefunden.«

»Ist bestimmt für Wodka und Ähnliches draufgegangen.«

»Sieht ganz so aus.«

In diesem Moment unterbrach das Telefon ihr Gespräch. Hilpert meldete sich kurz und reichte den Hörer an Stange.

»Für dich, es ist Dr. Maertens aus der Gerichtsmedizin.«

Aufmerksam horchte der Hauptkommissar den Worten des Arztes. Schließlich legte er auf. »Der Doc hat 1,2 Promille im Blut festgestellt. Aus der Whiskyflasche fehlt deutlich mehr als die Hälfte. Das hätte bequem für 1,8 bis zwei Promille gelangt.«

»Vielleicht war die Flasche angebrochen«, warf Hilpert ein.

Stange winkte ab. »Nein, die Verpackung lag unter dem Tisch. Die Flasche wurde frisch geöffnet. Das beweisen Spuren am Flaschenhals und am Drehverschluss.«

Hilpert schürzte die Lippen. »Was lernen wir daraus?«

»Er hatte allem Anschein nach einen Mittrinker«, beantwortete sein Kollege die Frage. »Dass der Tote mit voller Absicht Teile des Stoffs weggeschüttet hat, dürfte wohl in den Bereich der Fabel verwiesen werden.«

Hilpert stimmte ihm zu. »Lebensmittel lässt man nicht verkommen. Und Alkohol gleich gar nicht. Es stand nur ein Glas auf dem Tisch, soweit ich mich erinnere.«

»Du sagst es.«

»Da hat jemand Wert darauf gelegt, seine Anwesenheit zu verschleiern. Wäre er früher gegangen und hätte Paulsen gesund und munter zurückgelassen, bräuchte er sich nicht um sein Glas zu kümmern.« Er nickte gedankenverloren. »Interessanter Hinweis. Was war das für ein Whisky, der getrunken wurde, einer von ALDI?«, fragte er nach.

»Mitnichten, es handelte sich um einen hervorragenden Maltwhisky. Dafür müssen ein paar Euro hingeblättert werden.«

»Wurde bei ihm Geld gefunden?«

»Keine zehn Euro. Er hinkte mit der letzten Miete hinterher.

Für Gas, Wasser, Strom liegt ein Schwung an Mahnungen herum. Der Junge ist ziemlich pleite gewesen.«

»Wie sieht's aus mit seinen Bankkonten?«

»Sparkonto oder irgendwelche Geldanleihen, Fehlanzeige. Wir haben Auszüge eines Girokontos gefunden. Die lagen im Wohnzimmer verstreut herum. Darauf waren erst vor Kurzem dreihundert Euro eingegangen. Es gab ansonsten unregelmäßige Einzahlungen. Keine großen Beträge, stets in bar. Mit der Prüfung des Kontos stehen wir am Anfang. Die Kollegen sind auf der Suche nach fehlenden Auszügen.«

»Hat er Hartz-IV bezogen?«

»Nichts gefunden in diese Richtung.«

Hilpert begann mit den Fingern auf der Schreibtischunterlage zu trommeln. »Wir können davon ausgehen, dass sich solch ein Mann keinen Maltwhisky leistet. Dafür kriegt er mit links ein paar Flaschen Korn. Den muss also der unbekannte Besucher mitgebracht haben, statt Blumen.«

»Eindeutig, sieht man sich das Leergut in der Wohnung genauer an, findet sich ausschließlich billiger Fusel an.«

»Das passt ja.«

»Es kommt noch besser«, ergänzte Stange. Er warf eine dünne Mappe auf Hilperts Schreibtisch. »Die KTU hat sich diesmal übertroffen, schnell, wie die waren. Auf der Verpackung der Flasche sind ausschließlich Fingerabdrücke des Toten. Sonst keine.«

Hilpert überlegte. »Wie ist das in einem Supermarkt? Tragen die beim Einsortieren in die Regale Handschuhe?«

»Keine Ahnung, hat mich nie sonderlich interessiert. Mit Sicherheit werden Handschuhe dort getragen, wo offene Produkte angeboten werden, wie zum Beispiel in der Fleischereiabteilung.«

»Spätestens an der Kasse wird das Teil angefasst. Die tragen keine Handschuhe. Das weiß ich definitiv. Ich habe schon mal eingekauft.«

Stange nickte. »Jemand hat seine Spuren konsequent abgewischt. Und das aus gutem Grund.«

»Gibt es DNA vom Toten an den Hülsen? Sollte er die ausgeleert haben, muss er jede angefasst haben.«

Stange lachte auf. »Mit dessen riesigen Pranken dürfte er sich mächtig angestrengt haben. Die KTU ist dran. Im Übrigen, für die Verpackung des Schlafmittels gilt das Gleiche wie für die Flasche.«

»Wir stecken nunmehr mitten in einer Mordermittlung. Täter und Opfer müssen sich gekannt haben. Ich wette darauf, die haben miteinander getrunken. Irgendwann hat der Täter zugeschlagen und alles sorgfältig hergerichtet.«

»Das riecht fast nach einer Frau. Giftmorde sind eher dem anderen Geschlecht zuzuordnen.«

Hilpert schien nicht so recht überzeugt. »Whisky saufen nach Mitternacht ist eher eine männliche Domäne.«

»Vielleicht war's ein Zwitter.«

»Das wird's gewesen sein. Danke für den hilfreichen Hinweis. Erfolgreiche Ermittlungsarbeit beginnt und endet bei einem kompetenten Team.«

Stange grinste zu ihm herüber. »Wenn du's man weißt.«

Einige Stunden später waren sie schlauer und bekamen ihre Vermutung bestätigt. Die meisten Hülsen waren jungfräulich wie ein Kinderpopo. Paulsen hatte sie nicht angefasst. Dass er sie selbst gereinigt hatte, bevor er sich umbrachte oder Handschuhe getragen hatte, durfte bezweifelt werden. Hilpert schaute nachdenklich in Richtung seines Kollegen. »Wenn zwei Männer sich einen genehmigen, verursacht das einen gewissen Lärm. Die werden auf die Nachbarn keine Rücksicht genommen haben. Wurden die befragt, ob die was gehört oder gesehen haben?«

»Die Verhöre laufen. Bislang ist wenig dabei herumgekommen.«

»Nach dem Motto, nichts gehört, nichts gesehen?«

»Nein, eher nach der Devise, nachts schlafe ich. Davon abgesehen wohnen in dem Haus eher ältere Leute, die oft nicht mehr richtig hören können. Ganz oben haust ein jüngerer Mann, der sich zuweilen am Hafen ein paar Euro dazuverdient. Der hatte sich an dem Abend selber dichtgelötet und stank bei der Befragung nach Sprit, als habe er beim Frühstück den abgebrochenen Abend fortgesetzt.«

»Hm, das heißt keine Zeugen. Wär zu schön gewesen. Was habt ihr an interessanten Sachen in der Wohnung gefunden?«

»Er hat eine Art Archiv geführt, allerdings chaotisch in einem Karton. Der stand in seinem Kleiderschrank. Obenauf hatte er

Unterwäsche gepackt - gebrauchte. Da wäre so schnell niemand rangegangen.«

»Aha, das war schätzungsweise der Sinn der Veranstaltung. Und habt ihr die Unterlagen gesichtet?«

»Klar, die waren nicht sonderlich ergiebig bis auf ein paar Zeitungsausschnitte.«

Er reichte sie Hilpert herüber.

»Sieh mal einer an, der Tote ist in der Vergangenheit in der rechten Ecke tätig gewesen.«

»Ob es sich um einen Fememord handelt?«

»Das kann nicht ausgeschlossen werden. Da hätten die sich viel Zeit gelassen. In seinen Unterlagen liegt ein Schreiben. Danach ist er 2006 um die Zeit der Fußball-WM aus seinem Verein ausgetreten. Der nannte sich Rechtsliberale Union, RLU abgekürzt.«

Hilpert rechnete mit den Fingern nach. »Ist das Turnier so lange her? Manchmal ist mir, als wäre es erst gestern gewesen, und ich fang an, mich zu ärgern. Trotz der gewonnenen WM in Brasilien.« Er kratzte sich bedächtig am Kopf und kam auf ihr Thema zurück. »Das war ein mächtiger Kerl. Vielleicht haben die sich erst jetzt an ihn herangewagt, wo er mit dem Saufen angefangen hat. War vorher bestimmt zu riskant, dem zu nahe zu treten.«

Stange nickte zustimmend. »Wenn die Starken schwächeln, wagen sich die Schwachen eher an sie heran.«

»So ist das Leben. Ein ordentlicher Rechter vergisst nie und er sorgt immer dafür, nicht in Unterzahl anzutreten. Trotzdem sind zehn Jahre 'ne lange Zeit. Bohr weiter in die Richtung. In dem Bereich haben sich die deutschen Ermittlungsbehörden in der Vergangenheit nicht gerade mit Ruhm bekleckert.«

»Wir sind gut davor. Ich habe was gefunden, das uns helfen könnte.«

»Und das wäre?«

Stange reichte ihm zwei ältere Zeitungsartikel. »Aus dem Abendblatt vom Oktober 2005 und der Morgenpost aus demselben Monat. Es dreht sich da um rechtsradikale Tendenzen in unserer Hansestadt. Hierin geht es insbesondere um die RLU, in der Paulsen Mitglied war. Die hat zu der Zeit viel Ärger gemacht. Unter anderem taucht neben Paulsen darin ein Herr namens Christoph Grothe auf. Er gilt als Autor und Ideengeber irgendwelcher abstruser Pamphlete. Er soll maßgeblich an deren Programm mitgeschrieben haben. Sie galten damals als besonders widerwärtig. Aktuell liest man über die nichts.«

Hilpert hörte aufmerksam zu. »Und was sagt uns das?«

»Wie den Unterlagen zu entnehmen ist, sind Grothe und Paulsen im selben Jahr aus dieser Vereinigung ausgetreten. Und jetzt kommt's: Grothe spielt mittlerweile in der SCP eine gewichtige Rolle.«

»Bei den Bewahrern der freiheitlich demokratischen Grundordnung? Da hat sich jemand um 180 Grad gedreht. Das ist interessant.«

»Nicht nur das, Grothe bewirbt sich um den Fraktionsvorsitz der Partei.«

»Das heißt, er sitzt in der Bürgerschaft. Der muss sich ja vollkommen geläutert haben.«

»Du sagst es.«

Grinsend wedelte Hilpert mit der Unterlage. »Das ist beinahe sensationell, was ihr in so kurzer Zeit herausgefunden habt. Da hätte der Herr unter Umständen gute Gründe, seinen ehemaligen Gesinnungsgenossen umzubringen. Das passt allemal besser als jemand mit irgendwelchen obskuren Rachegelüsten.«

»Du denkst an Erpressung?«

»Zum Beispiel.«

»Habe ich zuerst auch gedacht, bis ich ins Internet gegangen bin. Grothes Vergangenheit ist gnadenlos durch die Medien gepeitscht worden, als er 2008 in die SCP eintreten wollte. Leicht hat man es ihm nicht gemacht. Der musste sich ständig rechtfertigen.« Stange lachte gehässig auf. »Immer wenn er glaubte, damit durch zu sein, kochten neue Vorwürfe gegen ihn hoch. Irgendwann wurde ihm wohl seine Kehrtwendung abgenommen und die Herrschaften sind zur Tagesordnung übergegangen. Damals war er keine große Nummer in dem Verein. Inzwischen ist er ein geachtetes Mitglied der Hamburger Gesellschaft. Seit einigen Jahren ist er mit Andrea Peterson verheiratet. Diese Familie gehört zum alten Hamburger Geldadel. Deren Schiffe fahren auf allen Weltmeeren.«

»Da werden wir uns mit dem Herrn unterhalten müssen«, entschied Hilpert. »Das nehme ich in die Hand. Wäre nicht schlecht, wenn du mich begleiten würdest.«

»Traust du dich nicht allein in die Karlstraße?«

»Wohnt er dort?«

»Ja, nicht sehr weit weg vom Feenteich, wo sein Schwiegervater residiert.«

»In Alsternähe lässt es sich gut leben. Man muss nur reich heiraten oder erben. Wie bin ich von Buchholz nach Blankenese gekommen?« Er brach ab. »Ich mache einen Termin für uns.«

»Hervorragend, da kennst du dich schließlich aus. So von Millionär zu Millionär wird das passen.«

»Danke für das Vertrauen, das du mir entgegenbringst. Eines muss ich dir lassen. So etwas wie Neid entspricht so gar nicht deinem Charakter.«

Schmunzelnd lehnte sich Stange in seinem Sitz zurück. »Wenn du da mal nicht schiefgewickelt bist. Wer weiß, was tief in meiner Seele steckt. Ein Porsche würde mir jedenfalls zum Geburtstag gut zu Gesichte stehen.«

»Den musst du dir abschminken«, entgegnete Hilpert. »Die Kohle für die monatliche Rate deines Traumautos geht ja wohl für Exweib und Kinder weg.«

»Wer wollte dem widersprechen?« Er klopfte seinem Freund auf die Hände, die der gefaltet vor sich auf dem Schreibtisch liegen hatte. Er wusste, welchen Preis Hilpert für die von seiner Frau ererbten Millionen zahlen musste. Er war dabei, sich zu erheben, als Hilpert ihn bat, noch zu bleiben. »Wir bekommen einen neuen Kollegen. Ist ein erfahrener Mann aus Hannover. Hat zuletzt im Raubdezernat gearbeitet.«

»Klasse, will der sich räumlich verbessern?«

»Eher nicht, an der Leine lässt es sich vorzüglich leben. 'n HSV haben die auch. Nein, er ist schwul und hat dort wahrscheinlich Probleme bekommen.«

»Die kriegt er bei uns genauso. Ich denk da an ein paar Kollegen. Mir ist es egal. Hauptsache, er macht einen guten Job.«

»Lassen wir uns überraschen.«

»Hat er einen Namen?«

»Klar, Julian Albers.«

»Wusste gar nicht, dass der schwul ist.«

»Du kennst ihn?«

»Ja, ich habe bei den letzten Polizeimeisterschaften gegen ihn geboxt.«

»Und?«

»Der Sack hat gegen mich gewonnen. War selbstverständlich ein krasses Fehlurteil.«

»Alles andere hätte mich überrascht.«

»Ist 'n feiner Sportsmann. Der passt zu uns.« Er lächelte säuerlich zu Hilpert herüber. »Der war eindeutig besser als ich. Der schlägt schnell und präzise. Nach der zweiten Runde musste ich aufgeben. Als Kickboxer soll er in seiner Klasse erst recht nicht zu schlagen sein.«

»Großartig. Da muss ich mir wenigstens keine Gedanken machen, wenn es über den Kiez geht.«

»Da kannst du ihn ganz alleine arbeiten lassen. Der ist unglaublich gut und vor allem fackelt er nicht lange.«

Stange wollte gehen, als ihm einfiel, dass Paulsen eine Tochter hatte. »Ihr Name ist Rebecca Dunkel. Sie ist dreizehn Jahre alt, trägt den Familiennamen der Mutter.« Er schaute auf einen Notizzettel. »Wenn er Geld überwies, ging es auf deren Konto bei der Commerzbank. Nach Aussage der Schwester wohnen beide in Dresden.«

»Das heißt, im Rahmen seiner Möglichkeiten hat er so etwas wie Verantwortungsbewusstsein gezeigt.«

»Sieht ganz danach aus.«

Diesmal wollte Stange endgültig gehen, als Hilperts Telefon läutete. Er deutete dem Kollegen an, sitzen zu bleiben. Kriminalrat Leupold aus Hannover wünschte ihn zu sprechen. Dieser hielt sich nicht lange mit Floskeln auf. Forsch sprach er Hilpert auf sein Anliegen an. »Stimmt es, dass Sie Oberkommissar Albers in Ihre Truppe aufzunehmen gedenken?«

»So ist es. Ich habe erst heute mit ihm gesprochen.«

»Ich verstehe. Sie wissen, dass der Mann nicht ganz lupenrein ist?«

»Oh Gott, läuft gegen ihn etwa eine interne Ermittlung? Hat er sich bestechen lassen? Mit solchen Typen wollen wir nämlich nichts zu tun haben.«

»Nein, nein, in diese Richtung ist er dem Vernehmen nach sauber.«

»Da bin ich erleichtert. Macht er seine Arbeit nicht korrekt? Ist er drogensüchtig oder alkoholkrank?«

»Nicht dass ich wüsste. Darüber gab es keine Beschwerden.«

»Ich hörte, er boxt. Hat er vielleicht zu stark hingelangt?«

Die Stimme des Mannes klang zunehmend entnervt. »Nichts dergleichen.«

»Verraten Sie mir, wo das Problem liegt?«

Leupolds nassforscher Ton war einem eher zurückhaltenden Flüstern gewichen. »Also, äh, er ist vom anderen Ufer.«

»Vom anderen Ufer?«

»Er ist homosexuell«, stieß der Beamte gequält hervor.

»Und das ist in Hannover verboten? Das wusste ich gar nicht. Gelten zu dem Thema in Niedersachsen andere Gesetze als in Hamburg?«

»Nein, selbstverständlich nicht. Ich meinte nur, so unter Kollegen sollten Sie es wissen.«

»Lassen Sie sich eines gesagt sein, Herr Kriminalrat, wir sind auf der Suche nach qualifizierten Ermittlern. Ob die schwul sind oder nach der Arbeit in den Puff gehen, ist uns scheißegal, so lange die einen ordentlichen Job machen. Und da scheint es keine Schwierigkeiten zu geben, oder?«

»Ja, nein ...«

»Ich bedanke mich für das Gespräch. Grüßen Sie die Leine von mir.«

In einem Gemisch aus Belustigung und Wut legte er den Hörer beiseite. »So ein Arschloch!«, stieß er hervor. »Dass es solche Wichser in unserer Polizei gibt, ist eine Schande.«

Stange grinste ihn an. »Rechtsradikalismus, Sexismus, Korruption, du findest alles bei der Polizei. Liest du keine Zeitung? Hat man deinen Fernseher abgeschaltet? Ich rede über Hamburg. Wir müssen nicht mit dem Finger auf die Nachbarn zeigen, wenn es um diese Punkte geht.«

»Ich sollte mich mit unserem Kollegen vom Personalrat unterhalten. Jetzt gibt es erst recht kein Zurück mehr.«

Stange kratzte sich am Kopf. »Ruf mal seinen jetzigen Vorgesetzten an. Der kann uns bestimmt mehr erzählen.«

»Gute Idee.«

Zehn Minuten später waren sie schlauer. Sein Chef lobte Albers über den grünen Klee und machte deutlich, wie sehr er den zuverlässigen Oberkommissar künftig vermissen würde. Er hatte offenbar nichts gegen Homosexuelle. Auf den Kriminalrat angesprochen, rang er sich zu einem gedanklichen Abwinken durch. »Der hätte gut in die Zeit der Inquisition gepasst, in der Leute auf dem Scheiterhaufen verbrannt wurden, die einem nicht in den Kram passten. Leider braucht der noch 'ne gehörige Anzahl an Jahren bis zu seiner Pensionierung.«

»Lassen wir uns überraschen, wie Albers sich bei uns machen wird«, beendete Hilpert die Unterhaltung. Er blickte zu Stange hinüber. »Wir müssen uns um den Mord kümmern.« Er griff nochmals zum Telefon und wählte die Nummer des designierten Fraktionsvorsitzenden der SCP an. Zu seiner Überraschung erhielt er für den späteren Nachmittag einen Termin bei Grothe. Wie es schien, hatte er den Anruf erwartet und wollte die Angelegenheit zügig vom Tisch haben. Zufrieden legte Hilpert auf. »Der machte einen zuvorkommenden Eindruck.«

»Ist doch klar«, reagierte Stange gelassen. »Der ist so oft durch den Fleischwolf gedreht worden, den kann garantiert nichts mehr erschüttern.«

»Wir werden sehen, ob er eine Schwachstelle hat. Schade, er hätte als schnelle Lösung hervorragend gepasst.«

»Seit wann fallen einem die Mordverdächtigen wie reife Früchte in den Schoß?«, antwortete Stange desillusioniert.

»Man wird ja mal träumen dürfen.«

3

Das hell verputzte Haus glänzte, als sei die Fassade extra für ihren Besuch hergerichtet worden. In den Jahren vor dem Ersten Weltkrieg errichtet, beherbergte es seit eh und je Patrizier, die es schon in die Nähe der Alster trieb, als der Kaiser noch Paraden abnahm. Leider hatte man nach dem Zweiten Weltkrieg an der einen oder anderen Stelle in der Straße manche Bausünde zugelassen, die den Gesamteindruck empfindlich störte. Es sollte sich zeigen, dass sich das Haus seit zwei Generationen im Eigentum der Familie Peterson befand, in die Grothe eingeheiratet hatte. Ihm und seiner Frau stand ein prachtvolles mehrgeschossiges Gemäuer zur Verfügung, das sich für größere Familien empfahl. Das Ehepaar war bislang kinderlos geblieben. Grothe empfing sie in einem holzvertäfelten Raum im Souterrain, der von der Einrichtung her ein wenig an englische Klubs erinnerte. Auf Bilder mit Jagdszenen war allerdings verzichtet worden. Die Seefahrt stand eindeutig im Vordergrund. Schiffe unter Segeln, Dampfer mit rauchenden Schornsteinen bestimmten das Szenario. Hilpert fiel ein, dass sich die Petersons seit weit über hundert Jahren erfolgreich im Reedereigeschäft tummelten. Da passte ein Dreimaster vor Kap Hoorn als Motiv allemal besser als ein röhrender Hirsch oder eine Wildsau im Todeskampf. Ihre Nasen verrieten ihnen, dass sie sich im Raucherzimmer des Hauses aufhielten. Allem Anschein nach gönnte sich der Hausherr hier die eine oder andere gute Zigarre, vermutlich kombiniert mit einem erlesenen Rotwein oder Cognac. Mit Sicherheit wurde an dieser exklusiven Adresse in kleiner Runde Politik gemacht. Konspirative Treffs, in denen für oder gegen die Interessen der eigenen Parteigänger gearbeitet wurden, waren eine Spezialität in diesem Metier. Und ständig ging es dabei um Geld und Pfründe. Manch einer durfte sich geadelt fühlen, der über keinen politischen Freund verfügte.

Grothe war kaum älter als 35. Er trug seine schütteren Haare kurz und sorgfältig gescheitelt, als sei er extra für sie beim Friseur gewesen. Er sah sie durch eine randlose Brille an. Mit seinen roten Wangen und den Sommersprossen im Gesicht wirkte er auf die Beamten wie ein langweiliger norddeutscher Jurist. Auf die Idee, dass er in jungen Jahren mit Hitlergruß den Führergeburtstag gefeiert hatte, wäre man bei ihm nicht gekommen. Und mit einem Baseballschläger bewaffnet auf andere einprügelnd, wollte zu seiner Physiognomie ebenso wenig passen. Unter den Ärmeln seines maßgeschneiderten Hemdes schlummerten mit Sicherheit keine ausgeprägten Muskelstränge. Inwieweit ihr Besuch erwünscht war oder eher hingenommen wurde, ließ sich seiner Mimik nicht entnehmen. Er bat sie jovial an einen Tisch aus Teakholz, der den Raum dominierte. Drum herum standen sechs bequeme Sessel, in denen man es sich gut gehen lassen konnte. An der Stirnwand, der Eingangstür gegenüber, verhieß ein Barschrank Gehaltvolles für besinnliche Stunden. Ganz Hausherr bot er ihnen ein Getränk an. Sie lehnten dankend ab.

»Was kann ich für Sie tun?«, fragte Grothe distanziert, doch nicht unfreundlich.

Hilpert übernahm die Gesprächsführung. »Sie haben von dem Mord an Herrn Paulsen gehört, einem Mann, mit dem Sie in der Vergangenheit gleiche politische Ziele verfolgten?«

»Nicht nur das, er war mein Freund«, antwortete Grothe überraschend offen. »Sein Tod macht mich traurig.«

»Was war das Besondere an Ihrer Beziehung?«, fasste Hilpert nach.

»Er war eine Art Aufpasser für mich.«

»Wie darf ich das verstehen?«

»Nun, ich hatte mich den harten Jungs in dem Verein angeschlossen. Von denen hat mich keiner ernst genommen. Ohne Paulsen hätte ich des Öfteren eins in die Fresse gekriegt.«

»Von den eigenen Leuten?«

»Das haben die nicht so eng gesehen. Die mochten mich nicht. Für die verkörperte ich letztlich den Wohlstandsbürger, den verhassten Studenten.«

»Und Paulsen hegte diese Vorurteile gegen Sie nicht?«

Grothe schürzte die Unterlippe. Für einen Moment schien er in sich hineinzuhorchen. Seine Antwort kam eher zögerlich: »So gesehen verfügte er über zwei Gesichter. Er war unglaublich stark, jeder hatte Respekt vor ihm. Gleichzeitig war er recht gescheit. Er begriff schnell, dass man sich mit Worten an die Öffentlichkeit wenden musste, wollte man wahrgenommen werden. Wir konnten unmöglich jeden zweiten Tag auf jemanden einschlagen, nur um auf uns aufmerksam zu machen.«

»Ist es richtig, dass Sie für die Gruppe eine Art Ghostwriter waren?«

»Kann man so sehen.«

»À la Goebbels?«

»Nun übertreiben Sie. Wir waren zu unbedeutend, um mit den Nazis verglichen zu werden. Und im Gegensatz zu dem zitierten Herrn waren uns die Medien nicht unbedingt wohlgesinnt. Die Zeiten eines Hugenbergs sind längst vorbei.«

»Wie gelangt man an solche Typen, wenn man wie Sie intelligent und gebildet ist?«

»Nennen wir es Verblendung. Ich war Anfang zwanzig, als ich mich ihnen anschloss. Zuerst ließen sie mich mitspielen. Es war ein geiles Gefühl, mit so starken Kumpel auf die Straße zu gehen. Heute weiß ich selbst, wie verblendet wir waren.«

Erwartungsvoll blickte ihn Hilpert an, als er die nächste Frage abschoss. »Haben Sie den Verein aus eigenem Antrieb verlassen?«

Grothe lachte auf. »Wie heißt es so schön, halb zog es ihn, halb sank er hin. Wenn ich ehrlich bin, war es vor allem Dr. Siebert, ein befreundeter Notar, der mich letztlich zu diesem Schritt bewog, assistiert von Paulsen.«

»Der Tote ist relativ zeitnah mit Ihnen ausgeschieden?«

»Sie sagen es. In der Nachbetrachtung hat das mein Leben gerettet.«

»Das müssen Sie uns genauer erklären.«

»Nun, man hat zweimal versucht, mich nach meinem Austritt auseinanderzunehmen, ich behaupte, zu töten, obwohl ich die Polizei davon nicht überzeugen konnte.«

»Wie wurde das verhindert?«

»Durch Paulsen. In beiden Fällen hat er die Strolche vertrieben. Wo der hinschlug, wuchs kein Kraut mehr. Dem die Hand zu geben, konnte zur Tortur werden.«

»Und danach hat es keine Anschläge mehr auf Sie gegeben?«

»Nein, im ersten Jahr war Paulsen eine Art Leibwächter für mich. Dr. Siebert hat die Kosten dafür getragen.«

»Dem Mann haben Sie somit viel zu verdanken.«

»Darauf können Sie sich verlassen. Er hat während des Studiums meine Repetitorien bezahlt. Nach dem zweiten Staatsexamen habe ich in seiner Kanzlei begonnen, bis ich mich vor drei Jahren selbstständig gemacht habe.«

»Bei ihm Partner zu werden stand nicht an?«

»Sagen wir, aufgrund der Möglichkeiten, über die meine angeheiratete Familie verfügt, wurde mein Weg in diese Richtung geebnet. Außerdem arbeitet bei den Anwälten seine Nichte, die vornan steht.«

»Das heißt, Sie bekommen aus der Familie entsprechende Mandate übertragen«, setzte Stange nach.

»Nicht nur durch sie, ebenso über deren Freunde.«

»Das nennt man wohl Vitamin B«, konnte sich Hilperts Kollege ein sanftes Nachtreten nicht verkneifen.

»Wer wollte dem widersprechen?«, antwortete Grothe entspannt. »Ich komme aus kleinen Verhältnissen. Meine Eltern mussten sich gehörig anstrengen, um mein Studium zu finanzieren. Von ihrer Seite kam allenfalls mal ein Verkehrsdelikt oder ein Testament.«

»Wie haben Sie Kontakte zu Peterson, beziehungsweise zu seiner Tochter, bekommen? Die warten bestimmt nicht auf unbemittelte hoffnungsfrohe Juristen.«

Grothe lachte auf. »Da muss ich Ihnen zustimmen. Die Kontakte eröffnete mir Dr. Siebert. Er ist seit Jahren als Notar für die Reederei zuständig.«

»Ging Ihre Selbstständigkeit nicht letztlich zulasten von Dr. Siebert?«

»Jein. Er ist für die Klientel nach wie vor als Notar tätig. Das Gros der Anwaltsmandate liegt inzwischen bei mir. Das ist korrekt.«

»Gab es keine Reibereien mit Ihrem ehemaligen Förderer?«

»Sie belieben zu scherzen. Dr. Siebert verdient allein durch die Betreuung der Privatbank Bodemer & Söhne so viel Geld, dass er zwei Leben bräuchte, um es auszugeben.«

»Wäre das kein Mandat für Sie gewesen?«

»Nicht wirklich. Er ist für das Kreditinstitut ausschließlich als Notar tätig. Davon abgesehen bin ich für Bankspezifika nicht der Fachmann. Da kann sich seine Nichte austoben, die ist in diesem Bereich kaum zu schlagen.« Er fuhr sich unbewusst durchs Haar. »Außerdem hätte meine politische Vergangenheit nicht zu den Eigentümern der Bank gepasst.«

»Hatten Sie der nicht abgeschworen?«

»Das wäre zu wenig gewesen. Beide Hauptgesellschafter sind Juden. Die lassen sich keinen ehemaligen Rechtsextremisten vorsetzen.«

»Die RLU war antisemitisch?«

»Nicht direkt, da hätte uns der Verfassungsschutz gleich auf die Hörner genommen. Das Thema Fremdenhass wurde bei uns recht großzügig interpretiert.«

»Lange Rede, kurzer Sinn, Sie und Siebert sind Freunde geblieben?«

»Oh ja, und ich hoffe, das wird so bleiben.«

»Wie ist der Mann auf Sie gestoßen?«

»Seltsamerweise durch meine politische Arbeit. Ihm gefielen die Texte, die ich verfasste. Er hätte sie nur gern in einem anderen Kontext gesehen.«

Diesmal fragte Hilpert nach: »Auf das Konto von Paulsen sind unregelmäßig kleinere Beträge eingezahlt worden. Haben Sie eine Ahnung, wo das Geld herkam? Den Belegen war das nicht zu entnehmen.«

»Ich gehörte zu den Spendern und habe es bewusst anonym gehalten.« Er räusperte sich und dachte über eine diplomatische Antwort nach. So ganz wollte das nicht gelingen. Er atmete heftig aus. »Gut, er passte nicht mehr zu meinem neuen Leben.«

»Viel Geld war das nicht, das Sie da monatlich abgedrückt haben.«

»Das habe ich bewusst gemacht. Es war für seine Tochter gedacht. Er hätte es in den letzten Jahren allemal versoffen.«

»Ich verstehe. Haben Sie einen Verdacht, wer für den Tod Ihres ehemaligen Freundes infrage käme?«

»Das steht für mich völlig außer Frage. Dafür war jemand aus unserer ehemaligen Gruppe verantwortlich. Als verspätete Rache der Organisation an einem Mann, der durch seine Trinkerei kein echter Gegner mehr war.«

»Das hieße ...«, setzte Hilpert an.

Grothe ließ ihn nicht ausreden sondern beendete seinen Satz: »... dass ich der Nächste auf der Liste sein könnte. Seit gestern begleitet mich ein Bodyguard zu wichtigen externen Terminen.«

»Verdammt, da könnte es eine gute Idee sein, uns die entsprechenden Namen aufzugeben.«

»Wo ist das Problem? Wir waren im engeren Kreis eine Gruppe von sieben Mann. Paulsen ist tot. Mich ausgenommen bleiben fünf Leute übrig.«

Stange hatte automatisch mitgeschrieben. »Das ist ja überschaubar.«

Grothe musste nicht nachdenken. Die Ehemaligen hatten sich fest in sein Gedächtnis eingefräst. »Günther Below, ein klassischer Mitläufer, der nach Kameradschaft und Saufkumpanen suchte. Heinz Werner, auf den ersten Blick ein unauffälliger Typ. Ich halte ihn für verschlagen. Der glaubt bis heute, dass Farbige Menschen zweiter Klasse sind. Vor allem ist er Antisemit. Ralf Lorenz, wie Below ein Mitläufer, tut, was man ihm aufträgt. Rüdiger Fritsche, ein kräftiger Kerl, tut dümmer, als er ist, und Lothar Müller, ein vollständig ideologisierter Typ, hat sich auf seine Fingerknöchel Hass eintätowieren lassen. Dem hätte ich nie den Rücken zugekehrt.«

»Warum gerade Müller?«

»Einer wie ich stand für alles, was ihn anwiderte.«

»Verfolgten Sie nicht die gleichen Ziele?«

»Taten wir das? Ich behaupte, Müller war nichts anderes als ein fieser Sadist, der in uns Weggefährten sah, die ihm dabei behilflich waren, seine Neigungen zu befriedigen. Den hätte ich mit keiner Frau länger als eine Sekunde allein gelassen.«

»Gab es von seiner Seite Übergriffe auf Frauen?«

Grothe hob beide Hände. »Beweisen kann ich nichts. Ich bin mir sehr sicher, dass er sich an einer Asylbewerberin aus Nordafrika vergangen hat.«

»Danke vor allem für die Kurzbeschreibungen. Wem trauen Sie den Mord an Ihrem Freund zu? Ich schätze Müller steht für Sie obenan.«

»Ich muss Sie enttäuschen. Müller ist tot. Autounfall. Hat sich mit seinem Wagen überschlagen. Das war 2006 kurz nach der Fußballweltmeisterschaft. Ansonsten hätte ich es jedem zugetraut. Lorenz und Below brauchten jemanden, der sie führte. Von allein wären die nicht darauf gekommen.«

Hilpert sah von seinem Notizblock auf. »Verdächtig ist somit jeder aus der damaligen Gruppe. Das gilt für Sie gleichermaßen.«

»Für mich? Paulsen war mein Freund.«

»Das mag so gewesen sein. Passte er zu Ihren politischen Träumen? Da melde ich meine Zweifel an.«

Überraschend beugte sich Grothe seiner Logik. »Ich stimme Ihnen zu. Bei flüchtiger Draufsicht macht solch ein Gedanke Sinn.«

»Können Sie mir sagen, was Sie in der Nacht vom 22. auf den

23., so zwischen eins und zwei gemacht haben?«, fragte Hilpert unbeirrt.

»Das ist nicht lange her. Schaun wir mal nach.«

Er zog sein Handy aus der Jackentasche und öffnete den Kalender. »Ach ja, da waren wir in ellenlangen Diskussionen im engeren Parteizirkel. Das ging bis weit nach Mitternacht.«

»Und wo fand das statt?«

»Na hier in diesen Räumen.«

»Wenn ich um ein paar Namen bitten dürfte.«

»Ich kann mich hoffentlich darauf verlassen, dass Sie diskret anfragen werden!«

»Herr Grothe, wir wollen einen Mord aufklären, keine Politikerkarriere zerlegen.«

»Natürlich, Entschuldigung.«

Sie waren mitten in der Diskussion, als eine wohlproportionierte Frau mit blonder Haarmähne den Raum betrat. Sie war etwa in Grothes Alter. Man musste nicht zweimal hinschauen, um sie als attraktiv bezeichnen zu können. Sie wirkte auf Hilpert nicht wie eine Blondine aus schlechten Witzen, sondern wie eine Frau, die genau wusste, was sie wollte. Ihr sicheres Auftreten wies darauf hin, dass Sie die Gattin des geläuterten Politikers war. Umso erstaunter war er, als sie ihn direkt ansprach.

»Ich hatte gehört, dass Sie ein gut aussehender Mann sein sollen. Die Realität übertrifft das Hörensagen.«

Als sie ihm die Hand reichte, meinte er, dass sie bei ihm einen Wimpernschlag länger verweilte als bei seinem Kollegen. Er warf ihrem Mann einen Blick zu. Den schien dieses kleine Intermezzo nicht zu interessieren. Vielleicht irrte er und der Politiker hatte in den Jahren Disziplin gelernt.

Selbstbewusst sprach sie auf ihn ein: »Sie sind hier wegen des Mordes an dem ehemaligen Parteigänger meines Ehemannes?«

»So ist es«, antwortete Hilpert. »Sie kannten ihn?«

»Kennen wäre zu viel gesagt. Er war zu Lebzeiten eine spektakuläre Erscheinung, die man so schnell nicht vergaß. So wie ihn habe ich mir als Kind Riesen vorgestellt.«

»Waren Sie zu dem Zeitpunkt bereits mit Ihrem jetzigen Mann zusammen?«

»Nein, ich kannte ihn nur flüchtig über Dr. Siebert. Gelegentlich haben wir uns in der Mensa gesehen.«

»Und seine Nähe zu rechtsradikalem Gedankengut hat Sie nicht gestört?«

»Es hat mich damals nicht interessiert. Und eine Linke bin ich nie gewesen.«

»Es gibt immerhin einen Unterschied zwischen konservativem und faschistoidem Gedankengut.«

»Natürlich, ein wenig kenne ich mich mit unserer Geschichte aus. Ich habe meinen Mann zu seiner Sturm-und-Drang-Zeit nicht in Aktion erlebt. Ich dachte erst später über ihn nach«, sie grinste zu ihm herüber, »da war er weitgehend geläutert und auf dem richtigen Weg.«

Hilpert beschlich das Gefühl, dass die Frau ihm versteckte Avancen machte. Es waren Kleinigkeiten, die ihn davon überzeugten, die Art, wie sie ihn anlächelte oder wie sie mit der Zunge über ihre Lippen strich, wenn sie in seine Richtung blickte. Nach wie vor schien es Grothe nicht zu stören. Was wollte man ihr letztlich vorwerfen? Wie hätte sich ihr Mann verhalten sollen, eine Eifersuchtsszene inszenieren? Hilpert tat das einzig Vernünftige und ignorierte die Avancen, die dessen Frau ihm machte. Als sie sich verabschiedeten, sah sie ihn lange an. »Sollten Ihnen neue Fragen einfallen, die ich beantworten kann, kommen Sie gern auf mich zu. Ich stehe jederzeit zur Verfügung. Schließlich wollen wir Recht und Gesetz Geltung verschaffen.«

Das wollte er tatsächlich. Ob sie die gleichen Vorstellungen von einem gemeinsamen Treffen hatten, musste bezweifelt werden.

Als sie vor dem Haus standen, grinste Stange ihn an. »Mensch, Fabian, die Frau des Hauses hat dich ordentlich angebaggert. Vielleicht solltest du dir ihre Handynummer geben lassen. Soweit ich das beurteilen kann, wäre sie eine Sünde wert.«

»Jetzt übertreibst du gehörig.«

»Da wäre ich mir an deiner Stelle nicht so sicher.«

Hilpert hatte sich folglich nicht in seiner Einschätzung geirrt. Er wollte ihr besser weiträumig aus dem Weg gehen. Er fühlte sich emotional nicht in der Verfassung, sich mit verheirateten Frauen einzulassen. Ihm reichte das Verhältnis, das er vor Jahren mit einer Kollegin hatte, die kurz vor der Eheschließung stand. Gelegentlich fühlte er sich immer noch als Verlierer. Hilpert fragte sich, was Frau Grothe mit dieser Aktion bezweckte. Ihren Mann eifersüchtig machen? War sie der Typ, der sich gerne die Männer griff, die ihr gefielen? Andererseits, was hatte sie getan? Bei objektiver Betrachtung nichts. In Machomanier interpretierten er und Stange irgendetwas in ihr Verhalten hinein, das möglicherweise meilenweit von der Realität entfernt war. Ihn beschäftigte ein anderes Phänomen stärker. Eine reiche, attraktive Frau ehelicht in jungen Jahren einen Mann, der nicht nur arm, sondern nach menschlichem Ermessen eher unattraktiv war. Was hatte sie dazu bewogen, ihn auszuwählen? Folgte man der allgemein gültigen Regel, so griffen sich attraktive Frauen unscheinbare Männer, wenn die materiell etwas zu bieten hatten. Und sie entschied sich darüber hinaus für einen Mann, dessen politische Vergangenheit durchaus negativ auf die Familie und deren geschäftlichen Interessen hätte abstrahlen können. Weshalb hatten sie keine Kinder? Üblicherweise legte man in diesen Kreisen großen Wert auf Nachkommen, um das Familienvermögen früh genug im eigenen Verbund zu erhalten. Hatten diese Überlegungen etwas mit ihrem Mordfall zu tun? Es war zu früh, darüber intensiver nachzudenken. Andererseits wussten sie zu wenig, als dass sie im Vorfeld Verdachtsmomente außer Acht lassen durften, selbst wenn sie an den Haaren herbeigezogen schienen. Das Leben hatte ihn gelehrt, dass jede Abweichung von der Norm seine Bedeutung haben konnte. Klassische Zufälle waren eher rar gesät.

Davon unabhängig stand eine ganze Reihe an Verhören an. Stange übernahm es, die Mitglieder der Gruppe, die Grothe genannt hatte, ins Präsidium zu bestellen. Sollte er auf Widerstände stoßen, wollte er sie vorführen lassen. Für diesen Tag war es zu spät geworden. Die Leute liefen ihnen an diesem Abend nicht davon. Ein Anruf bei den beiden politischen Freunden von Grothe bestätigte dessen Alibi. Der war vorerst aus dem Schneider.

Der frühe Abend wartete mit einem überraschenden Besuch auf. Die Vermittlung avisierte eine Anwältin, die in Sachen Paulsen um einen unangemeldeten Termin bat. Gespannt fragte sich Hilpert, was sie von ihm wollte. Wenig später stand eine schlanke, groß gewachsene Frau vor ihm, die ein zweites Hinschauen durchaus wert war. Ihr fein geschnittenes, beinahe schönes Gesicht wurde von mittellangen, dunklen Haaren eingerahmt, eine kleine Stupsnase erschien wie der Punkt auf dem i und nahm der Erscheinung ein wenig von dem südeuropäischen Charakter. Der dunkle Rock endete ein Stück über den Knien und gab lange wohlgeformte Beine frei. Der klassische Blazer verlieh ihr eine seriöse Note. Sie mochte Ende zwanzig oder unwesentlich älter sein. Beeindruckt gönnte er den High Heels einen Blick. Wie schafften es die Frauen nur, unfallfrei in diesen Schuhen zu laufen? Er biss sich gedanklich auf die Zunge und verzichtete darauf, danach zu fragen.

Sie stellte sich als Laura Verdieck vor. Wie sich zeigte, vertrat sie die Interessen von Grothe. Beeindruckender als ihre Erscheinung war ihre leicht rauchige Stimme. Ob sie diese gelegentlich mit einem Whisky ölte? Betrachtete er ihre makellose Haut, so hatte er es eher mit einem natürlichen Phänomen zu tun. Diese Frau trank unter Garantie kaum Alkohol und fasste keine Zigarette an. Ohne Umschweife kam sie auf ihr Thema zu sprechen. »Wie Sie wissen, bewirbt sich mein Mandant um den Fraktionsvorsitz seiner Partei in Hamburg.«

»Ich habe so was läuten hören. Nur, was hat das mit meiner Arbeit zu tun?«, fragte Hilpert mäßig interessiert.

Sachlich fuhr sie fort: »Herr Grothe hat in der Vergangenheit keinen Hehl aus seiner früheren Gesinnung gemacht. Ganz im Gegenteil, man hat ihn sich innerparteilich gehörig zur Brust genommen.«

»Das mag so gewesen sein«, stimmte Hilpert ihr zu. »Das ist nicht unsere Spielwiese, vorausgesetzt, der Mord hat nichts mit seinen ehemaligen politischen Vorlieben zu tun.« Er räusperte sich. »Ich verstehe, dass ein erneutes Aufflammen dieser Diskussion für seine aktuellen Ambitionen schädlich wäre. Insbesondere, wenn sich die Medien darauf stürzen.«

»Wie gedenken Sie vorzugehen?«, hakte die Anwältin nach.

»Sie befürchten, wir könnten damit an die Öffentlichkeit gehen?«

»Nein, nein, natürlich nicht. Herr Grothe bittet Sie nur darum, sich bei Ihren Ermittlungen dezent zu verhalten.«

Hilpert fühlte sich zunehmend genervt. Er kannte das Prozedere zur Genüge. Trafen sie im Rahmen ihrer Arbeit auf Personen, die sich der höheren Einkommens- oder Vermögensschicht in der Hansestadt zurechneten, wurde prinzipiell über Anwälte oder die Politik versucht, darauf Einfluss zu nehmen. Ständig ging es darum, gewisse Personen mit Glacéhandschuhen anzufassen. Die Diskussion darüber hing ihm zum Hals heraus.

»Wie stellt sich der werte Herr vor, wie wir agieren sollten?«

Sie beugte sich ein wenig vor und fuhr sich mit einer Hand durch ihr dickes Haar. »Er möchte nicht missverstanden werden, sondern bittet nur darum, ihn nicht mehr in seinem Haus zu kontaktieren, sondern in seiner Kanzlei oder mit ihm im Präsidium zu sprechen. Er ist jederzeit für weitere Fragen offen. Der Tote war in einem anderen Leben sein Freund. Er will unbedingt, dass der Mord aufgeklärt wird.«

Hilpert beruhigte sich zusehends. Im Prinzip hatte er keine Probleme mit der vorgetragenen Bitte. Irgendwo verstand er sie sogar. Wurde Grothes Vergangenheit so kurz vor den Wahlen medienträchtig aufgewärmt und mit neuen Vorwürfen garniert, konnte es durchaus seine Kandidatur kosten. Davon unabhängig hatte er sich auskunftsfreudig gegeben. Vor allem war Hilpert Ermittler, kein politischer Sittenwächter. Und nicht jeder seiner Gesprächspartner war so kooperativ wie er. Warum sollte er ihm schaden wollen?

»Wir bekommen das geregelt«, entsprach er ihrem Anliegen. »Es ist unser Job, einen Mörder zu überführen. Politik hat uns nicht zu interessieren.«

»Es gibt eine pikante Frage am Rande«, setzte die Anwältin erneut an. »Grothe meinte, Sie hätten ein wenig mit seiner Frau sozusagen mit den Augen geflirtet?«

»Ich?« Hilpert lachte auf. »Umgekehrt wird eher ein Schuh daraus.« Eine steile Falte zeigte sich zwischen seinen Augen. »Er erweckte eher den Eindruck, als schenkte er dem Verhalten seiner Frau keine Beachtung.«

»Lange Übung macht den Meister. Es ist nicht das erste Mal,

dass sie ihn in dieser Form provoziert. Er hängt sehr an ihr und gilt als ausgesprochen eifersüchtig.«

»Dann muss er ein guter Schauspieler sein. Keine Angst, ich habe mit der Frau keine Handynummern ausgetauscht. Prinzipiell lasse ich die Ehefrauen anderer Männer lieber zufrieden. Das bewahrt einen auf Dauer vor größerem Ärger.«

Fröhlich erhob sie sich aus ihrem Sitz und reichte ihm über dem Schreibtisch die Hand. Er konnte gar nicht schnell genug reagieren und schaffte es mit leichter Verzögerung, aufzustehen und ihre Hand zu ergreifen.

»Ich werde Sie demnächst mal als Dankeschön für Ihre Kooperationsbereitschaft zu einem Abendessen einladen, sollten Sie nichts dagegen einwenden, Herr Hauptkommissar.«

»Das tut nicht nötig. Ich bin mir unsicher, ob es nicht in den Bereich der Bestechung geht.«

»Bestechung wofür? Ich vertrete keinen Mandanten, gegen den ermittelt wird.«

Er grinste sie verlegen an. »Wo Sie recht haben, haben Sie recht. Gegen ein gemeinsames Abendessen ist nichts einzuwenden. Allerdings darf ich mich nicht einladen lassen.«

Abermals fuhr sie sich mit ihrer Hand durchs Haar. »Das bekommen wir geregelt. Ich hoffe, zu Hause sitzt niemand, der gegen ein gemeinsames Dinner Einspruch erhebt?«

Traurig schaute er ihr ins Gesicht. »Das lassen Sie meine Sorge sein.«

Als sie den Raum verlassen hatte, blickte er ihr nachdenklich hinterher. »Was willst du von mir?«, murmelte er und weigerte sich, an seine animalische Ausstrahlung zu glauben. Er hatte vor Petra keine Probleme, Frauen kennenzulernen. Dass sie sich hingegen um seine Nähe rissen und seine Haustür belagerten, wäre ihm neu. Er wollte sich überraschen lassen. Vielleicht war er zu misstrauisch und hatte nur eine günstige Phase zu fassen bekommen. Die eine Frau blinzelte ihm zu, die andere lud ihn zum Essen ein. Erstmals seit dem Tod seiner Frau stellte er sich die Frage, ob er überhaupt für eine Beziehung bereit war. Er lachte auf. Bei realistischer Sicht der Dinge überinterpretierte er das Verhalten beider Frauen.

4

An die ehemaligen Mitglieder der rechtsradikalen Gruppierung heranzukommen, stellte sich schwieriger heraus als erwartet. Am folgenden Tag saßen Hilpert und Stange gerade mal Günther Below gegenüber. Misstrauisch sah er sie aus zusammengekniffenen Schweinsaugen an. Von den Attitüden seiner früheren Gesinnung war nur der kahl geschorene Kopf übrig geblieben. Dies jedoch, weil sich bei ihm die Haare seit seinem zwanzigsten Lebensjahr stetig auf dem Rückzug befanden und er sich irgendwann zu einer Radikalkur entschieden haben musste. Er hatte einen kräftigen Stiernacken und trug mindestens zwanzig Kilo zu viel auf den Rippen. Offensichtlich war er nicht mehr im Training. Nervös rieb er sich die Hände.

»Natürlich erinnere ich mich an Paulsen«, ging er auf Stanges Frage ein. »Der war unser Vorreiter. Er hielt die Truppe zusammen. Man hörte auf ihn.«

»Und wie war es, als er gemeinsam mit Grothe euren Laden verließ?«

»Das war 'ne Katastrophe. Ich erinner mich gut an den Abend, an dem wohl seine Entscheidung fiel. Wir wollten uns nach der Niederlage bei der Fußball-WM abkühlen und 'n paar Ausländer aufmischen. Grothe und Paulsen stellten sich dagegen. Wir wollten klüger sein. Das ging voll in die Hose. Zu der Zeit wimmelte es in Hamburg vor Polizei. Die kriegten uns schneller zu packen, als wir papp sagen konnten.«

»Nach diesem Ereignis sind beide ausgestiegen?«

»Sie sagen es. Er ist so mir nichts, dir nichts gegangen, Grothe ebenso. Beide waren sauer über unsere Blödheit.«

»Und was geschah anschließend?«

»Irgendwie trampelten wir auf der Stelle. Dauernd standen irgendwelche Bullen in unseren Räumen. Man hatte uns im Visier. Wir fingen an, uns zu streiten. Jeder wollte was anderes. Erst später begriff ich, wie wichtig die beiden für unseren Zusammenhalt waren.«

»War es vor allem Paulsen, der vermisst wurde?«, fasste Hilpert nach.

»Der sowieso. Es war seltsamerweise Grothe. Der hat Sachen geschrieben, die man selber irgendwie im Kopf hatte, aber nicht so ausdrücken könnte. Das war genial, was der schrieb. Das hielt uns zusammen und trieb uns nach vorne.«

»Uns hat er erzählt, dass er nicht sonderlich beliebt war.«

»Das stimmt. Vor allem Müller wollte ihm ständig eine in die Fresse hauen. Irgendwie war der eifersüchtig auf ihn. Das hat Paulsen verhindert. Vor dem hatte Müller genau wie wir Schiss. Der hätte mit einer Hand 'nen Stier aufgehalten.«

»Wieso war gerade Müller gegen Grothe?«

Falten bildeten sich auf Belows flacher Stirn. »Gute Frage. Er war einer, der sich an jedem Wochenende spätestens nach dem dritten Halben mit jemandem schlagen wollte. Das hatte mit Politik nichts zu tun. Und Grothe sah aus wie einer dieser Typen, gegen die wir meinten, kämpfen zu müssen.«

»Ich verstehe. Und Paulsen hat ihn beschützt.«

»Genau, der war nicht nur stark, der war schlau. Pausenlos hat er uns eingetrichtert, dass wir Signale nach draußen schicken müssten, nicht nur ausgeschlagene Zähne.«

»Und Müller hat das nicht kapiert?«

»Kapiert hat er es schon. Es war ihm nur scheißegal. Der hatte keine Ideale.«

»Im Gegensatz zu den anderen Mitgliedern der Gruppe.«

»Exakt. Wir wussten, wofür wir kämpften.«

»Und wie ist das heute?«

»Man wird älter. Und diese ganze NSU-Scheiße geht mir auf den Senkel. Ich hab mich vor einigen Jahren zurückgezogen. Am Ende war die Truppe eh zu einem kleinen unbedeutenden Haufen verkümmert. Wir hatten uns nichts mehr zu sagen.«

»Wurde versucht, Sie aufzuhalten?«

»Kurze Zeit. Das ging schnell vorbei. So wichtig war ich für die nicht.«

»Was meinen Sie, weshalb wurde Paulsen umgebracht?«, insistierte Stange.

»Darüber hab ich lange nachgedacht. Ich schätze, da hat jemand auf die Gelegenheit gewartet, als Paulsen durch die Sauferei schwach geworden war, um sich zu rächen.«

»Ich verstehe. Und das nach so vielen Jahren?«

»Manche vergessen nie. Müller war so einer. Nur lebt der nicht mehr. Ist mit seinem schönen neuen GTI über Kopf gegangen.«

»Wer könnte ihn sonst umgebracht haben?«

»Werner, Heinz Werner. Dem trau ich das zu. So von hinten mit einem Messer oder 'nem Baseballschläger.«

Hilpert stutzte, bis ihm klar wurde, dass sein Gegenüber nicht wissen konnte, wie sein ehemaliger Kumpan ermordet worden war.

»Sie sagten, Sie hätten Paulsen seit damals nicht mehr gesehen.«

»Das stimmt.«

»Woher wussten Sie, dass er getrunken hat?«

»Das hat mir irgendwann mal einer erzählt.«

»Nun mal raus damit, wer war das?«

»Werner, ich hatte ihn in der Stadt getroffen. Da haben wir so über alte Zeiten geredet und sind auf Paulsen gekommen.«

»Wissen Sie, wie er umgebracht wurde?«

»Keine Ahnung.«

»Ihm wurde ein Schlafmittel eingeflößt.«

»Von Werner? Unsinn, das hätte der sich nie getraut.« Below überlegte angestrengt. »Nee, nee, der hätte sich selbst an einen besoffenen Paulsen nicht rangewagt. Von hinten mit 'ner Axt, ja, aber nicht von vorne.«

»Wir suchen unter anderem Werner. Haben Sie eine Ahnung, wo der sich aufhalten könnte?«

Er schüttelte den Kopf. »Ich hab überhaupt keine Kontakte mehr zu den ehemaligen Kumpel. Das wär nicht gut für meinen Job. Ich hör mich mal um.«

»Weshalb unterstützen Sie uns? Stehen Sie inzwischen auf der Seite von Recht und Ordnung? Hat der neue Job Sie geläutert? Oder sind Sie Mitglied einer Sekte geworden?«

Below winkte ab. »Paulsen war ein echter Freund. Vor Jahren hatten wir uns mit 'ner Horde Linker gefetzt. Drei Mann sind auf mich drauf. Einer von denen mit 'm Messer. Das hat Paulsen gerafft und mich da rausgeschlagen. Dabei hat er anständig einstecken müssen. Auf den konnte man sich verlassen.«

Hilpert nickte zu den Worten des Mannes, der eine Träne aus den Augenwinkeln wegwischen musste.

»Und wo stehen Sie heute politisch?«

»Der Scheiß interessiert mich nicht mehr. Ich mach meinen Job, ich geh nicht wählen und hau niemandem mehr auf die Fresse, der 'ne andere Meinung hat als ich. Das funktioniert.«

»Gut, letzte Frage: Wo waren Sie in der Nacht vom 22. auf den 23.?«

»Zu Hause im Bett.«

»Sehr schön, gibt es dafür Zeugen?«

Er zuckte die Achseln. »Nicht wirklich, momentan bin ich solo.«

Kurz darauf saßen die beiden Kollegen allein beieinander. »Können wir dem glauben?«, fragte Stange.

»Davon gehe ich aus. Der verfügt nicht über genug Grips, um 'ne Geschichte aus dem Handgelenk zu schütteln. Machen wir uns verstärkt auf die Socken nach Werner. Und vergessen wir Fritsche und Lorenz nicht.«

Nach dem Mittagessen saß Hilpert Kriminaldirektor Weber gegenüber, der ihn zu sich gebeten hatte.

»Also, Hilpert, in Abstimmung mit dem LKA bleibt der Fall vorerst in Ihrer Sonderkommission. Gibt es erste Erkenntnisse?«

»Geht so. Wie es aussieht, kommen wir nicht drum herum, tiefer in die rechte Szene einzutauchen.«

»Das habe ich mir gedacht. Passen Sie bloß auf sich und Ihre Leute auf.«

»Das bekommen wir geritzt. Wie ist es mit dem Verfassungsschutz? Lassen die uns vorerst unbehelligt?«

»Aus der Richtung hat es bisher keine Signale gegeben. Allem Anschein nach haben die diese Vereinigung seit Längerem nicht mehr auf dem Zettel.«

»Ich denke nicht an eine primär rechtsradikale Aktion. Die Gruppe, um die es geht, hat sich selbst zerschlagen. Die sind Opfer ihrer eigenen Dummheit geworden.«

»Vermuten Sie, dass einer der Ehemaligen der Mörder war?«

»Es spricht einiges dagegen, wenn ich mir den Typen vergegenwärtige, den wir bisher vernommen haben. Die anderen sind bestimmt nicht besser. Die Ausführung der Tat passt nicht zu denen. Ausschließen kann ich die selbstredend nicht.«

»Stimmt es«, fuhr Weber fort, »dass Sie einen Kollegen aus Hannover übernehmen wollen?«

»Ja, mittlerweile hat der Personalrat signalisiert, dass von der Seite keine Einwände zu erwarten sind.«

»Ich verstehe.« Weber spielte mit seinen Fingern, als müsse er feststellen, ob sie vollzählig vorhanden seien. Hilpert kannte diese Verlegenheitsgeste seines Chefs zur Genüge.

»Der Name Leupold sagt Ihnen etwas?«, setzte Weber an.

»Sie meinen den Polizeirat aus Hannover?«

»Genau den.«

»Der hat was gegen Schwule.«

Weber lachte auf. »Kann man wohl laut sagen. Sie wissen Bescheid und scheißen darauf?«

»So ist es.«

»Immer zu. Sollte es zu Diskriminierungen kommen, informieren Sie mich. Wir werden da unerbittlich reinschlagen.«

Hilpert blieb gelassen. »Ich denke, das kriegen wir allein geregelt. Der Neue ist Boxer. Dem Vernehmen nach kein schlechter.«

»Wer weiß, wozu das gut ist. Da wird sich mancher Kollege eine blutige Nase holen, wenn er meint, seine Vorurteile pflegen zu müssen.«

»Davon gehe ich momentan aus. Die Wichser sollen nur kommen. Außerdem steht er nicht allein.«

»Was anderes, werter Hauptkommissar. Präsident Leber und ich möchten Sie in den gehobenen Dienst übernehmen. Sie müssten ein bisschen mitmachen.«

Hilpert wand sich wie ein Python, über deren Kopf man einen Sack stülpen wollte. »Ich bin nicht unbedingt motiviert. Ich bin voll zufrieden mit meiner Stellung, die ich jetzt einnehme. Und übers Finanzielle müssen wir uns nicht unterhalten.«

»Wir sollten an die Zukunft denken. In Teilbereichen des gehobenen Dienstes laufen nicht gerade Koryphäen herum. Wir haben dort Bedarf an fähigen Ermittlern, nicht nur an Verwaltungsspezialisten.«

»Was sagt der Personalrat zu Ihren Vorstellungen?«

»Die lassen die Sektkorken knallen, wenn Sie nicken.«

»Fast unvorstellbar, denn mit dem Vorsitzenden habe ich mich so manches Mal ordentlich gefetzt.«

»Das schätzt der. Er sagt, Ihre Attacken kommen stets von vorne. Und Sie seien kompromissfähig.«

»Da sitzen außerdem ein paar Entscheidungsträger im Rathaus, wie sehen die das?«

»Die werden sich mit Sicherheit nicht einmischen. Meinen, das sei unsere Angelegenheit. Der Bürgermeister ist ein Fan von Ihnen.«

»Sind Sie da ganz sicher?«

»Wenn ich es sage.«

»Ich will darüber nachdenken. Ich sehe keinen Anlass für Hektik.«

»Lassen Sie uns nicht zu lange auf Ihre Antwort warten.«

Bevor sich Hilpert in sein Büro verzog, organisierte er sich einen frischen Kaffee, der durchaus trinkbar war. Mit den modernen Maschinen konnte man kaum was verkehrt machen. An seinem Schreibtisch dachte er über das Gespräch mit Weber nach. Er fühlte sich in seiner jetzigen beruflichen Situation wohl. Er hatte genug zu entscheiden, um ungehindert arbeiten zu können, und musste sich nur bedingt um administrative Erfordernisse kümmern. Vor allem wurde er nicht laufend zu irgendwelchen Meetings gerufen, die meist unergiebig verliefen und nur wertvolle Zeit kosteten. In neuer Funktion würden sich seine operativen Spielräume eindeutig einengen. Er wäre mehr Trainer als Spieler. Andererseits konnte niemand vorhersehen, wer einem vor die Nase gesetzt wurde, wenn Weber in den nächsten Jahren in den Ruhestand ging. Da gab es manch einen, dem er gern aus dem Weg ginge. Entgegen seinem sonstigen Verhalten beschloss er, die Entscheidung auf die lange Bank zu schieben. Eine Beförderung war nicht sein größtes Anliegen, das er regeln musste. Routiniert konzentrierte er sich auf ihren Fall. Nach mehreren Telefonaten musste er sich vorerst damit abfinden, dass sie sich weiterhin damit schwertaten, die restlichen Mitglieder aus der früheren rechtsradikalen Truppe ausfindig zu machen. Sie waren entweder nicht gemeldet oder hatten sich verkrümelt. Hilpert hasste es, untätig herumzusitzen und auf die Fahndungserfolge der Kollegen zu hoffen. Den Kopf aufgestützt, stierte er Löcher in die Luft. Die bisherigen Unterlagen waren begrenzt aussagekräftig. Sie wussten zu wenig, der Fall war nicht wie erhofft in Fahrt gekommen. Sie konnten über Motive spekulieren, sich in die rechte Szene orientieren, was einen möglichen Verdächtigen betraf. Greifbare Hinweise, bei denen sie ansetzen konnten, lagen ihnen keine vor. Wenig interessiert blätterte er die dünne Ermittlungsakte durch. Es stand ein Gespräch mit Dr. Siebert, dem Notar und väterlichen Freund von Grothe an. Ob der ihnen zu helfen vermochte? Verfügte er überhaupt über Kontakte zu diesen Leuten, die sie suchten? Letztlich konnte es sich ein Mann in seiner Position nicht erlauben, mit solchen Elementen in einem Atemzug genannt zu werden. Er wollte Stange bitten, sich um einen Termin mit Dr. Siebert zu kümmern. Leute wie dieser Notar gingen gern mal auf Geschäftsreisen. Somit hieß es: abwarten und Tee trinken. Mit einem Ruck beendete Hilpert seine sich anbahnende Lethargie und stand auf. Er winkte Stange von nebenan zu sich. »Was hältst du davon, wenn wir uns mal um diese dubiose Organisation kümmerten, die den Blödmännern den Nährboden für ihren seltsamen Klub bereitet hat. Irgendwer muss die finanziert haben. Die werden nicht von Luft und Liebe gelebt haben.«

»Gute Idee, im Internet bin ich mit denen nicht weit gekommen. Auf eventuelle Hintermänner gibt es keine Hinweise. Ein professionelles Management, das sich versucht hatte, nach außen zu profilieren, zeichnet sich nicht ab.«

»Das heißt, sie gehören eher nicht zu den Global Playern in ihrem Umfeld.«

»Du sagst es. Zumindest müssen die jahrelang finanziell großzügig unterstützt worden sein. Soviel ich herausgefunden habe, sind die identifizierten Beteiligten zu der Zeit keiner regelmäßigen Tätigkeit nachgegangen.«

Hilpert kratzte sich am Kopf. »Welche Ziele haben diese Typen verfolgt? Selbst in ihren besten Tagen glänzten sie eher durch Brutalität als durch brillante politische Aktionen. Welchem Unterstützer reichte das?«

Stange meinte eine Art SA für Arme erkennen zu können. »Überleg selbst. Man macht auf sich aufmerksam. Demonstriert

Stärke und versucht auf diesem Weg Gleichgesinnte für sich zu interessieren und an sich zu binden.«

»Da mag was dran sein«, stimmte Hilpert ihm zu. »Manche Keimzelle ist klein gestartet und hat sich im Zeitablauf gemausert. Andere haben sich aufgelöst.«

Als Büroadresse der RLU war ein Geschäftshaus in der Schäferkampsallee angegeben worden. Hilpert und Stange hätten gut daran getan, wären sie auf öffentliche Verkehrsmittel umgestiegen. So mussten sie sich zähneknirschend durch den Feierabendverkehr der Hansestadt hindurchquälen. Es dauerte seine Zeit, bis sie von Alsterdorf kommend über Eppendorf endlich in Eimsbüttel landeten. Die wirkliche Herausforderung erfuhren sie erst, als sie an der stark befahrenen Straße einen Parkplatz suchten. Schließlich stellten sie den Wagen in zweiter Reihe ab, in der stillen Hoffnung, keinem aufmerksamen uniformierten Kollegen aufzufallen. Grimmig nahmen sie zur Kenntnis, dass ganz in der Nähe eine U-Bahn-Station lag, die ihnen viel Frust erspart hätte. Dafür bekamen sie im Radio einen deprimierenden Bericht über die finanzielle Situation des HSV mit, auf den sie in der Nachbetrachtung gern verzichtet hätten. Ein echter Fan steckte bei solch niederschmetternden Zahlen lieber den Kopf in den Sand und hoffte auf den nächsten Heimsieg.

Das Büro lag in einem mehrgeschossigen Waschbetonbau, bei dessen Errichtung alle Regeln der Ästhetik ignoriert worden waren. Oder fand man das damals chic? Sie landeten im ersten Stock in einem Minibüro, das gerade eben einem schmalen Schreibtisch nebst Kaugummi kauender Sekretärin Platz bot. Sie hatten das Gefühl, den Bauch einziehen zu müssen, als sie eintraten. Glücklicherweise hatten sie seit dem Frühstück nichts gegessen. Sie mussten stehen bleiben, da für Besucher kein Stuhl Raum gefunden hätte.

»Sie wollen jemanden von der RLU sprechen?«, reagierte die Frau hinter dem Schreibtisch gelangweilt auf Hilperts Frage. »Da sind Sie der Erste seit Längerem. Nur dürfte das über mich schwer möglich sein. Ich nehme für die nur die Post in Empfang und bediene deren Telefon, wenn es für die bimmelt.«

»Und wohin gehen die Briefe?«, wollte Stange wissen.

»Keine Ahnung, die werden gelegentlich von einem Kurier abgeholt. Viel kommt hier nicht an.«

»Wie steht's mit Anrufen?«

Sie ließ ihren Kaugummi im Mund wandern, bevor sie sich zu einer Antwort bequemte. »Die haben so gut wie kein Telefon.«

»Und wenn jemand eine Frage hat?«

»Dann notiere ich die Nummer und den Namen des Anrufers und pack die zur Post dazu. Das wird nur selten erforderlich. Wie gesagt, da läuft kaum was.«

»Haben Sie vielleicht eine Adresse oder Telefonnummer? Können Sie uns einen Namen nennen?«

Heftig kauend schüttelte sie den Kopf. »Jemand holt die Sachen ab und verschwindet. Manchmal reden wir übers Wetter. Das war's. Bisher hat er nicht mal 'nen Kaffee von mir angenommen.«

Hilpert grinste. Ihm schien, dass sie Gefallen an dem Kurier gefunden hatte.

»Und wann rechnen Sie demnächst mit ihm?«

Sie zuckte mit den Achseln. »Die letzten Wochen hat er sich nicht blicken lassen.«

»Haben Sie irgendwelche Post für die?«

Sie winkte ab. »Während des gesamten Quartals lag nichts an. Das soll vor Jahren viel mehr gewesen sein. Das war lange vor meiner Zeit.«

Sie waren im Begriff zu gehen, als Hilpert ein Foto von Paulsen hervorkramte. Er reichte es ihr. Sie warf einen Blick darauf und stutzte. »Den kenn ich. Das muss 'n viertel Jahr oder so her sein. Der war nicht zu übersehen, so groß und kräftig, wie der ist. Passte kaum durch die Tür. Außerdem hatte der eine gewaltige Schnapsfahne. Dem möchte ich nicht im Dunkeln begegnen.« Sie schüttelte sich, als die Erinnerung an Paulsen hochkam. »Der hatte Hände, das glauben Sie nicht.«

»Und was wollte er?«

»Er hat einen Briefumschlag abgegeben.«

»Wissen Sie, welche Adresse darauf angegeben war?«

»Keine Ahnung, was juckt mich das? Da war irgend so 'n Zeichen drauf. Es war jedenfalls eindeutig für die RLU.«

Zufrieden steckte Hilpert das Foto ein. »Hat er irgendwas gesagt?«

»Nein, der ist ganz ruhig gewesen. Er hat mir nichts getan, nicht dass ich falsch verstanden werde.«

»Sie spielen hier das Büro für andere Dienstleister?«, fuhr Hilpert fort.

»Genau, wir sind eine Art Anlaufstelle für kleine Firmen, die über kein eigenes Sekretariat verfügen.«

»Werden die ebenso über den Kurier versorgt?«

»Nein, die holen sich die Sachen regelmäßig selber ab. Das wird von Tag zu Tag weniger. Die meisten haben heute 'ne Rufumleitung oder werden per Mail angeschrieben. Vor Jahren hatten wir 15 Kunden, jetzt sind es nur noch drei.«

»Und einer davon ist die RLU«, murmelte Hilpert. »Und die bekommt kaum Post. Sehr seltsam. Dafür zieht man ein Büro auf.«

Obwohl sie wenig herausbekommen hatten, waren die Folgerungen, die sie aus ihrem Besuch zogen, überaus interessant. Als sie auf ihr Fahrzeug zugingen, trafen sie auf eine Politesse, die eifrig dabei war, ihre Nummer zu notieren.

»Na, junge Frau, können wir Ihnen behilflich sein?«, fragte Stange süffisant freundlich.

»Sie behindern den fließenden Verkehr, das kostet.«

Er zückte seinen Ausweis und hielt ihn ihr unter die Nase. »Wir machen darauf aufmerksam, dass wir im Einsatz sind.«

»Davon habe ich nichts mitbekommen«, erwiderte sie schnippisch.

»Nun wissen Sie es.«

»Das werden wir sehen.«

»Tun Sie, was Sie nicht lassen können.«

Die Beamten verzichteten darauf, weiter auf sie einzugehen, setzten sich in den Wagen und fuhren davon. Mittlerweile war der Verkehr noch dichter geworden. Die Rückfahrt würde sich hinziehen. Sie nutzten die Zeit, um das Erlebte zu verarbeiten. Es türmten sich einige Fragen auf. Was suchte Paulsen in dem Laden? Warum hielt der Eigentümer des Geschäftshauses einen Service aufrecht, der sich nicht rechnen konnte? Welcher Kurierdienst kümmerte sich um die Post der Rechtsradikalen? Gab ein Verein, der allem Anschein nach am Ende war, den Auftrag ein abtrünniges Mitglied zu ermorden? Oder ging es eher um eine private Abrechnung? Umso wichtiger schien es, dass sie sich um die verschwundenen Parteigänger kümmerten.

Bis zum Abend flatterten keine neuen Informationen ins Haus, die Hilperts Stimmung gehoben hätten. Mehr oder minder unzufrieden läutete er den Feierabend ein. Da konnte er sich wenigstens um sein Kind kümmern. Das war allemal sinnvoller, als vergeblich auf Fahndungserfolge zu hoffen.

5

Den nächsten Vormittag verbrachte Hilpert in einem eingehenden Gespräch mit einem Kollegen vom Verfassungsschutz. Wie zu vermuten war, spielte die RLU in Hamburg oder Norddeutschland keine nennenswerte Rolle mehr. Ihre beste Zeit hatte sie um 2004, also lange bevor das Thema NSU die Medien beherrschte. Es war der Vereinigung nie gelungen, den Status einer Partei zu erreichen. Offensichtlich gab es in der Vergangenheit lockere Kontakte zu benachbarten gleich gesinnten Gruppierungen. Der Weggang von Paulsen und Grothe stellte einen tiefen Einschnitt dar, von dem man sich nicht mehr erholte. Es verblieben eine Handvoll an Schlägern, die kaum in Erscheinung traten, und einige Dutzend Sympathisanten im Umfeld, die in einer Geschwindigkeit abschmolzen wie die Gletscher in den Alpen. Anfang 2007 wurde ein Anschlag auf Grothe gemeldet, der kläglich ins Leere ging. Der oder die Täter blieben unerkannt. Wie ein Gegenstand auf schiefer Ebene raste die Gruppe in die Bedeutungslosigkeit. Es gelang damals nicht, die eigentlichen Hintermänner zu identifizieren, wobei der Ermittlungsdruck nicht sonderlich hoch war. Gerüchteweise standen ein paar Unternehmer als Ideen- und vor allem als Geldgeber hinter denen, die sich mit den Prinzipien der Demokratie nicht anzufreunden vermochten. Selbst im Rahmen der aktuellen NSU-Untersuchungen ab 2011 war die RLU nicht ins Fadenkreuz der Fahnder gelangt.

Hilpert saß nach der Unterhaltung mit dem Verfassungsschützer nachdenklich an seinem Schreibtisch. Sein Verdacht, es nicht mit einem organisierten Mordanschlag zu tun zu haben, verdichtete sich. Handelte es sich um eine persönliche Abrechnung? Er fragte sich, wer aus der Schlägertruppe als Mörder infrage kommen mochte. Wer verfügte über genügend Verstand, sich solch einen Mordplan auszudenken? Im Verlauf des Nachmittags erreichte ihn ein Anruf des ehemaligen RLU-Mitglieds Below, der seit mehreren Jahren sein Dasein als Hausmeister einer Schule fristete. Von ihm erhielten sie einen brauchbaren Hinweis auf Heinz Werner. Danach hielt der sich vorzugsweise in einer der vielen Boxhallen auf dem Kiez auf. Zwei verdeckte Ermittler erwischten ihn am frühen Abend, als er sein regelmäßiges Training aufnehmen wollte. Es war eine gute Idee, dort ein MEK hinzuschicken, da ihm ein paar seiner Freunde behilflich sein wollten, sich einer Festnahme zu entziehen. Schwarze Helme und gezogene Waffen machten selbst auf überzeugte Faustkämpfer mit ordentlichen Muskelpaketen einen kaum zu übertreffenden Eindruck. Noch am späten Abend verhörten sie Werner. Talentiert spielte er die Rolle des unbescholtenen Bürgers, als habe er mehrere Jahre am Schauspielhaus gastiert. Seine tätowierten muskulösen Unterarme sprachen dagegen eine andere Sprache. Hilpert und Stange ließen ihn gewähren, als er sie an seinem ereignisreichen Leben teilhaben ließ. Zusehends verließ ihn jedoch seine Gelassenheit. Mit zusammengekniffenen Augen musterte er schließlich die beiden Beamten. »Was woll'n Se von mir? Warum werde ich wie ein Verbrecher behandelt?«

Stange übernahm mit vor der Brust gekreuzten Armen das Verhör. »Wir hatten Sie aufgefordert, mit uns einen Termin im Präsidium wahrzunehmen. Leider stießen unsere Versuche, den Kontakt zu Ihnen aufzunehmen, ins Leere. Daher haben wir nach Ihnen fahnden lassen.«

»Nun haben Sie mich einkassiert. Was kann ich für Sie tun? Spucken Sie es aus. Ich hab keine Lust, lange bei euch rumzuhängen.« Er ließ den Blick kreisen. »Ist mir zu ungemütlich.«

»Es geht um Knut Paulsen«, erwiderte Hilpert.

»Aha, und was hab ich mit dem Wichser zu tun?«

»Man behauptet, Sie mochten ihn nicht besonders.«

»Kann man so sehen. Er und Grothe hatten unsere Gruppe

verlassen. Solche Leute nennt man Verräter. Alles, wofür wir gekämpft haben, ist danach den Bach runtergegangen.«

»Wie man hört, konnten Sie die schon vorher nicht sonderlich gut leiden«, schoss Hilpert einen Pfeil ins Blaue ab.

Werner lehnte sich so weit wie möglich in seinem Stuhl zurück. »Na und, ist das verboten, jemanden scheiße zu finden?«

»Was störte Sie an denen?«

»Paulsen spielte sich ständig auf, als sei er der Chef im Ring. Grothe umsorgte er wie eine Mutter. Dabei hätte der Knabe mal ein paar Maulschellen gut verkraften können. Müller und ich war'n da einer Meinung.«

»In Ihrer Gruppe war es üblich, die eigenen Kumpel zu verprügeln?«

»Nein, natürlich nicht. Grothe war an der Reihe, der Herr Student.« Er spuckte den Begriff geradezu aus. »Der fühlte sich als was Besseres.«

»Warum habt ihr ihn nicht rausgeschmissen, wenn er nicht zu euch passte?«

Werner wand sich wie ein Wurm, als stemmte sich alles in ihm, etwas Positives über den ehemaligen Weggefährten von sich zu geben. »Na ja, war erste Sahne, was der sich abbrach, wenn es darum ging, Flugblätter zu verfassen. Der hat mal 'ne Rede gehalten, da sind die Leute aufgesprungen und haben geklatscht wie die Wilden. Dafür war er zu gebrauchen.«

»Und das hätte mit blauen Augen besser geklappt?«

»Quatsch, aber ich konnte ihn eben nicht leiden.« Mit gequältem Lächeln blickte er zu den beiden Kripoleuten hinüber. »Was sollen diese Fragen? Ist alles Mist von gestern. Keine Sau interessiert sich mehr dafür.«

»Halten Sie sich zuweilen in dem Büro in der Schäferkampsallee auf?«, setzte Hilpert die Befragung fort, ohne auf die Worte des Vernommenen einzugehen.

Er schüttelte den Kopf. »Da bin ich lange nicht gewesen. Es ist Jahre her, dass ich da was zu tun hatte.«

»Was haben Sie dort gemacht?«

»Ich hab 'nen Briefumschlag hingebracht.«

»Von wem hatten Sie den bekommen?«

»Was weiß ich? Keine Ahnung.«

»War das eure Zentrale?«, fuhr Hilpert fort.

»Blödsinn, an der Stelle erhielten wir unsere Anweisungen, manchmal Kohle. Oder wir gaben Sachen ab. Ich musste nicht oft hin. Das war 'n Ding für Grothe. Der fiel nicht so auf wie wir. Sah ja aus wie Mutters Liebling.«

»Wofür war das Büro denn gut?«

»Es war die Vermittlungsstelle zwischen uns und der Parteiführung.«

»Aha und wer gehörte zu eurer Parteiführung?«

»Ich hab keinen blassen Schimmer. Die Herrschaften haben sich bedeckt gehalten. Mit Leuten wie uns wollten die sich nicht abgeben. Wir waren denen wohl nicht gut genug. Vielleicht ist es so besser gewesen. Da konnten die von euch nicht aufgemischt werden.«

Hilpert blieb unbeirrt. »Was war eure Aufgabe? So wie ihr aufgetreten seid, habt ihr dem normalen Bürger Angst und Schrecken eingejagt.«

Zu seinem Erstaunen stimmte Werner ihm zu. »Das hat Grothe seltsamerweise auch gesagt. Früher haben wir ihn ausgelacht. Heute weiß ich, dass er richtiglag. Das war ein Mist, dass er abgehauen ist. Ich sag's nicht gern, er fehlte uns.«

Obwohl die Beamten wenig Neues erfuhren, deckten sich Werners Ausführungen mit ihren bisherigen Erkenntnissen.

Hilpert beugte sich seinem Gegenüber entgegen. »Und Sie haben keine Ahnung, weshalb wir Sie vernehmen?«

»Woher sollte ich denn?«

»Es geht um Paulsen, er wurde ermordet.«

»Paulsen ermordet? Klar, jetzt glauben Sie ...« Er lachte gehässig auf. »Hat ihn also endlich jemand alle gemacht, den Unbesiegbaren. Es gibt einen Gott! Der hat tausendmal den Tod verdient. Hoffentlich erwischt es Grothe gleich mit.«

Beinahe träumend blickte er nach oben. Die Nachricht von Paulsens Tod schien ihn zu beflügeln. Trotzdem hatte er sich schnell wieder im Griff. Vor allem war er neugierig.

»Wen hat der denn so dicht an sich rangelassen, dass der ihn umlegen konnte? Zu unserer Zeit wär das unmöglich gewesen. Der war nicht nur stark, sondern aufgeweckt und unglaublich schnell.«

»Nun, er hat in letzter Zeit gern zu viel getrunken.«

»Egal, selbst mit zwei Promille hat der sich jeden vom Hals gehalten.«

Stange warf ihm einen prüfenden Blick zu. »Selbst Sie? Soweit ich das beurteilen kann, scheinen Sie gut im Training zu stehen.«

»Ich gegen Paulsen? Vergessen Sie's. Der war um Klassen besser als jeder andere von uns.«

»Was machte ihn denn so stark?«

»Seine Kraft und seine Technik. Der wär fast mal in der Olympiamannschaft im Karate gelandet.« Er schüttelte den Kopf. »Wie ist er gestorben?«

»Er wurde vergiftet.«

Prustend lachte Werner los. »Vergiftet, klar, anders wäre ihm nicht beizukommen, höchstens mit 'nem Schnellfeuergewehr oder 'ner Bombe. Und Sie meinen, ich wär das gewesen?« Er beugte sich vor, und legte die Hände ruhig auf die Tischplatte. »Hätte ich damals eine Chance gehabt, ich hätte ihn seelenruhig umgelegt, doch nicht mehr heute. Das ist alles zu lange her.«

»Hätten Sie einen anderen aus der Gruppe im Auge?«

»Wer kommt auf die Idee, Paulsen zu vergiften? Keiner. Das passt nicht zu uns. Es sei denn ...« Grinsend wandte er sich direkt an die beiden Vernehmer. »Ich würde mich an eurer Stelle mal mit Grothe unterhalten. Gift könnte zu ihm passen. Den hätte Paulsen jederzeit an sich rangelassen.«

»Wovon leben Sie?«, ignorierte Hilpert dessen Anmerkung.

»Ich bin Türsteher auf dem Kiez. Mit dem Geld, das ich verdiene, komm ich über die Runden.«

»Haben Sie in der Nacht vom 22. auf den 23. dort gestanden?«

»Worauf Sie sich verlassen können.«

Ohne mit der Wimper zu zucken, nannte er seinen Arbeitgeber und den Namen des Ladens auf dem Kiez nahe der Großen Freiheit. Sie konnten sich der Logik des Mannes nicht entziehen. Entweder hatten sie es mit einem abgebrühten Lügner zu tun, oder mit jemandem, der durchaus in der Lage war, zwei und zwei zusammenzuzählen. Und Werner hatte recht. Grothe passte perfekt ins Geschirr. Ihren Verdächtigungen stand allerdings das unumstößliche Alibi des Politikers entgegen. Hilpert gab Stange einen Wink. Beide erhoben sich und verließen grußlos den Vernehmungsraum. Zwei Kollegen aus ihrer Kommission würden sich den Mann vornehmen und vor allem sein Alibi überprüfen. Auf dem Flur begegnete ihnen Birgit Grosser aus der Gruppe Stange.

»Aus der Sippe der RLU-Mitglieder können wir Rüdiger Fritsche streichen. Der schippert momentan auf dem Atlantik, weit weg von Hamburg.«

»Einer weniger, den wir befragen müssen.«

Es war an der Zeit, sich auf den Weg zu Dr. Siebert zu machen, dem Notar, dem Grothe so viel zu verdanken hatte.

* * *

Der Jurist residierte in einem der typischen älteren hanseatischen Notariate. Das Mobiliar war verschlissen und längst abgeschrieben. Bei genauerer Betrachtung war es gerade mal sperrmülltauglich. Wer als hanseatischer Notar etwas auf sich hielt, achtete auf die Fixkosten. Das hieß, neben einer frugalen Geschäftsausstattung zahlte man mäßige Gehälter. So blieb genug für einen selbst übrig. Dafür stimmte die Adresse am Gänsemarkt. Der Besprechungsraum, in den man die beiden Kommissare führte, strahlte etwas mehr an hanseatischer Gediegenheit aus. Sie setzten sich an einen rechteckigen Mahagonitisch. Irgendwann musste jemand die Stühle drum herum ausgewechselt haben. Zumindest passte die neue Kollektion nicht unbedingt zu dem sonstigen altväterlichen Inventar. Der Notar ließ sie nicht lange warten und verzichtete auf umständliche Vorreden. Der mittelgroße Mann trug den unvermeidlichen dunklen Anzug mit Weste, die ein wenig über dem Bauch spannte. Der Farbe seiner grauen Haare nach zu schließen war er Anfang, Mitte sechzig. Selbstverständlich durften eine dezent gestreifte Krawatte und die edlen Manschettenknöpfe nicht fehlen. Man konnte ihn als durchaus passable Erscheinung bezeichnen.

Kurze Finger, dachte Hilpert. Seine Finger sind zu kurz.

»Ich vermute, Sie sind mit der Aufklärung des Mordes an Herrn Paulsen befasst«, wandte er sich an die Beamten.

»So ist es«, übernahm Hilpert das Antworten.

»Es gab eine Zeit«, fuhr Siebert fort, »da war mir der Mann sehr behilflich.«

»Sie hatten mit der Schlägertruppe zu tun?«, fragte Stange entsetzt.

»Um Gottes willen, nein! Knut hat mich nur dabei unterstützt, Grothe von diesen furchtbaren Menschen zu trennen. Er war sehr kräftig, vor allem zeichnete ihn eine gesunde Portion Menschenverstand aus. Er begriff sehr viel früher als Grothe, dass dieser dabei war, seine gesamte Zukunft zu zerstören.«

»Wie sind Sie auf Grothe gestoßen?«

»Sie werden lachen. Es waren seine schriftlichen Ergüsse, die mich beeindruckten. Sie waren mir zufällig in die Hände gefallen.«

Hilpert setzte sofort nach: »Die wurden doch nicht am Gänsemarkt verteilt.«

»Das ist richtig. Ich bekam sie von einem Mandanten.«

»Namen wollen Sie keinen nennen?«

»Einen Teufel werde ich tun.«

»Verstanden, wie war das mit Grothe?«

»Ich begegnete ihm kurz darauf an der Uni. Ich hielt dort eine Gastvorlesung. Er fiel mir durch seine ausgefallenen Fragen auf. In einem Gespräch zwischen Tür und Angel begriff ich, dass er der Autor der Flugblätter war, die mich so beeindruckten.«

»Sein rechtsradikaler Hintergrund hat Sie nicht weiter gestört?«

»Natürlich. Was er von sich gab, passte wohl kaum in das Programm demokratischer Parteien. Irgendwie faszinierte er mich und ich begann, mich um ihn zu kümmern, letztlich mit dem Resultat, dass ich ihn aus diesem Sumpf ziehen konnte.«

»Und Paulsen unterstützte Sie bei diesem Vorhaben?«

»Sie sagen es. Man lief leicht Gefahr, diesen Mann intellektuell zu unterschätzen. In dem steckte eine ganze Menge.«

»Kommen wir auf Grothe zurück. Meinen Sie, er ist wirklich geläutert?«

Als habe ihn jemand rot geschminkt, verwandelte sich Sieberts Gesichtsfarbe bei Hilperts Frage. Seinem scharfen Ton war zu entnehmen, dass er sie als unbotmäßig empfand.

»Wie darf ich das verstehen?«

»Nun, es war nicht unsere Idee. Einer seiner ehemaligen Kumpane meinte, insbesondere ein Giftmord würde zu ihm passen.«

Überraschend nickte Siebert zu seinen Worten. Schnell hatte er sich gefangen. »Da steckt eine gewisse Logik drin. Diese primitiven Banausen wären nicht auf die Idee gekommen, jemanden auf diese Art und Weise aus dem Weg zu räumen. Somit bliebe nur Grothe übrig.«

»Nun hat er ein unumstößliches Alibi«, warf Stange ein.

Siebert war anzumerken, dass ihm dieser Hinweis durchaus ins Konzept passte. Geradezu dankbar lächelte er den Hauptkommissar an. Dieser Moment sollte nicht lange andauern, als Hilpert darauf hinwies, dass Grothe möglicherweise als Ideengeber aufgetreten war und die Ausführung der Tat jemand anderem überlassen haben könnte.

»Da müssen Sie mit guten Beweisen aufwarten, werter Kommissar«, reagierte er leicht verschnupft.

Hoffentlich bekommt er nicht wieder einen roten Kopf, dachte Hilpert. Siebert war ein kräftiger Mann, der einige Kilo zu viel auf den Rippen trug. Da konnte ein zu hoher Blutdruck Böses bewirken. In diesem Fall blieb der Jurist ruhig, sah man von einigen Schweißtropfen auf der hohen Stirn ab. Seine wenigen sorgfältig gescheitelten Haare glänzten, als habe er zu viel Frisiercreme verwendet. Seinen wachen Augen schien nichts zu entgehen.

Hilpert setzte neu an: »Wie Grothe uns erzählte, hat er Ihnen durch seine Sozietät manchen Kunden vor der Nase weggeschnappt.«

»Kann man so sagen. Wobei die Anwaltskanzlei und das Notariat strikt voneinander getrennt sind. So ist das Leben. Es ist nachvollziehbar, dass die Familie seiner Frau mehr an ihn als an meine Anwälte denkt. Das gilt jedoch nur bedingt. Meine Nichte hat sich auf Unternehmensrecht spezialisiert. Der kann Grothe in dem Sektor nicht das Wasser reichen. Durch diese Hintertür gelangt mancher Euro zu uns, besser zu ihr.« Er beugte sich zu Hilpert hinüber. »Die Mandate sind ordentlich dotiert. Es lässt sich vorzüglich damit leben. Bis Grothe so weit ist, uns darin das Feld streitig zu machen, lebe ich auf einem Weinberg in Südfrankreich. Und mein Notariat ist davon eh unberührt.«

»Er ist doch sowieso auf dem Weg in die große Politik«, ergänzte Hilpert.

»Richtig, das spielt uns selbstredend in die Karten. Darüber habe ich noch gar nicht nachgedacht.«

»Sie nehmen es ihm nicht übel, dass er Ihnen Konkurrenz gemacht hat?«

»Ganz im Gegenteil, ich habe ihn darin bestärkt, sich selbstständig zu machen.«

»Wieso?«, interessierte sich Stange.

»Er weiß, wo seine Defizite liegen. So gesehen sorgt er dafür, dass kompliziertere Sachen bei uns landen. Ihn erreichen Mandate, an die wir nie und nimmer rangekommen wären. Und Grothe ist mir gegenüber nach wie vor loyal.«

»Das heißt, eine Hand wäscht die andere?«

»Ich hätte es nicht besser ausdrücken können. Wissen Sie, vor mir liegen knapp zehn Jahre Arbeit als Notar. Danach muss ich die Segel streichen, weil es der Gesetzgeber so will. Ich habe anständig gelebt und möchte daran nichts ändern. Als Anwalt kann ich kleinere Sachen bearbeiten oder als Notarvertreter tätig werden, sollte es mir in den Kopf kommen. Wer weiß, was in zehn Jahren ist.«

»Wer wollte dem widersprechen, auf lange Sicht sind wir alle tot«, pflichtete Hilpert ihm bei.

»Sie hören sich an wie ein Philosoph.«

»Der Spruch stammt nicht von mir.«

»Ich weiß.«

Eine Viertelstunde später trennten sie sich.

Die beiden Kollegen setzten sich nach dem Gespräch auf einen Kaffee zusammen. Sie hatten einen dieser Sommertage zu fassen bekommen, an denen man hamburgsüchtig werden konnte. Die Beine weit ausgestreckt, die Hände hinter dem Kopf gefaltet, beobachtete Hilpert den vorbeifahrenden Verkehr, während sich Stange über das zweite Stück Kuchen hermachte. Sie fühlten sich wohl und ließen die Seele ein paar Minuten baumeln. Schnell mischte sich der Fall in ihre Gespräche ein.

»Wie sehen wir das mit Grothe?«, fragte Hilpert. »Ist er nun potenzielles Opfer, ist er Auftraggeber? Als direkter Täter kommt er definitiv nicht infrage.«

Stange wischte seinen Mund mit der Serviette ab und schielte nach einer Kellnerin. Ganz offensichtlich war ihm nach einem weiteren Stück Gebäck. Leider zeigte sich niemand mit Schürze um die Taille. Er würde sich selbst im Laden versorgen müssen. Eher unwillig ging er auf Hilperts Frage ein. »Für sein Opferdasein hätten wir ein Motiv, nämlich Rache, wenngleich leicht verspätet. Da könnte es 'ne Idee sein, ihn unter Personenschutz zu stellen. Als Auftraggeber für einen Mord fehlt es mir an der inneren Logik.«

Hilpert schob seinen Teller von sich weg und griff nach seiner Tasse. »Ich schätze, weil wir die Zusammenhänge nicht durchschauen.« Er leerte sie mit einem kräftigen Schluck.

»Besorg dir 'ne Lupe, Fabian. Ich kümmere mich um ein neues Stück Kuchen. Wie ist es mit dir, soll ich dir was mitbringen?«

»Oh ja, einen Windbeutel mit ordentlich viel Sahne. Soll gut für die Nerven sein. Und ein Milchkaffee würde wunderbar dazu passen.«

Die nächsten Minuten bestimmte das Gebäck ihr Sinnen und Trachten. Erst im Wagen fanden sie zu ihrem Thema zurück, allerdings ohne nachhaltig zu punkten. Hilpert schwenkte vorsichtig auf Stanges Linie ein. Es gab tatsächlich für Grothe keinen ersichtlichen Grund, gerade den Mann umbringen zu lassen, der für ihn über Jahre eine Art Schutzengel gespielt hatte.

Auf dem Rückweg erreichte sie ein Anruf aus dem Präsidium. Mit Ralf Lorenz konnten sie den nächsten Gesuchten von ihrer Liste streichen. Er saß wegen eines Raubüberfalls ein. Als Wiederholungstäter war bei ihm an einen Freigang nicht zu denken. Birgit Grosser informierte sie über ein Telefonat mit Below, in dem er einen Krösser Hof in der Gegend von Tostedt erwähnte, wo sich die Gesinnungsgenossen gelegentlich getroffen hatten. Stange wollte nachfragen. Hilpert winkte gelassen ab. Als geborener Heidjer kannte er sich in der Gegend aus. In Tostedt war er mehr als einmal gewesen. Der Ort war zum Leidwesen vieler Bewohner in Verruf geraten, was den Auftritt von Mitgliedern der rechten Szene betraf. An die Adresse des Hofs würde er ohne Unterstützung gelangen.

An diesem Abend beschloss Hilpert zu joggen. Der Keller des Hauses verfügte zwar über einen gut ausgestatteten Kraftraum, aber wann immer es sich anbot, hielt er sich lieber im Freien auf und testete seine Kondition im gnadenlosen Auf und Ab der hügeligen Wege in Blankenese. Nach einer guten Stunde wusste er, was er geleistet hatte. Es reichte gerade eben für die Dusche. Danach fiel er mehr ins Bett, als dass er sich hineinlegte.

6

Mittlerweile hatte der neue Mitarbeiter den Dienst aufgenommen. Albers bewies den Profi. Er griff sich die Ermittlungsakte und las sich in den Fall ein. Er war für jeden Rat offen. Ansonsten ließ er alles auf sich zukommen. Hilpert bat ihn am nächsten Tag zu sich.

»Besorg uns einen Grundbuchauszug vom Krösser Hof in Tostedt.«

»Tostedt, nie gehört.«

»Dann wird es Zeit, dass du dich damit beschäftigst. Grobe Richtung Nordheide. Dem Vernehmen nach ist dort die rechte Szene mächtig aktiv.«

»Kapiert, ich werde mich sputen.«

Beim Hinausgehen stieß er beinahe mit Stange zusammen, der zu Hilpert wollte.

»Finde ich gut, dass du gleich anfängst, bei uns mitzuspielen. Jeder Profi ist uns willkommen.«

»Selbst wenn er nicht auf Frauen steht?«

»Wenn ich mich nicht irre, haben wir bei den letzten Meisterschaften gegeneinander gekämpft. Da hat es mich nicht gestört.«

»Du wusstest, dass ich schwul bin?«

»Nein, woher denn? Es ist mir scheißegal. Übrigens, mein Name ist Bernd.«

»Mein Vorname ist ...«

Der Hauptkommissar unterbrach ihn. »Julian, ich weiß.«

Sie winkten einander zu und trennten sich. Stange wies in Hilperts Büro mit dem Daumen hinter sich in die Richtung, in die Albers verschwunden war. »Dem muss in Hannover übel mitgespielt worden sein. Er verhält sich so, als befürchte er, andere mit Ebola anzustecken.«

Hilpert warf seinen Kugelschreiber, den er in der Hand hielt, vor sich auf die Schreibtischunterlage. »Ich kapier das nicht. Es kommt auf den Ermittler an, nicht auf dessen private Vorlieben.«

»Was willst du machen, wenn die oberste Heeresleitung zum Angriff gegen dich bläst?«, erwiderte Stange. »Da helfen dir keine linken Geraden. Du wirst zu 'ner Art Freiwild. Das wäre bei uns nicht anders.«

»Da muss ich dir recht geben. Ich unterstelle, dass wir so etwas verhindern würden.«

»Worauf du dich verlassen kannst. Man bekommt nur nicht ständig alles mit.« Stange grinste ihn traurig an.

»Wohl wahr. Was kann ich für dich tun, mein Freund?«

»Ich komme auf unseren Besuch in diesem seltsamen Büro in der Schäferkampsallee zurück. Ich habe mir mal den Namen des Hauseigentümers geben lassen.«

»Und was rausgefunden?«

»Es heißt, er soll in der Vergangenheit mit der NPD verbandelt gewesen sein. Im eigentlichen Sinn wurde gegen ihn nicht ermittelt.«

»Das passt wie die Faust aufs Auge. Dann wissen wir, weshalb der Service in dem Bürohaus aufrechterhalten wird, obwohl er sich kaum rechnen dürfte.«

»Sag ich doch.« Stange reichte ihm einen Zettel mit dem Namen und allen wesentlichen Daten.

»Siegfried Rössler«, murmelte Hilpert vor sich hin. »Er hat im oberen Geschoss eine eigene Wohnung. Sehr praktisch.«

Keine Stunde später stand Albers vor ihm, eine Kopie des Grundbuchauszugs in der Hand. »Der Hof liegt etwas abseits auf dem flachen Land. Es gibt tatsächlich einen Eigentümer, der Krösser heißt. Der lebt im Stuttgarter Raum. Ist kaufmännischer Angestellter. Vorname Heinrich. Ich habe ihn kontaktiert. Wie er erzählte, hat er nicht viel mit Ackerbau und Viehzucht im Sinn. Er hat das Teil vor zwölf Jahren von seiner verstorbenen Mutter geerbt. Seitdem ist es vermietet. Bis heute fliegt ein Tausender im Monat auf sein Konto. Erst kürzlich wurde eine Vorauszahlung über drei Jahresmieten geleistet.«

»Solche Mieter wünscht man sich. Hast du seinen Namen in Erfahrung gebracht?«

»Klar, er heißt Siegfried Rössler.«

»Bingo«, stieß Hilpert hervor. »Jetzt können wir angreifen.« Er griff in die Schublade seines Schreibtisches, zog seine Waffe hervor und schob sie ins Seitenhalfter. »Statten wir dem Hof einen Besuch ab. Danach schauen wir bei Herrn Rössler vorbei.«

»Was macht den Mann so interessant?«

»Ich vermute, bei dem liefen die Kommunikationsstränge der RLU zusammen.«

»Du meinst diesen rechtsradikalen Haufen, zu dem der ermordete Paulsen zeitweise gehörte?«

»Genau den.«

Auf dem Weg zum Aufzug winkten sie Stange in seinem Zimmer zu.

Sie entschieden sich, die A7 zu nehmen und gingen in Stellingen auf die Autobahn. Die Fahrt durch den Elbtunnel verlief ohne den traditionellen Stau, da alle Röhren ausnahmsweise offen waren und kein Lastwagenfahrer die Höhenkontrolle ausgelöst hatte. Am Buchholzer Dreieck fuhren sie auf die A1 Richtung Bremen. Bereits bei der Abfahrt Hollenstedt ging es auf die Landstraße. Bevor sie die B75 nach Tostedt erreichten, stießen sie auf die Zufahrt zu einem Bauernhof. Sie hatten ihr Ziel erreicht. Langsam rollten sie auf das Haupthaus zu. Es war ein Stück zurückgesetzt worden. Der traditionelle Hof war in den Fünfzigerjahren durch ein zu der Zeit modernes Backsteingebäude ersetzt worden. Nichts war mehr mit Fachwerk und reetgedecktem Dach. Übrig geblieben war eine nichtssagende Architektur ohne jegliche Ausstrahlung, hässlich, dafür effektiv.

Das Anwesen machte auf sie einen reichlich verwahrlosten Eindruck. Der verwilderte Garten vor dem Haus, die verdreckten, zum Teil eingeschlagenen Fensterscheiben wiesen darauf hin, dass sich offensichtlich seit Längerem niemand mehr um die Liegenschaft gekümmert hatte. Hinterm Haus stießen sie auf eine mächtige Holzscheune, die sich in einem überraschend guten

Zustand präsentierte. Das Doppeltor war mit einer Stahlkette und einem modernen Vorhängeschloss gesichert. Durch den Spalt zwischen den Torflügeln nahmen sie nichts wahr, da es drinnen zu dunkel war. Die wenigen Fenster waren fest vergittert. Hier gelangten nur professionelle Einbrecher hinein. Ob die sich gerade eine Scheune auf einem verlassenen Hof aussuchen würden, musste allemal bezweifelt werden. Albers schüttelte an der Kette. Ohne erkennbaren Erfolg.

»Soll ich sehen, ob sich irgendwo eine Eisenstange findet, mit der man vielleicht das Schloss knacken könnte?«, fragte er Hilpert.

Dieser winkte ab. »Daran wirst du dir die Zähne ausbeißen. Das ist ein stabiles Teil.«

»Vielleicht sollte ich versuchen, hinaufzuklettern und es durchs Dach probieren.«

»Da wünsche ich viel Erfolg. Selbst wenn du reinkommst, was teilen wir dem Eigentümer oder dem Mieter mit, weshalb wir hier gewaltsam eingedrungen sind? Außerdem wildern wir in fremdem Terrain. Der Hof gehört in den Einzugsbereich unserer niedersächsischen Kollegen. Da kommt immer sehr viel Freude auf, wenn wir denen ohne Abstimmung in die Quere kommen. Was wollen wir erzählen? Dass dieser Scheune in einer Mordermittlung besondere Bedeutung zukommt? Dass Gefahr im Verzug war? Schauen wir uns um, bevor wir ans Eingemachte gehen.«

Sie umrundeten das Gebäude und stießen auf einen Parcours, der garantiert nicht für die Ausbildung von Pferden errichtet worden war. Sie mussten wenig Fantasie aufbringen, um zu begreifen, dass in dem Umfeld eine Art paramilitärische Ausbildung stattgefunden hatte. Bis hin zu einer Eskaladierwand war alles aufgebaut worden, was insbesondere bei der Bundeswehr angesagt war, um die Rekruten in Form zu bringen. Allerdings hatte der Zahn der Zeit an der Anlage genagt. Deutlich erkennbar hatte hier seit Jahren niemand mehr Hand angelegt. Wurde in diesem Umfeld alles für den großen Umsturz vorbereitet?, fragte sich Hilpert. Fehlten nur die Waffen. Vielleicht stand ein Panzer in der Scheune. Das würde allemal deren übertriebene Sicherung erklären. Kopfschüttelnd umrundeten sie das Gebäude, bis sie erneut vor dem verrammelten Eingangstor landeten. Die

Hände in den Hosentaschen vergraben, stierte Hilpert darauf. Wahrscheinlich fanden sich drinnen Dinge an, die für sie bedeutsam waren. Kein Mensch sicherte auf dem Land sein gelagertes Heu oder sein Brennholz so ab.

Plötzlich machte er einen großen Schritt. »Was haben wir denn hier? Das darf nicht wahr sein!« Er bückte sich und hob eine Patronenhülse auf. »Neun Millimeter. Jetzt wird es interessant. Damit kommen wir ein ganzes Stück voran.«

Er tippte die Kurzwahl der Polizei ein. Wenig später unterhielt er sich mit einer Beamtin, die er kurz instruierte. Er nahm das Wort Terrorismus in den Mund, mit dem man jeden verschlafenen Staatsdiener hinter dem Ofen hervorlockte und jeden Durchsuchungsbefehl erwirkte. »Denken Sie bloß an einen Schlosser, sonst kommen wir nicht in den Bau rein.«

Vorsichtig legte er nach dem Gespräch die Hülse in einen kleinen Plastikbeutel. Hoffentlich blamierten sie sich nicht bis auf die Knochen vor den Kollegen aus Buchholz oder Tostedt und fanden in der Scheune nur Opas verrostete 08, die er als Souvenir aus dem letzten Krieg hatte mitgehen lassen. Er musste es darauf ankommen lassen. Seine Nase verriet ihm, dass er richtiglag. Leider war sie gelegentlich verschnupft.

»He, was sucht ihr dort? Das ist Privatgelände!«, erreichte sie eine kräftige männliche Stimme. Sie drehten sich um und entdeckten zwei breitschultrige kahlköpfige Männer, die mit schnellen Schritten auf sie zueilten.

»Warum sollten wir euch das erzählen?«, erwiderte Hilpert provozierend. »Wir wollen ebenso wenig wissen, weshalb ihr euch hier rumtreibt.«

»Wir sind vom Eigentümer beauftragt worden, auf dem Hof gelegentlich nach dem Rechten zu schaun«, antwortete einer. »Also ab mit euch oder wollt ihr Ärger haben?«

Hilpert streckte die Hand aus. »Wenn ich um die Legitimation bitten dürfte?«

Sie schauten ihn an, als habe er eine Examensfrage gestellt, die sie nicht beantworten konnten. Dem Größeren wurde es zu bunt, er ging mit geballten Fäusten einen Schritt auf Hilpert zu.

»Du willst es wohl nicht anders, wie?«

»Willst du etwa meinem Freund zu nahe treten?«, mischte sich Albers ein.

Er stellte sich vor Hilpert und blickte zu dem Mann hinüber, der mindestens einen halben Kopf größer war als er und bestimmt vierzig Kilo mehr als er auf die Waage brachte. Und nicht alles, was den massigen Körper ausmachte, konnte als reine Fettsubstanz bezeichnet werden. Grinsend wollte er Albers beiseitestoßen, als ihn ein Knie zwischen die Beine traf. Ein Kick mit dem Ellbogen gegen das Kinn führte bereits zur Bodenberührung. Der zweite Mann war ehrfurchtsvoll stehen geblieben. Die Erfahrung hatte ihn offensichtlich gelehrt, schlanke Menschen ohne spektakuläre Muskelmassen nicht zu unterschätzen. Hilpert glaubte selbst in Sachen Selbstverteidigung alles andere als ein blutiger Anfänger zu sein. Doch die Geschwindigkeit und Präzision der Aktion von Albers bewies den absoluten Profi. Und die Schläge, die er angesetzt hatte, fanden sich eher im Kapitel Straßenkampf niedergeschrieben als in einem Lehrbuch für klassische Kampfsportarten. Hilpert steckte seine Hände in die Hosentasche und pfiff anerkennend. »Nicht schlecht«, lobte er den neuen Kollegen. Er winkte den zweiten Mann zu sich. »Wer hat euch beauftragt, dieses Anwesen zu bewachen?«

»Der heißt Rössler«, antwortete er beflissen. »Ich kenne ihn aus meinen Hamburger Tagen.«

»Ach ja? Nun erzähl nicht, du bist Mitglied der RLU.«

»Bei denen bin ich kurz gewesen, der Verein hat sich direkt nach der Fußballweltmeisterschaft in Deutschland mehr oder minder aufgelöst. Heute bin ich freie Kraft.«

»Interessant, hast du Paulsen kennengelernt?«

»Nein, als ich dazustieß, war er längst ausgetreten. Das soll 'n gefürchteter Kämpfer gewesen sein. Was ist mit dem?«

»Liest du keine Zeitung? Der ist tot.«

»Aha, da hat ihn wohl die späte Rache getroffen.«

»Späte Rache?«

»Na ja, wenn wir uns trafen, gab es nur ein Thema, wie wir uns an ihm und 'nem anderen Abtrünnigen rächen konnten. Mir war'n die egal, die Altvorderen waren echt sauer auf die.«

»Hieß der andere Grothe?«

»Genau. Du kennst die?«

»Ja. Was geschah danach.«

»Ein paar haben es wohl versucht und ordentlich eins auf die Schnauze gekriegt. Das war schon zum Ende hin. Ich bin einfach weggeblieben. Das war mir bei denen zu blöd. Die hockten nur rum und soffen, was das Zeug hielt.«

Inzwischen waren die Kollegen aus Buchholz eingetroffen. Sie hatten bereits in der Vergangenheit zusammenarbeitet und verstanden sich gut.

»Mensch, Fabian, wo du auftauchst, ist für Stimmung gesorgt. Hast du den Fleischbrocken auf die Bretter geschickt?«, sprach ihn einer der Beamten an.

»Nee, das war der neue Kollege, Julian Albers. Ab sofort muss ich mir meine Hände nicht mehr dreckig machen.«

Der Buchholzer Kripomann schaute ihn sich genauer an. »Dich kenne ich, hab dich für die Hannoveraner Kollegen in Stuttgart boxen sehen. Dein Gegner konnte froh sein, dass er überlebt hat. Was verschlägt dich nach Hamburg?«

»Mein ehemaliger Oberboss mag keine Schwulen.«

»Warum soll es in Hannover keine Idioten geben? Bei Fabian bist du beim besten Kriminalisten gelandet. Der legt Wert auf gute Polizisten. Und da sind wir einer Meinung. Schaun wir mal, was in der Scheune zu finden ist.«

»Wer ist das?«, fragte Albers neugierig.

»Das ist Kriminalrat Thomas Gäbler, stellvertretender Chef der Buchholzer Mordkommission.«

»Und der duzt sich mit uns?«

»Er hat doch gesagt, er mag gute Polizisten.«

»Woher weiß er, ob ich gut bin?«

»Weil er gesehen hat, was du angerichtet hast.«

»Mann, das sind viele Vorschusslorbeeren.«

»Sind es nicht. Du stellst dich vor deinen Partner. Das muss man ernst nehmen. Nur die Besten stehen für den anderen ein.«

»Ich tu, was ich kann. Bernd Stange hat mir gesagt, wir müssen auf dich achtgeben. Du hältst uns den Rücken frei.«

»Nett, dass ihr auf mich aufpasst.«

Mittlerweile war es dem mitgebrachten Schlosser gelungen, das Schloss zu knacken. Echte Profis kamen durch dicke Tresorwände. Da bereitete ein Vorhängeschloss keine große Mühe. In der Scheune erwartete sie ein fachgerecht hergestellter Schießstand. In einem Teilbereich waren die Decke heruntergezogen und Wände gemauert worden. Selbst an eine Betonsohle hatte man gedacht. Die Qualität konnte nicht sonderlich hoch sein, was erste Absackungen und Risse bewiesen. Um möglichst wenig Lärm nach draußen dringen zu lassen, waren die Wände ordentlich isoliert und eine Schallschutztür eingesetzt worden. Hier konnte fröhlich drauflos geballert werden, ohne zu befürchten, Besuch von den Nachbarn zu erhalten. Dreck und Spinnweben dokumentierten, dass die Anlage seit Jahren nicht mehr genutzt worden war. In einer Holztruhe entdeckten sie die erforderlichen Handfeuerwaffen und die dazugehörige Munition. Sie fanden sogar einen original Colt Revolver, Kaliber 45 und eine Heckler und Koch Maschinenpistole. Manche radikale Vereinigung hätte sich nach diesen Waffen die Finger geleckt.

Hilpert wies auf eine davon. »Leute, ihr wisst, was für ein Fabrikat dort liegt.« Er zog sich einen Plastikhandschuh an und nahm die Pistole auf. »Es ist eine tschechische CZ 83, Kaliber 7,65.« Er schaute sie genauer an. »Mit Laufgewinde für einen Schalldämpfer.«

»Scheiße, sind wir in einer NSU-Filiale gelandet?«

»Keine Ahnung, das interessiert womöglich den Verfassungsschutz«, erwiderte Hilpert.

»Verdammt!«, vernahm er Albers' Stimme im Rücken. »Hier liegt eine Polizeiwaffe.«

Hilpert kratzte sich am Kopf. »Wie kommt die HK P 2000 hierher? Meines Wissens hatten wir in dieser Gegend in den letzten Jahren keinen Polizistenmord.«

»Ich schätze, einer unserer Kollegen hat seine Wumme unfreiwillig liegen lassen«, erwiderte Albers ungerührt. »Die werden selten im Fundbüro abgegeben.«

»Wird wohl so sein.«

In dem Bereich hatte man die Patronenhülsen, wenn überhaupt, sehr nachlässig eingesammelt. An allen Stellen traten sie darauf. Als ordnungsliebend konnten die früheren Nutzer der Anlage eher nicht bezeichnet werden. Ansonsten fand sich in der Scheune allerlei Gerätschaft für die Landwirtschaft an. Ein Zementmischer in der hinteren Ecke wies darauf hin, dass die

Betonarbeiten in Eigenregie erledigt worden waren. Ein paar übrig gebliebene Stahlstangen, Flechtdraht und Zangen unterstrichen diese Vermutung. Hilpert tippte mit dem Zeigefinger gegen seine Stirn. War Paulsen nicht gelernter Maurer gewesen? Der wusste sicher, wie man das Stahlskelett einer Betonsohle herstellte. So wurden wenigstens keine Fremden mit den Ausbaumaßnahmen befasst. Was sie vorfanden, führte zu mehr Fragen, als sie momentan beantworten konnten.

Das Hauptgebäude wies keine Überraschungen auf. Mittlerweile waren die ersten Scheiben zu Bruch gegangen. Den beiden Muskelmännern war es augenscheinlich nicht gelungen, die Dorfjugend davon abzuhalten, ihre Treffsicherheit mit Kieselsteinen auszuprobieren. In dem kleinen Garten vor dem Eingangsbereich hatte das Unkraut die Herrschaft übernommen. Drinnen entdeckten sie keine Waffen oder Munition. Offensichtlich nutzten es die fleißigen Trainees nach Feierabend, um sich im Erdgeschoss mit Alkohol vollzudröhnen. Die obere Etage war als Übernachtungsgelegenheit hergerichtet worden. In insgesamt fünf Zimmern stand ein gutes Dutzend Betten. Das Alter der Gebrauchsspuren im gesamten Gebäude wies darauf hin, dass es von niemandem in jüngster Vergangenheit genutzt wurde. Die früheren Gäste schienen selbst im Haus keinen Wert auf Ordnung und Sauberkeit gelegt zu haben. Überall wurde geraucht und getrunken. Flaschen ließ man einfach fallen. Zigarettenkippen entsorgte man auf den Dielenböden. Ein Wunder, dass das Haus nicht abgefackelt wurde. Hilpert betrat die Küche, die relativ lang und schmal war. Der Geruch nach abgestandener, miefiger Luft begann ihn zu nerven. Entschlossen öffnete er das Fenster. Er musste vorsichtig sein, weil er Gefahr lief, den Fensterflügel bei zu großer Wucht gegen die rechte Wand zu schlagen. Die frische Luft tat ihm gut. Was suchte er? Aufmarschpläne für die nächste Revolution? Er hatte keine Idee. Sollte sich die SpuSi darum kümmern. Er verließ das Gebäude und warf einen letzten Blick von außen darauf. Interessierte es die Eigentümer nicht, was mit ihrer Immobilie geschah? Oder war die Miete so stattlich, dass es gleichgültig war, was damit passierte? Immerhin wechselten pro Monat 1.000 Euro den Eigentümer und das seit mehr als einem Jahrzehnt.

Das Geld reichte allemal, um sich keine finsteren Gedanken über den Zustand des Hofs zu machen. Interessierte sich irgendwann jemand für dieses Anwesen, brachte er die Abrissbirne gleich mit.

Er winkte Albers zu. Schließlich wollten sie in Hamburg einen anderen Termin wahrnehmen.

7

Sie nahmen den gleichen Weg zurück. Albers fuhr. Diesmal benötigten sie gute Nerven. Der Standardstau auf der A7 hatte sich gnadenlos aufgebaut. Sie hätten besser die A1 genommen. Zwischendurch telefonierte Hilpert mit Stange und gab ihm einen kurzen Bericht. Anschließend überdachte er das Gesehene. Warum war die Schießanlage stillgelegt worden? Rechtes Gedankengut gab es nach wie vor im Lande und Interessenten für Waffen und ein entsprechendes Übungsgelände waren überreichlich vorhanden. Die Nachbarn fühlten sich allem Anschein nach nicht gestört. Der nächste Hof war weit genug entfernt. Demonstrationen gegen die RLU hatte es nach ihren Recherchen keine gegeben. Nach solchen Objekten wurde in der rechten Szene geradezu gefahndet. Weshalb wurde die Pacht für den Hof weiterhin im Voraus bezahlt, obwohl er nicht mehr genutzt wurde? Warum wurde er wie Fort Knox bewacht, obwohl man alles verrotten ließ? Die Waffen und die Munition, die sie gefunden hatten, wären ihnen mit Kusshand abgenommen worden. Ihm wollte keine rechte Logik einfallen. Wie sah der Eigentümer die Situation? Albers hatte dessen Telefonnummer dabei. Was sprach dagegen, ihn zu befragen?

»Ob ich weiß, wie der Hof mittlerweile aussieht?«, reagierte dieser unwirsch auf Hilperts Frage. »Sie belieben zu scherzen. Natürlich bin ich dort in den letzten Jahren gelegentlich vorbeigefahren. Es tut weh, wenn du siehst, wie da alles verkommt. Doch dieser langfristige Mietvertrag ist das Geschäft meines Lebens. Damit hab ich bislang weit mehr als das Doppelte des Wertes des Anwesens rausgeholt. Von mir aus können die alles abfackeln oder dem Erdboden gleichmachen.«

Hilpert verstand den Mann. Endlich konnten sie die Autobahn verlassen. Zeitlich waren sie einigermaßen gut dran. Als sie sich der Schäferkampsallee näherten, ging der Verkehr nur schrittweise voran. Zuweilen stockte er gänzlich. Verkehrstechnisch hatten sie sich die Pest eingehandelt. Zehn Minuten später stießen sie auf die Ursache des Staus. Kollegen hatten die erste Spur in der Nähe des Geschäftshauses, das sie aufsuchen wollten, gesperrt. Sie entdeckten eine Reihe an Einsatzfahrzeugen. Ein unangenehmes Gefühl kroch in Hilperts Magengegend hoch. Das Absperrband versprach nichts Erfreuliches. Sie ließen den Wagen hinter einem Streifenwagen stehen und stiegen aus. Einen Uniformierten, der sie abweisen wollte, verscheuchten sie mit ihren Ausweisen. Ein Zivilbeamter, der rauchend vor dem Eingang stand, erkannte Hilpert und kam auf sie zu. Er reichte ihnen die Hand und meinte ironisch: »Beklagen wir einen Toten, bist du nicht weit, Fabian. Du hast wohl 'ne Nase dafür wie 'n Leichenspürhund.«

Hilpert stellte ihm Albers vor. »Ach du bist der Neue. Es gibt in Hannover anscheinend Leute, die was gegen Schwule haben! Die sind dabei, bei uns Stimmung zu machen.«

»Tatsächlich?«

»Ein paar bezaubernde Mitarbeiter in unserem Haus scheinen den Ball freudig aufzunehmen. Sagt Bescheid, wenn ich euch behilflich sein kann. Ich habe selbst mit Hannover telefoniert und gehört, dass du 'n geiler Kollege bist. Herzlich willkommen.« Er deutete mit dem Kopf zu Hilpert hinüber. »Bei ihm bist du gut aufgehoben. Zu ihm wollen viele von uns.«

»Danke.«

»Wenn ich mich dem Dank anschließen darf«, mischte sich der Hauptkommissar ein. »Jetzt sag nicht, dass es Rössler erwischt hat.«

»Herzlichen Glückwunsch, der Kandidat hat 99 Punkte.«

»Scheiße! Du leitest die Untersuchung?«, platzte es aus Hilpert heraus.

»Sieht so aus. Der Fall wurde MK1 übertragen.«

»Würde mich wundern, wenn das nicht unser Ding wird.«

»Ich habe gehört, ihr tobt in der rechten Szene herum?«

»Wir tun unser Bestes.«

Hauptkommissar Friedrichs warf seine Zigarette fort und winkte den beiden zu. »Ich gehe davon aus, dass ihr euch die Bescherung ansehen wollt. Folgt mir unauffällig.«

Die obere Etage war zum Teil als Wohnung ausgebaut worden. Der restliche Bereich wurde als Lagerraum für Akten und sonstige Unterlagen genutzt. Rössler hockte in seinem Sessel, sein Kopf war nach hinten gerutscht, seine Arme hingen über den Sessellehnen herunter. Der Amtsarzt erkannte Hilpert und trat auf ihn zu. Er hielt sich nicht lang mit Begrüßungsfloskeln auf. »Der Mann ist eindeutig vergiftet worden. Womit wird die Obduktion zeigen. Ich vermute eine Überdosis eines Schlafmittels. Bei anderen Giften stirbt man nicht so friedlich. Todeszeitpunkt gestern Abend, so zwischen 22 und 23 Uhr.«

»Danke, Doc.«

Hilpert wandte sich Friedrichs zu. »Nachbarn gibt's keine, die man befragen könnte?«

»Nein, nicht mal einen Nachtwächter.«

Auf dem Tisch stand eine Flasche Weißwein, eine Spätlese, fruchtig bis lieblich. Vor dem Toten stand ein Glas.

»Rössler muss Besuch gehabt haben. In seinem Barschrank fehlen zwei Gläser, davon ist eines verschwunden.«

»Vielleicht hat er es irgendwann einmal zerbrochen und nicht ersetzt.«

»Unwahrscheinlich. Wenn du dich in der Wohnung umschaust, wirst du sehen, dass alles akribisch aufgeräumt ist. Gläser und Tassen gibt es im Dutzend. Sein Schreibtisch sieht aus, als hätte er ihn nie benutzt. Die Küche glänzt vor Sauberkeit, als würde regelmäßig das Gesundheitsamt vorbeischauen. Ein beschädigtes Glas hätte der umgehend ersetzt.«

Hilpert ging durch die einzelnen Räume der Vierzimmerwohnung und verstand, was der Kollege meinte. Nirgendwo lag ein Kleidungsstück auf dem Boden oder auf einem Sessel. Staub schien es in dieser Umgebung nicht zu geben. Er trat auf Friedrichs zu. »Habt ihr irgendwo 'ne Packung mit Tabletten oder Ähnliches gefunden?«

»Rein gar nichts.«

»Somit kann Selbstmord wohl ausgeschlossen werden.«

»So ist es.«

»Alles andere hätte mich sowieso überrascht. Was dagegen, wenn ich ein wenig rumschnüffle?«

»Immer ran an die Klamotten.«

Fasziniert betrachtete Hilpert das ordentlich aufgeräumte Arbeitszimmer. Die Bücher standen akkurat ausgerichtet in den Regalen, die wenigen Bilder an den Wänden hingen so gerade, dass sie garantiert unter Einsatz einer Wasserwaage angebracht worden waren. Im Schreibtisch fand sich wenig Aufregendes an. Ein etwa drei Meter breiter, beinahe deckenhoher Metallschrank machte ihn neugierig. Der Schlüssel steckte. Den sorgfältig beschrifteten Aktenrücken entnahm er, dass er vor der gesamten wirtschaftlichen Historie des Toten stand. Weit über die Aufbewahrungsfristen hinaus war alles akribisch abgelegt worden, was die Steuer, seine Konten und andere geschäftliche Vorgänge betraf. Neugierig betrachtete Hilpert die Jahreszahlen und griff automatisch nach dem ersten Ordner, der ihm wichtig erschien. Stück für Stück arbeitete er sich durch den Wust an Vorgängen. Er musste nicht lange suchen, um die für ihn interessanten Vorgänge zu entdecken. Zwei Stunden später hatte er alles zusammen, was sie unter Umständen gebrauchen konnten. Er reichte Friedrichs die Hand und bedankte sich bei ihm für die Kooperation.

»Mit Sicherheit passt dieser Mord zu einem anderen unserer Fälle. Ich gehe davon aus, dass das Ding bei uns landet. Wenn die SpuSi durch ist und der Obduktionsbericht vorliegt, nimm uns bitte mit auf den Verteiler.«

»Du kriegst, was du brauchst.«

»Klasse.«

Während der Rückfahrt trommelte Hilpert wütend auf die Konsole seines Wagens. »Wir hätten den Herrn früher aufsuchen müssen. Der hätte bestimmt viel zu erzählen gehabt.«

»Man kann nicht überall gleichzeitig sein«, versuchte Albers ihn zu beschwichtigen.

»Man muss eben nicht alles selber machen wollen«, antwortete Hilpert, nach wie vor wütend auf sich.

Gegen zwanzig Uhr war er endlich zu Hause. Wie gehabt durfte er seine schlafende Tochter bestaunen. Machte er so weiter, lief sie davon, wenn sie ihn erblickte. Sein Schwiegervater erwartete ihn in der Bibliothek.

»Zieh dich um, Junge, sonst kriegen wir nie mehr in diesem Leben einen gemeinsamen Termin auf die Reihe.«

Sie hatten sich lange nicht mehr zusammen auf ein Glas Wein außerhalb von Wellners Haus getroffen. An diesem Abend waren sie endlich erfolgreich gewesen. Sie saßen an ihrem angestammten Tisch im Vierjahreszeiten und waren bald in ein anregendes Gespräch vertieft. Nichts war seit Petras Tod mehr wie früher, nichts würde mehr wie früher werden. Trotzdem ließ sich das Leben nicht aufhalten. Wie einer dieser riesigen Bagger im Tagebergbau bewegte es sich mit konstanter Geschwindigkeit voran, ohne Rücksicht auf die Gefühle des Einzelnen. Nichts hielt es auf. Hilpert und sein Schwiegervater hatten sich intensiver als zuvor in ihre Arbeit gestürzt. Erhalten geblieben war ihnen ein gemeinsames Gefühl von Freundschaft, das sie miteinander verband. Wellner sähe Hilpert gerne an verantwortlicher Stelle in seinem Unternehmen und wusste, dass er mit Leib und Seele Polizist war und bleiben würde.

»Ein Polizist in Hamburgs Tophotel«, erreichte Hilpert eine weibliche Stimme.

Erstaunt sah er auf und bekam Laura Verdieck ins Blickfeld. Die schöne Anwältin stand seitlich neben ihrem Tisch und unternahm keine Anstalten ihren Weg fortzusetzen. Was blieb ihm anderes übrig, als aufzustehen und sie zu begrüßen, von einer Erwiderung auf ihre anzügliche Bemerkung ganz zu schweigen. Wellner nickte ihr gelassen zu. Er konzentrierte sich lieber auf seinen Rotwein. Erst jetzt entdeckte Hilpert hinter der attraktiven Frau einen etwa fünfzigjährigen grau melierten Mann. Sie stellte ihn als ihren Kollegen aus der Anwaltskanzlei vor.

»Na«, ergriff sie energisch das Wort, »sind die Gehälter bei der Polizei so drastisch angehoben worden, dass man sich teure Weine im Vierjahreszeiten leisten kann?«

»Da machen Sie sich keine Gedanken, ich bin in meiner Freizeit als Straßenmusikant tätig. Wie Sie sehen, ein einträglicher Job.«

»Ich hoffe, Ihr Chef weiß davon.«

»Oh, er liebt mein Spiel auf dem Kamm. Außerdem verhindert

es, dass ich dazu singe. Ich hoffe, dass Sie nicht petzen. Wer weiß, wie die im Rathaus darüber denken.«

Sie lächelte, nickte ihm wortlos zu und ging weiter. Sie setzte sich an den übernächsten Tisch, selbstverständlich assistiert von einem aufmerksamen Mitarbeiter des Hauses. Ihr Begleiter tat es ihr nach. Er konnte sich, wie sie, nicht über den Service beschweren.

»Kennst du den Mann, mit dem Hilpert hier ist?«, fragte sie ihn neugierig.

»Du beliebst zu scherzen. Das ist Dr. Wellner, Vorstandsvorsitzender und Mehrheitsaktionär der Condyt AG. Der spielt in Hamburg eine große Nummer. Wenn dem der Wein nicht mundet, kauft der das Hotel auf, um sich selbst um den Weinkeller zu kümmern.«

»Seiner Miene nach zu schließen, steht das nicht an.« Sie runzelte die Stirn. »Woher kennt Hilpert solche Leute?«

»Keine Ahnung. Ich meine, er hat eine ganze Zeit in der freien Wirtschaft gearbeitet.«

»Und dann geht der zur Polizei zurück? Wo gibt es so was?«

»Frag mich was Leichteres. Oder geh rüber zu ihm und erkundige dich nach seinen beruflichen Prioritäten. Vielleicht hat er im Lotto gewonnen.«

Entnervt winkte sie ab. »So wichtig ist er nicht.« Ihre verstohlenen Blicke zu Hilpert hinüber straften ihre Worte Lügen.

Wellner grinste seinen Schwiegersohn an. »Verdammt rassige Frau«, stellte er mit Kennermiene fest. »Von der hast du mir gar nicht erzählt.«

»Du denkst immer gleich das Schlimmste, Paul. Sie ist eine Anwältin, die am Rande in einen Mordfall involviert ist. Sie ist knallhart und weiß, wie sie auf Männer wirkt. Ich bin sicher, diese Waffe versteht sie trefflich einzusetzen. Du schnappst zu, und sie hat dich am Haken und lässt dich nicht mehr los.«

»Bei dir hat sie sich bislang nicht durchsetzen können?«

Hilpert lachte auf. »Nein, ich bin unnachgiebig geblieben. Ich muss zu meiner Schande gestehen, dass sie nicht wirklich versucht hat, mich einzufangen.«

»Pech gehabt.«

»So was soll vorkommen«, erwiderte Hilpert ungerührt.

»Offensichtlich interessiert sie sich für dich. Sie schaut immer mal herüber zu unserem Tisch. Eher unwahrscheinlich, dass sie mich meint.«

»Sie zermartert sich gewiss den Kopf darüber, was ein kleiner Beamter in diesem Gemäuer zu suchen hat. Schließlich weiß sie in etwa, was ich offiziell im Monat nach Hause trage.«

»Polizisten haben hoffentlich kein Hausverbot in diesem Hotel.«

»Die nicht, eher deren Brieftaschen. Natürliche Auslese nennt man das. Ich glaube kaum, dass einer meiner Kollegen auf die Idee käme, in diesem Haus die Konfirmation eines seiner Kinder zu feiern.«

Wellner lachte auf. »Dieser Kapitalismus und diese verdammte Klassengesellschaft.«

»Wenn du's man weißt.«

Sie verbrachten einen munteren Abend miteinander. Zwischendurch begab sich Hilpert zur Toilette. Selbst geistige Getränke forderten ihren Tribut. Als er den Waschraum verließ, traf er vor der Garderobe auf die Anwältin. Sie hatte einen Kaschmirmantel dezent über ihren Arm gelegt und wartete auf ihren Gesprächspartner, der sich gerade um seinen Mantel bemühte.

»Na, sind Sie auf der Suche nach einem Job in der freien Wirtschaft?«, fragte sie Hilpert anzüglich.

»Den müsste ich nicht suchen, den hätte ich jederzeit«, erwiderte er selbstbewusst.

Er spürte, dass die Neugier an ihr nagte. Warum sollte er sie befriedigen? Er hatte keine Lust, seine Familiengeschichte zwischen Tür und Angel auszubreiten. Und das vor der Garderobe eines Luxushotels in der Nähe der Toiletten. Wer empfand das schon als prickelnd?

Sie runzelte ihre Stirn, als sie begriff, dass er sich bedeckt halten würde, und ging direkt zum Angriff über. »Ich bin Ihnen eine Einladung zu einem Abendessen schuldig.«

»Sollte es Sie zu sehr drücken, entbinde ich Sie selbstverständlich von Ihrem Versprechen.«

»Oh, auch noch ein Gentleman. Nein, nein, es bleibt dabei.«

»Wenn Sie meinen.«

Zu seiner Überraschung zückte sie ihr Handy und überprüfte offensichtlich ihre Termine. »Wäre Freitagabend, 20 Uhr, okay?«

Er benötigte keinen Terminer. Seine Abende waren unbesetzt, wenn nicht ein aktueller Fall dazwischenkam.

»Kein Problem. Ich hole Sie ab, bräuchte dafür allerdings Ihre Adresse«, antwortete er gelassen.

Sie gab ihm ihre Winterhuder Adresse auf. »Am besten nehmen Sie ein Taxi. Einen Schluck Wein wollen wir uns sicherlich gemeinsam gönnen. Soviel ich weiß, gilt die Promillegrenze selbst für Kriminalbeamte.«

»Ich werde es einzurichten wissen.«

»Großartig.« Sie reichte ihm ihre Hand und nickte ihrem Begleiter zu. Gemeinsam verließen sie das Hotel. Er kehrte zu seinem Schwiegervater zurück.

»Was ist dir untergekommen? Du grinst ja über beide Backen«, fragte er ihn neugierig, als Hilpert Platz nahm.

»Die attraktive Anwältin hat mich am Freitag zu einem Abendessen eingeladen.«

»Na, das hat Gesicht, mein Junge. Es wird Zeit, dass du unter Menschen kommst.«

»Oh, ich glaube nicht, dass sie einen Anschlag auf meine Tugend plant.«

»Da wäre ich mir nicht so sicher. Sie sah interessiert aus, als sie zu uns herüberschielte.«

»Lassen wir uns überraschen.«

Wellner ließ nicht locker. »Worüber ermittelst du denn zurzeit?«

»Es geht um einen Mord in der rechten Szene.«

»Hat die Dame vielleicht Kontakte dorthin? Verteidigt sie einen Neonazi?«

»Nichts dergleichen, ich habe mich umgehört. Die Sozietät, in der sie arbeitet, hat einen guten Ruf. Ihr Onkel ist Notar und der Motor des Ladens, obwohl der offiziell von seinem Notariat separiert ist. Er vertritt unter anderem die Bodemer & Söhne Privatbank. Allein von solch einem Mandat lebt es sich herrlich und in Freuden. Die können sich nicht erlauben, mit Rechtsradikalen in einem Atemzug genannt zu werden.«

»Ich schätze, sie will was von dir als Mann.«

»Schnacker. Nein, als sie bei mir landete, ging es um Christoph Grothe.«

»Ist das der Grothe, der für den Fraktionsvorsitz der SCP antritt?«

»Genau, das ist ja deine Partei. Habe ich gar nicht dran gedacht.«

»Das war meine Partei. Seit der Geschichte mit dem ehemaligen Staatsrat und dir habe ich mich zurückgezogen.«

»Und was hältst du von dem?«

»Schwer zu sagen. Er gehört eindeutig dem rechten Flügel an und ist mir zuweilen zu radikal in seinen Forderungen. Die Problemlösungen, die er anbietet, erscheinen mir mitunter zu simpel.«

»Das sagt eine konservative Seele wie du?«

»Jetzt erzähl noch einen. Für dich ist doch jeder Nicht-Sozi ein Rechtsradikaler.«

Lachend stießen sie miteinander an. Sie waren in unterschiedlichen politischen Lagern groß geworden. Seit sie sich kannten, hatten sich ihre Grundpositionen deutlich angenähert. Hilpert ging nochmals auf Grothe ein. »Bei dessen Vergangenheit verwundert es nicht sonderlich, dass er eher am rechten Rand herumstromert.«

Wellner wiegte nachdenklich den Kopf. »Unterschätz das nicht. Leute wie er sprechen oft genug dem Mann von der Straße nach dem Mund. Das kommt an. Für seine Jugendsünden interessiert sich niemand mehr.«

Abermals brachten sie die Gläser zum Klingen. Sie ließen es bei einer Flasche Rotwein bewenden. Dafür gönnten sie sich zum Abschluss des Abends einen ausgezeichneten Cognac. Unter der Woche bereitete zu viel Alkohol am nächsten Tag Probleme. Da war es vernünftiger abzubrechen, bevor der gute Tropfen, das Ruder übernahm. Tief in ihre Gedanken versunken, ließen sie sich heimfahren. Egal, worüber sie sich unterhielten, Petra schwang ständig mit. Zu ihrer Überraschung war die Kleine wach, als sie zu Hause eintrafen. Seine Eltern versuchten, sie abwechselnd zu beruhigen. Erst Hilpert war damit erfolgreich, weil er seine Tochter so lange in den Armen wiegen konnte, bis der Schlaf sie übermannte. So viel Kondition konnte er seinen Eltern nicht mehr abverlangen. Anschließend wusste er, was er geleistet hatte.

8

Kurz nach acht saß Hilpert in seinem Büro und stellte erstaunt fest, dass Albers anscheinend ein Frühaufsteher war. Als er bei ihm hereinschaute, blickte er auf einen nachdenklichen Kollegen, der gedankenverloren an einem Fingernagel knabberte.

»Na, was hast du für Probleme?«, fragte er.

Der neue Mitarbeiter blickte auf und schien ihn erst jetzt wahrzunehmen. »Ich denke über Rössler nach. Wenn ich mir das Umfeld des Ermordeten vergegenwärtige, würde es mich wundern, wenn er in seinem Leben viel Freude an Frauen gehabt haben sollte.«

»Du meinst, er ist schwul gewesen?«

»Darauf nehme ich jede Wette an.«

»Kennst du dich in der Hamburger Szene aus? Oder wie kommst du darauf?«

»Geht so, das funktionierte für mich in Hannover recht ordentlich. Dafür musste ich mich nicht an die Elbe begeben. Nein, es sind viele Kleinigkeiten, auf die ich gestoßen bin. Seine Kleidung, seine Literatur, kein Bild von einer Frau an der Wand oder im Schreibtisch.«

»Klasse, wie akribisch du beobachtest. Kümmere dich mal um den Umgang des Herrn. Vielleicht kommen wir damit voran. Versteh mich nicht falsch. Ich bin Egoist genug, deine sexuelle Präferenz für unsere Ermittlungen zu nutzen.«

»Immer mit der Ruhe, ich bin kein Mimöschen.«

»Umso besser, nimm nachher Kontakt zur Sitte auf. Die Jungs dort sind okay. Vorher leih mir mal deinen Kopf.«

»Wenn's nur das ist.«

»Wie du weißt, habe ich mir einen Teil der Geschäftsunterlagen des Ermordeten angesehen. Er hat das Gebäude 2003 erworben. Die Bank begleitete die Finanzierung, da er mit drei Millionen Euro erhebliches Eigenkapital mitbrachte.«

Albers reagierte gelassen. »So was soll es geben, dass Geschäftsleute Immobilien erwerben und dafür Eigenkapital einsetzen.«

»Genau. Nur stand er Ende 2002 mit seinem angestammten Großhandel kurz vor der Insolvenz. Es gab diverse Vollstreckungsbescheide gegen ihn. Lieferanten, Sozialversicherungsträger, das Finanzamt beharkten ihn. Er wurde regelmäßig von einem Gerichtsvollzieher besucht. Wenn ich richtig gerechnet habe, fehlte ihm zu seinem Glück eine gute Million. Sein Steuerberater riet ihm in mehreren Schreiben, Insolvenz anzumelden, wollte er nicht in größere Probleme geraten.«

»Ich verstehe. Und plötzlich kam der warme Regen?«

»Du sagst es.«

»Vielleicht 'ne Erbschaft?«

»Darüber finden sich keinerlei Unterlagen. Und der hat alles aufbewahrt, nie etwas weggeworfen.«

Albers verschränkte die Arme vor seiner Brust. »Sieht man von einer Schenkung ab, kann er nur ein Darlehen bekommen haben.«

»Sehe ich ähnlich, fragt sich nur, von wem?«

»Bist du seine gesamte anwaltliche Korrespondenz durchgegangen, Fabian?«

»Nein, das war in der Kürze der Zeit nicht möglich.«

»Ich schätze, da sollten wir ansetzen.«

Er rollte mit seinem Sessel zurück und erhob sich. »Komm, düsen wir rüber.«

»Gute Idee.«

Sie besorgten sich von Friedrichs die Schlüssel und machten sich einmal mehr auf den Weg zur Schäferkampsallee. Diesmal hatten sie Glück und fanden unweit vom Eingang des Gebäudes einen Parkplatz. Das Siegel an der Eingangstür im Obergeschoss war unverletzt, als sie es mit dem Messer durchtrennten. Durch die Arbeit der Spurensicherung und des Amtsarztes war ein Stück der alten Ordnung in der Wohnung auf der Strecke geblieben. Das galt weniger für das Arbeitszimmer. Selbst ein Analphabet hätte sich problemlos durch die Aktenberge gearbeitet. Unter Anwalt 2003 fanden sie schließlich den entscheidenden Hinweis.

»Sieh mal einer an«, stellte Hilpert sachlich fest, »was für bezaubernde Menschen am Wohlergehen rechtsradikaler Elemente interessiert sind. Thies Peterson hat damals die Kohle locker gemacht, der nette Schwiegervater von Grothe. Er hat ihm ein zinsloses Darlehen gewährt. Es geht halt nichts über reiche Freunde.«

Albers atmete tief durch. »Können nicht alle Mordopfer so ordentlich sein wie Rössler? Es würde unsere Arbeit eindeutig erleichtern.«

Gegen Mittag waren sie zurück und trennten sich vorerst. Albers wollte seine Ermittlungen in der Hamburger Schwulenszene aufnehmen, um seinen Verdacht, der ermordete Rössler könnte dazuzählen, zu erhärten. Sein Gespräch mit dem Kollegen von der Sitte war ihm dabei sehr behilflich. Hilpert hatte sich entschieden, seinen Vorgesetzten aufzusuchen. Einen Mann wie Peterson zitierte selbst er nicht so ohne Weiteres ins Präsidium. Kriminaldirektor Weber hatte sich im Zweifelsfall stets auf seine Seite geschlagen. Da konnte er ihm wenigstens das Wort gönnen. Aufmerksam hörte er zu, als Hilpert von den Ergebnissen seiner mittägigen Recherchen berichtete.

»Und Sie können beweisen, dass der Reeder das Geld angewiesen hat?«

»Ich habe die entsprechenden Ordner mitgenommen, die Kontoauszüge und die Bilanzen, in denen das Darlehen fein säuberlich ausgewiesen ist.« Hilpert nahm seinen Notizblock zur Hand. »Mit dem Erwerb des Hauses wurde das Büro für die RLU eingerichtet. In all den Jahren zahlte diese Vereinigung keinen Cent Miete. Die wurden so durchgewinkt. Gleichzeitig nahm Rössler die Pachtzahlungen für den Hof in Tostedt auf, und zwar immer drei Jahre im Voraus. Das nenne ich mal einen vorbildlichen Mieter.«

»Was beweist das?«

»Nichts, doch zeitgleich sorgte Peterson für das erforderliche Geld. Rössler leitete es pflichtgemäß in die jeweiligen Kanäle. Nicht einen Cent hat er für sich abgezweigt.«

Fröhlich grinste ihn Weber an. »Es wurden Leute mit unbedeutenderen Indizien zu uns zitiert. Vereinbaren Sie mit dem netten Herrn einen Termin. Zickt er rum, drohen Sie damit, den Schmutz an den Verfassungsschutz zu übergeben. In Zeiten von NSU gibt es in den Organisationen keine Berührungsängste mehr, sich mit den Großen dieser Welt anzulegen.«

»Die hätte ich ebenso wenig.«

»Klar, nur sollen Sie die Morde aufklären. Oder gibt es Hinweise in die Richtung, dass Peterson damit zu tun haben könnte?«

»Eher nicht. Nur ausschließen kann ich momentan niemanden. Dazu wissen wir zu wenig.«

»Umso besser. Knöpfen Sie sich den Herrn vor. Würde mich nicht wundern, wenn der zu den geheimnisvollen Drahtziehern bei der RLU gehörte.« Das Grinsen des Kriminaldirektors wollte nicht aus seinem Gesicht verschwinden. »Tragen Sie neuerdings Glacéhandschuhe?«

»Tu ich nicht. Nur mit Peterson treten wir eine Lawine los. Das kann anständig Stunk geben.«

»Seien Sie ehrlich«, entgegnete Weber. »Sie meinen für mich. Keine Angst, ich stehe hinter Ihnen. Wir nehmen auf niemanden Rücksicht.«

»Das freut mich zu hören.«

»Jetzt sagen Sie bloß, Sie hätten eine andere Antwort befürchtet.«

Wortlos hob Hilpert grüßend die Hand und verließ seinen Vorgesetzten. Vor Webers Zimmer meldete sich sein Handy, als hätte es nur darauf gewartet, dass er seinen Chef verließ. Am anderen Ende vernahm er Albers' Stimme. Offensichtlich war er nicht allein, wie die Geräusche im Hintergrund bewiesen.

»Ich sitze in einem Café in der Langen Reihe auf St. Georg und genieße gerade die besten Rumkugeln Hamburgs. Ich unterhalte mich mit einem interessanten Gesprächspartner. Vielleicht stößt du dazu?«

»Wenn ich nicht störe, komme ich gern.«

Garantiert wollte ihm sein Kollege nicht seinen neuesten Bettgefährten vorstellen. Peterson konnte er sich ebenso am nächsten Tag zur Brust nehmen. Er ließ sich von Albers die genaue Adresse durchgeben und begab sich Richtung Fahrstuhl. Er hatte wenig Lust, auf Parkplatzsuche zu gehen und nahm die U-Bahn. Wofür gab es diese vorzügliche Einrichtung?

Die Lange Reihe war in den letzten Jahren in die Diskussion gekommen. Wie in manchem anderen Stadtteil wurden die reizvollen innerstädtischen Lagen gnadenlos okkupiert. Finanzkräftige Investoren sorgten für die Renovierung manch prächtigen Patrizierhauses. Dafür schlugen sie insbesondere dem kleinen Einzelhandel, der im Erdgeschoss sein Dasein fristete, Mieten um die Ohren, die diese nicht zu leisten vermochten. Gleiches galt selbstredend für frei werdende Wohnungen. Schritt für Schritt wurde das schrille Publikum, das den Reiz des Viertels ausmachte, zurückgedrängt. Die neuen Wohnungseigentümer konzentrierten sich auf ein Klientel, das mit Krawatte zur Arbeit fuhr und als fortschrittlich galt, wenn es zum Jackett eine Jeans trug. Nach wie vor besaß die Gegend ihr Flair, das eben nicht nur durch die Gebäude erzeugt wurde, sondern insbesondere durch die Menschen, deren Bedürfnisse sich von denen des Durchschnitts ein wenig unterschieden. Durch das Schaufenster erkannte er Albers, der sich gerade über einen Milchkaffee hermachte. Die Teller waren bereits abgeräumt worden, sodass visuell nicht mit Sicherheit bestimmt werden konnte, wie viele Stück Kuchen ihr Dasein aushauchen mussten. Vor Albers saß ein schlanker, beinahe hagerer Mann um die vierzig. Die beiden unterhielten sich angeregt. Hilpert gesellte sich zu dem Paar und wurde mit Wohlgefallen aufgenommen.

»Also, Julian, das musst du mir vorher sagen, was für ein knackiger Bursche uns mit seinem Besuch beehrt. Dann hätte ich mehr Rouge aufgelegt«, beschwerte sich Albers' Gesprächspartner. Er fuhr sich mit der Hand durch die Haare. »Hoffentlich sitzen die einigermaßen.«

Der Oberkommissar grinste ihn an. »Da ist alle Mühe vergebens, der Knabe ist durch und durch hetero.«

Hilpert reichte ihm schmunzelnd die Hand. »Weiß deine Mutter, dass du lila Schals trägst?«

»Untersteh dich und erzähl es ihr«, erwiderte er fröhlich und stellte sich als Erich Mauthe vor.

Hilpert orderte gleich zwei Rumkugeln und sollte nicht enttäuscht werden. In Kombination mit dem Kaffee, der ihm gereicht wurde, ließ er es sich schmecken.

»Die Herrschaften kennen sich?«, fragte er ungeniert.

»Kann man so sagen«, übernahm Albers das Reden. »Erich kommt aus Hannover. Meine Vermutung, was Rössler angeht, stimmt. Er hat sich gern im Umfeld des Hauptbahnhofs herumgetrieben.«

Hilpert nickte zu den Worten seines Kollegen. Vor dem leeren Teller kämpfte er mit sich und entschied sich letztlich gegen ein drittes Stück Kuchen, sondern beließ es bei einem weiteren Kaffee.

»Jetzt kommt's: Er war gelegentlich in Begleitung eines reiferen, grau melierten Herrn. Den hat er irgendwann mal in der Zeitung abgebildet gesehen. Sein Name, Thies Peterson.«

»Zwei schwule Rechtsradikale.« Hilpert lachte heftig auf. »Das ist ja beinahe wie zu Führers Zeiten. Rhöm, ich hör dir trapsen.« Ernsthaft fuhr er fort: »Diese Information sollte unsere Gespräche mit dem Herrn deutlich erleichtern.«

»Schwuler erpresst Schwulen, denkst du daran?«

»So in etwa. Es gibt zwei Morde aufzuklären, da muss man sich über Sitte und Anstand hinwegsetzen und jeden Gedanken zu Ende denken, und sei er noch so fies.«

Erich blickte zu Albers herüber. »Warum musstest du Bulle werden? Was soll's. Könntest du mir mit 'nem Fünfziger aushelfen? Die Lebenshaltungskosten sind so hoch geworden.«

»Klar.«

Er griff nach seiner Brieftasche, als Hilpert ihn davon abhielt. »Das überlass mir.« Er griff in seine Hosentasche und beförderte zwei grüne Scheine ans Tageslicht. Die reichte er ihrem Informanten herüber.

»Vielen Dank, Mann, ist heute Sonntag?«

»Wir müssen alle irgendwie über die Runden kommen.«

Als sie auf der Straße standen, bedankte sich Albers bei seinem Chef. »Da hast du jemandem einen riesigen Gefallen getan. Das langt für ein paar Medikamente.«

»Aids?«

»Du sagst es. Erich hat gern mit durchgetretenem Gaspedal gelebt. Kondome war was für Weicheier.«

»Dafür macht er einen gefassten Eindruck. Informier mich, wenn ich darüber hinaus helfen kann.«

»Ich werde darauf zurückkommen. Erich hat sich mal von einem bezaubernden Kollegen zusammenschlagen lassen, um mich zu schützen. Er ist ein feiner Kerl.«

»Hauptsache, er weiß, wo die Gummis liegen, wenn es ihn überkommt.«

»Keine Angst, er ist durch und durch anständig. Und er hat dazugelernt. Mal 'ne Frage, kann es sein, dass du gegen Leute wie ihn ein Vorurteil mit dir rumträgst?«

»Wie kommst du darauf?«

»Ich fand, du hast ihn ein wenig von oben herab behandelt.«

»Tatsächlich, das habe ich nicht gewollt.«

Er spürte, wie Albers versuchte, ihn in die Zange zu nehmen, um anschließend genüsslich zuzudrücken. Er musste sich daher vor seinen Fragen in Acht nehmen. Leicht hatte man sich die Zunge verbrannt. Und er ließ nicht locker.

»Würdest du ihn zu dir nach Hause einladen?«

»Warum sollte ich, wo ich ihn kaum kenne?«

»Gut, würdest du mich einladen?«

»Jederzeit.«

»Und wenn ich Erich mitbrächte?«

»Was sollte ich dagegen haben?«

Langsam wurde Hilpert die inquisitorische Befragung zu dumm. »Spuck es aus, worauf willst du hinaus?«

»Du bist dir sicher, dass du damit keine Probleme hättest?«

Jetzt wurde es ihm zu bunt. »Mag sein, dass meine Reaktion auf deinen Freund unangemessen war. Dafür will ich mich gern entschuldigen. Du redest mir jedoch keine Vorurteile gegen Homosexuelle ein. In deinem Job wirst du Diskriminierung genug erfahren, selbst im ach so weltoffenen Hamburg. Aber bestimmt nicht durch mich!«

»Du hast ja recht. Manchmal reagiere ich überempfindlich. Und Erich ist wirklich ein schräger Vogel. Ich mag ihn halt. Kommen wir auf Peterson zurück. Willst du ihn erpressen?«

»Natürlich nicht, mir reicht es, wenn er es glaubt.«

»Kapiert und was steckt bei dir dahinter?«

»Ich knabbere an den Mordmotiven herum. Als verbindendes Glied beider Morde könnte ich mir beispielsweise Erpressung vorstellen.«

»Du meinst, dieser altehrwürdige Reeder könnte mit den Morden zu tun haben?«

»Keine Ahnung. Zumindest passt das bei ihm. Ganz offensichtlich hat er sich in der Vergangenheit mit seiner Veranlagung nicht an die Öffentlichkeit gewagt. Das macht ihn angreifbar. Für uns, um die volle Wahrheit zu erfahren, für andere, die für Geld alles tun.«

Albers blickte verwirrt in seine Richtung. »Denkst du, jeder Schwule sollte sich outen müssen?«

»Nun red keinen Blödsinn. Jeder hat das Recht auf seine eigenen Entscheidungen. Das Outing macht dich resistent gegen Erpressung. Versuchst du es geheim zu halten, läufst du ständig Gefahr, von anderen in die Ecke getrieben zu werden. Peterson ist in Unternehmerkreisen eine Größe. Stände er zu seiner Homosexualität, wäre dies längst durchgesickert. Das ist nicht der Fall. Er hält folglich damit hinterm Berg. Somit schlussfolgere ich, dass er erpressbar ist. Damit hätten wir bei ihm ein Motiv, ob ein starkes oder schwaches, sei dahingestellt.«

»Und das im 21. Jahrhundert! Überleg mal, Hamburg hatte einen schwulen Bürgermeister und der Mann wurde nicht abgewählt, sondern ist selber gegangen.«

»In den Sechzigern hätte man ihn theoretisch einbuchten können.«

»Klar, Peterson ist um einiges älter. Irgendwann kommt man aus seiner Lügenwelt nicht mehr raus«, stimmte Albers ihm zu.

Hilpert setzte gelassen nach: »Unabhängig davon kennen wir den Mann nicht. Vielleicht lebt er sein Leben, pflegt seine Laster und kümmert sich einen Scheißdreck um das, was andere von ihm denken.«

»Das glaubst du doch selber nicht. Der ist aktiv im Geschäft. Ich habe ins Internet geschaut.«

Ernsthaft wandte sich Hilpert seinem Mitarbeiter zu. »Worüber reden wir? Du weißt am besten, wie tolerant die Gesellschaft tatsächlich ist. Mit dem Mund sind sie alle weltaufgeschlossen, in ihrem tiefen Inneren dagegen scheiß reaktionär.«

»Ich will die Morde genau wie du aufklären. Du glaubst hoffentlich nicht, dass ich bei unseren Ermittlungen besondere Rücksicht auf die sexuelle Präferenz von irgendwelchen Verdächtigen nehme.«

Hilpert klopfte ihm auf die Schultern. »Deshalb habe ich mich für dich entschieden. Ich halte dich für einen anständigen Bullen. Und als Mensch bist du auch in Ordnung. Das zählt. Egal, wo wir den Hebel ansetzen wollen, dieser Mann hat Rechtsradikale mit viel Geld unterstützt. Deshalb sind wir ihm auf den Fersen, nicht weil er schwul ist. Diese Tatsache erleichtert uns unter Umständen nur unsere Arbeit.«

»Dann kann nichts mehr schiefgehen. Morgen sollte uns eine interessante Vernehmung bevorstehen.«

»Das will ich meinen.«

Wie sich zeigte, war Albers wie er klug genug gewesen, mit der U-Bahn zu fahren. Kurz nach fünf standen sie in ihren Büros, gut gelaunt, ein Lob für die öffentlichen Verkehrsmittel auf den Lippen. Es war nichts Weltbewegendes aufgelaufen, sodass sie eine Stunde später den Feierabend einläuten konnten. Hilpert dachte auf der Heimfahrt über das Gespräch mit Albers nach. Der hatte eindeutig recht. Er gestand sich ein, dass er unbewusst auf der Suche nach dem korrekten Ansatz war, wie er auf den neuen Mitarbeiter oder Freunde von ihm eingehen sollte. Es war ihm unbenommen, wenn er Gleichbehandlung forderte. Das hieß andererseits, ihn nicht zu schonen. Manchmal waren die einfachen Lösungen die besten. Man musste sich nur daran halten. An diesem Abend würde er zu Hause einigermaßen pünktlich aufschlagen. Seine unregelmäßigen Arbeitszeiten waren Gift für ein funktionierendes Familienleben. Er war privilegiert, weil seine Eltern voll auf seiner Seite standen und sie nicht auf den Cent achten mussten. Das sah bei vielen Alleinerziehenden anders aus. Die mussten sich ganz schön nach der Decke strecken.

9

Am nächsten Tag an Peterson heranzukommen, erwies sich als schwierige Herausforderung. Eine Sekretärin verband Hilpert ohne große Worte direkt mit dessen persönlichem Assistenten. Mit diesem Prozedere kannte er sich aus. In vielen Unternehmen hatten die Chefs Mauern der Nichterreichbarkeit um sich errichten lassen. Nicht dass sie ein Mitarbeiter erreichte, der ihnen sein Leid klagen wollte, oder ein Vertriebler, der versuchte, ihnen einen neuen Handytarif aufs Auge zu drücken. Andererseits entging ihnen mancher Hinweis zu problematischen internen Entwicklungen in ihren Unternehmen oder erreichte sie gefiltert oder viel zu spät. Hier bekam es Hilpert mit einer besonders harten Nuss zu tun. Der Mitarbeiter weigerte sich vehement, ihn mit seinem Chef zu verbinden. Der Hauptkommissar hörte sich minutenlang die Argumente des offensichtlich relativ jungen Mannes an, bis ihm die Hutschnur platzte.

»Passen Sie auf, mein Freund, momentan sehe ich alles sportlich, weil Sie es vielleicht nicht besser wissen. Ich kann Herrn Peterson ebenso ins Präsidium zitieren. Sollte er dem nicht nachkommen, werde ich Zwangsmaßnahmen anordnen. Vorher rufe ich die Bildzeitung an. Das kommt immer gut und unterbricht den tristen Alltag der Journalisten.«

Am anderen Ende der Leitung vernahm er ein aufreizendes Lachen. »Das trauen Sie sich nicht. Danach könnten Sie in einer hübschen Uniform den Straßenverkehr regeln.«

»Selbst wenn Sie recht hätten, Ihr Boss wäre auf Seite eins im Hamburgteil der Zeitung abgebildet, umgeben von Herren in dunklen Uniformen. Ob das der Wahrheitsfindung dient, wage ich zu bezweifeln.«

Der Mann bewies Nerven und blieb unbeirrt. »Wir können es drauf ankommen lassen. Herr Peterson ist für Sie nicht zu sprechen.«

»Das gefällt mir, ich komme persönlich mit einer richterlichen Verfügung vorbei. Endlich treffe ich mal auf jemanden mit Zivilcourage. Wir sehen uns in zwanzig, besser in dreißig Minuten. Wenn Sie mir Ihren Namen verraten wollen.«

»Wieso das?«

»Weil ich gegen Sie ein Verfahren wegen Behinderung einer Ermittlungsbehörde anstrengen werde.«

»Wir werden sehen, wie weit Sie da kommen. Ich heiße Lars Reinke. Mein Vater ist Mitgesellschafter in der Reederei.«

»Wie schön für Sie. Es bleibt bei Ihrer Entscheidung?«

»Ja. Wollte ich auf das Begehren eines jeden Polizeibeamten eingehen, hätte ich viel zu tun. Mailen Sie uns Ihre Fragen zu. Wir werden uns um deren Beantwortung kümmern.«

»Das funktioniert leider etwas anders. Wir sehen uns kurzfristig. Bis dahin meine Empfehlung.«

Lachend fuhr sich Hilpert durchs Haar. Das Geplänkel mit dem reizenden Assistenten hatte einen gewissen Unterhaltungswert für ihn. Er kannte diese aufgeblasenen Jungmanager, die aufgrund ihrer privaten Beziehungen in die Nähe der Schalthebel der Macht gelangten. Ihnen fehlte zumeist Persönlichkeit, Erfahrung und Fachkompetenz. Er hatte alles getan, um eine härtere Gangart zu vermeiden. Es ging um die Aufklärung mehrerer Morde, da konnte er sich nicht wie ein dummer Junge von seiner Arbeit abhalten lassen. Ihm musste niemand erklären, dass es schwieriger war, an Leute heranzukommen, die als erfolgreiche Unternehmer ihre Fußabdrücke in der Hansestadt hinterlassen hatten, als an einen Hartz-IV-Empfänger. Stimmten die Verdachtsmomente, bekam er jeden zu fassen. Er beorderte Stange und Albers zu sich. »Unter Umständen fahren wir gemeinsam in zehn Minuten in die HafenCity.«

»Elbe hat was«, meinte Stange lapidar.

»Wer will dem widersprechen?«, stimmte ihm Hilpert zu. »Es wird garantiert lustig.«

»Versprich nicht zu viel. Das Leben ist relativ humorlos.«

Reinke war ohne Zweifel aufgeblasen und neigte zur Selbstüberschätzung. Zumindest war er nicht dumm. Zwei Zimmer entfernt von ihm saß ihr Chefjustiziar. Den konnte er in die Sache einweihen. Dieser blickte ihn entgeistert an, als er ihm von dem Telefonat berichtete.

»Sind Sie auf Droge? Trinken Sie bereits vormittags? Oder welcher Teufel reitet Sie, Mordermittlungen zu behindern?«

»Machen Sie sich nicht gleich in die Hose. Glauben Sie allen Ernstes, dieser Hauptkommissar legt sich mit uns an?«

»Sie Heini, manch einer wartet nur darauf, jemanden wie Herrn Peterson einkassieren zu dürfen. Wir leben nicht mehr im Mittelalter.«

»Der kann nicht ...«

Der Jurist ließ ihn nicht ausreden. »Der kann viel mehr. Der will demnächst bei uns aufschlagen. Wie heißt der denn, der Beamte?«

»Ich meine, den Namen Hilpert verstanden zu haben.«

Der Jurist lachte laut auf. »Hilpert hat gedroht, Herrn Peterson zwangsweise vorzuführen? Da würde ich mich mal warm anziehen.«

»Wenn der das durchzieht, kriegt der in Hamburg kein Bein mehr an Deck.«

»Mann, Sie sind ja bescheuerter, als ich bislang vermutete. Hilpert hat unlängst einen Staatsrat politisch gekillt. Außerdem ist er der Schwiegersohn von Dr. Wellner. Vielleicht haben Sie wenigstens diesen Namen mal gehört. Dieser Bulle ist ein reicher Mann. Den schießt in Hamburg niemand ab. Der ist selber ausgewiesener Scharfschütze.«

»Das konnte ich nicht wissen«, antwortete der aufstrebende Jungmanager verunsichert.

Der Justiziar war lange Jahre für Peterson tätig. Ihm stand mittlerweile eine klare Ansprache zu. »Wie kommen Sie überhaupt auf die Scheißidee, sich mit der Kripo anzulegen? Als hätten wir etwas zu verbergen.«

»Ich dachte ja nur.«

Er winkte entnervt ab. »Versuchen Sie erst gar nicht, es mir zu erklären. Ich will es nicht verstehen. Ich regel das.«

Energisch griff der Justiziar zum Telefon und verlangte nach Peterson. Dieser hörte ruhig zu, als er über die Sachlage informiert wurde. »Vereinbaren Sie heute einen Termin mit diesem Hilpert. Reinke soll zu mir kommen.«

Der Justiziar legte auf und beauftragte seine Sekretärin, ihn mit Hilpert zu verbinden. Gleichzeitig wies er mit einer Hand auf Reinke. »Sie werden erwartet.«

»Blödmann«, murmelte er, als der junge Mann sein Zimmer verließ. Er griff abermals nach dem Telefonhörer und ließ sich mit dem Polizeipräsidium verbinden. Emotionslos einigte er sich mit Hilpert auf einen Nachmittagstermin. Dieser lehnte sich gelassen in seinem Sessel zurück. Seine Kollegen konnten ungehindert zum Tagesgeschäft übergehen. Glücklicherweise war die Drohung mit der Zeitung nur ein Bluff gewesen. So war er wenigstens zu keinem Rückzieher gezwungen.

Peterson residierte Am Sandtorkai in zweiter Reihe. Die Elbe war eher zu hören als zu sehen. Für die sonstigen Emissionen des Hafens reichte es allemal. Sein Büro war ebenso unspektakulär wie das Gebäude, in dem sie drei Etagen angemietet hatten. Am ehesten hinterließ ein mächtiger Mahagonischreibtisch einen bleibenden Eindruck. Der Besprechungstisch und die drum herum drapierten Stühle ließen nichts von der Position erahnen, die der Patriarch in seinem Unternehmen und der Hansestadt einnahm. Einige wenige maritime Motive an den Wänden deuteten an, womit das Geld verdient wurde. Ein echter Pfeffersack protzte nicht mit dem, was er hatte. Der Unternehmer musste für die Rolle, die er wahrnahm, offensichtlich nicht erst üben. Er war mittelgroß, massig gebaut, ohne nennenswert fett zu sein. Sein kräftiges graues Haar, ein energisches Kinn unterstrichen, dass er nicht den Job eines Pförtners wahrnahm. Er war sehr sorgfältig gekleidet, trug eine dezent gestreifte Krawatte zum dunklen Anzug. Hilpert schätzte ihn auf Anfang siebzig. Er war damit längst nicht in dem Alter, in dem man als Firmeninhaber über den Ruhestand nachdachte. Machte die Gesundheit mit, stand er selbst in zehn Jahren noch am Ruder, so wie es einem Patriarchen zustand. Ein Computer würde bis dahin keinen Platz in diesem Zimmer finden. Sah man von einem Handy ab, legte die moderne Technik vor seiner Bürotür eine sichtliche Kunstpause ein. Den Umgang damit überließ er den jüngeren angestellten Managern. Das hielt die Welt nicht an, sondern mochte eher als Privileg eines älteren Unternehmers durchgehen.

»Meine Herren«, eröffnete er das Gespräch, »ich muss mich für das Verhalten meines Großneffen entschuldigen. Manchmal schießen die jungen Leute übers Ziel hinaus. Er wollte sich einfach aufspielen. Dreht der sich nicht bald um die eigene Achse, darf er künftig Container reparieren.«

Hilpert winkte ab. »Größerer Flurschaden konnte ja verhindert werden. Kommen wir auf den Zweck unseres Besuchs zu sprechen. Sie wissen, dass Herr Rössler ermordet wurde?«

Peterson nickte. »Ich habe selbstredend von seinem Tod gehört. Ich bedaure es sehr. Er war ein sehr zuverlässiger Geschäftspartner und Freund, auf den ich mich stets verlassen konnte.«

»Sie hatten geschäftlich miteinander zu tun?«

»Gelegentlich, nichts Bedeutendes.«

»Sie haben ihm vor einem Dutzend Jahren den Erwerb eines Geschäftshauses ermöglicht.«

»Das ist korrekt.«

»Sie verzichteten auf Zinsen oder eine Absicherung im Grundbuch.«

»Allerdings«, reagierte er knapp.

»Würden Sie uns erklären, weshalb Sie so großzügig mit ihm umgingen?«

»Er war wie gesagt ein Freund. Damals stand ihm das Wasser bis zum Hals. Ich habe mir erlaubt, ihm aus der Patsche herauszuhelfen.«

»Da kann ich nur hoffen, dass Sie nicht zu viele derartige Freunde haben.«

»Wie darf ich das verstehen?«

»Wir reden schließlich über nennenswerte Beträge«, umging Hilpert eine konkrete Beantwortung der Frage.

»Ich konnte es mir leisten.«

»Sie wissen, dass in dem Haus bis heute ein Büroservice tätig ist, der unter anderem für die RLU die Kontakte nach außen pflegt, und das kostenlos?«

Peterson blickte mit harten Augen in Hilperts Richtung. »Es ist vielleicht besser, wenn ich meinen Anwalt hinzuziehe. Ihre Fragen bekommen eine gefährliche Richtung, wo ich mir jedes Wort überlegen sollte.«

»Es ist Ihr gutes Recht hinzuzuziehen, wen immer Sie wollen. Ich frage mich nur, ob Sie all unsere Fragen im Beisein von Zeugen gestellt bekommen möchten.«

Mit zusammengekniffenen Augen blickte der Unternehmer zu ihm herüber. Er war konzentriert wie ein Jaguar vor dem Sprung. »Wie darf ich das verstehen?«

»Wir dachten an Ihre Touren rund um den Hauptbahnhof.«

»Wollen Sie mich etwa erpressen?«

»Wie kämen wir dazu? Wir sind die Polizei. Es ist unser Job, Erpresser dingfest zu machen.«

»Da habe ich in der Vergangenheit anderes gehört.«

»Dazu kann ich nichts sagen. Wir haben einen Mord, genauer zwei Morde aufzuklären. Vor diesem Hintergrund kommen wir nicht darum herum, über gewisse Vorlieben Ihrerseits zu sprechen.«

»Wollen Sie mit mir über mein Sexualleben diskutieren? Sie tun ja gerade so, als hätte ich mich strafbar gemacht.«

Hilpert winkte ab. »Was diesen Aspekt betrifft, sind wir vollkommen entspannt. Wir fragen uns nur, ob Ihre Homosexualität in Zusammenhang mit zwei Morden zu bringen ist. Wir denken etwa an Erpressung.«

Petersons Halsschlagader schwoll erkennbar an. Seine Stimme erklang plötzlich raumfüllend. »Wenn ich Sie richtig verstehe, unterstellen Sie mir, ich hätte etwaige Mitwisser meiner Homosexualität über die Klinge springen lassen. Motiv Erpressung?!«

Hilpert blieb gelassen. »So in etwa. Oder besser, wie können wir diesen bösen Verdacht aus der Welt schaffen? Ich sehe Sie nicht als Killer.«

»Danke für die Blumen. Vielleicht habe ich welche beauftragt«, erwiderte der Unternehmer beinahe resigniert.

»Daran will ich ebenso wenig glauben. Danach hätten Sie nur den einen Mitwisser durch den anderen ersetzt. Den schafften Sie sich nicht so mir nichts, dir nichts vom Hals. Ihre Intelligenz spricht dagegen.«

»Woher wissen Sie, wie schlau oder dumm ich bin?«

»Man macht sich sein Bild über Menschen, wenn man als Ermittler tätig ist.«

Peterson überlegte kurz. So schnell, wie er sich aufregte, so schnell erlangte der Verstand die Vorherrschaft bei dem Mann. Er hatte es gelernt, sich nicht von seinen Emotionen beherrschen zu lassen. Dafür war er zu lange im Geschäft. Offensichtlich entschieden, wandte er sich Hilpert zu. »Unter den gegebenen Umständen will ich vorerst auf anwaltliche Unterstützung verzichten. Da könnte ich mich genauso gut gleich öffentlich outen. Was wollen Sie genau von mir wissen?«

»Rössler hat mit Ihrem Geld nicht nur der rechten Gruppierung bis heute eine Art Heimstatt gegeben. Er hat damit ein Trainingsgelände in der Heide finanziert. Dort findet man alles vor, bis hin zu einem Schießstand.«

Peterson kratzte sich nachdenklich am Kopf. Man sah ihm an, dass es in ihm brodeln musste. Bislang hatte er vehement mit seinen Händen gearbeitet. Wie auf ein nicht zu vernehmendes Kommando hin beruhigten sich seine Bewegungen und seine Stimme wurde um eine Nuance leiser. »Reden wir nicht drum herum. Das Gedankengut dieser Leute war mir politisch über viele Jahre sehr nah. Und ich konnte es mir finanziell erlauben, an der einen oder anderen Stelle auszuhelfen. Rössler sah das ebenso wie ich. Über ihn habe ich das Geld geleitet.«

»Er hat Sie folglich nicht erpresst?«

»Rössler, mich erpresst?« Er lachte bedrückt auf. »Sie belieben zu scherzen.« Zum ersten Mal ließ er so etwas wie Emotionen durchblicken. Seine Stimme wurde beschlagener, als habe er sich plötzlich eine Erkältung eingefangen. »Nein, der war bis zur letzten Stunde ein Freund. Der wäre nie auf die Idee gekommen, von mir nur einen Cent zu erbitten, geschweige denn zu fordern. Dem musste ich meine Hilfe geradezu aufdrängen.«

Hilpert spürte, sich auf den falschen Weg begeben zu haben. Ihm war dennoch klar, dass es für einen Mann wie Peterson in seiner gesellschaftlichen Position nicht dienlich wäre, mit jugendlichen Strichern in einem Atemzug genannt zu werden. Das machte ihn allemal erpressbar. Er kam auf die RLU zurück.

»Sie wissen, dass auf dem flachen Lande nicht nur Cowboy und Indianer gespielt wurde? Die haben sich nicht entblödet, mit scharfen Waffen zu hantieren.«

»Ich gebe zu, mich nicht um jedes Detail gekümmert zu haben. Ich bin nie in die Heide gefahren. Was hätte ich dort zu suchen?«

»Wir haben neben anderen Waffen eine tschechische CZ 83 gefunden. Mit solch einer Pistole wurden diverse Morde in Deutschland begangen. Die Gruppierung NSU sagt Ihnen vielleicht etwas?«

Mit zunehmender Gesprächsdauer stellte sich bei Peterson sein aufgesetztes Selbstbewusstsein wieder ein. »Meinen Sie, ich lese keine Zeitung? Wie ich eingangs bemerkte, ich habe mich damit nicht eingehend befasst. Mit Waffen kenne ich mich eh nicht aus. Und mit Morden hatte ich ebenso wenig zu tun. Wofür halten Sie mich? Für einen Strauchdieb?«

Hilpert verschränkte seine Arme vor seinem Oberkörper und lehnte sich in dem Sessel zurück. Er empfand Peterson als zwiespältig. »Was glauben Sie, würden diese Leute, die Sie da unterstützt haben, mit Ihnen machen, kämen sie an die Macht und erführen von Ihrer sexuellen Orientierung?«

Der Befragte lächelte ihn gequält an. »Es stimmt, was Sie sagen. Andererseits unterscheiden wir uns in diversen Positionen von den Nazis. Was soll's. Ich will mit Ihnen nicht politisch debattieren. Nur so viel, es gibt Wichtigeres als meine sexuellen Präferenzen. Und es gab eine Zeit, da haben mich die Ziele, die propagiert wurden, über alle Maßen angesprochen.«

»Ja, ja, die Menschen die einzigen Schafe die sich ihre Schlächter freiwillig aussuchen und für ihn die Messer schärfen.« Unangekündigt wechselte Hilpert Tonart und Thema. »Wie stehen Sie denn zu den Morden dieser NSU-Gruppierung?«

»Mit der Aufdeckung dieser Verbrechen begann bei mir ein Umdenkungsprozess, der sich bis heute fortsetzt. Ich heiße sie nicht gut. Man tötet keine unschuldigen Menschen. Rein rational gesehen schadet das der eigenen Position. Egal, wo man politisch steht, niemand fühlt sich durch den Gemüsehändler an der Straßenecke bedroht, gleichgültig, aus welchem Land er stammt. Niemand befürwortet es, wenn auf ihn geschossen wird.«

Hilpert hörte aufmerksam zu. In seiner differenzierten Art hielt er Peterson für gefährlicher als den Glatzkopf auf der Straße, der auf Ausländer einschlug. Konsequent blieb er am Ball.

»Bisher ist es uns schwergefallen, an die Köpfe der Vereinigung heranzukommen. Wer außer Ihnen und Rössler gehört dazu?«

Peterson wand sich wie ein Aal. Hilpert spürte es physisch, dass diese Frage ihm nicht passte. Aber er hatte sich offensichtlich entschieden, reinen Tisch zu machen. »Ich und ein Kollege fungierten verdeckt als Geldgeber. Wir konnten es uns nicht erlauben, mit unseren Überzeugungen an die Öffentlichkeit zu gehen. Eine nationale Gesinnung wird einem ja in diesen Tagen geradezu um die Ohren geschlagen.«

»Nur, wenn sie mit krimineller Energie propagiert wird«, widersprach Hilpert. »Sonst müssten Sie ja die Bevölkerung ganzer Landstriche in Bayern einbuchten. Sei's drum. Würden Sie uns den Namen des Kollegen nennen?«

»Das ist mittlerweile ohne Bedeutung für ihn. Er ist vor drei Jahren gestorben, ein schmerzlicher Verlust in vielfacher Hinsicht. Es handelte sich um Dr. Reinhold Kessler, Import, Export. Seine Erben haben den Geldhahn anschließend zugedreht. Sie standen unserer Sache eher distanziert gegenüber. Der Bedarf an flüssigen Mitteln ist glücklicherweise deutlich zurückgegangen. Sie wissen ja selbst, die Gruppe ist kaum mehr aktiv. Es erstaunt mich, dass der Hof nicht längst aufgegeben wurde. Wie mir bekannt ist, bewegt sich da seit Jahren nichts mehr.«

»Trotzdem wurde die Miete bis zum heutigen Tag im Voraus gezahlt. Zwei Männer aus der Umgebung werfen ein Auge auf das Anwesen. Das haben die wohl kaum für Gotteslohn getan.«

»Das ist in der Tat seltsam. Und dort haben Sie Waffen gefunden? Es wäre allemal billiger gewesen, diese abzutransportieren und den Pachtvertrag aufzulösen.«

»Das sehen wir ebenso. Uns fällt dazu nur keine brauchbare Antwort ein. Wie sieht es bei Ihnen aus? Kommt Ihnen da was in den Sinn?«

Peterson schüttelte den Kopf. »Ich habe keine Ahnung. Da geht es mir wie Ihnen. Sie können sich darauf verlassen, dass diese Organisation von mir kein Geld mehr erhält.«

»Es ist Ihre Sache, was Sie mit Ihrem Geld anstellen. Konzentrieren wir uns auf die inhaltlichen Aspekte der Vereinigung. Wer steckte denn als Kopf hinter allem?«

»Fragen Sie mich was Leichteres. Man hat die unterschiedlichen organisatorischen Ebenen bewusst voneinander separiert.«

Hilpert lachte auf. »Das klingt beinahe wie Al Kaida.«

»Tatsächlich? Darüber habe ich nie nachgedacht.«

Ihr Gespräch begann abzudriften. Also holte es Hilpert zurück. »Jemand muss Sie doch angesprochen und um Geld gebeten haben. Und es muss Ihnen erklärt worden sein, wo die Reise hingehen soll. Ein Mann wie Sie bringt das Geld nicht aus Jux und Tollerei unter die Leute.«

»Rössler hat mich vor Jahren mit den Zielen der RLU konfrontiert und davon überzeugt, diese Vereinigung zu unterstützen. Er fungierte als eine Art Verbindungsmann. Er gehörte dem Verein lange vor mir in wichtiger Funktion an und war unter anderem als Schatzmeister tätig. Für diesen Job war er geboren, penibel, wie er war. Die Fäden liefen bei ihm zusammen. Garantiert hätte er Ihnen mehr sagen können. Ich will nicht mal ausschließen, dass er als einer der Köpfe im Hintergrund gewirkt hat.«

»Sie waren eng miteinander befreundet und können nichts

Konkretes zu Rösslers Rolle in dieser Gruppe beitragen?«, ließ Hilpert seine Zweifel aufblitzen.

»Ob Sie es mir abnehmen oder nicht, das waren die Regeln und wir haben uns daran gehalten. Sie waren außerdem in meinem Interesse.«

»Rössler ist tot. Hat es Sie nie interessiert, in Erfahrung zu bringen, wer hinter allem stand?«

»In früheren Zeiten habe ich darüber nachgedacht. Tief gebohrt habe ich nicht. Es wäre bestimmt ungern gesehen worden. Nach 2006 ist es ohnehin deutlich ruhiger geworden. Das galt ebenso für mich. Meine Motivation, mich zu engagieren, nahm zusehends ab.«

»Und warum?«

»Es gab keine flammenden Proteste mehr, keine aufrüttelnden Rundschreiben. Die haben vielleicht mal 'ne Fensterscheibe eingeworfen. Das ist es nicht gewesen, was ich mir vorgestellt hatte.«

»Austreten wollten Sie nicht?«

»Nein, das stand für mich nicht zur Debatte. Ich war unzufrieden mit den Aktionen, stand aber trotzdem nach wie vor hinter den Zielen der RLU.«

»Ihr späterer Schwiegersohn ist in dem Jahr ausgetreten. Hat Sie das nicht gestört?«

»Damals kannte ich ihn nicht. Er war locker mit meiner Tochter bekannt. Sie hatte ihn mir nicht vorgestellt. So weit ging die Liebe anfangs nicht. Ich hörte nur von ihm. Er war so 'ne Art Propagandachef in dem Verein. Mir gefiel das Schrifttum, obwohl er gelegentlich zu dick auftrug. Wo gehobelt wird, fallen Späne. Wenigstens fand was statt.«

»Wie standen Sie grundsätzlich zu seinem Austritt?«

»Ich gebe zu, verärgert gewesen zu sein. Er nahm so etwas wie eine Kernposition ein. Von seinem Ausscheiden hat sich die Gruppe bis heute nicht erholt.«

»Es ging damals ein weiterer Mann, er hieß Paulsen und wurde kürzlich ermordet. Haben Sie den kennengelernt?«

Peterson schüttelte den Kopf. »Nicht dass ich wüsste.«

»Es handelte sich um einen großen, überaus kräftigen Mann. Er war offenbar für die Ausbildung der aufgeregten jungen

Männer zuständig, dort draußen auf dem Hofgelände in der Heide.«

»Gehört habe ich selbstverständlich von ihm. Einen direkten Kontakt gab es zu dem Menschen nicht. Wie gesagt, es war das Prinzip der Vereinigung, die Organisationseinheiten personell weitgehend unabhängig voneinander agieren zu lassen. Es existierten nur wenige Verbindungsstellen. Rössler war eine davon.«

»Ist Ihnen bekannt, dass man anfangs versucht hat, die beiden für ihre Austritte zu bestrafen?«

»Ja, das war mir zu Ohren gekommen. Ich hielt das für Kinderkram. Wandernde soll man nicht aufhalten. Das war immer meine Devise. Wie man hörte, sind die Herrschaften damit nicht sonderlich erfolgreich gewesen.«

»Wie sieht es heute mit Ihrer Beziehung zu Grothe aus?«

»Ich habe keine Probleme mit meinem Schwiegersohn. Man sieht sich gelegentlich, wechselt ein paar Worte, trinkt zusammen ein Glas Wein. Er macht als Anwalt einen ordentlichen Job, ruht sich nicht auf meinem Geld aus. Und politisch geht er seinen Weg.«

»Sie sind ihm mit Ihren Kontakten behilflich gewesen?«

»Na klar. Meine Tochter hatte bei mir interveniert. Es war kein Fehler, ihn zu unterstützen. Sie bezahlen sogar Miete an mich für das Haus.« Er beugte sich ein Stück nach vorne. »Das muss jetzt unter uns bleiben. Die Ehe läuft anscheinend nicht mehr sehr harmonisch. Ich habe das Gefühl, als lebten die beiden nebeneinander her.« Er schüttelte den Kopf. »Ich habe nie verstanden, weshalb meine Andrea sich gerade diesen eher unscheinbaren Mann ausgesucht hat. Na ja, wer bittet schon den Vater um Rat, wenn es um den geeigneten Ehepartner geht?« Er lachte brüllend auf. »Ich stell mir gerade vor, wie mein Vater reagiert hätte, wäre ich mit meinen geheimen Wünschen bei ihm gelandet.«

Die Vorstellung schien insbesondere Albers zu gefallen. Er stimmte lauthals in das Gelächter mit ein. Es war an Hilpert, zu ihrem Thema zurückzufinden.

»Sie haben sich bestimmt über Rösslers Tod Ihre eigenen Gedanken gemacht. Ist Ihnen eine Idee gekommen, weshalb er ermordet wurde?«

»Nicht die Spur. Wir hatten uns in letzter Zeit seltener als sonst gesehen. Trotzdem hätte ich mitbekommen, wenn etwas Außergewöhnliches geschehen wäre.«

»Er ist nicht auf Sie zugekommen, weil er sich beispielsweise bedroht fühlte?«

»Kein Stück. Das hätte ich nicht auf sich bewenden lassen.«

Sie fragten ihn zum Abschluss zu seinem Alibi an den beiden Mordabenden. Hier musste er passen. Er wollte sich allein in seinem Privathaus am Feenteich aufgehalten haben. Dort gab es keine Bediensteten, die über Nacht blieben. Seine Frau hatte sich vor Jahren von ihm getrennt. Ein fester Lebensgefährte, gleich welchen Geschlechts, existierte nach seiner Aussage nicht.

Eine Viertelstunde später fuhren sie zurück.

»Wie beurteilst du das? Hat er uns alles erzählt, was er wusste?«, fragte Albers.

»Glaubst du an den Weihnachtsmann?«, entgegnete Hilpert. »Der hat das Scheunentor gerade so weit geöffnet, dass wir mit unseren Mopeds durchgekommen sind. Unsere Dreschmaschinen stehen davor und kommen nicht rein. Peterson ist lebenserfahren. Dem musst du die interessanten Sachen Stück für Stück aus der Nase ziehen. Der würde uns nie auf etwas stoßen, an das wir ansonsten nicht herankämen. Der verhandelt seit Jahrzehnten weltweit mit den unterschiedlichsten Geschäftspartnern und wartet nur auf Leute wie uns. Es ist nicht aller Tage Abend. Ein paar Tricks kennen wir auch.« Er schlug mit seiner Faust in die flache Hand. »Der sponsert bald fünfzehn Jahre solch einen kriminellen Verein und will uns weismachen, nicht zu wissen, mit wem er es zu tun hatte? Für wie bescheuert hält der uns?« Er lachte zynisch auf. »Dieser Mann behauptet, die ganze Zeit auf der hinteren Bank Platz genommen zu haben. Lächerlich! Der weiß nicht mal in der Theorie, wie so was geht. Wo der steht, ist vorne. Das war nicht unser letztes Verhör, das wir mit ihm geführt haben. Den besuchen wir bald wieder und geben ihm Nachhilfeunterricht in demokratischen Spielregeln.«

Den Abend hatte er für Stange und Baumgartner reserviert. Der Polizeirat verließ sie. Er folgte der Staatsanwältin Julia Stüven, die in Köln einen nächsten Karrieresprung machte. Ihm war dort eine Beförderung in Aussicht gestellt worden. Sie waren alle traurig. Der eine, weil er ein großartiges Team verließ. Die anderen, weil sie einen loyalen Kollegen aus der höheren Etage verloren, der ihnen auf dem kurzen Dienstweg manchen Weg ebnete. Sie schworen einander heilige Eide, sich regelmäßig zu treffen, und wussten, dass sie es nicht schaffen würden. Selbst in Hamburg quälten sie ihre Terminkalender, um sich gelegentlich mal privat zu sehen. Auf Distanz würde das zu einem kaum lösbaren Problem führen. Seine Nachfolgerin war bereits im Anmarsch. Sie wussten nur, dass es sich um eine Frau handelte, die zuletzt in Rostock tätig war. Ihr ging ein ordentlicher Ruf voraus. Viel mehr konnten sie nicht erwarten. Niemand kam auf die Idee, sie zu befragen, wer an den Schaltstellen im Präsidium sitzen sollte. Das wäre zu viel an Demokratie. Und es zeigte sich in der Vergangenheit, kaum stieg jemand nach oben auf, schon bekam er den Höhenflug. Plötzlich wurden Strategien zur Verteidigung des Erreichten entwickelt, nagte der Ehrgeiz an ihnen. Schließlich winkten im höheren Dienst Beförderungen. Der durchschnittliche Hauptkommissar hatte dagegen das Ende der Fahnenstange erreicht. Wie hieß es so schön: Edeka, Ende der Karriere.

10

Die kommenden Tage zogen sich so zäh dahin wie der Zuckerbrei für Kaubonbons. Die Vernehmungen der Nachbarn waren in beiden Mordfällen abgeschlossen, die Ergebnisse gleich null. Was hätten diese mitbekommen sollen? Das Geschäftshaus war zum Zeitpunkt der Ermordung Rösslers leer. Niemand machte nach zweiundzwanzig Uhr Überstunden. Ähnlich wie Paulsen war ihm ein gemeinsames Gläschen mit einem unbekannten Gast zum Verhängnis geworden. In beiden Wohnungen war getrunken worden und eine Überdosis eines stark wirkenden Schlafmittels hatte zum Exitus geführt. Irgendwann waren sie selig eingeschlafen und nicht wieder aufgewacht. Sicherlich ein schöner Tod für jemanden, der unter Höllenqualen litt. Für einen relativ Gesunden war es dagegen eine hinterhältige Aktion. Fraglos mussten Täter und Opfer einander kennen. Offenbar gab es keinen Streit oder trunkenes Gejohle. Verhielt man sich einigermaßen leise, bekam niemand im Fall Paulsen mit, wenn jemand das Haus betrat. Da der Ermordete sich im Erdgeschoss eingemietet hatte, hätte letztlich nur die Partei in der Wohnung nebenan das Kommen des Mörders bemerkt. Hier lebte eine ältere Dame, die meist erst spät ins Bett fand. Sie sah sich stundenlang vor ihrem überlauten Fernseher alles an, was die Programme zu bieten hatten. Zu dieser Zeit saß man nicht am Fenster und beobachtete die Leute, die ein oder aus gingen, oder hielt sich auf der Straße auf. Der Täter war nach 23 Uhr eingetroffen. Zwei Mann benötigten für eine halbe Flasche Whisky kaum mehr als eine Stunde, eher weniger. Dies insbesondere, wenn einer von ihnen Alkoholiker war. In beiden Fällen meldete sich zudem kein zufälliger Passant, der jemanden gesehen haben wollte. Sie bearbeiteten alle Vernehmungsprotokolle, überprüften die Alibis, ohne zu brauchbaren Ergebnissen zu kommen. Trotzdem durfte es nur eine Frage der Zeit sein, bis sie den oder die Täter würden überführen können. Der Kreis der Verdächtigen war überschaubar, wenigstens gab es einen.

Im Verlauf des Nachmittags setzte Hilpert sich mit Stange und Albers zusammen, um mit ihnen die Einzelheiten der beiden Morde zu erörtern. Sie kamen nicht wirklich voran. Die Eindrücke waren zu frisch, eventuelle Widersprüche hielten sich in Grenzen. Als einzige Unlogik von Bedeutung verblieb das landwirtschaftliche Anwesen bei Tostedt. Weshalb ließ man in der Scheune wertvolle Waffen herumliegen und zahlte Jahr für Jahr eine horrende Pacht für das Anwesen? Weshalb wurde das Areal jahrelang überwacht? Gleichzeitig rottete es vor sich hin, einsam und verlassen. Darauf fiel niemandem von ihnen eine Antwort ein. Diese Fragen wollten sie im Kopf behalten. Kam Zeit, kam Rat. Gewiss gab es ganz simple Erklärungen. Sie mussten nur darauf kommen.

Hilpert machte an diesem Tag für seine Verhältnisse relativ zeitig Feierabend. Beinahe wäre ihm der Termin mit der attraktiven Anwältin durchgerutscht. An diesem Abend fragte er sich erstmals, ob es nach Petras Tod zu früh war, sich mit einer Frau zu treffen. Er entschied sich dafür. Einen Verstorbenen konnte man vergessen, aber nicht betrügen. Davon unabhängig ging es um ein unverdächtiges Abendessen mit einem zugegebenermaßen attraktiven weiblichen Wesen. Da landete man beim ersten Mal nicht zwangsläufig im Bett. Als er seinen Schwiegervater auf seine Bedenken ansprach, grinste ihn dieser an.

»Mensch, Fabian, du bist der treueste Mensch, den ich kenne. Meine Tochter konnte keinen besseren Mann als dich bekommen. Sie ist tot. Niemand erweckt sie mehr zum Leben. Du bist jung, versteck dich nicht hinter deiner Trauer. Mir ist jede neue Frau, für die du dich entscheidest, willkommen. Hauptsache, sie passt zu dir und zu uns.«

Hilpert schaute in den Spiegel. Er hatte sich für einen grauen Anzug entschieden, verzichtete allerdings auf eine Krawatte. An diesem Abend verließ er seine Tochter nur ungern. Sie bekam Zähne und hatte leichtes Fieber. Seine Mutter musste ihn geradezu aus dem Haus verbannen. Im Eingangsbereich erwartete ihn Wellners Limousine. Reichtum war nicht zwangsläufig von Nachteil.

Laura wohnte am Winterhuder Kai. Sein Fahrer winkte ab, als er ihn nach Hause schicken wollte.

»So selten, wie Sie über mich verfügen, ist es kein Problem, ein paar Stunden auf Sie zu warten.«

»Will Sie niemand zu Hause sehen?«

»Ich bin seit beinahe fünfunddreißig Jahre verheiratet. Da geht man gern ein paar Meter auf Distanz zu seiner besseren Hälfte.«

Was wollte er dem entgegensetzen? Davon abgesehen verfügte der Wagen über ein TV-Modul. Da konnte er sich anschauen, was er wollte, musste niemanden fragen, ob gerade jetzt Sport genehm war.

Laura empfing ihn in einem körperbetonten Seidenkleid, das ihm den Atem zu rauben drohte. Der Ausschnitt war dezent, deutete trotz ihrer schlanken Figur ungeahnte Formen an. Er ließ es sich nicht nehmen, die attraktive Frau etwas eingehender zu fixieren. Es schien sie nicht zu stören.

»Und wie fällt die Prüfung aus?«, fragte sie ungeniert.

»Sollten Sie die Absicht gehabt haben, mich aus meiner Umlaufbahn zu werfen, so ist Ihnen das auf ganzer Linie gelungen.«

Er blickte an ihren wohlgeformten Beine herunter. Ihre Schuhe waren vorne offen. Ihre Zehennägel glänzten passend zur Garderobe in einem kräftigen Blau. Hoffentlich blieb er nicht zu lange mit ihr allein. Er könnte für nichts garantieren. Wie sich alsbald zeigte, hatte Laura keineswegs die Absicht, mit ihm auszugehen. Im Esszimmer war für zwei Personen eingedeckt worden. Geräusche aus der Küche wiesen auf eine Unterstützung bei dem kulinarischen Angebot hin.

Ohne große Worte zu machen, klärte sie ihn auf: »Ich dachte mir, wir essen in meiner Wohnung. Meine Tante ist eine fantastische Köchin. Stelle ich mich an den Herd, laufe ich Gefahr, das Haus abzufackeln. Ich beherrsche ausschließlich schwarze Toasts.«

»Da kann ich Sie bei Gelegenheit unterrichten.«

»Sie kochen?«, fragte sie erstaunt.

»Mein Repertoire hält sich in Grenzen. Doch was ich zubereite, schmeckt. Meine Omelette sind unschlagbar.«

»Sie sind ein erstaunlicher Mann. Ich hätte gedacht, Sie trainieren in jeder freien Minute Ihren athletischen Körper und schießen ansonsten auf Pappfiguren.«

»Sie belieben zu scherzen.«

Sie sollte recht behalten, was die Kochkünste ihrer Tante betraf. Zwischen zwei Gerichten lernte er sie kurz kennen, als sie zur Begrüßung ins Wohnzimmer kam. Sie war etwa Mitte, Ende vierzig. Vor ihm stand eine reife Schönheit, die sich hinter ihrer Nichte nicht verstecken musste. Sie war etwas fülliger, jedoch weit davon entfernt, als dick oder mollig durchzugehen. So schnell, wie sie gekommen war, verzog sie sich zurück in die Küche und überließ es ihrer Laura, Small Talk zu machen. Während des Gesprächs gestattete er sich einen Blick durch das Wohnzimmer. Es war teuer und vor allem geschmackvoll eingerichtet. Er ging davon aus, dass sie jedes Bild an der Wand selbst erworben hatte. Sie hatte es brillant verstanden, klassisches altes und zeitgemäßes Mobiliar miteinander zu kombinieren. Alles deutete darauf hin, dass sie bereits in jungen Jahren als Anwältin sehr erfolgreich gearbeitet haben musste. Gewiss hatte sie sich nicht auf einem der vielen Flohmärkte in und um Hamburg herum bedient. Sie deutete seinen Blick richtig.

»Gefällt Ihnen, was Sie sehen?«

»Ich würde lügen, behauptete ich etwas anderes. Die Wohnung gehört Ihnen?«

»Das wäre großartig. Deren Preis hat sich in den letzten drei Jahren beinahe um die Hälfte erhöht. Der Eigentümer wartet ab.«

»Sie sind Partnerin in der Anwaltskanzlei?«

»So ist es. Mein Onkel ist mir in der Vergangenheit sehr behilflich gewesen.«

Er ließ seinen Blick wandern. »Da scheinen Sie gut zu verdienen.«

»Man kommt über die Runden. Ich muss zugeben, dass ich die Antiquitäten von meiner Großmutter geerbt habe.«

»War sie eine reiche Frau?«

»Das hielt sich in Grenzen. Sie hat damit viele Jahre gehandelt. Sie kannte sich aus wie keine zweite.«

»Ich bin da eher unterbelichtet«, outete er sich in der ihm eigenen Art.

»Hoffen wir darauf, dass Sie andere Qualitäten haben.«

»Man wird sehen.«

Er war sich unsicher, wie er sie einschätzen sollte. Er hatte sie als abgeklärt und rational aus dem letzten Gespräch im Präsidium in Erinnerung. Jetzt wirkte sie zugänglich und aufgeschlossen, fast sympathisch. Und sie war eine vorzügliche Gastgeberin. Er gestand sich ein, seit Petras Tod war dies das erste Treffen mit einer attraktiven Frau, die ihm gefährlich zu werden drohte. Und sie schien es zu spüren.

Nach dem Dessert verließ sie Lauras Verwandte. Er sah ihre Augen leuchten, als er ihre Kochkünste lobte. Egal, was Menschen taten, sie wollten gefallen. Gegen Applaus hatte niemand etwas einzuwenden.

»Ihre Tante kocht nicht nur fantastisch. Sie ist eine sehr attraktive Frau.«

»Wollen Sie mich etwa eifersüchtig machen?«, beschwerte sie sich bei ihm.

»Wie käme ich dazu?«, fragte er verwirrt.

Er setzte sich auf eine der breiten Couches, die das Wohnzimmer adelten und nickte zu einem Cognac. Sie schenkte sich ebenfalls ein und setzte sich ihm gegenüber in einen Sessel. Lässig streifte sie ihre Schuhe ab und zog die Beine an. Ihren roten Wangen war anzusehen, dass der Wein beim Essen und der anschließende Cognac ihre Wirkung nicht verfehlten. Plötzlich sprang sie auf und setzte sich neben ihn. »Ein Aufreißer sind Sie nicht«, ging sie direkt auf ihn los. »Da lädt man Sie ins eigene Heim ein, verwöhnt Sie kulinarisch, schickt die Aufpasserin fort und Sie drehen Ihr Glas in den Händen.«

»Gestatten Sie mir meine Zurückhaltung«, versuchte er sich aus der Schlinge zu winden, die sie ihm um den Hals gelegt hatte. »Weshalb bewirtet solch eine tolle Frau wie Sie einen Bullen wie mich so fürstlich? Gibt es da einen Hintergedanken?«

Sie krauste ihre Stirn und blickte ihn direkt an. »Heute ausnahmsweise nicht, heute will ich mich fallen lassen.«

»Dann kann ich mich ja beruhigt zurücklehnen.«

»Genau, kommen Sie, ziehen Sie Ihr Jackett aus. Wir sind nicht auf einer Beerdigung.«

Mit Daumen und Zeigefinger prüfte sie den Stoff. »Den haben Sie nicht bei C&A von der Stange gekauft.«

»Sie kennen sich ja erstaunlich gut aus. Waren Sie mal im Einzelhandel tätig?«

»Man muss nicht Textilien verkauft haben, um teure Stoffe zu identifizieren. Wie ich Sie einschätze, sind Sie nicht der Mann, der sich einen Anzug maßschneidern lässt. Da hat bestimmt eine Frau die Hand im Spiel gehabt.«

»Da muss ich Ihnen recht geben.«

»Wollen Sie darüber reden.«

»Nicht heute Abend.«

»Einverstanden und wie kommen Sie dazu, mit einem Mann wie Wellner im Vierjahreszeiten abzuhängen?«

»Sagen wir mal, man kennt sich.«

Sie spürte, dass es Themen gab, über die er nur ungern reden wollte, und war intelligent genug, es dabei zu belassen. Er folgte ihrer Aufforderung, stand auf, entledigte sich seines Jacketts und hängte es über eine Stuhllehne. In letzter Zeit war es ruhiger um ihn geworden, sodass er privat auf das Tragen einer Waffe weitgehend verzichten konnte. Pistolen fanden selten Anklang bei weiblichen Wesen. Er setzte sich zu ihr und blickte sie an. Die Frau war umwerfend. Sie rückte dichter an ihn heran und sah ihm direkt in die Augen. »Sind Sie ein mutiger Mann?«

Er verstand ihre Frage nicht so recht und zuckte mit den Achseln. »Ich denke, ich lebe gern.«

Sie lachte. »Das habe ich nicht gemeint. Eher so in Bezug auf Frauen.«

»Die Frage ist schwierig zu beantworten. Ich bin nie ein Draufgänger gewesen.«

Sie rückte dichter an ihn heran, dass sie sich berührten.

»Das hast du wahrscheinlich nicht nötig. Die Frauen gehen eher auf dich zu, stimmt's?«

»Das sehe ich anders. Ein wenig muss ich schon mithelfen.«

»Und warum tust du es nicht?«

Eher zaghaft legte er einen Arm um ihre Schulter und drückte sie an sich. Mit der anderen Hand streichelte er ihr Gesicht.

»Ich hatte von Anfang an durch und durch unseriöse Pläne mit dir«, flüsterte sie ihm zu.

»Und das liegt nicht nur am Alkohol?«, fragte er zurückhaltend.

»Ohne würde ich mich nicht trauen, dich so anzubaggern.«

Sie fuhr ihm durchs Haar, griff nach seiner Hand und küsste sie. Diesmal ergriff er die Initiative und küsste sie. Sie sprang unvermutet auf.

»Warte.« Mit einem Ruck öffnete sie den Reißverschluss ihres Kleides und schlüpfte heraus. Kurz darauf saß sie neben ihm, umschlang seinen Hals und suchte seinen Mund. Sie trug nur noch einen Slip und dunkle Nylons, die bis zur Höhe der Oberschenkel reichten. Sie war die Herausforderung in Person. Als er ihre Hand zwischen seinen Beinen spürte, war klar, wie der Abend enden würde. Glücklicherweise hing sein Jackett über der Lehne seines Stuhls, sodass er wenig Arbeit hatte, sich von seinen sonstigen störenden Textilien zu befreien. Sie warteten nicht lange, um zueinanderzukommen. Später lagen sie keuchend nebeneinander. Von der kühl kalkulierenden Anwältin, die sich ihrer Attraktivität bewusst war, war wenig nachgeblieben. Jetzt lag neben ihm eine sinnliche Frau. Er löste sich langsam von ihr und kam zögernd auf die Beine.

»Willst du etwa verschwinden?«, fragte sie besorgt.

Er reichte ihr die Hand. »Nein, ich möchte gern mit dir duschen gehen.«

Mit einem Satz stand sie neben ihm. »Das ist eine sehr gute Idee.« Sie drückte sich an ihn. »Du hättest mich am ersten Tag haben können, als wir uns kennenlernten. Aber du hast ja nicht mal interessiert geguckt, als ich versuchte, auf mich aufmerksam zu machen. Es ist lange her, dass ich einen Mann getroffen habe, der mir so gefällt wie du.«

Für einen kurzen Moment fragte er sich, was er ihr antworten sollte. Er fand sie aufregend und hatte das Miteinander genossen. Er war sich unschlüssig darüber, ob er sich ein wenig in sie verliebt hatte. Nach dem Gang mit ihr unter die Dusche war er mehr als unsicher darüber, ob sie nicht dabei war, sich in ihm einzunisten.

»Bleibst du über Nacht?«, fragte sie ihn anschließend.

»Würd ich gern, aber ich werde zu Hause erwartet.«

Sie wich einen Schritt zurück. »Von einer Frau?«

Sein Nicken war Antwort genug.

»Klar«, ging sie auf ihn ein, »ein Mann wie du ist nicht allein.«

»Weißt du, sie bekommt Zähne und da will ich morgen früh bei ihr sein, wenn sie wach ist.«

»Zähne? Wie alt ist sie denn?«

»Acht Monate.«

Man sah ihr die Erleichterung an. Doch ein kritischer Geist ließ nichts auf sich bewenden. »Gibt es keine Mutter dazu?«

Diesmal antwortete er: »Sie ist bei der Geburt gestorben.«

»Nein!«, schrie sie auf und fuhr mit der Hand an ihren Mund. »Da wäre es besser, du wärst verheiratet und ein ganz normaler Ehebrecher.« Sie streichelte seine Wange mit einer Hand. »Habe ich eine Wunde aufgebrochen? Tut es weh?«

»Kann man so sehen. Du bist seit ihrem Tod die erste Frau, die ich im Arm gehalten habe, sieht man mal von meiner Mutter ab.«

»Deshalb hast du dich nicht getraut.« Sie legte ihren Arm um seine Taille. »Ein wenig Zeit kannst du für mich erübrigen?«

»Führ mich, wohin du willst. Ich folge dir. Mein Kind schläft hoffentlich durch.«

»Ich denke, in meinem Schlafzimmer sind wir besser aufgehoben.«

Was wollte er dagegen einwenden? Diesmal nutzten sie einen Teil der Zeit, sich zu unterhalten.

»Du sagtest, es sei lange her, dass es dir Spaß mit einem Mann gemacht hätte. Eine Frau wie du wird doch nicht enttäuscht.«

Ihr Blick schien nach innen zu gehen. »Es kommt drauf an, wie man die Dinge betrachtet. Mein damaliger Freund ist im Jahr der Fußballweltmeisterschaft verschwunden.«

»Einfach so, ohne erkennbaren Grund?«

»Schwer zu sagen, plötzlich war er weg.«

»Warst du schwanger, hat er die Reißleine gezogen?«

»Woran du nicht denkst, typisch Mann. Ich habe damals mitten im zweiten Staatsexamen gesteckt. Da achtet man darauf, einsatzfähig zu bleiben.«

»Wolltest du unbedingt geheiratet werden? Hast du ihn kopfscheu gemacht?«

»Blödsinn. Ich war Anfang zwanzig und habe an so was nicht gedacht. Ich wollte Karriere machen. Das kann mit mir nichts zu tun haben. Die Polizei hat nach ihm gesucht und ihn nicht gefunden. Er und sein Auto sind verschwunden.«

Er überlegte. »Hat er sich auf und davon gemacht? Hatte er Schulden oder andere Verpflichtungen?«

»Das glaubst du selber nicht. Er hatte hier viel zu viel zu verlieren.«

»Ich verstehe. Du musst wissen, damals war ich bei der Drogenfahndung. Ich erinnere mich schwach. Zu der Zeit wurde nach einem Journalisten gesucht. Seine Zeitung hatte eine Belohnung ausgesetzt. Irgendwie bin ich davon abgekommen und habe die Geschichte eher am Rande verfolgt.«

Offensichtlich hatte er einen Treffer gelandet.

»Den meinte ich. Er hieß Maximilian Wagner. Er war meine große Liebe. Mein Onkel machte zwar Rabatz, weil er fast doppelt so alt war wie ich, doch mir war es egal. Von jetzt auf gleich verschwand er.«

Liebevoll streichelte er ihre Wangen. »Es tut noch weh, hab ich recht?«

Sie nickte sparsam.

Er versuchte sich zu erklären. »Echte Gefühle wirken lange nach. Man muss ihnen Raum geben. Pass nur auf, dass das nicht zulasten neuer Emotionen geht.«

»Es ist leichter gesagt als getan.«

»Na klar. Die Dinge müssen zusammenpassen. Realität und Erinnerung dürfen nicht miteinander vermengt werden. Das gibt Kuddelmuddel in der Seele.«

Sie rückte dichter an ihn heran. »Das hast du schön gesagt. Dafür dass du ein Bulle bist, verfügst du über viel Weisheit.«

»Oh Gott, bitte nicht so dick auftragen.«

»Ich werde mich künftig mit Komplimenten zurückhalten.«

»Nun übertreibst du. Ein, zwei Lobhudeleien pro Tag verkrafte ich mit links. Sie steigern mein Selbstwertgefühl. Du musst wissen, ich bin total uneitel.«

»Vor allem bist du ein typischer Mann, wenngleich ein liebenswerter.«

»Das reicht für den Anfang.«

Sie griff mit beiden Händen in sein Haar. »Das ist mehr, als ich erwarten durfte.«

Später stand er angezogen vor ihr.

»Soll ich dir ein Taxi rufen?«, fragte sie fürsorglich.

»Das ist nicht nötig. Vor der Haustür wartet mein Fahrer.«

»Ein Fahrer? Wie gerät man als Hauptkommissar daran?«

»Indem du reich heiratest.«

»Deshalb hast du dir einen Chauffeur geleistet?«

»Nein, mein Schwiegervater hat einen. Der fährt mich gelegentlich.«

»Wellner, stimmt's?«

»So ungefähr.«

»Rufst du mich an?«, fragte sie mit kleiner Stimme.

»Warum sollte ich? Ich habe gehabt, was ich wollte. Das reicht mir bis auf Weiteres.«

Sie machte einen schnellen Schritt auf ihn zu und erhob eine Faust. »Untersteh dich, ich bin gut im Training.«

Er antwortete ernst: »Wenn du willst, stelle ich dir meine Tochter vor. Ich wollte mit ihr morgen Vormittag einen Spaziergang am Elbufer machen.«

»Da bin ich gern dabei.«

»Gut, treffen wir uns am Anleger nach Hamburg Cranz?«

»Darfst du mich nicht zu Hause zeigen?«

»Du kennst meine Mutter nicht, die fragt dir ein Loch in den Bauch. Wenn du das auf dich nehmen willst, gerne. Du bist jederzeit willkommen.«

Sie lachte. »Da habe ich ja Glück gehabt, dass du mich vorgewarnt hast. Ich kenne mich mit Müttern nicht sonderlich gut aus. Meine Eltern sind bei einem Unfall ums Leben gekommen, als ich klein war.« Sie stockte. »Du müsstest dich auf Fragen von meinem Onkel gefasst machen. Bei ihm bin ich aufgewachsen.«

»Den habe ich ja mittlerweile kennengelernt. Rhetorisch ist er ein ernst zu nehmender Widerpart.«

»Davon kannst du ausgehen.«

»Und wie war er so?«, wollte Hilpert neugierig wissen.

»Sehr eifersüchtig, trotzdem liebevoll. Er war eher ein Vater als ein Onkel. Er hat mich unendlich gefördert.«

Auf der Fahrt zurück fragte er sich, wie ihm geschehen war. Laura war eine Frau, um die sich die besten Freunde streiten könnten. Und er bekam sie, ohne einen Finger krumm zu machen, in den Schoß gelegt. Seine Gedanken schweiften zu dem verschwundenen Journalisten ab. Sie hatte ihm da etwas in den Kopf gesetzt. Was mochte mit ihm geschehen sein? Hatte er sich abgesetzt? War er Opfer eines Verbrechens geworden? Er wollte zu Beginn der Woche ein paar Kontakte im Präsidium nutzen.

Zu seiner Enttäuschung ließ Laura ihren gemeinsamen Termin am nächsten Tag absagen. Er verzichtete darauf, sie nach den Ursachen ihrer Absage zu drängen. Sie würde ihre Gründe haben. Wahrscheinlich ging ihr alles zu schnell und sie schaltete vorsorglich einen Gang herunter. In Ermangelung geeigneterer Alternativen mussten sein Vater und sein Schwiegervater herhalten. Wider Erwarten bekamen sie einen Tag an der Elbe zu fassen, an dem Fröhlichkeit und Gelassenheit überwogen. Ihre gute Stimmung wurde selbst durch die Heimniederlage des HSV gegen eine Mannschaft aus dem unteren Tabellendrittel nicht getrübt. Wie alle Fußballfans waren sie belastungsfähig und ließen sich die Hoffnung auf das nächste bessere Spiel nicht nehmen. Hauptsache, die Mannschaft geriet nicht mehr in den Abstiegsstrudel. Von der Meisterschaft oder einem Pokalsieg träumte niemand an der Elbe, der alle fünf Sinne beisammen hatte.

11

Sein Versuch, Laura am Montag zu erreichen versandete bereits in ihrem Vorzimmer. Wichtige Termine hieß es. Er hinterließ seine Handynummer und beschloss, nicht mehr zu versuchen, sie zu kontaktieren. Schließlich hatten sie einander kein Eheversprechen gegeben. Am Nachmittag erreichte ihn ein Anruf ihrer Sekretärin, die zu einem längeren Monolog über den vollen Terminkalender ihrer Chefin ansetzte. Er unterbrach sie unsanft und versprach, künftig auf Anrufe zu verzichten. Er verstand diese Entwicklung nicht. Vielmehr bedauerte er sie, jedoch ohne zu leiden, dafür war die Bindung zu frisch. Trotzdem blieb in ihm die Frage nach dem verschwundenen Journalisten haften. Sie sollte ihn die nächsten Tage bewegen. Wie erwartet, gab es über den Fall einen dicken Ermittlungsordner. Nach ersten Rechercheergebnissen stocherte Wagner längere Zeit in der rechten Szene herum. Und das Jahre, bevor die Geschehnisse um die NSU die Schlagzeilen der Presse zu dominieren begannen. Sein Verschwinden hatte viel Staub aufgewirbelt. Die Belohnung, die sein Verlag ausgesetzt hatte, vermochte sich niemand zu verdienen. Es gab nicht einen Hinweis in seine Richtung, sah man von wilden Mutmaßungen einmal ab. Kurz darauf begann die Fußballweltmeisterschaft die Gazetten zu beflügeln. Egal, was ansonsten die Welt bewegte, es wurde vorerst auf Seite zwei verbannt. Fast schien es, als habe sich die Öffentlichkeit damit abgefunden, dass Wagner keine Brandartikel mehr schrieb. Der Mordfall Paulsen kam ihm in den Sinn. Ließ sich hier eine Brücke bauen? Der Journalist verschwand wenige Monate bevor sich Paulsen und Grothe aus dem rechten Lager verabschiedeten. Wie hätte ein Mann wie Wagner auf Grothes veränderte politische Ambitionen reagiert?

Hätte er dagegen interveniert? Hätte er den Wandel vom Saulus zum Paulus hingenommen? Oder wäre er ihm im Nacken geblieben? Nun war er nicht der einzige Journalist in der Hansestadt, der sich für den Rechtsradikalismus interessierte. Neugierig ging er ins Internet. Zuweilen beschlich ihn das Gefühl, als ließe sich mancher Fall im Sitzen lösen. Das richtige Stichwort, ein ordentlicher PC und eine anständige Internetverbindung reichten. Grothe hatte mit seiner Entscheidung, als ehemaliger Rechtsradikaler in die SCP einzutreten, einigen Staub aufgewirbelt. Ein geläuterter Rechter war immer ein Thema. Das hielt trotzdem nicht lange an. Dazu war er in der ersten Zeit zu unbedeutend gewesen. Das sollte sich in den kommenden Jahren ändern. Zum Zeitpunkt seines Parteieintritts stand er offensichtlich vor Abschluss seines ersten Staatsexamens in Jura. Mittlerweile agierte er als Anwalt in einer eigenen Sozietät in bester Lage in der City. Parallel dazu kämpfte er sich in seiner Partei nach oben. Kannte der Lauras verschwundenen Freund?

Er suchte zu diesem Thema das Gespräch mit Kollegen aus dem zuständigen Dezernat. Einhellig gingen sie davon aus, dass Wagner ermordet worden war. Sein Auto war verschwunden. Der These, er könnte sich damit vom Acker gemacht haben, wurde vehement widersprochen. Er galt nicht als Typ für Spanien oder Griechenland. Den reizte eher die Karibik oder die Südsee. Alles Ziele, die man schwerlich mit einem Landfahrzeug erreichte. Folglich hätte er fliegen müssen. Die Überprüfungen in diese Richtung blieben negativ. Warum hätte er sich mit einem gefälschten Ausweis auf Reisen begeben sollen? Es gab niemanden, vor dem er hätte fliehen müssen. Noch eindeutiger waren die Bewegungen auf seinen Bankkonten. Es gab keine. Seine Kreditkarte blieb in den Jahren jungfräulich. Die letzte Abhebung erfolgte kurz vor seinem Verschwinden. Es ging um 5.000 Euro. Hilpert schüttelte den Kopf. Zu seinem Erstaunen hatte bislang niemand beantragt, ihn für tot zu erklären. Darum wollte er sich zu einem späteren Zeitpunkt kümmern. Immerhin verfügte der Journalist über ein stattliches Vermögen von mehr als 100.000 Euro, das trotz niedriger Zinsen Jahr für Jahr wuchs. Und er war Eigentümer der Wohnung, in der er lebte. Niemand schien sich dafür zu interessieren. Gab es das, ein verschwundener Mensch ohne gierige Verwandte? Das klang nach einem Eskimo, der aus gesundheitlichen Gründen keinen Robbenspeck aß.

Wen konnte er noch zu Wagner befragen? Er grinste über beide Backen. Dafür war sein früherer Intimfeind bei der schreibenden Zunft, Paul Frank, erste Wahl. Resolut griff er nach dem Telefon. Sie hatten sich in den letzten Jahren arrangiert. Frank hatte ein wenig von seiner investigativen Hektik abgelegt. Hilpert hielt sich mit seiner Ablehnung ihm gegenüber zurück. Man verstand sich, ohne gleich Brüderschaft getrunken zu haben. Sie verabredeten sich für den späten Nachmittag.

Der Journalist schaute sich in dem schmucklosen Zimmer des Hauptkommissars um. Ihm saß ein Mann gegenüber, der durch seine Ehe mit Petra Wellner wohlhabend geworden war und im Vorfeld einen gut dotierten Job in der freien Wirtschaft bekleidet hatte. Viel schlechter als er hätte sich kaum ein Hartz-IV-Empfänger eingerichtet. Verständnislos schüttelte er den Kopf. Er verstand damals bereits dessen Entscheidung nicht, in den Polizeidienst zurückzukehren. Er zuckte mit den Achseln. Zu diesem Thema war seine Meinung eh nicht gefragt. Wichtiger waren die Informationen, die er sich von dem Hauptkommissar erhoffte. Der war stets für eine interessante Geschichte gut. Er hatte alles dabei, Block, Kugelschreiber, Diktafon. Erwartungsvoll blickte er auf Hilpert. Dieser schien anscheinend um einen entsprechenden Einstieg ins Gespräch zu ringen. Schließlich beugte sich der Journalist neugierig vor. »Spucken Sie es aus, Hilpert, was wollen Sie von mir?«

»Maximilian Wagner. Was sagt Ihnen der Name?«

»Stellen Sie mir diese Frage ernsthaft?«

»Nach Scherzen ist mir heute nicht zumute.«

»Sei's drum, ich will Ihnen nachsehen, dass Sie aus einer anderen Branche kommen. Der Mann war eine Legende. Der hat in der rechten Szene rumgewühlt wie kein Zweiter. Der kam von dpa in unser Haus. Zu der Zeit war ich froh, wenn ich als Freier einen Artikel loswurde. Der hatte eine Nase für Geschichten wie kaum ein anderer. Dabei war er kaum älter als ich.«

»Haben Sie eine Idee, an welcher Story er dran war?«

Frank lachte auf. »Glauben Sie im Ernst, der hätte sich mit

mir darüber unterhalten?« Er tippte mit dem Zeigefinger gegen seine Stirn. »Der Mann war ausgeschlafen und vor allem misstrauisch wie 'ne Klapperschlange. Der hatte keine Kumpel in den Redaktionen. Er war ein ausgesprochener Einzelgänger, wenn es um seine Geschichten ging.«

»Ich verstehe. Was war er denn sonst für ein Typ?«

»Hm, er sah nicht schlecht aus, war mittelgroß. Hatte sich so 'n bisschen auf fliegenden Reporter hergerichtet. Dreitagebart, Lederjacke, coole Sprüche, längere Haare. Er hatte Schlag bei den Frauen und hat das dem Vernehmen nach reichlich ausgenutzt. Ich habe ihn mal mit einer seiner Freundinnen gesehen. Das war wirklich ein heißer Feger und wahrscheinlich halb so alt wie er. Trotzdem war vor ihm kein Rock sicher.« Fast schien es, als begänne Frank zu träumen. »Mensch, was hatte der für Weiber an der Hand. Eine schärfer als die andere. Lange hielt er es nie bei einer aus.«

»Und sonst, wie war er sonst? Eingebildet, von oben herab, umgänglich?«

»Er war nicht verkehrt, kein arroganter Wichser. Er redete durchaus mit einem wie mir. Wirklich zu tun hatte ich mit ihm nicht.«

»Haben Sie eine Ahnung, wer mir mehr über seine Arbeit erzählen könnte?«

»Hm, er war Chefreporter. Wenn überhaupt, hat er sich mit dem damaligen Chefredakteur ausgetauscht.«

»Haben Sie einen Namen für mich?«

»Klar, er heißt Legat, Robert Legat. Ist seit einigen Jahren nicht mehr dabei. Mit Wagner hat ihn sein Glück verlassen. Er kassierte 'ne dicke Abfindung und durfte gehen. Heute arbeitet er als Dozent an einer Journalistenschule.«

»Ist das 'ne Art Altersbeschäftigung?«

Frank lachte gehässig auf. »Eher nicht, er ist Mitte fünfzig. Der Markt für geschasste Chefredakteure ist eng geworden. Verflucht sei das Internet.«

Hilpert erhob sich und reichte seinem Besucher die Hand. »Schönen Dank, dass Sie mir behilflich waren. Sie haben einen gut bei mir.«

»Ich komme bei Gelegenheit darauf zurück. Vielleicht schon bei dieser Geschichte.«

»Tun Sie das. Sie werden nicht vergessen, mein Wort darauf.«

Kaum hatte Frank sein Büro verlassen, griff Hilpert zum Telefonhörer.

Robert Legat nahm den Anruf der Polizei erstaunt zur Kenntnis. »Hab ich meinen letzten Strafzettel nicht bezahlt? Und gleich ein Hauptkommissar? Gibt es bei euch keine Wachtmeister mehr?«

Hilpert lachte auf. »Keine Angst, ich habe mit Verkehrsübertretungen nichts zu tun. Wir ermitteln in einem Vermisstenfall.«

»Vermisstenfall? Und was habe ich damit zu tun?« Er unterbrach sich selber, bevor er nachsetzte: »Dreht es sich um den verschwundenen Maximilian Wagner?«

»Sie sagen es, Herr Legat.«

»Verdammt, das Ereignis ist mir so präsent, als wäre es gestern gewesen. Von einem Tag auf den anderen war er verschwunden und ist nie mehr aufgetaucht.«

»Ein ehemaliger freier Mitarbeiter, Herr Frank, aus der Lokalredaktion meinte, dass Wagner insbesondere mit Ihnen sehr eng zusammengearbeitet habe.«

»Das stimmt. Sie haben Frank gesprochen? Das ist ein ehrgeiziger Mann. Am liebsten hätte er meinen Job gemacht. Wie sich die Zeiten ändern, heute würde ich sofort mit ihm tauschen. Na ja, Sie wollen gewiss nicht meine Lebensgeschichte hören.« Er hüstelte, bevor er weitersprach: »An sich war er ein umgänglicher Mensch. Vor allem die Frauen mochten ihn und er mochte sie. Ging es um seine Geschichten, die er ins Blatt hieven wollte, war er verschlossen wie eine Auster.«

»Sind Sie vielleicht in Besitz eines letzten Manuskripts von ihm?«

»Nein, wenn er lieferte, dann die ganze Geschichte. Er mochte es nicht, wenn daran rumredigiert wurde. Da hatten wir immer unsere Kämpfe. Unter einem Vierspalter lief da selten was. Er war eher ein Mann für den Spiegel oder für das Manager Magazin. Da hätte er sich austoben können. Zu seinem Leidwesen waren ihm diese Wochen- oder Monatsblätter nicht schnell genug. Warten war nicht seine Stärke.« Legat legte eine kurze Kunstpause ein. »Gäb es ihn heute noch, säße ich nach wie vor auf meinem angestammten Sessel.«

»Können Sie mir wenigstens sagen, worum sich sein letztes Thema drehte?«

»Es hatte irgendwas mit der rechtsradikalen Szene zu tun. Das war's bereits. Mehr wollte er mir nicht erzählen.«

»Sie sind sein Chef gewesen.«

»Das war dem scheißegal. Seine Geschichten passten, er recherchierte sehr gewissenhaft. Bei dem gab es keine einstweiligen Verfügungen oder Beschwerden beim Presserat. Was er tat, hatte Hand und Fuß.«

»Und plötzlich war er verschwunden?«

»Ja, von einer Stunde auf die andere. Ich werde den Tag nie vergessen. Es war wenige Wochen vor dem ersten Gruppenspiel der Fußball-WM. Wir hatten uns zum Mittagessen verabredet. Er ist nicht gekommen, kein Anruf, überhaupt nichts. Wie blöd habe ich an meinem Tisch gesessen und auf ihn gewartet. Schon da hatte ich ein dummes Gefühl in der Magengegend. Das war nicht seine Art.«

»Kommen wir auf das Thema seiner Recherchen. Meinen Sie, er hatte etwas in Richtung auf die NSU-Kiste mitbekommen?«

»Sie meinen, dass er dabei war, Hintergründe zu Morden aus der rechten Szene zu untersuchen? Dass er quasi Ihren Job übernommen hat?«

Hilpert vermeinte mitzubekommen, wie der Journalist seinen Kopf schüttelte.

»Nein, das glaube ich nicht. Zu der Zeit hat er sich im Hamburger Umfeld rumgetummelt. Darüber hinaus fuhr er mehrmals nach Tostedt, das ist ein Ort im Süden Hamburgs, grobe Richtung Nordheide.«

»Ich kenne mich aus, ich bin in Buchholz aufgewachsen.«

»Da muss ich Ihnen ja nichts erklären. Rechte Morde hat es in den Jahren im Umfeld von Hamburg nicht gegeben. Der NSU-Mord in Bahrenfeld lag weit zurück und war anders zugeordnet worden. Das Wort NSU stand zu der Zeit für Motorräder aus den Fünfzigerjahren.«

»Könnte es sein, dass es Wagner ebenso erwischt hat?«

»Wer kann das ausschließen? Obwohl mich manchmal das Gefühl beschleicht, urplötzlich eine Postkarte von ihm aus der Karibik aus dem Briefkasten zu klauben.«

»War er nicht fest liiert?«

»Sie meinen die schöne Anwältin? Damals war sie mitten im Studium, sie war blutjung. Die lohnte das Hinsehen.«

»Genau.«

»Ich glaube nicht, dass sie ein Paar im engeren Sinn waren. Den hätte keine Frau gehalten. Dazu war er zu selbstverliebt. Und man muss ihm zugestehen, die Frauen gingen auf ihn ab. Nennenswert anzustrengen brauchte er sich nicht, wenn er auf der Suche nach einer alternativen Abendgestaltung war. Das hat er weidlich ausgenutzt. Da konnte man echt neidisch werden.«

»Hatte er nebenbei was laufen?«

»Worauf Sie sich verlassen können.«

»War jemand aus Ihrer damaligen Redaktion dabei?«

»Nicht direkt. Ich weiß von einem Verlags-Trainee, einem jungen Mädchen, Mitte zwanzig, frisch von der Uni gekommen. Die hatte in unserer Redaktion hospitiert.«

»Und könnten Sie mir einen Namen nennen?«

»Klar doch, Janette Haas.«

»Wissen Sie, ob die noch dabei ist?«

»Soviel ich weiß, arbeitet die heute im Controlling. War ein cleveres Mädchen. Die ist bestimmt ihren Weg gegangen.«

»Trotzdem ist sie auf Wagner abgefahren?«

»Ich schätze, das hat die nicht so verbissen gesehen. Die jungen Frauen sind heutzutage cooler als zu meiner Zeit. Die haben sich vielfach den Männern angeglichen, sind eigenständig, verdienen ihren Unterhalt selber, wechseln gern mal ihren Partner und nehmen es mit der Treue nicht so genau.«

»Ist das so?«

»So wurde es mir zugetragen.«

»Dann wird es wohl stimmen. Gab es keine Eifersuchtsszenen oder Tränen in der Redaktion?«, hakte Hilpert nach.

»Ganz im Gegenteil, wenn die sich begegneten, hörte man es knistern. Waren beide verschwunden, war klar, in welche Richtung sie sich auf die Socken gemacht hatten. Ansonsten arbeiteten sie fleißig in ihren Jobs.«

»Ja, so was soll es geben. Danke für die Auskunft.«

»Wenn's nur das ist.«

Er wollte das Telefonat beenden, als ihm eine Idee kam. »Wagner muss einen Schreibtisch gehabt haben, einen PC.«

»Na klar, seine Privatsachen, seine Notizen sind alle zu irgendwelchen entfernten Verwandten gegangen. Seine Eltern lebten nicht mehr. Geben Sie sich keinen Illusionen hin. Die sind akribisch geprüft worden. Da war nichts Interessantes dabei, so wenig für uns wie für Sie.«

»Klar, Sie sind ja nicht bescheuert.«

»Danke für das Kompliment.«

»Wissen Sie, ob er ein Schließfach besaß?«

»Keine Ahnung. Vielleicht haben sich damals Ihre Kollegen darum gekümmert.«

»Guter Hinweis, vielen Dank.«

Legat erklärte sich bereit, ihm künftig mit Informationen zur Seite zu stehen. Der Journalist in ihm war geweckt worden. Eine Klärung des Falls lag eindeutig in seinem Interesse. Damit war das Gespräch vorerst beendet.

Hilperts Intervention bei der Vermisstenstelle blieb vergebens. Da kein Anfangsverdacht auf ein Verbrechen vorlag, war darauf verzichtet worden, seine Wohnung oder sein Schließfach zu durchforsten. Für Hilpert war es anschließend ein Leichtes, sich die Telefonnummer der Verlagsmitarbeiterin zu organisieren, mit der Wagner ein Verhältnis gehabt haben sollte.

»Es geht um Maximilian Wagner?«, reagierte Janette Haas überrascht. »Von dem habe ich lange nichts gehört. War er nicht zeitweise verschwunden?«

»Er ist es nach wie vor.«

»Stimmt, ich habe ihn seit Jahren nicht mehr gesehen oder etwas von ihm gelesen.«

»Sie hatten eine Beziehung miteinander?«

»Beziehung wäre zu viel gesagt. Wir haben gelegentlich miteinander geschlafen.«

»Hat es Sie nicht gewundert, dass er plötzlich verschwunden war?«

»Oh Gott, was stellen Sie sich unter unserer Beziehung vor? Der Mann gefiel mir, ich gefiel ihm. Folglich trafen wir uns ab und zu in einem Hotel und hatten Spaß miteinander. Über Heirat haben wir nicht gesprochen. Dem Vernehmen nach war er auf diesem Ohr taub.«

»Es war von Ihrer Seite nichts Ernstes?«

»Nein, und er sah das ebenso. Das hat mit uns keine sechs Wochen gedauert.«

»Hat er Schluss gemacht?«

»Kann man so nicht sagen. Mein damaliger Freund kam von einer Studienreise zurück. Das wurde mir zu riskant. Also beendeten wir unsere Beziehung, bevor es eine werden konnte. Außerdem war da eine andere, um die er sich kümmern musste.«

»Sie meinen seine feste Freundin?«

»Nein, die nicht, obwohl die Klasse hatte. Es gab eine weitere Frau, die er beglückte. Er benötigte das für sein Ego.«

»Mann, der musste ja eine großartige Kondition gehabt haben.«

»Ich hatte keine Veranlassung, mich zu beschweren.«

»Und Sie, haben Sie sich den Freund, der auf Studienreise gewesen war, fest angeln können?«

Sie lachte hellauf. »Was stellen Sie für Fragen. Nein, leider hatte er von der Exkursion eine neue Gespielin mitgebracht. Mich hat er abserviert. Sie sehen, das Leben kann durchaus gerecht sein.«

Gute Entscheidung, dachte Hilpert, als er das Gespräch beendete. Die Einstellung der Frau passte so gar nicht in sein Weltbild. Er forderte für sich nicht die Freiheit, zu tun und zu lassen, was ihm in den Sinn kam, wenn er in einer festen Beziehung steckte, und erwartete dies gleichermaßen von einer Partnerin. Er dachte an Laura. Ob es etwas mit ihnen hätte werden können? Er entschied sich für ein eindeutiges Nein. Anscheinend war sie mit ihren Gedanken nach wie vor bei dem verschwundenen Journalisten. Mittlerweile war er sich sicher, dass sie all ihren Charme eingesetzt hatte, um ihn auf diesen kalten Fall zu hetzen. Das hätte sie durchaus billiger haben können, obwohl er die Stunden mit ihr genossen hatte. Er steckte mittendrin. Und das nicht, weil er mit ihr eine erlebnisreiche Nacht verbracht, sondern weil ihn der Ehrgeiz gepackt hatte. Unruhig klackerte er mit den Fingerkuppen auf dem Schreibtisch. Für heute gab es nichts mehr zu beschicken. Er räumte seinen Schreibtisch auf und verließ die heiligen Hallen. Die Zeiten, in denen er durcharbeiten durfte, würden wiederkehren wie der Schnupfen im Winter.

12

Es gab Tage, die man im Kalender hätte tilgen sollen. Dieser Mittwoch gehörte eindeutig dazu. Es begann in der Nacht, als das Kind Hilpert gegen halb drei weckte und bis etwa fünf in Betrieb hielt. Er fand nicht heraus, was die Ursache seines Weltschmerzes war. Irgendwann schlief es ein. Damit war es nicht genug. Als er endlich im Bett lag, überfielen ihn die großen Zweifel. Hatte er alles richtig gemacht? Hätte er einen Arzt rufen sollen? Mehrfach stand er auf, ging an Marias Bett und beobachtete ihren Schlaf. War alles in Ordnung? Er blickte nach oben, als könnte ihm seine verstorbene Frau helfen. Was hätte sie jetzt getan? Seine Tochter schlief fest, als sei nichts geschehen. Er entschied, dass sie gesund war, und legte sich endlich ins Bett. Am Frühstückstisch ging es der Kleinen hervorragend. Das nächtliche Intermezzo war vergessen. Sie unterhielt die gesamte Gemeinde, genoss die Aufmerksamkeit, die man ihr entgegenbrachte und spielte mit dem Essen, als sei nichts gewesen. Darüber würde er sich mit ihr mal in einem Dutzend Jahren oder etwas später unterhalten, wenn sie unterschiedlicher Meinung zu irgendeinem Thema waren. Am liebsten hätte er sich zurückgezogen und ein paar Stunden Schlaf nachgeholt. Unter anderen Umständen hätte er sich diesen Luxus erlaubt. An diesem Vormittag wollte er sich mit Baumgartners Nachfolgerin austauschen. In einigen Jahren wäre nicht auszuschließen, dass sie Webers Nachfolgerin würde. Ihre Chancen dafür standen gut. Auch bei der Polizei kam man auf Dauer nicht drum herum, Top-Führungspositionen mit Frauen zu besetzen, und zwar unabhängig von irgendwelchen Quotenregelungen. Bisher waren die obersten Etagen fest in Männerhänden. Ihm war es gleichgültig, welches Geschlecht der Polizeipräsident hatte, solange die Qualität stimmte. Spätestens mit Claudia Ernst, seiner ermordeten Kollegin, war er auf eine Polizistin gestoßen, der er Achtung und Bewunderung entgegengebracht hatte, die manchem Mann etwas vorgemacht hatte. Sie war erschossen worden und konnte nicht mehr hervorgezaubert werden. Zu seinem Bedauern konnte er ihr nicht mehr mitteilen, wie sehr er sie geschätzt hatte.

Er und die neue Kollegin hatten bisher wenige Berührungspunkte. Dafür war sie zu frisch dabei. Trotz der viel zu kurzen Nacht erschien er am Morgen pünktlich in ihrem Büro. Die fünfundvierzig Jahre alte Frau trug ihre Haare nach hinten gekämmt und hatte sie zu einem kurzen Zopf geflochten. Sie war schmal gebaut, Fettpolster suchte man vergebens bei ihr. Ihm schien, als gönnte sie ihrer Umgebung einen strengen Blick. Sie erinnerte ihn an seine ehemalige Rektorin aus der Grundschulzeit. Alle hatten Respekt vor ihr, obwohl oder gerade weil sie selten laut wurde. Er ging davon aus, dass sie viel Zeit an ihrem Schreibtisch verbrachte. Er glaubte nicht, dass sie sich primär als Ermittlerin sah. Er vermutete, dass niemand zu Hause auf sie wartete. Hier sollte er irren. Sie war verheiratet. Ihr Mann geisterte als EDV-Spezialist durch die Lande, sodass ihre häufige Abwesenheit von Heim und Herd kaum ins Gewicht fiel. Sie hatten keine Kinder. Sie galt als ehrgeizig und konsequent, alles Eigenschaften die man nicht von vornherein ablehnen musste.

Von ihrem Schreibtisch ging im rechten Winkel ein weiteres Element ab, das anscheinend für Besprechungszwecke vorgesehen war. Zumindest stand davor ein Stuhl. Sie musste nur mit ihrem Sessel ein Stück zur Seite rollen. Ansonsten strahlte der Raum eine kühle Sachlichkeit aus. Zum Wohlfühlen hatte sie ihn nicht einrichten lassen. Wem es gefiel, der war entweder Masochist oder blind. Als Hilpert eintrat, nickte sie ihm sparsam zu und bedeutete ihm mit einer Handbewegung, sich auf den einzigen Besucherstuhl zu setzen. Vor ihr lag eine Unterschriftenmappe. Abrupt ließ sie den Kugelschreiber fallen, rollte mit ihrem Sessel in seine Richtung und reichte ihm über die Tischplatte die Hand.

»Nett, dass wir uns mal zu einem Kennenlerngespräch treffen.«

Ihre Stimme erklang überraschend warm und herzlich. Er entschied sich, die Frau zu mögen.

Diesmal war es an ihm, ihr zuzunicken.

Konzentriert fuhr sie fort und verzichtete auf Begrüßungsfloskeln: »Sie wissen, dass der Innensenator uns demnächst einen Höflichkeitsbesuch abstatten will?«

»Soll er«, antwortete er. »Soweit ich davon unberührt bleibe, ist es mir recht.«

Sie lachte fröhlich auf. »Mir ist zu Ohren gekommen, dass Sie mit der Politik nicht so viel am Hut haben.«

Er grinste sie an. Sein damaliger Stress mit dem ehemaligen Staatsrat machte offensichtlich bis heute die Runde. Es wurde ein unterhaltsames Gespräch. Und er kam nicht herum, seine Geschichte zu erzählen. Er bemerkte an ihr eine Eigenschaft, die ihm gefiel. Sie hatte Humor. Trotzdem kam sie auf den hohen Besuch zurück. »Der Senator wird Sie sehen wollen, darauf nehme ich jede Wette an. Bitte, halten Sie sich wenigstens zur Verfügung.«

»Das bekommen wir allemal geregelt.«

»Danke. Weber hat mir verraten, dass Sie ein konstruktiver Typ sind. Man dürfe Ihnen nur nicht zu häufig auf den Füßen rumtrampeln. Er meint, Sie seien der letzte Moralist im Haus.«

Hilpert lachte schallend auf. »Das muss gerade er sagen.«

Sie ließ nicht locker. »Es heißt, mit Ihrem Ehrgeiz sei es nicht so weit her.«

»Das ist richtig und falsch zugleich. Richtig, weil ich mit meiner jetzigen Position zufrieden bin, falsch, weil ich die Chance haben muss, eigenständig arbeiten zu können. Das funktioniert als Obermeister nicht wirklich.«

»Nach Webers Aussage stehen Ihnen Tür und Tore in den höheren Dienst offen.«

Er beugte sich ihr zu. »Ich bin Ermittler. Diese Herausforderung treibt mich Tag und Nacht. Es geht mir nicht um die Karriere oder um ein verbessertes Einkommen.«

»Sie müssen selbst wissen, wohin Sie Ihr Weg führen soll. Da möchte ich Ihnen keine Vorschriften machen. Und dem Vernehmen nach sind Sie ein vorzüglicher Ermittler.«

»Wir wollen nicht übertreiben.«

»Ich würde mich über eine gute Zusammenarbeit mit Ihnen freuen. Haben Sie Probleme mit Frauen bei der Polizei, speziell in Führungspositionen?«

»Ich respektiere jeden, der was kann, egal ob Männlein oder Weiblein, groß oder klein.«

»Sie würden mich ebenso akzeptieren?«

»Worauf Sie sich verlassen können. Sie erinnern mich irgendwo an eine frühere Partnerin. Die hatte meinen vollen Respekt und meine Sympathie. Die musste sich vor keinem Mann verstecken.«

»Ich habe von ihr gehört. Sie wurde im Dienst erschossen?!«

Hilpert nickte traurig zu ihren Worten. Für einige Augenblicke schwiegen sie sich an, bevor sie ihre Unterhaltung leise fortsetzten. Die angenehme Gesprächsatmosphäre blieb bis zum Schluss erhalten. Als sie sich trennten, war vermutlich keine Freundschaft bis ans Ende aller Tage geschlossen worden. Zumindest schien ein vernünftiges Miteinander gewährleistet. Vielleicht würde mehr daraus werden. Hilpert war davon überzeugt, in ihr eine Kollegin zu haben, auf die er sich verlassen konnte. Ob er sich irrte, musste sich in der konkreten Zusammenarbeit beweisen. Da konnte sich niemand verstecken oder versuchen, sich mit reiner Rhetorik durchzuschlagen.

Diese Begegnung hätte den Tag gerettet, wäre nicht um die Mittagszeit der Polizeipräsident bei ihm überraschend hereingeschneit. Der breitschultrige hoch gewachsene Mann hatte es sich angewöhnt, gelegentlich bei den einzelnen Kommissariaten aufzutauchen. Seinem Gesichtsausdruck war allerdings anzumerken, dass dieser Besuch außerhalb der normalen Routine lag. Ihn musste etwas bewegen.

»Ich wollte Sie persönlich informieren, Kriminaldirektor Weber hatte einen Herzinfarkt und liegt im Krankenhaus St. Georg.«

Entsetzt sprang Hilpert auf. »Das ist eine Katastrophe!«, entfuhr es ihm. »Ich hoffe, es ist nicht zu schlimm.«

»Das wird sich zeigen. Nach Aussage der Ärzte geht es ihm den Umständen entsprechend gut.«

»Kann man ihn besuchen?«

»Davon wird momentan abgeraten.«

»Was geschieht derweil bei uns?«

»Kriminaloberrat Linsmann wird vorerst seine Funktion übernehmen. Er war als Einziger kurzfristig verfügbar.« Er druckste etwas herum. »Ich sage es besser gleich. Der Kollege ist etwas gewöhnungsbedürftig.«

»Wie darf man das verstehen?«

»Nun, er neigt gelegentlich zu einem gewissen Formalismus.«

»Da wird er seine Freude mit mir haben.«

»Ich weiß. Geben Sie ihm eine Chance.«

Hilpert hatte mit dem Mann bislang nichts zu tun, sodass er sich überraschen lassen wollte. Hätte er gewusst, was auf ihn zukommen würde, er wäre weniger gelassen gewesen.

Eine erste Begegnung fand zügiger statt, als der Hauptkommissar gedacht hätte. Am frühen Abend saß er dem designierten Weber-Nachfolger gegenüber. Linsmann hatte sich hinter Webers Schreibtisch bereits eingerichtet, als wäre es sein Platz für die Ewigkeit. Selbst an den Wänden hingen neue Bilder. Als Nächstes musste wohl der Schreibtisch nebst Gestühl dran glauben. Behäbig grinsend blickte er zu Hilpert herüber. Er gehörte zu den Männern, die in jungen Jahren auf ihre Haarpracht verzichten mussten und zur Kompensation des Leids einige Kilo zu viel auf den Rippen angesammelt hatten. Er war sorgfältig gekleidet und trug die passende dezent gepunktete Krawatte zu seinem dunklen Anzug. Hilpert schätzte ihn auf etwa fünfzig Jahre.

Offensichtlich wollte der Oberrat nichts anbrennen lassen und begab sich sofort in die Offensive. Webers Krankheit garantierte womöglich den heiß ersehnten Karriereschritt. »Sie haben in recht jungen Jahren Karriere gemacht, Hauptkommissar. Andere in Ihrem Alter warten auf den zweiten Stern. Dem Vernehmen nach haben dadurch Ihre Umgangsformen ein wenig gelitten.«

»Wie darf ich das verstehen?«

»Nun, betrachte ich Sie länger, vermisse ich zum Beispiel eine Krawatte. In Ihrer Position geht es insbesondere um Autorität nach innen wie nach außen. Das funktioniert in Jeans eher bedingt. Wenigstens besitzen Sie ein Jackett, wie man sieht.«

Hilpert hatte kein Interesse, sich mit dem Mann auseinanderzusetzen, insbesondere nicht zu solch einem Thema. Er blieb gelassen und nahm das Lamento seines neuen Vorgesetzten zur Kenntnis. Er war lange genug im Geschäft, um zu wissen, dass die Spezies der Krümelpicker nicht auszurotten war. Sie war gegen jegliches Abwehrmittel resistent. Linsmann interpretierte sein Schweigen als Zustimmung und fuhr fort: »Wie ich feststellen musste, hat es sich gerade in Ihrer Sonderkommission eingebürgert, jeden zu vernehmen, der mit einer Straftat in Zusammenhang gebracht werden kann, ohne Ansehen der Person oder seiner Stellung in der Gesellschaft. Diesem Wildwuchs werde ich als Erstes Einhalt gebieten. Ab sofort werden solche Befragungen nur nach meiner Genehmigung durchgeführt.«

Er hüstelte und blickte zu Hilpert herüber, als wollte er die Wirkung seiner Worte überprüfen. Wie sich zeigte, war er nicht durch mit seiner Kritik. »Ich habe mitbekommen, dass Sie Herrn Peterson aufgesucht haben, ohne Abstimmung, ohne Erlaubnis. Das geht gar nicht.«

Erstmals reagierte Hilpert. Überraschend ruhig antwortete er: »Wir sollen folglich unsere Arbeit unterbrechen, wenn jemand aus der feinen Gesellschaft ins Blickfeld unserer Ermittlungen gerät?«

»Das habe ich mit keiner Silbe gesagt, drehen Sie mir nicht das Wort im Mund um.«

»Das heißt, ich kann wie bisher befragen, wen ich will, wenn es die Verdachtsmomente nahelegen?«

»Ich verlange von Ihnen vor allem Diskretion und Fingerspitzengefühl. Das funktioniert am besten, wenn wir bei sensiblen Ermittlungen die Vorgehensweise im Vorfeld miteinander abstimmen. Dann kann nichts in die Hose gehen.«

»Interessant, wie wollen Sie das mit sechs Mordkommissionen und meiner Sonderkommission organisieren? Läuft das per Mail?«

»Das lassen Sie meine Sorge sein. Ich warne vor Alleingängen.«

Hilpert nahm die Anweisungen mit einem Schulterzucken zur Kenntnis. Er brauchte erst mal einen Kaffee. Doch Linsmann war beileibe nicht am Ende seiner Ausführungen. »Ihrem homosexuellen Mitarbeiter teilen Sie bitte mit, dass ich keine Probleme mit seiner Veranlagung habe. Ich erwarte allerdings von ihm ein unauffälliges Auftreten drinnen wie draußen.«

»Meinen Sie damit, er soll sich nicht schminken und keine hochhackigen Schuhe tragen?«

Der hohe Beamte schlug voller Wucht mit der flachen Hand auf seine Schreibtischplatte. »Mir scheint, Sie nehmen mich nicht ernst. Eines können Sie mir beruhigt abnehmen: Ich werde mit aller Härte durchgreifen, sollte meinen Anweisungen nicht entsprochen werden. Glauben Sie nicht, einen Papiertiger vor sich zu haben. Ich bin da anders gestrickt als mein Vorgänger.«

»Vorgänger? Wissen Sie über den Gesundheitszustand von Herrn Weber mehr als ich?«

Peinlich berührt hüstelte Linsmann, als fühlte er sich ertappt. »Da habe ich mich wohl falsch ausgedrückt«, rang er sich zu einer Erklärung durch.

Hilpert erhob sich schwerfällig von seinem Sitz. Er fühlte sich alt und verbraucht. Trotzdem behielt er die Ruhe. »Ich werde mir darüber meine Gedanken machen.«

»Ach ja, wollen Sie wie gehabt mit Kündigung drohen?«

Es fiel dem Kommissar schwer, seine Wut zu unterdrücken. »Ich habe noch nie mit Kündigung gedroht, sondern Fakten geschaffen«, erwiderte er barsch.

»Ansonsten müssten wir halt auf Ihre Mitarbeit verzichten.«

Gelassen trat Hilpert hinter seinen Stuhl und stützte sich mit beiden Händen auf der Rückenlehne auf. »Man soll nicht während zweier Spielzeiten das gleiche Stück spielen. Das wird schnell langweilig und kostet die Zustimmung der Zuschauer. Gehe ich, verwalten Sie in Zukunft allenfalls die Fachbibliothek, mein Wort darauf!«

»Wollen Sie mir etwa drohen?!«

»Ja, genau das will ich.«

Jetzt drehte er sich endgültig um und ging zur Tür. Er hatte die Türklinke bereits in der Hand, als er sich nochmals umwandte. »Wir bearbeiten in kritischen Zeiten zwei Mordfälle in der rechtsextremen Szene. Es interessiert Sie einen Scheißdreck, wo wir damit stehen. Stattdessen wollen Sie mir eine Krawatte aufoktroyieren und die feine Gesellschaft vor zu intimen Fragen schützen. Hoffen wir, dass Kriminaldirektor Weber bald zurück an Bord kommt.«

Bevor Linsmann antworten konnte, vernahm er das Klacken der Tür. Wütend hieb er diesmal mit der Faust auf den Schreibtisch, der zusehends die Funktion des Blitzableiters übernahm. Mit Hilpert hatte er sich einen schweren Brocken vorgenommen. Er würde Mittel und Wege finden, den Mann kleinzubekommen. Leise murmelte er vor sich hin: »Herr Hauptkommissar, selbst Sie werden lernen, von wem in diesen Gängen künftig die Macht ausgeht.«

Aufgebracht begab sich Hilpert zu seinem Büro. Er wollte Linsmann so lange provozieren, bis diesem nichts anderes übrig blieb, als in irgendeiner Form zurückzuschlagen. Danach musste er abwarten, wen die Welle überrollte. Für einen kurzen Augenblick dachte er darüber nach, ob er nicht der Bitte seines Schwiegervaters entsprechen und in sein Unternehmen zurückkehren sollte. Musste er sich diesen Mann wirklich antun? Schnell schob er diesen Gedanken zur Seite. Diesmal sähe es wie eine Flucht aus. Oh nein, er würde kämpfen. Man verzichtete entweder auf ihn oder Linsmann müsste die Segel streichen. Er war gespannt, wer von ihnen das bessere Stehvermögen bewies. Auf dem Flur begegnete er Albers mit einer Sporttasche in der Hand.

»Na, willst du deine Muskeln aufpolieren?«, fragte er ihn missgelaunt.

»Nicht so ganz, in meinen Kreisen nennt man das Training.«

»Ach ja, der Herr ist ja Leistungssportler.«

»Was habe ich dir getan, Fabian? Du blaffst mich an, als hätte ich dein neues Auto zu Schrott gefahren.«

»Entschuldige, ich habe mich gerade geärgert. Das hat mit dir gar nichts zu tun. Du bist mir nur als Erster zwischen die Finger geraten. Das nennt man ausgesprochenes Einzelschicksal.«

»Linsmann?«

»Wer sonst. Der Heini raubt mir den letzten Nerv. Weißt du was, wenn du nichts dagegen hast, trainiere ich mit dir mit.«

»Warum sollte ich etwas dagegen haben? Zu zweit bringt das weitaus mehr Laune.«

»Klasse, ich muss ein, zwei Telefonate führen. Meine Sportklamotten habe ich dabei. Ich komme zur Sporthalle nach. Es ist an der Zeit, dass ich mich mal anständig bewege.«

»Willst du mit mir ein paar Runden gehen?«

»Nach dem Motto, der Todgeweihte grüßt den Rest der Welt? Nein, ich lass mich lieber von dir trainieren.«

»Vergiss dein Springseil nicht.«

Aus zwei Telefonaten wurden fünf. Das Umziehen kostete

darüber hinaus seine Zeit, sodass sich Hilpert erst zwanzig Minuten später auf den Weg machte. Er freute sich auf eine ausgiebige körperliche Betätigung. Albers würde ihn garantiert nicht schonen. Vor dem Eingang der Halle versperrte ihm ein breitschultriger Mann, den er flüchtig kannte, den Weg.

»Momentan darf die Halle nicht betreten werden.«

»Und warum nicht?«

»Anweisung von oben.«

»Doch nicht etwa vom Papst.«

»Natürlich nicht, was soll der Scheiß?«

Er begriff, ohne nachzudenken, dass im Bereich der Halle etwas geschah, was mit Albers zu tun haben musste. Ansonsten wäre der zurückgekehrt und hätte ihn informiert. Er streckte die Hand aus.

»Was soll das?«, fragte sein Gegenüber.

»Ich will die Anweisung sehen.«

»Äh, die ist mündlich erfolgt.«

Er zückte sein Handy und sah zu dem Mann herüber. »Von wem? Ich werde mich selbst erkundigen.«

»Der ist nicht mehr da.«

»Wer?«

»Oberkommissar Ihle.«

»Sie wissen, wer ich bin?«

»Ja.«

»Und Sie meinen, Ihle kann mir Anweisungen erteilen?«

»Ja, nein.«

»Ich überzeuge mich selbst davon, ob ich in die Halle kann oder nicht. Gehen Sie mir aus dem Weg.«

Der Mann griff nach seinem Oberarm und wollte ihn zurückreißen. Darauf hatte Hilpert nur gewartet. Er blockte ihn kurz ab, landete zwei schnelle Schläge in dessen Magengrube und holte ihn mit einer kurzen Außensichel von den Beinen. Er blickte zu dem auf dem Boden Liegenden hinunter. »Angriff auf einen Vorgesetzten! Hoffen wir, dass Ihre Personalakte sauber ist. Ansonsten können Sie ab morgen das Arbeitsamt aufsuchen. In der einen oder anderen Tabledancebar auf dem Kiez werden kräftige Leute gesucht, die den Touristen die Kohle aus den Rippen leiern. Die sollen gut zahlen.«

»Aber ich ...«

Weiter kam er nicht. Hilpert drückte sich an ihm vorbei und betrat das Foyer. Mit schnellen Schritten durchquerte er es und öffnete die doppelflügelige Tür. Ihm war später unklar, ob er das, was er sah, erwartet oder es ihn überrascht hatte. Zwei Mann hielten Albers fest. Er wand sich ohne Chance dagegen. Ein dritter stand vor ihm und war dabei ihn mit Schlägen auf den Oberkörper und in den Magen zu traktieren. Er war intelligent genug, dessen Gesicht zu verschonen. Dabei stieß er unartikulierte Schreie aus. Es war tatsächlich Ihle, der hasserfüllt auf ihn einschlug. Der groß gewachsene Mann mit den schütteren Haaren und dem Stiernacken schien geradezu in einen Rausch zu verfallen.

»Du widerliche Schwuchtel«, schrie er ihn an und setzte zu einem wuchtigen Schlag an, »verpfeif dich nach Hannover, wo du hergekommen bist! Wir wollen mit solchen Wichsern wie dir nichts zu tun haben! Wir sind ein sauberer Laden!«

Den nächsten Treffer unterband Hilpert wütend. »Sie sind verhaftet, Oberkommissar Ihle und Ihre Helfer gleich mit.«

Erst jetzt realisierte das Trio seine Anwesenheit. Ihle benahm sich wie von Sinnen. »Du hast uns diesen Arsch eingebrockt, Hilpert! Willst du auch 'ne Abreibung?«

Ruhig ging er auf die Männer zu. »Warum nicht? Du weißt, ich bin sensibel. Schlagt nicht zu fest zu.«

Er wies mit einer Hand auf die beiden Polizisten, die nach wie vor Albers festhielten. »Der Spaß ist vorbei. Loslassen, lassen Sie den Mann los!«

Zögernd blickten sie auf Ihle, der sich heftig schnaufend mit geballten Fäusten nicht von der Stelle bewegt hatte. Hilpert wartete nicht ab. Eine gnadenlose Doublette gegen den Kopf des links von Albers stehenden Mannes löste die Hälfte des Problems. Dieser ließ los und hielt sich wimmernd den Kopf. Es bewahrheitete sich wie so oft im Leben, es war erträglicher zu denen zu gehören, die die Schläge austeilten als zu denen, die sie einstecken mussten. Albers reichte die Entlastung, um selbst aktiv zu werden. Der zweite Mann wusste nicht, wie ihm geschah, als er zwei Kicks von ihm mit dem Knie in den Unterleib bekam. Mit schneller Bewegung nahm er sich anschließend Ihle vor. Hilpert reichte das Schauspiel, um zu begreifen, dass er gegen diesen austrainierten Kampfsportler kein Land sehen würde. Er nahm es wohlgefällig zur Kenntnis. Schließlich standen sie auf derselben Seite. Und er hatte keineswegs die Absicht, daran etwas zu ändern. Nach wenigen Sekunden lagen die drei Männer stöhnend vor ihnen. Hilpert griff zufrieden nach seinem Handy und erreichte glücklicherweise die Kriminalrätin Kanzenbach. Er informierte sie knapp. Ihre Antwort sollte nicht länger ausfallen.

»Ich kümmer mich darum. Ihr könnt euch verkrümeln, wenn wir übernommen haben.«

»Klasse, ich bin Ihnen einen Gefallen schuldig.«

»Sind Sie nicht. Solche Typen wie dieser Ihle und seine Gefolgschaft müssen aus dem Verkehr gezogen werden.«

Die Frau war ganz nach seinem Geschmack. Eine Viertelstunde später traf sie mit mehreren Beamten ein. Vor der Halle erwartete Hilpert der Mann, den er niedergeschlagen hatte. »Was passiert jetzt mit uns?«, fragte er frustriert.

»Dumme Frage. Von euch wird keiner bei der Polizei überleben.«

»Ihle hatte gesagt, dass es so von höchster Stelle angeordnet worden ist.«

»Da hat er gelogen und sicherlich nicht das erste Mal. Sie müssten diesen Menschen gut genug kennen. Vor allem sollte Ihnen klar sein, dass es nicht Ihr Job sein kann, zu dritt einen Kollegen zusammenzuschlagen.«

Er sah sich den kräftigen Mann an. »Sind Sie bereit auszusagen?«

»Was soll ich aussagen?«

»Die Wahrheit. Nur so haben Sie eine Chance.«

Er nickte heftig. »Alles, was Sie wollen.«

»Die Wahrheit reicht. Sie gehen in die Halle und melden sich bei der Kriminalrätin Kanzenbach. Ist der Fall erst in Händen der internen Ermittler, können Sie sich gehackt legen.«

Der Mann drehte sich hektisch um und stob davon. Vielleicht war er nicht der Gescheiteste auf der Welt, aber sein Verstand reichte, diese letzte Chance zu ergreifen.

Albers reichte Hilpert die Hand. »Das hätte ich nicht mehr lange durchgehalten. Ich danke dir. Was sind das für Ärsche?«

»Das sind die Typen, die man zum Schutz jüdischer Einrichtungen einsetzt und die nichts Besseres zu tun wissen, als sich davor mit Nazisymbolen fotografieren zu lassen. Nicht jeder, der Polizist wird, definiert seinen Job im gemeinten Sinn. Komm, lassen wir unsere Aussagen protokollieren. Bevor die restlichen Idioten ihre Legende aufbauen können, haben wir vorgelegt.«

Es sollte sich erweisen, dass Ihle am Ende wenig Unterstützung fand. Studierte man seine Personalakte eingehender, hätte dieser Mann längst aus dem Polizeidienst entfernt werden müssen. Bei Bedarf öffnete sich stets eine schützende Hand über ihm. Der Begriff Nibelungentreue kam Hilpert in den Sinn. Leider profitierten davon bei der Polizei überwiegend die Falschen. Für Ihle war es diesmal zu viel. Versuche seiner Kameraden, ihm zu helfen, versandeten kläglich. Mit Zustimmung des Personalrats kündigte man ihm fristlos. Hilpert war davon überzeugt, ihn irgendwann auf der anderen Seite des Gesetzes zu treffen. Seine Helfer erhielten eine erneute Chance zu beweisen, dass alles nur ein Ausrutscher von ihnen gewesen sei. Hilpert war sich nicht sicher, ob sie damit nicht einen Teil der Läuse im Pelz behielten, die sie besser entfernt hätten. Garantiert hatten sie sich auf Dauer die Chance vertan, in den Kriminaldienst überwechseln zu dürfen. Er verlor sie in der nächsten Zeit aus den Augen. Seine Aussage war protokolliert. Erst eine Klage von Ihle gegen seine Entlassung sollte dieses Thema wieder in seinen Blickwinkel bringen. Er beharrte auf seiner Aussage. Auf diese Kategorie von Beamten hatten die Nazis nach der Machtübernahme 1933 gesetzt. 65 Jahre Demokratie reichten anscheinend nicht aus, die Ermittlungsbehörde sauber zu halten. Manchem Kollegen war schwer klarzumachen, dass sie als Bewahrer des Systems wirken sollten, nicht als dessen Vernichter. Man konnte nur hoffen, dass es nie mehr zu einer politischen Konstellation käme, die solche Typen nach oben spülte.

13

Hilpert hatte sich gerade an seinem Schreibtisch eingerichtet, als er überrascht Lauras Stimme am Telefon vernahm. »Mit dir hätte ich nicht gerechnet«, wunderte er sich. »Ich dachte, du hast mich in deinem Pflichtenheft abgehakt.«

»Wie kannst du so etwas sagen?«, antwortete sie mit leiser Stimme, ohne auf seine Worte einzugehen.

»Es war nicht deine Absicht, mich auf die Suche nach deinem verschwundenen Freund zu hetzen?«, erwiderte er ungerührt.

Sie verzichtete darauf drum herum zu reden. »Du liegst schon richtig. Es ist etwas anders gekommen als geplant. Bitte, ich ...« Ansatzlos begann sie zu weinen und er vernahm ausschließlich ihr Schluchzen.

»Ich komme bei dir vorbei.« Er beendete das Gespräch und sprang auf. Beinahe wäre er über Stange gestolpert, der ihn aufsuchen wollte.

»Ich muss privat etwas erledigen!«, rief er ihm zu und stürmte zum Aufzug.

»Dahinter kann nur 'ne Frau stecken«, murmelte der Kollege. »Es sei ihm gegönnt.«

Laura empfing ihn mit geröteten Augen, hatte sich ansonsten jedoch gefangen. Offensichtlich war sie an diesem Tag nicht zur Arbeit gegangen. Sie trug eine Jeans und einen legeren Pullover. Ihre Füße steckten in bequemen Slippern. Ohne ihre High Heels überragte er sie um Haupteslänge. All dies tat ihrer Schönheit keinen Abbruch. Sie konnte auf jegliche Kosmetik verzichten und würde dennoch zum Schrecken vieler Geschlechtsgenossinnen werden. Er nahm sie in den Arm und streichelte über ihr Haar.

»Erzähl, was ist mit dir?«

»Du bist es«, erwiderte sie unverhohlen. »Ich habe zwei Wochen versucht, dich aus meinem Kopf zu verbannen und bin gescheitert.«

»Warum denn?«

»Ich will mich nicht mehr verlieben. Eine Enttäuschung reicht mir.«

Er verzichtete darauf, auf sie einzugehen, sondern führte sie zu einem der Sofas. Gemeinsam setzten sie sich. Er nahm sie in den Arm und strich ihr übers Haar. »Komm, alles ist gut.«

Er spürte, wie sie ruhiger wurde.

»Du bist davon überzeugt, dass Maximilian tot ist?«, fragte sie unvermittelt.

Für einen kurzen Moment überlegte er, ob er sie mit seiner Wahrheit konfrontieren sollte. Er entschied sich dafür.

»Eindeutig. Ich habe nachforschen lassen. Seit seinem Verschwinden sind seine Konten unangetastet geblieben. Sein Gehalt wurde über mehrere Monate angewiesen, bevor die Zahlungen eingestellt wurden. Seine Kreditkarte ist seither nicht benutzt worden.«

Sie nickte ihm mit feuchten Augen zu. »Ich habe es befürchtet, wollte es mir nur nicht eingestehen.«

»Wie fest war eure Beziehung?«, setzte er vorsichtig nach.

»Wie darf ich das verstehen?«

»Na ja, wolltet ihr zusammenziehen oder heiraten, habt ihr an Kinder gedacht?«

Sie runzelte ihre Stirn. »Worauf willst du hinaus?«

»Beantworte meine Frage.«

»Sei ehrlich, du willst wissen, ob wir einander treu waren.«

»Das sagst du. Wie lief es bei euch ab?«

»Wir haben einander jegliche Freiheiten gestattet.«

»Du hast in der Zeit mit anderen Männern geschlafen?«

Die ersten Tränen kullerten ihre Wangen herunter. »Nein, ich bin ihm treu gewesen.«

»Und er, wie sah er das?«

Sie wand sich unter seiner Frage, als habe er sie nach der Höhe ihres letzten Gehaltsschecks befragt. Zögernd ging sie darauf ein. »Ich weiß, dass die Frauen sich ihm an den Hals geworfen haben.«

»Und hat er nachgegeben?«

Sie nickte spärlich. »Nur allzu gerne. Manchmal hatte ich das Gefühl, dass er seine Bestätigung in seiner Arbeit und bei den Frauen suchte.«

»Und er hat nichts dazu getan, sondern stand nur am Rathausplatz rum und ließ sich einfangen?«

»Natürlich nicht.«

»Und du hast das so hingenommen?«

Wütend brauste sie auf. »Ich hätte es geschafft, ihn allein auf mich zu orientieren.«

Sanft drückte er sie an sich. »Dieses Thema ist nach all den Jahren für dich ausgestanden.«

»Da hast du wohl recht«, erwiderte sie mit kleiner Stimme.

Wie ein Kind kuschelte sie sich in seinen Arm. Er verließ sie spät. Sie hatte einen langen Weg vor sich. Es war unmöglich, einen Menschen aus seinem Kopf zu verbannen, wenn er sich dort über ein Jahrzehnt festgesetzt hatte. Er konnte nicht beurteilen, wie es letztendlich um sie stand. Litt sie an einer Psychose oder neigte sie zu unbedeutenden hysterischen Ausschlägen? Er war sich unsicher, ob es für sie beide gut war, eine Beziehung einzugehen. Wie stand es um ihn? Hatte er den Tod seiner Frau verarbeitet? Der Ermittler in ihm stellte die Frage nach dem Verbleib des Journalisten oder besser seiner Leiche, sollte er mit seinen Befürchtungen richtigliegen. Ein Gefühl sagte ihm, dass die aktuellen Mordfälle in irgendeiner Form damit zusammenhingen. Mit wem außer Laura konnte er darüber reden? Außer ihrem Onkel fiel ihm niemand ein.

* * *

Bevor Hilpert am nächsten Tag dazu kam, mit Dr. Siebert einen Termin zu vereinbaren, hing dieser selbst am Telefon. Sein Anliegen hatte allerdings mehr mit seiner Nichte als mit dem Fall zu tun. Sie verabredeten sich am Nachmittag zu einem Spaziergang an der Außenalster.

»Ich habe mitbekommen, dass Sie mit meiner Nichte nicht nur über kriminalistische Themen oder juristische Feinheiten des Lebens palavern, sondern sich auch privat zu verstehen scheinen.«

»Ihnen entgeht anscheinend nichts. Meinen Sie, Laura ist dafür zu jung?«

»Zu jung? Wie kommen Sie auf solch eine schräge Idee? Sie ist Anfang dreißig. Oh nein, missverstehen Sie mich nicht. Wie man hört, sind Sie nur unwesentlich älter als sie und ordentlich versorgt. Es stimmt doch, Sie waren mit der Tochter von Dr. Wellner verheiratet, die bei der Geburt Ihres Kindes gestorben ist?!«

»Das ist korrekt.«

Nervös suchte der besorgte Onkel nach Worten. »Nicht dass Sie einen falschen Eindruck gewinnen. Ich will mich nicht in das Liebesleben meiner Nichte oder gar in Ihres einmischen. Laura hatte sich vor Jahren in einen Journalisten verliebt, der fast doppelt so alt war wie sie und der es mit der Treue nicht sehr ernst nahm.«

»Ich hörte von der Geschichte.«

»Klar, dass Sie darüber gesprochen haben. Weshalb ich mit Ihnen rede, hat einen anderen Grund. Ich bin mir unsicher, inwieweit sie das Verschwinden ihres Liebhabers verarbeitet hat.«

»Kannten Sie Wagner?«

»Kennen wäre zu viel gesagt. Wir haben uns gelegentlich getroffen. Engere Kontakte hatten wir keine.«

»Was war er für ein Typ?«

»Nun, ich hielt ihn für maßlos eitel. Dreitagebart, legeres Outfit, lockere Sprüche. Alles sollte lässig, salopp wirken, erschien mir jedoch sorgfältig inszeniert. Man musste ihm trotzdem lassen, als Journalist hatte er einen Namen. Dem Vernehmen nach machten es ihm die Frauen leicht.«

»Galt das ebenso für Laura?«

»Insbesondere für sie. Trotz ihrer Intelligenz war sie in diesen Fragen eher naiv. Sie glaubte wirklich, ihn halten und an sich binden zu können. Das hätte zu der Zeit keine Frau der Welt geschafft. Bei dem lief ständig was nebenbei.«

»Das klingt so, als hätten Sie ihn überwachen lassen.«

Der Notar blickte vorsichtig nach links und rechts. »Behalten Sie das bloß für sich. Meine Nichte würde mir das bis heute nicht verzeihen.«

»Sie haben nicht zufällig Namen und Adresse des Detektivs?«

Grinsend reichte ihm Siebert eine Visitenkarte. »Ich habe mir gedacht, dass er Sie interessieren würde. Die Daten sind nach wie vor aktuell. Gelegentlich ist er für mich tätig.«

»Kurt Felber«, las er vor, »private Ermittlungen, Ballindamm. Keine schlechte Adresse.«

»Er hat sich dort bei einem befreundeten Anwalt eingemietet. Glauben Sie, ich beauftrage einen Typen mit Zigarette im Mundwinkel, der Bourbon aus dem Wasserglas trinkt?«

»Die Zeiten sind vorbei, Bogart ist längst tot.«

Siebert lachte auf. »Wie recht Sie haben. Sind Sie nicht zu jung für Sam Spade?«

»Für gute Filme hat man nie das falsche Alter.«

»Wie wahr.«

Schnell fand Hilpert zu Wagner zurück. »Haben Sie eine Idee, wo der sich aufhalten könnte, sollte er unter den Lebenden weilen?«

Der Notar kratzte sich am Kopf. »Fragen Sie mich was Leichteres. Er ist viel in der Welt herumgekommen. Da dürfte er sicher irgendwo ein warmes Plätzchen gefunden haben.«

»Es hieß, er habe an einer Geschichte über die rechte Szene in Hamburg und Umgebung gesessen.«

»Das mag stimmen. Sie vermuten, dass er von diesen Typen mundtot gemacht wurde?«

»Wer kann das ausschließen?«

Der Notar schüttelte den Kopf. »Gegen wen hätte er ermitteln sollen, gegen diese blöden Schlägertypen? Das waren gerade mal zwei Hände voll Männer im engeren Zirkel und ein paar Dutzend Mitläufer. Ich habe einige von ihnen in der Zeit kennengelernt, als ich Grothe aus deren Einflusssphäre herausholen wollte. Über die konnte man nichts schreiben, was nicht jeder wusste. Die waren polizeibekannt. Warum sollte einer von denen den Journalisten getötet haben?«

Hilpert winkte ab. »Die meine ich nicht. Versucht man, sich über die RLU schlauzumachen, gibt es keinerlei Hinweise auf deren Hintermänner oder Geldgeber.«

»Und Sie vermuten, das hätte dem einen oder anderen Hanseaten unangenehm werden können? Ich gebe zu, da könnte was dran sein. Momentan ist es eh nicht opportun, sich mit diesem Gedankengut zu schmücken. Und das galt selbstredend schon damals. Trotzdem ...« Der Notar unterbrach den Gedanken, den er gerade fortführen wollte und begann neu: »Ich will nicht glauben, dass Unternehmer oder andere Leute des öffentlichen Lebens einen Killer bestellen, um einen Journalisten umbringen zu lassen. Das hört sich ja beinahe nach Mafiathriller an.«

»Das ändert nichts daran, dass Wagner verschwunden ist«,

wandte Hilpert ein. »Alle Umstände weisen darauf hin, dass er nicht mehr lebt.«

»Wer wollte sich dem entziehen«, stimmte Siebert ihm zu. »Doch verschwunden heißt nicht gleich tot. Tot heißt nicht gleich ermordet.«

Hilpert blieb unbeirrt. »In dem Fall muss die Frage gestattet sein, wovon der Mann momentan lebt. Seine Konten sind unberührt. Seine Kreditkarte wurde seit Jahren nicht genutzt.«

»Wie ich den kenne, hat der irgendwo eine reiche Erbin aufgetan«, antwortete der Notar zynisch.

Garantiert war Siebert kein Freund des Journalisten gewesen. Hilpert sprach ihn direkt darauf an.

»Wie ich zu diesem Arsch stand, wollen Sie wissen? Der hat meine Nichte kaputt gemacht und das, als er noch die Gazetten füllte. Dem hätte ich gern mal 'nen Schlägertrupp auf den Hals geschickt. Nur zu meinem Job als Notar hätte es wohl kaum gepasst. Um die Zeit erhielt ich ein bedeutendes Mandat bei einer Privatbank, von dem ich bis heute hervorragend lebe. Das verträgt sich nicht mit Tätowierten mit Baseballschlägern in der Hand, die man einem Journalisten auf den Hals hetzt. So was kommt nicht gut an. Wirst du erwischt, kannst du dich von deinen Klienten verabschieden.«

»Gewalt hat einen bösen Beigeschmack«, stimmte ihm Hilpert zu.

Siebert schüttelte kaum merklich den Kopf. »Geben wir uns keinen Illusionen hin, danach bist du für den Rest deines Lebens erpressbar.«

Kurz darauf trennten sie sich. Hilpert beschloss, Feierabend zu machen. Er meldete sich telefonisch im Präsidium ab. Auf dem Weg zu seinem Auto erreichte ihn Lauras Anruf.

»Mein Onkel hat dich in die Mangel genommen, stimmt's?«

»In die Mangel genommen wäre leicht übertrieben. Wir haben uns unterhalten.«

»Und worum ging es?«, fragte sie nach.

»Primär um Wagner.«

»Den hat er gehasst wie die Pest.«

»Wer soll es ihm verdenken?«

Er entschied sich für eine leicht zensierte Fassung. Vor allem verzichtete er darauf, den Privatdetektiv zu erwähnen.

»Wo wir gerade bei Wagner angelangt sind, hast du eine Ahnung, wie man an sein letztes Material gelangt?«

»Wenn du willst, kannst du in seiner Wohnung nachschauen.«

»Wie das?«

»Die monatliche Rate für seine Wohnung wird nach wie vor von seinem Konto abgebucht. Er lebt halt nur nicht drin.«

»Und wie komme ich da rein?«

»Ganz einfach, ich habe einen Schlüssel.«

»Wie bist du denn darangekommen?«

»Seine Putzfrau hat ihn mir vor einigen Jahren überlassen.«

»Und wo liegt die Wohnung?«

»Zwei Etagen über mir.«

»Das trifft sich gut.«

Er entschied sich spontan, bei ihr vorbeizuschauen und Wagners Wohnung zu durchsuchen. »Ich bin auf dem Weg zu dir.«

Laura machte einen gut erholten Eindruck auf ihn, als er sie traf. Wortlos reichte sie ihm den Schlüssel. »Bitte geh allein hinauf, ich muss mir das nicht antun.«

»Das bekomme ich geregelt.«

Obwohl die Einrichtung inzwischen mehr als zehn Jahre alt sein musste, strahlte sie Gemütlichkeit und Geschmack aus. Die Wände der Zweizimmerwohnung waren vollgestellt mit Bücherregalen, die geradezu überquollen, was das literarische Angebot betraf. Überall standen Erinnerungsstücke an vergangene Missionen, vor allem in Ländern der Dritten Welt. Wo immer sich Platz fand, hingen Fotos an der Wand, die den Wohnungsinhaber in unterschiedlichen Posen mit bekannten und unbekannten Personen zeigten. Sie machten am ehesten seine Egozentrik deutlich. Aus allen Ecken strahlte einem der Journalist entgegen. Fehlte nur ein kleiner Altar, dachte Hilpert. Andererseits hielt er sich durchaus an Stellen der Erde auf, an denen es brannte. In den Regalen standen dicke Ordner nebeneinander mit sauber ausgeschnittenen und eingeklebten Zeitungsartikeln. Er blätterte sie flüchtig durch, ohne auf Besonderheiten zu stoßen. Irgendwo passte diese Sammlung zu dem Bild, das er sich von dem Mann gemacht hatte. Er durchstöberte die Zimmer, entdeckte zu seinem Erstaunen keinen PC oder Laptop. Nirgendwo stieß er auf einen USB-Stick, der interessantes Material hätte vermuten lassen. Hilpert hätte Wetten dafür angenommen, dass die Gerätschaften von Dritten aus der Wohnung entfernt worden waren. Er hielt dies für ein weiteres untrügliches Zeichen dafür, dass der Mann nicht freiwillig gegangen war. Auf dem Schreibtisch lagen säuberlich nach Jahren sortiert seine Kontoauszüge, Protokolle der Eigentümergemeinschaft. Wie sich zeigte, verfügte er auf mehreren unterschiedlichen Konten über ein Barvermögen von über 200.000 Euro, also deutlich mehr als bislang vermutet wurde. Seit April 2006 verzeichnete sein Kreditkartenprovider keinerlei Umsätze. Er zog die obere Schreibtischschublade auf. Bis auf ein paar gefaltete DIN-A4-Blätter war sie leer. Vorsichtig faltete er die Papiere auseinander. In krakeliger Schrift hatte jemand eine Warnung an ihn geschrieben, seine Nachforschungen einzustellen. Zufriedenlassen sollte er sie. Es gab keinen Hinweis auf den Absender oder auf die Angelegenheit, um die es ging. Hilpert konnte es sich denken. Sorgfältig steckte er die Blätter in einen der Plastikbeutel, die er immer mit sich herumtrug. Dafür vergaß er gerne mal, Papiertaschentücher einzustecken. Ansonsten fand sich nichts Interessantes an. Er ging aufmerksam durch die Räume. Der Schlafzimmerschrank war voll mit persönlicher Kleidung. Sein Rasierer, seine Zahnbürste lagen im Bad, als würde Wagner umgehend eintreten, um sich frisch zu machen. Alles war aufgeräumt, nirgendwo hatte sich Staub eingenistet. Es roch wie frisch gelüftet. Offensichtlich kümmerte sich die Putzfrau weiterhin um die Wohnung. Laura sollte ihm später bestätigen, dass sie zweimal im Monat vorbeischaute. Auf dem Couchtisch lagen mehrere Zettel mit den Namen und Telefonnummern von Leuten, die er anrufen wollte oder die versucht hatten, ihn zu erreichen. Der ungelenken Schrift nach zu urteilen, hatte jemand den Anrufbeantworter abgehört. Er tippte auf die Putzhilfe. Danach hatte in den letzten Jahren niemand mehr versucht, ihn zu erreichen. Im Schlafzimmer entdeckte er eine Rolex auf dem Nachttisch. Hilpert ließ alles auf sich einwirken. Dies war die Wohnung eines Menschen, der keineswegs die Absicht hatte, sie zu verlassen. Stärker als zuvor war er davon überzeugt, dass der Journalist nicht mehr lebte. Er war durch diverse Krisenherde der Welt geeilt, ohne einen Kratzer davonzutragen. Der Aufenthalt in seiner Heimatstadt war ihm dagegen allem Anschein nach nicht bekommen. Flüchtig ging er die ungeöffnete Post durch. In den letzten Jahren war nichts mehr von Bedeutung gekommen. Die Werbung hatte die Putzhilfe vermutlich weggeworfen. Interessanter war der Stapel aus 2006. Neugierig nahm er einen Umschlag in die Hand, Absender war die ARD. Entschlossen öffnete er ihn. Man bezog sich auf eine Bewerbung von ihm. Ihm wurde ein Korrespondentenjob in den USA in Aussicht gestellt. Hilpert schüttelte verständnislos den Kopf. Egal, wie er die Geschehnisse interpretierte, der Mann musste nach menschlichem Ermessen tot sein. Solch einen Job ließ niemand ohne gewichtigen Grund sausen. Ihn beschlich das Gefühl, als sei Wagner auf dem Absprung gewesen, dies allerdings in geordneten Bahnen, nicht von jetzt auf gleich. Er kratzte sich nachdenklich am Kopf. Wie konnte er Laura seine Einschätzung schonend mitteilen? Sie hoffte gewiss auf bessere Nachrichten von ihm. Sorgfältig verschloss er die Eingangstür, als er ging.

»Nun?«, war die einzige Äußerung, zu der sie fähig war, als er ihre Wohnung betrat.

Er schüttelte den Kopf.

»Du kannst es mir direkt ins Gesicht sagen, er ist tot oder?!«

»So seh ich es. Die Wohnung sieht aus, als wäre er mal eben um die Ecke auf ein Bier gegangen. Wenn du auf Reisen gehen willst, packst du ein paar unumgängliche Sachen ein. Seine Konten sind in den Jahren unberührt geblieben. Wovon soll er gelebt haben?«

Sie nickte stumm.

»Hast du eine Ahnung, wo sein PC abgeblieben sein könnte?«, fuhr er fort.

»Was weiß ich?«

»Es muss jemand in seiner Wohnung gewesen sein, der ihn an sich genommen hat.«

»Es bleibt somit allein die Vermutung übrig, dass er umgebracht worden ist«, stellte sie beinahe sachlich fest. Ganz konnte sie die Juristin nicht verleugnen. »Sein geplanter Artikel über die rechte Szene muss den einen oder anderen aufgewühlt haben.«

»Hat er mal irgendeinen Namen fallen lassen? Gab es keinerlei Hinweise von ihm zu gewissen Sachverhalten oder Vorkommnissen?«

Sie schüttelte den Kopf. »Ging es um seine Arbeit, war er verschlossen wie eine Auster. Fragte ich mal nach, war sein Standardsatz: ›Du wirst es zu gegebener Zeit in der Zeitung lesen.‹ Die letzten Wochen hab ich es aufgegeben, in ihn zu dringen.«

»Kapiert. Du weißt, dass er sich bei der ARD um einen Korrespondentenjob in den USA beworben hatte?«

»Nein!«, schrie sie auf, als hätte er ihr Leben bedroht. »Das ist gelogen!«

Erschrocken über ihre Reaktion starrte er sie an. Diese Information schien sie stärker aufzuwühlen, als seine Vermutung über den vermeintlichen Tod ihres ehemaligen Freundes. Ohne große Worte zu machen, reichte er ihr den Brief des Fernsehsenders. Mit blitzenden Augen las sie ihn. Anschließend gab sie ihn zurück. »Auf seine Art war er ein egoistisches Schwein«, murmelte sie. »Er wollte mich einfach so verlassen.«

So schnell, wie sie sich aufregte, so schnell beruhigte sie sich, obwohl ihre flackernden Augen anderes befürchten ließen. Laura war beileibe nicht über den Berg, was ihre Beziehung zu Wagner anging. Seine Abwesenheit gab ihr das Alibi für ihre Traumwelt. Das Schreiben des Fernsehsenders stellte einen heftigen Einbruch dar, der sich nicht kurzerhand wegdiskutieren ließ und sie hoffentlich ein Stück weit in die Realität zurückholte.

Hilpert versuchte, die sich bei ihr langsam einstellende Gelassenheit für erneute Fragen zu nutzen. »Weißt du, dass er bedroht wurde?«

Ihre Antwort kam geradezu erleichtert, als wäre sie froh, das Thema wechseln zu können. »Ja, er erzählte von irgendwelchen Briefen, die er bekommen habe. Die hat er nicht ernst genommen. Feige war er jedenfalls nicht.«

»Vielleicht wäre es besser gewesen, er hätte sich an die Polizei gewendet«, meinte Hilpert emotionslos.

»Das war nicht seine Art. Probleme löste man gefälligst selbst. So gehörte es sich für einen investigativen Journalisten.«

Er hielt sich mit kritischen Kommentaren wohlweislich zurück. Sie war auf dem Weg ins alte Fahrwasser. Die Klippen, die sich dort auftaten, interessierten sie nicht. Bei aller Intelligenz, die sie auszeichnete, dominierten sie ihre Gefühle, wenn es um Wagner ging. Die gemeinsame kurze Geschichte ihrer Beziehung zueinander mochte einige Jahre auf dem Buckel haben, doch für Laura war sie frisch wie am ersten Tag. Trotzdem erholte sie sich schneller, als er befürchtet hätte.

»Mein Onkel hat mich stets vor ihm gewarnt. Manchmal schien es mir, als ließe er ihn überwachen. Ich wollte nichts davon hören. Als eifersüchtigen, alten Mann habe ich ihn beschimpft. Ich weiß, das hat ihn sehr betroffen gemacht.« Sie wischte sich mit ihrem Taschentuch ein paar Tränen aus den Augenwinkeln.

Er nahm sie in den Arm und streichelte ihr übers Haar. Mit mäßigem Erfolg versuchte er sie zu trösten. Schließlich entschied er sich zu gehen. Er hatte keine Idee, wie er ihr helfen konnte. Und sie schien keinen besonderen Wert auf seinen Trost zu legen.

Im Wagen lehnte er sich zurück und überlegte, was er von dem Tag halten sollte. Wäre es besser gewesen zu bleiben? Er hätte Laura an diesem Tag nichts abverlangt. Hätte er neben ihr sitzen bleiben und sie aufmuntern sollen? War er psychisch stark genug, um ihr den Halt zu geben, den sie benötigte? Er verstand ihre Trauer, ihre Betroffenheit, wenn es um Wagner ging. Und er wollte nicht von einem aller Wahrscheinlichkeit nach Toten sein Privatleben bestimmt wissen. Der Fall Laura entwickelte sich für ihn zu einem Buch mit sieben Siegeln, dem er sich psychisch nicht gewachsen fühlte. Gleichzeitig hatte er die Hände voll zu tun, sich auf die aktuellen Verbrechen zu konzentrieren. Und allem Anschein nach durften sie sich um einen weiteren Mord kümmern, selbst wenn er ein paar Jahre zurücklag. Cold Cases zu lösen, hatte Konjunktur. Fehlte nur die Leiche. Er grinste in sich hinein. Es mussten nicht gleich alle unbedeutenden Details stimmen.

* * *

Hilpert fühlte die Visitenkarte in seiner Tasche, die ihm Lauras Onkel überlassen hatte. Einer Eingebung folgend, versuchte er, Felber, den privaten Ermittler zu erreichen. Er hatte Glück. Trotz der späten Stunde hockte der Mann in seinem Büro am Ballindamm. Sie verabredeten sich kurzfristig bei ihm.

Er schätzte das Gebäudeensemble um die Hapag-Hauptverwaltung herum. Das Ganze mit Blick auf die Binnenalster. Der Detektiv residierte ein paar Eingänge davor. Die grünen Fliesen im Treppenhaus, der nachträglich eingebaute Aufzug, der vor einigen Jahrzehnten den letzten Stand der Technik dokumentiert haben mochte, beförderten ihn sanft ratternd für kurze Augenblicke in eine andere Zeit. Vermutlich war sie nicht besser, wenngleich ruhiger. Felber saß in einem kleinen holzvertäfelten Raum. Sein Mobiliar war angemessen alt. Das Vorzimmer der Anwälte bediente ihn gleich mit. So verfügte er an bester Hamburger Adresse über eine ordentliche Infrastruktur und hielt seine Kosten gleichermaßen in Grenzen.

»Dr. Siebert hat mich angerufen und mir die Erlaubnis erteilt, Ihnen meine damaligen Ermittlungsergebnisse mitzuteilen«, eröffnete der private Ermittler das Gespräch. Er mochte um die fünfzig Jahre alt sein, war mittelgroß und schlank. Bestimmt ein überzeugter Nichtraucher, überlegte Hilpert, trinkt wenig Alkohol und treibt regelmäßig Sport.

»Ich weiß nicht, wie intensiv ich auf die Weibergeschichten des Journalisten eingehen soll. Es gab Zeiten, da wechselte er seine Partnerinnen häufiger als manche Männer ihre Unterwäsche. Unglaublich, was der für einen Verschleiß hatte.«

»Das hielt auch an, als er mit Sieberts Nichte befreundet war?«

»Ich kenne ihn nur aus dieser Zeit. Davor hat er mich nicht interessiert.«

»Haben Sie mitbekommen, wie er plötzlich verschwunden ist?«

»Leider nicht. Kurz vorher hatte Dr. Siebert den Auftrag gekündigt und meine Rechnung bezahlt. Er wusste genug über den Mann. Ich habe keinen blassen Schimmer, ob er Gebrauch von meinen Informationen machte.«

»Wissen Sie, ob Wagner sich mit Informanten getroffen hatte?«

»Schwer zu sagen, wer normaler Gesprächspartner oder Informant war. Ins Verlagsgebäude konnte ich ihm nicht folgen. Was das für Typen waren, die ihn gelegentlich in seiner Wohnung aufsuchten, keine Ahnung. Große Abhöraktionen waren nicht gewollt. Was meinen Auftraggeber interessierte, konnte ich ihm relativ schnell mitteilen.« Er blätterte in seinen Unterlagen. »Ich war in Sachen Wagner gerade mal elf Tage aktiv.«

Hilpert schaute sich in dem relativ kleinen Zimmer um. »Sind Sie Einzelkämpfer?«, fragte er interessiert.

»Nein, mir stehen drei freie Mitarbeiter zur Verfügung. Die arbeiten von ihren Wohnungen aus. Das klappt gut.«

»Diesen Fall haben Sie persönlich bearbeitet?«

»So ist es. Siebert war sehr daran gelegen, dass unauffällig agiert wurde.«

»Sind Sie für ihn bei anderen Projekten ebenso tätig geworden?«

»Ja, er gehört bis heute zu meinen wichtigsten Mandanten. Da geht es mehr um Wirtschaftsauskünfte, meist für seinen Hauptauftraggeber, die Bank.«

»Und was befähigt Sie zu Ihrem Job?«

»Oh, wir sind mal Kollegen gewesen. Ich war in Bremen tätig. Vor fünfzehn Jahren hab ich die Sachen geschmissen. Sie wissen ja selbst, miese Aufstiegschancen, dafür wird schlecht gezahlt. Heute arbeite ich nicht mehr als damals. Ich bin Chef meines Ladens, muss mir keine Gedanken darüber machen, ob ich irgendwann mal Hauptkommissar werde. Darüber können sich andere den Kopf zerbrechen. Das Geld stimmt. Vor der Haustür steht ein bezahlter BMW. Ich wohne mit meiner Frau in Rissen in einem netten Eigenheim.«

Hilpert nickte wenig beeindruckt. Sie fachsimpelten ein wenig, bevor sie sich trennten. Große Neuigkeiten hatte er nicht erfahren, allerdings eine Bestätigung seiner bisherigen Ermittlungsergebnisse in Sachen Wagner. Felber empfand er als aufgeblasen und überheblich. Hilpert schlug mit der Faust in seine flache Hand. »Der hat sich verhalten wie einer, der gern bei der Polizei geblieben wäre - wie einer, der gehen musste. Und mir will er weismachen, wie großartig es ihm geht«, murmelte er vor sich her. »Den muss ich mir zu einem anderen Zeitpunkt vorknöpfen.«

An diesem Abend zog er sich in die Bibliothek zurück. Seine Tochter schlief, seine Eltern hatten es gelernt, ihn mit seinen Gedanken allein zu lassen. Das war vor allem seiner Mutter anfangs schwergefallen. Wellner saß in irgendeinem Meeting in City Nord und würde kaum vor Mitternacht zurück sein. Vor Hilpert stand sein Lieblingsgetränk für einsame Nächte, ein Becher heiße Schokolade mit geschlagener Sahne. Eigentlich sollte es ihm gut gehen. Leider spielten seine Emotionen nicht mit. Er dachte an Laura und fragte sich, ob es klug gewesen war, sie mit ihren Tränen und trüben Gedanken allein zu lassen. Sein Handy unterbrach seine Selbstzweifeln. Zu seinem Erstaunen meldete sich Dr. Siebert.

»Ich mache mir Sorgen um Laura«, begann der ohne Umschweife zu reden. »Sie geht nicht ans Telefon. Dabei weiß ich, dass sie zu Hause ist.«

»Das stimmt«, antwortete Hilpert. »Ich habe sie vor gut drei Stunden in ihrer Wohnung verlassen.«

»Und in welcher Verfassung war sie?«

»In keiner guten.«

»Da sind sie so mir nichts, dir nichts gegangen?«

»Ich meine nicht, dass ihre Emotionen wirklich mir galten. Wie soll ich gegen jemanden anstinken, der plötzlich verschwunden ist und trotzdem ihre Gefühlswelt beherrscht?«

»Dieser verdammte Wagner!«, schimpfte der Notar los. »Seit zehn Jahren belastet der die Seele meiner Kleinen. Und selbst vergnügt er sich wahrscheinlich mit irgendwelchen Flittchen auf den Seychellen oder in Australien.«

»Ihre Kleine ist über dreißig«, erlaubte sich Hilpert anzumerken.

»Ich weiß. Sie ist wie eine Tochter für mich. Der Altersabstand bleibt stets der gleiche, solange wir leben.«

»Das Verschwinden ihres ehemaligen Freundes muss sich zu einem gehörigen Trauma ausgewachsenen haben.«

»Das können Sie laut sagen. Sie ist auf dem Weg zu einer ausgewachsenen Psychose.«

»Was kann ich tun, Dr. Siebert? Ich bin kein Psychiater. Wagner zurückbringen, funktioniert nicht. Ich schätze, er ist tot.«

»Meinen Sie wirklich?«

»Alle Indizien sprechen dafür.«

»Ich verstehe. Sie sind schließlich der Fachmann. Bitte fahren

Sie zu ihr. Wenn überhaupt jemand Einfluss auf sie nehmen kann, dann Sie.«

»Da wäre ich mir nicht so sicher.«

»Aber ich.«

»Gut, ich fahre.«

»Danke. Sie haben einen gut bei mir.«

Unsicher darüber, ob es richtig war, Laura aufzusuchen, setzte er sich hinters Steuer. Wenigstens kam er zu dieser Zeit problemlos durch die Stadt. Erst nach mehrmaligem Läuten vernahm er ihre Stimme an der Sprechanlage. Kaum dass er sich zu erkennen gab, erklang das Summen des Türöffners. Als er die Treppe hochging, sah er sie bereits vor ihrer Wohnungstür stehen. Statt etwas zu sagen, schlang sie ihre Arme um seinen Hals. Eng umschlungen betraten sie ihre Wohnung. Viel Zeit zum Nachdenken oder Reden nahmen sie sich nicht. Egal, was er von ihr gewollt hätte, sie bestimmte den Takt. All seine seriösen Vorstellungen zerrannen, bevor sie sich bemerkbar machten. Die Nacht wurde lang. Und er blieb bei ihr. So gesehen musste er Siebert dankbar sein. Oder sollte er ein schlechtes Gewissen haben? Schnell schenkte er sich diese Überlegungen und genoss das Miteinander mit ihr. Erst im Verlauf des Vormittags traf er zu Hause ein, um sich umzuziehen. Frische Unterwäsche, ein Hemd und Socken zu wechseln nahm wenig Zeit in Anspruch. Vor der Haustür empfingen ihn der Lärm eines Minibaggers und das Stimmengewirr mehrerer Handwerker. Sie waren dabei, die Pflasterung in einem Teilbereich der Zufahrt aufzunehmen. Er ging auf einen der Männer zu und befragte ihn. »Was ist denn die Ursache für die Teilabsackungen auf dem Weg?«

»Die Verdichtung des Bodens stimmt da nicht mehr. Ich denke, da waren Wühlmäuse am Werk. Oder es ist gepfuscht worden. Die Hohlräume darunter führen zu einer gewissen Instabilität. Ruck, zuck gibt es Risse oder wie in Ihrem Fall die Absackungen.«

»Kapiert. Verscheuchen Sie vorsichtshalber die lieben Tierchen?«

»Wir tun, was wir können.«

»Viel Spaß bei der Arbeit.«

14

Auf dem Weg zur Arbeit dachte er über die Worte des Mannes nach. Risse, Absackungen. Woran erinnerte ihn das nur? Je stärker er versuchte, sich darauf zu konzentrieren, desto geringer wurde die Wahrscheinlichkeit, dass es ihm einfiel. Sein Gehirn blockierte. Er kannte sich gut. Er musste sich freischwimmen und auf andere Gedanken kommen, irgendwann würde sich die Erinnerung einstellen. Hinter seinem Schreibtisch ging ihm vieles durch den Kopf. Seine Beziehung oder besser Unbeziehung zu Laura belastete sein Denken. Wie stand sie zu ihm? Und er? Was erwartete er von ihr? Hatten sie eine Chance auf ein längeres anhaltendes Miteinander? Er war sich mehr als unsicher. In dieser Nacht hatte er sich nicht wie ein Ersatzmann gefühlt. Wie würde es am nächsten Tag oder in zwei Monaten sein?

Auf dem Weg zum Kaffeeautomaten traf er Albers. »Wenn ich dir als Stichworte Risse oder Absackungen gebe, woran erinnern dich diese?«

Der Oberkommissar schaute ihn mitleidig an, als sei ihm klar geworden, dass sein Vorgesetzter gelegentlich Ausfallerscheinungen zu beklagen hatte. Wie es die Hierarchie gebot, entschloss er sich zu einer knappen Antwort. »Keine Ahnung. Ansonsten geht es dir gut? Was macht deine Tochter?«

»Danke der Nachfrage«, antwortete Hilpert grinsend. Ihm war selbst aufgegangen, dass die Frage dem Mann unverständlich vorkommen musste. Er winkte ihm zu und betrat sein Büro. Verzweifelt versuchte er sich zu erinnern. Dies blieb erneut ein erfolgloses Unterfangen. Um auf andere Gedanken zu kommen, vergrub er sich in die bisherigen Unterlagen über die Morde. Eher gelangweilt betrachtete er die Fotos, die in der Heide auf dem Bauernhof geschossen worden waren. Langsam begann es bei ihm Klack zu machen. In der Scheune war der Bodenbereich des Schießstands mit einer Betonsohle ausgegossen worden. Dort hatte er Risse wahrgenommen. Soviel hatte er an diesem Vormittag gelernt, Risse und Absackungen waren oft auf einen ungenügend vorbereiteten Untergrund zurückzuführen oder auf Mulden darunter. Er dachte weniger an Wühlmäuse, die für den Schaden verantwortlich gewesen sein mochten. Hatte man darunter etwas verborgen, das verhinderte, dass der Boden in diesen Segmenten ausreichend verdichtet worden war? Entschlossen verabredete er sich mit seinem Kollegen in Buchholz. Der würde für entsprechende Gerätschaften sorgen, um den Betonboden zu öffnen. Waren Sie vielleicht auf die Grabstätte des spurlos verschwundenen Journalisten gestoßen?

Albers staunte nicht schlecht, als Hilpert ihm mitteilte, dass es einmal mehr aufs flache Land ginge. Ob die erneute Visite in seine eigene Planung passte, ließ er offen. Hilpert war ein spontaner Mensch. Wer konnte vorhersagen, ob die Gedanken, die er sich machte, ihnen hilfreich waren oder nur Zeit kosteten? Er griff nach seinem Jackett und war reisefertig.

Viel gab es zwischen ihnen während der Fahrt nicht zu bereden. Der Hauptkommissar hielt sich bedeckt. Sein Beifahrer hatte durch seinen Sport Gelassenheit gelernt. Er würde früh genug erfahren, was sie aus der Hansestadt herausführte. An diesem heißen Sommertag war es eine durchaus gute Idee, einen Standortwechsel vorzunehmen.

Sie trafen fast zeitgleich mit den Polizisten aus Buchholz ein. Diese hatten sogar an einen Presslufthammer gedacht. Praktisch veranlagt waren sie, die Kollegen aus der Heidemetropole. Die Betonsohle hatte ihnen nur wenig entgegenzusetzen. Das Zementgemisch war nicht auf Ewigkeit angelegt worden, die Bewehrung relativ schwach. Schon bald zeigte sich, dass die Sohle weniger etwas tragen als verbergen sollte. Zu Hilperts Leidwesen handelte es sich nicht um eine Männerleiche. Vielmehr fanden sie ein kleines Arsenal an Schnellfeuergewehren. Manche kriminelle Vereinigung hätte sich danach die Finger geleckt. Der Boden darüber war mäßig verdichtet worden, daher die Risse. Ihre Buchholzer Kollegen zeigten sich mit ihrem Fund hochzufrieden. Der reichte allemal für eine nette Pressekonferenz und eine Schlagzeile über die Nordheide hinaus. Der Kampf gegen rechtsradikale Elemente wurde erfolgreich geführt. Und das in Kooperation mit der Hamburger Polizei. Die Ermittlungsbehörden hatten so viel Häme einstecken müssen, dass selbst kleinste Erfolge wie Triumphe ausgekostet wurden. Hilpert dagegen war enttäuscht. Seine Erwartungen hatte er höher angesetzt. Gemeinsam fuhr er mit Albers nach Hamburg zurück und telefonierte auf dem Weg dorthin mit dem Verfassungsschutz. Zumindest erreichte er, dass die zuständigen Beamten vorerst die Füße stillhielten. Ein Dutzend Schnellfeuergewehre aus östlicher wie westlicher Produktion, einschließlich der erforderlichen Munition, machten noch keine Revolution. Mit einem G3 konnte man allerdings ein ganzes Dorf auslöschen. Ihm fiel das schreckliche Massaker an jungen Menschen in Norwegen ein. Selbst eine Pistole in falschen Händen reichte, um Schreckliches zu veranstalten. Das belegten die NSU-Morde nachhaltig. Die Mörder verfügten gerade mal über eine Schusswaffe. Nur gut, dass sie sich nicht an ihre Hamburger Mitstreiter gewendet hatten.

In seinem Büro fragte sich Hilpert, ob seine Überlegungen in die richtige Richtung gingen. Eine endgültige Beurteilung stand noch nicht an. Der restliche Tag verlief relativ ereignislos. Nach einem schnellen Essen in der Kantine und mehreren fruchtlosen Gesprächen fuhr er gegen vierzehn Uhr nach Ohlsdorf. Vor Petras Grab wurde er ruhiger. Spontan begann er mit ihr zu reden. Ob sie ihm seine Affäre mit Laura verzieh? Gab es für Tote überhaupt etwas zu verzeihen? Er verzichtete auf Entschuldigungen oder Ausreden. Für ein schlechtes Gewissen sah er keine Veranlassung. Er vermisste seine Frau. Zu ihren Lebzeiten wäre er nie darauf gekommen, sich anderweitig umzusehen. Es war anders gekommen. Er lebte und musste sich seinen Bedürfnissen stellen.

Nach fünfzehn Uhr hockte er wieder hinter seinem Schreibtisch. Sein Kinn auf beide Hände gestützt, ließ er sich ihre Ermittlungsergebnisse durch den Kopf gehen. Weit waren sie nicht gekommen. Im Kern bewegten sie sich nicht weg vom Fleck. Fakt war, sie hatten es nach wie vor mit zwei Morden zu tun. Seine Annahme über das Schicksal des Journalisten blieb vage, weil es unbewiesen war. Er unterließ es somit, andere, außer sich selbst, damit zu quälen. Ein Anruf von Laura holte ihn endgültig aus seinen Gedanken zurück in die Realität. Sie klang aufgeregt, war kaum zu ganzen Sätzen fähig und das bei einer Frau, die druckreif zu formulieren verstand. Er versprach, sie umgehend aufzusuchen.

Ihre Augen glänzten geradezu fiebrig, als er ihre Wohnung betrat. Mit zittrigen Händen bat sie ihn zu sich und verzichtete gänzlich auf eine zärtliche Begrüßung. Als er nicht schnell genug reagierte, zog sie ihn an seiner Hand zu ihrem Schreibtisch. Darauf stand ein aufgeklappter Laptop. Mit wenigen Handgriffen rief sie eine Mail auf.

»Komm, lies das.«

Er schaute auf den Text und musste schlucken. Er war eindeutig. Wagner schrieb ihr, dass er in Tanger in einem Gefängnis gesessen habe und nun versuche, sich nach Deutschland durchzuschlagen. Warum er eingekerkert wurde, wie er entkommen war, blieb offen. Wie war er dort hingekommen, ohne Kreditkarten? Bis Hilpert einfiel, dass er vorher eine größere Summe von seinem Konto abgehoben hatte. Das Geld hätte locker für ein Flugticket gereicht. Und zwar von jedem europäischen Flughafen aus. Als Journalist trug er stets seinen Reisepass am Mann. War damals schlampig recherchiert worden? Wagner war in keinem Fall in Deutschland abgeflogen. Zu Hilperts Unverständnis bat er in der Mail nicht um Geld, forderte keine Unterstützung an.

»Nun, was sagst du dazu?«, fragte sie nervös.

»Was erwartest du von mir?«, erwiderte er achselzuckend. »Man sollte versuchen nachzuvollziehen, ob die Mail wirklich aus Marokko kommt. Danach müssen wir schauen, was zu tun ist.«

»Habe ich bereits erledigt«, antwortete sie aufgewühlt, »schließlich bin ich Anwältin. Sie wurde in einem Internetcafé in der Tanger Innenstadt abgesetzt. Ich muss zu ihm. Er benötigt bestimmt meine Hilfe. Wie will er ohne Geld über die Runden kommen? Seine Papiere müssten längst abgelaufen sein, soweit er überhaupt noch welche besitzt.«

»Am besten wendet er sich an die Botschaft. Es ist deren Job, Deutschen zu helfen. Er ist viel in der Welt herumgekommen. Da kennt er sich garantiert aus.«

»Wer weiß, ob er dort ungeschoren hinkommt! Diese Mail ist ein Hilferuf, das spüre ich tief in mir.«

»Da bist du dir ganz sicher?«

»Allerdings. Er braucht jemanden, auf den er sich verlassen kann. Weshalb wendet er sich sonst an mich?«

Was wollte er gegen diese Logik einwenden? Sie klang plausibel. Folglich verzichtete er auf Widerspruch. Ganz im Gegenteil, er nötigte ihr einen pensionierten ehemaligen Hauptkommissar als Begleiter auf, mit dem er in der Vergangenheit zu tun hatte. In einem arabischen Land war es für eine Frau von Vorteil, einen Mann zur Seite zu haben, der ihr insbesondere bei den Behörden behilflich sein könnte. Ansonsten lehnte sie jegliche Unterstützung von seiner Seite ab. Fast schien es, als habe sie ein schlechtes Gewissen, weil sie mit ihm geschlafen hatte. Eines war ihm klar. Er hatte gerade den Status des Ersatzmannes verloren. Sie hatte ihn auf die Tribüne verbannt. Wenig später verließ er sie. Der Abschied erfolgte recht unterkühlt. Er nahm es hin wie den Wechsel der Jahreszeiten. Er war an ihre Gefühlsschwankungen gewöhnt. Nur wollte er diesmal unabhängig vom Erfolg ihrer Mission einen Schlussstrich ziehen. So konnte es nicht bleiben. Wurde er gebraucht, steckte seine Visitenkarte ganz oben. Ansonsten lag sie verkramt in irgendeinem Haufen, den man gern zur Seite schob, weil andere Dinge wichtiger waren. Dieser Mann und sein plötzliches Verschwinden waren ihr Trauma. Das hatte er hinzunehmen. Und er besaß keine Mittel, dagegen anzugehen. Es durfte nicht seines werden. Ihre Gefühle, die sie für ihn empfand, reichten offensichtlich nicht aus, um gemeinsam mit ihm dieses emotionale Loch auszufüllen. Wie stand es um ihn? Was empfand er für sie? Er war sich unsicher und das hatte nichts mit ihrem Verhalten zu tun. Auf dem Weg nach Blankenese fragte er sich, wie er damit künftig zurechtkam. Besser, als er im Vorfeld erwartet hätte, wäre er darauf angesprochen worden. Er hatte seine Erwartungen an Laura glücklicherweise schon vorher heruntergeschraubt. Er hatte mit einer attraktiven, sinnlichen Frau eine ereignisreiche Zeit erlebt, die er nicht missen wollte. Er würde es ohne Dellen ertragen, sollte Wagner zurückkehren und an ihrer Seite bleiben.

Ihm kamen andere Gedanken in den Sinn, die ihn selbst zu Hause quälten. Er überdachte ihren erfolglosen Anlauf auf dem Hof in Tostedt. Weshalb versteckte jemand Schnellfeuergewehre unter einer Betonsohle und ließ die Faustwaffen hübsch verpackt für jedermann offen zugänglich zurück, der den Weg in die Scheune gefunden hätte? Irgendetwas stimmte nicht. Er wollte sich am nächsten Tag nochmals auf den Weg nach Tostedt machen.

15

Albers stand an diesem Vormittag relativ gleichgültig neben seinem Chef auf dem Hofgelände. Auf den ersten Blick schien alles unverändert. Hilpert hatte sich früh am Morgen bei ihm gemeldet und den erneuten Besuch in der niedersächsischen Provinz avisiert. Er hatte es hinzunehmen, sah man davon ab, dass es nicht gerade ehrenrührig war, sich in der Umgebung der Hansestadt aufzuhalten. Sie starteten mit der Scheune. Sie war von kompetenten Kollegen der KTU bis in den letzten Winkel durchsucht, die Betonsohle gnadenlos aufgeschlagen worden. Obwohl ihre Beute Hilperts Erwartungen untertraf, konnte man den Waffenfund durchaus als Erfolg bewerten. Letztlich machte er deutlich, wie gefährlich die Gruppierung gewesen war. Hier handelte es sich beileibe nicht nur um tumbe Schläger, die halbwegs in der Lage waren, ihren eigenen Namen zu schreiben. Dahinter steckte mehr. Offensichtlich musste es Pläne gegeben haben, die weit darüber hinausgingen, den eigenen Frust auf der Straße auszuleben. Andererseits bewies die Tatsache, dass die Waffen seit Jahren im Boden versteckt geblieben waren, dass sich die Gruppe tatsächlich zurückgezogen oder zumindest ihr Ziel geändert hatte.

Die Scheune hatte ihr letztes Geheimnis preisgegeben. Was suchte Hilpert dort? Eine Leiche, die der Legion an Spurensuchern entgangen war? Diese Leute waren Profis. Ihnen entging nichts Augenscheinliches. Langsam fragte er sich, weshalb er zurückgekehrt war. Weshalb glaubte er nicht daran, dass jeder Stein umgedreht worden war? War es ausschließlich die mangelnde Bauqualität, die ihm kürzlich aufgefallen war und zum Fund der Waffen führte? Waren die offen zugänglichen und die geschickt versteckten Waffen der Grund dafür, dass die Liegenschaft sorgfältig bewacht wurde, obwohl sie niemand mehr nutzte? Da konnte er Peterson nur zustimmen, der bei seiner Vernehmung bemerkte, dass es preisgünstiger gewesen wäre, die Waffen abzutransportieren und zu entsorgen. In den Jahren als Ermittler hatte er gelernt, wenn Teile nicht zusammenpassten, musste nach den erforderlichen Verbindungen gefahndet werden. Es war sinnlos, sie mit Gewalt zusammenfügen zu wollen. Es musste versucht werden, die Strukturen zu verstehen.

Mittlerweile stand Hilpert vor dem Haupthaus. Einmal mehr betrat er die Küche, stellte sich ans Fenster und blickte hinaus. Halb links von ihm stand eine prächtige Eiche, die ihre 150 Jahre, wenn nicht mehr, auf dem Buckel hatte. Den verwilderten Garten vor sich konnte er gerade mal erahnen. Er dachte über das restliche Grundstück nach. Lag dort die Leiche, so es eine gab? Hatte man sie irgendwo auf dem Acker begraben? War das der Fall, konnten sie ein halbes Leben mit Spaten und Minibagger hantieren. Sollte er Leichenspürhunde bestellen? Er öffnete einen der Fensterflügel, vorsichtig darauf gefasst, ihn nicht gegen die Wand zu schlagen. Gierig sog er die frische Luft ein. Nichts ging übers Landleben, vor allem, wenn der nächste Misthaufen oder Schweinestall weit genug entfernt waren. Grinsend schloss er das Fenster und verließ mit Albers das Haus. Hatte ihm seine Fantasie einen Streich gespielt? Nicht jede Unlogik führte zu einem Verbrechen oder zu dessen Lösung. Manchmal gab es keine Erklärung dafür. Er suchte eine Leiche und wusste nicht einmal, ob es tatsächlich einen Mord gegeben hatte. War die Mail, die Laura erhalten hatte, echt? War Wagner tatsächlich beinahe zehn Jahre in Tanger eingekerkert gewesen? Was suchte dort ein Journalist, der vorher monatelang die rechte Szene in Hamburg observiert hatte? Seine Gedanken gingen kreuz und quer. Besser, sie fuhren zurück. Auf dem Weg zu ihrem Fahrzeug drehte er sich um und gönnte dem Haus einen letzten Blick. Bäte man ihn um einen Sanierungsvorschlag, fiel ihm nur die Abrissbirne oder ein kräftiger Bagger ein. Er blieb stehen und schlug sich scheinbar ohne Sinn und Verstand mit der flachen Hand kräftig gegen die Stirn.

»Herrgott, sind wir dumm, werter Herr Kollege«, stieß er hervor und ging die wenigen Meter zurück zu dem Hauptgebäude. Er stellte sich an die Hausecke bei der Küche und ging mehrere Schritte vor in Richtung des Küchenfensters. Sie brachen das Siegel des Hauses auf und betraten die Diele. In der Küche vollzog er die gleiche Prozedur.

»Wir sind seltsame Profis«, murmelte er vor sich hin. »Gut, dass wir nicht regelmäßig von der Presse begleitet werden.«

Er griff sich sein Handy und wählte die Polizeidienststelle Buchholz an. Dort verband man ihn umgehend mit Gäbler, als er darum bat. Man kannte ihn inzwischen.

»Na«, begrüßte ihn der Polizeirat, »was können wir dir diesmal Gutes tun? Sag nicht, du hast einen Panzer entdeckt. Allein mit den Faustfeuerwaffen könnten wir unsere halbe Dienststelle ausstatten. Größeres Gerät müssten wir an die Bundeswehr abgeben. Panzer passen nicht zum Stadtbild.«

»Bevor du weitere abgegriffene Witze reißt«, antwortete Hilpert kurz und bündig, »schick uns lieber ein paar Spurensicherer zum Hof.« Er instruierte Gäbler mit wenigen Worten und vermeinte mitzubekommen, wie dieser die Ohren spitzte.

»Du hast so recht«, erwiderte Gäbler stöhnend. »Trau nicht einmal deinen Augen, selbst die können dich belügen.«

»Wir alle wissen, wie kompliziert die Welt ist.«

Albers stand vor dem Haus und besah sich die Giebelfront. Ihm dämmerte langsam, worauf Hilpert gestoßen war. Er nahm sich für die Zukunft vor, niemals mehr etwas zu glauben, ohne es sorgfältig überprüft zu haben. Fragte sich nur, wie lange er das durchhalten konnte. Er erinnerte sich an seinen früheren Lehrer auf der Polizeischule, der versucht hatte, ihnen die Furcht vor Fehlern zu nehmen. Sein Credo war, ihr müsst dazu stehen und sie gleichzeitig bekämpfen.

Keine Stunde später besetzte ein Polizeitrupp aus Buchholz das Gelände. Diesmal waren die Kollegen vor allem mit Vorschlaghämmern und Spitzhacken ausgestattet. Konsequent begannen die Beamten damit, eine der Wände in der Küche aufzuschlagen. Derweil erläuterte Hilpert Gäbler, was ihm aufgefallen war. Der Abstand des Fensterrahmens von der Ecke des Hauses aus gemessen war innen einen guten halben Meter geringer als außen. Hinter der Wand musste sich ein Hohlraum befinden. Sie fanden, was sie suchten und nicht nur das. Sie stießen auf mehrere Maschinengewehre, sorgfältig eingepackt, Sturmgewehre vom

Typ G3 und Unmengen an Munition. Vor allem entdeckten sie eine ausgediente Badewanne, gefüllt mit Beton. Hier setzten sie sorgfältig einen Presslufthammer ein, bis sie auf die ersten Reste relativ gut erhaltener Leichenteile stießen. Von da an war kleineres Gerät angesagt. Es dauerte seine Zeit, bis alles freigelegt worden waren. Nach Mitternacht lag eine männliche Leiche vor ihnen. Die Todesursache war eindeutig, ein Schuss in den Kopf. Auf den ersten Blick entdeckten sie erhebliche unverheilte Brüche am Ober- und Unterkörper des Opfers. Ohne Zweifel war es vor seinem Tod brutal traktiert worden. Zwei Baseballschläger, die die Täter achtlos in den schmalen Raum geworfen hatten, dienten allem Anschein nach als Folterinstrumente. Ein achtunddreißiger Revolver fand sich ebenfalls an. Sie tippten auf die Tatwaffe. Hier sollten sie irren, denn die blieb verschwunden. Ob es sich bei dem Toten um den verschwundenen Wagner handelte, musste am nächsten Tag sein Zahnarzt feststellen. Für Hilpert hatte sich der Kreis seiner Überlegungen geschlossen. Die Mail aus Tanger war eindeutig ein Fake. Er benötigte keine weiteren Beweise. Wagner war der Tote in der Badewanne.

Am Nachmittag des darauffolgenden Tages waren alle Unklarheiten beseitigt. Die Identität des vermissten Journalisten wurde unzweideutig festgestellt. Zu ihrem Glück hatte sich Laura noch nicht auf Reisen begeben. All die Hoffnungen, die sie sich gemacht hatte, zerstieben innerhalb von Sekunden. Ganz offensichtlich war die Mail aus Marokko ein letzter Versuch, sie von dem Mordschauplatz in der Heide fernzuhalten. Das war den großen Unbekannten gänzlich misslungen, wenngleich auf Kosten der Psyche einer angeschlagenen Frau. Als er ihr Schluchzen am Telefon vernahm, legte er auf und informierte ihren Onkel knapp über den neuen Sachverhalt. Dieser versprach, bei ihr vorbeizuschauen. Sie hatten ihren dritten Mordfall, obwohl der bald zehn Jahre alt war. Mord war Mord.

Hilpert rief Stange und Albers zu sich. Diesmal war er ganz Chef. »Ich will die gesamte RLU-Mischpoke in den nächsten Stunden vor mir haben. Wer sich sperrt, wird zwangsvorgeführt. Das gilt insbesondere für Grothe. Wir nehmen auf niemanden Rücksicht.«

»Und der Herr Oberrat?«, fragte Stange vorsichtig nach. Er kannte Hilpert, wenn der unter Strom stand.

»Der soll sich mal trauen, uns zwischen den Beinen herumzulaufen wie ein junger Hund. Den treten wir weg.«

»Du trittst nach jungen Hunden?«

»Nein, aber nach Kriminaloberräten.«

Überraschend zügig setzte bei Hilpert die kritische Vernunft ein. Stange hatte recht. Er musste dafür sorgen, dass Linsmann ihnen nicht in die Parade fuhr. Er ließ sich mit dem Polizeipräsidenten verbinden und erhielt kurze Zeit später einen mündlich erteilten Freibrief. Abermals griff Hilpert zum Telefon, um mit dem Landesamt für Verfassungsschutz zu telefonieren. Dort hatte er bereits früher ein konstruktives Gespräch mit dem zuständigen Direktor Reuter geführt. Er informierte ihn kurz über die letzten Ereignisse.

»Hm, es ist an der Zeit darüber nachzudenken, ob wir den Fall zu uns rüberziehen müssen. Was halten Sie davon, wenn wir uns treffen?«

»Kein Problem.«

»Ich komme am besten bei Ihnen vorbei. Da können Sie mir das bisherige Material zeigen«, entschied der Verfassungsschützer.

»Wann kann ich Sie erwarten?«, wollte Hilpert wissen.

»Ich bin in einer Stunde bei Ihnen. Passt das?«

»Es muss passen.«

Reuter war extrem pünktlich. Der schlanke, hoch gewachsene Mann trug eine kreisrunde Hornbrille und durfte langsam damit beginnen, seine Haare von links nach rechts zu sortieren. Er war keine fünfzig Jahre alt. Sein flotter Gang, sein fester Händedruck verrieten den Sportler. Sie begrüßten sich kurz und wollten ohne große Umschweife auf ihr Thema zu sprechen kommen, als Hilperts Bürotür geöffnet wurde. Linsmann trat ungebeten ein. Ohne auf Hilpert zu achten, ging er mit ausgestreckter Hand auf den Verfassungsschützer zu und stellte sich vor.

»Sie müssen das Benehmen von Hauptkommissar Hilpert entschuldigen«, fuhr der Kriminaloberrat fort. »Zumindest möchte ich Sie in aller Form bei uns begrüßen. Wenn Sie Fragen haben, können Sie sich jederzeit an mich wenden.«

»Glauben Sie, dass der letzte Tote in einer Reihe neuer rechtsradikaler Morde zu sehen ist?«, fragte Reuter spitz, ohne auf die Begrüßungsfloskel seines Kollegen einzugehen.

»Äh, so tief bin ich bislang nicht in den Fall eingetaucht. Sobald ich mehr weiß, melde ich mich bei Ihnen.«

»Sehr schön, wenn wir jetzt unser Gespräch fortsetzen könnten. Wissen Sie, meine Zeit ist knapp bemessen.«

»Natürlich, natürlich.« Linsmann wandte sich ab und verließ den Raum.

Reuter sah zu Hilpert hinüber. »Was ist denn das für ein Idiot? Gibt es davon mehr bei euch?«

»Sollte das der Fall sein, gehe ich in Frühpension«, erwiderte er ungerührt. »Mir wird schlecht, wenn ich den Affen nur sehe. Öffnet er den Mund, könnte ich zum Mörder werden.«

»Das kann man Ihnen nicht verdenken. Sobald Sie die Schnauze voll haben, kommen Sie bei uns vorbei. Für Leute wie Sie findet sich immer ein freier Schreibtisch.«

»Und die oberen Dienstränge sind alle so kooperativ und unkompliziert wie Sie?«

Reuter lachte bellend auf. »Besser, wir wenden uns den interessanten Dingen des Lebens zu, bevor ich Sie belügen muss. Wie würden Sie denn meine Frage an Ihren Vorturner beantworten?«

»Die Struktur der Morde ist nicht stimmig, geht man von rechtsradikal motivierten Morden aus.«

»Wie darf ich das verstehen?«

»Nehmen wir den letzten Toten.«

»Sie meinen den Journalisten?«

»Genau. Der recherchiert gegen eine Gruppe, die dabei ist, sich mehr oder minder aufzulösen.«

»Sie meinen, die waren zu der Zeit zu unbedeutend, als dass sich eine großartige Recherche in die Richtung gelohnt hätte.«

»Eindeutig. Ich sehe nur eine einzige Option. Unter Umständen ist Wagner auf Hintermänner gestoßen, denen ein Outing nicht gefallen hätte, die Vordenker, die Geldgeber.«

»Und die haben ihn ermorden lassen.«

»Das wäre durchaus nachvollziehbar.«

»Und wie passen die beiden anderen Toten da hinein?«

»Nun, dieser Paulsen war garantiert an dem Mord an dem Journalisten beteiligt. Er ist gelernter Maurer oder Betonbauer. Die Arbeiten in dem Haus und in der Scheune sind recht fachgerecht ausgeführt worden. Ortsansässige Handwerker wurden nicht eingesetzt.«

»Vielleicht Leute von außerhalb?«

»Und die haben ihre Gerätschaften einfach so liegen lassen? Und die Fremden sind niemandem im Dorf aufgefallen? Nein, das ist in Heimarbeit vonstattengegangen.«

Reuter kratzte sich mit angestrengter Miene am Kopf. »Das spricht alles für Ihre These. Nur, warum wird Paulsen Jahre später umgebracht? Wir können davon ausgehen, dass der Mord an dem Journalisten 2006 verübt wurde.«

»Mir fällt momentan nur Erpressung ein.«

»Hm, ein klassisches kriminelles Motiv, sollten Sie richtigliegen. Um dafür einen rechtsradikalen Hintergrund auftun zu wollen, muss man sich anstrengen. Warum reagiert der Täter so spät?«

»Keine Ahnung, dafür wissen wir nicht genug.«

Sie diskutierten verschiedene Optionen, ohne voranzukommen. Die Taten waren zu frisch, um alles zu verstehen. Jede verrückte Idee konnte passen.

Reuter beugte sich vor. »Sollten wir uns diesen Peterson vorknöpfen? Der weiß mehr, als er uns bisher erzählt hat.«

»Lassen wir den ruhig vorerst links liegen«, widersprach Hilpert. »Den bekommt ihr von mir zerlegt und filetiert auf einem goldenen Tablett serviert, ohne Haut und Knochen.«

»Sie meinen wegen seiner Homosexualität?«

»Sehen Sie, in unserer ach so toleranten Gesellschaft muss man auf alles gefasst sein.«

Reuter lachte auf. »Was täten wir ohne den Einsatz von Drohungen und Erpressungen in unserer Tagesarbeit?«

»Wir wären arbeitslos, wegen fehlender Ergebnisse«, erwiderte Hilpert ebenso zynisch.

»Wenn ich Sie recht verstehe, sehen Sie keine neue NSU auf uns zurollen?«

»Das kann ich selbstverständlich nicht ausschließen. Der Klub, mit dem wir es momentan zu tun haben, verfügt kaum mehr über Zähne. Das reicht gerade eben, sich gegenseitig aus dem Weg zu räumen.«

Der Verfassungsschützer erhob sich und gab dem Kollegen von der Kripo die Hand. »Wir bleiben in engem Kontakt. Sollte dieser seltsame Linsmann Probleme bereiten, rufen Sie mich an. Wir können sicherlich helfen. Momentan will uns jeder stark machen.« Er blickte sich in Hilperts Büro um. »Hässliche Räume gibt es bei uns auch.«

»Warten wir es ab. Sie wissen selbst, politische Absichtserklärungen sterben nach der nächsten Wahl wie die Eintagsfliegen.«

»Mensch, Hilpert, Sie sollten Motivationstrainer werden. Ich fühle mich geradezu runderneuert.«

»Kommen Sie gern wieder vorbei. Für einen guten Spruch reicht es immer.«

»Sie sind zu gut zu mir.«

Eine halbe Stunde später erreichte Hilpert ein Anruf von Linsmann. »Wie können Sie mich so in die Falle tapsen lassen. Ich stand da wie ein Trottel.«

»Ihnen liegt alles vor, um Rede und Antwort stehen zu können. Lesen müssen Sie die Unterlagen allein. Hörbücher haben bisher keinen Eingang in unsere Ermittlungsakten gefunden.«

»Was glauben Sie, was ich zu tun habe. Eine Sitzung jagt die nächste. Schließlich geht es um den Besuch des Innensenators heute Abend.«

»War das nicht der Job von Kollegin Kanzenbach?«

»Dieser Termin ist viel zu wichtig, als dass man die Vorbereitung Dritten überlassen sollte. Das ist Chefsache. Es gibt Dinge, die darf man nicht delegieren. Das können Sie sich für die Zukunft ruhig merken. Schließlich halten Sie eine Führungsposition inne. Lassen Sie sich da von einem Älteren ruhig beraten. Sie sind jung genug, um dazuzulernen.«

»Danke für den Ratschlag. Ansonsten wünsche ich Ihnen viel Vergnügen. Lassen Sie uns in Ruhe arbeiten. Konzentrieren Sie sich ganz auf den Senator.«

»Schenken Sie sich Ihren despektierlichen Ton. Ich habe mich in diesem Augenblick entschieden, Sie von allem fernzuhalten, was seinen Besuch betrifft. Somit verbleibt Ihnen wunschgemäß ausreichend Muße für Ihre Fälle.«

»Dafür bin ich Ihnen außerordentlich dankbar. Sie müssen wissen, Verbrechen klären sich nicht von allein auf.«

Hilpert schüttelte den Kopf und schob das Telefon von sich weg. Mit welchen Idioten sie sich zeitweise herumschlagen mussten. Hätte er Zugang zum Kopf seines Vorgesetzten gehabt, er wäre auf ähnliche Gedanken, wenngleich aus dessen Sicht, gestoßen. Da besuchte sie ihr oberster Dienstherr und Hilpert dachte nicht im Traum daran, einen bleibenden Eindruck bei ihm zu hinterlassen. Da war Linsmann aus einem anderen Holz geschnitzt. Er würde die Chance nutzen, sich in den Vordergrund zu spielen. Nach der nächsten Beförderung konnte er diesen frechen Hauptkommissar aufs rechte Maß stutzen. Macht wurde stets von oben nach unten ausgeübt, nicht umgekehrt. Wie das ging, musste ihm niemand beibringen.

Wenn der Innensenator sich die Ehre gab, fanden sich stets ausreichend traurige Gestalten, die versuchten, ihn zu beeindrucken oder einzulullen. Vielleicht trug er die eine oder andere Beförderungsurkunde mit sich herum. Mit Eloquenz und Geschick verstand es Linsmann, sich ständig in der Nähe des Politikers aufzuhalten. Es fehlte nicht viel und er hätte versucht, den Polizeipräsidenten aus dem Spiel zu nehmen. Zu seinem Glück setzte vorher sein Verstand ein. Trotz aller Bemühungen konnte er nicht verhindern, dass irgendwann die Frage nach Hilpert gestellt wurde. Egal, wie er es zu drehen und wenden versuchte, der Senator wollte ihn sehen. Bevor der sich versah, fiel die gesamte Delegation in seinem Zimmer ein.

»Sie arbeiten unter sehr bescheidenen Umständen, Hauptkommissar«, ließ sich der Senator vernehmen. Er wandte sich Linsmann zu. »Kann er keine besseren Arbeitsbedingungen zur Verfügung gestellt bekommen? In diesem Raum fällt selbst ein Karnevalsprinz in tiefste Depressionen.«

Dieser versprach, das Projekt umgehend in die Hand zu nehmen.

Hilpert hielt dagegen. »Lassen Sie, Senator. Hier bin ich dicht bei meinen Leuten. Die Arbeit läuft gut so.«

»Sie müssen es wissen. Ich hatte übrigens erst heute einen Anruf aus dem Bundesamt für Verfassungsschutz. Man lobt Sie dort in den höchsten Tönen, spricht von neuer, konstruktiver Form der Zusammenarbeit. Das höre ich gern. Wie ich mitbekommen habe, ist der aktuelle Fall recht kompliziert. Ich hoffe, Sie sind erfolgreich mit daran beteiligt, das braune Gesocks in der Hansestadt zurückzuschneiden.«

»Es ist mein höchstes Anliegen, die Kooperation mit den benachbarten Diensten so reibungsfrei wie möglich zu gestalten«, mischte sich Linsmann in das Gespräch ein.

Der Senator musterte den Oberrat von oben bis unten. »Über Sie wurde ebenfalls gesprochen.«

Hilpert reagierte sachlich. »Unsere Rolle wird in gebührender Form gewürdigt werden. Wir wollen schließlich die Medien mit positiven Schlagzeilen füllen.«

»Sie verstehen mich, Hauptkommissar. Hauptsache, Sie lassen die Behörde gut aussehen.«

»Sie kennen mich, Senator, ich lehne Personenkult ab.«

»Bitte nicht zu viel. Die Leute brauchen jemanden, zu dem sie aufblicken können.«

»Ich tu, was ich kann.«

»Ich verlasse mich da ganz auf Sie.«

Einer der Fotografen ließ es sich nicht nehmen, Hilpert und den Politiker auf die Platte zu bannen. Linsmann hatte seinen Kampf um einen Platz an der Sonne vorerst verloren. Selbst er spürte, dass sich niemand für ihn interessierte. Anschließend verließ der Tross Hilperts Zimmer. Es gab nicht nur Mordkommissionen im Haus. Es kehrte Ruhe und Frieden ein. Ein Blick auf die Uhr verriet ihm, dass die gesamte Prozedur gerade fünf Minuten gedauert hatte.

Nach einer Phase der Abstinenz erschien Hilperts Foto gemeinsam mit dem Politiker in den Zeitungen der Hansestadt. Ihn interessierte es nur am Rande. Er musste sich um anderes kümmern als um sein Ego. Sein kommissarischer Vorgesetzter leckte sich dagegen die Wunden. Seine Blütenträume waren zerstoben, ohne dass es für ihn eine reale Chance gegeben hatte zu punkten. Er war intelligent genug zu begreifen, dass von Hilperts Seite keinerlei Bemühungen erkennbar waren, ihm zu schaden. Gerade das machte ihn gefährlich. Der strahlte selbst ohne Stromanschluss. Da lohnte es nicht, den Stecker zu ziehen. Für sie beide war kein Platz im Präsidium. Er musste ihn sich vom Hals schaffen, fragte sich nur, wie? Eine gute Idee wollte ihm kurzfristig nicht einfallen. Kam Zeit, kam Rat.

Stange hatte sich den Auftrieb wie ein Zuschauer am Rande einer Filmpremiere angeschaut. Er grinste, als Hilpert sich wie ermattet über die Stirn strich. Da hatten sich die Oberen tatsächlich jemanden herausgepickt, der lieber unter der Grasnarbe agierte, als darauf herumzustolzieren. Er ging zu ihm und klopfte ihm auf den Oberarm. »Sie lieben dich halt, die hohen Herren. Solange sich das nicht umkehrt, musst du damit leben.«

»Weißt du, Bernd, ich will den Firlefanz ja gerne mitmachen. Nur die tun so, als würde ich die ganze Arbeit machen. Da sind andere, die unter Wert verkauft werden.«

»Nicht ganz, ich wäre beispielsweise ohne dein Dazutun kein Hauptkommissar geworden, zumindest nicht so schnell. Und du wirst ebenso für die anderen sorgen. Das wissen deine Leute.«

»Bist du da sicher?«

»Absolut. Es gibt ein ganz anderes Problem. Das heißt Linsmann.«

»Wir wissen beide, dass er 'n Arsch ist.«

»Darum geht es nicht. Ich habe ihn beobachtet, als sich der Senator auf dich gestürzt hat. Das war der blanke Hass mit dem er dich bedacht hat.«

»Meinst du wirklich?«, reagierte Hilpert nachdenklich. »Da werden wir ihn im Auge behalten müssen. In seiner Position kann er ausgesprochen unangenehm werden.«

An anderer Stelle wurde über ihn einige Stunden später intensiv nachgedacht. Der Polizeipräsident saß neben dem Bett von Weber und schaute traurig auf den Mann hinunter. »Mensch, Karl-Heinz, du hast mehr Glück gehabt, als die Polizei erlaubt. Nächste Woche kommst du raus. Dann drei Wochen Reha und du bist beinahe wie neu.«

»Vermisst du mich so sehr, Joachim?«

»Nicht nur ich.«

Weber blickte mit gekrauster Stirn zu seinem Vorgesetzten und ließ sich berichten.

»Wie konntest du nur Linsmann auf meinen Sessel setzen?«, reagierte Weber unwirsch. »Jeder, der ihn kennt, weiß, was für ein Idiot er ist. Nun hat es selbst der Senator mitbekommen.«

»Er war kurzfristig verfügbar. Er hat den Dienstgrad und damit beamtenrechtlich die Kompetenz für deinen Job.«

»Der ist völlig überfordert, ein karrieregeiler Formalist. Der guckt morgens länger in den Spiegel als tagsüber in die Ermittlungsakten.«

»Ich weiß, die Krönung durften wir jetzt bei dem Besuch des Senators erleben. Er hatte mich sogar gebeten, eine Rede halten zu dürfen.« Nachdenklich kratzte er sich am Kopf. »Ich hätte es gestatten sollen. Mit etwas Glück hätte der Senator ihn anschließend geschasst.«

Weber kam langsam auf Touren. »Und nun? Was stellen wir an, damit der Mann keinen neuen Schaden anrichtet? Bleibt der zu lange im Amt, ist Hilpert der Erste, der geht. Der hat es nicht nötig, sich von solch einem Blödmann vorführen zu lassen.«

»Das habe ich geregelt. Bis auf Weiteres berichtet er direkt an mich. Da kann ihm Linsmann nicht mehr ins Handwerk pfuschen. Der Verfassungsschutz hat ein Auge auf Hilpert geworfen. Das ist viel gefährlicher. Die rollen einen roten Teppich aus, wenn er die Behörde wechselt.«

»Das fehlte uns gerade.« Weber hatte Mühe, sich zu beruhigen. »Bei aller Wertschätzung für Hilpert, aber wir haben in unseren Reihen ein paar andere Ermittler, denen er das Leben ebenso schwer machen kann.«

»Wie recht du hast. Es gibt nur eines, du musst ganz schnell gesund werden.«

»Wem sagst du das? Ich werde die Reha abkürzen müssen. Nur, in drei Jahren ist bei mir Sense, da gehe ich in den Ruhestand, ob ich will oder nicht. Die musste ich dem Arzt geradezu abringen. Am liebsten hätte er mich in Frühpension geschickt.«

»Untersteh dich.«

»Keine Angst, ein bisschen bleib ich euch erhalten. Wir müssen

Hilpert dazu drängen, sich für den höheren Dienst zu qualifizieren.«

Der Präsident nickte in die Richtung des Kriminaldirektors. »Oder wir prügeln ihn da rein. Und sei es, um wenigstens in dem Bereich einen Typen wie Linsmann zu verhindern. Er ist nicht der einzige Arsch in unserer Behörde. Machen wir aus der Not 'ne Tugend.«

Webers Puls hatte sich beruhigt. »Lass dir was einfallen. Er besucht mich in zehn Minuten. Ich lote mal seine Stimmung aus.«

»Da will ich nicht stören.«

Pünktlich betrat Hilpert das Zimmer. Er befürchtete, einen leidenden Mann vorzufinden. Erfreut durfte er feststellen, dass Weber sich gut von dem Infarkt erholt hatte und auf dem Weg der Besserung war. Sie diskutierten an diesem Abend lange miteinander, über den Besuch des Senators und vor allem über Linsmann. Weber tastete sich vorsichtig zu dem Thema Beförderung durch. Wie befürchtet, hatte Hilpert nach wie vor keinerlei Ambitionen in diese Richtung. Da war Überzeugungsarbeit angesagt. Vermutlich mussten sie die Karte Linsmann spielen. Als Hilpert sich verabschiedet hatte, war Weber seine Erleichterung anzumerken. Die Beziehung, die er zu diesem Mann aufgebaut hatte, ging weit über das Verhältnis eines Vorgesetzten gegenüber eines Mitarbeiters hinaus. Würde er sich ihm zuliebe in den höheren Dienst hieven lassen? Fröhlich wurde er bei dem Gedanken nicht.

16

Bereits am frühen Morgen hatte sich Grothe ohne große Diskussion zu einem erneuten Verhör zur Verfügung gestellt. Kooperativ wie beim ersten Mal war er bereit, sie im Präsidium aufzusuchen und sich in Sachen Wagner befragen zu lassen. Er erschien pünktlich. Hilpert ließ sich mit Fragen nicht lange bitten. Grothe antwortete relativ offen.

»Wagner war für uns damals der erklärte Feind«, gab Grothe ohne zu zögern zu. »Der ließ keine Gelegenheit aus, in der Presse gegen uns zu schießen.«

»Konnte man es ihm verdenken? Im eigentlichen Sinne populär waren Ihre Aktionen nicht.«

»Das kam letztlich auf die Sicht der Dinge an.«

»Ging der Hass so weit, dass man ihn sich mal anständig vornehmen wollte?«

»Sie meinen, ihn zusammenschlagen zu lassen oder ...«

»Genau oder ihn umbringen zu wollen.«

Nachdenklich kratzte sich Grothe am Kopf. Es hatte tatsächlich den Anschein, als durchdachte er die Situation. Schließlich winkte er ab. »Uns wurde eingeschärft, den Mann zufriedenzulassen. An Journalisten ging man ungern ran. Die hatten so viele Kollegen. Über Mord wurde gleich gar nicht geredet.« Er beugte sich vor und war nur mehr ein kleines Stück von dem Hauptkommissar entfernt. »Mag sein, dass wir verblendet waren, mag sein, dass der eine oder andere kaum seinen Namen schreiben konnte, trotz allem sind wir kein Killerkommando gewesen!«

»Wie wir heute wissen, liefen zu der Zeit rechtsradikale Mörder durch die Gegend. So weit weg sind solche Ambitionen offensichtlich nicht von Ihren ehemaligen Gesinnungsgenossen entfernt gewesen.«

»Wer wollte das bestreiten. In der Nachbetrachtung habe ich mich mit einfältigen Typen abgegeben, doch - bei aller kritischen Wertschätzung - nicht mit Mördern.«

»Nehmen wir mal an, Sie sehen das zu blauäugig. Wem hätten Sie am ehesten solch eine Tat zugetraut?«

»Meine Antwort wird Sie nicht sonderlich überraschen. Letztlich reden wir über eine geplante Tat, mit Konzept und Überlegung. Dazu war keiner von denen in der Lage, nicht einmal Paulsen. Um jemanden kaltblütig umzubringen, war er nicht der Mann. Der war stark, selbstbewusst, schlug durchaus mal überraschend zu. Aber ein Mörder?« Er schüttelte den Kopf. »Nein, konkret sehe ich niemanden aus der Gruppe.«

»Kommen wir auf die anderen Kumpane zu sprechen. Sie meinten bei unserem ersten Gespräch, Sie würden denen durchaus einen Mord an Paulsen oder an Ihnen zutrauen.«

»Dazu stehe ich nach wie vor. Dabei wäre es um tumbe Rache gegangen. Als ich diesen Verdacht äußerte, wusste ich nicht, wie Paulsen ums Leben gekommen war. Wäre er erschlagen oder erstochen worden, hätte es gepasst. Aber ihn sorgfältig mit einem Schlafmittel zu töten? Nein, das funktioniert hinten und vorne nicht, weder von der Idee her noch von der Ausführung.«

»Sie haben von dem Mord an Rössler gehört?«

»Am Rande. In seinem Haus liefen damals die Fäden zusammen. Ich habe ihn selten gesehen oder gesprochen. Er war ohne Frage ein wichtiger Mann in der Organisation.«

»Er ist auf die gleiche Art getötet worden wie Paulsen.«

Abermals schüttelte Grothe den Kopf. »Auf die gleiche Art und Weise und dann durch einen aus unserer alten Gruppe? Vergessen Sie es. Kaum einer von denen hat Rössler gekannt. Warum sollte der nach Jahren umgebracht werden? Sie graben am falschen Ende.«

»Vielleicht als Auftragsmord?«

»Das käme eher infrage. Da müsste jemand dem Knaben sorgfältig die Hand gehalten haben. Bedenken Sie die Risiken. Um jemanden zu vergiften, brauche ich keine Unterstützung. Das kann jedes Kind. Selbst wenn ich mich wiederhole, die Tötungsart passt nicht. Stellen Sie sich vor, Schwarzenegger hätte in jungen Jahren jemanden umlegen wollen. Meinen Sie, der hätte Gift verwendet?«

»Das hört sich plausibel an. Kommen wir auf den Mord an Wagner zurück. Bevor er starb, wurde er mit Baseballschlägern zusammengeschlagen. So wie es aussieht, waren zwei Mann dran beteiligt. Wer könnte da mitgemacht haben?«

»Jeder außer mir. Die hatten garantiert Freude daran. Wie ist er denn gestorben? An Kopfverletzungen?«

»Nein, er wurde erschossen.«

»Schießen konnten wir alle. Wir haben oft genug auf dem Hof geübt.«

Hilpert erläuterte ihm, wie die Leiche versteckt worden war.

Energisch winkte Grothe ab. »Auf diese Idee soll einer meiner ehemaligen Freunde gekommen sein? Vergessen Sie es! Dass Paulsen die Wand gezogen hat, ist nachvollziehbar. Schließlich war er gelernter Maurer. Mit dem Betonmischer konnte er garantiert umgehen. Der soll die Idee dafür gehabt haben? Ausgeschlossen. Er war alles andere als dumm. Doch irgendwo hatte er seine Grenzen.«

»Wer bleibt als kreativer Kopf übrig?«

Grothe grinste ihn verlegen an. »Ich, sonst fällt mir niemand ein. Glauben Sie mir, ich habe mit diesen Morden nichts zu tun. In früheren Zeiten war es mir egal, ob man mich mit rechtsradikalem Gedankengut in Zusammenhang brachte oder nicht. Danach bin ich so oft durchgeknetet worden, als sei ich der uneheliche Urenkel von Adolf Hitler gewesen. Warum sollte ich jemanden aus unserem Umfeld ermorden wollen? Sehen Sie ins Internet. Da stehen ganze Litaneien über mich drin. Ich muss niemanden mundtot machen.«

»Wer käme sonst infrage?«

»Allemal jemand, der erpressbar ist. Also einer aus der Führungsriege.«

»Nun, Herr Grothe, was halten Sie davon, wenn Sie mir ein paar Namen nennen?«

»Auf Peterson, meinen Schwiegervater sind Sie ja selber gestoßen. Ich weiß, dass er einen Geschäftsfreund hatte, der nicht knauserig war. Der ist vor einigen Jahren gestorben. Keine Ahnung, wer sonst dazugehörte.«

»Haben Sie nicht mal den Anflug einer Idee?«

»Kein Stück. Wir hatten damals unseren Spaß. Um Geld mussten wir uns nicht groß kümmern. Es war uns gleichgültig, woher es kam. Hauptsache, es war da.«

Hilpert fiel Lauras Vorwurf ein, er sei Grothes Frau zu nahe getreten. Er sprach den Mann direkt darauf an. Zu seinem Erstaunen reagierte Grothe entspannt.

»Ich neige zur Eifersucht. Egal, was ich dagegen anstelle, ich bekomme sie nicht in den Griff. Sie haben sich nichts zuschulden kommen lassen. Es war meine Frau, die Ihnen zugezwinkert hat. Nach reiflicher Überlegung ist mir das klar geworden. Sie liebt es, mich herauszufordern, mich zu provozieren, und hofft auf einen Ausbruch von mir. Bitte entschuldigen Sie meinen übereilten Vorwurf.«

»Abgehakt. Allerdings finde ich das Verhalten Ihrer Ehefrau seltsam.«

»Nicht wahr, das geht mir genauso. Nur, wer erzählt es ihr außer mir? Ihr Vater lässt alles durchgehen. Sie ist sein Ein und Alles. Ich habe mich dagegen in die Familie hineingeschmuggelt und profitiere davon. Ich habe gefälligst die Schnauze zu halten, sonst laufen meine Klienten davon.«

»Wäre das zu erwarten?«

»Darauf können Sie sich verlassen. Die sind durch Petersons Gnaden bei mir gelandet. Ohne sein Zutun würden die gehen. Die Karawane zieht weiter, wenn der Anführer das Zeichen gibt, egal, wie kühl das Wasser in der Oase ist.«

»Bedeutete das Ihren wirtschaftlichen Untergang?«

»Ganz so dramatisch würde ich das nicht sehen. Bestimmt müsste ich kleinere Brötchen backen. Wer hat Lust dazu und zieht freiwillig von der Alster nach Horn?«

Schon bald begannen sie sich im Kreis zu drehen. Gleichgültig, welche Fragen wiederholt wurden, es kam nichts Neues dabei heraus. Nach gut einer Stunde war das Gespräch beendet. Nachdem Grothe gegangen war, wandte sich Hilpert Albers zu, der die ganze Zeit über geschwiegen hatte. »Nun, wie siehst du das Verhör? Du hast ja fleißig mitgeschrieben.«

»Ganz schwer zu beurteilen. Irgendwie bin ich davon überzeugt, dass er mehr weiß, als er uns verrät.«

»Meinst du, er hat mit den Morden zu tun?«

»Einen Giftmord würde ich ihm durchaus zutrauen. Er wirkt auf mich ansonsten nicht wie einer, der auf jemanden mit Baseballschlägern eindrischt und ihn anschließend erschießt.«

Hilpert schloss sich seinen Zweifeln an. »Mal sehen, was die anderen zu sagen haben. Vorher gehen wir einen Kaffee in der Kantine trinken. Vielleicht findet sich ein leckeres Stück Kuchen. Ich lad dich ein.«

»Der Tag ist gerettet, ich danke dir aus vollem Herzen.«

Auf dem Flur begegneten sie Linsmann. Dieser steuerte direkt auf Hilpert zu. Wütend fuhr er ihn an: »Sie scheinen es nach wie vor für nicht erforderlich zu halten, mich über die geplanten Verhöre zu informieren. Sollte Grothe sich beschweren, wasche ich meine Hände in Unschuld. Ich habe gleich einen Termin mit dem Präsidenten. Mal sehen, was der von Ihren Alleingängen hält. Sie hören von mir.«

Hilpert grinste ihm hinterher. Die Meinung dieses Mannes war ihm so schnuppe wie das Balzverhalten der Nachtigall.

Der Kaffee weckte ihre Lebensgeister, über den Kuchen konnten sie sich nicht beschweren. Frisch gestärkt kehrte Hilpert an seinen Schreibtisch zurück. Das Gespräch mit Grothe ging ihm durch den Kopf. Er lag absolut richtig mit seinem Hinweis, dass für einen Giftmord keine Assistenz benötigt wurde. Der Hof in der Nähe von Tostedt kam ihm in den Sinn. In ihm baute sich die Überzeugung auf, dass die in der Scheune versteckten Waffen der Ablenkung von der Leiche im Haupthaus galten. Anscheinend gingen die damals Verantwortlichen davon aus, dass der Standort in der Heide irgendwann in den Blickwinkel der Fahnder geraten könnte. Ansonsten wäre es logischer gewesen, die Waffen ebenfalls in der Küche hinter der neu gezogenen Wand zu verbergen. Ausreichend Platz wäre allemal vorhanden gewesen. Mehr wollte ihm nicht einfallen. Er schob seinen Sessel zurück und begab sich nach nebenan zu seinen Leuten. Sie diskutierten ihre bisherigen Ermittlungsergebnisse in größerer Runde, ohne neue Ideen zu kreieren. Sie beschlossen, sich abermals Below zu greifen. Ihn konnten sie aufgrund seiner Tätigkeit an der Schule am ehesten umdrehen. Seinen Job würde er nicht gefährden wollen. Schließlich sicherte er ein Stück der früher so sehr gescholtenen bürgerlichen Existenz. Fragte sich nur, wie viel er wusste. Vor allem mussten sie ihn finden. Von der Schule erhielten sie den Hinweis, dass er sich krankgemeldet hatte. In seiner Wohnung suchte man ihn vergeblich. Er war offensichtlich woanders untergekommen. Es blieb ihnen nichts anderes übrig, als offiziell nach ihm fahnden zu lassen.

Von Laura erreichte ihn während des Tages keine Reaktion. Diesmal machte er sich keinen Kopf und verzichtete darauf, sich bei ihr zu melden. Er war mit sich uneins, wie sie Wagners Tod aushielt. Hatte sie eine Chance, kurzfristig zur Normalität zurückzufinden? Die Ereignisse sollten sich schneller zuspitzen, als er befürchtet hätte.

Spät am Abend erreichte ihn ein Anruf ihres Onkels. »Sollten Sie Laura befragen wollen, wenden Sie sich bitte direkt an mich. Sie hat einen Nervenzusammenbruch erlitten. Ich habe sie in die psychiatrische Klinik eines Bekannten in Blankenese bringen lassen, der mir wärmstens empfohlen wurde, Professor Maurer.

Er wird alles Erdenkliche für sie tun. Es ist besser, sie die nächsten Tage zufriedenzulassen.«

Betroffen nahm Hilpert die Nachricht auf, bestätigte sie letztlich seine eigenen Befürchtungen.

»Ich wüsste nicht, was ich sie hinsichtlich des letzten Mordes fragen sollte. Zum Kreis der potenziellen Verdächtigten gehört sie ebenso wenig.«

»Und privat?«

»Ich mag Ihre Nichte. Ich bin kein Psychoanalytiker. Sie wissen, dass meine persönliche Situation gleichermaßen angespannt ist. Ich fürchte, ich wäre momentan keine große Hilfe.«

»Natürlich, der Tod Ihrer Frau muss Sie unerwartet getroffen haben. Ich hätte Ihnen beiden bessere Voraussetzungen für eine gemeinsame Beziehung gewünscht. Kann ich davon ausgehen, dass Sie zur Verfügung stehen, wenn es von ärztlicher Seite befürwortet wird?«

»Selbstverständlich. Wenn ich helfen kann, bin ich jederzeit dabei.«

»Dafür danke ich Ihnen schon jetzt. Sagen Sie mir, wenn ich etwas für Sie tun kann.«

»Vielleicht können Sie es tatsächlich. Ist Ihnen etwas über Wagners journalistische Tätigkeit zu Ohren gekommen?«

»Wenn wir uns gelegentlich sahen, prahlte er damit, die große Aufklärungskampagne über die rechte Szene in Hamburg publizieren zu wollen. Ich habe das eher gelassen gesehen. Damals war das Thema kaum virulent. Der Mord an dem türkischen Gemüsehändler in Bahrenfeld 2001 wurde, wie wir wissen, nicht der rechten Szene zugeordnet.«

»Meinen Sie, er hatte darüber Erkenntnisse?«

»Dazu hat er sich mir gegenüber nicht geäußert. Ich glaube nicht, dass er an der NSU-Geschichte dran war. Da tun wir ihm zu viel der Ehre an. Er war bei Weitem nicht so gut, wie er tat. Er konnte sich vor allem vorzüglich verkaufen.«

Leise lächelnd legte Hilpert auf. Siebert würde in diesem Leben nicht mehr zu einem Freund des toten Journalisten werden. Wenigstens machte er aus seinem Herzen keine Mördergrube. Kurz bevor er das Büro verließ, nahm er sich vor, sich am folgenden Tag nochmals Wagners Wohnung anzuschauen.

Zu Hause ließ er den Tag an seinem geistigen Auge vorbeilaufen. Er ging mit sich ins Gericht. Egal, wie er sich fühlte, Feigheit wurde nicht geduldet. Er musste Laura in den nächsten Tagen besuchen. Das war er sich und ihr schuldig. Mutig wählte er Sieberts Telefonnummer. Dieser versprach ihm, so schnell wie vertretbar einen Termin zu besorgen. »Am besten begleite ich Sie. Wir können vor Ort entscheiden, wie wir uns dort verhalten werden. Vielleicht ist es gut für sie, wenn Sie sich sehen.«

Zu seiner Überraschung meldete sich der Notar bei ihm eine halbe Stunde später. »Professor Maurer meint, alles könne richtig und falsch sein. Wenn Sie darauf verzichten, ihr groß Fragen zu stellen, ginge es bereits morgen Vormittag.«

Welche Fragen hätte er ihr stellen sollen? Sie verabredeten sich um zehn vor dem Eingangsbereich der Klinik.

17

Hilpert und Siebert erreichten ihr Ziel an der Elbchaussee beinahe zeitgleich. Ihre Autos konnten sie in einer Tiefgarage abstellen, die vor dem Gebäudekomplex auf dem riesigen Grundstück gebaut worden war. Was für ein Privileg in dieser Gegend. Obwohl Hilpert in seiner Zeit als Polizist viel gesehen hatte, stand ihm die Begegnung mit Laura vor dem Kopf. Es war etwas anderes, jemanden in einer Extremsituation zu treffen, den man kannte und mochte, als einer unbekannten Person mit schwerem Schicksal zu begegnen. Er hatte Laura als attraktive, sinnliche Frau erlebt. Wie würde sie ihm nun entgegentreten? Aus dem Hauptgebäude kam eine Frau auf sie zu. Hilpert erkannte sie sofort. Es war Lauras Tante. Sie begrüßte sie mit leiser Stimme. Siebert sprach sie direkt an: »Welchen Eindruck hast du von Laura?«

Sie antwortete mit tränenerstickter Stimme: »Sie ist total in sich gekehrt und spricht kein einziges Wort. Ihr werdet es sehen. Sie hat mich nicht erkannt. Wir können nur hoffen und beten, dass sich ihr Zustand bessert.«

»Und die Ärzte?«

»Die sind wie die Anwälte. Bloß nicht konkret werden. Vielleicht bin ich ungerecht und Lauras Fall ist besonders kompliziert.«

Aus ihren Augen kullerten die Tränen. Sie nickte ihnen zu und verließ sie. Betroffen setzten die beiden Männer ihren Weg fort. Waren sie wirklich auf das gefasst, was sie erwartete?

Professor Maurer empfing sie persönlich in dem hell verputzten Klinikum aus der Gründerzeit. Sie hielten sich in dem ehemaligen Gebäudekomplex eines Hamburger Kaufmanns auf, der sein Geld bereits Ende des neunzehnten Jahrhunderts verdient und sich an einer der schönsten Stellen an der Elbe seinen Traum vom edlen Wohnen verwirklicht hatte. Der unverbaubare Blick auf den Strom war gewährleistet. Der kleine Park davor garantierte Ruhe und Exklusivität. Das Anwesen selbst erinnerte eher an ein Hotel der besseren Kategorie als an ein Krankenhaus. Stille empfing sie, als sie eintraten, kein Geschrei oder Geheule, wie man es gern in Filmen mitbekam. Sah man etwas näher hin, demonstrierten feste Türen und vergitterte Fenster den tatsächlichen Sinn und Zweck der Örtlichkeit. Wer hier untergebracht wurde, stand unter Kuratel, war fremdbestimmt. Seine bürgerlichen Ehrenrechte vermoderten vor der Eingangstür. Wie im Gefängnis, dachte Hilpert. Das Zimmer des Psychiaters wirkte auf ihn eine Spur zu protzig. Eine schwere Ledergarnitur, dunkles Mobiliar schienen einen erdrücken zu wollen. Urkunden an den Wänden bewiesen, dass der Klinikchef und seine Mitarbeiter befähigt waren, ihren Job auszuüben. Die dicken Ölschinken an den Wänden stammten anscheinend von dem ersten Eigentümer. Gleiches galt vermutlich für den massiven, verschnörkelten Schreibtisch und eine beeindruckende Regalwand mit in Leder gebundenen dicken Büchern. Irgendwelchen Erben kam das Haus irgendwann zu teuer zu stehen und sie verkauften es in den frühen Sechzigerjahren an Maurers Vater, der die Idee mit der Klinik hatte und sie konsequent umsetzte. Die Liegenschaft erwarb er für 'n Appel und 'n Ei. Die Geschäftsidee erwies sich als brillant. Mit dem labilen Seelenleben von Menschen war Geld zu verdienen, wie der erste Eindruck vermuten ließ. Der Psychiater war etwa Ende sechzig. Sein volles Haupthaar war mit grauen Strähnen durchzogen. Die grauen Koteletten standen buschig ab. Er besaß einen massigen Körper, wobei sich das Übergewicht auf gut einen Meter fünfundneunzig verteilen durfte. Man nahm ihm den Psychiater unbesehen ab und konnte sich vorstellen, dass er auf Menschen einzuwirken vermochte. Er interpretierte Hilperts Blick richtig, als der sich den Charme früherer Pfeffersäcke einverleibte.

»Keine Angst, mit meinen Patienten spreche ich nie in diesem Monsterzimmer. Diese Räumlichkeiten sind für diejenigen gedacht, die Verwandte oder Freunde zu uns bringen. Der Aufenthalt bei uns ist nicht gerade preiswert. Das Umfeld verdeutlicht hoffentlich jedem, dass die Menschen bei uns in guten Händen sind und zum Frühstück nicht nur trocken Brot sondern sogar ein gekochtes Ei bekommen.«

»Kann ich nachvollziehen«, erwiderte Hilpert ohne Gemütsregung. Wer hier aufschlug, vollzog wohl kaum nach, dass es Menschen gab, die ihre Neurosen allein mit sich in einer vierzig Quadratmeter großen Wohnung bewältigen mussten, weil das nötige Kleingeld für diesen Luxus fehlte. Nun war er nicht gekommen, um über das Thema Klassengesellschaft zu sinnieren, sah man davon ab, dass ihm das in seiner gegebenen finanziellen Situation kaum zustand. Ob er wollte oder nicht, er war selbst nach oben gespült worden. Seine Tochter würde Armut kennenlernen, wenn sie die Tagesschau sah und das Gesehene bereits nach der Wetterkarte verdrängt haben.

»Besteht die Möglichkeit, Laura zu sehen und zu sprechen?«, kam er auf sein Anliegen zurück.

»Sie können es versuchen. Kommen Sie, gehen wir in den Garten. Sie sitzt dort in der Sonne. Bitte erschrecken Sie nicht, sie hat sich momentan in ihre eigene Welt zurückgezogen. Wir werden sehen, ob Sie darin Platz finden. Vielleicht haben wir Glück und sie nimmt Sie wahr.«

Der stattliche Mann mit der hohen Stirn erhob sich und winkte ihnen zu. Er öffnete eine Verandatür und ging vorweg. Als Hilpert in Lauras kleines Gesicht blickte, hatte das Umfeld seinen Charme längst verloren. Sie saß in eine Decke gehüllt in einem Lehnstuhl und starrte Richtung Elbe. Sie sah kurz mit leeren Augen in seine Richtung und wandte den Blick desinteressiert von ihm ab. Alles, was er ihr sagen wollte, steckte ihm wie ein Kloß im Hals. Trotzdem kamen ein paar belanglose Worte über seine Lippen. Er wandte sich Siebert zu, der betroffen auf seine Nichte blickte. Bei ihm reichte es zu ein paar allgemeinen Floskeln. Sie spürten, dass sie nichts aufnahm. Der Professor ging wenige Schritte in den Garten. Sie folgten ihm beinahe automatisch.

»Dieses Sichvergraben in eine andere Welt ist typisch für ihre Krankheitssymptome. Sie weigert sich momentan, die Realität hinzunehmen, wie sie ist«, klärte sie der Psychiater auf.

»Wird sie in die Realität zurückfinden?«, fragte Siebert.

»Das können wir uns nur wünschen. Sie erwacht entweder wie aus einem bösen Traum oder ...« Er zuckte mit den Schultern. Bewusst verzichtete er darauf, seine Aussage zu beenden. Sie verstanden, worauf er hinauswollte. »Sie hätte vor Jahren in Behandlung gemusst«, fuhr er fort. »Tief in ihrem Inneren hofft sie darauf, dass ihr Prinz auf einem weißen Ross zurückkehrt, um sie zu sich holen.«

Siebert nahm die Worte zweifelnd auf. »Sie reden über eine brillante Anwältin, deren Verhalten kaum auffällig war.«

»Das eine hat mit dem anderen nichts zu tun. Durch ihre Ausbildung und ihren Job hat sie Selbstdisziplin gelernt. Die Symptome zeigen sich zuweilen durch irrationales Verhalten, das niemand nachvollziehen kann. Sie kommen und gehen. Niemand kann sagen, wie lange die Verweildauer sein wird.«

»Was können wir für sie tun?«, reagierte Hilpert betroffen.

»Stehen Sie ihr zur Seite, wenn sie erwacht. Das kann Wochen, das kann Monate dauern. Keiner schaut in die Tiefen eines Menschen. Ich so wenig wie Sie.«

Sie gingen nochmals zu ihr und verabschiedeten sich mit einem Kuss auf die Wange. Hilpert strich über ihr Haar und wandte sich ab. Das Bild der in sich gekehrten Frau würde ihn so schnell nicht verlassen. Wie betäubt verließ er die Klinik. Sah er zu Siebert hinüber, so schien es ihm ebenso zu ergehen. Am stärksten machte ihn seine Hilflosigkeit betroffen. Sie konnten nichts für Laura tun. Das galt gleichermaßen für die Spezialisten.

Auf dem Weg zu Wagners Wohnung musste Hilpert gehörig aufpassen, dass er nicht in dem Heck eines vor ihm fahrenden Wagens landete. Die Begegnung mit Laura galt es zu verdauen. Darüber ging man nicht mit einem Fingerschnipsen hinweg. So weit wie möglich hielt er sich auf der rechten Seite der Fahrbahn und fuhr so defensiv wie lange nicht mehr. Kein Hupen, kein riskantes Überholen kamen ihm in den Sinn. Seine Arbeit ging weiter. An diesem Tag hatte er nochmals die Wohnung des ermordeten Journalisten auf dem Zettel. Er erreichte sein Ziel zügig, ohne dass Blechschäden zu beklagen waren. Einen Parkplatz zu finden, stellte sich ebenfalls als unproblematisch heraus. Es gab genügend Leute in Hamburg, die ihren Arbeitsplatz mit dem Auto aufsuchten und für freie Parkplätze in den Wohngebieten sorgten. Mit schnellem Schritt ging er an Lauras Wohnungstür vorbei und stürmte die Treppen hinauf. Er zerschnitt das Siegel und öffnete die Tür. Ihm war nicht klar, was ihn ein weiteres Mal in Wagners Wohnung führte. Mit Sicherheit hatten die Kollegen von der KTU einen ordentlichen Job gemacht und nichts Augenscheinliches übersehen. Sein Blick landete bei den Ordnern mit den Artikeln des Journalisten. Flüchtig blätterte er sie durch. Ob sich hierin etwas fand, was auf seinen geplanten Artikel hinwies? Hilpert beschloss, sie mitzunehmen und rief vorsorglich Albers an. Er orientierte ihn darauf, diese durchzuarbeiten und thematisch zu katalogisieren. Er spürte am Telefon, dass sich sein Mitarbeiter mit der Aufgabe leicht unterfordert fühlte. Bislang gab es bei ihnen keinen Praktikanten, den man damit beauftragen konnte. Er schnappte sich die ersten Aktenordner und trug sie zu seinem Wagen hinunter. Wie sich erwies, musste er mehrmals gehen. Der Journalist war während seiner aktiven Zeit sehr produktiv gewesen. Albers durfte sich freuen. Hilpert grinste in sich hinein. Vor Jahren hätte er diese Arbeit verrichten müssen. Wie sich die Zeiten änderten. Manchmal war es von Vorteil, Chef geworden zu sein.

* * *

Am frühen Nachmittag erreichte Hilpert ein Anruf von einer Hildegard Dunkel. Er musste erst einen Schalter umlegen, bis ihm einfiel, es mit der früheren Geliebten des ermordeten Paulsen zu tun zu haben.

»In der Vermittlung hat man mir Ihre Telefonnummer gegeben. Wissen Sie, dass Knut eine leibliche Tochter hat? Die Vaterschaft wurde von ihm nie bestritten. Ganz im Gegenteil, er hat stets dazu gestanden. Können Sie mir sagen, ob mein Kind mit einer Erbschaft rechnen kann, egal, wie unbedeutend sie ist?«

Diesen Zahn musste er der Frau ziehen. Überrascht nahm er zur Kenntnis, dass sie übergangslos zu weinen begann. Bevor er nachfragen konnte, hatte sie das Telefonat beendet. Er fertigte eine kurze Notiz an und nahm sich vor, zu einem anderen Zeitpunkt das Gespräch mit ihr zu suchen. Nach neunzehn Uhr stand Albers vor ihm. Er nahm Habtachtstellung ein und grüßte militärisch.

»Auftrag ausgeführt, Herr Unteroffizier.«

Hilpert spielte mit. »Rühren, Gefreiter.«

Albers nahm mehrere A4-Bögen zur Hand und begann über seine Ergebnisse zu referieren. »Von den gut vierhundert Artikeln befassen sich etwa 75 Prozent thematisch mit der politischen Entwicklung in südamerikanischen, asiatischen und afrikanischen Ländern. Der Mann scheint überall gewesen zu sein. Was mir beim Querlesen aufgefallen ist, er war nicht unbedingt das, was man als Enthüllungsjournalisten bezeichnen konnte. Er hat sauber recherchiert und berichtet. Er ist an vielen Brennpunkten der Welt gewesen, hat bestimmt das eine oder andere persönliche Risiko auf sich genommen. Trotzdem, der große Wurf, der die Welt erschütterte, war nicht dabei.«

»Wenn wir uns mal auf Deutschland konzentrieren, wie sieht es da aus?«, fasste Hilpert nach.

»Alles in allem liegen etwa fünfzig größere Artikel vor. Das Gros entstand zwischen 2004 und 2006.«

»Dann erzähl mal.«

»Er hat gern kritische Verhältnisse aufgepikst, Missstände angeprangert. Sei es die 200 Jahre alte Eiche, die gefällt werden soll oder der Umgang mit Asylanten oder Obdachlosen. Meist hat er sich auf Bekanntes gestürzt und es pointiert an den Mann gebracht. Man konnte ihn durchaus als kritischen Schreiber bezeichnen.«

»Hatte er politische Vorlieben?«

»Keine erkennbaren.«

»Und die rechte Szene, kann man sagen, dass er sich darauf gespitzt hat?«

»Insgesamt habe ich acht Artikel gezählt. In seinem letzten deutete er an, dass es innerhalb der Hamburger Wirtschaft Förderer deutschnationalen Ideenguts gäbe und er sich dahinterklemmen wolle. Nach dem Motto Fortsetzung folgt.«

»Das ist nicht gerade das Gelbe vom Ei. Ankündigungen der Journaille hat es in der Vergangenheit genug gegeben. Und wann ist jemals was dabei rausgekommen?«

Albers schob ihm seine beschriebenen Blätter zu. »Für dich. Ich habe die Ergebnisse der Analyse im PC gespeichert.«

»Kannst du mir den letzten Artikel in Kopie geben oder besser, maile ihn mir zu.«

»Längst geschehen.«

»Bei den älteren Sachen hast du nichts Weltbewegendes entdecken können?«

»Kein Stück«, winkte der Kollege ab. »Er hat wie gesagt viele Jahre im Ausland gearbeitet.«

»Das muss seine heimliche Liebe gewesen zu sein. Das beweist nicht zuletzt das Jobangebot von der ARD.«

Hilpert fuhr über die Tastatur seines PC und öffnete die Mail, die Albers ihm geschickt hatte. Hastig überflog er den Artikel. Wirklich Spektakuläres fand sich darin nicht. Er war professionell geschrieben worden. Soweit er es beurteilen konnte, hatte Wagner anständig recherchiert. Die Welt hatte er damit nicht aus den Angeln gehoben. Wer mochte sich durch den Mann so bedroht fühlen, dass er ihn deshalb ermordete oder ermorden ließ? Peterson kam ihm in den Sinn. Dieser Mann hatte zwei offene Flanken, seine geheim gehaltene Homosexualität und die finanzielle Unterstützung der RLU. Der hätte erhebliche Probleme bekommen, wäre er in den Schlagzeilen der Presse gelandet. Mordete ein Typ wie er deshalb oder schickte seine Schergen los?

Diesmal war es für Hilpert völlig unkompliziert, den altehrwürdigen Unternehmer ans Telefon zu bekommen. Als konservativer Hanseat saß er selbstverständlich gegen neunzehn Uhr noch hinter seinem Schreibtisch. Grinsend dachte er an die armen Führungskräfte, denen nichts anderes übrig blieb, als sich seinem Arbeitsstil anzupassen. Das hieß früher Beginn und spätes Ende. Wen es kurz nach achtzehn Uhr nach Hause trieb, der oder die hatte keine sonderlich guten Karriereperspektiven. Peterson schlug einen Termin am selben Abend vor. Damit hatte Hilpert nicht gerechnet. Wer in eine Zitrone biss, musste sich nicht wundern, wenn sich in seinem Mund alles zusammenzog. Albers war nicht anzumerken, ob ihm dieser späte Termin passte oder gegen den Strich ging. Zumindest wollte er ihn begleiten. Mit gedämpfter Motivation machten sie sich auf den Weg in die HafenCity. Wie erwartet, war der Senior nicht der Einzige, der sich in den heiligen Hallen aufhielt. Es war ihm anzumerken, dass ihm das bevorstehende Verhör nur bedingt zusagte. So gesehen hielt sich die Laune aller in Grenzen.

Peterson beließ es nicht lange bei Höflichkeitsfloskeln. Trotzdem überraschte er sie mit seiner ersten Frage. »Stimmt es, dass Ihr Kollege ebenfalls homosexuell ist?«

»So ist es«, übernahm es Albers, für sich selber zu antworten.

»Ich stelle mir das in Ihrem Laden nicht so einfach vor.«

»Ist es beileibe nicht. Ein feiger schwuler Polizist sollte sich einen anderen Job suchen.«

»Das hat was für sich.« Peterson beugte sich vor. »Es ist oftmals schwieriger, sich seinen Neigungen nicht zu stellen, als mit der Ablehnung seiner Umgebung zu leben.«

»Ich bitte Sie«, antwortete der Oberkommissar verständnislos, »ein Mann mit Ihren Möglichkeiten muss sich vor niemandem verantworten.«

»Das sagen Sie in Ihrer jugendlichen Dynamik. Sie haben meinen Vater nicht gekannt. Hätte der nur eine Prise davon mitbekommen, wäre ich irgendwo in Südamerika gelandet. Gerade in jungen Jahren war das sehr schwer für mich.«

»Das waren andere Zeiten als heute. Mittlerweile bewegen Sie sich in einem Alter, in dem Ihnen die anderen scheißegal sein können. Wer soll Ihnen heute gegen den Karren fahren?«

Peterson nickte. »Ihre Argumente haben was für sich. Wenn Sie sich als schwuler Bulle nicht verstecken, könnte ich es Ihnen gleichtun. Ich denke drüber nach.« Er wies auf Hilpert. »Sollte der Herr Hauptkommissar Sie schlecht behandeln, kommen Sie zu uns. Ein Job wird sich für Sie finden.«

»Einfach so? Sie wissen ja gar nicht, wo meine Stärken liegen.«

Peterson nickte in Hilperts Richtung. »Ihr Chef ist mir Referenz genug.«

»Tatsächlich?«, reagierte diesmal Hilpert erstaunt.

»Man hat so seine Kontakte. Unter anderem war ein Freund von mir sehr angetan von Ihrer Art, Probleme zu lösen.«

Er verzichtete darauf, näher auf Peterson einzugehen. »Kommen wir auf unser Anliegen zu sprechen. Was sagt Ihnen der Name Maximilian Wagner?«

»Der kommt mir bekannt vor. Warten Sie, es liegt mir auf der Zunge. War das nicht ein Journalist?«

»Ja, er soll 2006 an einer großen Geschichte über Ihre Vereinigung gesessen haben.«

»Das ist mir ebenfalls zu Ohren gekommen.«

»Hatte Sie das nicht nervös gemacht?«

»Jetzt, wo Sie mich fragen, eher nicht. Er wäre in Beweisnöte geraten.«

»Wie hat Ihr vor wenigen Jahren verstorbener Mitfinanzier, Dr. Kessler, die Angelegenheit gesehen?«

»Dem war das ziemlich egal. Der hatte sich mit Mitte fünfzig aus dem Geschäft zurückgezogen und seine Anteile verkauft. Der musste auf nichts und niemanden mehr Rücksicht nehmen. Und schwul war er ebenfalls nicht.« Er schüttelte traurig den Kopf. »Was hat es ihm genutzt? Ich stehe mittendrin im Geschirr und es geht mir gut. Er musste sich verabschieden. Sein Herz hat nicht mehr mitgemacht.«

Hilpert begann zu insistieren: »Herr Peterson, kommen wir auf Ihre Mitstreiter zu sprechen. Wollen Sie uns wirklich glauben machen, dass Ihnen sonst keine Namen untergekommen sind?«

»Sie mögen es mir abnehmen oder nicht, es ist so. Die Verantwortlichen waren akribisch darauf bedacht, dass keinerlei Beziehungen untereinander stattfanden. Wurde einer aufgespürt, konnte er die Polizei zu niemandem aus der Unterstützerszene führen.«

»Das ist ja fast wie in einem Geheimbund.«

»Mag sein, ich muss dennoch zugeben, es war ganz in meinem Sinn.« Nachdenklich strich er sich übers Kinn. »Da fällt mir ein, in irgendeinem Zusammenhang war ein Name eines potenziellen

Beteiligten in die Diskussion geworfen worden, der mir leider entfallen ist. Ich weiß, wen ich fragen muss, um sicher zu sein.«

»Nun mal raus damit, wen müssen Sie fragen?«

Er winkte energisch ab. »Ich werde niemanden in die Geschichte ziehen, der mit unserer Vereinigung nichts zu tun hat. Ich komme auf Sie zu, sobald mir der Name einfällt.«

Hilpert vermeinte deutlich zu spüren, dass der Reeder die Unwahrheit sagte. Nur wie wollte er es ihm beweisen? Diesen dubiosen Unbekannten hatte er seiner Ansicht nach aus dem Hut gezaubert, um die Fragen abzuwürgen. Er sollte recht behalten. Als deutliches Zeichen dafür, dass für ihn das Gespräch beendet war, erhob sich Peterson. Den beiden Beamten blieb nichts anderes übrig, als es ihm gleichzutun. Ihnen waren eh die Fragen ausgegangen.

Peterson wandte sich an Albers. »Ich werde über Ihre Worte nachdenken. Etwas mehr Mut steht mir gut zu Gesicht. Sie können mir abnehmen, es ist nicht leicht, sich urplötzlich in der Öffentlichkeit zu zeigen, wenn man sich den größten Teil seines Lebens versteckt hat.«

Albers zuckte mit den Schultern. Petersons Schicksal interessierte ihn nicht wirklich. Die gleiche sexuelle Neigung zu verspüren, bedeutete beileibe nicht, dass einem der andere sympathisch war. Peterson war ihm ein viel zu aufgeblasener Pfeffersack mit zu wenig Traute.

Als sie im Wagen saßen, fragte Albers Hilpert, wie der alte Reeder zu all den Informationen über sie gekommen sein mochte.

»Der macht das wie wir. Er fragt Leute, die etwas über uns wissen könnten. Der hat Kontakte, die uns gut zupasskommen könnten. Da lässt er uns nicht ran. Wir dürfen nicht mitspielen und müssen das vorerst gelassen zur Kenntnis nehmen. Für dich ist es gut zu wissen, dass sich der alte Hamburger Geldadel um dich bemüht. Mag sein, dass er dich adoptiert. Oder du wirst wenigstens Prokurist in seinem Laden mit allen Insignien der Macht wie ein Einzelzimmer und einen Pkw-Stellplatz in der Tiefgarage.«

»Großartige Idee, wir sollten ihn des Öfteren aufsuchen. Unter Umständen schenkt er mir ein schönes Auto.«

»Sag Bescheid, wenn es dich danach gelüstet. Du weißt, ich

stehe immer auf deiner Seite. Besser, du suchst ihn allein auf. Du kannst ihm ja dieselben Fragen stellen. Vielleicht kommt er mit der Wahrheit über.«

»Traumtänzer.«

»Leider hast du recht. Der musste ein Leben lang lügen und hat das allem Anschein nach nicht verlernt.«

Das Thema war schnell abgefrühstückt und sie kehrten ohne großen Erfolg zu ihren Morden zurück. In der Nähe des Dammtorbahnhofs setzte er Albers ab, der in der Stadt einen privaten Termin wahrnehmen wollte. Hilpert verkniff sich jegliche Bemerkung oder Frage. So bemüht, als tolerant zu gelten, war er lange nicht mehr gewesen. Sie steckten alle bis zum Hals in ihren Vorurteilen und konnten sich nur zögerlich aus diesem Sumpf befreien. Er nahm sich vor, daran zu arbeiten.

Auf der Heimfahrt kam ihm Laura in den Sinn. Was wäre aus ihnen geworden, hätte sich nicht ihre psychische Erkrankung in ihre Beziehung gedrängt? Er meinte gelesen zu haben, dass es durchaus Heilungschancen dafür gäbe. Doch latent litt sie seit 2006 darunter. Jetzt war alles machtvoll zum Ausbruch gekommen. Mit dem Wissen um Wagners Tod war ihr jegliche Hoffnung auf diesen Mann genommen worden. Dabei konnte sie von Glück sagen, dass sie materiell in der Lage war, sich bei einer der Koryphäen im Lande behandeln zu lassen, in einem feudalen Umfeld, in dem es an nichts zu mangeln schien. Selbst bei einer vollständigen Genesung war ihm klar, dass es für sie keine gemeinsame Zukunft gäbe. Er hatte keine Lust, Ersatzmann zu spielen, selbst wenn der andere nie mehr in Erscheinung treten konnte. Er stände als virtueller Gast ständig zwischen ihnen. Gelassen bog er auf das heimische Grundstück ein. Zu Hause war alles ruhig. Sein Schwiegervater war auf Reisen. Seine Eltern schliefen bereits. Ihre Enkelin würde sie früh am Morgen aufs Neue beschäftigen. Er lächelte ins Bett seines Kindes hinein und beschloss, ebenfalls zeitig schlafen zu gehen.

18

Obwohl er sich um die Belange der Firma nicht mehr kümmerte, kam Hilpert die Woche darauf nicht drum herum, Wellner bei einem Empfang der Handelskammer zu vertreten. Sein Schwiegervater wurde erst zum Ende der Woche von einer Geschäftsreise zurückerwartet. Er hatte wenig übrig für solche Veranstaltungen. Er kannte kaum Leute. Die Themen, die erörtert wurden, interessierten ihn eher am Rande. Und er war nicht dafür gemacht, sich die Reden anderer anhören zu müssen. Er hatte es seinem Schwiegervater versprochen und würde zu seinem Wort stehen. Wenigstens war das Essen in den altehrwürdigen Räumen hinter dem Rathaus durchaus genießbar, die Weine hervorragend. So gesehen war der Abend für ihn erträglich. Er war gedanklich im Gehen, als sich ihm Grothes Frau in den Weg stellte.

»Sie scheinen multifunktional einsetzbar zu sein, Herr Hauptkommissar«, begrüßte sie ihn. Sie trug ein dunkles Midikleid mit kleinem Ausschnitt. Obwohl sie ein paar Pfunde zu viel mit sich herumschleppte, konnte man sich ihrer sinnlichen Ausstrahlung nicht entziehen, vielleicht gerade deshalb.

»Was haben Sie meinem Vater eingeredet!«, fuhr sie fort. »Er soll sich outen?!«

»Da haben Sie den Falschen am Wickel«, versuchte er sich zu erklaren. »Richtig genommen war das mehr der Vorschlag meines Kollegen.«

»Sie müssen sich nicht rechtfertigen. Ich finde die Idee gut. Da bekommt er auf seine alten Tage Ruhe ins Privatleben und muss nicht jeden Tag befürchten, von jemandem angeprangert zu werden.«

»Richtig, ein Mann in seinem Alter braucht sich nach einem erfolgreichen Leben als Unternehmer nicht zu verstecken.«

»So ganz ist er nicht davon überzeugt. Er arbeitet daran.«

Interessiert blickte er sie an. »Selbst wenn dies nicht der geeignete Ort ist, darüber zu reden. Seit wann sind Ihnen die Vorlieben Ihres Vaters bekannt?«

»Das ist lange her. Ich weiß davon seit meinem siebzehnten Lebensjahr. Ich bin durch einen Klassenkameraden darauf gekommen. Vorher kam mir einiges nicht koscher vor. Nur, wer denkt gleich daran?«

»Und wie sind Sie damit umgegangen?«

»Was erwarten Sie von mir, dass ich heulend zusammengebrochen bin und die Schule vernachlässigt habe? Nein, ich habe es hingenommen, wie einen eingerissenen Fingernagel. Davon abgesehen ist er der beste Vater gewesen, den ich mir vorstellen konnte. Er hat mich zu nichts gezwungen, hat mir meine Wünsche von den Augen abgelesen. Als ich in der Firma anfing, erhielt ich von ihm alle Freiräume, die ich wollte, um mich zu bewähren. Ich liebte ihn vor dem Outing und danach.«

»Wusste er, dass Ihnen sein kleines Geheimnis bekannt war?«

»Das habe ich ihm einige Jahre später gebeichtet. Er war glücklich, als er begriff, dass ich keine Probleme mit seiner Homosexualität hatte. Es hat unsere Beziehung nur vertieft.«

»Er sagte aus, Sie bezahlen für das Haus in der Karlstraße Miete?«

»Das ist richtig und falsch zugleich. Er zwackt uns das Geld ab, um es mir zurückzugeben.«

»Hat er Angst, Ihr Mann könnte davon profitieren?«

»Das tut er eh. Ohne unsere Mandanten dürfte er bis zum heutigen Tag bei Siebert die dritte Geige spielen. An Laura wäre er nie vorbeigekommen. Die ist zu gut. Von einem Haus wie unserem könnte er allenfalls träumen.«

»Das klingt nicht sonderlich positiv, wie Sie über Ihren Mann reden.«

»Was soll's, wir haben uns auseinandergelebt.«

»Ihr Mann macht trotzdem auf eifersüchtig.«

»So tut er das? Soll er. Das wird ihm nicht helfen. Ich denke darüber nach, mich von ihm zu trennen.«

»Was steht dem im Wege?«

»Seine politischen Pläne. Eine Scheidung wäre kontraproduktiv, jetzt so kurz vor den Wahlen.«

»Sie handeln ja fast so wie der ehemalige französische Präsident, oder besser: wie seine Exfrau.«

»Ich liebe meinen Mann nicht mehr. Deshalb muss ich ihn nicht hassen. Ich hatte in unserer Ehe nichts zu erdulden. Das Feuer ist weg. Es ist langweilig geworden.« Sie hakte sich bei ihm ein.

»Wie sieht es bei Ihnen aus. Wie man hört, sind Sie Witwer. Und Ihr Techtelmechtel mit Sieberts Nichte hat ja nicht gerade erfreulich geendet.«

»Sie wissen, dass sie in einer Klinik untergebracht wurde?«

»Soviel ich gehört habe, ist sie in guten Händen.«

»Das wollen wir hoffen. Wenigstens ist das 'ne furchtbare Geschichte.«

»Daran ist nichts zu ändern. Wir leben jetzt. Keiner kann vorhersehen, was morgen ist.« Provokant drückte sie sich an ihn. »Selbst Sie dürften inzwischen bemerkt haben, dass Sie mir gefallen. Ich hätte nichts dagegen, mit Ihnen den Abend irgendwo anders als hier zu beenden.«

Vergeblich versuchte er ein wenig auf Distanz zu ihr zu gehen. Sie hielt sich an ihm fest wie eine Klette. Er hätte lügen müssen, wollte er behaupten, es nicht zu genießen. Trotzdem bewegten sie sich nicht in einer Bar mit schummrigem Licht, sondern in der Öffentlichkeit. Und sie war verheiratet, egal, wie es um ihre Ehe stand. Energisch löste er ihren Arm.

»Ich finde, es gibt hier ein bisschen viel Publikum.«

»Wo ist das Problem? Nehmen wir einen Standortwechsel vor.«

»Sie vergessen, dass ich Polizist bin. Ihr Mann, unter Umständen Ihr Vater, gehören zumindest zu dem erweiterten Kreis der Verdächtigen. Da ist es allemal besser, ich halte mich zurück. Alles andere macht auf Dauer Ärger. Da hab ich keinen Bock drauf.«

»Wie mir scheint, sind Sie ein Moralist. Glauben Sie mir, Ihnen entgeht was. Rufen Sie mich an, sollten Sie es sich anders überlegen. Meine Nummer haben Sie ja.«

»Ich werde daran denken. Wo wir gerade so vertraut hier herumstehen, sagt Ihnen der Name Wagner etwas?«

»Meinen Sie den Journalisten?«

Er nickte.

»Ich kannte ihn flüchtig durch meinen Vater. Er hatte mal die Absicht, ihn zu interviewen. Ist nichts draus geworden.«

»Wann war das?«

»Ende 2005, ein halbes Jahr vor der Fußballweltmeisterschaft.«

»Interessant, dass Sie das nach so vielen Jahren abrufbereit im Kopf haben.«

»Nun, erstens gefiel mir der Mann, obwohl er mir eher zu alt war, zweitens bin ich Fußballfan.«

»Das erklärt einiges. Und haben Sie sich danach nochmals gesehen?«

»Nein, nachdem mein Vater abgelehnt hatte, orientierte er sich anscheinend neu.«

»Ihnen ist bekannt, dass er einige Monate später verschwunden ist?«

»Natürlich. Das geisterte schließlich durch alle Gazetten.«

»Wir haben ihn vor Kurzem gefunden, er wurde ermordet.«

Automatisch hielt sie sich die Hand vor den Mund, bevor sie reagierte. »Das ist ja furchtbar. Und gibt es einen Verdacht, wer der Mörder sein könnte?«

»Momentan stochern wir in Teilen der damaligen rechten Szene herum.«

»Sie meinen die RLU?«

»Sie kennen sich aus damit?«

»Auskennen wäre zu viel, mein Ehemann war zeitweise tief darin verstrickt.«

»Nicht nur er.«

»Ich weiß, mein Vater ebenso.«

»Er hat darüber mit Ihnen gesprochen?«

»Er hat mich zu Beginn meiner Tätigkeit eingehend in die Belange der Firma eingearbeitet. Da sind mir gewisse Überweisungen nicht verborgen geblieben.«

»Wie standen Sie dazu?«

»Sollte ich ihm vorschreiben, wie er mit seinem Geld umzugehen hatte? Außerdem waren die Beträge in den Jahren zu unbedeutend gewesen, als dass sie mich interessiert hätten. Und ich bin nicht gerade links orientiert.«

Ein Kellner kam vorbei und bot ihnen ein Glas Wein an. Sie nickten beide dazu.

»Und wie stehen Sie zu den Zielen dieser Vereinigung?«

»Ich habe deren Gehabe für Spinnerei gehalten. Sie sollten mal den Mist lesen, den mein Mann verzapft hat. Das ist ein furchtbares Geseire.« Sie schüttelte den Kopf. »Dass es Leute gibt, die darauf abgefahren sind, unglaublich.«

»Haben Sie versucht zu intervenieren?«

»Sie sollten meinen Vater mittlerweile kennengelernt haben. Glauben Sie, der lässt sich von mir eine andere politische Gesinnung aufpfropfen? Der ist kernig genug, seine eigenen Fehler zu machen.«

»Wie sind Sie an Grothe geraten? Schau ich Sie beide an, passen Sie nicht zusammen.«

»Gute Frage. Das ist mir inzwischen ebenfalls klar. Hat nur ein wenig gedauert.«

»Ein wenig ist gut. Rechne ich eins und eins zusammen, komme ich auf bald acht Jahre.«

»Wie die Zeit dahinfliegt. Er hatte mir imponiert in dieser Gruppe der Wilden. Wie er es schaffte, sich dort durchzusetzen. Es beeindruckte mich ebenso, wie er sich daraus löste. Heute ist er ein angepasster Politiker und kämpft um einen Posten in der Partei, der ihn kaum voranbringen wird, und erklärt jedem, der es hören will, dass er voll auf der Seite des Grundgesetzes stehe. Er ist ein Langweiler geworden, ein Parteisoldat. Da war mir der rechte Spinner lieber.«

»Warum habt ihr keine Kinder?«

»Ich wollte keine von ihm«, erwiderte sie klar und deutlich. »Zuerst fühlte ich mich nicht reif genug dafür. Anschließend wurde mir klar, dass er nicht der geeignete Partner dafür ist.«

Hilpert nahm sich vor, erst einmal mit der Fragerei aufzuhören. Er stieß langsam in Gefilde vor, die ihn absolut nichts angingen. Nicht dass sie unliebsame Mithörer bekamen. Ein cleverer Journalist an der passenden Stelle, schon konnten sie ihre Unterhaltung in der Zeitung nachlesen. Die Frau gefiel ihm von Minute zu Minute besser. Vielleicht hätte er auf ihre Avancen eingehen sollen. Zuweilen war er päpstlicher als der Papst. Sie stellte ihr leeres Glas auf einem Beistelltisch ab und schaute sich nach einem Kellner um. Er ließ sich gerne von ihr zu einem neuen Getränk überreden. Sie war umgänglich, attraktiv und redselig. Er erfuhr von ihr an diesem Abend mehr, als er sich erhofft hätte. Außerdem musste er nicht zurückfahren. Eine gute Stunde später waren sie nicht betrunken, eher in aufgeräumter Stimmung. Sie streiften durch die heiligen Räume, führten das eine oder andere kurzweilige Gespräch mit dem einen oder anderen Gast. Gemeinsam verließen sie die Veranstaltung und saßen wenig später im selben Taxi. Sie gab dem Fahrer die Adresse ihrer Firma auf. Ihm sollte es recht sein. Dort bat sie Hilpert, sie nach oben zu begleiten, weil sie eine Unterlage vergessen habe. Den Fahrer schickte sie weg. Im nüchternen Zustand hätte der Hauptkommissar den Braten gerochen. Wäre er standhaft geblieben? Eher nicht. Zu sehr erinnerte ihn die Frau an seine ehemalige Geliebte Alexandra. Im Gegensatz zu ihrem Vater besaß sie ein stattliches Zimmer mit einer prächtigen Ledercouch, auf der man nicht nur mit Kunden sitzen konnte. Sie beförderte aus einem kleinen Eisschrank einen gut gekühlten Weißwein und bat ihn, die Flasche zu öffnen und zwei Gläser zu füllen. Ganz Gentleman kam er der Bitte nach. Sie trank einen kleinen Schluck und nahm ihm sein Glas aus der Hand.

»Jetzt bist du in meiner Höhle. Hier gelten meine Regeln.«

Sie rückte dicht an ihn heran und fuhr mit einer Hand durch sein dickes Haar. Ihm gefiel, was sie tat. Fast automatisch bekam er ihren Busen zu fassen. Als sie sich küssten, war er bereits dabei, den Reißverschluss ihres Kleides zu öffnen. Andrea beschäftigte sich mit seinem Hosenbund. Alle guten Vorsätze waren verschwunden. Sie hatte nicht zu viel versprochen, als sie zueinanderkamen. Er traf auf eine Frau, die sich nicht mit einem Mal zufriedengab. Nach fünf Uhr gingen sie auseinander. Mit getrennten Taxis fuhr sie in die Karlstraße, er nach Blankenese. Diese Nacht hatte ihn aufgewühlt. Würden sie sich wiedertreffen? Oder musste er das nächste Meeting in der Handelskammer abwarten? Diese Frage erübrigte sich. In einer kurzen SMS drohte sie ihm freundlich, doch bestimmt, an, diesen Abend, besser diese Nacht, zügig wiederholen zu wollen. Selbstbewusst antwortete er ihr, dafür jederzeit zur Verfügung zu stehen. Er konnte nur hoffen, dass ihr Mann keinen Zugang zu ihrem Handy hatte. Mit eifersüchtigen Zeugen tat man sich schwer.

Dieses Wochenende hatte er frei. Die Dienstreise seines Schwiegervaters verlängerte sich um mehrere Tage. In ihm keimte zunehmend der Verdacht auf, er habe eine neue Liebe gefunden.

Sollte er. Er war jung genug, sich in ein Abenteuer zu stürzen, vor allem war er ungebunden. Griff er daneben, weil es jemand auf sein Geld abgesehen hatte, war er allemal clever genug, die Summe seiner Fehler nicht zu groß werden zu lassen. Fand er die Richtige, konnte er seinem Leben eine neue Richtung geben. Hilperts Eltern hatten sich seine Tochter geschnappt und waren mit ihr an die Ostseeküste zu Freunden gefahren. Sollten sie ruhig mit ihrem Enkelkind angeben.

Die anfängliche Freude über das freie Wochenende verkehrte sich schnell in einen langweiligen Tag. Es gab nichts zu tun, niemand rief nach ihm. Er war Untätigkeit nicht gewöhnt. Er musste sich unbedingt ein Hobby anlachen. Kurzfristig fiel ihm nichts ein. Grinsend spielte er um die Mittagszeit mit seinem Handy, hin und her gerissen, ob er Andrea Grothe eine SMS schicken sollte. Schließlich entschied er sich dagegen. Egal, wie sie zu ihrem Mann stand, sie war eine verheiratete Frau, die man nicht mal so eben zu einem vergnüglichen Wochenende einlud. Es blieb ihm nichts anderes übrig, als sich zu entspannen. Das Wetter eignete sich, um sich auf die Terrasse zu legen. Im Schatten gönnte er sich einen Mittagsschlaf. Er musste lange nachdenken, bis ihm einfiel, wann er sich zuletzt mittags hingelegt hatte. Gegen Abend entschied er sich für einen anständigen Langstreckenlauf. Er begriff, selbst mit Freizeit wollte vernünftig umgegangen sein. Nichtstun hatte ebenfalls seine Tücken. Beim nächsten Mal wusste er besser Bescheid. Am frühen Abend trafen seine Eltern mit seiner Tochter ein. Die Kleine machte einen ausgelaugten, müden Eindruck auf ihn. Oma und Opa hatten sie offensichtlich am Strand gefordert. Zufrieden schlief sie auf seinem Arm nach einem kargen Abendessen ein. Garantiert würde sich ihr Magen irgendwann nach Mitternacht melden. War man darauf eingerichtet, stellte es kein größeres Problem dar. Er sollte irren, Maria schlief bis zum nächsten Morgen friedlich durch. Was frische Luft nicht so alles bewirken konnte. Er tat es ihr nach.

19

Die Woche begann ruhig. Hilpert fühlte sich ausgeruht und tatkräftig wie lange nicht mehr. Nachdem Wagners Tod publik gemacht worden war, versuchten diverse Medienvertreter, ihn zu erreichen und auszuquetschen. Mit Frank führte er ein längeres Gespräch, ohne dass sie einander zu helfen vermochten. Der eine gab vor, keine Interna aus der schreibenden Zunft zu besitzen. Der andere verweigerte den Blick in die Ermittlungsakten. Es war zu früh für gegenseitige Deals.

Hilpert trommelte nervös mit den Fingern auf seiner Schreibtischplatte, ein untrügliches Zeichen dafür, dass er mit der Entwicklung unzufrieden war. Eher gelangweilt blätterte er anschließend die letzten Unterlagen durch, die er selbst erstellt hatte. Dabei stieß er auf die ehemalige Freundin von Paulsen. Ihr seltsames Verhalten kam ihm in den Sinn. Glücklicherweise hatte er ihre Handynummer notiert. Kurz entschlossen rief er an. Nach längerem Läuten nahm Hildegard Dunkel ab. Er redete nicht um den heißen Pudding, sondern sprach sie direkt auf ihr unverständliches Verhalten an.

»Es geht um unsere Tochter Rebecca«, antwortete sie mit belegter Stimme. »Sie hat ein Loch in einer ihrer Herzkammern. Es muss schnellstens operiert werden. Nach dem jetzigen Stand meiner Bemühungen gibt es eine Herzklinik in London, die darauf spezialisiert ist.«

»In Deutschland kann solch eine Operation nicht durchgeführt werden?«

»Selbstredend, nur der nächste Termin, der mir gegeben wurde, ist in etwa eineinhalb Jahren. Ich weiß nicht, ob sie das erleben würde.«

»Wo ist das Problem mit London?«

»Es gibt gut 50.000 Probleme. So viel müsste ich zahlen. Knut war meine letzte Rettung. Er wollte das Geld besorgen. Das hatte er mir versprochen.«

»Hat er Ihnen gesagt, wie?«

»Nein, dazu hielt er sich bedeckt. Eine Woche vor seinem Tod überwies er mir 1.500 Euro. Das reicht natürlich hinten und vorne nicht.«

»Sind Sie jetzt in Dresden?«

»Nein, ich bin für ein paar Tage bei einer Freundin in Altona untergekommen.«

»Wie alt ist Ihre Tochter?«

»Dreizehn.«

Er schluckte, bevor er antwortete: »Ich will sehen, was sich machen lässt. Ich prüfe alles im Umfeld von Paulsen. Vielleicht finden wir unter irgendeinem Stein einen verborgenen Schatz.«

»Danke für Ihre Bemühungen.«

Nachdenklich starrte er das Telefon an. Was wollte er prüfen? Egal wie viele Steine er umdrehte, er würde keinen Cent finden. Dafür glaubte er das Motiv für die Ermordung des kräftigen Mannes gefunden zu haben. Er benötigte Geld für die Operation, für seine Verhältnisse viel Geld. Sicher war er verzweifelt und hatte versucht, sein Insiderwissen in bare Münze umzusetzen. Bat er jemanden um einen Gefallen oder versuchte er jemanden kalt zu erpressen? Kostete das sein Leben und bedeutete es möglicherweise ebenso den Tod seiner Tochter. Es schüttelte Hilpert, wenn er an sein eigenes Kind dachte.

In ihm brodelte es. Er rief Albers zu sich und zog sein Jackett über. »Komm, wir wollen uns die Wohnung von Paulsen ansehen. Besorg bitte die Schlüssel.«

»Was suchen wir dort?«

»Genaues kann ich dir nicht sagen. Es hat irgendwie mit Geld zu tun.«

»Was frag ich dich!«

In der Wohnung des Toten schauten sie sich akribisch um. In einem Stapel mit den unterschiedlichsten Unterlagen entdeckte Albers die Durchschrift einer Geldanweisung. Sie war in einem Haufen Werbeunterlagen unentdeckt geblieben.

Er pfiff leise. »Immerhin 1.500 Euro für eine Hildegard Dunkel.«

»Das ist die Mutter seiner Tochter«, erläuterte ihm Hilpert. »Sie hat mir davon erzählt. Sie benötigt Geld für ihre Tochter, die einen schweren Herzfehler hat.«

»Jetzt, wo du es sagst, erinnere ich mich an den Namen. Er ist in der Ermittlungsakte aufgeführt.«

»Nimm die Unterlage mit. Wäre interessant zu wissen, von wem er die Kohle bekommen hat. Paulsen war nicht in der Verfassung, am Hafen Schichten zu schieben.«

Albers nickte zustimmend. »Sieht fast wie 'ne Anzahlung aus.«

Hilpert kratzte sich am Kopf. »Grothe hatte erklärt, ihm gelegentlich Geld zugesteckt zu haben. Dabei ging es nach seiner Aussage um kleinere Beträge. Vor allem behauptet er, nicht regelmäßig gezahlt zu haben.«

»Er hat entweder gelogen oder es gibt einen anderen edlen Spender.«

»Genau, und dem wurde es zu viel, als plötzlich die dicken Forderungen kamen. Vielleicht ist Paulsen rabiat geworden. Da hat der zu anderen Mittel gegriffen. Das Ergebnis kennen wir. Wer mag das gewesen sein?«

»Kennen wir ihn, kennen wir unseren Mörder«, stellte Albers sachlich fest.

»Wer will dem widersprechen? Fehlen nur Name und Anschrift.«

Albers lachte auf. »Du immer mit deinen unbedeutenden Details.«

Gedankenversunken saß Hilpert auf der Rückfahrt neben dem Kollegen. Ihm kam die verzweifelte Mutter in den Sinn, die sich um die Gesundheit ihres Kindes sorgte. Er war zwar mittlerweile mehr als wohlhabend, das Leid dieser Welt vermochte er trotzdem nicht zu beseitigen. In diesem speziellen Fall allerdings konnte und wollte er helfen.

Im Büro griff er nach seinem Handy und rief Hildegard Dunkel an.

»Sie sagten, Sie halten sich in Hamburg auf?«

»Ja, ich wollte morgen zurück nach Dresden.«

»Wann geht Ihr Zug?«

»Das ist egal, ich kann nachmittags fahren, falls Sie etwas von mir wollen.«

»Gut besorgen Sie mir das Angebot der Klinik in London. Ich übernehme die Kosten für Rebecca.«

Sie war kaum in der Lage zu sprechen. Schluchzend erwiderte sie: »Ich kann es Ihnen zumailen.«

»Gut, ich stelle Ihnen 55.000 Euro zur Verfügung.«

»So viel brauche ich nicht.«

»London ist teuer, wenn Sie bei Ihrer Tochter sein wollen, müssen Sie ordentlich blechen.«

»Ich kann Ihnen das Geld nie in meinem Leben zurückzahlen.«

»Wer spricht von Rückzahlung. Hier geht es um die Herzoperation Ihrer Tochter. Ich will das Geld nicht zurück. Kommen Sie morgen bei mir im Präsidium vorbei. Dort regeln wir alles.«

Er fühlte sich gut. Vor längerer Zeit hatte ihm Pristic, zugleich Freund und Krimineller, weit mehr als eine halbe Million Euro zukommen lassen. Er hatte sich damals entschieden, davon nichts für sich zu verwenden. Nun konnte schlechtes Geld Gutes bewirken.

An diesem Abend sollte es ihm schwerfallen, seine Tochter aus den Händen zu geben. Petra hatte ihnen ein gesundes Kind zurückgelassen, was für ein Geschenk!

Am darauffolgenden Vormittag erschien Stange bei Hilpert im Büro. »Mittlerweile ist das Schließfach des toten Journalisten geöffnet worden. Von einigen Wertpapieren und Andenken abgesehen, beinhaltete es nichts Interessantes. Die entfernten Verwandten haben uns auf unsere Bitte hin seine persönlichen Unterlagen zugesandt, die in der Redaktion gelegen hatten. Bis auf die Fragmente eines Artikels über die Reichen dieser Stadt war darunter nichts Aufregendes. Ich schätze, das ist 'ne Liste der Leute, bei denen er angefragt hat.«

Hilpert spitzte die Ohren. »Liegen die Sachen schon bei uns?«

»Klar. Meinst du, ich habe sie weggeschmissen? Glaub mir, weltbewegend ist das Geschreibsel nicht.«

»Besorg es mir bitte, ich möchte mir den Text anschauen.«

»Gerne, großer Meister.« Mit diesen Worten übergab er ihm mehrere DIN-A4-Seiten. Man musste kein Wahrsager sein, um zu prognostizieren, dass Hilpert dort einen Blick reinwerfen wollte. Dieser überflog den Inhalt und lachte hellauf. »Das ist mehr, als ich zu hoffen gewagt hätte.«

Stange blickte konsterniert zu ihm herüber. »Hat dir jemand was in den Kaffee getan?«

»Blödsinn. Die Texte sind geradezu banal und passen eigentlich nicht zu Wagner. Die Namensliste der geplanten Interviewpartner ist dagegen außerordentlich interessant.«

»Wie das?«

»Überleg selbst: Wenn du mit den Reichen der Stadt reden willst, auf wen könnte man da kommen?«

Stange zählte ein paar Namen auf, die ihm einfielen. Alles Persönlichkeiten, über deren Reichtum es keine zwei Meinungen gab, weil sie in den Listen über die Reichen der Stadt oder des Landes ständig genannt wurden.

»Gut gemacht, mein Freund. Nächste Frage: Wie viele dieser Namen hast du auf Wagners Liste gefunden?«

Gespannt überprüfte Stange das Blatt. »Du hast recht, nicht einen.«

»Siehst du, diese Artikelserie musste somit eine andere Funktion haben.«

»Nämlich?«

»Ich behaupte, der clevere Journalist wollte auf diesem Weg Leute ködern, die die rechte Szene materiell unterstützten.«

Stange nickte. »Ich verstehe.« Er las leise mehrere Namen vor, die auf der Liste standen. »Peterson und Rössler und dort Dr. Kessler. Die Gesinnung dieser Herrschaften haben wir eindeutig identifiziert. Was ist mit den anderen Namen?«

»Keine Ahnung«, antwortete Hilpert. Da müssen wir uns schlaumachen. Die nehme ich mir heute vor. Bin mal gespannt, wie weit ich damit komme.«

»Im Übrigen, was macht unser Kriminaloberrat? Von dem habe ich lange nichts gehört.«

Hilpert grinste ihn an. »Ich schätze mal, der hockt in der Schmollecke. Dem Vernehmen nach hat der Polizeipräsident ihm ordentlich einen eingeschenkt. Beim Besuch des Senators muss er ihm gehörig auf den Keks gegangen sein.«

»Danken wir Linsmann für seine eigene Eselei«, entgegnete Stange mit gerunzelter Stirn. »Wir dürfen trotzdem nicht vergessen, dass der Mann nach wie vor dick und fett in Webers Zimmer auf dessen Stuhl sitzt. In dem ist noch richtig Leben. Der atmet einmal kräftig durch, beruhigt seinen Puls und macht weiter wie gehabt.«

»Du hast recht. Wir müssen auf Aktionen von ihm vorbereitet sein.«

»Mensch, Fabian, wir reden, als handelte es sich bei Linsmann um einen Kriminellen, der uns ans Leder will.«

»Glaub mir, der Mann kann uns mehr Schwierigkeiten machen als irgendeine Kiezgröße. Er ist eitel und inkompetent und sitzt in der Schaltzentrale des Präsidiums. Diese Kombination ist kaum zu überbieten. Der wird jede Möglichkeit nutzen, um uns zu zeigen, wo der Hammer hängt. Vor allem, weil er davon überzeugt ist, das Richtige zu wollen.«

Besorgt sah ihn Stange an. »Nicht dass du wieder in den Sack haust!«

»Keine Angst. Ich habe dazugelernt. So schnell vergrault mich niemand, mein lieber Freund.«

»Da bin ich beruhigt. Mit diesem Wichser werden wir allemal fertig.«

Hilpert blieb skeptisch. »Unterschätz Linsmann nicht. Der ist unerbittlich in seinem Sendungsbewusstsein.«

Kurz vor Mittag erschien Hildegard Dunkel in Hilperts Büro. Vor ihm stand eine verhärmte, biedere Frau, um die vierzig, die in ihrem Leben garantiert mehr Schatten- als Sonnenseiten erlebt hatte. Als junge Frau musste sie recht attraktiv gewesen sein, der Typ, bei dem es sich lohnte, zweimal hinzuschauen, der dann gefiel. Ihr Leben war Kampf gewesen. Sie zog aus ihrem Rucksack das Bild eines etwa zwölfjährigen Mädchens heraus. Sie war deutlich stämmiger als viele Mädchen in ihrem Alter, die anderen Schönheitsidealen nachhingen. Bedingt durch ihre Krankheit durfte sie sich nicht zu viel bewegen.

»Rebecca ist mein ganzes Glück«, erläuterte sie ihm. »Sie gehört zu den Besten in der Klasse. Dabei hatte ich lange gezögert, ob ich sie auf Gymnasium schicke. In der Nachbetrachtung war das eine unserer besseren Entscheidungen. Anfangs wurde sie wegen ihrer Körperfülle gehänselt, bis ihr Klassenlehrer erklärte, wie es um sie steht. Seitdem geht es ihr dort gut.«

An seinem PC öffnete er ihre Mail mit dem Angebot der Klinik. Tatsächlich wurde eine Operation dringend empfohlen. Wie es sich für ein ordentliches Krankenhaus gehörte, wurde selbstverständlich Vorkasse erbeten.

»Ich regel das heute mit der Klinik«, versprach er ihr. »Eine Mitarbeiterin von mir wird für Sie in der Nähe ein Zimmer buchen. Um die Kosten machen Sie sich keine Gedanken. Gleiches gilt für die Flugkarten. Sie wird sich mit Ihnen in Verbindung setzen.« Er reichte ihr einen Briefumschlag. »Darin sind 5.000 Euro für den Aufenthalt in London. Die sollten fürs Erste reichen. Informieren Sie mich, wenn die Operation gelaufen ist. Das gilt insbesondere, sollten zusätzliche Kosten auf Sie zukommen.«

Mit zitternden Händen stand die Frau vor ihm und war nicht in der Lage, einen Ton von sich zu geben. Hilpert ging um den Schreibtisch herum und nahm sie in den Arm. »Ich wünsche Ihnen beiden alles Glück dieser Welt.«

Bis auf ein ungläubiges Staunen und einem gestammelten »Danke«, blieb sie stumm. Er geleitete sie zu einem Stuhl. Sie setzte sich vorsichtig hin, hielt ihre Hände vors Gesicht und begann zu weinen. Er setzte sich zu ihr und streichelte ihre Wange.

»Alles wird gut.«

Zehn Minuten später hatte sie sich beruhigt. Die Freude hatte sie ergriffen und sie bedankte sich bei ihm. Er geleitete sie hinaus. Anschließend rief er seine ehemalige Sekretärin in Wellners Unternehmen an. Ohne große Diskussion erklärte sie sich bereit, alle Vorbereitungen für Hildegard Dunkel in London zu treffen.

Kurz darauf erschien Stange bei ihm. »Was hast du mit der Frau gemacht, die aus deinem Zimmer gekommen ist? Die strahlte, als habe sie das Paradies gesehen.«

»Hoffen wir, dass deine Annahme zutrifft. Ich habe ihr nur helfen können, die Tür dorthin aufzustoßen. Warten wir es ab, ob man sie reinlässt. Was kann ich für dich tun?«

»Es gibt neue Informationen zum Mordfall Wagner. Als Erstes: Es ist zweimal geschossen worden. Das zweite Geschoss steckte ein Stück neben dem Fenster. Das ist anfangs übersehen worden, weil Paulsen es überputzt hatte, als er die zweite Wand zog.«

»Es handelte sich um dieselbe Waffe?«, fragte Hilpert nach.

»Eindeutig.«

»Hm, entweder saß der erste Schuss nicht oder dem Journalisten sollte Angst eingejagt werden und es wurde bewusst danebengeschossen.«

»Die KTU hat sich selbst übertroffen. Auf einem der Baseballschläger wurde ein vorzüglicher Fingerabdruck gefunden. Er gehört zu Below, einem der freundlichen Menschen aus dieser RLU-Gruppe.«

»Ist der nicht Hausmeister an einer Schule?«

»Genau, der ist nach wie vor verschwunden.«

»Was sagt sein Arbeitgeber?«

»Der vermisst ihn ebenso wie wir. Sie sind mit seiner Arbeit anscheinend sehr zufrieden gewesen. Bei dem haben sich die Schüler keine kesse Lippe erlaubt. Der hat einmal seinen Bizeps angespannt und die haben gekuscht.«

»Die Fahndung läuft?«

Stange winkte ab. »Klar, leider noch ohne Erfolg.«

»Wenigstens kommt Bewegung in den Fall.«

Hilpert zog die Mappe aus seinem Schreibtisch, in der er die Unternehmerliste des ermordeten Journalisten verwahrte. Er schaute kurz darauf und rief nach Albers.

»Kümmer dich bitte um diese Namen. Es befinden sich eine Reihe rechter Gesinnungsleute darunter. Ich möchte wissen, wo die, die uns bislang nicht untergekommen sind, politisch einzuordnen sind. Ich meine ein, zwei Namen von Leuten entdeckt zu haben, die eher als links, beziehungsweise liberal gelten. Mag sein, dass wir zusätzliche Geldgeber für die Neonazis finden.«

»Wie viel Zeit gibst du mir?«

»Ich dachte, du seist bereits fertig damit.«

»Und ich befürchtete, es sei eilig.«

»Hier ist die Aufstellung. Lass dich nicht aufhalten.«

Albers hatte mittlerweile gelernt, wie ungeduldig sein Chef war. Widerspruchslos nahm er es hin wie die fallenden Blätter im Herbst. Ansonsten konnte er sich über Hilpert nicht beschweren. Dieser wandte seine Aufmerksamkeit Stange zu.

»Zeig mir bitte alle Unterlagen, die bei den Verwandten geblieben sind. Mal sehen, ob sich nicht irgendetwas anfindet, dem man auf den ersten Blick keine Beachtung geschenkt hat. Als sie die Sachen übernahmen, haben die bestimmt nicht an Mord gedacht.«

Er sollte enttäuscht werden. Was sich ansonsten anfand, war tatsächlich bedeutungslos. Fluchend vermisste er den Laptop des Toten oder Speichermedien, die wahrscheinlich von den Tätern mitgenommen worden waren.

Tatsächlich war Albers in knapp zwei Stunden mit allem durch. Zufrieden grinsend setzte er sich Hilpert gegenüber und erläuterte seine Ergebnisse. »Es fanden sich elf Namen auf der Liste. Von drei Leuten wissen wir gesichert, dass sie enge Kontakte in die rechte Szene haben. Die Namen sind uns geläufig. Bleiben acht übrig. Zwei davon kann man als potenziell verdächtig bezeichnen. Die sind nur inzwischen in einem Alter, in dem sie nichts mehr auf die Beine stellen. Einer ist verstorben. Die restlichen Leute sind auf die Schnelle politisch nicht eindeutig festzulegen. Da müssen wir weiterbohren.«

Hilpert hörte angeregt zu. Auf der Liste strich er die Namen derer, die für sie nicht infrage kamen. »Bleiben vier übrig. Ich vermute, Wagner hat die Namen Betroffener mit denen Unbeteiligter vermischt, um keinen Verdacht bei seinen Anfragen aufkommen zu lassen. Genutzt hat es ihm wenig«, stellte er lapidar fest. »Nehmen wir uns die übrig gebliebenen morgen als Erstes vor. Halt, ich habe eine bessere Idee!«, unterbrach er sich. »Fragen wir Peterson, ob er uns unterstützen möchte.«

Tatsächlich erreichten sie den Reeder. Nur war der meilenweit davon entfernt, ihnen behilflich sein zu wollen. Ganz im Gegenteil machte er seinem Unmut Platz.

»Sie haben mir da Namen von redlichen Unternehmerpersönlichkeiten genannt. Sie sind hoffentlich nicht so naiv zu glauben, dass ich einen davon an den Pranger stelle. Nehmen sie zur Kenntnis, mir sind keine Namen als die bekannten im Zusammenhang mit der RLU geläufig. Ich weiß genauso viel oder wenig wie Sie. Wenn Sie mich entschuldigen wollen, es ist spät und ich bin, wie Sie wissen, nicht mehr der Jüngste.«

Grinsend vernahm Hilpert das Freizeichen. Peterson hatte aufgelegt. Spätestens diese Reaktion war für ihn ein eindeutiger Hinweis darauf, dass sie sich auf dem richtigen Weg bewegten. Fragte sich nur, wie zügig sie vorankamen. Er konnte schlecht an den Haustüren der Leute klingeln und sie nach ihrer politischen Orientierung befragen. Vorsorglich faltete er die Liste und steckte sie in seine Jackentasche. Er gähnte lustvoll vor sich hin. Viel würde er an diesem Abend nicht mehr reißen. Er beschloss, Schluss zu machen, packte ein paar Ordner aufeinander, zerknüllte diverse Seiten Papier, die ihm bei seinen Überlegungen behilflich gewesen waren, und beförderte sie in den Papierkorb.

Tatsächlich nahm er mit der Liste die Überlegungen darüber mit nach Blankenese. Dort zog er sich nach dem Abendessen in die Bibliothek zurück. Entnervt brütete er über die übrig gebliebenen Personen. Selbst das Internet half ihm nicht weiter. Er blieb so schlau wie vorher. Die vier Namen waren ihm gänzlich unbekannt. Er konnte nur spekulieren. Nach zehn Uhr betrat sein Schwiegervater den Raum. Hilpert drehte ihm seinen Kopf zu. »Na, zurück von großer Feindfahrt? Wie heißt die Dame? Raus damit! Mich interessiert jedes Detail.«

Wellner ging einige Schritte auf seinen Schwiegersohn zu und stand wie ein begossener Pudel vor ihm. »Wie kommst du darauf?«

»Ganz einfach, du unternimmst eine Dienstreise innerhalb Deutschlands, bleibst übers Wochenende weg und verzichtest darauf, dein Enkelkind zu sehen. Dafür gibt's nur eine Erklärung: Es muss eine Frau dahinterstecken.«

Wellner sagte keinen Ton, ging an den Barschrank und entnahm ihm eine Flasche Cognac vom Besten. Anschließend griff er sich zwei Schwenker und schenkte für sich und Hilpert ein. Er reichte ihm ein Glas und meinte konsterniert: »Vor dir ist es unmöglich, ein Geheimnis zu bewahren, Sherlock Holmes. Du kommst einem sofort auf die Schliche.«

»Das war nun wirklich leicht. Los, erzähl, ich bin gespannt wie ein Flitzebogen.«

»Es steht alles am Anfang. Ich habe in Düsseldorf die Assistentin des Vertriebschefs der Hoisenburg AG kennengelernt. Ihr Name ist Ulrike Richter. Sie musste für ihn einspringen, als es um die Betreuung am Donnerstagabend ging. Da hat sie mich zum Essen begleitet.«

»Und wie alt ist sie?«

»Siebenundvierzig.«

»Das Alter stimmt und sonst.«

»Sie ist seit sechs Jahren geschieden, keine Kinder.«

»Dann dürfte sie finanziell unabhängig sein.«

»Wohl wahr. Die braucht mich nicht, um ein Porsche Cabrio zu fahren. Das tut sie eh. Und im Wohnwagen lebt sie ebenfalls nicht. Sie besitzt eine nette bezahlte Eigentumswohnung in bester Lage in Rheinnähe.«

»Ist ja großartig. Wann stellst du sie mir vor?«

»Willst du sie etwa hochnotpeinlich befragen?«

»Blödsinn! Ich will sie kennenlernen. Die paar Daumenschrauben, die ich anzulegen gedenke, wird sie aushalten.«

»Was willst du herausfinden?«

»Ob sie in unsere Großfamilie passt oder ob wir weichen müssen.«

»Bist du des Teufels! Niemand trennt mich von meinem Enkelkind.«

»Mensch, Paul, es geht um dein Leben. Und Maria läuft nicht davon.«

»Maria ist das Wichtigste für mich. Sie ist ein Teil meiner verstorbenen Tochter. Mich gibt's nur mit Enkelkind. Ich will es aufwachsen sehen. Davon hältst nicht einmal du mich ab.«

»Na ja, warten wir es ab. Frauen haben da ihren eigenen Kopf.«

»Wer weiß, ob sie aus Düsseldorf fort will? Es ist alles früh und frisch. Ich bin nicht mehr in dem Alter, wo mich Sexus in die Knie zwingt.«

»Ihr haltet hoffentlich nicht nur Händchen.«

»Welche Details interessieren dich?«

»Alle.«

»Das könnte dir so passen.«

Lachend stießen sie an und tranken einen kleinen Schluck.

Wellner wies auf die Liste. »Was hast du da?«

»Darauf stehen die Namen einiger Patrizier aus Hamburg. Mich interessiert, wen davon man der rechten Szene zuordnen kann.«

Wellner sah sich die Namen an. »Breckwoldt, die kenne ich. Clevere Frau um die siebzig. Hat in den letzten zwanzig Jahren viel Geld mit Kliniken und Pflegeheimen gemacht. Die ist ziemlich gestopft. Macht einiges mit ihrem jüngeren Bruder zusammen. Ich meine, der ist Arzt.«

»Weißt du etwas über ihre politischen Vorlieben?«

»Es geisterte tatsächlich vor einigen Jahren das Gerücht durch die Gegend, dass sie recht extreme Ansichten vertreten soll. Du weißt selbst, es wird viel geredet, wenn der Tag lang ist. Zumindest gilt sie in Geschäftsdingen als knallhart. Soll vor Jahren ihren Mann vertrieben haben. Ist wohl 'n Maggie-Thatcher-Typ. Das macht vielen Männern Angst.«

»Wen wundert's. Hat sie Kinder?«

»Keine Ahnung, so gut kenne ich sie nicht.«

Interessiert überflog Wellner die anderen Namen und lachte auf. Peer Blendermann gilt als verkappter Nazi! Dass ich nicht lache. Er ist fraglos ein strammer Konservativer, allerdings weit davon entfernt, sich einer rechten Ideologie zu verschreiben. Seine Familie hat mächtig unter den Nazis gelitten. Den kannst du von deiner Liste streichen, Trautmann ebenso.«

So gesehen hatte sich der Abend für Hilpert allemal gelohnt. Da das Wochenende auf sich warten ließ, reichte ihnen ein Glas, obwohl der Cognac keine Wünsche offen ließ. Er blieb ihnen erhalten. Die nächste Gelegenheit würde sich ergeben.

20

Den Tag darauf legte Hilpert die Liste vorerst zur Seite. Sie mussten vorsichtig ansetzen, wenn sie mehr über die wenigen Verdächtigen herausfinden wollten. Sie verfügten gerade mal über Vermutungen, für die es nicht den Hauch eines Beweises gab. Bekamen das die Betroffenen mit, war der Ärger vorprogrammiert. Die würden die Anwälte im Dutzend aufmarschieren lassen. Er dachte an Paulsen. Der Mann hatte ganz offensichtlich Geld für die Operation seiner Tochter benötigt und er war davon überzeugt gewesen, es zu bekommen. Wovon hatte der die letzten Jahre gelebt? Hinweise auf eine geregelte Tätigkeit gab es keine. Grothe sprach von gelegentlichen kleineren Zuwendungen an ihn. Das reichte hinten und vorne nicht. Mit einem Ruck stand er auf und suchte Stange in seinem Büro auf. Dieser reichte ihm die Kontounterlagen des Ermordeten. Inzwischen hatten sich die meisten Kontoauszüge angefunden. Diesen war eindeutig zu entnehmen, dass der Tote das Geld für die Miete und die Nebenkosten einmal im Monat direkt aufs Konto eingezahlt hatte. Von dort wurden die Beträge per Lastschriftverfahren eingezogen. Nur die letzen Zahlungen war er schuldig geblieben.

Hilpert tippte auf die Auszüge. »Das Geld hat er wahrscheinlich von jemandem regelmäßig in bar bekommen. Und er war klug genug gewesen, es auf sein Konto einzuzahlen. Was weg war, war weg und konnte nicht in Alkohol umgesetzt werden. So behielt er sein Dach überm Kopf und landete nicht auf der Straße.«

»Das sind immerhin 600 Euro im Monat, also über 7.000 im Jahr«, bestätigte ihn Stange. »Hinzu kommt die Kohle um zu leben. Wie zu sehen war, hat er für Klamotten kaum was investiert. Die paar Hosen und Hemden, die wir in den Schränken gefunden haben, waren alt und verschlissen.«

»Das übrige Geld ist für Alkoholika draufgegangen«, stellte Hilpert emotionslos fest. »Bleibt die Frage, wo kam der Zaster her? Er wird ihn wohl kaum selbst gedruckt haben.«

»Ich habe mit den Kollegen in den Nachbardezernaten gesprochen. Gegen ihn gab es keine Verdachtsmomente, die auf Drogengeschäfte oder andere Verbrechen hinwiesen.«

Hilpert schüttelte den Kopf. »Das hatte er nicht nötig. Der hatte seinen Sponsor, der dafür sorgte, dass er überlebte. Unser kräftiger Freund war entweder ein Erpresser oder er hatte eine Vereinbarung mit jemandem, die über viele Jahre eingehalten wurde.«

»Da hat sich so einiges zusammengeläppert, wenngleich in begrenzten Dosen. Plötzlich benötigt er für die Operation der Tochter einen ordentlichen Schluck aus der Pulle und es ist vorbei mit lustig. Die Forderungen erhöhen sich massiv. Der Betroffene meint, handeln zu müssen. Das Ergebnis kennen wir.«

»So wird es gewesen sein, Bernd. Machen wir uns auf die Suche nach dem edlen Spender.«

Ihr Gespräch unterbrach Albers. Mit fliegenden Rockschößen stürmte er ins Zimmer. »Fortuna ist uns hold. Eine Zivilstreife hat Below aufm Kiez aufgegriffen. Er hat sich widerstandslos abführen lassen und ist auf dem Weg zu uns.«

Hilpert rieb sich die Hände. »Ausgezeichnet. Wollen mal sehen, ob wir den Fall nicht bald zu einem Ende bringen.«

Der kräftige Mann saß abgerissen vor ihnen. Er muffelte. Dem Anschein nach hatte er die letzten Tage draußen geschlafen und war nicht dazu gekommen, sich zu waschen und zu rasieren. Hilpert warf einen kurzen Blick auf ihn und wies einen uniformierten Kollegen an, Below erst einmal unter die Dusche zu schicken, ihm anschließend einen Rasierer und etwas zu essen zu besorgen.

Stange grinste zu ihm herüber. »Wenn die Schulleitung ihn in seinem jetzigen Zustand sieht, schmeißt die den gleich raus.«

Eine dreiviertel Stunde später saß ein anderer Mensch vor ihnen. Selbst seine Augen schienen einen neuen Glanz bekommen zu haben.

»Nun, Herr Below, diese Wanderung durch die Stadt hätten Sie sich schenken können«, begann Hilpert mit der Vernehmung. »Sie hätten uns nur die Wahrheit sagen müssen.«

»Wahrheit? Welche Wahrheit?«

»Die Wahrheit über die Ermordung Wagners.«

»Damit hab ich nichts zu tun.«

»Und Ihre Fingerabdrücke auf dem Baseballschläger, an dem das Blut des Opfers klebte?«

»Scheiße! Paulsen wollte ...«

»Was wollte er?«

»Er wollte den Schläger verschwinden lassen, das hatte er mir versprochen.«

»Das hat er in der Tat. Er lag in dem kleinen Raum, den er gemauert hatte.«

»Aha, da hat er ihn hineingeworfen.«

»Wollen Sie mir wirklich vormachen, dass Sie das nicht wussten?«

»Das hätte ich nie zugelassen, bin ich bescheuert?«

»Gut, wer von euch hat Wagner erschossen?«

»Er wurde erschossen?«

»Nun tun Sie nicht so blöd.«

»Ich weiß nicht, wie er umgelegt wurde. Als ich abhaute, lebte er.«

»Ach tatsächlich? Und geschlagen wurde er, weil er sein Tellerchen nicht leer gegessen hat?«

»Nein, natürlich nicht. Wir sollten rausfinden, wo er seinen Artikel über uns liegen hatte und ob es Kopien gab.«

»Hat er gesungen?«

»Wie 'ne Drossel.«

»Was passierte danach?«

»Paulsen hat jemanden angerufen und ihm mitgeteilt, wo er suchen musste, nachdem Wagner geredet hatte.«

»Mit wem hat er telefoniert?«

»Keine Ahnung, er hat es mir nicht gesagt.«

»Sie werden doch eine Vermutung haben.«

»Klar, warum soll ich ihn schützen? Ich bin sicher, dass es Grothe war, mit dem er gesprochen hat.«

»Und der hat die Sachen organisiert?«

»Davon geh ich aus. Geredet hat niemand mit mir darüber. Ich hab meine Kohle von Paulsen gekriegt und bin abgehauen.«

»Wie viel war das?«

»Zwei Mille. Konnte ich damals gut gebrauchen, genau wie heute.«

»Und Sie sind brav abgezogen? Was ansonsten passierte, hat Sie nicht interessiert?«

»Genau so hat es sich abgespielt. Ich wollte weg von dort. Der Journalist sah nicht gut aus. War 'ne Scheißstimmung. Wir hatten ihm ordentlich zugesetzt. Aber er lebte, als ich ging. Ich hab ihn stöhnen gehört.«

»Ist Ihnen draußen jemand begegnet? Ist Ihnen was aufgefallen?«

»Ich hab nichts gehört oder gesehen. Ich bin rauf auf mein Motorrad und abgezwitschert. Wie man sieht, war es genau das Richtige, was ich getan hab.«

»Den Mist sollen wir Ihnen abnehmen?«, mischte sich Stange erstmals ins Gespräch ein. Unbewusst war er auf die Sprache des Verdächtigen eingegangen.

»Es hat sich genau so abgespielt.«

»Sind Sie danach nochmals auf dem Hof gewesen?«

»Ja, ungefähr fünf Wochen später. Alles war aufgeräumt worden. Sah aus wie geleckt. Paulsen hatte die Wand in der Küche gezogen und verputzt. Ich hatte keine Ahnung, wozu die gut war.«

Stange blieb skeptisch. »Dieser Umbau hat Sie nicht verwundert?«

»Er war mir egal. Ich hab keine Fragen gestellt, keiner hat mir was erzählt.«

»Wie die drei Affen, nichts hören, nichts sehen, nichts sagen.«

»Welche Affen?«

»Schon gut«, mischte sich Hilpert ein. »Hatte sich sonst was in den Gebäuden verändert?«

»Ja, der Schießstand hatte 'ne Betonplatte gekriegt. Was das sollte, hab ich nicht kapiert. Hat mich ebenfalls nicht gejuckt.«

»Haben Sie sich keine Gedanken um den verschwundenen Journalisten gemacht?«

»Warum? Der ging mir am Arsch vorbei.«

»Der interessierte Sie also nicht.«

»Genau.«

»Seltsam, dass Ihnen alles gleichgültig gewesen ist.«

»Wenn Sie Paulsen in seinen besten Jahren erlebt hätten, wüssten Sie, weshalb man dem keine Fragen stellte, die ihm nicht passten.«

»So ein kräftiger Kerl wie Sie?«

»Ich sag ja, Sie haben ihn nicht in Aktion gesehen.« Seine Stimme wurde leiser, als würde der Mann, über den sie sprachen gleich den Raum betreten. »Der konnte mit einem Fausthieb töten.«

»Nehmen wir das mal so hin. Wer in eurer Runde hatte denn speziell was gegen den Journalisten?«

»Im Prinzip alle. Der hatte ein paar Artikel in der Zeitung über uns geschrieben, die nicht sehr freundlich waren. Als Hirnis hat der uns bezeichnet. Der konnte mich am Arsch lecken.« Mit faltiger Stirn schaute er zu den beiden herüber. »Deshalb legt man keinen um.«

Viel mehr holten sie an diesem Tag aus dem Mann nicht heraus. Solange keine konkreteren Beweise vorlagen, war ihm eine Mordbeteiligung nicht nachzuweisen. Es reichte zumindest, ihn vorerst in Gewahrsam zu behalten. Irgendwie schien es ihnen, als würde ihn die Haft nicht wirklich stören. Sie gaben die Befragung beileibe nicht auf. Diesmal reichten sie ihn an Albers und einen Kollegen weiter. Steter Tropfen höhlte den Stein. Tatsächlich waren die beiden nicht erfolgreicher als sie. Below blieb bei seiner Linie. Einer wie er hielt Distanz zur Polizei, selbst wenn er seit Jahren als Hausmeister einer Schule ein mehr oder minder bürgerliches Leben führen mochte. Hatte er ihnen alles erzählt, was er wusste? Stimmte es, dass Wagner noch lebte, als er ihn verließ? Nutzte jemand anders die Gelegenheit, den hilflosen Mann zu töten? Folgte Hilpert dieser Logik, hatten sie es mit dem großen Unbekannten zu tun. Dafür sprach die finanzielle Unterstützung Paulsens in all den Jahren. Offensichtlich handelte es sich um Schweigegeld. Es kam somit ausschließlich jemand als Täter infrage, der es sich leisten konnte, jeden Monat um die tausend Euro abzudrücken. Sah er sich die Liste der potenziell Verdächtigten an, stieß er auf diverse Leute, für die es dabei um eine eher unbedeutende Summe ging. Damit schied Below ebenso wie Paulsen als Mörder aus, vorausgesetzt, seine Überlegungen gingen in die richtige Richtung.

Hatten sie alle Hinweise hinlänglich gewürdigt? Fast automatisch begann Hilpert die ungeliebten Ermittlungsprotokolle zu durchstöbern. Schließlich stieß er auf die Aussage von Janette Haas, eine der ehemaligen Geliebten von Wagner aus dem Verlag. Sie hatte ausgesagt, dass es neben ihr und Laura eine andere Gespielin gegeben habe. Er hatte dieser Bemerkung wenig Bedeutung geschenkt. Als alter Hase wusste er, dass die meisten Tötungsdelikte Beziehungstaten waren. Liebe, Hass, Neid, Eifersucht galten als gern genommene Motive in ihrem Metier. Konnte so etwas wie Eifersucht oder Wut ins Spiel gekommen sein? Er dachte an Laura. Tötete sie den untreuen Liebhaber? Nur, wie kam sie in die Heide? Wusste sie von dem Hof? Weshalb sollte sie sich gerade an dem Tag dort aufgehalten haben? Eine Waffe fand sich dort garantiert an, bei dem Waffenarsenal, über das die Gruppe verfügte. Konnte sie mit einer Pistole umgehen? Er schüttelte den Kopf. Es gab zu viele Unwägbarkeiten und Zufälle, die zusammenkommen mussten, um sie ins Spiel zu bringen. Das spätere Opfer trieb es mit einer bisher nicht identifizierten Geliebten. War es eine Frau, die sie kannten, die zum Umfeld gehörte? Viele kamen da nicht infrage. Er strich das Blatt mit der Aussage des ehemaligen Trainees glatt und wählte Janette Haas' Telefonnummer. Schnell bekam er eine Verbindung mit ihr. Bevor er sie befragen konnte, unterbrach sie ihn, da sie in einem wichtigen Gespräch saß und vergessen hatte, das Telefon umzustellen. Sie verabredeten sich für 18:30 Uhr im ›News‹ in der Kaiser-Wilhelm-Straße. Warum sollte er sich dort nicht ein Feierabendbier gönnen? Er warf einen ungnädigen Blick auf die Akte. Sie war recht umfänglich geworden. Er wollte sie demnächst Albers auf den Tisch des Hauses knallen. Er war ein akribischer Mitarbeiter, der vielleicht auf Ungereimtheiten stieß, die ihm selbst durchgegangen waren.

* * *

Als er das Gemisch aus Kneipe und Restaurant betrat, musste er sich nicht sonderlich anstrengen, um die Frau, die auf einer Art Barhocker an einem Hochtisch saß, als seine Gesprächspartnerin auszumachen. Sie trug eine enge Jeans, hochhackige Schuhe und einen körperbetonten Pulli, darüber eine enge Weste. Bislang kannte er sie nur vom Telefon. Sie winkte ihm zu, als er in ihre Richtung blickte. Offensichtlich wusste sie, wer er war. Dem Innenarchitekten war es gelungen, dem Ganzen ein rustikales Ambiente zu geben. Es erinnerte ihn an Berliner Läden. Nur waren diese überwiegend alt und nicht auf alt getrimmt. Trotzdem fühlte er sich auf Anhieb wohl, als er sich zu der attraktiven Frau gesellte. Ihre kurzen blonden Haare und die Stupsnase gaben ihr ein kesses Aussehen. Was er ansonsten sah, fand ebenfalls seine Zustimmung. Vor ihr stand ein großes Bier. Er orderte für sich das gleiche Getränk.

»Was kann ich für Sie tun?«, fragte sie ihn rundheraus.

»Es geht um Wagner. Sie haben gelesen, dass er tot ist?«

»Ja, die Nachricht hat mich schockiert, obwohl es irgendwie zu erwarten war. Niemand, mit seinem Ehrgeiz, verschwindet auf Nimmerwiedersehen, taucht nach bald zehn Jahren froh und munter wieder auf und trällert ein fröhliches Lied.«

»Sie erzählten mir, es habe zu Ihrer Zeit eine andere Geliebte gegeben?«

»So ist es. An einem unserer letzten Abende hatte ich mir vorgestellt, diesen gemeinsam mit ihm zu verbringen. Er wimmelte mich mit irgendeiner fadenscheinigen Ausrede ab. Später sah ich ihn in der Innenstadt mit einer anderen Frau.«

»Erinnern Sie sich, wie sie aussah?«

»Schwach. Eigentlich sehe ich nur ihr volles blondes Haar vor mir. Sie verschwanden in einem Hotel.«

»Waren Sie sauer auf ihn?«

»Eher weil er mir meinen Abend versaut hat. Eifersüchtig war ich nicht.« Sie lächelte ihn gewinnend an. »Das Leben ist zu kurz, als dass man es mit sinnlosen Eifersüchteleien belasten sollte.«

Er lächelte zurück. »Die Frau war jünger, älter?«

»Ich schätze in meinem Alter. Er mochte jüngere Frauen. Und er hat sie gekriegt.«

»Wo wir gerade bei dem Toten sind: Wie würden Sie ihn heute in der Nachbetrachtung einschätzen?«

»Er war charmant, egozentrisch, wartete stets auf irgendwelche Journalistenpreise. Als Frau durfte man sich nicht in ihn verlieben, da er ständig nach Selbstbestätigung suchte. Irgendwie war er dauernd auf dem Sprung.«

»Er soll an einer großen Geschichte über die rechtsradikale Szene gesessen haben.«

»Das mag so sein. Über Projekte hat er nie gesprochen. Er deutete mal an, es irgendwelchen reichen Säcken in der Stadt zeigen zu wollen. Das sagte er ziemlich gehässig.«

»Namen sind keine gefallen?«

»Da war er verschlossen wie 'ne Auster. Er lebte immer in der Angst, jemand könnte ihm über die Schulter schauen und seine Story wegschnappen.«

»Gab es dafür eine Veranlassung?«

Sie zuckte mit den Achseln. »Schwer zu sagen. Eigentlich will ich das für seine damaligen Kollegen ausschließen. Wirklich beurteilen kann ich das nicht. Ich fand es nicht schlecht, dass er unsere Blätter mit seinen Geschichten versorgte. Aber wenn wir uns trafen, ging es um anderes als um unsere Arbeit. Wir haben uns im Bett gut verstanden.«

Hilpert hatte seine Fragen verbraucht und leerte in Ruhe sein Glas. Als sie ein neues Getränk ordern wollte, winkte er ab und verzichtete auf ihre Einladung, einen Standortwechsel vorzunehmen. Er hatte wenig Interesse daran, sich mit potenziellen Zeugen einzulassen, sah man davon ab, dass er bereits einmal gepatzt hatte. Sicher wäre das ein gefundenes Fressen für Linsmann geworden. Für ihn bestand kein Zweifel, mit wem er sich am nächsten Tag unterhalten musste. Diesmal in offizieller Mission ohne anschließenden Sex in später Abendstunde. Er ärgerte sich über sich selbst. Er wäre besser standhaft geblieben.

21

Andreas Stimme klang angespannt, als Hilpert sie am Vormittag anrief. Ihr Versuch, ihn zu einem Abendtermin zu überreden, ging ins Leere. Er verzichtete darauf, sich um die Wahrheit herumzuwinden, sondern erklärte ihr seine Vorbehalte. »Es ist mir zu gefährlich, dich zu treffen, wenn es dunkel ist. Du bist verheiratet und bist Bestandteil meiner Mordermittlungen. Bin ich mit dir allein, weiß ich genau, wo es endet.«

»Wer sagt dir, ob ich Lust auf dich habe?«, erwiderte sie ungerührt. »Vielleicht war ich beim letzten Mal unzufrieden mit dir.«

»Mir reicht, wie ich dazu stehe.«

»Es hat dir also gefallen?«

»Was glaubst du?«

»Na gut, ich will das als erstes Friedensangebot gewertet wissen. Was will der Herr Hauptkommissar von mir?«

»Maximilian Wagner. Ich habe eine Aussage, dass er einige Zeit vor seinem Tod mit einer attraktiven blonden Frau in einem Hotel verschwunden ist.«

»Über das Thema rede ich nicht am Telefon.«

»Das ist okay. Wo wollen wir uns treffen?«

»Ich komme zu dir ins Präsidium. Ich hoffe, die Wände haben bei euch keine Ohren. Mein Vater darf davon nichts mitbekommen. Ich bin in einer Stunde bei dir.«

»Ich tu, was ich kann«, versprach er ohne rechte Überzeugung.

Wie bei einem Wiederkäuer kam das Thema Beziehungstat bei ihm hoch. Könnte Andrea die Schützin gewesen sein? Im Prinzip galten für sie die gleichen Bedenken wie bei Laura. Er schlug sich mit der flachen Hand gegen die Stirn. Grothe passte dagegen vorzüglich ins Bild. War er schon früher in Andrea verliebt, als er bislang zugegeben hatte? Hatte er mitbekommen, dass sie sich mit dem erheblich älteren Journalisten eingelassen hatte? Bei ihm passte alles, seine Beziehung zu den Tatbeteiligten, seine Verliebtheit in die attraktive Reedertochter. Der Fall bekam zusehends mehr Fahrt. Stand Hilpert vor dessen Lösung? Händereibend schob er den ungeliebten Unterlagenstapel von sich weg.

Laura kam ihm wieder in den Sinn. Sollte er sie mal besuchen? Da er ungern Dinge schlurren ließ, rief er ihren Onkel an.

»Keine Ahnung, ob es eine gute Idee von Ihnen ist. Ich bin kein Psychiater«, antwortete er auf seine diesbezügliche Frage. »Nur, wie sollten Sie ihr schaden? Am besten, Sie vereinbaren einen Termin mit Professor Maurer. Der muss sich auskennen.«

»Wollen Sie mitkommen?«

»Bitte nehmen Sie es mir nicht übel, ich kann Lauras momentanen Zustand schlecht ertragen. Ich habe bewusst ein paar Wochen Besuchspause eingelegt.«

»Wer will es Ihnen verdenken?«

Nach dem Telefonat dachte er kurz nach und rief den Psychiater an.

»Sie sind jederzeit willkommen. Die Bitte ist nur, sich einen Tag vorher zu melden«, ging Maurer wohlwollend auf ihn ein.

»Wie ist ihr Zustand?«

»Unverändert. Das dauert sicherlich ein paar Wochen, bis sich die Dinge hoffentlich zum Positiven verändern werden.«

»Es ist nicht schädlich, sie zu besuchen?«

»Was wollten Sie mit ihr anstellen? Es ist in ihrem jetzigen Zustand halt nur vergebliche Liebesmüh. Wenn Sie etwas für sie tun wollen, kommen Sie in zwei, drei Wochen vorbei, bringen ein bisschen Zeit mit und lesen ihr aus einem Buch vor oder erzählen ihr eine Geschichte. Ansonsten kommen Sie, wenn Sie es einrichten können.«

Betroffen legte auf. Er akzeptierte den Rat des Klinikchefs und beschloss abzuwarten. Er wollte helfen, nicht sein schlechtes Gewissen beruhigen. Aus welchem Buch er ihr wohl vorlesen sollte? In Wellners Bibliothek würde sich bei Bedarf was anfinden. Ob Wagners Mörder klar war, was er Laura angetan hatte?

Der Vormittag hatte noch nicht sein Ende gefunden. Als habe Merlin, der große Zauberer, einen Spruch losgelassen, stand Linsmann plötzlich in Hilperts Büro. Diesmal war anscheinend die Schublade ›jovialer Umgang mit dem Mitarbeiter‹ dran. »Der Polizeipräsident hat mich gebeten, Ihnen alle Freiräume zu gewähren, die Sie benötigen, um die Morde aufzuklären. Das entspricht vollkommen meiner Intention.«

Hilpert glaubte, sich verhört zu haben. Trotzdem verzichtete er darauf zu widersprechen. Vielmehr nickte er zustimmend.

»Na, was liegt als Nächstes an?«, wollte der Oberrat, nun ganz interessierter Vorgesetzter, wissen.

»Ich werde gleich Frau Grothe vernehmen.«

»Sie meinen Petersons Tochter?«

»Sie hat sich in einer Viertelstunde bei mir angesagt.«

Als habe jemand ein Bügeleisen angesetzt, verschwanden alle Lachfalten aus dem Gesicht des Oberrats. »Sie zitieren die Frau zu uns, um sie wie eine gewöhnliche Kriminelle zu vernehmen? Das ist nicht Ihr Ernst!«

»Es passte gerade so«, erwiderte er mit ironischem Unterton. Warum sollte er Linsmann erzählen, dass er Andreas Bitte entsprochen hatte?

»Das müssen Sie umgehend ändern.«

»Dazu ist es allemal zu spät, Frau Grothe ist in wenigen Minuten hier.«

»Das kann nicht wahr sein!«

Wütend drehte Linsmann ab und verließ Hilperts Raum.

Kurz darauf meldete sich Andrea bei ihm. »Bevor ich zu dir gehe, wurde mir mitgeteilt, soll ich mich bei einem Linsmann melden. Was ist das für einer? Ich werde nur mit dir reden!«

»Sag den Leuten unten, dass deine Zeit knapp bemessen ist und du gleich zu mir möchtest.«

»Dein Wille geschehe.«

Sie hatte sich nicht besonders ausstaffiert, trug Jeans und Schuhe mit halbhohen Absätzen. Er empfand sie dennoch als die Herausforderung in Person. Sie hatte nur einen Knopf ihrer Bluse geöffnet, die sie über der Hose trug. Trotzdem brachte sie sich herausfordernd zur Geltung. Rot lackierte Fingernägel sendeten ihm permanent ihre Signale zu. Sie tat nichts, um ihn zu locken und war gleichwohl erfolgreich. In ihm kam wieder die Erinnerung an Alexandra hoch, obwohl sie sich äußerlich durchaus voneinander unterschieden. Sie musste ebenfalls nur ihren kleinen Finger bewegen und er warf alle guten Vorsätze über Bord.

»Na, Fabian, womit willst du anfangen? Schieß deine Fragen ab.«

So weit kam er nicht, da ihn das Telefon unterbrach. Er dachte an Linsmann. Diesmal vernahm er die Stimme des Polizeipräsidenten, der ihn leicht verstimmt fragte, weshalb er Andrea Grothe ins Präsidium einbestellt habe.

»Das habe ich nicht«, erwiderte er gelassen. »Frau Grothe hat mich darum gebeten, bei uns befragt zu werden.«

»Linsmann behauptet etwas anderes.«

»Der Herr sollte sich vorab über den Sachverhalt erkundigen, bevor er Beschuldigungen erhebt, dann müssten wir jetzt nicht telefonieren, Herr Präsident.«

Andrea bewegte ihre Hand in seine Richtung. Sie wollte unbedingt den Telefonhörer von ihm. Achselzuckend kam er ihrer Bitte nach. »Hallo, Herr Polizeipräsident«, flötete sie in den Hörer, »was soll Herr Hilpert angestellt haben? Ich wollte mir seit Längerem angeschaut haben, unter welchen Umständen er arbeitet. Ich muss zugeben, es geht reichlich spartanisch in seinem Zimmer zu. Da kann ich verstehen, dass es Ihnen peinlich ist, wenn er dort Vernehmungen durchführt. Ist das verboten?«

Ihrer Reaktion entnahm Hilpert, wie sich der Präsident wand. Schließlich gab sie ihm den Hörer zurück. Linsmann durfte sich auf ein Gewitter gefasst machen.

Sie grinste ihn frech an. »Das kostet dich einen Besuch in meinem Büro und zwar zu später Stunde.«

»Besser, wir treffen uns auf ein Abendessen. Das ist ungefährlicher. Sobald ich den Mörder einkassiert habe, können wir uns Tag und Nacht treffen, wo immer du willst.«

»Gott, das kann ja dauern.«

»Gelegentlich hat der Job obenan zu stehen«, entgegnete er. »Das sollte für dich nicht neu sein. Du hast mitbekommen, dass ein bezaubernder Mensch gegen mich schießt.«

»Lassen wir es auf einen Versuch drauf ankommen. Einer wie du dürfte keine Probleme mit einem dahergelaufenen Kollegen haben. Wird der Ärger zu groß, kündigst du und arbeitest in Wellners Laden. Der gehört dir eh in Teilen.«

»Das sagst du so in deiner unbedarften Art. Ich mag meinen Job und habe keine Lust, woanders zu arbeiten.«

Sie winkte ab. »Ich bin mal gespannt auf deine Fragen oder willst du mir einen Mord anhängen?«

»Nicht wirklich. Ich bin eher an deinem Liebesleben interessiert.«

»Das klang eben ganz anders.«

Diesmal ging er nicht auf sie ein. »Wie war das damals mit dem Journalisten?«

»Ich habe ihn zum ersten Mal mit Laura bei ihrem Onkel gesehen.«

»Dr. Siebert ist euer Haus- und Hofnotar?«

»Genau. Er hatte eine kleine Feier in seinem Büro gegeben. Das muss Ende 2005 gewesen sein.«

»Was war der Anlass?«

»Das Mandat der Bodemer & Söhne Privatbank. Mein Vater hatte daran ein wenig mitgewirkt.«

»Sind die beiden Freunde?«

»Kann man so nicht sagen. Er schätzt Dr. Siebert als Notar. Er ist präzise, zuverlässig und er ist kompetent.«

»War Wagner auf der Feier ebenfalls anwesend?«

»Ja, als Lauras Begleiter. Obwohl sie in der Nähe war, hat er mich direkt angebaggert.«

»Und du?«

»Er gefiel mir. Trotzdem verloren wir uns aus den Augen. Als er im neuen Jahr versuchte, meinen alten Herrn zu einem

Interview zu bewegen, funkte es zwischen uns. Ich meine, das war im März oder April.«

»Laura war euch egal?«

»Mir jedenfalls. Es lief eine ganze Zeit großartig zwischen uns, bis ich begriff, dass er neben Laura und mir ständig auf der Pirsch war. Da bin ich auf Distanz zu ihm gegangen. Kurz darauf war er verschwunden.«

»Du bist mir zu schnell. Ist es dir gleichgültig gewesen, von einem Mann doppelt und dreifach hintergangen zu werden?«

»Ganz im Gegenteil. Es hat wehgetan. Nur, ich war jung und begriff erst spät, wie er gestrickt war.«

»Hast du ihn geliebt?«

»Ich denke.«

»Und trotzdem hast du Schluss gemacht?«

Sie blickte voller Trauer zu ihm hinüber. »Es hat sich etwas anders abgespielt. Ich habe ihm ein Riesentheater gemacht. Er ist daraufhin gegangen und hat nichts mehr von sich hören lassen.«

»Im Zweifelsfall ist es dir so ergangen wie Laura.«

Müde winkte sie ab. »Wir sind dumme Puten gewesen, die nichts vom Leben verstanden. Es hat seine Zeit gedauert, bis ich damit durch war. So gesehen ging es mir besser als Laura. Die hat ihn offensichtlich nie überwunden.«

»Du sagst es.«

Für einen kurzen Augenblick schwiegen sie sich an, bis Hilpert zu seinen Fragen zurückfand.

»Und Grothe? Kanntest du den da bereits?«

»Flüchtig, zu der Zeit hatten wir nichts miteinander. Wie er mir später beichtete, war er brennend eifersüchtig.«

»Kann ich verstehen.«

Sie blickte streng zu ihm hinüber. »Seit diesem Erlebnis erlaube ich keinem Mann mehr, mich zu hintergehen.«

»Du bist verheiratet. Wie ich es sehe, muss sich eher dein werter Herr Gemahl Gedanken um deine Treue machen.«

»Niemand von uns muss sich Gedanken machen«, widersprach sie energisch. »Unsere Ehe findet nur auf dem Papier statt.«

»Bist du davon überzeugt, dass er das genauso sieht?«

»Das ist für mich unerheblich. Wir trennen uns, wenn er sein politisches Amt übernommen hat. Das haben wir so besprochen.«

»Bist du so sicher, dass er gewählt wird?«

»Dafür sorgt Big Daddy.«

»Er will deinen Mann weiterhin protegieren?«

»Na klar, er mag und er schätzt ihn. Mir ist es gleichgültig, was er in der Politik treibt. Hauptsache, er verschwindet aus meinem privaten Umfeld.«

»Weiß dein Vater von euren Scheidungsplänen?«

»Es ist unmöglich, etwas vor ihm verheimlichen zu wollen. Trotzdem mischt er sich nicht ein.«

Sie schaute auf ihre Uhr. »Wenn es genehm ist, möchte ich jetzt gehen. Ich habe einen Termin in der Stadt.« Sie streckte ihre Hände vor. Ihre Zunge spielte mit ihren Lippen. »Oder willst du mir Handschellen anlegen? Das würde meine Pläne selbstredend ändern.«

»Das könnte dir so passen. Du darfst jederzeit gehen.«

»Sehen wir uns heute Abend?«, fragte sie nach. »Du schuldest mir eine Einladung zum Essen.«

Er grinste sie frech an. »Versprechen muss man halten. Ist 19 Uhr recht?«

»Zu früh. Sagen wir eine Stunde später.«

»Einverstanden. Wo soll ich dich abholen?«

»Im Büro, ich habe einiges aufzuarbeiten nach dem Besuch bei dir.«

»Okay.«

Er blickte ihr hinterher, beinahe versucht, ihr zu folgen.

»Das ist ja mal ein scharfer Feger gewesen«, vernahm er Stanges Stimme von der gegenüberliegenden Tür. »Die wär 'ne Sünde wert.«

Hilpert verzichtete auf eine Antwort, sondern nickte nur zu den Worten des Kollegen. Wo er recht hatte, hatte er recht.

Hilpert lehnte sich in seinem Sessel zurück und überdachte Andreas Aussage. Ihr Vater sollte ihren Mann so geschätzt haben, dass er ihm bei der Wahl in das politische Amt behilflich war. Er kramte in seinen Unterlagen herum, bis er das Vernehmungsprotokoll von Peterson in Händen hielt. Der hatte sich eher distanziert über seinen Schwiegersohn geäußert. Von großer Wertschätzung fand er in dem Protokoll nichts. Gab es andere Gründe, weshalb er dessen politische Karriere fördern wollte? Musste er? Machte es Sinn, ihn darauf anzusprechen? Gerade Peterson neigte dazu, Dichtung und Wahrheit je nach Interessenlage miteinander zu vermischen. Er entschied für sich, ihn vorerst zufriedenzulassen. Er musste darauf achten, Linsmann nicht zu viel Futter gegen sich zu geben. Hoffentlich kehrte Weber bald zu ihnen zurück. An diesem Tag verließ er seinen Arbeitsplatz für seine Verhältnisse frühzeitig. Für das Abendessen mit Andrea wollte er sich umziehen. Eine Dusche würde ihm ebenfalls gut zu Gesicht stehen. Trotzdem sollte alles anders kommen. Auf dem Weg zu seinem Fahrzeug meldete sich sein Handy. Albers teilte ihm mit, dass auf Grothe ein Mordanschlag verübt worden sei. Vor seiner Haustür in der Karlstraße war auf ihn geschossen worden. Das Abendessen konnte er sich schenken.

Eine halbe Stunde später betraten Hilpert und Albers das Haus in der Karlstraße. Das Geschoss hatte Grothe knapp verfehlt. Ihm war der Schock ins Gesicht geschrieben. Er unterhielt sich aufgeregt mit dem Notarzt, der ihm ein Beruhigungsmittel gespritzt hatte. Hektisch nickte Grothe den Beamten zu, als sie sein Wohnzimmer betraten. Seine Stimme überschlug sich beinahe, als er hasserfüllt loslegte: »Das war einer meiner früheren Kumpel. Jede Wette darauf.«

»Haben Sie den Schützen erkannt?«, wollte Hilpert wissen.

»Nein, es ging zu schnell.«

In diesem Moment unterbrach sie ein Polizist. Er wedelte eine kleine durchsichtige Plastiktüte hin und her. »Das Projektil ist in der Eingangstür gelandet, leicht zusammengedrückt, dem Anschein nach neun Millimeter.«

Hilpert winkte ihm zu. »Danke.« Er wandte sich Grothe zu. »Was können Sie uns erzählen?«

»Wenig. Ich war im Begriff, das Haus zu verlassen und wollte zu meinem Wagen gehen, als dieser Typ auftauchte. Er hatte eine Sturmhaube übers Gesicht gezogen, gab einen Schuss ab und lief davon.«

»Sie haben den Schützen tatsächlich nicht erkannt?«

»Kein Stück.«

»Mal unterstellt, Sie liegen richtig mit Ihrer Vermutung. Da kämen nicht viele als Täter infrage.«

Grothe überlegte. »Am ehesten traue ich es Werner zu.«

»Den hatten wir doch in der Mangel«, richtete Hilpert das Wort an Albers.

Der nickte in seine Richtung. »Der Herr ist seitdem wie vom Erdboden verschluckt.«

»Wir sollten die Fahndung nach ihm einleiten.«

Albers erhob sich, wie auf einen geheimen Befehl hin. »Ich kümmere mich.«

Hilpert konzentrierte sich auf den Hausherrn. »Sie sind sich absolut sicher, dass das eine Retourkutsche von früher ist?«

»Haben Sie eine bessere Erklärung? Erst haben die sich Paulsen geschnappt und jetzt gehen die auf mich los.«

Hilpert war nicht davon überzeugt. »Mir sieht das eher nach der Tat eines Einzelnen aus. Wir sollten Ihnen Polizeischutz verordnen.«

»Nicht nötig, das regel ich selbst. Ihr stellt mir einen grauhaarigen Uniformierten vor die Eingangstür, der kurz vor seiner Pensionierung steht, und der Täter steigt hinten ein. Nein, danke.«

»Sie müssen es wissen, alt genug sind Sie.«

Bevor sie weiterreden konnten, stürmte Andrea ins Zimmer. »Es geht dir gut«, begrüßte sie ihren Mann. »Ein Segen!« Erst jetzt nahm sie Hilpert wahr. »Und Sie sind noch im Dienst, Herr Hauptkommissar? Haben Sie überhaupt kein Privatleben?«

»Gut, dass Sie mich erinnern. Ich muss einen Termin absagen.«

»Warum soll es Ihnen besser ergehen als uns Unternehmern?«, antwortete sie spöttisch.

Misstrauisch verfolgte Grothe das Geplänkel zwischen den beiden. Fast schien es, als begriff er, was sie mit ihren Worten sagen wollten. Lange Zeit zum Nachdenken verblieb ihnen nicht, da mittlerweile Peterson eingetroffen war. Einmal mehr registrierte Hilpert, wie raumfüllend dieser Mann wirkte. Weitaus fürsorglicher als seine Tochter sprach er auf seinen Schwiegersohn ein. Dieser winkte gelassen ab. »Er hat ja nicht getroffen.«

Peterson schien stärker an seinem Schwiegersohn zu hängen,

als er bisher zugegeben hatte. Der Reeder nickte Grothe zu. »Das mit deiner Kandidatur behalte ich im Auge, meine Hand darauf.«

»Ich danke dir. Ohne dich wird es schwer für mich.«

»Deine innerparteilichen Gegner biegen wir uns zurecht.«

Nach sieben verließ Hilpert das Haus, gefolgt von Andrea.

»Na«, redete sie auf ihn ein, »nun könntest du deinen privaten Termin wahrnehmen.«

Er blieb stehen und drehte ihr sein Gesicht zu. »Du machst Witze.«

»Keine Angst, die fürsorgliche Ehefrau wird den traumatisierten Ehemann hegen und pflegen. Nur vergiss nicht, morgen ist ein neuer Tag.«

»Machst du dir keinen Kopf über das Geschehene?«

Sie blieb stehen und grinste ihn an. »Sollte ich?« Anschließend ging sie grußlos in ihr Haus zurück.

Er musste sich einmal kurz schütteln. Diese Frau durfte man nicht lieben, begehren war schon zu viel. War sie an einem nicht mehr interessiert, konnte sie kalt wie ein Fisch sein. Mit einem Fingerschnipsen ließ sie einen fallen. Vermutlich würde sie ihr Verhalten als normal bezeichnen, spräche er sie darauf an. Wieso geriet er ständig in solch komplizierte Situationen? Irgendwie hatte sich die Normalität gegen ihn verschworen, wenn es um sein Liebesleben ging. Die Ausnahme war Petra und die lebte nicht mehr. Lastete ein Fluch auf seinem Liebesleben, so als Kennedy für Arme? Er lachte auf. So wichtig war er nicht.

* * *

Die restliche Woche plätscherte ereignislos dahin. Sie folgten unterschiedlichen Spuren, die sie nicht weiterführten. Der Kriminaldienst drückte ihnen zusätzlich ein Beziehungsdrama in Schnelsen aufs Auge, dessen Aufklärung sie eher am Rande beschäftigte.

Werner, einer der ehemaligen Kumpane Grothes, blieb von der Bildfläche verschwunden. Hilpert war sich allerdings sicher, dass er ihnen über kurz oder lang in die Arme laufen würde. Soweit ihnen bekannt war, verfügte er über keine Kontakte über

Hamburg hinaus. Schoss der nach so vielen Jahren auf Grothe? Hatte der seinen Hass über ein Jahrzehnt konserviert? Warum drückte er nur einmal ab? Ein zweiter Schuss hätte ihm kaum Zeit für seine Flucht genommen. Das Wort Warnung raste durch Hilperts Kopf. Hatte man ihm eine Warnung zukommen lassen? Fragte sich nur wovor? Grothes bisherige Aussagen hatten sie nicht nennenswert nach vorne gebracht. Er hielt nicht einmal vage Andeutungen für angeraten. Das hieß, der Politiker wusste mehr, als er bislang durchscheinen ließ. Bewahrte er sich das Wissen für schlechtere Zeiten auf? Hilpert dachte für einen kurzen Moment an Andrea. Sie hatte seit ihrem letzten Treffen keinen Laut von sich gegeben. Im Prinzip war es besser für ihn, wenn sie einander aus dem Weg gingen.

Unzufrieden stieg er an diesem Abend vor seinem Zuhause aus seinem Wagen, den er neben Wellners Limousine abgestellt hatte, der offensichtlich von einer längeren Geschäftsreise zurückgekehrt war, die ihn mit Sicherheit zu seiner neuen Flamme geführt hatte. Diesmal wartete sein Schwiegervater mit einer Überraschung auf. Im Esszimmer empfing er ihn gemeinsam mit der neuen Frau an seiner Seite. Die Mitvierzigerin repräsentierte den Typus von Frau, dem er in letzter Zeit häufiger begegnet war. Sie war schlank, gepflegt, attraktiv. Er verstand seinen Schwiegervater. Hilpert grinste, als sie sich einander vorstellten. Irgendwie glich sie seiner verstorbenen Frau. Fragte sich nur, ob sie ähnlich warmherzig wie Petra war. Das war ihr nicht auf die Nasenspitze geschrieben worden. Und er konnte sie schlecht danach befragen. Sie verbrachten einen anregenden Abend miteinander. Sie hatte etwas zu erzählen und tat es gern. Mit ihrem Exmann hatte sie einige Jahre in Südeuropa und in den USA gelebt. Sie war mehrsprachig, belesen und interessierte sich eingehend für die Regionen, in denen sie sich zeitweise aufgehalten hatte. So wie sie redete und auftrat, stand sie in ihrem Job mehr als nur ihren Mann. Tatsächlich war sie gut situiert und keineswegs auf der Suche nach einem wohlhabenden Ernährer. Gegen Mitternacht saßen die beiden Männer allein zusammen. Ulrike Richter hatte sich zurückgezogen. Wellner wirkte trotz des harmonischen Abends angespannt auf Hilpert. Direkt darauf angesprochen, wand sich der Unternehmer zunächst um eine klare Antwort herum. Schließlich brach es aus ihm heraus: »Ulrike hat tatsächlich keine Lust, sich in eine Großfamilie einzufinden.«

Hilpert führte seine Tasse völlig entspannt zum Mund. Die Nachricht schreckte ihn keineswegs. Der Tee hatte sich inzwischen abgekühlt. Das schien ihn ebenso wenig zu stören. Er setzte zu einem mächtigen Schluck an und die Tasse war halb leer. Jetzt erst bequemte er sich zu einer Antwort: »Paul, ich verstehe deine Freundin. Wir sind ihr fremd. Maria ist für sie ein Baby wie jedes andere.«

»Das mag für sie stimmen, wo bleibe ich dabei? Ihr seid ein wichtiger Teil meiner Familie. Das gilt gleichermaßen für deine Eltern. Die Kleine gibt mir ein Stück von meiner Tochter zurück. Petra ist für sie gestorben. Ich will sie um mich haben, ich will sie aufwachsen sehen. Wer weiß, wie viel Zeit mir verbleibt?«

Freudlos hob Hilpert abermals die Tasse an und schaute hinein, als wollte er in dem nicht vorhandenen Satz lesen. Als sei ihm ein Gedankenblitz gekommen, stellte er sie zurück auf den Unterteller. »Offenbar geht beides nicht. Sprich mit deiner Ulrike. Wenn du willst, überlassen wir euch das Haus und orientieren uns um. Bis dahin können wir vorerst in die Wohnung in der HafenCity ziehen.«

Wellner schüttelte den Kopf. »Schenk dir deine ach so einfachen Lösungen, mein lieber Schwiegersohn. Bei diesem Modell sehe ich die Kleine höchstens einmal im Monat. Das kann ich nicht akzeptieren. Es wäre Verrat an Petra, Verrat an Maria, Verrat an euch und an mir.«

»Deine Ulrike ist eine intelligente Frau. Sollte sie darüber hinaus klug sein, wird sich eine brauchbare Lösung finden. Wenn du es wünscht, spreche ich mit ihr.«

»Danke, ich denk drüber nach.«

Zehn Minuten später gingen sie auseinander. Für Wellner sollte es eine schwere Nacht mit wenig Schlaf werden. Vielleicht hätte er sich nicht ins Zimmer seines Enkelkindes schleichen und es im Schlaf beobachten sollen. Er würde sich durch nichts bewegen lassen, sich von der Kleinen zu trennen. Sie machte seine Trauer erträglich und ermöglichte es ihm, Freude zu empfinden. Ihn gab es nur im Beipack mit Kind und Kegel.

22

Hilpert beschloss am nächsten Morgen, sich erneut in Wagners Wohnung umzuschauen. Obwohl er sie bereits zweimal durchstöbert hatte, war er sich nicht sicher, ob sie sie mit der erforderlichen Strategie aufgesucht hatten. Besaß er eine? Da war er sich mehr als unsicher. Sie ließen sich von den aktuellen Ereignissen treiben. Eigene Initiativen sah er momentan nicht. Sie verstanden zu wenig von den Ereignissen. Diesmal verzichtete er auf jegliche Unterstützung. Albers saß an dem Schlussbericht über den Fall in Schnelsen. Man musste nicht sonderlich begabt sein, um herauszufinden, dass als Mörder der Ehefrau nur ihr Mann infrage kam. In Anschluss an das erste Verhör unterschrieb er sein Geständnis. Es war die altbekannte Geschichte. Sie wollte sich trennen und die Kinder mitnehmen. Er stemmte sich mit Händen und Füßen dagegen und bekam keine Chance zu einem gemeinsamen Neuanfang. In diesem Fall durften sie das Glück preisen, dass er die Kinder zufriedengelassen hatte. Das Geschwisterpaar fand die erstochene Mutter in der Küche. Ob der Junge und das Mädchen mit diesem Trauma je fertig werden würden, stand in den Sternen.

Kurz nach elf betrat Hilpert die Wohnung des ermordeten Journalisten. Der Putzhilfe war von den Erben gekündigt worden. Dem Vernehmen nach bestand Uneinigkeit darüber, wie sie künftig verfahren wollten. Schnell bildete sich auf dem überwiegend dunklen Mobiliar eine dünne Staubschicht. Nach einem Tuch wollte er nicht greifen. Zu einem kurzen Stoßlüften reichte es allemal. Er streifte durch die Zimmer und überlegte, was er übersehen haben könnte. Am Ende stand er vor dem Bord mit den Artikeln des Mannes, die sie längst zurückgebracht hatten. Diesmal nahm er sich die Zeit und blätterte sie selbst durch. Dabei stieß er auf ein Schrifttum, das eindeutig nicht aus dessen Feder stammte. Es ging um rechtsradikale Inhalte. Als Headline stand groß und breit RLU darauf. Als Autor hatte sich Grothe nicht entblödet, seinen Namen darunterzusetzen. Pressesprecher nannte er sich großspurig. Hilpert überflog die Texte. Sie sprachen ihn stilistisch nicht an. Er empfand sie eher als widerwärtig. Sie enthielten den gleichen Sermon, wie er sie des Öfteren in seinem Leben lesen musste. Zumindest verstand sich Grothe auf eine ordentliche Interpunktion. Er nahm die Ergüsse und steckte sie in eine der Plastikhüllen, die sich reichlich im Schreibtisch anfanden. Worüber wollte Wagner schreiben, dass es ihn das Leben kostete? War er frühzeitig auf die Spur der NSU-Morde gestoßen? Gehörte diese klägliche Gruppe zumindest am Rande dazu? So recht wollte er daran nicht glauben. Versagt hatten damals nicht nur die Ermittlungsbehörden. Selbst die Medien ließen sich auf die abstrusesten Hypothesen ein. Fluchend verließ er die Wohnung, die Plastikhülle in der Hand. Hätte der Ermordete nicht wenigstens einen winzigen versteckten Hinweis hinterlassen können? Andererseits, wer rechnete damit, erschossen zu werden? Diese Tötungsart entsprach nur in Ausnahmefällen den allgemein gültigen deutschen Standards.

An seinem Schreibtisch widmete sich Hilpert seiner mageren Beute, die er an Land gezogen hatte. Er scannte die Blätter ein. Niemand konnte sagen, ob sie irgendwann ihre Bedeutung bekamen. An diesem Tag erreichte ihn zumindest kein Geistesblitz. Dafür durfte er sich mit seinem neuen Vorgesetzten auseinandersetzen. Dieser zitierte ihn nach dem Mittagessen zu sich. Linsmann saß mit strenger Miene hinter seinem Schreibtisch und versuchte auf diesem Weg, verlorene Autorität gutzumachen.

»Es geht um den Streit in der Sporthalle«, empfing er ihn. »Ich habe mittlerweile die Aussage von Oberkommissar Ihle vorliegen. Die unterscheidet sich ganz erheblich von Ihrer Version.«

Hilpert lachte zynisch auf. »Sie glauben also, Oberkommissar Albers geht zum Training in die Halle und weiß nichts Besseres zu tun, als auf vier Kollegen einzudreschen. Ich erscheine eine Viertelstunde später und beteilige mich aus Jux und Tollerei an der Prügelei?«

»Nun, mir ist zu Ohren gekommen, dass Sie nicht lange fackeln, wenn es darum geht zuzuschlagen.«

»Aha. Und in Ermangelung Krimineller habe ich mir ein paar Kommissare herausgepickt. Gut, dass ich nicht bewaffnet war, vielleicht hätte ich sonst die Herren erschossen?«

»Nun schütten Sie das Kind nicht gleich mit dem Bad aus, nur weil ich meine Bedenken geäußert habe.«

»Was erwarten Sie von mir? Mir will der Sinn unseres Gesprächs nicht eingehen. Der Fall liegt in den zuständigen Händen und wird entsprechend behandelt werden.«

»Sie sind nicht der Ansicht, Albers könnte die Männer provoziert haben?«

»Und das konnten die netten Kollegen bereits voraussehen und hatten vorsichtshalber einen Aufpasser vor die Tür der Halle gestellt. Herr Oberrat, die werten Herren hatten nicht einmal Trainingskleidung dabei. In diesem Fall handelt es sich um ein vorsätzlich geplantes Komplott gegen einen meiner Mitarbeiter, dessen sexuelle Orientierung ihnen nicht passte.«

»Das hört sich so bombastisch an, oder?«

»Wenn Sie meinen. Sie sollten sich eines merken: Niemand fasst einen meiner Leute an! Ich werde die Verantwortlichen für diese Tat mit allen Mitteln bekämpfen, egal, ob es sich um Polizisten oder Kriminelle handelt.«

»Mein Gott, was haben Ihle und seine Männer Schlimmes getan?«

Hilpert beugte sich vor. »Gut, machen wir die Probe aufs Exempel. Ich schlage Ihnen jetzt mehrmals in die Fresse. Mal sehen, was Sie daraus machen.«

Erschrocken zuckte Linsmann zurück. »Unterstehen Sie sich!«, stieß er hervor.

»Nicht gerade lustig, bedroht zu werden, nicht wahr? Bleiben wir mit Ernst bei der Sache. Haben Sie mal einen Blick in die Personalakte von Ihle geworfen? Darin können Sie einiges über sexistische Übergriffe gegenüber Mitarbeiterinnen und rassistische Äußerungen gegenüber dunkelhäutigen Kollegen lesen. Von Gewaltanwendungen gegenüber Inhaftierten ganz zu schweigen. Ich denke, es ist an der Zeit, den Herrn auszusortieren.«

»Darüber zu befinden, dürfte nicht Ihre Aufgabe sein.«

»Das wird sich zeigen. Sie haben meine erste Frage nicht beantwortet, was wollen Sie von mir?«

Entschieden erhob sich Linsmann aus seinem Sessel. »Eine Fortsetzung des Gesprächs sollten wir uns bei Ihrer momentanen

Stimmungslage schenken. Sie können gehen. Ich werde bei Gelegenheit auf Sie zukommen.«

»Ich freu mich darauf. Danke für das Gespräch. Es hat mir viel gegeben.«

Aufgebracht verließ er Linsmann. Ihm war klar, worauf er hinauswollte, auf irgendeinen verdammten faulen Kompromiss. Nach dem schlimmen Motto: Truppe schießt nicht auf Truppe. Am Nachmittag bat ihn Albers um ein Gespräch. Er war ebenfalls von dem Oberrat zu sich beordert worden. Ihm gegenüber war er klarer in der Diktion geworden. Er sollte gegen seinen eigenen Chef aussagen. Die Geschichte bekam einen zweifelhaften Geschmack. Hilpert entschied sich zurückzuschießen. Er griff zum Telefonhörer und ließ sich mit einem Kollegen vom LKA verbinden. Ihm hatte er nicht viel mitzuteilen. Anschließend packte er Albers am Arm und suchte unangemeldet Linsmann auf. Dieser blickte die beiden Männer entsetzt an, als sie vor ihm standen.

»Ich habe die interne Ermittlung beauftragt, die Vorwürfe, die Sie gegen mich erhoben haben, zu untersuchen.«

»Welche Vorwürfe?«, versuchte sich Linsmann herauszuwinden.

»Sollten Sie solch ein beschädigtes Kurzzeitgedächtnis besitzen, kann ich Ihnen nur empfehlen, einen Arzt zu konsultieren. Es gibt einen Namen für diese Krankheit. Ihre Vorwürfe gegen mich werden nunmehr untersucht.«

»Müssen Sie ...«

Hilpert ließ ihn nicht ausreden und verließ mit seinem Kollegen den Oberrat. Viel Zeit, sich über den Mann zu ärgern, verblieb ihnen nicht. Sie hatten sich mit anderen Problemen auseinanderzusetzen.

Zumindest hatte der Ärger einen Vorteil. Der Hauptkommissar verließ seinen Arbeitsplatz an diesem Nachmittag ungewohnt zeitig. Er traf daheim auf ein fideles Kind, das sich freute, von den Menschen im Haus verwöhnt zu werden. Gern ließ es sich von ihm auf den Arm nehmen und nach draußen tragen. Die Kleine begann bereits zu krabbeln. Es würde nicht mehr lang dauern und sie zog sich an Tischbeinen und Schränken hoch und dürfte damit beginnen, alles von seinem Platz zu räumen, was sie mit ihren Händen erreichte. Hoffentlich gab es in diesem Haushalt Leute, die kompetent nach vorne schauten, Gegenstände aus Glas und Porzellan aus ihrer Reichweite verbannten, um größere Flurschäden zu verhindern. Vor der Haustür genoss das ungleiche Paar den warmen Sommertag. Ulrike Richter gesellte sich zu ihnen.

»Mit Paul ist so früh nicht zu rechnen?«, fragte sie ihn, obwohl sie die Antwort kennen musste. Liebevoll blickte sie auf Maria und strich ihr sanft übers kleine Gesicht.

»Paul ist völlig vernarrt in sie«, wandte sie sich Hilpert zu. »Wer will es ihm verdenken?«

»Das gilt nicht nur für ihn, sondern für alle im Haus. Hinzu kommt, dass sie einen Teil seiner verstorbenen Tochter symbolisiert.«

»Er hat Ihnen erzählt, wie ich mir ein Zusammenleben vorstellen kann?«

»Allerdings.«

»Und Sie? Finden Sie, dass es zu egoistisch von mir ist, ihn allein für mich haben zu wollen?«

»Wie könnte ich? Jeder hat das Recht darauf, sein Leben zu leben, wie er möchte. Sehen Sie, diese Wohngemeinschaft hat sich aus der Not heraus gebildet. Petra und ich wollten die Erziehung unseres Kindes keinen Fremden überlassen. Mit unserem aktuellen Modell entsprechen wir dem Wunsch meiner verstorbenen Frau, so gut wir es vermögen. Maria wird von Menschen aufgezogen, die nur Liebe für sie empfinden. Sie täten es selbst dann, wenn morgen der gesamte Reichtum den Bach hinunterginge. Das gilt sogar für unsere Angestellten.« Er drückte seiner Tochter einen dicken Kuss auf die Wange. »Wäre Petra nicht gestorben, lebten wir nicht in diesem Haus und hätten nicht meine Eltern zu uns gebeten. Nun ist es anders gekommen. Selbstverständlich sind wir bereit, die Stellung zu räumen und Ihnen beiden das hier zu überlassen. Es sieht ja nicht so aus, als würden wir kurzfristig verarmen.«

»Das alles hier gehört Ihnen, erzählte mir Paul.«

»Im engeren Sinne ist es das Erbteil meiner Frau. Es ist auf mich übergegangen und geht auf mein Kind über. So gesehen trage ich eine Multimillionärin auf den Armen.«

»Gab es bei Ihrer Heirat keine Eheverträge?«

»Sie waren von mir geplant, doch der Wellner-Familienrat hat sich dagegen entschieden.«

»Das ist erstaunlich, einem Nicht-Familienmitglied so viel Vertrauen entgegenzubringen. Andererseits liebt Paul Sie wie seinen leiblichen Sohn und er schätzt Sie über die Maßen.«

»Wir haben uns von Anbeginn an verstanden.«

»Ich würde mich über eine offene Antwort auf meine nächste Frage freuen. Und bitte nicht lügen. Würde er mir zuliebe auf Distanz zu dem Wonneproppen auf Ihrem Arm gehen?«

»Nicht einen Millimeter. Dafür nehme ich jede Wette an.«

»Hat er es Ihnen verraten?«

»Nicht direkt«, wand er sich wie ein Aal um die Wahrheit herum. »Es würde so kommen, denn er ist ganz verrückt nach ihr.«

Ulrike sah auf das Kind in seinem Arm und streckte die Arme aus. Die Kleine lächelte sie an und wollte zu ihr. Liebevoll drückte sie sie an sich. Einen Moment später zog es sie zurück zu ihrem Vater. Das reichte. Sie hatte einen neuen Fan.

»Na gut, ich versuche mitzuspielen. Ich habe mich schon vor zwei Jahren unsterblich in Ihren Schwiegervater verliebt. Leider hat er nicht mitgespielt oder es, besser gesagt, nicht bemerkt. Ich bin mit dem zweiten Platz hinter Maria einverstanden. Außerdem seid ihr eine tolle Familie.«

Spontan nahm Hilpert sie in den freien Arm und gab ihr einen sanften Kuss auf die Wange. »Das war eine gute Entscheidung. Um die Menschenmassen etwas zu kanalisieren, werden wir das ehemalige Gärtnerhaus für meine Eltern herrichten lassen.«

»Fühlen sich die prächtigen Menschen dadurch nicht an den Rand gedrängt?«

»Sie hätten etwas Eigenes. Das sind sie gewohnt. Das war bereits geplant, bevor Sie in unser Leben getreten sind.«

»Das hört sich gut an. Nicht wahr, ich darf Fabian zu dir sagen? Ich bin Ulrike.«

Hilpert grinste sie zufrieden an. »Das Gespräch mit dir habe ich mir schwerer vorgestellt, Ulrike.«

»Nicht nur du. Es gibt ein zusätzliches Problem. Paul und ich werden über kurz oder lang heiraten. Und ich bestehe auf einer zweimonatigen Weltreise per Flugzeug und Schiff.«

»Das musst du mit ihm ausfechten, die Idee klingt gut. Du bist sicher, er wird den Laden so lange allein lassen?«

»Unter einer Bedingung, wenn du dich so lange hinter das Steuer stellst.«

»Mal ganz davon abgesehen, ob ich das kann. Ich habe einen Job.«

»Man kann sich beurlauben lassen. Nenn es Vaterschaftsurlaub. Und den Job kannst du. Zumindest glaubt Paul fest daran.«

Er streckte ihr die freie Hand hin. »Na gut, ich stelle mich eurem Glück nicht in den Weg.«

Sie strahlte ihn an. »Um mein Sohn zu sein, bist du nicht jung genug. Es wäre schön, wenn du mein Freund würdest.«

»Den kannst du bei solch einem künftigen Ehemann gut gebrauchen. Ich bin dabei.«

Der Abend endete in großer Harmonie, als Wellner eine Stunde später eintraf und feststellen musste, dass alles in seinem Sinn geregelt war. Als Ulrike gemeinsam mit Paul im Bett lag, ging sie auf das Gespräch ein, das sie mit Hilpert geführt hatte. »Fabian ist ein feiner Mensch, den muss man mögen.«

»Ja, meine Tochter hat ihn geliebt und ich liebe ihn ebenfalls.«

»Muss ich jetzt eifersüchtig werden?«

»Keine Angst, ich will ihn und mich nicht der Damenwelt entreißen.«

»Da bin ich beruhigt. Die Kleine ist ein Schatz. Sie ist sogar freiwillig auf meinen Arm gekommen.«

»Darauf kannst du dir was einbilden.«

Sie drückte sich fest an ihn. »Es ist schön, neben dir zu liegen.«

»Nur liegen?«

»Du hattest einen anstrengenden Tag.«

»Wer sagt das?!«

»Zeig, was du kannst, Tiger, ich lass mich gern von dir überraschen.«

Es gab sie, die Momente, an denen einen das Gefühl beschlich, dass das Leben nur Sonnenseiten hatte. Das Paar hatte solch einen Moment zu fassen bekommen. Sie konnten ihn nicht konservieren, wohl aber genießen.

23

Die internen Ermittler nahmen akribisch ihre Arbeit auf. Hilpert wie Albers mussten eine mehrstündige Vernehmung über sich ergehen lassen. Es befriedigte die beiden insoweit, weil sie wussten, dass vor Linsmann ebenfalls nicht haltgemacht wurde. Überraschend suchte sie am Nachmittag Polizeipräsident Leber auf. Ohne viel Federlesen zog er sich mit Hilpert in dessen Zimmer zurück.

»Also, werter Herr Hauptkommissar, was haben Sie sich dabei gedacht, sich selbst anzuzeigen?«

»Es war an der Zeit. Laufend stolpere ich über irgendetwas. Schaue ich genauer hin, ist es ausschließlich Linsmann, der seinen Fuß zurückzieht und dabei unschuldig lächelt.«

»Ich weiß, er ist ein Umstandskrämer.«

»Nicht nur das. Er ist ein devoter Arsch, der nach oben katzbuckelt und nach unten tritt. Jetzt machen wir endlich mal die Nagelprobe.«

»Sie Optimist. Glauben Sie wirklich, diesen Mann abschießen zu können? Daran hat bereits mein Vorgänger rumgeknabbert.«

»Gute Frage. Ich hoffe inständig darauf, er tut es selbst.«

»Glauben Sie mir, das geht aus wie das Hornberger Schießen. Wenn Sie einen Beamten im höheren Dienst nach Hause schicken wollen, muss der eine Autobombe in der Hamburger Straße gezündet haben oder morgens mit Hitlergruß im Büro erscheinen und das Horst-Wessel-Lied intonieren.«

»Ich werde damit leben. Zumindest wird er sich künftig vorsehen.«

»Lassen wir uns überraschen. Was machen die Morde in der rechten Szene?«, wechselte er das Thema.

»Leider ist der Fall komplizierter, als ich gehofft hätte. Es liegt eine Menge Arbeit vor uns.«

»Haben Sie nicht diesen Below einkassiert? Seine Fingerabdrücke konnten am Tatort identifiziert werden. Der Staatsanwalt drängt darauf, Klage zu erheben. Linsmann sieht das ähnlich.«

»Soll er. Das ist nicht der Weisheit letzter Schluss. Hat er tatsächlich Wagner erschossen, so ist das nicht auf seinem Mist gewachsen.«

»Gut, ich will mich da nicht einmischen. Unser gemeinsamer Freund möchte gern glänzen.«

»Er soll tun, was er für richtig hält. Wenn die Staatsanwaltschaft und der Herr Oberrat gemeinsam die Presse rocken wollen, immer ran. Ich halte mich da raus.«

»Ich werde Ihrem Rat folgen und im Hintergrund bleiben. Wäre natürlich großartig, wenn Sie bei Gelegenheit mit brauchbaren Ergebnissen herüberkämen.«

»Ich tu, was ich kann. Wichtig ist, Sie halten mir den Rücken frei. Dieser Linsmann ist nicht zu ertragen. Ich kann nicht die Hälfte meiner Arbeitszeit für den Blödsinn hergeben, den er im Minutentakt ausheckt.«

»Wie sprechen Sie von Ihrem Vorgesetzten?«, antwortete der Präsident lachend. »Ich tue, was ich kann, um Sie in Ruhe arbeiten zu lassen. Im Übrigen ist Weber in eineinhalb Wochen zurück. Die Reha schlägt großartig an.«

»Wenigstens eine gute Nachricht an diesem Tag. Ab sofort geht es bergauf.«

Der Präsident erhob sich und beendete damit das Gespräch. Er zählte ebenfalls die Tage, bis Weber wieder seinen Dienst aufnehmen konnte. Welcher Teufel hatte ihn nur geritten, Linsmann als dessen Stellvertreter einzusetzen? Sorgen bereitete ihm die geplante Pressekonferenz. Schließlich ging es um seinen Verein, nicht nur um Linsmann. Hatte Hilpert recht, waren sie noch nicht so weit. Gelassen griff er nach dem Telefon und ließ sich mit dem zuständigen Staatsanwalt Fiege verbinden.

»Dieses Telefonat hat nicht stattgefunden!«, war seine Ansage anstelle einer Begrüßung.

Fiege benötigte ein paar Sekunden, bis er begriff, wer mit ihm redete. »Klar, Herr Präsident.«

»Sie planen mit Linsmann eine Pressekonferenz?«

»Seiner Aussage nach ist die Beweislage eindeutig. Und ich kann dem gut folgen.«

»Was sagt der verantwortliche Ermittler dazu?«

»Keine Ahnung, darum wollte sich Linsmann kümmern.«

»Fein, seiner Meinung nach ist der Fall nicht geklärt. Ich habe heute mit ihm gesprochen.«

»Aha und wer ist zuständig?«

»Hilpert.«

»Hm, das ist kein aufgeblasener Spinner. Der arbeitet sehr sorgfältig. Warum informiert mich Linsmann nicht darüber?«

»Dem Vernehmen nach steht er mit Hilpert auf Kriegsfuß.«

»Ich verstehe. Danke für den Hinweis, ich werde mit Hilpert reden.«

»Gute Idee, tun Sie das.«

»Und Ihnen danke ich für das nicht stattgefundene Telefonat.«

»Da nicht für.«

»Gerade dafür.«

Es war zuweilen nicht einfach, mit Mitarbeitern zu tun zu haben, die faktisch unkündbar waren und an die man bis zu deren erwiesener Inkompetenz nicht herankam. Die Hire-and-Fire-Mentalität in der freien Wirtschaft war ihm eigentlich zuwider, doch zuweilen vermisste er sie in seinem Laden.

Hilpert quälte sein Team in seiner unnachahmlichen Art mit ungeduldigen Nachfragen, ohne dass es ihnen weiterhalf. Sie steckten fest. Werner blieb verschwunden, Below saß in Untersuchungshaft und schwor Stein und Bein, nicht an der Ermordung des Journalisten beteiligt gewesen zu sein. Er hätte sich gern nochmals Grothe vorgenommen. Dem war allerdings nach dem Anschlag Schonung verordnet worden. Wie ein Eisbär in einem zu engen Käfig wanderte Hilpert in seinem Zimmer unruhig auf und ab. Diesmal kam ihm keine Idee in den Sinn, wie es weitergehen könnte. Ein Anruf von Dr. Siebert erinnerte ihn an Laura, die er ein wenig aus seinem Kopf verbannt hatte. Ihr Onkel wollte wissen, ob sie sie an einem der nächsten Tage gemeinsam besuchen wollten. Hilpert gestand sich ein, dass es ihm in Begleitung leichter fiel, bei ihr vorbeizuschauen, als allein. Anscheinend erging es dem Notar ähnlich. Sie einigten sich auf den nächsten Nachmittag. Siebert versprach, alles mit Professor Maurer zu regeln. Hoffentlich ging es ihr besser. Ein Anruf von Staatsanwalt Fiege brachte ihn auf andere Gedanken. Er sprach ihn auf ihre geplante Pressekonferenz an. Hilpert teilte dem Staatsanwalt seine Bedenken mit, was Belows Täterschaft am Journalistenmord betraf, wies insbesondere auf fehlende Motive für die Tat hin.

»Sollte er als Auftragsmörder tätig geworden sein, fehlen uns jegliche Indizien, die in diese Richtung weisen, geschweige denn Hinweise auf den Auftraggeber. Ansonsten gibt es keine Belege für seine Beteiligung an den jetzigen Morden. Seine Finanzlage ist so mäßig, dass Erpressung auszuschließen ist. Es bleiben nur seine Fingerabdrücke auf dem Baseballschläger.«

»Sie gehen davon aus, dass die aktuellen Ereignisse im Zusammenhang mit dem Mord an Wagner zu sehen sind?«

»Ganz eindeutig. Es gibt vor dem Hintergrund der augenblicklichen Beweislage keine andere Option. Alles ist gleichwohl schwammig und steht auf wackeligen Beinen.«

Hilperts Bedenken reichten Fiege, um vorerst mit der Pressekonferenz zu warten. Eine kluge Henne gackerte, wenn sie das Ei gelegt hatte, nicht vorher. Er war ehrgeizig genug, um seine Karriereträume über eine intelligente Pressearbeit zu unterstützen. Solch eine Strategie hatte ihre Tücken und konnte schnell nach hinten losgehen. Der Hauptkommissar war niemand, der ihm Steine in den Weg legte, sondern sie ihm eher aus dem Weg räumte.

Hilpert dachte nach dem Gespräch an Linsmann. Der würde die Entscheidung garantiert als böswilligen Akt interpretieren, den er initiiert hatte, um seine Kreise zu stören. Er sollte damit richtigliegen, wie dessen wütender Anruf kurz darauf unterstrich. Er warf ihm vor, die Konferenz aus rein egoistischen Gründen torpediert zu haben. Diesmal platzte Hilpert der Kragen. Vorbei war es mit seiner Gelassenheit.

»Sie interessieren sich nicht für die Ermittlungen, lassen uns die Arbeit machen und wollen sich in der Öffentlichkeit in den Ergebnissen suhlen. Tun Sie das. Hauptsache, Sie lassen mich mit Ihren dümmlichen Vorwürfen zufrieden. Seien Sie froh, wenn Sie nicht mit Halbwahrheiten an die Medien gehen und damit demonstrieren, dass Sie keine Ahnung von den tatsächlichen Umständen der Taten haben. Man wird schnell als dummer August abgestempelt.«

Linsmann musste tief durchatmen, bevor er zu einer Antwort anzusetzen vermochte. »Ihre Unverschämtheiten werde ich Ihnen bei Gelegenheit in den Rachen stopfen, mein Wort darauf.«

Aufgebracht beendete Hilpert das Telefonat. Er atmete mehrmals tief durch. Das Gespräch hatte ihn stärker aufgewühlt, als er sich zugeben wollte. Der Tag reichte ihm. Ihn hielt nichts mehr im Präsidium.

Auf der Fahrt nach Blankenese fiel ihm der Name einer potenziellen Unterstützerin der RLU ein, Sigrid Breckwoldt. Sein Schwiegervater meinte vor Kurzem, sie sei in der Vergangenheit mit extremen Äußerungen auffällig geworden. Er aktivierte sein Telefon und erreichte Albers. Der konnte ihn beruhigen, die Überprüfung der Dame lief. Ansonsten seien sie noch nicht weitergekommen. An allen Ecken wurde gemauert. Dem Verfassungsschutz war sie nicht aufgefallen. Es galt mehr oder weniger für die gesamte Unterstützerszene, die sie bislang an die Oberfläche gezerrt hatten. Diese hatte es großartig verstanden, sich bedeckt zu halten und ihr Geld und ihre Kontakte wirken zu lassen. Gedankenversunken hätte er beinahe den Blitzer am Straßenrand übersehen, der wie ein Strauchdieb auf ihn zu lauern schien. Zu seinem Glück funktionierten seine Reflexe ebenso gut wie seine Bremsen. Wo stand er mit seinen Punkten in Flensburg? Er wollte sich bei Gelegenheit informieren. Nicht dass er seinen Dienst künftig mit eigenem Fahrer oder auf dem Fahrrad verrichten durfte.

24

Sie telefonierten am darauffolgenden Tag all ihre Kontakte ab und hofften, wenigstens in Sachen Werner einen Fahndungserfolg feiern zu können. Ohne Ergebnisse. Niemand half, keine neugierige Nachbarin, kein Kommissar Zufall, kein Video einer Tankstelle. Ihre Telefone blieben still.

Der Besuch bei Laura brachte außer einer gedrückten Stimmung nichts ein. Ihr Zustand war unverändert. Hilpert nutzte die Gelegenheit, Dr. Siebert auf dem Rückweg nach Grothe zu befragen.

»Was soll ich von ihm sagen, was ich nicht bereits gesagt hätte? Bis heute habe ich nicht verstanden, was ihn in diese Gruppierung getrieben hatte. Sein konsequenter Abschied von diesem Gedankengut unterstreicht letztendlich, dass er dem nicht sonderlich eng verhaftet gewesen sein konnte. Sein Aufstieg in seiner neuen Partei gegen erbitterte Widerstände unterstreicht sein Durchstehvermögen.«

»Vielleicht wegen seiner Frau Andrea?«

»Sie meinen Mord aus Eifersucht.« Abwägend schüttelte er den Kopf. »Nein, nicht Grothe. Der erschießt niemanden kaltblütig.« Er tippte mit dem Zeigefinger gegen seine Stirn. »Der ist clever, vor allem denkt und handelt er rational.«

»Gilt das für ihn gleichermaßen, wenn es um seine Frau geht?«

»Das unterstelle ich. Nun haben wir uns in den letzten Jahren seltener getroffen. Ich glaube nicht, dass er sich gänzlich verändert hat.«

»Wenn Grothe so rational gesteuert ist, wieso ist er bei den Rechten aufgeschlagen?«

»Das habe ich mich oft genug gefragt. Vielleicht sind seine Emotionen mit ihm durchgegangen, schließlich ist er in relativ jungen Jahren dort gelandet. Letztlich kann ich darüber nur spekulieren.«

»Kommen wir auf Andrea zurück. Was hat sie an ihm gefunden? Sie: attraktiv, reich. Er: unscheinbar, ohne nennenswerte Mittel.«

»Das fragen Sie besser sie. Ich habe nie einen Grund gehabt, mir darüber einen Kopf zu machen. Es soll ja bei Männern durchaus Eigenschaften geben, die auf den ersten Blick nicht so durchscheinen, trotzdem bei Frauen gut ankommen.«

»Wenn Sie es sagen. Haben Sie mitbekommen, dass die Ehe auf der Kippe steht?«

Erstaunt blieb der Notar stehen. »Nein, das wäre mir neu. Dazu haben sie mir kein Wort gegönnt.«

Hilpert waren die Fragen zum Ehepaar Grothe ausgegangen. Langsam fassten sie den Mut, die Situation um Laura anzusprechen. Ihr Onkel blickte traurig in seine Richtung. »Ihre psychischen Probleme machen mich fix und fertig. Ich will nicht glauben, dass die Krankheit nicht in den Griff zu bekommen ist. Ich denke darüber nach, mit ihr in die USA zu gehen. Mir ist dort die Adresse eines bekannten Psychiaters aufgegeben worden. Vielleicht ist der besser als Maurer.«

»Meinen Sie, eine Therapie in Englisch könnte hilfreich sein?«

»Keine Angst, er ist Österreicher und spricht besser Deutsch, oder was die Österreicher dafür halten, als Englisch.«

»Weiß Maurer von seinem Glück?«

»Auf ihn kann ich keine Rücksicht nehmen. Es geht einzig und allein um meine Nichte.«

Hilpert horchte in sich hinein und fragte sich, was er davon hielt. Es wäre bedauerlich, Laura nicht mehr regelmäßig sehen zu können. Wirklich betroffen machte ihn diese Nachricht nicht. Trotzdem wäre er gern dabei, wenn es mit ihr aufwärtsging. Er hatte ihr kleines Gesicht vor Augen. Sie hatte wie gehabt auf keinen von ihnen reagiert. Und Professor Maurer versuchte im Gespräch mit ihnen auf Zeit zu spielen. Alles nach dem Motto, Rom ist nicht an einem Tag erbaut worden. Wollte er damit letztlich seine eigene Hilflosigkeit kaschieren? War Laura ein hoffnungsloser Fall? Er stemmte sich dagegen. Siebert tat seiner Meinung nach das Richtige, wenn er alle Optionen nutzte, ihr zu helfen.

Nach fünfzehn Uhr war Hilpert im Präsidium. Zu seinem Erstaunen stellte er fest, dass die Ermittlungsakten exzellent aufgeräumt auf seinem Besprechungstisch lagen. Frisch motiviert strich er darüber. Wer hier tätig geworden war, hatte sich große Mühe gegeben, alles in einem sinnvollen Zusammenhang zu ordnen. Den Verantwortlichen bekam er schnell zu fassen. Es war Albers. Darauf angesprochen meinte er lapidar, dass nur geordnete Akten von mehreren Personen bearbeitet werden könnten. Zum Ausgleich stellte Hilpert ein Abendessen in Aussicht. Der neue Kollege erwies sich als absoluter Glücksgriff. Endlich stand ihm jemand zur Seite, der ihm seine angeborene Unordnung austreiben würde. Fragte sich nur, wie willig das Fleisch auf Dauer war. Mittlerweile war die RLU-Akte vom Verfassungsschutz eingetroffen. Interessiert nahm Hilpert sie sich zur Brust. Die Aktivitäten dieser Gruppe waren vielfältiger, als er bislang angenommen hatte. Vor allem waren sie in der Anfangszeit recht erfolgreich mit ihren Aktionen. Nach einer guten Stunde brach er ab. Nun konnte er zum gemütlicheren Teil des Abends übergehen.

Er hatte entschieden, sein Versprechen gegenüber Albers kurzfristig einzulösen. Sie trafen sich bei dem Italiener auf dem Schiff an der Binnenalster. Es wurde ein langer Abend. Wie nicht anders zu erwarten, standen die aktuellen Morde im Zentrum ihrer Unterhaltung.

Hilpert fasste ihre unbefriedigenden Ergebnisse mit einem Anflug von Frustration zusammen. »Die gesamte Mischpoke, mit der wir uns unterhalten haben, verarscht uns. Wir werden belogen oder mit Halbwahrheiten abgespeist. Um den Bock fett zu machen, spuckt uns mit Linsmann ein Kollege aus den oberen Rängen in die Suppe.«

»Hast du eine Idee, wie wir dem einen Riegel vorschieben könnten?«

Hilpert schüttelte den Kopf. »Ich sehe nur einen Ansatz: Wir nehmen uns die Leute nacheinander vor. Fangen wir morgen mit Grothe an. Nach dem Attentat auf ihn suchen wir ihn besser zu Hause auf. Gleiches gilt für Peterson. In seinem Alter muss er sich nicht zu uns bemühen. Ruf die morgen an. Mach mit beiden Termine. Lass dich vor allem nicht abwimmeln. Zicken die rum, droh mit dem Präsidium. Lass unterschwellig das Wort Presse fallen. Das zieht bei einem Mann wie Grothe allemal. Die kann er momentan bestimmt nicht gebrauchen. Bei Peterson sehe ich eh keine Probleme. Der hat keine Lust auf Stress mit uns.«

»Wird schon schiefgehen.«

»Ich liebe deinen Optimismus.«

Nach zehn beendeten sie das Abendessen. Sie hätten sich Überstunden aufschreiben können. Sie nahmen ihren Job überall mit hin.

* * *

Grothe empfing die beiden Beamten am darauffolgenden Vormittag mit distanzierter Miene.

»Ihr Besuch passt mir zu dieser Zeit überhaupt nicht. Jetzt geht es in meiner Partei um die Wurst. Ein falsches Wort und ich lande auf der Hinterbank. Womit kann ich dienen?«

»Es geht, wie Sie sich denken können, um unser leidiges Thema. Da können wir auf Ihre beruflichen Ambitionen leider keine Rücksicht nehmen.«

»Ist ja okay. Ich hatte heute einen Anruf von Werner.«

»Und was wollte er?«

»Er meinte, sie seien beileibe nicht durch mit mir.«

»Wen meinte er mit sie?«

»Viele kommen da nicht infrage.«

»Es dreht sich um Ihre ehemalige Gruppe?«

»Zumindest habe ich ihn so verstanden.«

»Hat er irgendetwas von Hintermännern gesagt?«

»Nicht konkret.«

»Überlegen Sie, ob Ihnen jemand einfällt, den wir uns vornehmen könnten.«

»Tut mir leid, da kann ich Ihnen nicht helfen.«

»Was sagt Ihnen der Name Sigrid Breckwoldt?«

»Scheiße, wie sind Sie auf die gestoßen?«

Hilpert spürte, wie er an die Spitze der Truppe gespült wurde. Mit dem Namen hatte er die Zwölf getroffen. Ungerührt setzte er nach: »Sie wissen so gut wie ich, wo die Dame steht.«

Grothe unterstellte ihnen eindeutig mehr Wissen, als ihm guttat. Mit einer Falschaussage vor der Polizei konnte er seinen politischen Plänen Adieu sagen. Also bewegte er sich vorsichtig auf sie zu.

»Kann ich mich darauf verlassen, dass Sie für sich behalten, wer Sie informiert hat?«

»Niemand verbrennt seine Informanten. Was können Sie uns über die Unternehmerin erzählen?«

»Unternehmerin? Das ist eher eine Megäre, die frisst Männer.«

»Wie darf ich das verstehen?«

»Unterhalten Sie sich mit ihrem Exmann, danach wissen Sie besser, was ich meine.«

»Er lebt in Hamburg?«

»Keine Ahnung, wo der sich heute aufhält. Der hat zu Recht das Weite gesucht. Die ist härter als jeder Mann und reaktionär bis auf die Knochen. Für die war Strauß 'n Linker.«

»Und sie gehörte zu euren Förderern?«

»Nicht nur das, die war aggressiv wie eine Kobra.«

»Hat sie sich Ihnen und Ihren Kollegen damals so mir nichts, dir nichts zu erkennen gegeben?«

»Beileibe nicht. Die hat sich genauso bedeckt gehalten wie die anderen Unterstützer. Ich habe an einem Nachmittag durch eine angelehnte Tür mitbekommen, wo die politisch steht. Das reichte mir allemal. Ginge es nach der, gäbe es im Land wieder Arbeitslager. Die war extremer als ich in meinen wildesten Zeiten.«

»Wo ist das gewesen?«

»In Rösslers Wohnung.«

»Was hatten Sie da zu suchen? Sind Sie etwa ...?«

»Keine Angst, ich bin hetero. Rössler hatte mich zu sich gebeten, um einen Text mit mir abzustimmen. Als sie kam, bat er mich, so lange ins Nebenzimmer zu gehen. Selbst er war über die Forderungen der Frau erschrocken. Der Mann war nun wirklich alles andere als liberal.«

»Sie wissen, wer sein Gspusi war?«

Anfangs wand sich Grothe um eine konkrete Antwort herum, bis er antwortete: »Ja, mein Schwiegervater.«

»Das heißt, Sie gehörten zu den wenigen, die um sein kleines Geheimnis wussten?«

»So ist es.«

»Deren sexuelle Orientierung passte damals in Ihr Weltbild und das Ihrer Freunde?«

»Zu der Zeit habe ich davon nichts gewusst. Das habe ich eher per Zufall mitbekommen, als ich dabei war, einen Abflug zu machen.«

»Was wäre gewesen, wenn Sie früher etwas davon mitbekommen hätten?«

»Peterson kannte ich zu dem Zeitpunkt nicht. Für Rössler wäre es schrecklich geworden.«

»War der sich darüber im Klaren, wie eng er am Abgrund agierte?«

»Nein. Der glaubte mit Sicherheit, wir würden seine Verdienste für die Vereinigung würdigen. Wen von uns hätte das interessiert, vor allem, wer wusste davon?«

Langsam begann Hilpert mehr zu begreifen. Musste Andrea den Preis für Grothes Schweigen bezahlen? Wenn er an die Furcht dachte, die der Reeder vor einem Outing hatte, konnte daraus ein Schuh werden. Er musste sie direkt befragen.

»Stimmt es, dass Sie und Ihre Frau über eine Trennung nachdenken?«, wechselte er das Thema.

»Ihnen entgeht anscheinend nichts. Ihre Information stimmt. Nach der Wahl zum Fraktionsvorsitzenden gehen wir auseinander.«

»Ist das nicht schlecht für Ihre anwaltlichen Geschäfte?«

»Wir haben eine angemessene Abfindung für mich ausgehandelt. Außerdem habe ich eh die Absicht, die Arbeit ruhen zu lassen. Für meine beiden Partner bleiben ausreichend Mandate übrig.«

»Sie gehen davon aus, dass Ihnen Aufträge entzogen werden?«

»Darauf können Sie sich verlassen. Familie Peterson ist da sehr konsequent.«

»Kommen wir nochmals auf Wagner zu sprechen. Er hatte zeitweise ein Verhältnis mit Ihrer späteren Frau. War Ihnen das bekannt?«

»Oh ja, ich erinnere mich gut. Zu der Zeit kannten wir uns kaum. Trotzdem war ich brennend eifersüchtig. Ich hatte keine Chancen bei ihr. Andrea hat mich nicht mit dem Arsch angesehen. Von ihr dermaßen ignoriert zu werden, war beinahe schlimmer, als zu wissen, dass Wagner sich mit ihr im Bett vergnügte.«

»Ein guter Grund, ihn umzubringen, was meinen Sie?«

Bedächtig nickend, grinste ihn Grothe an. »In meinen Träumen habe ich ihn Dutzende Male abserviert. In Natura war ich dafür zu feige. Ich bin nie ein Schläger gewesen.«

»Gehört viel Mut dazu, einen Mann zu töten, der zusammengeschlagen am Boden liegt?«

»Ich könnte das nicht.«

»Ich habe mir eure Akte etwas genauer angesehen. Zeitweise war die RLU recht erfolgreich mit ihren Aktivitäten.«

»War kein Wunder, schließlich hatten wir einen Kollegen von Ihnen als Zuträger. Der schlug manchen von uns um Längen, was seinen Hass auf Ausländer oder Schwule anging. Wäre ein geeigneter Mann für die Totenkopfbrigade der SS gewesen, hätte er das richtige Alter gehabt.«

Hilpert spitzte alle Ohren. »Ein Maulwurf bei uns? Können Sie mir einen Namen nennen?«

»Nein, ich habe den nur einmal kurz in dem Haus an der Schäferkampsallee gesehen. Ich habe nie mehr von ihm gehört.«

»Würden Sie den heute wiedererkennen?«

»Kaum, ich weiß nur, dass er groß war. Er hatte einen Stiernacken und wenig Haare auf dem Kopf. Er trat auf, als sei er der Innensenator und kein korrupter Bulle.«

»Ihle!« Wie einen alten Kaugummi spuckte Hilpert den Namen aus. Irgendwo passte die Rolle des rechten Verräters zu dem Mann.

Hilpert beruhigte sich nur langsam. »Und, hat er aus politischer Überzeugung gehandelt?«

Grothe lachte bellend auf. »Sie belieben zu scherzen. Weshalb glauben Sie, hatte der sich bei Rössler eingefunden? Es war Zahltag. Die Kohle holte er sich gern persönlich ab. Konnte er sich schließlich schlecht überweisen lassen.«

Plötzlich hatte es Hilpert eilig zu gehen. Dafür war die letzte Info zu brisant. Keine zehn Minuten später trennten sie sich. Bereits auf der Straße informierte Hilpert die internen Ermittler. Die wollten sich sehr sorgfältig um Ihles Finanzlage kümmern.

»Was meinst du, wird Grothe in einem Prozess gegen Ihle aussagen?«, fragte Albers seinen Chef auf dem Weg zum Auto.

»Schwer zu sagen, das hängt vor allem davon ab, ob und inwieweit er in die Morde verstrickt ist.«

»Das verstehe ich nicht.«

»Ist er unschuldig, kann er es sich nicht erlauben, die Aussage zu verweigern. Wie macht sich das für einen Politiker, der ganz nach oben will? Der kann nicht in einem Fall von Korruption bei der Polizei zur Seite blicken und den Mund halten.«

»Und wenn er mit an dem Verbrechen beteiligt war?«

»Dann wird er sich eindeutig zurückhalten. So auskunftsfreudig wie heute wird er sich nicht mehr geben.«

»Glaubst du, dass er in die Verbrechen verwickelt ist?«

»Zumindest in den Mord an Wagner. Ob aktiv, wird sich zeigen. Du hast genau wie ich mitbekommen, dass an dem wenig vorbeigegangen ist. Der weiß mehr, als er zugibt. Keine Ahnung, wie tief er mit in der Scheiße steckt.«

»Wir sollten ihn im Auge behalten.«

»Worauf du dich verlassen kannst. Leider ist alles sehr verworren. Schaut man oberflächlich drauf, ist einem alles klar. Geht es ans Eingemachte, wird es kompliziert.«

Bis zu ihrem Termin mit Peterson verblieb ihnen eine gute Stunde Zeit. Die reichte allemal, das kulinarische Angebot in der Wandelhalle zu testen. Im Stehen aßen sie jeder zwei Matjesbrötchen. Ein Bier hätte dazu bestens gepasst. Trotzdem beließen sie es bei einem Wasser. Eine Alkoholfahne passte nicht wirklich zu einer Vernehmung. Die Zwiebeln waren schon ein Angriff auf die Geruchsnerven. Vom Auto aus gab Hilpert Anweisung, die Adresse von Peter Breckwoldt, dem Exmann der Unternehmerin, herauszufinden. Ein Gespräch mit ihm konnte nicht schaden.

25

Es war schwierig auszumachen, ob ihr Besuch Peterson störte oder ob es ihm gleichgültig war, erneut befragt zu werden. Freude kam zumindest keine bei ihm auf, als sie einander begrüßten.

»Schießen Sie los«, beließ er keinen Raum für unbedeutende Floskeln.

Hilpert überlegte kurz. Sie hatten keine konkreten neuen Erkenntnisse. Vielmehr wollten sie aus dem Unternehmer mehr Informationen quetschen, als er bisher zu geben bereit war. Dieser sah ihn gelassen an, als wisse er um die Zwangslage der Beamten.

Zu ihrem Erstaunen ergriff Peterson das Wort. »Ich habe mir über die Morde Gedanken gemacht. Läuft jemand durch die Gegend, der die Unterstützerszene der RLU auslöschen will?«

»Die Idee kommt mir weit hergeholt vor«, erwiderte Hilpert zweifelnd. »Nach bald zehn Jahren findet die Racheaktion statt?«

Peterson ließ der Gedanke nicht los. »Wie ist denn dieser Müller ums Leben gekommen? Es wird behauptet, es sei ein Autounfall gewesen. Der Mann war möglicherweise das erste Opfer. Vielleicht war unser Mörder über längere Zeit verhindert und kann erst jetzt wieder zuschlagen?«

Hilpert gestand sich ein, diesen Aspekt bisher nicht berücksichtigt zu haben. Handelte es sich um eine verspätete Rache an den Mitgliedern dieser Vereinigung? Darüber wollte er im stillen Kämmerlein nachdenken. Zögernd nahm er den Ball auf. »Sollten Sie mit Ihrem Verdacht richtigliegen, würde ich vorsichtig sein und mich auf der Straße des Öfteren umschauen.«

»Keine Angst, darüber denke ich spätestens seit Rösslers Tod nach.«

»Und, sind Sie zu einem Entschluss gekommen?«

»Nicht wirklich. Bislang endete es bei einem Bodyguard.«

»Möchten Sie Polizeiunterstützung?«

»Sind Sie des Teufels? Wer holt sich denn freiwillig die Polizei ins Haus?!«

»Das ist Ihre Entscheidung. Deshalb sind wir nicht hier.«

»Sondern?«

»Breckwoldt, Sigrid mit Vornamen, sagt Ihnen der Name etwas?«

»Selbstverständlich. Ich kenne sie seit meiner Jugend. Sie ist eine großartige Frau.«

»Da habe ich anderes gehört, das klang weniger schmeichelhaft.«

»Sie ist tatsächlich nicht der Typ, der bei jedem ankommt.«

»Und weshalb nicht?«

»Nun, sie ist eine knallharte Geschäftsfrau, verzeiht keine Fehler.« Er beugte sich vor. »Mal unter uns, sie macht vielen Männern Angst.«

»Wie steht sie zu Ihrem Schwiegersohn?«

Peterson lachte auf. »Die beiden sind wie Feuer und Wasser.«

Jetzt zumindest verstand Hilpert die Auskunftsfreudigkeit des Politikers.

»Und weshalb macht sie Ihnen keine Angst?«

»Vielleicht, weil wir Freunde sind. Vielleicht, weil ich zu viel in meinem Leben erlebt habe, als dass mich ein einzelner Mensch erschrecken könnte.«

»Sie war mit von der Partie, wenn es darum ging, die RLU zu unterstützen?«

»Respekt, dass Sie das herausgefunden haben. Sie ist in ihren politischen Forderungen recht rigoros. Das muss ich zugeben. Bisher hat sie sich stets wieder eingekriegt.«

»Können Sie das etwas näher erklären?«

»Sie ist so ein Law-and-Order-Typ. Sie meint, der Staat muss Härte gegen seine Gegner zeigen.«

»Gegner, wo fangen die an bei ihr?«

»Das ist zuweilen ihr Problem. Gelegentlich gehen die jungen Pferde mit ihr durch.«

»Würden Sie mir das genauer beschreiben?«

»Das möchte ich nicht. Sie ist meine Freundin und so soll es bleiben.«

»Kann man ihr zutrauen, an dem Mord an Wagner beteiligt gewesen zu sein?«

»Ich trau ihr manches zu, aber Mord?« Er schüttelte den Kopf. »Nein, das wäre zu viel des Guten.«

»Ihre Tochter will sich von Grothe trennen?«, schwenkte Hilpert um.

»Das ist korrekt. Die Ehe findet seit geraumer Zeit nicht mehr statt.«

»Sie unterstützen seine Kandidatur nach wie vor?«

»Hat Andrea Ihnen das erzählt?«

»Wer sonst?«, erklang es von einer Nebentür her. Petersons Tochter betrat sein Büro, ohne dazugebeten worden zu sein.«

Ungestört fuhr er fort: »Es stimmt. Ich bin davon überzeugt, dass er der geeignete Mann für die angestrebte Funktion ist.«

»Und warum?«, ließ sich Hilpert nicht beirren.

»Ich hoffe, er stoppt diesen unsäglichen Linksdrall in der Partei. Da werden ja alle Werte infrage gestellt, die uns über Jahrzehnte ausgemacht haben.«

»Haben Sie was gegen die Homo-Ehe?«, fuhr Albers urplötzlich dazwischen.

»Sie werden erstaunt sein, ja.«

Albers ließ nicht locker. »Am besten, wir reanimieren den Paragrafen 175.«

»Nun werden Sie unlogisch, junger Mann.«

Andrea ließ sich von dem kleinen Rededuell nicht beeindrucken. Sie stellte sich provozierend vor Hilpert. »Du machst dich rar.«

»Manchmal geht es nicht anders.«

»Ja, ja, zuweilen muss ein Mann tun, was ein Mann tun muss.«

»Wie recht du hast. Am besten bleibst du hier, dann können wir dich gleich mit befragen.« Er hatte sich erhoben und wollte sie mit Handschlag begrüßen. Sie dagegen umschlang ihn mit ihren Armen und drückte ihm einen Kuss auf den Mund auf. Er spürte, wie er auf sie reagierte und ärgerte sich über sich, weil sie es bemerkt haben musste. Zu eng hatte sie sich an ihn gepresst. »Nicht wahr, du schaust bei mir rein?«

Sie nickte den Männern zu und verließ den Raum.

Peterson grinste zu ihm herüber. »Sie scheinen bei der Damenwelt anzukommen, Herr Hauptkommissar. Meine Tochter ist sehr wählerisch.«

»Das sollte sie jedenfalls als treue Ehefrau sein.«

»Ach, heutzutage nehmen es die jungen Leute nicht so genau mit der ehelichen Treue.«

»Ist das wirklich Ihre Meinung?«

Ihm war nicht wohl bei Andreas Auftritt. Ihr dagegen schien es Freude gemacht zu haben, ihn zu provozieren.

Nachdem sie mit dem Reeder durch waren, atmete Hilpert tief durch und suchte sie auf. Die Blöße, sich nicht in ihr Büro zu wagen, wollte er sich nach ihrem Auftritt nicht geben. Ganz offensichtlich arbeitete sie, als sie eintraten. In diesem Unternehmen wurde nichts verschenkt. Selbst die Tochter des Inhabers wurde nicht geschont. Sie blickte auf und grinste in Richtung der beiden Ermittler. »Na, hast du dir Verstärkung mitgebracht?«, raunzte sie ihn angriffslustig an.

»Du weißt selbst, Polizisten leben zuweilen gefährlich. Der Rücken sollte stets frei bleiben.«

»Das habe ich zu respektieren. Befragen lasse ich mich trotzdem nur von dir allein.«

Er konnte es nicht lassen, mit dem Feuer zu spielen. Grinsend ging er um ihren Schreibtisch herum und fuhr ihr sanft mit einer Hand über die Wange. Bevor sie reagieren konnte, zog er sich zurück. Er winkte ihr zu und versprach, sie in den nächsten Tagen anzurufen.

»Warum bist du nicht geblieben?«, fragte ihn Albers im Aufzug. »Ich hätte gewiss allein nach Hause gefunden.«

»Alles zu seiner Zeit«, erwiderte Hilpert. Er ärgerte sich, dass er nicht mutiger gewesen war. Relativ wortkarg fuhren sie ins

Präsidium zurück. Dort kamen ihm Petersons Worte in den Sinn. Hatten sie es mit einem Rächer zu tun? Mussten sie die Ermordung Wagners unabhängig von den aktuellen Morden sehen? Er schüttelte den Kopf. Das waren ihm zu viele Zufälle auf einem Haufen, sah man von der zeitlichen Komponente einmal ab. Es war spät geworden. Albers hatte sich bereits auf den Weg zu seiner Wohnung gemacht. Stange hatte Bereitschaftsdienst, saß in seinem Büro und winkte Hilpert zu, als er das Büro verließ.

Lächelnd dachte er über Andrea nach. Sie war frech und angriffslustig. Eigentlich gefiel es ihm. Sie steuerte direkt auf ihr Ziel zu und machte es ihm leicht. Er musste nicht den Macho mimen oder alternativ dazu lyrische Gedichte zitieren. Unter anderen Umständen hätte er gern den Abend mit ihr verbracht. Er zuckte die Achseln, man konnte nicht alles haben. Er hatte gerade den Motor seines Wagens gestartet, als sein Telefon ihn aus seinen Gedanken riss. Er vernahm eine keuchende männliche Stimme. »Wenn du mehr über die Morde wissen willst, komm nach Rothenburgsort.« Der Anrufer nannte ihm die Adresse einer stillgelegten Industrieanlage. Hilpert wusste in etwa, wo die ehemalige Fabrikation liegen musste. »Beeil dich, es wird mir langsam zu mulmig hier«, fuhr der Unbekannte fort. »Ich warte genau zwanzig Minuten. Danach verpiss ich mich.«

»Keine Ahnung, ob ich es in dieser Zeit schaffe.«

»Mach hin. Ich hab keine Lust umgelegt zu werden, nur weil du nicht in die Hufe kommst.«

Hilpert wollte antworten, musste jedoch feststellen, dass die Verbindung unterbrochen worden war. Hektisch orientierte er sich auf das neue Ziel. Erst langsam setzte bei ihm der Verstand ein. Sollte er in einen Hinterhalt gelockt werden? Nur, wer wollte ihm ans Leder? In letzter Zeit gab es keine Anschläge auf sein Leben zu beklagen. Das musste nichts zu bedeuten haben. Er wählte Stanges Nummer. Nach mehreren Anläufen bekam er ihn endlich zu fassen und informierte ihn kurz über den Anruf.

»Du wartest vor dem Gelände auf uns«, wies der ihn an. »Ich sorge für Verstärkung. Wer weiß, was hinter dem Anruf steckt!«

Hilpert stimmte ihm zu und wusste, er würde es drauf ankommen lassen. Stange wusste es ebenso. Er kannte seinen Chef viel zu gut. Zu warten hatte er nicht gelernt. Wie von Furien gehetzt wandte er sich an den Bereitschaftsdienst und beorderte Verstärkung für sich und Hilpert. Es reichte gerade, seine Waffe und ein Ersatzmagazin einzustecken. Er hoffte, nichts davon zu benötigen. Kurz darauf raste er mit Blaulicht durch die Stadt.

Der unbekannte Anrufer hatte Hilpert an eine Stelle in Rothenburgsort beordert, die direkt an einem Seitenkanal lag. Es handelte sich um eine vor Jahren stillgelegte Weberei. Bislang hatte sich kein Interessent für die Liegenschaft gefunden. Hinter vorgehaltener Hand wurde über Kontaminierungen getuschelt. Der aufgehende Mond bot einigermaßen gute Sichtverhältnisse. Die Scheiben des Hauptgebäudes hatten frustrierten Jugendlichen keinen nennenswerten Widerstand leisten können. Die Wände waren von mehr und weniger talentierten Sprayern, je nach Sicht der Dinge, verziert oder verunstaltet worden. Rechter Hand neben der Fabrikation lag ein kleinerer ehemaliger Bürotrakt, der ebenfalls keinen Schönheitspreis mehr erringen würde. Dort musste es vor Jahren gebrannt haben, wie die schwarz eingefärbten Backsteinwände vermuten ließen. Das Tor des eingezäunten Geländes war offensichtlich gewaltsam aufgebrochen worden. Zumindest hingen die beiden losen Enden einer dicken Kette funktionslos herunter. Hilpert war froh, eine Waffe mit sich zu führen. Das gesamte Umfeld roch nach Problemen. Wo wollte man ihm besser an den Kragen gehen als hier? Trotzdem wartete er nicht ab. Ungeduld war schon als Jugendlicher sein Markenzeichen. Sie in besonderen Situationen zu beherrschen, hatte er nicht gelernt. Er griff mit der freien Hand in seine Jackentasche und wollte seine Taschenlampe herausziehen. Selbstverständlich lag sie im Handschuhfach seines Wagens. Er verzichtete darauf, sie zu holen. Trotz der schlechten Sichtverhältnisse öffnete er das angelehnte Tor ein Stück und zwängte sich hindurch. Weiter kam er nicht. Ein brutaler Hieb mit einem stumpfen Gegenstand traf seine rechte Schulter. Ein unmenschlicher Schmerz durchzuckte ihn bis in die Fingerspitzen hinein. Für Bruchteile von Sekunden sank er wie benommen in die Knie. Halb links von sich registrierte er die Beine eines Mannes, der ihn, aus dem Schatten eines Laubbaumes kommend, angegriffen haben musste. Seltsamerweise war der sofort einen Schritt zurückgewichen, nachdem er zugeschlagen hatte, ein Fehler, wie sich herausstellen sollte.

»Ich glaub, ich hab ihn erwischt«, ertönte eine kräftige Stimme. Irgendwie kam sie Hilpert bekannt vor.

»Mach ihn alle!«, drang eine hektische Stimme aus der Dunkelheit auf ihn ein.

»An den geh ich nicht ran. Das ist mir zu riskant. Wer weiß, vielleicht blufft der nur. Ich hab keine Lust, einen von ihm auf die Fresse zu bekommen.«

»Warte, ich komme. Das Schwein legen wir um!«

Der Schmerz in seiner Schulter hatte sich etwas beruhigt. Vorsichtig stützte sich Hilpert mit der linken Hand ab und sprang auf, so gut es ging. Abermals fühlte er das Stechen in der Schulter. Er spürte den Gegner vor sich mehr, als dass er ihn sah. Den Kopf eingezogen, ging er auf ihn los. Wie so häufig in einer Auseinandersetzung war die Überraschung der größte Vorteil, den man ausspielen konnte. In seinem Fall gab es keinen anderen. Zumindest stürzte der Mann vor ihm. Mit mehreren gezielten Fußtritten gegen seinen Kopf setzte er ihn außer Gefecht. Ein Stück vor ihm leuchtete der Lichtkegel einer Taschenlampe auf. Er griff an seine Seite nach der Pistole. Sie steckte nicht mehr in seinem Holster. Er musste sie bei seinem Sturz verloren haben. In seiner Schulter verstärkte sich der Schmerz, ihm wurde schwindelig. Die Wirkung des Adrenalins war dabei, sich zu verflüchtigen. Jetzt durfte er nicht aufgeben! Hastig blickte er sich um und stürmte Richtung Fabrikhalle los. Hinter sich hörte er ein lautes Fluchen. Sie waren bei seinem Opfer angekommen. Die erste Tür, die er erreichte, war verschlossen. Er rüttelte daran – nichts rührte sich. Heftig atmete er durch. Geriet er in Panik, konnte er sich gleich in sein Schicksal begeben. Er versuchte es abermals. Mit aller Macht drückte er gegen die Tür, anschließend zog er daran. Er wollte aufgeben, bis ihm klar wurde, dass es sich um eine Schiebetür handelte. Zur Seite schieben, verriet ihm ein kleines Männchen in seinem Kopf.

Hinter sich vernahm er eine laute Stimme. »Er ist bei der Halle.«

Der Strahl einer starken Taschenlampe bewegte sich stetig in seine Richtung. Seine Gegner waren eindeutig cleverer als er.

Die wussten, dass man in der Dunkelheit ohne Lichtquelle schlecht sehen konnte. Endlich bekam er die Tür so weit geöffnet, dass er hindurchschlüpfen konnte. Dabei streifte er seine verletzte Schulter. Am liebsten hätte er aufgeschrien. Er schaffte es gerade eben, sich bis auf ein leises Stöhnen zu beherrschen. Die Halle war groß, wo sollte er sich hinwenden? Er erahnte das Betonfundament etwa zehn Meter vor sich mehr, als dass er es sah. Zumindest bot es ihm vorübergehenden Schutz. Wie tief es wohl im Erdreich steckte? Wäre er in einer anderen Situation, er hätte darüber gelacht, woran man unter Druck dachte. Es gelang ihm, sich dahinterzuhocken. Rasselnd atmete er durch. Was er tat, war letztendlich vergebliche Liebesmüh. Seine Gegner waren im Gegensatz zu ihm bewaffnet, verfügten über Taschenlampen und waren vor allem unverletzt. Sein Messer in der Tasche würde ihm nicht groß helfen können. Er stützte sich mit der linken Hand ab und versuchte, sich gerade hinzusetzen, als er mit dem Fuß ein längliches Metallteil berührte. Er beugte sich vor und erreichte es mit der unverletzten Hand. Offensichtlich hatte er ein Stück Wasser- oder Gasrohr zu fassen bekommen. Er umklammerte es, als stellte es die Lösung all seiner Probleme dar. Von der Schiebetür her vernahm er vorsichtige schlurfende Geräusche. Man war also versucht, sich ihm leise zu nähern. Er blickte über den Betonwürfel hinweg. Die Männer hatten sich offensichtlich aufgeteilt. Einer kam direkt auf ihn zu. Zu seinem Glück verzichtete dieser darauf, seine Taschenlampe einzuschalten. Als er den ersten Fuß neben sich gewahrte, schlug er gnadenlos mit dem Rohr zu. Der Mann fiel mit einem grellen Schmerzensschrei. Hilpert sprang auf, als sich ein Schuss löste. Wie gehabt, erwischte es ihn rechts, als hätten sich seine Gegner darauf eingerichtet. Erneut durchflutete ihn ein brutaler Schmerz in Arm und Schulter. Voller Wut beugte er sich herunter und schlug mehrmals auf den Kopf des Mannes ein, bevor dieser die Waffe erneut auf ihn richten konnte. Hechelnd wie ein Hund stand er schließlich vor ihm. Die Schmerzen waren nicht mehr auszuhalten. Wie in Zeitlupe sank er zu Boden. Der Mann neben ihm rührte sich nicht mehr. Als zöge jemand mit Macht daran, rutschte das Metallrohr aus seiner Hand und fiel polternd herunter. Ihm war wieder schwindelig. Es würde nicht mehr lange dauern und er musste sich übergeben. Sich die Waffe seines Gegners zu greifen, dazu fehlte ihm die Kraft. Sein Kopf war überraschend klar. Er spürte keine Hektik, Panik oder Angst. Eigentlich sehnte er sich nur danach zu schlafen. Da lag er, unfähig, sich zu wehren. Es war ihm nicht mehr möglich den rechten Arm zu bewegen. Sein gesamter Körper war wie ausgelaugt. Seine Wunde pochte. Er glaubte den Dreck zu schmecken, der sich über die Jahre auf der Betonsohle angesammelt hatte. Er atmete rasselnd und versuchte, sich aufzustützen. Er musste unbedingt aufstehen, sonst bekamen ihn seine Verfolger zu fassen, ohne dass er sich zu wehren vermochte. Es gelang ihm nicht. Er vernahm aufgeregte Stimmen. Sie riefen nach ihrem Kumpel. Das grelle Licht einer Stabtaschenlampe kroch in seine Richtung. Einen Wimperschlag lang schien der Lichtkegel über ihn hinwegzuhuschen. Leider kam er zurück. Diesmal erfasste er ihn.

»Ich seh ihn!«, vernahm er eine krächzende Stimme. »Er liegt 'n paar Meter vor mir im Dreck und kann sich kaum rühren. Es muss ihn erwischt haben.«

Niemand brauchte Hilpert zu verraten, wer ihm kurz darauf mit der Fußspitze in die Seite trat. Es war sein Exkollege Ihle. Er war dicht an ihn herangetreten.

»Da liegt der Hüter von Recht und Ordnung in der Scheiße und kann sich vor Angst kaum rühren. Schon ärgerlich, dass du deine Kanone verloren hast, Hilpert. Ich werde sie in Ehren halten. Dort, wo du hingehst, brauchst du sie nicht mehr. So ist das Leben, mal verliert man, mal gewinnt man nicht. Du weißt, dass du einen meiner besten Freunde umgelegt hast? Das kann ich dir unmöglich durchgehen lassen.«

Sein Nachbar raunzte ihn an: »Quatsch nicht so viel herum! Drück ab und das war's. Ich will weg. Nicht dass man uns hier überrascht. Garantiert hat jemand den Schuss gehört und ruft die Polizei.«

»Da muss ich dir recht geben. Hilpert, heute ist dein Glückstag. Ich erledige es schnell. Richtig genommen hast du einen langsamen Tod mit großen Schmerzen verdient.« Er lachte gehässig auf. »Und da wird immer behauptet, du seist eine Nuss, die niemand knacken kann.«

Hilpert hört das feine Klacken, als Ihle den Hahn seines Revolvers spannte. Er sah nicht, wie er die Waffe auf ihn richtete, dazu war das Licht zu schwach. Er vernahm den Schuss. Doch er spürte keinen Schmerz. Plötzlich war die Szenerie in ein gleißendes Licht getaucht. Ihle taumelte und sackte langsam in sich zusammen. Er vernahm Stanges Stimme, der dem anderen Mann die Anweisung gab, seine Hände zu heben. Mit schnellen Schritten eilte er auf sie zu. Hilpert schaffte es, sich auf die linke Seite zu drehen und zu Stange hochzublicken, der auf ihn wie ein Riese aus einem Märchen wirkte. Zu seiner Freude war er real. Er ging in die Knie und sprach auf ihn ein: »Fabian, was machst du für einen Scheiß! Ich habe dir doch gesagt, du sollst auf die Kavallerie warten.«

»Ich werde mich bessern«, stammelte er und war weggetreten. Er sehnte sich nach Schlaf. Erst im Krankenwagen wachte er auf. Seine Schulter war verbunden, die Schusswunde provisorisch versorgt. Zum Glück hatte er sich an seinem Oberarm nur einen Streifschuss eingefangen. Sehnen oder Knochen waren unversehrt geblieben. Die Blutung war schnell gestillt worden. Neben ihm saß Stange, Tränen in den Augen.

»In dir ist mehr Leben als in einer Katze. Der Mann, den du mit dem Metallrohr traktiert hast, ist tot. Es war dieser Werner aus der Gruppierung der RLU, der Typ, der auf Grothe geschossen haben soll. Bald sind alle geschafft. Leider gehen uns damit die Verdächtigen aus.«

Hilpert flüsterte mehr, als dass er sprach: »Was ist mit dem Mann am Eingangstor?«

»Das war ein Kollege von uns. Der wird deine Tritte überleben, obwohl du bei ihm ordentlich zugelangt hast.«

»Und der Begleiter von Ihle in der Fabrik?«

»War ebenfalls aus unserem Verein.«

»Scheiße, und Ihle?«

»Da wo er jetzt ist, muss er sich keine Gedanken mehr um seine Suspendierung machen.«

»Du hast mir das Leben gerettet, Bernd.«

»Tatsächlich? Du hast recht. Ich trinke Bier.«

»Tu nicht so cool.«

»Auf dieses Schwein habe ich aus innerer Überzeugung geschossen.«

Hilperts Stimme wurde leiser. »Danke, mein Freund.«

»Für dich würde ich es immer wieder tun. Ich gestatte dir nicht, uns allein zurückzulassen.«

Die Antwort bekam Hilpert nicht mehr mit. Er war eingeschlafen. Stange war beruhigt. Nach Aussage des Arztes würde alles gut werden.

Einen Vorteil hatte die gegebene Situation für Hilpert, man nahm Rücksicht auf seinen Zustand. Die nachfolgende Untersuchung des Vorgangs ging weitgehend an ihm vorbei. Die beiden Überlebenden nutzten die Fakten in ihrem Sinn und schoben die Verantwortung für den Mordanschlag auf Ihle. Irgendwelche Tötungsabsichten wiesen sie weit von sich. Tote konnten nicht widersprechen. Hilpert hielt den Exkollegen eindeutig für den Drahtzieher dieses Anschlags. Dass sich Werner hieran beteiligte, zeigte, dass die rechte Szene nach wie vor aktiv war und die alten Kontakte funktionierten. Die RLU mochte in der Versenkung verschwunden sein. Dafür hatten andere die versprengten Reste und deren Ideologie aufgesogen. Und die Geldgeber hatten ihre Gesinnung ebenso wenig geändert, NSU hin, NSU her. Es gab genug Splittergruppen im Land, die zu Führers Geburtstag die Korken knallen und es dabei beileibe nicht bewenden ließen. Er fragte sich, ob Below darüber nicht mehr erzählen konnte, als er bislang getan hatte. Schließlich war er lange genug aktiver Teil der RLU gewesen. Es gab ausreichend offene Fragen auf dem Weg zur Klärung der Morde und verdammt wenig gesicherte Erkenntnisse.

26

Es hielt ihn keine Woche zu Hause. Mit ordentlich bandagierter Schulter meldete sich Hilpert zum Innendienst zurück. Die gelben Zettel des Arztes ließ er im Papierkorb verschwinden. Er musste sie sorgfältig vor seiner Mutter verstecken. Bekam sie mit, dass er sich auf eigenes Risiko ins Präsidium begab, müsste er viel erklären. Erfahrungsgemäß hätte sie ihm keine Ausrede abgekauft, sondern ans Bett gefesselt. In seinem jetzigen Zustand wäre er gegen ihre Argumente und Dynamik allenfalls als zweiter Sieger durchs Ziel gelaufen. Sein Vorteil war, dass sie mit dem Umbau des Hauses auf dem Grundstück beschäftigt war. Somit fehlte ihr vor allem die Zeit, seine Lügen zu hinterfragen. Gern überließ er sie mit ihrer Argumentationskraft den Handwerkern. Sollten die sich die Zähne an ihr ausbeißen. Dagegen setzte sie allerdings ein probates Mittel ein. Gut belegte Brötchen um die Mittagszeit, Kaffee und Kuchen am Nachmittag und ein anständiges Trinkgeld am Ende des Tages, wenn sie zufrieden war.

Below griff er sich am ersten Bürotag. Um die Mittagszeit sollte er zu ihnen überstellt werden. Zu seiner Überraschung besuchte ihn an diesem Vormittag Andrea. Wie sich herausstellte, hatte sie Albers gebeten, ihr mitzuteilen, wann er wieder hinter seinem Schreibtisch sitzen würde. Als sie ihn mit seiner ruhiggestellten Schulter erblickte, begann sie zu weinen.

»Warum wollten dich diese Verbrecher töten?«, fragte sie ihn schluchzend.

»Das passiert einem schon mal in diesem Job«, versuchte er sie zu trösten. Erst als er sie in den gesunden Arm nahm, wurde sie gelassener.

Sanft strich sie über seine Wangen. »Ich habe mich nicht getraut, dich im Krankenhaus oder in Blankenese zu besuchen. Ich habe mich an dich gewöhnt, selbst wenn du mir aus dem Weg gehst. Ich möchte dich nicht verlieren, bevor ich dich nicht richtig hatte. Warum hat dich der Arzt so schnell gesundgeschrieben?«

»Hat er nicht«, verriet ihr Albers von der Tür her. »Das hat er ganz allein hinbekommen, genial wie er ist.«

Die Stirn in Falten gezogen, blitzte sie Hilpert an. »Das ist ja großartig! Dann kann der Herr wenigstens mit mir essen gehen. Ich hole dich Punkt 18 Uhr ab. Länger darfst du dich hier eh nicht aufhalten.«

Eine gewisse Tatkraft konnte man ihr nicht absprechen. In seinem augenblicklichen Zustand fühlte er sich schwach genug, keine großen Fehler zu machen und nickte zu ihrem Vorschlag.

Gegen halb zwölf nahmen sie sich Below zur Brust. Er rutschte unruhig auf seinem Stuhl hin und her. Seine Augen wanderten von Hilpert zu Albers und zurück.

»Kann es sein, dass Sie mit der vollen Wahrheit hinterm Berg halten?«, nahm Albers die Befragung auf. »Uns ist einiges zu Ohren gekommen, was Sie schwer belastet.« Gelegentlich lebte es sich vorzüglich damit, es mit der Wahrheit nicht so ganz genau zu nehmen. Eine Lüge konnte noch so platt sein, wurde sie nicht durchschaut, erfüllte sie ihren Zweck. Zumindest traf der Schuss ins Dunkle, exakt ins Zentrum. Below gab seinen Widerstand auf.

»Vor ein paar Jahren tauchte Werner bei mir auf und erzählte von einer neuen Gruppe, die in Hamburg gegründet worden war.«

Hilpert setzte nach: »Etwas genauer, wenn wir bitten dürfen.«

»Es war vorletztes Jahr. Werner fragte mich, ob ich nicht Lust hätte mitzumachen.«

»Und?«

»Da war gerade die scheiß NSU-Kiste voll am Kochen. Ich hab lieber abgewinkt, hatte keine Lust, in den Knast zu wandern.«

»Diese Vereinigung wird sicher einen Namen gehabt haben.«

»Fragen Sie mich was Leichteres. Den hab ich mir nicht gemerkt.«

Hilpert war aufgestanden und hatte sich seitlich zu Below gestellt, sodass dieser zu ihm aufblicken musste. »Sie wollen wirklich auf unser gutes Wort verzichten, das wir bei der kommenden Gerichtsverhandlung für Sie einlegen könnten?«

Der Befragte kämpfte mit sich. Man sah ihm an, wie er abzuwägen versuchte. Schließlich kam er zu einer überraschenden Antwort. »Sie versprechen mir, dass Sie alles daransetzen, den wirklichen Mörder dieses Journalisten zu finden?«

»Das ist mein Job.«

»Erzähl'n Sie mir nichts darüber, wie Bullen ihren Job machen.«

»Wie darf ich das verstehen?«

»Ist wohl besser, ich halt die Schnauze. Da können Sie mich gleich hier erschießen. Dann haben wir's hinter uns.«

»Sie denken an einen korrupten Bullen?«

»Einen? Sie machen Witze!«

»Wie wär's mit Namen?«

»Besser nicht. Gegen diese Typen können selbst Sie mich nicht schützen.«

»Sagt Ihnen der Name Ihle etwas?«

Below starrte erstaunt zu ihm herüber. »Woher wissen Sie ...?«

»Er ist tot«, fuhr Hilpert fort. »Uns ist bekannt, dass er auf zwei Schultern getragen hat.«

»Tatsächlich? Da habt ihr lange für gebraucht. Er und 'n paar andere Kollegen haben jahrelang kräftig abgesahnt.«

Hilpert entschloss sich, nicht zu viel Druck aufzubauen. Below blieb ihnen erhalten. Die Indizien gegen ihn reichten allemal, ihn in Untersuchungshaft zu belassen. Wer wusste, wie viele korrupte Kollegen noch in ihrem Verein herumliefen?

»Kommen wir auf diese neue Gruppierung zurück. Wie lautet ihr Name?«

»Deutsche Nationalfront, abgekürzt, DNF. Ziemlich clever, nicht?«

»Und wo tagen die?«

»Die besitzen kein festes Vereinslokal, wie wir das früher hatten.«

»Und wie oft haben Sie an diesen Treffen teilgenommen?«

»Zwei-, dreimal. Einmal hab ich diesen Ihle geseh'n, mit 'nem Kollegen. Die hab'n nichts gesagt, nur geguckt und sind kurz darauf abgedampft. Den Ihle kannte ich aus alten Zeiten.«

»Ist der früher bei euch rumgestrolcht?«

»Nein, ich bin mal Grothe gefolgt. Er und der Bulle hatten sich am Altonaer Bahnhof getroffen.«

»Woher wussten Sie, wer Ihle ist?«

»Der hatte mich zwei Jahre vorher zu fassen gekriegt, ging um einen tätlichen Angriff.«

»Ich habe Sie richtig verstanden? Er und Grothe hatten sich getroffen?«

»Wie ich sagte.«

»Kommen wir auf den Journalisten zurück. Wie hat sich das abgespielt?«

»Als ich ging, ließ ich Paulsen mit dem Journalisten allein zurück.«

»Wollten Sie unbedingt gehen?«

»Ich war mir unsicher, Paulsen bestand darauf.«

»Gab es einen Grund dafür?«

»Ich schätze mal, er hielt mich für unzuverlässig. Eins hatte ich beim letzten Verhör vergessen zu erzählen. Auf dem Weg nach draußen bin ich auf Müller gestoßen Er war meine Ablösung.«

»Das heißt, als Sie gingen, war außer Paulsen und Müller niemand sonst im Haus?«

»Richtig. Ich hab mich auf mein Motorrad geschwungen und bin abgedampft. Das wissen Sie ja. Auf der Fahrt sind mir zwei größere Kisten entgegengekommen, Daimler oder BMW.«

»Jemanden erkannt?«

»Nein, die haben mich nicht interessiert. Ich war froh, da wegzukommen.«

»Wieso? Gab es eine konkrete Veranlassung für Sie?«

»Schwer zu sagen, es war eher so 'n Bauchgefühl. Vor allem Müller hab ich nicht übern Weg getraut. Ich bin mir sicher, es war gut für mich und meine Gesundheit, dass ich mich abseilen konnte.«

Hilpert wollte es hierbei vorerst bewenden lassen. Nach wie vor machte Below keine Anstalten, nach einem Anwalt zu schreien, um aus der Untersuchungshaft entlassen zu werden. Abschließend fiel ihm die Frage ein, die er anfangs vergessen hatte zu stellen. »Warum wollen Sie unbedingt, dass wir den Mörder dingfest machen? Als Freund der Polizei haben Sie sich bislang nicht geoutet.«

»Solange da draußen einer rumstrolcht, der meine ehemaligen Kumpel umlegt, bin ich unruhig. Außerdem hören Sie mit Ihren Scheißfragen auf, wenn der Kerl gefasst ist.«

»Sie meinen, wir haben es mit einem Mann als Täter zu tun?«

Below stützte sein Kinn auf seiner Hand ab. »Gute Frage, warum keine Frau?! Mit Schlafmitteln können die bestimmt gut umgeh'n. Da muss ich mal drüber nachdenken. Nur, wer könnte infrage kommen? Keine Ahnung«, beantwortete er seine Frage selbst.

Hilpert strich sich gedankenverloren übers Kinn.

»Müller hat sich wenig später zu Tode gefahren. Hatte der 'nen guten Job?«

Below lachte auf. »Müller! Dass ich nicht lache. Der wusste nicht, wie Arbeit geschrieben wurde.«

»Und wie ist er an das Auto gekommen?«

»Keiner von uns hat sich getraut, danach zu fragen. Zeitweise war der ganz dick mit Paulsen. Plötzlich hatte er Kohle und fuhr 'n GTI.«

»Danke für das Gespräch. Es war sehr hilfreich.«

Hilpert ließ das Verhör nachwirken. Dieses ewige Gemisch aus Lügen und Halbwahrheiten regte ihn auf, obwohl es zu seinem Job gehörte. Müller war eindeutig in den Journalistenmord involviert gewesen. Warum sollte Below lügen? Und das Auto konnte nicht wegdiskutiert werden. Was waren das für Leute in den dicken Limousinen, denen er begegnet war? Welche Rolle spielte Ihle in dieser Vereinigung? In Hilperts Hinterkopf bildete sich eine Idee, die ihm nicht gefallen wollte. Da tummelte sich ein korrupter Kriminalbeamter jahrelang in der rechten Szene herum und niemandem fiel etwas auf. Irgendwie bestätigten sich die Vorurteile, mit denen die Ermittlungsbehörden spätestens seit der NSU-Panne konfrontiert waren.

Er rief seinen Verbindungsmann Reuter beim Verfassungsschutz an. »Was sagt Ihnen der Name Ihle? Er war Oberkommissar in unserem Haufen.«

»Dazu kann ich Ihnen nichts Konkretes erzählen.«

»Sie wissen, dass er versucht hat, mich vor gut einer Woche zu erschießen?«

Am anderen Ende gab es eine längere Schweigepause, bis sich der Kollege zu einer Antwort bequemte. »Ihle wollte Sie töten? Wieso erfahren wir nichts davon? Was ist aus ihm geworden?«

»Diesmal hat es ihn erwischt. Er liegt in der Gerichtsmedizin. Nicht wahr, er hat als V-Mann für Sie gearbeitet.«

»Ja, es hatte sich vor Jahren so ergeben.«

»Überprüft ihr denn die Typen nicht, mit denen ihr zusammenarbeitet?«

»Wer konnte vorhersagen, dass dieser Mensch versucht, Sie umzubringen?«

»Darum geht es nicht. Da habt ihr den Bock zum Gärtner

gemacht. Der hat euch gelinkt wie die letzten Flachwichser. Mal ehrlich, wäre Hitler am Leben, ihr hättet ihn ersucht, sich selbst oder zumindest Göring zu bespitzeln.«

»Nun mal ruhig mit den jungen Pferden. War dieser Mann nicht jahrelang bei euch tätig, ohne dass jemand auf die Idee gekommen wäre, seine Kreise zu stören?«

»Das ist korrekt. Ich vermute sogar, dass jemand seine schützende Hand über ihn gehalten hat.«

»Jetzt sagen Sie nicht, das waren wir!«

»Wie käme ich dazu. Letztlich macht die Blödheit der anderen den eigenen Mist nicht besser.«

»Den Schuh muss ich mir anziehen.«

»Wechseln wir das Thema. Was sagt Ihnen die DNF?«

»Nicht sehr viel. Das ist eine dieser Splittergruppen, die in der rechten Szene kommen und gehen. Wir hatten Ihle auf die angesetzt.«

»Sie wissen, dass die ein paar Leute der RLU aufgenommen haben?«

»Davon hat uns Ihle nichts mitgeteilt.«

»Natürlich nicht. Nach meinen bisherigen Recherchen hat er da kräftig mitgemischt und zwar aus innerer Überzeugung. Daneben hat er ordentlich abgekocht, bei euch wie bei denen. Egal, der Mann ist tot. Gibt es Hinweise auf Unterstützer?«

»Im Prinzip stoßen wir auf dieselben Verdächtigen«, hielt sich der Verfassungsschützer anfangs bedeckt. Schließlich kroch er aus seinem Loch hervor. »Was soll's?! Der Name Sigrid Breckwoldt sagt Ihnen etwas? Die ist entsprechend gespickt und macht aus ihrem Herzen keine Mördergrube. Führte man bei der Polizei die SS-Uniformen ein, sie würde die Kosten dafür übernehmen. Kriminelle Aktivitäten konnten ihr allerdings nicht nachgewiesen werden.«

»Diesen Namen haben wir im Zusammenhang mit der RLU auf dem Zettel«, antwortete Hilpert. »Die nehme ich mir demnächst mal vor. Erste Fühler habe ich ausgestreckt, so furchtbar weit bin ich nicht gekommen.«

»Keine Bedenken von unserer Seite. Ich wünsche Ihnen viel Glück. Was Ihle betrifft, kann ich mich hoffentlich auf Ihre Diskretion verlassen?«

»Wir wollen zusammenarbeiten und uns nicht gegenseitig an den Pranger stellen. Ihr macht einen Nazi zum V-Mann, wir belassen solch einen Typen jahrelang bei der Kripo. Wie heißt es so schön, wer sich frei fühlt von Schuld ...«

»Selbst aus der Bibel können Sie zitieren, alle Achtung. Vielleicht trifft man sich demnächst beim Gottesdienst im Michel.«

»Gute Idee, denken Sie in jedem Fall an ein paar Euro für den Klingelbeutel.«

»Mensch, Hilpert«, fuhr Reuter ernsthaft fort, »kommen Sie zu uns. Ich prügel Sie innerhalb von Stunden in den höheren Dienst. Der Verfassungsschutz rüstet auf. Unsere Kompetenzen werden gestärkt. Wir brauchen Profis wie Sie. Unbelastete Leute, die nirgendwo Leichen im Keller liegen haben und sich in der Tagesarbeit auskennen.«

»Das nur, weil ich die Bibel zitiert habe?«

»Reden Sie keinen Stuss. Sie kennen keine Scheuklappen und haben keine Angst vor Leuten, die über Ihnen rumturnen. Sie knacken in kürzester Zeit Nüsse, von denen wir nicht mal wussten, dass sie vor unserer Nase liegen.«

»Das hängt von Herrn Linsmann ab. Bleibt der bei uns, komm ich zu euch.«

»Ist das dieser Blödmann, der mir einen roten Teppich auslegen wollte?«

»Sie sagen es.«

»Na gut, da muss ich durch. Wir hören voneinander.«

Das Gespräch hatte Hilpert ein gehöriges Stück vorangebracht. Inzwischen verstand er ungleich mehr. Das hatte zu seinem Leidwesen keinen Einfluss auf den Stand seiner Mordermittlungen. Es sei denn, Ihle hätte sich als Killer verdingt. Der Mord an Wagner wäre ihm durchaus zuzutrauen. Die Idee mit dem Schlafmittel könnte allemal seine gewesen sein. Dumm war er gewiss nicht. Er kaute auf seinem Einfall skeptisch herum. Als korrupter Polizist und als Doppelagent für Verfassungsschutz und rechte Gruppierungen strich er genug Geld ein, um sich seinen Lebensabend zu versüßen. Und hätte er sich jahrelang von Paulsen erpressen lassen? Hilpert schüttelte den Kopf. Wäre Ihle der Mörder gewesen, er hätte sich die Zeugen vom Hals geschafft. Unter Umständen half ihm die Befragung des überlebenden Kumpans, der heil an Leib und Seele aus der Geschichte herausgekommen war. Der andere lag im Krankenhaus und erholte sich langsam von den Schlägen, die er ihm verabreicht hatte. Der war vorerst nicht vernehmungsfähig. Hilpert fingerte mit der linken Hand in seinen Unterlagen. Spätestens, wenn man etwas suchte, wurde einem klar, weshalb einem der liebe Gott zwei Arme und Hände gegeben hatte. Er musste seine Zettelwirtschaft gegen ein sinnvolleres Ordnungssystem austauschen. Trotzdem fand er, was er suchte. Sein Name war Walter Aldag, letzter Dienstgrad: Polizeihauptmeister. Er wollte ihn sich unmittelbar nach dem Mittagessen zur Brust nehmen. Sein Magen knurrte. Allein hatte er wenig Lust, in die Kantine zu gehen. Albers war unterwegs, aber er hatte Stange gesehen. Vielleicht begleitete der ihn zum Essen. Als er ihn aufsuchte, stierte dieser trübe auf eine Unterlage, die vor ihm auf dem Schreibtisch lag. Hastig kramte er die Blätter zusammen und packte sie in seine Schreibtischschublade, als handelte es sich um hochgeheimes Material. Der Idee, mit Hilpert essen zu gehen, gewann er einiges ab. Es gab Bratwurst mit einem undefinierbaren Gemüse, Kohlrabi oder etwas Ähnliches. Was wollte man daran verkehrt machen? Trotzdem blieb Stange ungewohnt verschlossen. Auf seine Nachfrage wich er aus. Hilpert respektierte es. Jeder hatte das Recht auf einen schlechten Tag, folglich ließ er ihn zufrieden. Ihm ging auf, dass Stange bereits die Tage vor dem Überfall alles andere als fröhlich in die Welt geblickt hatte. Waren es Nachwirkungen seiner Scheidung? Ging es ihm gesundheitlich nicht gut? Er wollte Albers darauf ansprechen. Vielleicht wusste der mehr. Ging er direkt auf Stange zu, würde er eh nur eine ausweichende Antwort von ihm erhalten.

Aldags Befragung verlief unergiebig. Ihles Komplize verhielt sich bedeckt und weigerte sich, konkret zu werden. Eine Mitgliedschaft in einer rechtsradikalen Vereinigung bestritt er vehement. Zu Ihle gab er keinerlei Kommentar ab. Vermutlich hatte ihm sein Anwalt geraten, den Mund zu halten. Als gelernter Polizist kannte er sich mit ihren Befragungsmethoden vorzüglich aus und umrundete elegant jeden Fallstrick, den Hilpert auslegte. Mit einem Bluff musste er dem nicht kommen. Die letzte Chance, die sie hatten, war das Finanzamt. Bestechungsgelder wurden üblicherweise in Briefumschlägen übergeben. Setzte man sie für größere Anschaffungen ein, gab es mit Sicherheit Erklärungsbedarf. Entnervt brach der Hauptkommissar die Vernehmung nach einer halben Stunde ab. Sie mussten tiefer graben. Er beauftragte mehrere Mitarbeiter, alle Wohnungen der Tatbeteiligten des Überfalls zu durchsuchen. Der Schwerpunkt wurde auf Finanzunterlagen und größere Vermögenswerte gelegt. Hilpert sollte enttäuscht werden. Sie lebten alle im Rahmen ihrer Möglichkeiten. Keiner von ihnen fuhr schwere Sportwagen oder wohnte in teuren Häusern. Unterlagen über Luxusreisen fanden sich ebenso wenig an. Das galt selbst für Ihle.

Im Verlauf des Nachmittags traf er auf Albers, der sich mit diversen Befragungen durchgeschlagen hatte, ohne auf eine heiße Spur zu stoßen. Diesmal war Hilpert mehr an Stange interessiert als an den Ergebnissen seiner Arbeit. »Was ist mit ihm? Irgendwie wirkt er niedergeschlagen auf mich. Muss er Ihles Tod verdauen?«

»Glaube ich nicht, dafür war er viel zu erleichtert darüber, dass du einigermaßen heil aus der Sache herausgekommen bist. Nein, ich befürchte, er hat finanzielle Sorgen.«

»Wegen der Scheidung?«

Albers zuckte mit den Achseln. »Keine Ahnung. Ich bin nur zufällig in ein Telefonat reingeplatzt, das er offensichtlich mit seiner Bank geführt hat. Danach sah er nicht sonderlich gut aus.«

»Du hast ihn nicht darauf angesprochen?«

»Wie käme ich dazu?«

»Klar. Wie ich ihn kenne, würde er sich eher die Zunge abbeißen, als darüber zu reden. Und bevor er mich um Geld bittet, schießt er sich eine Kugel in den Kopf. Da muss ich mir was einfallen lassen. Danke für die Info.«

»Kein Problem. Wäre toll, wenn du ihm helfen könntest. Er ist ein feiner Kerl.«

»Wem sagst du das?«

Hilpert musste nicht lange nachdenken, sondern rief seinen Freund Thiemann an, der den größten Teil seiner Finanzgeschäfte managte. Er schildert ihm kurz die Situation, wie sie sie bei Stange vermuteten.

Helge Thiemann überlegte kurz. »Ich nehme an, es geht um die Abfindung für seine Frau, insbesondere um die Pensionsansprüche. Wahrscheinlich hat er dafür einen Kredit aufgenommen. Weißt du, ob er Immobilieneigentum besitzt?«

»Ich meine, ihm gehört eine Eigentumswohnung.«

»Hat er einen Kredit aufgenommen, wurde der darüber besichert. Ich schnack mit einem befreundeten Notar. Der soll mal ins Grundbuch schauen.«

Eine gute Stunde später rief er zurück. »Wie ich mir gedacht habe, da sind vor Kurzem zwei Kredite eingetragen worden, einer über 40.000 und einer über 25.000 Euro.«

»Wie sieht das Grundbuch sonst aus?«

»Darin steht außerdem ein älteres Darlehen. In welcher Höhe es valutiert, kann ich nur schätzen. Ich tippe mal auf 80.000 Euro.«

»Wende dich bitte an die Bank und mach die Dinger platt. Regel dabei insbesondere die steuerliche Seite.«

»Kein Problem.«

»Klasse, ich danke dir.«

»Das ist schließlich mein Job.«

Hilpert wollte bereits auflegen, als ihm das Thema Liquidität in den Sinn kam. Banken hatte die Eigenart, solche Kredite hochverzinslich herauszugeben. »Bernd hat bestimmt ein überzogenes Konto. Gleich das aus.«

»Die werden mir den Kontostand nicht nennen.«

»Weise 10.000 Euro an.«

»Dein Wort sei mir Befehl.«

Zufrieden lehnte er sich zurück. Es würde eine heiße Diskussion mit dem Freund und Kollegen geben. Bis dahin musste er sich das Richtige einfallen lassen. Zu seiner Überraschung erhielt er einen Anruf von Aldags Rechtsanwalt.

»Ich habe mit meinem Mandanten gesprochen. Er hat mir von Ihrer unergiebigen Vernehmung berichtet. Lange Rede, kurzer Sinn, ich konnte ihn davon überzeugen, sich nochmals mit Ihnen zu treffen. Es verschlechtert nur seine Situation, wenn er mit Informationen zurückhält. Als ehemaliger Polizist sollte er das wissen.«

»Das geht üblicherweise umgekehrt. Ihr Anwälte setzt alles

daran, den Kontakt zu euren Mandanten zur Polizei so unergiebig wie möglich zu gestalten.«

»Aldag hat mittlerweile erkannt, wie wichtig Sie als Opfer und Zeuge für ihn sind. Er wird reden.«

»Sie werden ihn begleiten?«

»Warum sollte ich? Quetschen Sie ihn aus und vergessen unsere Kooperationsbereitschaft nicht, wenn wir vor Gericht stehen.«

»Ich will sehen, was ich tun kann.«

»Okay, er steht Ihnen zur Verfügung.«

»Da reicht Ihnen meine lapidare Verpflichtungserklärung?«

»Allerdings, ich hatte mit Ihnen, eher indirekt, das Vergnügen. Wie man hört, sind Sie ein Ehrenmann.«

»Sie wissen, keine Regel ohne Ausnahmen.«

»Tun Sie das Erforderliche.«

Ein Anwalt, der ihm vertraute, das hatte er in all den Jahren seiner Polizeizugehörigkeit nicht erlebt.

Aldag saß nervös vor ihm. Als unbewaffneter Untersuchungsgefangener baute man kein Selbstbewusstsein auf, eher mit einer Hand an der Pistole gegenüber einem Unbewaffneten. Diesmal war es nicht weit her mit seiner Abgebrühtheit. Sein Anwalt musste ihm ordentlich ins Gewissen geredet haben.

Hilpert grinste ihn an. »Ich hatte das Vergnügen mit Ihrem Anwalt. Zu Ihrer Information, ich will mich nicht mit Ihnen über den Mordanschlag auf mich unterhalten. Da fällt mir unter Umständen ein, dass Sie sich mächtig zurückgehalten haben. Mich interessiert etwas anderes.« Er wies mit dem Zeigefinger auf den Hauptmeister. »Wie lange habt ihr bei den Neonazis abgekocht?«

»Abgekocht ist gut. Die paar Kröten, die da geflossen sind, kann man vergessen.«

»Und Ihle, galt das für den ebenfalls?«

»Davon gehe ich aus.«

»Da habe ich andere Informationen. Er soll regelmäßig die Hand aufgehalten haben.«

»Das glaub ich nicht. Der hat ganz normal gelebt wie wir. In seiner Bude stand so ein geiles Flachbildfernsehgerät, wirklich vom Feinsten. Er konnte sich das leisten. Er hatte keine Frau, keine Kinder.«

»Nehmen wir das mal so hin. Was sollte dann euer Affentanz, den ihr jahrelang veranstaltet habt?«

»Es ging um Ordnung und Anstand. Unser Land muss vor dem sittlichen Verfall gerettet werden.«

»Und deshalb wolltet ihr mich umlegen?«, kam Hilpert auf den Anschlag auf ihn zu sprechen.

»Sie haben Kollegen an den Pranger gestellt.«

»Falsch, ich habe dafür gesorgt, dass korrupte Bullen aus dem Verkehr gezogen werden.« Hilpert winkte resigniert ab. »Seit wann habt ihr die rechte Mischpoke unterstützt?«

Aldag wiegte unschlüssig den Kopf hin und her. »Das begann 2003. Das lief nicht lange mit denen. Während der Fußballweltmeisterschaft wurden mehrere Mitglieder der RLU festgenommen. Danach gingen die mehr oder weniger auseinander. Irgendwie war da der Wurm drin. Wichtige Mitglieder stiegen aus.«

»Und was kam dann?«

»Danach war 'ne längere Zeit Pause. Wie aus heiterem Himmel kam Ihle mit der DNF-Nummer auf uns zu.«

»Wann genau war das?«

»Etwa zwei Jahre, bevor die NSU-Kiste hochging. 2011 sind wir vorsichtshalber auf Tauchstation gegangen. Das Ding wurde uns zu heiß. Mit 'ner Mordserie wollte keiner von uns was zu tun haben.«

»Und da ging es ebenfalls nur um Gotteslohn?«

»'n paar Hunderter sind gelegentlich geflossen, sozusagen als Ersatz für unseren Aufwand. Für große Sprünge hat das nicht gereicht, nicht mal zu einem besseren Auto.«

»Wie seid ihr an die Kohle gelangt?«

»Ihle hat sie uns gegeben. Mal etwas mehr, mal etwas weniger.«

»Hat er erzählt, woher das Geld kam?«

»Kein Wort. Er sagte nur: ›Steckt die Kohle weg und macht keinen Blödsinn damit.‹«

»Und was haben Sie mit dem Geld gemacht?«

»Im Urlaub ausgegeben, mir mal 'n paar bessere Laufschuhe geleistet.«

»Da hat euch Ihle ganz schön verarscht.«

»Das will ich nicht glauben. Wir waren Idealisten.«

»Sind Sie in letzter Zeit in diese Richtung aktiv geworden?«

»Wir weniger, ich meine, Ihle hat sich gelegentlich mit irgendwelchen Typen getroffen.«

»Was wissen Sie von den Kollegen vom Verfassungsschutz?«

»Wie kommen Sie darauf? Wir hatten keine Berührungspunkte mit denen.«

»Okay.«

Hilpert stöhnte innerlich auf. Beinahe hätte er sein Versprechen gegenüber Reuter gebrochen, sich bei dieser Geschichte bedeckt zu halten. Geschickt wechselte er das Thema.

»Da draußen läuft ein Killer rum, der die Leute mit einem Schlafmittel mattsetzt.«

»Wem sagen Sie das? Wir haben darüber häufiger gesprochen. Ihle war der Ansicht, es könnte interessant sein, an die Tatmotive ranzukommen.«

»Wie sehen Sie das, könnte er selbst der Mörder gewesen sein?«

Aldag legte seine Stirn in Falten und schüttelte langsam den Kopf. »Zugetraut hätte ich es ihm. Das Risiko, geschnappt zu werden, wäre ihm sicher zu hoch gewesen. Er war stets sehr vorsichtig und ging durchdacht vor. Bei dem Anschlag auf Sie ist er ausgeflippt. So hab ich ihn vorher nie erlebt. Der hat Sie mehr gehasst als die Pest.«

»Klar, ich habe ihm auf einen Schlag alle Verbindungen gekappt, mit denen er Geld verdienen konnte.«

»Sie meinen wirklich, er hat dick abkassiert?«

»Darauf verwette ich meinen Arsch.«

Hilpert ließ einen nachdenklichen Mann zurück.

Nach dem Gespräch war Hilpert hinsichtlich der Rolle, die Ihle bei den Morden gespielt haben könnte, ebenso unsicher wie zuvor. Um mehr Gewissheit zu bekommen, führte er ein längeres Gespräch mit der Personalabteilung. Diese stellte klar, dass Ihle in der Zeit, in der Wagner ermordet worden war, einen Lehrgang in München besucht hatte. Man konnte außer Betracht ziehen, dass er mal eben zwischendurch in Richtung Tostedt gefahren war, um jemanden umzubringen. Stimmte seine These, dass die Ermordung des Journalisten eng mit den aktuellen Tötungsdelikten zusammenhing, fiel Ihle mehr oder weniger als Täter aus. Er dachte an Grothe, der es nicht für erforderlich gehalten hatte, auf seine direkten Kontakte zu Ihle hinzuweisen. Er wollte ihn kurz bei dem ermordeten Rössler gesehen haben, das war's. Hilpert verfasste eine Notiz, dass er ihn unbedingt hierauf ansprechen wollte. Da spielte jemand den aufrechten Politiker und hielt es nicht für notwendig, auf einen korrupten Kripobeamten hinzuweisen. An der Stelle musste er zu gegebener Zeit mit dem Bohrer ansetzen. Es ging auf sechs zu. Er spürte, dass er sich viel zugemutet hatte. Glücklicherweise machte die Schulter keine Probleme. Er fühlte sich einfach nur schlapp.

27

Andrea holte Hilpert pünktlich ab. Als sie seinen Gurt umlegte, fuhr sie ihm zärtlich über die Oberschenkel. »Wollen wir hoffen, dass du bald wieder einsatzfähig bist.«

In dieser Sekunde wäre er zu jeder Schandtat bereit gewesen. Die Probleme, die ihm Schulter und Arm bereiteten, erschienen ihm lösbar. Trotzdem verzichtete er darauf, das Thema erneut zu strapazieren. Andrea würde nicht lange fackeln. Er musste aufpassen, nicht in den Geruch der Befangenheit zu geraten. Einer wie Linsmann wartete nur darauf, ihn ganz in Ruhe abzuschießen. Jetzt nach 19 Uhr war er hungrig geworden. Hätte man ihn befragt, wonach es ihn verlangte, er wäre auf eine Currywurst mit Pommes und Mayo eingestiegen. Das wollte er ihr nicht zumuten, also hielt er den Mund. Sie entschieden sich für einen kleinen Italiener in der Nähe des Rathausplatzes. Wie sich zeigte, stimmte dort alles, das Essen, die Weine, die Preise. Als er ihr von der Currywurst erzählte, bekam sie leuchtende Augen. Das nächste kulinarische Erlebnis fand garantiert im Stehen statt. Trotz des hervorragenden Nudelgerichts erschienen vor seinem geistigen Auge neben der Wurst mit feuriger Soße Pommes mit einem ordentlichen Schlag Mayonnaise drauf. Es wurde ein harmonischer Abend. Er unterließ es, sie mit Fragen zu bombardieren. Sie musste sich keine Ausreden ausdenken und durfte sich langsam entspannen. Sie tauschten bedeutende und weniger bedeutende Ansichten zu bedeutenden und weniger bedeutenden Themen aus. Fraglos war sie von einem ultrakonservativen Elternhaus geprägt. Ihr Vater traktierte sie mit unausgegorenen politischen Ansichten am rechten Rand des politischen Spektrums im Land. Sie wurden Teil ihres Weltbildes. Wer Vermögen besaß, wollte dieses erhalten und vermehren. Politisch wurden die bevorzugt, die ihnen ihre Privilegien erhielten oder von denen sie es annahmen. Die politischen Vorstellungen, die ihr Vater vertrat, gingen weit darüber hinaus. Von ihrer Mutter hatte sie wenig. Kurz nach ihrer Einschulung verließ diese Mann und Kind. Erst in den letzten Jahren war die gegenseitige Verbindung enger geworden. Dies lag vor allem daran, dass sich ihr Vater nicht mehr so vehement wie in jungen Jahren gegen Kontakte zwischen Mutter und Tochter stemmte. Hilpert hatte in diese Richtung wenig zu erzählen. Gab es überhaupt etwas an seinem Elternhaus zu bemängeln, dann am ehesten, dass seine Mutter wie eine Glucke über ihm wachte und lange benötigte, bis sie begriff, dass ihr Sohn erwachsen geworden war. Beinahe schien es ihm, als habe Andrea während der Unterhaltung das Interesse an ihm als Mann verloren und sah in ihm nun eher den Freund. Er wusste nicht, ob er das begrüßen oder beklagen sollte. Er kannte sich zur Genüge. Gerade das, was ihm versagt wurde, fand sein Interesse. Er sollte sich kolossal irren. Als sie sich voneinander vor seinem Grundstück verabschiedeten, gab sie ihm einen Kuss, der keine Meinung offenließ und mit lockerer Freundschaft wenig zu tun hatte. Er fühlte ihre Hand zwischen seinen Beinen und genoss es.

»Da steckt ja richtig Leben drin«, flüsterte sie ihm zu. »Wann hast du denn deine sonstige Beweglichkeit wieder?«

»Ein paar Wochen müssen wir noch warten.«

»Sag bloß Bescheid, sobald du funktionsfähig bist.«

Mit einem Seufzer des Bedauerns ließ sie von ihm ab. Er musste sich sammeln. In dieser Frau steckte eine enorme Energie. Hätte sie es drauf angelegt, er wäre mit ihr zurück zu ihrem Büro zu gefahren. Auf dem Weg zum Haus fragte er sich, ob er sich seine preußischen Tugenden nicht gänzlich abschminken sollte. Er stellte sie eh ständig infrage. Er hätte sich nicht träumen lassen, dass er sich nach dem Verhältnis mit Alexandra nochmals mit einer Frau einlassen würde, die gebunden war. Am Ende verlor er regelmäßig das Spiel. Andrea wusste ihn zu nehmen. Genau wie damals Alexandra.

Im Haus war alles still, als er es betrat. Zum ersten Mal wurde er sich seiner Situation bewusst. Er lebte mit seiner Tochter, seinen Eltern, seinem Schwiegervater und künftig dessen Lebensgefährtin unter einem Dach. Obwohl er die Vorteile insbesondere für seine Tochter sah, war diese Form des Miteinanders Opfer der Wohlstandsgesellschaft geworden. Mehrgenerationenhäuser mochten in der Literatur hoch angepriesen werden. Die Realität war eine andere. Wenig später landete er erschöpft im Bett.

Tatsächlich hatte er seinen Körper über Gebühr strapaziert. Bis zum Ende der Woche folgte er dem Rat des Arztes und trat kürzer. In dieser Zeit begriff er, wie wichtig die Familie für seine Kleine war. War sie hungrig, bekam sie zu essen, war sie traurig, wurde sie getröstet. War sie fröhlich, ging es ihnen allen gut. Er hatte Muße, sich daran zu beteiligen. Was war besser für ein Kind als die Familie? Ohne Zwang durfte er sie ihr nicht nehmen und wollte es auch nicht. Trotzdem musste er sein Leben in den Griff bekommen. Er war längst nicht im Greisenalter.

Am Montag unternahm er einen erneuten Anlauf im Büro. Er fühlte sich ausgeruht. Mit jedem Tag verbesserte sich sein Zustand. Davon unabhängig wurde es ihm zu Hause langweilig. Der Haushalt war tagsüber organisiert. Bei aller Liebe zu seinem Kind, es brauchte ihn nicht zehn Stunden am Tag. Hilperts Mutter nahm es mit zum Einkaufen. Die Köchin spielte am Nachmittag mit der Kleinen auf einer großen Decke im Garten, sein Vater tollte mit ihr herum. Die menschlichen Zahnräder liefen ineinander über. Er stand wie ein überzähliges Teil herum und wurde eigentlich nicht benötigt. Nicht einmal den starken Papa konnte er spielen. Folgerichtig hatte er sich die Ermittlungsakte bringen lassen. Es reichte gerade mal zu einem lustlosen Durchblättern. Warum sollte ihm zu Hause gefallen, was ihm im Büro gegen den Strich ging? Die ungelösten Morde nagten an ihm. Die eigene Untätigkeit nervte, die beschränkte Bewegungsfähigkeit der rechten Schulter tat ihr Übriges. Seine Kollegen empfingen ihn mit gemischten Gefühlen. Einerseits waren sie froh, mit ihm rechnen zu können, andererseits wussten sie nicht, wie lange er diesmal durchhielt. Selbst wenn sie Rücksicht auf ihn nahmen, war klar, dass er sich selbst nicht schonen würde. Er knallte die Akte vor sich auf den Schreibtisch. Der Name Breckwoldt war ihm ins Auge gestochen. Gedanklich hatte er mehrere Anläufe genommen, sich mit der Frau zu unterhalten. Bislang war immer etwas dazwischengekommen. Es war höchste Zeit, sie kennenzulernen. Sein Telefonat mit ihrem Büro nahm anfangs einen unbefriedigenden Verlauf. Die Sekretärin wusste nichts mit seiner Anfrage anzufangen. Der Justiziar, mit dem sie ihn verband, klang wenig erfreut über sein Ansinnen, sie sprechen zu wollen.

»Wissen Sie«, versuchte er sich herauszureden, »es passt momentan überhaupt nicht.«

»Ihnen ist klar, dass die geplante Befragung mit unseren Mordermittlungen zu tun hat?«

»Ja natürlich. Sie müssen Ihren Job machen. Ich will sehen, was ich tun kann. Vielleicht gelingt es mir, Sie durchzustellen. Frau Breckwoldt geht nur ans Telefon, wenn es ihr passt. Sie ist da sehr eigenwillig.«

»Oh, im Bedarfsfall schaffe ich Abhilfe und sende ihr eine förmliche Ladung zu. Wir können uns gern im Präsidium treffen.«

»Wir wollen das Kind nicht gleich mit dem Bad ausschütten«, erwiderte der Anwalt gelassen. »Wir bekommen das geregelt.«

Hilpert sollte Glück haben. Zumindest meldete sich kurz darauf eine energische weibliche Stimme.

»Hallo, spreche ich mit dem Kriminalbeamten, der mich vernehmen möchte?«

»Ja, mein Name ist Hilpert.«

Sie lachte kurz, aber heftig auf. »Wollten Sie nicht Peterson mit Gewalt aus seinem Büro zerren?«

»Es wurde nicht erforderlich. Wir einigten uns auf einen akzeptablen Kompromiss.«

»Und der lautete wie?«, fragte sie belustigt.

»Er empfing uns und ich habe darauf verzichtet, ihn zu erschießen.«

Sie lachte heiser auf und fuhr ernsthaft fort: »Er meinte, dass

Sie ein junger Mann seien, auf dessen Wort man etwas geben und der seinen Mund halten könne. Sei's drum, ich stehe Ihnen gern zu einem Gespräch zur Verfügung. Wenn Sie wollen, noch an diesem Nachmittag. Oder besser, ich lade Sie zum Mittagessen in mein Haus ein.«

»Gern, ich muss jedoch einen Kollegen mitbringen.«

»Haben Sie allein Angst vor mir?«

»Das nicht, leider bin ich durch eine Verletzung gehandicapt.«

»Entschuldigung, das wusste ich nicht. Selbstverständlich verkraften wir einen zusätzlichen Gast. Sagen wir halb eins?«

»Das passt ausgezeichnet.«

Verwundert beendete er das Gespräch. Da warnte man ihn vor einem in die Jahre gekommenen Hausdrachen und wurde nun gleich zum Essen eingeladen. Hoffentlich sollte nicht er verzehrt werden wie bei Hänsel und Gretel. Zumindest dankte er der Vorsehung, für besondere Fälle stets eine Krawatte und ein besseres Jackett im Schrank hängen zu haben. Nun sollte sich dieser Aufwand erstmals seit Längerem rechnen. So etwas nannte man vorausschauende Planung. Im Polohemd dinierte man bei der Gastgeberin wohl nicht. Wie sich zeigte, hielt Albers mit. Er hatte sogar für ein frisches Hemd gesorgt, als sei es nur eine Frage der Zeit gewesen, ins Allerheiligste einer angesehenen Kaufmannsfamilie eingeladen zu werden.

Sigrid Breckwoldt residierte direkt neben Peterson in einem herrlichen Patrizierhaus am Feenteich. Es war weiß verputzt. Mehrere dezente Säulen im Eingangsbereich und kleine Erker zur Straßenfront hin brachen die Fassade geschmackvoll auf. Wie in Hamburg üblich, zeigte man, was man hatte, ohne zu protzen. Die beiden Beamten wurden in ein englisch eingerichtetes Esszimmer geführt. Sie trafen auf Stilmöbel, mit denen man auf jeder Auktion hätte Furore machen können. An den Wänden hingen die Porträts seriös dreinblickender Männer und Frauen. Interessiert ging Hilpert einen Schritt darauf zu, obwohl er sich eher als Kunstbanause empfand.

»Das sind die Vorfahren der ehemaligen Eigentümer dieser Liegenschaft«, erklang von der doppelflügeligen Eingangstür die kräftige Stimme einer Frau. »Ich bin mit diesen Bildern aufgewachsen und durfte mich über die Jahrzehnte daran gewöhnen. Sie sind nicht unbedingt künstlerisch wertvoll.«

Die Männer gingen mit zügigen Schritten auf ihre Gastgeberin zu. Ihr durch und durch ergrautes Haar gab der groß gewachsenen, schlanken, beinahe hageren Frau ein herrschaftliches Aussehen. Mit Sicherheit hätte sie in die Sommerresidenz irgendeiner Adelsfamilie oder als Herrscherin einer Legion an Bediensteten in den Süden der USA gepasst, selbstredend vor dem Bürgerkrieg. Sie trug ein knöchellanges, seidedurchwirktes Kleid, das bei näherem Hinschauen seine Klasse demonstrierte. So sehr sie sich bemüht hatten, dagegen sahen sie aus wie Verkäufer von Illustrierten-Abonnements, die man irrtümlich ins Haus gelassen hatte. Nun mussten sie für sich feststellen, dass eine Krawatte nicht ausreichte, um mitzuhalten. Wenigstens hatten sie keine schiefen Absätze oder Trauerränder unter den Fingernägeln. Gleichwohl begrüßte sie Sigrid Breckwoldt wie lang ersehnte Gäste. Es fehlte nicht viel und sie hätte mit ihnen das Haus besichtigt. Trotzdem verrieten gerade ihre eher asketischen Gesichtszüge und ihr energisches Kinn, dass vor ihnen eine Frau stand, die sehr genau wusste, was sie wollte. Sie hatte darauf verzichtet, ihre grauen Haare ansatzweise zu tönen oder gar zu färben. Sie trug diese streng nach hinten gekämmt und zu einer Art Dutt geflochten. Das körperbetonte dunkle Kleid ließ sie schlanker wirken, als sie tatsächlich war. Sie trug wenig dezenten Schmuck aus Weißgold oder Platin. Die beiden Beamten fühlten sich wie bei einem Galadiner. Fehlte nur die Tischordnung, dachte Hilpert, als sie die Dame des Hauses aufforderte, sich links und rechts von ihr zu setzen.

»Ich habe erst kürzlich Ihren Schwiegervater gesprochen«, wandte sie sich Hilpert zu. »Die Finanzkrise hat selbst den Militärsektor erreicht?!«

Er erwiderte etwas Nichtssagendes, nach dem Motto, getötet werde immer und überall. Schnell zeigte sich, dass Albers für sie nicht stattfand. Vielleicht hätte er Peterson heiraten sollen, um ihre Akzeptanz zu gewinnen. Erstaunlicherweise kam sie auf ihn zu sprechen. »Wir sind als Kinder gemeinsam aufgewachsen und haben viel Unsinn angestellt.«

Hilpert ließ sich nicht einlullen. »Gilt das ebenso für Ihre politischen Vorlieben?«

»Ja, bis zu einem bestimmten Punkt, ja.«

»Das heißt, Sie haben die RLU wie er finanziell unterstützt?«

»Das ist korrekt. Thies Peterson und ich haben jahrelang einen großen Teil der Kosten übernommen, die der Gruppe entstanden waren. Mit dabei war der viel zu früh verstorbene Dr. Kessler, ebenfalls ein guter Freund aus alten Tagen.«

»Was war mit Rössler?«

»Der spielte eher die Rolle des Statthalters. Soweit ich weiß, hat Thies ihn ausgehalten. Keine Ahnung, warum. Im Prinzip war mir das egal. Schließlich ging es um sein Geld.«

Eine vorzügliche Kartoffelsuppe mit Krabbeneinlage unterbrach ihr Gespräch. Hilpert spürte, worauf es hinauslaufen würde. Neues käme nicht heraus, bestätigt wurde, was bekannt oder nicht zu widerlegen war. Ansonsten spielte man die Ahnungslose. Sie war hellwach und fiel auf keine Fangfrage herein. Erst als es um die Ziele der Vereinigung ging, kam Sigrid Breckwoldt ein wenig aus sich heraus.

»Wir haben uns Gedanken um unser Land gemacht und wollten etwas dazu beitragen, die schlimmsten Auswüchse zu beschneiden.«

»Mit Typen wie diesem Müller oder dem unsäglichen Below? Wären Sie denen im Dunkeln allein auf der Straße begegnet, Sie hätten nach der Polizei geschrien.«

Zu seinem Erstaunen stimmte sie ihm zu und kam mit dem Standardsatz für solche Situationen, wo gehobelt würde, fielen Späne. Er verkniff sich eine Replik auf die SA der Nazis.

»Wissen Sie, werter Herr Hauptkommissar«, legte sie nach, »man kann sich seine Gefolgsleute nicht schnitzen. Gelegentlich bleibt einem nichts anderes übrig, als zu nehmen, was einem geboten wird. Und die grobe Arbeit muss ebenfalls getan werden. Es galt, unsere Parteigänger vor der Gewalt dieser Linken und Autonomen zu schützen.«

»Zählten Sie die Ermordung des Journalisten zu den groben Arbeiten?«

»Nicht so schnell mit den jungen Pferden, Herr Kommissar. Ob Sie es mir abnehmen oder nicht, damit habe ich nichts zu tun.

Ich befürworte keine kaltblütigen Morde. Irgendwo muss es eine Grenze geben.«

»Und die sind Ihres Erachtens den Leuten aufgezeigt worden?«

»Diese Leute mussten im Sinne der Vorgabe eindeutiger Ziele geführt werden.«

»Und Sie meinen, das ist geschehen?«

»Allerdings.«

»Sie belieben zu scherzen.«

»So, tu ich das? Sie müssen es ja wissen.«

Hilpert kam nicht drum herum, das Thema zu wechseln, ansonsten wäre das Gespräch alsbald beendet und sie müssten vor der Hauptspeise gehen.

»Sagt Ihnen der Name Ihle etwas?«

»Sie reden von dem Kommissar, der kürzlich ums Leben gekommen ist?«

»Woher wissen Sie das? In der Zeitung sind keine Namen genannt worden.«

»Ich erhielt einen anonymen Anruf.«

»Die Stimme haben Sie nicht erkannt?«

»Leider nicht.«

Sie lächelte in seine Richtung. Er tat es ihr nach. Er wusste, dass sie log. Sie wusste, dass er es wusste.

»Sie kannten Ihle also?«

»Kann man so sagen. Er war über Jahre unserer Sache verbunden. Das war allemal ein anderer Typ als die Bagage von der RLU.«

»Hat er Sie über Polizeirazzien informiert?«

»Ach Gott, solche Einzelheiten haben mich nie interessiert. Da müssen Sie andere fragen.«

»An wen denken Sie denn da?«

Sie legte die Stirn in Falten, als überlegte sie intensiv. »Sie haben recht. Ich könnte Ihnen da keine Namen nennen. Ich hätte ansonsten an Rössler gedacht.«

»Und was ist mit Ihrem Freund aus der Sandkiste, Peterson?«

»Der kennt sich ebenso gut oder schlecht aus wie ich. Es gilt die alte Regel, wer nichts weiß, kann nichts verraten. Fanden

Aktionen statt, erfuhren wir davon aus der Presse oder dem Fernsehen. Mehr kann ich Ihnen dazu nicht sagen.«

»Das klingt beinahe wie bei einem Geheimbund.«

Zu seinem Erstaunen stimmte sie ihm zu. »Das kann man durchaus so sehen.«

»Was sagt Ihnen die DNF?«, blieb Hilpert unbeirrt.

»Wenig, sehr wenig. Peterson bat mich, dieser Vereinigung gelegentlich etwas Geld zukommen zu lassen. Das habe ich ihm zuliebe gern getan. Als die NSU-Morde hochspülten, hielt ich es für angesagt, endgültig auf Tauchstation zu gehen.«

»Aus moralischen Gründen?«

Ein Stück ihrer zuvorkommenden Art war verschwunden. Das Gespräch ging ihr augenscheinlich zu weit ins Eingemachte. »Denken Sie sich Ihr Teil.« Sie holte einmal tief Luft. »Mir scheint, Sie halten mich für einen verkappten Nazi. Das bin ich nicht. Ich finde nur, unser Land muss sich mehr auf sich selbst besinnen. Dem Recht und den Interessen der Deutschen muss stärker Geltung verschafft werden, national wie international. Wenn ich nur an die unsäglichen Abhöraktionen der Amerikaner und Briten denke. Die behandeln uns wie den letzten Dreck. Und wir verkriechen uns hinter nichtssagenden Phrasen.«

Ein Blick auf ihren verkniffenen Mund machte deutlich, dass dies vorerst der letzte Hinweis sein würde, der über »Guten Tag« und »Guten Weg« hinausging. Dafür konnten sie sich über den Hauptgang nicht beschweren. Hilpert hatte schon schlechteren Steinbutt gegessen und gegen die anschließende rote Grütze gab es sowieso keine Einwände. Die Sahne war frisch, die Vanillesoße selbst gemacht und nicht aus der Tüte. Auf diesem Tisch stand nichts aus der Konserve oder dem Gefrierfach. Nach zwei Uhr blickten die beiden Polizisten auf das erhabene Haus und waren genauso klug wie zuvor. Diese Frau wusste mehr, als sie zugab. Mit Sicherheit schafften sie es nicht einmal auf der Streckbank, ihre versiegelten Lippen zu öffnen. Da musste schon die eiserne Jungfrau herhalten. Leider war deren Produktion vor Jahrhunderten eingestellt worden und deren Gebrauch strafbar. Er dachte an die wenigen Informationen, die ihnen ihre Gastgeberin gegeben hatte. Ihle wurde zunehmend ein Knotenpunkt in der gesamten Angelegenheit. Ihn konnten sie nicht mehr befragen. Sie mussten sich nochmals Grothe greifen. Im Wagen wählte der Hauptkommissar dessen Nummer an. Dieser atmete spürbar durch, als Hilpert den Namen Ihle nannte. Er erklärte sich zu einem Gespräch auf dem Präsidium bereit.

Albers schaute zweifelnd zu seinem Chef hinüber. »Jetzt kann er in Ruhe seine Verteidigung aufbauen.«

»Soll er. Je konstruierter seine Erklärungen sind, desto größer die Wahrscheinlichkeit, dass er mittendrin steckt. Davon abgesehen, was können wir gegen ihn vorbringen, dass ihm nicht wenigstens ein Tag zum Durchatmen zugebilligt wird?«

»Wohl wahr. Macht wohl wenig Sinn, mal eben bei ihm vorbeizuschauen und ihn vorsorglich zu verhaften. Bei der dünnen Beweislage hätten wir keine Chance, ihm eine Unterkunft zu gewähren.«

»Du sagst es«, stimmte Hilpert ihm zu. »Wo hatte Ihle eigentlich seine Wohnung?«

»In der Fuhlsbüttler Straße.«

»Ärgerlich, wir haben keinen Schlüssel dabei. Die schauen wir uns dann morgen früh an. Soviel ich weiß, wurde darin nichts Aufregendes gefunden. Mag sein, dass wir mehr Glück haben.«

Seine Schulter schmerzte, seine Wunde am Oberarm begann zu pochen. Es war für ihn an der Zeit, Feierabend zu machen. Albers schaute besorgt zu ihm herüber.

»Du siehst scheiße aus. Ich fahre dich nach Hause.«

Zum überzeugenden Widerspruch fehlte Hilpert die Kraft, also gehorchte er wie ein folgsames Kind. Er überließ Albers seinen Golf. Dieser versprach, ihn am nächsten Morgen gegen acht abzuholen. Zu Hause legte er seine Beine hoch und ließ sich mit einem Tee verwöhnen. Gegen neun lag er im Bett und war sofort weggetreten.

28

Er schlief durch bis halb zehn. Eine Stunde später hatte er gefrühstückt. Albers kam erst nach zwölf bei ihm vorbei. Als habe er es gerochen, musste er sich am Mittagessen beteiligen, da Hilperts Mutter ihren Sohn nicht ohne feste Nahrung in die feindliche

Welt entlassen wollte. Dieser verzichtete lieber auf eine größere Diskussion vor seinem Mitarbeiter. Albers hatte ebenfalls eine Mutter, die sich ständig um ihn sorgte. Selbst sein Outing hatte sie gelassen hingenommen. Und der Braten, der aufgetischt wurde, war nicht von schlechten Eltern. Für die Soße hätte er zum Mörder werden können.

Ob Hilpert wollte oder nicht, er musste sich eingestehen, dass ihm der ruhige Start in den Arbeitstag guttat. Sie hatten den Besuch von Ihles Wohnung auf dem Zettel. Sie lag nur unweit von dem ehemaligen Hertie-Kaufhaus entfernt, das Opfer der Abrissbirne geworden war. Er wohnte im ersten Stock eines Gebäudes aus den Sechzigerjahren, das alles bewirkte, nur keine positiven Emotionen. Da lebte ein Polizist jahrelang von Schmiergeldern. Gleichzeitig hauste er in einer Wohnung, die das Sozialamt nicht mal einem Hartz-IV-Empfänger angeboten hätte. Das Schlafzimmer war direkt zur stark befahrenen Straße hin ausgerichtet. Auf einen Balkon war vorsorglich verzichtet worden. Die Küche wurde irgendwann einmal lieblos mit einer Standard-Küchenzeile aufgerüstet. Man fragte sich, ob es nicht besser gewesen wäre, das alte Mobiliar zu behalten. Die Einrichtung war die eines Junggesellen, der wenig Wert auf Äußerlichkeiten zu legen schien. Spektakulär war nur ein überdimensionierter Fernseher, der die halbe Wand des Wohnzimmers einzunehmen schien. Ansonsten wäre niemand auf die Idee gekommen, die Wohnung eines Polizisten aufzusuchen, der ein regelmäßiges Gehalt bezog. Musste Ihle für dieses Loch überhaupt Miete bezahlen oder erhielt er einmal im Monat dafür Schmerzensgeld? Wofür nahm der bei diesem Lebensstil Schmiergelder? War er Spieler? Trank er? Hatte er Drogenprobleme? Hilpert fragte sich, wonach er suchte. Das Bad sah aus, als würde der Mieter jeden Augenblick eintreten, um die Toilette aufzusuchen. Hilpert schnüffelte. Es roch muffig. Das konnte nicht daran liegen, dass Ihle nicht mehr lüftete. Dafür lag sein Ableben zu kurz zurück. Er roch an dem Abfluss der Wanne, die gleichzeitig als Dusche herhalten musste. Es miefte daraus, als habe sie jemand zweckentfremdet.

»Die ist lange nicht mehr benutzt worden«, stellte er mit Kennermiene fest.

»Wie kommst du darauf?«, fragte ihn Albers verwundert.

»Wenn durch den Abfluss kein Wasser mehr geführt wird, trocknet es dort ein und es fängt an zu stinken, als habe jemand nach einem großen Geschäft vergessen zu spülen«, erklärte er dem Kollegen. »Das Problem hatten meine Eltern mit der Dusche, die sie für mich im Keller eingebaut hatten.«

»Und wie löst man das?«

»Ganz einfach.« Hilpert ließ das Wasser kurze Zeit laufen, vorbei war es mit dem unangenehmen Geruch.

»Was man nicht alles von dir lernen kann.«

»Danksagungen werden einmal im Monat schriftlich an mich entrichtet, mit Kopien an den Chef unseres Vereins und den Innensenator.«

»Ich werde mich gleich morgen hinsetzen und einen hingebungsvollen Text formulieren.«

»'ne halbe A4-Seite reicht.«

Hilpert öffnete den Eisschrank. Bis auf eine Flasche Wasser war er leer. Ein noch originalverpacktes Paket Toastbrot fand sich im Brotkorb an. Es war so hart geworden, dass man damit jemanden hätte erschlagen können. Der Schimmel, der sich in dem Paket gebildet hatte, reichte vermutlich, eine mittlere Familie auszulöschen. Im Kleiderschrank des winzigen Schlafzimmers hingen zwei Hosen, ein Jackett und ein paar Oberhemden. Ein wenig Unterwäsche und einige Paar Socken lagen in einem Fach. Gebrauchte Wäsche entdeckten sie nirgendwo. Schuhe suchten sie ebenfalls vergeblich. Mit hochgezogener Augenbraue blickte Hilpert zu seinem Kollegen hinüber.

»Was sagen uns all diese kleinen Hinweise?« Er verzichtete auf eine Antwort. »Richtig, unser Oberkommissar hat hier gar nicht gelebt. Los, wir suchen nach allem, was gedruckt oder geschrieben ist, egal, was es ist.«

Zehn Minuten später waren sie erfolgreich. Ein Schreiben war an einen Hans Berger in der Körnerstraße gerichtet.

»Das klingt besser«, stellte Hilpert sachlich fest. »Beordere die Spurensicherung an diese Adresse. Wir fahren direkt dorthin.« Er wies auf das Schlüsselbund, mit dem sie die Wohnungstür geöffnet hatten. »Das gehörte bestimmt zu Ihle, oder?«

Albers nickte.

»Gut, dann wird der passende Schlüssel daran hängen.«

Hilpert ärgerte sich. Die Spurensicherung war mit leichter Hand durch die Wohnung gegangen. Schließlich war die Todesursache eindeutig. Man gab sich mit Ihles Schließfach und den paar Wertpapieren darin zufrieden. Auf die Unlogik in der vorgefundenen Wohnung war nicht geachtet worden. Wie so häufig untersuchte man, was man vorfand, und verzichtete darauf zu fragen, was fehlte.

Sie orientierten sich grob Richtung Alster. Vor dem Schwanenwik bogen sie in den Mundsburger Damm ein. Hilpert vergaß ständig, in welche Richtung die Sierichstraße gerade befahren werden durfte. Dieser Logik folgend nahmen sie die Papenhuder Straße. Über den Hofweg schafften sie es problemlos von hinten in die Körnerstraße. Da sie relativ kurz war, war es eh gleichgültig, von welcher Seite sie hineinfuhren. Sie quetschten ihren Wagen halb schräg in eine viel zu kleine Parklücke. Selbstverständlich hatte sich der ehemalige Oberkommissar eine Wohnung in einem Jugendstilhaus mit ungerader Hausnummer mit bester Anbindung an den Langen Zug geleistet. Tatsächlich passten zwei Schlüssel vom Bund in die Hauseingangstür wie im ersten Stock. Hier erwartete sie eine Gegenveranstaltung zur Fuhlsbüttler Straße. Sie betraten eine elegante Vierzimmerwohnung mit moderner Einbauküche und teurer Ausstattung. Die hohen Wände in den Zimmern waren im oberen Bereich mit Stuck verziert. Es fehlte an nichts. Überall hingen Lithografien, sorgfältig mit der sonstigen Einrichtung abgestimmt. Eine mächtige Stereoanlage und ein gewaltiger Flachbildschirm hatten die Neuzeit eingeläutet. In dieser Wohnung hatte sich jemand mit Geschmack und dem erforderlichen Kleingeld im Portemonnaie verwirklicht. Kurz darauf vernahmen sie die Türglocke. Die Kollegen von der Spurensicherung würden das Zepter übernehmen. Diesmal mussten sie sich nicht sonderlich anstrengen, um auf interessantes Material zu stoßen. Sie fanden etwa eine Viertelmillion Euro in einem Wandsafe hinter einem der Bilder. Das sollte allerdings nicht die spektakulärste Aktion des Tages geworden sein. In einem A4-Umschlag entdeckten sie eine Art Kassenbuch. Akribisch hatte Ihle alle Geldeingänge niedergeschrieben, die er erhalten hatte, einschließlich der Namen der edlen Spender. Und er war lange im Geschäft. Das erste Geld, das ihm zugesteckt wurde, erhielt er bereits zu DM-Zeiten. Garantiert gehörte er zu den wohlhabendsten Polizisten der Stadt. Eine Beförderung zum Polizeipräsidenten hätte er zu Lebzeiten ablehnen müssen, da er es sich finanziell nicht hätte erlauben können. Die eigentliche Sensation erwartete sie im Bad. Dort lagen mehrere Schachteln des Schlafmittels, mit denen die Morde ausgeführt wurden. War er ihr Killer, der leider das Zeitliche segnen musste? Oder war die Viertelmillion die Anzahlung für Hilperts Ermordung? Schwirrte dort draußen jemand herum, der ihm an den Kragen wollte? So recht glaubte Hilpert nicht daran, dafür war die Aktion zu emotional, zu hasserfüllt durchgeführt worden. Die Überprüfung von Ihles Arbeitszeiten ergab später, dass er zumindest für den Mord an Rössler nicht infrage kam. Fraglos war er clever. In der Tiefgarage seiner Luxuswohnung stand ein VW-Passat, der sich im Umfeld der sonstigen Nobelmarken unwohl fühlen musste. BMW oder Mercedes hätten zu einem normalen Kriminalbeamten nicht gepasst. Ein zu großes Auto fiel sofort auf.

In der Schublade seines Schreibtisches lagen die Unterlagen für ein etwas edleres Motorboot. Es handelte sich zwar um ein gebrauchtes Schiff, immerhin musste er dafür 350.000 Euro hingeblättert haben. Sinnigerweise gab es für einen Teil des Kaufpreises sogar eine Bankfinanzierung. Ihle hatte viel bedacht. Wäre er mit dem Boot gesehen worden, hätte er auf das Darlehen verweisen können. Doch in all den Jahren interessierte sich niemand für ihn. Kein verräterischer Lebensstil hätte einen Hinweis auf seine Nebeneinkünfte gegeben. Er war nicht der Verlockung erlegen, sich eine Immobilie zu leisten, über die man ihm hätte auf die Schliche kommen können. Diese Wohnung war gemietet. Er war ledig, keine Ehefrau oder feste Partnerin stellte Erwartungen an ihn, die ihn hätten verraten können. Er hatte es brillant verstanden, nach außen ein Bild von sich zu geben, das bei oberflächlicher Betrachtung eher auf einen sparsamen Menschen hinwies. Man hätte, so wie sie, tiefer graben müssen. Und selbst sie benötigten zwei Anläufe.

Fraglos wäre es für ihre Ermittlungen besser gewesen, sie hätten sich früher und vor allem eingehender um den ehemaligen Kollegen gekümmert. Was fing Hilpert mit den Informationen an? Hatte Ihle unter Schlafstörungen, wie mancher von ihnen, gelitten? Oder war er in die Schlafmittelmorde verwickelt? Etwa als Beschaffer der tödlichen Substanz? Er gestand sich ein, dass es nicht danach aussah. Der Mörder wäre mit drei Packungen nicht sehr weit gekommen. Und nichts deutete darauf hin, dass er größere Vorräte in seiner Wohnung oder anderswo aufbewahrt hatte.

Er wollte diese Fragestellung im Hinterkopf behalten. Der Mann war tot. Es würde schwer werden, seine Rolle in den aktuellen Mordfällen eindeutig zu klären. Sein Kassenbuch war leider eher in einer rückwärtigen Betrachtung interessant. Geld von der Seite der RLU-Gruppierung floss ausschließlich über Rössler. Hiernach erhielt er durchschnittlich 60.000 Euro pro Jahr. Es gab ein paar Ausnahmen. Da verbuchte er bis zu 120.000 Euro. Im Jahr 2006 erreichte er die Rekordmarke innerhalb von zwei Monaten. Ähnliches galt für 2009. Zu Beginn des aktuellen Jahres kamen nochmals 100.000 hinzu. Brannte es irgendwo, wurde er anscheinend großzügiger entlohnt als in weniger ereignisreichen Jahren. Bei ihm waren in ungefähr fünfzehn Jahren ziemlich genau eineinhalb Million Euro gelandet, selbstredend steuerfrei. Ergänzt um sein offizielles Einkommen musste es ihm finanziell vorzüglich gegangen sein. Abgegeben hatte er niemandem etwas von dem Geld, nicht einmal seinen Kollegen, die ihm behilflich waren, sah man von einigen Hundert Euro ab, die er gelegentlich weiterreichte. Was würde Hauptmeister Aldag dazu sagen? Leute wie er neigten dazu, Informationen zurückzuhalten wie ein Eichhörnchen seine Nüsse für einen harten Winter. Neid und Missgunst funktionierten aus ihrer Erfahrung als probates Mittel, das Schweigen zu brechen.

* * *

»Weit über eine Million? Sie scherzen! So viel Kohle soll Ihle abgegriffen haben?« Aldag schüttelte den Kopf, als wollte er nicht glauben, was ihm Hilpert erzählte. »Jetzt versteh ich mehr.«

»Was verstehen Sie mehr?«

»Weshalb er unbedingt auf Sie loswollte. Er hat das so dargestellt, als ginge es darum, unsere Ehre wieder herzustellen. Der hatte Schiss, seine Einnahmequelle zu verlieren. Und wir Blödmänner haben dabei mitgemacht.«

»Kommen wir auf Ihre Verbindungen zur rechtsradikalen Szene.«

»Darüber hatten wir bereits gesprochen.«

»Richtig, ich möchte gern wissen, wie das in der Praxis abgelaufen ist.«

»Das war ganz simpel. Wir haben im Präsidium rumgehorcht, ob entsprechende Aktionen gegen die geplant waren.«

»Während der Fußball-WM 2006 ist trotzdem der ganze RLU-Haufen aufgemischt worden.«

»Daran erinnere ich mich, als sei es gestern gewesen. Mensch, war Ihle wütend. Er hatte eine deutliche Warnung herausgegeben, sich wegen der gewaltigen Polizeipräsenz ruhig zu verhalten. Und die werden alle einkassiert.« Er lachte auf. »Die waren genau an die Falschen von der Bundespolizei geraten. Die Idioten mussten ordentlich was einstecken.« Er kratzte sich nachdenklich am Kopf. »2007 hat er einen V-Mann auffliegen lassen.«

»Habt ihr den etwa umgelegt?«

»Nein, nein, der wurde leicht lädiert im Alsterpark liegen lassen. Außerdem hat er vor etwa drei Jahren die Ermittlungen gegen einen Unterstützer der DNF sehr geschickt unter den Tisch fallen lassen.«

»Wie hat er denn das hinbekommen?«

»Keine Ahnung, da hat einer aus der oberen Chefetage mitgemischt.«

»Können Sie mir einen Namen nennen?«

»Fragen Sie mich was Leichteres. Wir durften für kleines Geld ausputzen. Ins Vertrauen wurden wir nicht gezogen.«

»Hat er euch wenigstens mal in seine hübsche Wohnung am Langen Zug eingeladen?«

»Eine Wohnung in Alsternähe? Blödsinn, der wohnte in der Fuhlsbüttler Straße. Dort hatte er einen riesigen Fernseher an der Wand hängen. Da haben wir uns gelegentlich zusammen ein Fußballspiel angeguckt. Ansonsten hat er sich privat eher zurückgehalten.«

»Da muss ich Sie enttäuschen. Sie wissen ja selbst, zuweilen geht der Trend zur Zweitwohnung.«

»Was will der mit zwei Wohnungen? Der hat wie wir nur einen Arsch, auf den er sich setzen kann.«
»Das ändert nichts an den Tatsachen.«
»Hat er da unter seinem Namen gewohnt? Das wäre doch irgendwann aufgefallen.«
»Natürlich nicht, der war ja nicht blöd.«
»Und wie hieß er dort bitte schön?«
»Hans Berger.«
Er bemerkte, wie Aldag blass wurde. Es war eine gute Idee von Hilpert, sein Neidgefühl anzustacheln. Dass Ihle tot war, spielte keine Rolle. »Scheiße, den Namen hat er jedes Mal verwendet, wenn wir gemeinsam etwas zu erledigen hatten. Das könnt ihr euch nicht ausgedacht haben.«
Er knabberte an seinem Fingernagel, als habe er den ganzen Tag nichts zu essen bekommen. Als ihm bewusst wurde, was er tat, hörte er mit einem Ruck auf.
»Er hat 'ne ganze Zeit mit 'ner Alten rumgemacht. Die war gefühlt hundert Jahre alt. Die wohnte in einem geilen Haus in bester Lage.«
»Am Feenteich?«
»Sie kennen die Dame?«
»Kann man so sehen.«
»Die soll ordentlich Schotter in diesen DNF-Laden gepackt haben. Es heißt, sie steckt da aktiv mit drin.«
»'ne Ahnung, wo die tagen?«
»Na klar. Offiziell heißt es, die treffen sich an unterschiedlichen Standorten. Das stimmt nicht. Sie hat ein Haus in Marienthal zur Verfügung gestellt. Das war etwas älter und passte gut.«
»Was sind das für Typen, die sich da versammeln?«
»Die unterscheiden sich gehörig von den Idioten der RLU. Bei denen wechselt man nicht die Straßenseite, wenn die einem entgegenkommen, sondern grüßt freundlich zurück.«
»Tja, selbst die Rechten lernen dazu.«
»So ist es.«
»Wissen Sie, wann die sich treffen?«
»Immer am letzten Mittwoch im Monat. Die starten so gegen sechzehn Uhr. Wir haben dort anfangs das Umfeld sondiert. Es zeigte sich bald, dass denen niemand an den Kragen wollte. Seit

etwa einem Jahr sind wir nicht mehr angefordert worden vorbeizuschauen.«

»Da haben wir ein paar Tage Zeit und können uns drauf einstellen.« Hilpert blickte auf seine Armbanduhr. In einer halben Stunde erwartete er Grothe. »Hören wir erst mal auf für heute. Sollte Ihnen was einfallen, was Sie vergessen haben, schreien Sie nach mir.«

»Werd ich tun.«

»Und ich werde mich erkenntlich zeigen, wenn wir uns vor Gericht treffen. Mein Wort darauf.«

»Das wird meinen Anwalt freuen.«

»Am Ende nicht nur ihn.«

»Ich weiß.«

Grothe erschien pünktlich im Präsidium. Leutselig ging er auf Hilpert zu, als er dessen Zimmer betrat. »Vielleicht besorgen Sie mir ein Klappbett, so häufig, wie Sie mit mir reden wollen.« Er grinste den Beamten an. »Selbstverständlich bin ich brennend an der Aufklärung der Morde interessiert und stehe gern zur Verfügung. Was kann ich heute für Sie tun?«

»Das höre ich gern. Am besten gehen wir gleich ans Eingemachte. Hätten Sie mir von Anfang an alles erzählt, was Sie wissen und müsste ich Ihnen nicht alles aus der Nase ziehen, hätten Sie viel mehr Ruhe vor mir.«

Grothe stellte sich dumm. »Was sollte ich für mich behalten haben? Ich verstehe nicht, worauf Sie hinauswollen.«

»Ach, tatsächlich? Ich bin mir sicher, dass Sie nicht die Wahrheit gesagt haben, was Ihre Beziehung zu Ihle betraf.«

»Wie kommen Sie darauf?«

»Sie wurden mit ihm im trauten Gespräch beobachtet. Für wenigstens eine Begegnung gibt es einen Zeugen. Ich nehme Wetten dafür an, dass es dabei nicht geblieben ist.«

Wie ein ertapptes Kind schaute Grothe zu Boden. Zögernd nickte er. »Sie haben recht, ich habe da nicht die Wahrheit gesagt. Ich habe ihn vor Jahren mehrmals an unverfänglichen Orten getroffen. Es waren zumeist kurze Gespräche. Grundsätzlich wollte er mit niemandem von uns gesehen werden. Das hätte unangenehme Fragen aufgeworfen.«

»Das ist lange her. In letzter Zeit mussten Sie keine Rücksicht auf ihn nehmen und hätten uns einen Tipp geben können.«

»Das stimmt selbstredend. Ich wollte mit diesem Menschen nichts mehr zu tun haben. Hätte ich gegen ihn ausgesagt, wären nur die alten Geschichten hochgekocht.«

»Das muss ich so hinnehmen. Wie standen Sie damals zu ihm? Vor allem, was wollten Sie von ihm?«

»Ich hatte Ihnen ja erzählt, dass ich ein, zwei Geldübergaben beobachten konnte.« Er hüstelte verlegen. »Er ließ sich das Geld stets hübsch vorzählen, bevor er es einsteckte und damit abschwirrte. Offensichtlich hat er einmal im Monat abkassiert. Und es ging um ordentlich Kohle. Unter 5.000 Euro lief da selten was. Ich bin davon überzeugt, hätte er gewusst, dass ich ihn in Rösslers Wohnung belauscht hatte, hätte er mich umgelegt.« Man sah Grothe an, wie die damalige Wut in ihm hochstieg. »Uns haben die gelegentlich mal eine Kiste Bier oder eine Flasche Schnaps hingestellt. Manchmal wurde ein Schein in die Gruppenkasse gesteckt. Und dieser korrupte Beamte kassierte gnadenlos ab.«

»Das heißt, Sie wollten ein größeres Stück vom Kuchen und keine Krümel mehr.«

»Sie sagen es. Eigentlich interessierte mich ausschließlich, wie ich es anstellen musste, um ebenfalls an Geld zu kommen.«

»Wie hat Ihle darauf reagiert?«

»Zuerst war er verärgert und drohte mir mit Schlägen. Anschließend hat er mich ausgelacht und gemeint, alles habe seinen Preis. Ihn zu bestimmen und durchzusetzen, sei die große Kunst. Das habe ich kapiert. Da war was dran.«

»War das seine einzige Reaktion?«

»Nein, er hat tatsächlich dafür gesorgt, dass ein paar Taler bei mir landeten, sozusagen als Art Aufwandsentschädigung.«

»Er hatte kein Problem damit, dass Sie den Kontakt zu ihm aufgenommen haben? Ein wenig riecht mir das nach Erpressung, was Sie da abgezogen haben.«

»Wenn Sie meinen.« Plötzlich lachte Grothe auf. »Er meinte gelassen, beim nächsten Mal würde er mir die Eier abschneiden. Vor allem warnte er mich davor, nachzukobern. Daran hab ich mich gehalten.«

»Wie viel Geld ist denn so bei Ihnen gelandet?«

»500 Euro im Monat, zuweilen ein Tausender.«

»Und damit haben Sie sich zufriedengegeben?«

»Überlegen Sie, ich war jung. Das Geld flatterte regelmäßig in meine Tasche. Dafür habe ich ein paar schwachsinnige Texte verfasst. Ich konnte mir gut mein Auto davon finanzieren. Und ein hübscher Urlaub war ebenfalls drin.«

»Wie ist das Geld bei Ihnen gelandet?«

»Durch Rössler. Das klappte gut. Wäre ich etwas netter zu ihm gewesen, hätte er schätzungsweise was draufgelegt.«

»Sie wussten schon zu der Zeit, dass er schwul war.«

»Klar. Er war der Typ mit lila Schal und weichem Anschlag in der Stimme.«

»Passte das zu Ihrer ideologischen Ausrichtung?«

»Natürlich nicht. Mir war das egal. Er war der Mann mit der Kohle. Hätte er einen meiner Kumpel getroffen, hätte er Probleme bekommen.«

»Wie war das denn mit Ihle? Meines Wissens mochte der keine Homosexuellen.«

»Darüber haben wir nie geredet. Ich denke, der ist ähnlich wie ich nach dem Motto verfahren, wer mir so viel Geld schenkt, kann nicht ganz schlecht sein.«

Nachdenklich nickte Hilpert zu der Aussage des Politikers. »Können Sie das Gesagte zeitlich zuordnen?«

»Wenn Sie mich nicht auf den Monat festnageln wollen, die Zahlungen fingen etwa Mitte 2004 an und endeten um die Zeit der Fußball-WM, als ich ausschied.«

»War das Geld das einzige Thema, über das Sie gesprochen haben?«

»Nein, er wollte wissen, wie die Stimmung bei uns war. Manchmal gab er Hinweise, wo man mal loslegen konnte. Einmal erhielten wir auf diesem Weg Namen und Adresse eines grünen Politikers, den wir aufmischen sollten.«

»Und ist das geschehen?«

»Nein, der hatte sich nicht auf die Staatsmacht verlassen, was seinen Schutz betraf. Der verfügte über eigene Leute. Das war uns zu riskant.«

»Und Ihle, was hat der dazu gesagt?«

»Ich habe ihn erst Wochen später getroffen. Da war das kein Thema mehr.«

»Das bedeutet, dass Sie sich regelmäßig gesehen haben?«

»Ich war schließlich der Einzige, mit dem er sich in der Öffentlichkeit blicken lassen konnte. Mit einem meiner tätowierten glatzköpfigen Kollegen wäre das keine gute Idee gewesen.«

»Haben Sie in den darauffolgenden Jahren nochmals mit ihm zu tun gehabt?«

»Ja, vor zwei Jahren. Ich habe ihn sofort erkannt, obwohl er massiger geworden war. Er gehörte einem Polizeiteam an, das unseren Bundesparteitag in Hamburg sichern sollte. Es gab für ihn wenig zu tun, blieb alles ruhig. Wir haben ein paar Worte miteinander gewechselt und das war's. Keiner hatte Bock auf den anderen. Zwischen uns herrschte ein nie erklärter Burgfrieden. Ich redete nicht über ihn. Er ließ mich zufrieden.«

»Also hat er nicht versucht, bei Ihnen Geld abzugreifen?«

»Kein Stück. Da wäre eher umgekehrt ein Schuh draus geworden.«

»Wie sieht es denn mit Ihrer Kandidatur aus? Alles im Lot?«

»Momentan ja.«

»Wie man hörte, gab sich Ihle gern als Überzeugungstäter. Sahen Sie das ebenso?«

»Selbstverständlich nicht. Seine finanziellen Interessen waren eindeutig. Für Gotteslohn tat der nichts.«

»Sie sind sich völlig sicher, bis zu Ihrem Ausstieg Geld in der geschilderten Größenordnung bekommen zu haben? Morgen finden wir vielleicht eine Unterlage, die etwas anderes aussagt. Insbesondere Rössler ist sehr akribisch mit seinen Aufzeichnungen gewesen. Ich musste Ihrem Gedächtnis an so vielen Stellen nachhelfen, dass ich langsam beginne, die Geduld zu verlieren, sollte ich Sie dabei erwischen, dass Sie es mit der Wahrheit nicht so genau nehmen.«

»Halten Sie mich für bescheuert? Nachdem der Geldhahn zugedreht worden war, sponserte mich anfangs Dr. Siebert auf meine Bitte hin, so gut er konnte. Er war für mich wie ein väterlicher Freund. Später hat uns die Familie meiner Frau kräftig unterstützt, besser der Vater meiner Frau. Wir leben in der Karlstraße zu einer sehr moderaten Miete. Wissen Sie, was da monatlich aufgerufen wird? Mindestens das Dreifache von dem, das Peterson uns abknöpfte. Meine Sozietät hat mein Schwiegervater vorfinanziert. Die wichtigsten Kunden hat er mir zugeschanzt. Es sind einige fette Mandate darunter. Andrea war da ebenfalls sehr kooperativ. Sie wissen vielleicht, dass sie seit Jahren aktiv im väterlichen Betrieb arbeitet. Und glauben Sie mir, sie ist gut. Ihr Wort hat Gewicht. Ansonsten hätte sie der Alte längst aufs Altenteil geschickt.«

»Und das in so jungen Jahren.«

»So ist er. Und gnade mir Gott, ich mache keinen anständigen Job. Vom Hof würde er mich jagen.«

»Und, sind Sie wirklich so gut?«

»Wenigstens nicht schlecht. Man muss nicht alles selber wissen. Manchmal reicht es, die richtigen Leute zu kennen.«

»Sie meinen Siebert?«, fragte Hilpert nach.

»Er sowieso. Es ist vor allem Laura. Sie ist im Unternehmensrecht nicht zu schlagen. Da ist sie brillant und war mir des Öfteren sehr hilfreich.« Besorgt wandte er sich Hilpert zu. »Wie man hört, geht es ihr nicht besonders gut?!«

Hilpert nickte nur. Dieses Thema ging ihm an die Nieren. Er wollte darüber nicht reden. Seine Fragen waren beantwortet. Es war Grothe anzusehen, dass er über das Ende der Vernehmung mehr als froh war.

Hilpert blieb allein vor den Aufzeichnungen sitzen, die er von dem Gespräch angefertigt hatte. Nervös trommelte er in alter Manier irgendeinen Rhythmus auf die Schreibtischplatte. Was fing er mit Grothes Aussage an? War das alles? Wenn nicht, was behielt er für sich? Der Mann konnte es sich nicht erlauben, mit einer Falschaussage bei der Polizei aufzulaufen. Drang das nach draußen, war's das mit der politischen Karriere. Fraglos war er um die Zeit des Mordes an Wagner ein wichtiger Mann in der Vereinigung. Er brachte als einer der wenigen einen klaren Verstand mit, war vorzüglich ausgebildet. Er jagte auf den ersten Blick niemandem Angst ein. Leute wie er waren dennoch weitaus gefährlicher als die brutalsten Schläger in ihrem Verein. Sie verfolgten konkrete Ziele. Sie sprachen und wirkten wie wohlerzogene, intelligente Bürger. Sie wussten, was der Mann auf der

Straße hören oder lesen wollte. Sie zogen Unentschlossene weitaus schneller auf ihre Seite als die muskelbepackten Glatzköpfe mit ihrer niedrigen Stirn. Was hielt er zurück? Welche Gründe mochten dahinterstecken? War er in irgendeiner Form tatbeteiligt? Hilpert musste nicht lange nachdenken. Es lag auf der Hand. Alles roch nach Erpressung. Das hatte mit Ihle funktioniert, warum nicht bei anderen Beteiligten? Die Frage war nur, womit erpresste er wen? Es konnte nur mit Wagners Tod zusammenhängen. Die Gesprächsrunden mit dem Herrn würden weitergehen. Trotz aller gezeigten Kooperationsbereitschaft war Grothe ihm unsympathisch. Er musste aufpassen, seine Neutralität nicht zu gefährden. Es ging nicht darum, seine Vorurteile zu bestätigen, sondern einen mehrfachen Mörder zu fassen.

29

Am Nachmittag stand Stange vor Hilperts Schreibtisch und wedelte mit mehreren Kontoauszügen vor dessen Nase. »Warst du das mit dem Geld?!«

Hilpert versuchte die Nummer als dummer August, wenngleich mit geringem Erfolg. »Welches Geld meinst du?«

»Die Darlehen auf meine Wohnung, die ebenso ausgeglichen wurden wie die Miesen auf meinem Girokonto.«

»Betrachte das als Kredit, den du gelegentlich zurückzahlen wirst.«

»Du weißt selbst, dass ich das nie auf die Reihe bekomme, es sei denn ich verkaufe die Wohnung.«

»Bernd, ich hatte das Gefühl, dass du unterstützt werden musst. Wir sind Freunde. Das gehört sich so, dass man einander hilft, wenn man kann.«

»Du hast für dein Geld einen unmenschlichen Preis gezahlt, Fabian. Mit dem Tod der Frau, die du geliebt hast. Da kann ich nicht einfach eine Anleihe bei dir nehmen.«

»Keine Angst, das geht aus einer Kasse, die mit Petra nichts zu tun hat. Außerdem hast du keine Anleihe genommen.«

»Aber ...«

»Kein Aber. Lebte Petra noch, wäre sie mit Sicherheit damit einverstanden gewesen. Oder war das Geld nicht hilfreich?«

»Nicht hilfreich? Du hast meinen Arsch gerettet!«

»So soll es sein. Somit sind wir beinahe quitt.«

Hilpert stand auf und ging um den Schreibtisch herum. Er nahm Stange in den Arm und redete sanft auf ihn ein. »Wir sind Freunde, da kann ich dich nicht wegen Geld im Regen stehen lassen. Meine Familie und ich sind materiell versorgt bis in die Steinzeit und zurück. Da darfst du nicht auf dem Daumen lutschen. Wer weiß, vielleicht musst du nach dem nächsten Börsenkrach meine Großfamilie aufnehmen. Bis dahin vergessen wir die Sache.«

»Das wird nicht so einfach für mich werden.«

»Willst du lieber zweimal die Woche mit deiner Hausbank telefonieren?«

»Natürlich nicht.« Er reichte ihm die Hand. »Wenigstens danken möchte ich dir.«

»Das ist dir gestattet.« Hilpert legte ihm eine Hand auf die Schulter. »Und lass es dir nie einfallen, mir die Kohle zurückzahlen zu wollen. Sie kommt aus einem Topf, der Gutes bewirken soll. Willst du mal was Gutes tun, es gibt genug bedürftige Menschen auf dieser Welt.«

Aufgeräumt trennten sie sich. Eine Stunde später schaute Stange bei Hilpert herein. »Komm, lass uns darauf wenigstens zusammen ein Bier trinken gehen.«

Hilpert schaute fröhlich in seine Richtung. »Siehst du, kaum ist dein Kopf frei, schon kommen dir die besten Ideen.«

Zufrieden setzten sie die Gläser an. Der erste Schluck war stets der beste. Stange wollte mit dem Geldthema fortfahren, als Hilpert ihm das Wort abschnitt. Für ihn war alles gesagt. Stange verstand.

Hilpert spielte mit dem Glas, das vor ihm stand. »Ich brauche einen Zuhörer.« Konzentriert formulierte er seine Überlegungen, die er aus dem Gespräch mit Grothe gewonnen hatte. Stange hörte aufmerksam hin. »Wenn ich über den Mann nachdenke, haben ihm zwei Parteien geholfen. Dr. Siebert, der ihn von dieser Mischpoke befreit und während des restlichen Studiums finanziell unter die Arme gegriffen hat. Und natürlich die Petersons. Bei denen geht es um richtig Kohle. Nicht nur das. Er hat quasi als Draufgabe die Märchenprinzessin als Ehefrau bekommen. Sie und ihr Vater haben seine Existenz gesichert. Der Senior tut das bis heute. Er unterstützt selbst Grothes Kandidatur in seiner Partei.« Hilpert stellte das leere Glas mit einem Ruck auf den Bierdeckel. »Das hat mit Altruismus oder Sympathie nichts zu tun. Hier geht es meiner Meinung nach um nackte Erpressung. Ausgangspunkt muss der Mord an Wagner gewesen sein.«

»Das gilt für Grothe wie für Paulsen«, stellte Stange fest. »Der eine langt ordentlich hin, der andere begnügt sich mit einem Taschengeld und muss dran glauben, als er nachkobern will.« Nachdenklich kratzte er sich am Kopf. »Das macht sogar Sinn, dass sich seine Frau erst jetzt von Grothe trennen will, wo er die große Politik ansteuert.«

Langsam geriet Hilpert in Rage. »Genau, er könnte jetzt nicht mehr mit irgendwelchen Behauptungen an die Öffentlichkeit gehen, zugeben, dass er ein Erpresser ist und glauben, sich in seiner Partei oben halten zu können. Das ist der wirkliche Grund, weshalb Peterson ihm selbst bei diesem Karrieresprung behilflich ist. Grothe wird ein für allemal mundtot gemacht. Will er seine gesellschaftliche Stellung nicht gefährden, muss er schweigen. So wird Peterson ganz elegant einen Erpresser los und seine Tochter einen ungeliebten Ehemann.«

Sie orderten eine neue Runde. Klugerweise hatten sie ihre Fahrzeuge vor dem Präsidium stehen lassen.

»Sollte unsere Analyse stimmen, eröffnet sich eine Frage«, setzte Hilpert erneut an. »Was genau weiß Grothe über die Petersons? Und hängt das mit den aktuellen Morden zusammen? Sind sie die Einzigen oder müssen noch andere Geld abdrücken?«

Stange nickte. »Das heißt in letzter Konsequenz: Wurden ausschließlich Peterson und seine Tochter erpresst, haben wir mit ihnen die Verantwortlichen für alle Morde. Ansonsten müssen wir weitergraben. Klingt irgendwie simpel.« Stange unterbrach sich selber. »Es gibt eine softere Teillösung. Grothe hat Wind von Petersons Homosexualität bekommen und den Alten in den Schwitzkasten genommen.«

»Das wäre mir als Motiv zu schwach«, widersprach Hilpert. »Könnte jedoch als Beigabe gut passen.«

»Jetzt kommt die Tochter ins Spiel«, fuhr Stange fort. »Garantiert hat der Alte sie gezwungen, auf Grothes Forderungen einzugehen.«

»Warum sollte sie da mitmachen?«, fragte Hilpert nach.

Stange lachte auf. »Wenn sie Wert auf ein gutes Leben und eine fette Erbschaft legt, ist sie dabei.«

»Hat sie sich das wirklich über Jahre zugemutet?«, meldete Hilpert Zweifel an. »Ich will das nicht glauben. Die ist cooler als die Eisprinzessin.«

»Du solltest das wissen, Fabian, schließlich kennst du die Dame besser als ich.«

»Denkbar ist alles, klar.«

Stange war in Schwung gekommen. »Spinnen wir den Faden weiter. Das hieße nach dieser Theorie, Paulsen hat Wagners Mörder erpresst und wurde am Ende dessen Opfer. Rössler musste sterben, weil er vermutlich den Täter kannte.«

»Wer wäre der Killer?«

»Gute Frage«, antwortete Stange. »Ich habe keine Ahnung, allenfalls eine Idee. Bislang machen wir alles kompliziert. Kommen wir zurück auf Vater und Tochter Peterson. Deine Andrea könnte die Täterin sein. Sie tötet Wagner aus Eifersucht. Grothe bekommt es mit und erpresst beide.«

Hilpert kratzte sich am Kopf. »Das könnte passen. Grothe hat beide im Griff und lässt es sich gut gehen. Links Geld, rechts Liebe. Paulsen war bei dem Mord sowieso dabei. Er fordert ebenso sein Stück vom Kuchen.« Unbewusst massierte er sein Kinn und nickte dem Kellner zu, der mit der Hand auf ihre leeren Gläser wies. »Da passen die Giftmorde zehn Jahre später wie die Faust aufs Auge. Zwei Mitwisser werden ausgeschaltet.«

Hilpert hatte einen Bierdeckel in die Hand genommen und fächelte sich Luft zu. Augenscheinlich passten ihm ihre Diskussionsergebnisse nicht. »Ich will nicht glauben, dass Andrea eine dreifache Mörderin ist. Fallen uns andere Alternativen ein?«

»Was ist, darf nicht sein. Ich verstehe. Aldag, unser korrupter Bulle, berichtete über die bezaubernde Frau Breckwoldt, die mittlerweile in eine andere rechtsradikale Geschichte verwickelt sein soll«, entgegnete Stange. »Zumindest hätte Paulsen keine Probleme damit gehabt, eine ältere Frau an sich rankommen zu lassen.«

Man sah Hilpert den Zweifel an dieser These an. »Das hieße, sie hat vor zehn Jahren die Order für Wagners Ermordung erteilt, an wen auch immer. Paulsen weiß davon und erpresst sie. Sie blecht. Als er seine Forderung anhebt, bringt sie ihn mit dem Schlafmittel um? Warum tötet sie Rössler? Weshalb hat sie den Tod von Wagner veranlasst?«

»Weil sie bis heute eine hundertfünfzigprozentige Rechtsradikale mit extremen Ansichten ist«, erwiderte Stange völlig entspannt. »Das darf nicht an die Öffentlichkeit gelangen. Nicht vor zehn Jahren durch Wagner, erst recht nicht heute durch Paulsen oder Rössler. Es würde ihr gesamtes Standing in Hamburg vernichten, von den strafrechtlichen Konsequenzen mal abgesehen.«

Hilpert freundete sich mit dieser Lösung zusehends an. »Rössler wusste mit Sicherheit, dass sie sich einer neuen rechtsradikalen Vereinigung angeschlossen hat. Das könnte passen. Wir müssten sehen, wie wir sie zu greifen bekommen.«

»Treffen die sich nicht regelmäßig jeweils am letzten Mittwoch im Monat? Das ist ja bald.«

»Genau genommen in acht Tagen.«

Bei Stange baute sich Euphorie auf. »Da bekommen wir sie bestimmt an den Hinterbeinen zu fassen. Eine Hausdurchsuchung bei ihr brächte uns sicherlich ein Stück voran.«

»Da müssen wir was organisieren. Denken wir darüber nach, wenn wir uns mit Kaffee begnügen müssen. Morgen machen wir Nägel mit Köpfen.«

Ab dem dritten Bier driftete ihr Gespräch ab und sie wechselten das Thema. Eine Stunde später fuhren sie mit einem Taxi nach Hause. Nüchtern genug, um keinen größeren Blödsinn zu verzapfen, allerdings mit ausreichender Bettschwere versehen. Zu Hilperts Leidwesen hielt die Wirkung des Bieres nicht sehr lange an. Das Gespräch mit Stange wirkte in ihm nach. Ihm wurde übel, wenn er über die Option Andrea nachdachte. Sie war plausibel, sie war schlüssig. Hatte er ein Verhältnis mit einer mehrfachen Mörderin? Entsprechend schlecht fand er in den Schlaf.

Ihre Diskussion vom vorherigen Abend ließ Hilpert am nächsten Tag nicht los. Erst als er über die geplante Zusammenkunft der Mitglieder der DNF in Marienthal sinnierte, löste sich seine Verkrampfung. Daraus musste sich etwas in ihrem Interesse machen lassen. Wo konnten sie ansetzen? Es war nicht verboten, sich mit Freunden im eigenen Haus zu treffen. Legten sie keine eindeutigen Beweise für ein konspiratives Treffen vor, konnte die Geschichte schnell nach hinten losgehen. Am besten, man überwachte die Versammlung. Nur, wie bekamen sie das geregelt? Dies vor dem Hintergrund, dass sich in ihren eigenen Reihen mindestens ein bisher unbekannter Parteigänger aus dem rechten Lager aufhielt. Er musste einen besseren Weg suchen. Reuter vom Verfassungsschutz kam ihm in den Sinn. Der war ebenso wie sie auf der Suche nach seinen Erfolgserlebnissen. Kurz entschlossen rief er ihn an.

Der Mann kam geradezu in Wallung. »Ob wir da mitmachen wollen? Sie belieben zu scherzen. Geben Sie mir die Adresse des Hauses. Das verwanzen wir, dass kein Floh mehr unbeobachtet husten kann. Momentan reißen wir uns um jeden Treffer, egal, wie unbedeutend er ist. Da passt uns eine rechtsradikale Vereinigung hervorragend ins Konzept. All das garniert mit einer wohlhabenden Frau, die in dieser Szene ein und aus geht – perfekt! Kriegen wir das gebacken, haben Sie einen Freund fürs Leben gewonnen.«

Hilpert verwies auf seine eigene Interessenlage. »Ich suche meine Mörder. So langsam werden meine Chefs ungeduldig.«

»Ihre Interessen werden selbstredend berücksichtigt.«

Hilpert gewann seiner Idee zusehends etwas ab. Reuter verfügte über den Apparat, um die Millionärin zu überwachen und das Haus zu verwanzen. Wollten sie das Problem mit Hausmitteln lösen, erreichte die Dame vielleicht ein entsprechender Anruf und sie mischten eine Bridgerunde reicher Hamburger Witwen auf. Er musste auf die Möglichkeiten und Verschwiegenheit des Verfassungsschutzes hoffen.

»Einverstanden, ich habe Ihr Wort, dass ich mich mit zwei meiner Kollegen um Frau Breckwoldt kümmern darf. Wir möchten bei der Vernehmung dabei sein, vor allem wollen wir ihr Haus durchsuchen.«

»Wo ist das Problem? Ich bin einverstanden. Denken Sie an Ihre Plastikhandschuhe.«

»Danke für den Hinweis. Ich lerne gerne dazu.« Hilpert nannte ihm die Adresse.

»Nette Gegend, die Oktaviostraße, richtig bürgerlich. Wird nicht unbedingt von Hartz-IV-Empfängern präferiert.«

»Für den Standardsatz gibt's dort gerade mal eine Garage angeboten«, stimmte Hilpert ihm zu.

Reuter lachte auf. »Ich stelle mir gerade vor, das passierte und jemand mietete sich dort ein. Was die Nachbarn wohl für Gesichter zögen.«

Hilpert grinste, nachdem er aufgelegt hatte. An der Elbchaussee oder in Harvestehude würde man vermutlich das FBI rufen, fiele es jemandem ein, sich in einer Garage häuslich niederzulassen. Schnell stellte sich der Ernst ein. Er überlegte, wie er an zusätzliche Informationen über die Breckwoldt herankam. Je mehr sie wussten, desto besser war es für den Erfolg der Ermittlungen. Gab es da nicht einen Exehemann? Vielleicht konnte der etwas zu der Psychologie dieser Dame aus den besten Kreisen beitragen. Entschlossen winkte er Albers zu sich. Der verfügte bereits über dessen Telefonnummer. Mit dem ersten Versuch war er schon erfolgreich.

Erstaunt nahm Peter Breckwoldt Hilperts Anruf entgegen. »Die Polizei interessiert sich für meine Exfrau? Was für eine erfreuliche Mitteilung. Hat die Steuer sie endlich zu fassen gekriegt?«

Hilpert musste sich gehörig anstrengen, die Euphorie des Mannes zu bremsen.

»Ich verstehe, Sie sind in den Vorermittlungen. Ein Mordkomplott kommt mir etwas dicke vor, selbst bei Sigrid«, beantwortete Breckwoldt seine diesbezügliche Frage.

Hilpert informierte ihn etwas präziser über den Hintergrund seiner Bemühungen, ohne zu viel zu verraten.

»So, so, die liebe Sigrid soll Rechtsradikale unterstützt haben. Das verwundert mich nicht sonderlich. Politisch hatte sie immer abstruse Vorstellungen. Ich meine, sie lebte ständig unter dem Trauma, jemand könnte ihr etwas von ihren Millionen wegnehmen. Das gestattet sie niemandem, weder dem Staat noch einzelnen Personen.«

»Ist sie geizig?«

»Kann man so nicht sagen. Abgeben kann sie. Es muss sich in Grenzen halten und sie muss es selbst entscheiden können. Kommen wir auf Ihre Frage zurück. Es ist, als sei es gestern gewesen. Ich erinnere mich gut an eine Geschichte. Der Verein nannte sich ›Stille Hilfe‹. Ich glaube, Nachbar Peterson hatte ihr den Floh ins Ohr gesetzt. Das muss ein ganz dubioser Laden gewesen sein. Soviel ich weiß, ging es da um die Unterstützung von Altnazis und deren Hinterbliebenen. Das wurde selbst ihr zu heiß und sie zog sich zurück.«

»Interessant. Sie hat mir gegenüber behauptet, dass sie ausschließlich Geld für die eine oder andere Vereinigung gegeben habe, will sich darüber hinaus nicht nachhaltig darum gekümmert haben.«

Breckwoldt lachte höhnisch auf. »Wir sind seit vielen Jahren auseinander. Trotzdem lege ich meine Hand dafür ins Feuer, dass sich meine Ex nicht geändert hat. Sie ist geradezu kontrollsüchtig. Die gibt keinen Cent aus der Hand, ohne zu wissen, wo der landet, was damit veranstaltet wird. Das hat sie als Unternehmerin außerordentlich erfolgreich gemacht.«

»Trauen Sie ihr einen Mordauftrag zu?«

Für einen Moment musste Hilperts Gesprächspartner durchatmen. »Eher nicht. Das hieße, Sie müsste einen Fremden damit befassen, sich in dessen Hände begeben. Unwahrscheinlich! Meine ehemalige Frau kommt zwar aus reichem Haus und hat gelernt, Geld als Waffe einzusetzen, doch ein Auftragsmord, nein. Das passt nicht zu ihr.«

»Das hat nichts mit Moral oder Emotionen zu tun?«

»Sigrid weiß gar nicht, was das ist.«

Hilpert musste aufpassen, dass er nicht auf die Einschätzung eines frustrierten abgelegten Ehemannes hereinfiel. Vorsichtig insistierte er: »Darf ich fragen, wie Sie Ihren Lebensunterhalt bestreiten?«

»Oh, ich war als Neurologe tätig und lebe von einer reichlich bemessenen Rente. Ich habe keine finanziellen Sorgen. Als Abfindung hinterließ Sigrid mir einige Wohnungen und eine toprenovierte Jugendstilvilla in Othmarschen. Darin lebe ich bis heute. Die Lösung war fair. Die Scheidung verlief lautlos. Wir benötigten nur einen Anwalt.«

»Wie hatten Sie sich kennengelernt, wenn ich fragen darf?«

»Durch ihren Bruder. Er ist Mediziner.«

»Wie lange waren Sie verheiratet?«

»Immerhin 22 Jahre. Wir lebten allerdings eine ganze Zeit getrennt voneinander.«

»Ab wann gingen Sie getrennte Wege?«

»Ab 1993.«

»Haben Sie Kinder?«

»Einen Sohn. Er ist bei mir aufgewachsen. Ihrer Ansicht nach ist er aus der Art geschlagen.«

»Wie das?«

»Er ist Schriftsteller. Leider wartet er seit Längerem auf den großen Durchbruch.«

»Unterstützen Sie ihn?«

»Worauf Sie sich verlassen können, ich liebe seine Bücher.«

»Und seine Mutter?«

»Käme er mit dem Hut in der Hand zu ihr und würde schwören, kein Wort mehr zu schreiben, sie würde ihn in Gold aufwiegen lassen. So gibt es im Monat einen Tausender von ihr. Zu Weihnachten und zu seinem Geburtstag legt sie was drauf.«

»Die Welt ist das nicht gerade, bedenkt man, wie reich sie ist.«

»Na und? Ich kann mein Geld nicht annähernd ausgeben. Da beteilige ich gern meinen Sohn daran. Er erbt es eh.«

»Er lebt bei Ihnen?«

»Na klar, wo sonst? Hat er eine Freundin, ist das Haus groß genug, dass wir uns aus dem Weg gehen können.«

»Ist Ihnen der Name RLU mal untergekommen?«

Er antwortete wie aus der Pistole geschossen: »Nie gehört.«

»Es handelt sich um eine ehemalige rechtsradikale Organisation.«

»Tatsächlich? Glauben Sie mir, damit hatte ich nie zu tun.«

Hilpert stellte für sich nach dem Gespräch fest, dass seine Vorbehalte gegenüber der Frau durchaus ihre Berechtigung hatten. Zwangsläufig traf er auf Leute ihres Zuschnitts durch seine Einheirat in die Familie Wellner. Er war froh, in seinem Schwiegervater einen Menschen getroffen zu haben, der sich hiervon wohlwollend unterschied. Er konnte sich gut vorstellen, dass Peterson wie die Breckwoldt in den Fall verwickelt waren. Nur, wie tief ging das? Galt das für alle Morde oder nur für Wagners Tod? Er glaubte nicht daran, dass sich bei ihnen inzwischen so etwas wie eine demokratische Gesinnung Platz geschaffen hatte. Sie hatten all die Jahre aus einer gesicherten Deckung agiert und ihr Geld arbeiten lassen. Er dachte über Rössler nach, den ermordeten Verbindungsmann und Freund von Peterson, der ihnen vermutlich eine Menge hätte erzählen können. Als Zeuge konnte er nicht mehr vernommen werden. Vielleicht teilte ihnen seine Wohnung etwas mit, was sie bislang übersehen hatten? Dabei dachte er weniger an objektive Spuren. Er ging davon aus, dass die allesamt aufgenommen wurden. Ihm ging es mehr ums Verstehen. Eingefrorene Steaks im Gefrierschrank waren fehl am Platz, wenn sich herausstellte, dass das Opfer als überzeugter Vegetarier galt. Sie wussten mittlerweile einiges über Rösslers Rolle in der RLU. Mit etwas Glück stießen sie auf Hinweise, die unbeachtet geblieben waren, die sie erst jetzt verstanden. Er hoffte, dem Mond näher zu kommen, wenn er sich auf die Zehenspitzen stellte. Sie mussten halt nach den wenigen Strohhalmen greifen, die an ihnen vorbeischwammen.

Diesmal waren Hilpert und Albers klüger und nahmen die U-Bahn. Es sollte eine der besseren Entscheidungen des Tages werden. Als sie die Station verließen, genossen sie den Umstand, sich um keinen Parkplatz kümmern zu müssen. Was interessierte sie Stop-and-go auf der stark befahrenen Straße. Kurz darauf standen sie abermals im Wohnzimmer des Ermordeten. Sein Ordnungssinn wirkte nach, obwohl die Kollegen der SpuSi gnadenlos zugeschlagen hatten. Wo wollten sie anfangen zu suchen? Eigentlich gab es für Hilpert nur eine bedeutende Quelle, sah man von Verstecken ab, die vielleicht nicht entdeckt worden waren. Ihm hatte die akribische Buchhaltung imponiert. Dort wollte er ansetzen. Zahlungsströme konnten einem eine ganze Menge verraten. Man musste sie nur richtig zu deuten verstehen. Sie nahmen die Aktenordner aus den Jahren 2005 und 2006 zur Hand und gingen sie sorgfältig, ohne Hast, durch. Tatsächlich wurden sie fündig. Rössler hatte wenige Wochen vor der Ermordung Wagners Bauutensilien eingekauft, einen Betonmischer, Kalksandsteine, Zement, Stahl, Sand, Materialien zum Verputzen von Wänden und vieles mehr. Alles wurde zu dem Bauernhof geliefert, wie die Kopien der Lieferscheine und Rechnungen belegten. Hilpert schob die Aktenordner zurück an ihren Platz. Was fing er mit diesen Zahlen an? Nachdenklich schaute er zu Albers herüber, für den die Belege eh Machwerk des Teufels waren. Der Hauptkommissar lachte auf, die Antwort war leichter als gedacht. Wagners Tod war hiernach akribisch geplant gewesen. Wochen zuvor waren bereits die Voraussetzungen geschaffen worden, seine Leiche zu beseitigen. Selbst an die Badewanne hatten sie gedacht. Es ging nicht darum, ihm nur eine Lektion zu erteilen. Eine Tat im Affekt konnten sie somit endgültig ausschließen. Damit konnte er Andrea vorerst aus dem Kreis der Tatverdächtigen entlassen. Er schüttelte den Kopf. Weshalb musste Wagner sterben? Diese Antwort fand sich zu ihrem Bedauern nicht in Rösslers Aktenordnern. Hier endete die Macht der Zahlen. Rössler war die Schaltstelle für die Finanzgeschäfte dieser Vereinigung. Das Geld für ihre Aktivitäten bezogen sie im Wesentlichen aus den Mieteinnahmen des Hauses und von ihren Förderern. Spendeten Peterson, Breckwoldt oder sonst wer Geld, floss es augenscheinlich an den Büchern vorbei und ging direkt an die Empfänger, an Leute wie Ihle oder Grothe. Wenigstens tauchten diese Namen nicht in der Buchhaltung auf. Die Idee war genial. Ein Geschäftshaus trug dazu bei, eine rechte Gruppierung zu finanzieren. Es war herrlich geeignet, Ausgaben zu kaschieren. Somit bekamen sie sie nicht zu fassen, die geheimen Finanziers. Nicht einmal die, die ihnen namentlich bekannt waren. Vielleicht lief etwas über die Mieter? So recht wollte Hilpert nicht daran glauben. Trotzdem beschloss er, sie überprüfen lassen. Ein Gemisch aus Frustration und Zufriedenheit machte sich in ihrer Magengegend breit, als sie die Wohnung verließen. Sie verstanden mehr, waren ihrem Mörder trotzdem keinen Millimeter näher gekommen. Zumindest stellte sich bei ihnen ein Erfolgserlebnis ein, als sie auf der Straße standen. Der Feierabendverkehr hatte eingesetzt. Sich mit dem Auto da hindurchzuquälen hätte ihnen keine Freude bereitet. Selbst Blaulicht hätte ihnen wenig geholfen. Sie blickten zum Himmel und dankten der Vorsehung für die Erfindung des Schienennahverkehrs.

30

Bei oberflächlicher Betrachtung verfügten sie über durchaus brauchbares Material, das ihnen helfen sollte, den Mörder zu überführen. Trotzdem drängte sich ihnen niemand augenscheinlich als Täter auf. Hilpert faltete die Hände wie zum Gebet. Half ihnen das geplante Meeting in Marienthal? Passte die Breckwoldt als Motor für die Morde? Er setzte seine Hoffnung in die Aktion, die sie gemeinsam mit dem Verfassungsschutz durchziehen wollten. Hielten die Jungs aus dem Verein dicht? Nach offizieller Lesart neigten sie eher dazu, wichtige Akten zu vernichten, während die Polizei als Ermittlungsbehörde gern darauf verzichtete, sachdienliche Hinweise zu verfolgen. Gerade die Kollegen aus Hamburg hatten keine glückliche Rolle in der NSU-Affäre gespielt, standen damit allerdings nicht allein. Die vielen Pannen, die es bei den Mordermittlungen in der rechten Terrorszene über ein Jahrzehnt gegeben hatte, waren seiner Meinung nach nicht nur auf Inkompetenz und Zuständigkeitsrangeleien zurückzuführen. Garantiert saß dort mancher Kollege, der auf dem rechten Auge blind war.

Hilpert und Reuter trafen sich zwei Tage später in einer zentral in der Innenstadt gelegenen konspirativen Wohnung. Dort erläuterte ihm der Verfassungsschützer die beabsichtigte Vorgehensweise. Zu ihrem Glück wurde das Patrizierhaus in Marienthal nur durch ein Hausmeisterehepaar bewirtschaftet und war ansonsten unbewohnt. Die älteren Leute lebten im Dachgeschoss des liebevoll hergerichteten Gebäudes. Auf dem eigenen Grundstück gab es mehrere Stellplätze, deren Zugang durch eine elektrisch zu öffnende Zaunanlage erschwert wurde. An beiden Seiten der Straße konnte geparkt werden, solange keine Zufahrt versperrt wurde. Diesen Vorteil machten sie sich zunutze und hatten vor Tagen nahebei einen neutralen Van abgestellt. Fabrikate dieses japanischen Herstellers fuhren zu Hunderten durch Hamburg. Sie waren so unspektakulär, dass sie kaum wahrgenommen wurden. Aus dem Inneren des Fahrzeugs heraus ließen sich problemlos Abhöraktionen durchführen. Die Erdgeschosswohnung verfügte über ein geräumiges Wohnzimmer mit anschließendem Essbereich, der Küche und einem Gästebad. Ein stattlicher Konferenztisch beanspruchte seinen Platz über beide Räume. Drum herum waren etwa ein Dutzend Stühle drapiert. Bis auf eine Anrichte stand darin kein sonstiges Mobiliar. An den Wänden hingen unbedeutende Bilder. Die Örtlichkeit war hervorragend für Meetings mit einer begrenzten Anzahl an Leuten geeignet. Die Männer vom Verfassungsschutz hatten die vorübergehende Abwesenheit des Hausmeisterehepaars genutzt, um das Erdgeschoss innerhalb einer Stunde flächendeckend zu verwanzen und mehrere Minikameras zu installieren. Ihnen würde in Bild und Ton nichts von dem entgehen, was sich dort ereignete. Hilpert konnte nur befriedigt nicken, nachdem ihm der Verfassungsschützer alles erläutert hatte. Ob seine eigenen Leute über diese Technik verfügten, bezweifelte er. Für eine eventuelle Festnahme der zu erwartenden illustren Gesellschaft war ein Sondereinsatzkommando eingeplant, das in zwei Vans in einer Seitenstraße auf seinen Einsatz wartete. Zwei Motorradfahrer würden sich auf leichten Maschinen um eventuelle Flüchtlinge kümmern.

Einen Tag, bevor der Startschuss fiel, saß Hilpert mit seinen engsten Mitarbeitern bei einem Kaffee in der Europapassage. Angeregt unterhielten sie sich über die geplante Aktion.

Albers blickte die beiden Hauptkommissare zweifelnd an. »Ich habe damit ein dickes Problem.«

»Und das wäre?«, fragte Stange interessiert.

»Jagen wir mit dieser siebzigjährigen Unverbesserlichen wirklich das gesuchte Wild? Oder laufen wir Gefahr, uns selbst zu umzingeln?«

»Keine Ahnung«, übernahm Hilpert das Antworten. »Fakt ist, dass wir im Rahmen der Mordermittlungen eine Menge ausgraben konnten. Wir haben trotzdem kein konkretes Gefühl für einen potenziellen Täter. Je nach Wetterlage gerät der eine oder der andere in unseren Fokus.« Er atmete tief durch. »Nehmen wir die Giftmorde. Kommt eines der ehemaligen aktiven Mitglieder der RLU als Täter infrage? Wohl kaum. Sie hatten nicht den Kopf dafür und Paulsen hätte niemanden von denen an sich rangelassen. Den Mord an Wagner traue ich denen ebenso wenig zu. Selbst an einen Auftragsmord will ich nicht glauben. Ein Mörder ist erpressbar, er erpresst nicht.« Versonnen rührte er seinen Kaffee um, obwohl er ihn schwarz ohne Zucker trank. »Eine spontane Tat können wir ausschließen, wie die Unterlagen bei Rössler beweisen. Wer bleibt übrig? Wo liegen die Motive? Ich sage euch, folgen wir dem Geld.«

Albers waren seine Zweifel anzusehen. »Da wäre der Kreis der Verdächtigen sehr klein. Um mit Frau Breckwoldt zu starten, die greifen wir uns hoffentlich morgen. Glauben wir den Ausführungen ihres ehemaligen Ehemannes, so ist sie nicht der Typ dafür, Fremde auf ihre Feinde zu hetzen. Ich will nicht glauben, dass sie sich selber die Hände schmutzig macht. Davon unabhängig, sehe ich bei ihr keine starken Motive für die Taten.« Er zuckte mit den Achseln. »Es sei denn, wir durchschauen nicht alles.«

Hilpert nickte. »Ich betrachte sie eher als Teil einer Gruppierung, aus der heraus die Morde beauftragt wurden. Glaubt mir, die steckt mittendrin. Die ist knallhart. Wir müssen sie aufbrechen wie eine Kokosnuss.« Er kratzte sich am Kopf. »Schaffen wir eine überzeugende Bedrohungssituation für sie.« Gequält griente er zu seinen Kollegen herüber. »Vorausgesetzt natürlich, wir sind mit unserer Aktion erfolgreich. Ich habe mir sagen lassen, so was soll gelegentlich in die Hose gehen. Bin mal gespannt, wie gut die vom Verfassungsschutz sind.«

Stange grinste zurück. »Wenigstens hätten wir damit bereits die Schuldigen für den Misserfolg.«

Hilpert setzte seine leere Tasse ab. »Diese Erkenntnis ist mir einen weiteren Kaffee wert. Trotzdem wäre es mir lieber, wir behalten die Nase vorn, selbst auf die Gefahr hin, in die Scheiße zu fassen.«

Albers bohrte weiter: »Wie sieht es mit Peterson aus, den zweiten reichen Rechten. Der könnte ebenso als Verdächtiger infrage kommen.«

»Darüber habe ich erst kürzlich mit Bernd spekuliert«, erwiderte Hilpert. »Bei ihm fehlen eindeutig die Motive.«

Albers schüttelte abwägend den Kopf. »Das sehe ich ein wenig anders. Lassen wir mal das Thema Homosexualität links liegen. Seine Tochter wurde von Wagner mehr oder minder verarscht. Der Mann ist zu Lebzeiten auf alles losgegangen, was sich bewegte. Hauptsache, das Geschlecht stimmte. Vielleicht wollte er sie rächen?«

Hilpert nahm das zuletzt Gesagte skeptisch auf. »Wenn das Schule machte, müssten wir Monat für Monat in allen Teilen Deutschlands Massenmorde beklagen. Davon unabhängig, ein knochentrockener siebzigjähriger Reeder plant Wochen im Voraus einen Mord, um die betrogene Tochter zu rächen? Das ist für mich nicht schlüssig. Solche Taten geschehen spontan und ziehen keinen Rattenschwanz neuer Morde nach sich.«

»Da bin ich voll auf deiner Linie«, meldete sich Stange, der sich zurückgehalten hatte. »Überlegt selbst, ein Mann wird entführt, gefoltert und anschließend erschossen. Einer der Tatbeteiligten baut ein halbes Haus um, um den Mord zu vertuschen. Außerdem sorgt er dafür, dass nebenan in der Scheune eine Finte gelegt wird, für den Fall, dass jemand auf die Idee kommt, sich auf dem Gehöft etwas näher umzuschauen. Jahre später geschehen neue Morde. Sie werden ebenfalls detailliert geplant und intelligent ausgeführt. Das waren alles gezielte Taten. Ich behaupte, ohne eine Spur von Emotion oder Spontaneität.«

Albers blieb am Ball. »Da kommt Grothe ins Spiel. Der hätte allemal den Kopf für solch ein Mordkomplott. Wo steht der in dieser Konstellation? Ist er ein Erpresser, der etwas gesehen hat? War er als Ideen- oder Auftraggeber für andere tätig und hat diese anschließend erpresst?«

»Ich bin davon überzeugt, dass er ein Erpresser ist«, stimmte Hilpert ihm zu. »Der hat die Petersons fest an der Leine, Vater wie Tochter. Erst jetzt scheinen sie sich langsam von ihm zu befreien. Er ist der Typ, der gnadenlos abkassiert. Der beteiligt sich nicht an Morden. Außerdem hat er ein bombensicheres Alibi für den Paulsen-Mord.« Nervös spielte er mit seinem Teelöffel. »Mir kommt eine andere Frage in den Sinn. Haben wir sie alle zusammen, unsere Verdächtigen?«

»Wie steht es mit den beiden Frauen?«, ging Stange auf Hilpert ein. »Sie fielen allerdings eher in die Kategorie spontane Mörder. Die haben wir ja ausgeschlossen«, verzichtete er darauf, seinen Hinweis weiter zu verfolgen.

»Verbleiben somit nur die letzten Überlebenden der RLU-Gruppe und theoretisch der Notar, Dr. Siebert«, ergänzte Albers.

»Klingt alles weit hergeholt«, reagierte Hilpert unwirsch. »Die einen sind zu blöd, der andere hat mit der Mischpoke nichts zu tun. Es sei denn, er wollte seine Nichte rächen. Damit wären wir wieder bei einer Beziehungstat.«

»Die schöne Laura«, schwärmte Stange. »Wie geht es ihr?«

»Ich habe sie erst vor Kurzem mit Dr. Siebert besucht. Es sieht ziemlich beschissen aus. Er denkt darüber nach, sie in den USA therapieren zu lassen.« Es war Hilpert anzusehen, wie sehr es ihn belastete. Er legte den Löffel auf seinen Unterteller und winkte nach der Kellnerin, um zu zahlen. »Machen wir Schluss für heute. Morgen geht es hoffentlich der bezaubernden Frau Breckwoldt an den Kragen. Drücken wir die Daumen, dass die Aktion nicht nach hinten losgeht.«

Auf der Fahrt nach Hause überlegte Hilpert, ob sie wirklich alles durchdacht hatten. Wellner hatte ihm seinen Chauffeur geschickt, sodass er gleich gar nicht auf die Idee kam, selbst zu fahren. Er spürte die Schussverletzung kaum noch. Etwas mehr Probleme bereitete ihm die Schulter. Nach Aussage des Arztes dauerte es noch etwa drei Wochen, bis er sie voll belasten konnte. Das Gespräch mit seinen Kollegen ging ihm durch den Kopf. Sie hatten Annahmen gebildet und diese bestätigt, widerlegt oder infrage gestellt. Er wusste aus leidvoller Erfahrung, mit Wenn und Hätte lösten sich keine Mordfälle. Ihm kam die Liste mit den Namen der Unternehmer in den Sinn, die der ermordete Journalist angefertigt hatte. Waren sie damit durch? Er war sich unsicher, ob sie alle fraglichen Personen akribisch überprüft oder die richtigen Schlüsse gezogen hatten. Stand darauf der Name des Initiators der Morde? Sie liefen ohne rechte Orientierung durch die Gegend. Was anfangs so klar und eindeutig aussah, hatte sich zu einem Moloch entwickelt. Albers hatte mit seiner Frage nach der Bedeutung der geplanten Aktion gegen die Breckwoldt für die Klärung ihrer Mordfälle den wunden Punkt getroffen. Üblicherweise redete man sich jede Initiative schön. Was hatte er am nächsten Tag in Marienthal zu suchen? Mit seiner Verletzung behinderte er seine Kollegen eher, als dass er ihnen behilflich sein konnte. Ihm kam eine bessere Idee. Spontan wählte er die Nummer seines Kollegen vom Verfassungsschutz. Reuter reagierte erstaunt, als er ihm seine Bitte vortrug.

»Sie wollen zeitgleich mit der Verhaftung von Frau Breckwoldt ihr Haus durchsuchen?« Hilpert meinte zu spüren, wie es in Reuters Kopf arbeitete. Überzeugt fuhr er fort: »Klar, wir verlören keine Zeit und gäben niemandem die Chance, Beweismaterial zu vernichten.«

»Schaffen Sie es, unter den gegebenen Umständen einen Durchsuchungsbeschluss zu erwirken?«, fragte Hilpert zögernd nach.

»Momentan ist alles möglich. Ich schicke Ihnen zwei meiner Männer mit dem Dokument ins Präsidium. Punkt dreizehn Uhr stehen die auf der Matte. Sie können gemeinsam in aller Ruhe die Durchsuchung durchführen.«

»Und wenn die werte Dame nicht bei der Besprechung in Marienthal zugegen ist?«

»Dann hätten Sie mit Zitronen gehandelt und müssten die Durchsuchung abblasen. Am besten, ihr startet, wenn ich telefonisch das Kommando gegeben habe. Somit steht niemand von uns dumm da.«

Hilpert fühlte sich ausgelaugt, als er zu Hause ankam. Erstmals seit Längerem schaffte er es, sich zu seinen Eltern an den Abendbrottisch zu setzen. Ohne die Kleine müsste er sich vermutlich alle naselang gegenüber seiner Mutter für seine unregelmäßige Arbeitszeit erklären. So brachte sie ihm und seiner Arbeit ein ungewöhnlich hohes Verständnis entgegen. Maria absorbierte das Gros ihrer Emotionen wie ein schwarzes Loch. Ihm ermöglichte sie, dass er seine Mutter um sich haben konnte, ohne ihr permanent erläutern zu müssen, dass er erwachsen war und seine eigenen Entscheidungen fällte. Offensichtlich war er in ihren Augen erwachsen geworden.

31

Den kommenden Vormittag verbrachte Hilpert angespannt wie ein Examenskandidat vor der entscheidenden mündlichen Prüfung. Dabei sollte sich alles wie im Bilderbuch abspielen. Die beiden Kollegen vom Verfassungsschutz erschienen pünktlich im Präsidium, den Durchsuchungsbeschluss in Händen. Eine Stunde später standen sie mit zwei Fahrzeugen nahe der Breckwoldt-Villa beim Feenteich und warteten auf den Startschuss. Gegen sechzehn Uhr erreichte sie Reuters Anruf. Seine Stimme klang fröhlich wie die eines Jungen, der zu Weihnachten den heiß ersehnten Computer geschenkt bekommen hatte. Ihr überraschender Coup war ein voller Erfolg geworden. Diesmal hatten die betroffenen Stellen dichtgehalten. Sie trafen neben der Unternehmerin auf sieben Personen in ihrem Haus in Marienthal. Was sich die Gesprächsrunde der Unverbesserlichen an diesem Nachmittag verbal abgekniffen hatte, reichte wenigstens für zwei Jahre Haft pro Nase, je nach Vorstrafenregister mit oder ohne Bewährung. In den Dreißigerjahren wären die Beteiligten vermutlich zu Ehrenoffizieren der SS ernannt worden. Die Breckwoldt versuchte, durch Gezeter das Unvermeidliche abzuwenden. Diesmal halfen ihr keine Kontakte nach oben. Insbesondere ihre Diskussionsbeiträge verrieten, dass sie alles andere als eine Mitläuferin war. Erst als ihr Handschellen angedroht wurden, hielt sie sich zurück.

Sie konnten loslegen. Die fünf Männer verließen am Feenteich ihre Fahrzeuge und begaben sich zu der Villa der Verhafteten. Hier tat sich ihnen ein ernstes Problem auf. Der Hausdiener oder wie immer er sich schimpfte, weigerte sich, die Tür zu öffnen. Weder Drohungen noch gute Worte wollten ihn dazu bewegen. Ratlos sahen sie einander an.

»Als hätte ich es geahnt. Ich habe mich um einen Rammbock gekümmert«, erklärte Albers grinsend. »Eine Maschinenpistole liegt ebenfalls im Kofferraum.«

»Guter Mann«, lobte ihn Hilpert. »Ein Segen, dass du keinen Bock mehr auf Hannover gehabt hast.«

Eine letzte Aufforderung, die Tür zu öffnen, verstrich, sodass sie das schwere Gerät einzusetzen begannen. Nach dem ersten Stoß hieß es allerdings, sich von der Tür wegzubewegen. Zwei schnell aufeinanderfolgende Schüsse gemahnten sie zur Vorsicht. Hilpert deutete auf die im oberen Drittel mit kleinen Scheiben verglaste Eingangstür und die Maschinenpistole. »Eine Salve. Halt so hoch wie möglich. Wir wollen niemanden verletzen. Versuchen wir, ihn einzuschüchtern.«

Die Schüsse fetzten durch das Glas, das um sie spritzte wie Wasser. Der Schütze musste aufpassen, nicht von den Splittern verletzt zu werden. Weitere Schüsse aus dem Haus ließen es nach wie vor angeraten sein, sich von der Tür fernzuhalten. Der Verteidiger ließ sich nicht ins Bockshorn jagen und erwiderte das Feuer. Stange hatte längst das Handy in der Hand und beorderte ein SEK an den Einsatzort. Hilpert winkte ihn zu sich. »Lass den Rammbock, wir versuchen es von hinten.« Albers wies er an, in zwei Minuten eine erneute Salve abzugeben.

»Was ist mit deiner Schulter?«, fragte Albers ihn besorgt.

»Wird schon schiefgehen.« Er wies auf einen der Verfassungsschützer. »Haben Sie Lust, uns zu begleiten?«

»Wir wären beleidigt, hätten Sie uns nicht gefragt.«

Das Haus stand auf einem Grundstück, das bis an den Feenteich grenzte. Von der rückwärtigen Hausseite aus warfen sie einen vorsichtigen Blick durch einen Glaserker nach innen. Sie nahmen keine Bewegungen wahr. Albers dachte bereits über den Rammbock nach, als Hilpert ihn davon abhielt. Die mittlere Terrassentür war nur angelehnt. Er flüsterte seinen Begleitern zu: »Wir sind offensichtlich sehr überraschend aufgetaucht. Der Idiot mit der Waffe scheint allein zu sein.«

Abermals bellten mehrere Schüsse. »Eindeutig ein Gewehr«, stellte Hilpert sachkundig fest. Die Antwort der Maschinenpistole ließ nicht lange auf sich warten. »Los rein!«, entschied er.

In ihm hatte sich so viel Adrenalin aufgebaut, dass er nichts von seiner Schulter spürte. Sie würde sich unter Garantie zu einem späteren Zeitpunkt melden. Mit entsicherten Waffen schlichen sie sich ins Erkerzimmer. Direkt hieran schloss sich das Wohnzimmer an. Sie hatten kein Auge für die erlesene, wertvolle Einrichtung. Durch dessen geöffnete Tür erahnten sie die Gestalt eines Mannes, der einen länglichen Gegenstand mit beiden Händen festhielt. Wahrscheinlich handelte es sich um das Gewehr, mit dem auf sie geschossen wurde. Als schien er nur auf die Antwort von Albers' Maschinenpistole gewartet zu haben, drückte er sich an die Seite. Als sie das Klacken des Verschlusses mitbekamen, wussten sie, dass sie wenige Sekunden Zeit hatten, bis er die Waffe nachgeladen hatte. Vermutlich handelte es sich um eine Jagdwaffe, die nur wenige Schuss aufnahm. Hilpert rannte los, gefolgt von den Kollegen und schrie: »Gewehr fallen lassen!«

Der Mann ließ sich nicht beirren, sondern lud weiter durch, als wären sie nicht anwesend. Jetzt gewahrte ihn Hilpert in voller Größe. Bevor ihr Gegner das Gewehr gegen ihn erheben konnte, schoss er zweimal. Ein Schrei signalisierte ihm, zumindest einmal getroffen zu haben, und ein Poltern, dass das Gewehr zu Boden gefallen war. Ihr unbekannter Schütze hatte Glück. An einem Steckschuss im Oberschenkel starb man nicht. Wütend schrie er Hilpert an, der ihn als Erster erreichte. »Sie haben mich angeschossen.«

Der Hauptkommissar antwortete ihm ungerührt: »Das war der Sinn der Übung. Sie sind verhaftet. Seien Sie froh, dass Sie am Leben geblieben sind.«

»Wir werden sehen, was Sie von dem Überfall haben, wenn sich Frau Breckwoldt anschaut, was Sie in ihrem Haus veranstaltet haben.«

»Das dürfte ihr vom Gefängnis aus nur schwerlich möglich sein.«

»Sie ist im Gefängnis, diese großartige Frau?«

»So ist es. Und was die Veranstaltung angeht, werden Sie ebenfalls gewaltige Probleme bekommen.«

»Ich habe nur das Haus verteidigt.«

»Gegen Polizei und Verfassungsschutz? Sie belieben zu scherzen.«

Damit hatte sich vorerst der Sprachschatz des Verletzten erschöpft. Er schien langsam zu begreifen, dass seine Karten nicht sonderlich gut lagen. Er griff in die Hosentasche und zog ein halbwegs gebrauchsfähiges Taschentuch heraus. Das drückte er gegen den getroffenen Oberschenkel. Glücklicherweise blutete er nicht sonderlich stark. Ein herbeigeeilter Notarzt versorgte ihn zwanzig Minuten später provisorisch. Unter Polizeibegleitung wurde er ins nächste Krankenhaus gebracht. Neugierig nahmen sie die Durchsuchung des Hauses vor. Vom Keller bis unters Dach wurde nichts ausgelassen. Sie fanden stapelweise Material, das die politische Gesinnung der Hausherrin unterstrich. Hinter einem Bild im Wohnzimmer entdeckten sie einen Safe. Da sich niemand bereitfand, der ihnen den Code mitteilen konnte, mussten sie einen Spezialisten bemühen. Für den schien es ein Kinderspiel zu sein, ihn zu öffnen. Darin fanden sich mehrere dicke Geldbündel an, ausschließlich große Scheine. Das Finanzamt würde sich über eine Erklärung freuen, woher das Geld stammte. In ihrem Schließfach bei ihrer Hausbank, das am selben Tag geöffnete wurde, setzte sich der Geldsegen fort. Sie hätte ihren Reichtum besser im Garten vergraben. Neben ihrer Beteiligung an der rechtsradikalen Runde erwartete sie eine Klage wegen Steuerhinterziehung und eine gepfefferte Steuernachzahlung.

Konnten sich Finanzamt und Verfassungsschutz die Hände reiben, so verbuchten Hilpert und seine Kollegen für sich keine nennenswerten Erfolgserlebnisse. Sie fanden in einem Aktenordner diverse Rundschreiben aus der RLU-Zeit. Und Wagner wäre vermutlich sehr erfreut gewesen, hätte er miterlebt, wie sorgfältig Sigrid Breckwoldt seine Artikel archiviert hatte. Sie entdeckten nicht die Spur eines Hinweises auf Sympathisanten. Nichts wies darauf hin, dass sie direkt oder indirekt an den Morden beteiligt gewesen sein könnte. Entnervt verließen sie die Villa.

Auf dem Rückweg zum Büro meldete sich bei Hilpert mit dem Frust über ihre Erfolglosigkeit seine Schulter zurück. Sie rächte sich für die gnadenlose Beanspruchung. Der letzte Sprint war zu viel für ihn gewesen. Er ließ sich nach Hause bringen und blieb dort die nächsten Tage. So entging ihm eine flammende Pressekonferenz, in der insbesondere seine Rolle und die hohe Kompetenz seiner Mitarbeiter bei der Zerschlagung der rechtsradikalen Zelle gewürdigt wurden. Linsmann verblieb keine Chance, durch Querfeuer zu glänzen. Er musste den Erfolg seines Intimfeindes mit geballter Faust in der Hosentasche hinnehmen. Er saß auf seinem angestammten Sessel, ein ganzes Stück entfernt von beruflichem Aufstieg und medialer Wirkung. Weber hatte sich zurückgemeldet. Mit fünfzehn Kilo weniger auf den Rippen wirkte er nicht nur jünger, sondern vor allem gesünder als zuvor. So gesehen konnte sich Hilpert auf geruhsame Tage als Rekonvaleszent einrichten. Die Zeiten des Friendly Fires waren vorerst vorbei.

* * *

Zu Wochenbeginn begrüßte Hilpert Weber wie einen lang vermissten Freund. Dieser warf ihm gleich einen Knochen vor die Füße mit seiner bekannten Forderung, sich um seinen Aufstieg in den höheren Dienst zu kümmern. Auf seine Einwände reagierte der Polizeidirektor mit zerfurchter Stirn und deutlichen Worten.

»Ansonsten kommen Ihnen ständig Leute aus den oberen Etagen in die Quere, die die Qualität Ihrer Arbeit nicht zu würdigen wissen. Außerdem fehlt es unserem Verein an Leuten mit Fronterfahrung und Führungsqualitäten. Da laufen zu viele Theoretiker herum.«

Hilpert begriff, dass er den nächsten Schritt gehen musste. Letztlich lag sein Chef richtig. Veränderten sich die Machtverhältnisse im Rathaus, wirkte das bis in den Polizeiapparat hinein. Polizeipräsidenten wurden mit einem Federstrich ausgewechselt, Kriminaldirektoren in den vorzeitigen Ruhestand geschickt, Leute wie Linsmann nach oben geschwemmt.

Reuter vom Verfassungsschutz hatte ihm die Vernehmungsprotokolle über die inhaftierte Unternehmerin überlassen. Wirklich Erhellendes eröffnete sich ihm nicht. Unterm Strich waren die Ergebnisse für ihre Ermittlungen eher enttäuschend. Am Nachmittag erreichte ihn ein Anruf von Paul, dem Journalisten. Mittlerweile hatten sie miteinander eine Art Burgfrieden geschlossen, sodass er sich auf ein Telefoninterview einließ. Er hatte keine weltbewegenden Fragen. Zum Schluss erwartete der Pressemann von Hilpert ein Statement darüber, wie hoch er die Relevanz dieser rechten Splittergruppe einschätzte.

»Das ist nicht die entscheidende Frage«, reagierte er zurückhaltend. »In unserem Land gibt es eine Reihe an Leuten, die nicht begreifen, dass sie mit ihrem Geld Kräfte am Leben erhalten, die keine Lust auf Demokratie haben und mit allen Mitteln versuchen, das politische System in ihrem Sinn zu verändern. Solche Leute müssen ausgetrocknet und nicht mit viel Geld am Leben erhalten werden.«

Paul schwieg einen kurzen Moment und antwortete überraschend beeindruckt: »Sie haben recht. Wir müssen die Parteigänger und die Aktiven gleichermaßen bekämpfen. Schönen Dank für das Gespräch. Das wird 'ne schöne Geschichte.«

Nach dem Mittagessen erhielt Hilpert einen überraschenden Anruf von Andrea. Ihm schien, als würde sie weinen. Schluchzend kam es aus ihr heraus: »Sie haben meinen Vater zu einer Vernehmung abgeholt. Sie werfen ihm vor, eine kriminelle Vereinigung unterstützt zu haben. Hast du da deine Finger mit im Spiel?«

»Wie sollte ich? Ich habe die letzten Tage wegen meiner verletzten Schulter zu Hause verbracht. Ich mach mich schlau.«

Reuter stand ihm frank und frei Rede und Antwort. »Ein Teil des Geldes, über das die Breckwoldt verfügte, kam eindeutig von ihm. Das hat uns vorerst gereicht. Wir sind auf dem Weg zu einer Durchsuchung seiner Privaträume. Das Büro war wenig ergiebig. Werter Herr Hauptkommissar, Sie sind herzlich willkommen, sich daran zu beteiligen. Sie können gerne einen Ihrer Kollegen mitbringen. Meine Mitarbeiter sind ganz begeistert von euch.«

Andrea hatte sich beruhigt, als er sie anrief. Er nahm keine Rücksicht auf ihre Verfassung, als er sie ins Bild setzte: »Grüße an deinen alten Herrn. Wie konnte er nur darauf kommen, Geld in solch eine Gruppierung wie die DNF zu stecken? Und all das über die Breckwoldt, die sich nicht entblödet hat, darin eine aktive Rolle zu spielen. Hoffen wir für ihn, dass es sauber versteuertes Geld war, das er an sie weitergereicht hat. Sonst geht der ab ins Gefängnis. In Sachen Schwarzgeld ist man in unserem Land recht sensibel geworden. Und die Unterstützung krimineller Vereinigungen ist alles andere als ein Kavaliersdelikt.«

»Mal bloß nicht den Teufel an die Wand! Sehen wir uns demnächst?«

»Solltest du zu Hause am Feenteich sein, können wir uns in einer halben Stunde die Hand geben. Das Haus wird durchsucht.«

»Uns bleibt nichts erspart.«

»Geh davon aus, dass dies die leichteste Übung für euch sein wird. Kommt es zum Prozess, zieht euch warm an.«

Ihr langes Schweigen war ihm Antwort genug. Der anschließende lang gezogene Ton überraschte ihn nicht. Andrea hatte vorerst keine Lust auf eine Fortsetzung des Gesprächs. Wollte er es ihr verdenken?

Sie ließ sich im Haus ihres Vaters nicht blicken, als die Spurensicherung ans Werk ging. Fast schien es, als würden die Ergebnisse ebenso mager ausfallen wie bei Petersons Nachbarin Breckwoldt. Bis ein Dokument in seine Hand geriet, das Hilpert schon eher interessierte. Es war eine Vereinbarung zwischen Peterson und seinem Schwiegersohn. Hiernach sicherte er Grothe die nächsten zehn Jahre ein Mindesthonorar pro Jahr von 150.000 Euro für anwaltliche Leistungen zu. Er schaute aufs Datum. Die Unterschriften waren vor zehn Tagen erfolgt. Was sollte diese Verpflichtung? Durch Hilperts Kopf fuhr wie so oft, wenn der Name Grothe fiel, das Wort Erpressung. Da gab es Erklärungsbedarf. Er blieb im Arbeitszimmer des Reeders kleben und durchsuchte interessiert dessen Schreibtisch. Die nächste abgezogene Handgranate hielt er kurz darauf in Form eines aktuellen Schreibens seines Notars in Händen. Darin kündigte der einen Entwurf für einen Schenkungsvertrag an. Das Haus in der Karlstraße sollte an Grothe übertragen werden. Was verschwieg man ihm? Aufgekratzt legte er die Dokumente zurück.

»Sie grinsen wie ein Honigkuchenpferd«, vernahm er eine Stimme neben sich. Reuter hatte sich ins Zimmer begeben und ihn offensichtlich beim Studium der Unterlagen beobachtet.

»Hier«, Hilpert reichte ihm das Schreiben des Notars. »Ich kenne das Haus in der Karlstraße. Das ist gut und gern dreieinhalb bis vier Millionen wert.«

»Sie kennen sich aus, wie mir scheint.«

»Was bleibt einem anderes übrig, wenn man reich heiratet?«

»Interessant, wollten sich Grothe und seine Frau nicht scheiden lassen?«

»Richtig, nur dies hat damit nichts zu tun. Genauso wenig wie das hier.«

Reuter nahm die Vereinbarung in die Hand. »150.000 Euro pro Jahr über einen Zeitraum von zehn Jahren. Das ist ein Wort. Worauf tippen Sie?«

»Hier geht es eindeutig um Erpressung.«

»Das muss nur bewiesen werden.«

»Wem sagen Sie das«, erwiderte Hilpert entnervt.

Reuter legte die Papiere zurück. »Im Gegensatz zu Ihnen ist das für uns wohl eher nicht von Bedeutung. Nehmen Sie die Klamotten mit. Ich sehe ein, dass Ihre Morde ebenfalls aufgeklärt werden müssen. Sollten wir darauf zurückgreifen müssen, komme ich auf Sie zu. Was halten Sie von Peterson?«

Hilpert zuckte mit den Achseln. »Schwer zu sagen. Ich sehe ihn eher als einen verbohrten Mitläufer, der zu leichtfertig im Umgang mit seinem Geld ist. Bei den Morden bin ich mir unsicher.«

»Warten wir's ab. Wer weiß, was wir sonst so in seinem Haus finden werden.«

Wirklich erfolgreich waren sie nicht. Das galt gleichermaßen für Petersons Büro. Dieser würde an diesem Tag mit ihnen kein Wort wechseln. Er zog es vor, sich hinter seinem Anwalt, zu verstecken.

32

Vor dem Haus traf Hilpert auf Andrea. Sie schien sich einigermaßen beruhigt zu haben. Unaufgeregt sprach er sie an: »Ihr müsst euch wirklich vorsehen. Bei der Beweislage hilft euch weder euer Geld noch eure gesellschaftliche Stellung.«

Sie nickte zu seinen Worten. »Das habe ich mir gedacht. Meinem Vater ist nur schwer zu raten. Hat er sich eine Meinung gebildet, ist er stur wie ein Panzer.«

»Mir scheint, das gilt für die ganze Familie.«

»Wie darf ich das verstehen?«

»Ich denke da an einen Schenkungsvertrag für das Haus in der Karlstraße und einen Honorarvertrag, für den jeder zweite

Hamburger Anwalt vermutlich seine halbe Familie auslöschen würde.«

»Das Haus soll sich mein werter Gatte irgendwohin schmieren. Und 150.000 Euro pro Jahr sind kein Beinbruch.« Sie hakte sich rücksichtsvoll an seinen gesunden Arm ein. »Wo hast du deinen Albers gelassen?«

»Der schaut sich bei euch um.«

»Klar, immer auf den Spuren seines großen Meisters.«

Er lachte auf. »Ein paar Fragen hätte ich noch an dich.«

»Von mir aus, ich bin bereit zu einer Lebensbeichte. Jedoch nicht in eurem Präsidium vor einem eingeschalteten Tonbandgerät. Es wäre nur für deinen Hinterkopf gedacht, damit du nicht jede falsche Fährte aufnimmst.«

»Was schlägst du vor?«

»Setzen wir uns in den Garten ans Wasser.«

»Einverstanden.«

Er sah sich um. »Nett habt ihr es hier.«

»Meinst du wirklich?«, fragte sie ihn traurig. »Vielleicht habe ich mir mein Leben ganz anders vorgestellt.«

»Natürlich, entschuldige. Kommen wir auf unser Thema zu sprechen. Was möchtest du mir erzählen?«

Unvermittelt fing sie an zu sprechen: »Es war 2006. Ich erinnere mich gut an den Tag. An allen Ecken quatschten die Leute über die bevorstehende Fußballweltmeisterschaft. Es gab nur ein Thema: War Klinsmann der geeignete Trainer oder hätte der DFB einen anderen engagieren sollen? Noch schlimmer war das Gerangel um die Aufstellung der Mannschaft. Plötzlich hatte jeder davon Ahnung.« Sie lachte auf. »Und mittendrin jemand wie ich. Unbeleckt und desinteressiert. Ich hatte mich mit mehreren ehemaligen Kommilitonen abends im Fischereihafen verabredet. Wir wollten im Rive etwas essen gehen und danach weitersehen. Auf dem Weg dorthin erreichte mich ein Anruf meines Vaters, ich möge mich ab elf zu Hause bereithalten und ihm einen Gefallen tun. Vor allem sollte ich nüchtern bleiben.«

»Und? Hast du ihm den Gefallen getan?«

»Damals wäre ich nie auf die Idee gekommen, ihm etwas abzuschlagen.«

»Wie ging es dir zu der Zeit?«

»Schlecht. Ich hatte mitbekommen, dass Wagner ein Frauenheld war, der dem Motto folgte, nach Gebrauch wegwerfen.«

»War er zu der Zeit nicht mit Laura liiert?«

»Und ob. Die war naiv wie ein Teenager und hatte den Schuss nicht gehört. Eindeutig zu jung, zu unerfahren, um ihm Paroli zu bieten.«

»So viel älter als sie bist du nun wirklich nicht.«

»Das mag stimmen, es ist nur ein Unterschied, ob du einundzwanzig Jahre alt bist oder vierundzwanzig. Das verwischt sich erst später.«

»Was geschah weiter?«

»Irgendwann nach Mitternacht schlug tatsächlich Grothe bei uns auf. Er gab mir einen Laptop. Ich reichte ihm einen Briefumschlag, den mein Vater dort hatte liegen lassen.«

»Da war Geld drin?«

»Was glaubst denn du, ein Dankschreiben? Mein Vater hatte mir eine Adresse irgendwo in der Heide angegeben. Dort sollte ich die Sachen hinbringen.«

»Und Grothe?«

»Der sollte nicht mitkommen.«

»Hattest du eine Idee, was das mit dem Computer auf sich hatte?«

»Nein, ich konnte mir denken, dass das nicht koscher war. Als ich losfahren wollte, rief mein Vater an und bat mich, ihn vom Hauptbahnhof abzuholen. Das habe ich getan. Gemeinsam sind wir in die Heide gefahren.«

»Das war in der Gegend von Tostedt, nicht wahr?«

»Ja, es handelte sich um einen heruntergekommenen Hof.«

»Was erwartete dich da?«

»Zwei Leute aus dieser RLU-Gruppe, die ich ein-, zweimal vorher gesehen hatte, mein Vater, ich und na ja, Wagner. Er saß gefesselt auf einem Stuhl in der Küche und blutete im Gesicht.«

»Und du?«

»Ich legte die Sachen auf einen Tisch. Wagner wollte etwas zu mir sagen, doch einer der Männer, ein gewaltiger Kerl schlug ihm ins Gesicht.«

»Und du, wie hast du dich dazu geäußert?«

»Ich war befriedigt. Dieser Scheißkerl hatte mich so gedemütigt. Du kannst es dir nicht vorstellen.«

»Deshalb musste man ihn nicht gleich töten.«

»Das wäre mir gar nicht eingefallen. Dann kam Bewegung in die Sache. Der große Kerl setzte sich an einen Tisch und fummelte an dem PC herum. Ich war mehr als erstaunt darüber, dass der sich damit auskannte und mit seinen dicken Fingern die Tastatur bedienen konnte.«

»Was geschah anschließend?«

»Kurz darauf stand der Riesenmensch auf und nickte. Auf dem Küchentisch lag eine Pistole. Ich war neugierig und nahm sie in die Hand. Da blaffte mich der große Mann an, ich solle sie liegen lassen, das sei kein Spielzeug. Mein Vater nahm sie mir ab und legte sie zurück.«

»Und dann?«

»Ich hatte genug. Mein Vater und ich sind zurückgefahren. Als wir abzogen, lebte Wagner, wenngleich leicht lädiert.«

»Das hieße, Paulsen oder sein Kumpel hätten ihn erschossen.«

»So wird ein Schuh daraus.«

»Jetzt verstehe ich die ganzen Morde nicht mehr.« Kopfschüttelnd dachte er nach. »Das ist total unsinnig.« Leicht verwirrt setzte er seine Fragen fort: »Was hast du die Tage darauf getan, nachdem Wagner verschwunden war?«

Sie zuckte mit den Achseln. »Nichts.«

»Du wirst dir doch irgendetwas gedacht haben?«, fasste Hilpert nach.

»Er konnte sich ja nicht in Luft aufgelöst haben. Ich hoffte für ihn, dass er sich abgesetzt hatte.«

»Hast du die Möglichkeit wirklich in Betracht gezogen?«

»Es war wie gesagt eine Hoffnung. Das war kein Kasperletheater, was auf dem Hof abgezogen wurde, sondern bitterer Ernst.«

»Hat Paulsen in den Jahren versucht, bei euch Geld abzustauben?«

»Nicht dass ich wüsste. Von mir hat er keinen Cent gefordert oder bekommen.«

»Was ist mit Grothe?«

»Was soll mit ihm sein?«

»Bisher ging ich davon aus, er könnte euch erpresst haben.«

»Nein, bloß das nicht. Der stand außen vor. Das Erlebnis mit Wagner hing mir eine ganze Zeit nach. Grothe war nicht der Typ, nach dem sich die Frauen verzehrten. Den hatte ich für mich allein. Folglich habe ich Ja gesagt, als er mich fragte, ob ich ihn heiraten wollte.«

»Was ist mit dem Vertrag und dem Haus in der Karlstraße?«

»Was soll damit sein? Das ist seine Abfindung für unsere bevorstehende Scheidung.«

»Damit gibt er sich zufrieden?«

»Das muss er. Bei mir gibt es nichts zu holen. Das Geld, das Vermögen, alles liegt bei meinem alten Herrn und ein wenig bei meiner Mutter. Der Rest ist reiner Goodwill.«

»Es gab keine Erpressung?!«

»So ist es.«

»Und die jüngsten Morde, hast du da eine Idee, wer dahinterstecken könnte?«

»Keine Ahnung. Ich verstehe sie selbst nicht.« Andrea erhob sich von ihrem Gartenstuhl und sah Hilpert an. »Und, was fängst du mit meiner Aussage an?«, fragte sie.

»Frag mich was Leichteres. Vorerst behalte ich alles im Hinterkopf. Hoffen wir, dass es dort bleiben kann.«

Er ließ sich ihre Aussage auf der Zunge zergehen, nachdem sie sich getrennt hatten. Was fing er damit an? Was fing er mit ihr an? Fluchtgefahr sah er keine. Sie war fest mit Hamburg verwurzelt. Er verfügte ausschließlich über ihre Aussage. Widerrief sie diese, stand er da wie ein Depp. Er wollte sich Grothe greifen und ihn damit konfrontieren. Er hielt sein Handy bereits in Händen, als es zu vibrieren begann. Zu seinem Erstaunen meldete sich der Anwalt. »Wir müssen nicht groß miteinander diskutieren«, redete er drauflos. »Andrea hat mir von Ihrem Gespräch erzählt. Ich will nicht lange um den heißen Brei herumreden. Ich habe ihr das Notebook von Wagner übergeben und dafür 5.000 Euro erhalten.«

»Viel Geld für wenig Arbeit.«

»Das habe ich mir damals ebenso gedacht und zugeschlagen.«

»Woher hatten Sie den Haustürschlüssel, um in seine Wohnung zu gelangen?«

»Von Paulsen.«

»Das war ja günstig. Der kann das nicht mehr ableugnen.«

»Warum hätte er das sollen? Schließlich hat es sich exakt so abgespielt.«

»Wer war der Initiator der Angelegenheit?«

»Dem Vernehmen nach Rössler.«

»Hat er Sie als Vermittler benutzt?«

»Nein, das ist über Paulsen an mich herangetragen worden.«

»Und nun sind sie beide tot, sehr vorteilhaft für Sie.«

»Wie darf ich das verstehen?«, reagierte Grothe aufgebracht.

»Wie ich's gesagt habe. Ich muss über Ihre Aussage nachdenken. Ich werde mich bei Ihnen melden. Eine größere Auslandsreise ist hoffentlich nicht geplant.«

»Nicht dass ich wüsste. Die nächsten Wochen bin ich gut in Hamburg erreichbar. Schließlich laufen die Vorbereitungen auf die Wahl zum Fraktionsvorsitzenden.«

»Ach, bevor ich es vergesse, mit dem Haus und dem Honorarabkommen, sind damit die materiellen Aspekte Ihrer Scheidung erledigt?«

»Allerdings, ich hätte sogar auf das Haus verzichtet. So ist es selbstredend erfreulicher für mich.« Er stockte, bevor er weitersprach: »Ob Sie es mir glauben oder nicht, es wäre mir lieber, Andrea bliebe bei mir. Ich liebe sie wie am ersten Tag.«

Hilpert verzichtete darauf, sich auf ein privates Gespräch mit Grothe einzulassen. Was fing er mit den neuen Informationen an? Das Ehepaar würde keinen Millimeter von seiner Aussage abweichen. Hilpert war unsicher, wie weit er ihnen glauben durfte. Vor allem die Aussage von Andrea knackte an einer empfindlichen Stelle. Stimmte sie bis ins letzte Detail, musste Paulsen der Mörder von Wagner sein oder Müller. Sie hätten sich das Konzept einfallen lassen. Das warf all ihre gedanklichen Konstrukte über den Haufen. Es gäbe keine Verbindung zu den aktuellen Taten und vor allem kein Motiv für die jetzigen Morde. Die alles entscheidende Frage war: Was verschwieg ihm Andrea, besser, was war gelogen, was wahr? Inzwischen hatte sich Albers zu ihm gesellt. »Na, was hatte die fesche Maid zu erzählen?«

Er berichtete kurz, auch über Grothes Anruf.

Sein Kollege fuhr sich mit einer Hand übers Kinn, beinahe

wäre eine Denkerpose daraus geworden. »Da stimmt was nicht«, reagierte er spontan. »Das muss ich mir durch den Kopf gehen lassen.«

»Irgendwas Interessantes im Haus gefunden?«, wollte Hilpert wissen.

»Nur ein paar lapidare Rundschreiben. Das Geld, das er an die Breckwoldt weitergeleitet hat, war offensichtlich sauber. Es stammt von einem seiner Privatkonten.«

»Korrekt scheint er zu sein, der Herr Reeder. Ich hätte nichts anderes von ihm erwartet.«

»Tote können nicht reden«, murmelte Hilpert auf der Rückfahrt im Zwiegespräch mit selbst. »Haben sie es vielleicht zu Lebzeiten getan?« Müller, mit wem konnte der sich ausgetauscht haben?, überlegte er krampfhaft. Vielleicht brachte sie Below ein Stück voran. Schließlich behauptete er, brennend an der Aufklärung der Morde interessiert zu sein, um aus der Schusslinie zu gelangen. Wie er aus dem Präsidium erfuhr, hielt er sich dort auf.

»Es stimmt«, gab Below unumwunden zu, »wir haben darüber gesprochen. Wir waren allesamt der Meinung, der Scheißjournalist hat gekriegt, was er verdient hat.«

»Hatte Müller eine Idee, was mit Wagner geschehen war?«

»Er ging davon aus, dass er umgelegt wurde.«

»Und durch wen?«

»Da wusste er nicht mehr als ich. Hat er wenigstens behauptet. Paulsen soll ihn genau wie mich vorher weggeschickt haben.«

»Wer's glaubt. Hatte er eine Meinung dazu geäußert?«

Below zuckte mit den Schultern. »Nicht dass ich wüsste. So oft haben wir darüber nicht gequatscht. Lange hat er ja nicht mehr gelebt.«

»Was ist mit Paulsen?«

»Keine Ahnung. Der hätte damit kein Problem gehabt. Vielleicht war es einer der anderen Typen.«

Hilpert wurde hellwach. »Dort haben sich andere Leute aufgehalten?«

»Das hat mir Müller so erzählt. Ich hatte ja die beiden Autos kommen sehen, als ich abgedampft bin.«

»Richtig, es sind ja zwei Fahrzeuge angekommen. In einem saß Andrea mit ihrem Vater. Und in der zweiten Limousine, wer saß darin?«

»Keine Idee. Ich wollte nur weg.«

»Hat Grothe in einem der Wagen gesessen?«

»Das hätte mir Müller bestimmt später erzählt.« Unruhig spielte Below mit seinen Fingern. »Also beschwören kann ich nichts, außer dass ich zwei dicke Schlitten gesehen hab. Es hat mir gereicht, dem Schmierfink ein paar überzuziehen. Zum Mitschreiben: Als ich ging, lebte Wagner! Und Müller behauptete für sich dasselbe, als ich ihn später darauf ansprach.«

Nervös knabberte Hilpert später an einem eingerissenen Fingernagel herum. Von der Logik her passten weitere Personen durchaus ins Konzept. Zwei Autos bedeuteten wenigstens drei Neuankömmlinge. Zwei davon meinte er mit Andrea und ihrem Vater identifiziert zu haben. War doch einer von ihnen der Schütze? Wer saß in dem anderen Fahrzeug? Wagners Mörder? Warum verschwieg Andrea dessen oder deren Namen? Genervt rief er sie an.

»Da muss sich dein Zeuge geirrt haben«, antwortete sie auf seine Frage. »Anfangs waren die beiden RLU-Typen dabei, mein Vater und ich«, sie stockte, »und natürlich Wagner. Als wir gegangen waren, blieben er, Paulsen und der andere allein zurück.«

»Habt ihr einen Schuss gehört?«

»Nein, nichts.«

»Ihr seid sofort losgefahren?«

»Ja, ich wollte nur weg von dort und mein Vater ebenfalls.«

»Das heißt, es könnte jemand hinzugekommen sein, nachdem ihr gegangen seid?«

»Das ist durchaus denkbar.«

»Ich danke dir.«

»Da nicht für.«

Unsicher blickte er auf den Telefonhörer in seiner Hand. Er misstraute Andrea. Hatte sie was zu verbergen? Er dachte über Belows Aussage nach. Weshalb hätte der Müller decken sollen? Der Mann hatte keine irdischen Probleme mehr. Er konnte niemanden mehr bedrohen oder ihm Geld zustecken. Automatisch bewegte Hilpert seine rechte Schulter. Der Arzt meinte, in einigen Tagen mit einem leichten Aufbautraining beginnen zu können. Er kam auf seine Ausgangsüberlegungen zurück. Gab es einen weiteren Beteiligten? Was war mit Laura? Hatte sie den Weg nach Tostedt gefunden? Sie zu befragen, ergäbe aktuell keinen Sinn. Er war skeptisch, ob sie jemals wieder zu einer Aussage fähig wäre. War sie die Mörderin? Er wusste selbst, dass es eine rein aus der Luft gegriffene These war. Es gab keinerlei Hinweise auf sie. Sie passte nur ins Konzept. Dann wäre sie allerdings Bestandteil des gesamten Mordkomplexes gewesen. Das wiederum wollte er nicht glauben. Es passte zu keinem der beiden Mädels. Er begann sich zu fragen, ob sie mit ihren Ausgangsüberlegungen richtiglagen. Verstanden sie wirklich alles?

33

Entnervt fuhr sich Hilpert mit beiden Händen durchs Haar. Vor ihm lag das Vernehmungsprotokoll von Frau Breckwoldt. Achtlos blätterte er es durch. Er hatte keine Lust, sich damit eingehender zu befassen. Sie setzte alles daran, durch Lügen ans rettende Ufer zu gelangen. Leute wie sie taten kooperationsbereit und verarschten sie gleichzeitig nach Strich und Faden. Sie wusste mehr, viel mehr, als sie geneigt war, auszusagen. Bis zu einem bestimmten Punkt verstand er sie. In Sachen Wagner ging es um Mord. Gäbe sie zu, tatbeteiligt gewesen zu sein, drohten ihr theoretisch bis zu fünfzehn Jahre Haft. Nach menschlichem Ermessen verließ sie kein Gefängnis lebendig. Die Unternehmerin würde trotzdem nicht ihren Kopf vollends aus der Schlinge ziehen können. Profiteur war der Verfassungsschutz. Hier drohte ihr eine Strafe, die vermutlich zur Bewährung ausgesetzt würde. Die Sache mit der Steuer war gefährlicher. Nervös schob er das Protokoll zur Seite. Wie wahrscheinlich war es, dass die Frau mitten in der Nacht den Hof in Tostedt aufgesucht hatte, nur um Wagner zu erschießen? Welchen Grund hätte sie dafür gehabt? Die Vorstellung war schon im Ansatz völlig abenteuerlich. Was wollte der Journalist gegen sie vorbringen? Verfügte er damals über stichhaltigere Beweise als sie heute? Hilpert erinnerte sich an das Telefonat mit ihrem Exmann. Danach würde eine Frau wie sie keinen Mord vor Zeugen begehen und sich damit in die Hände anderer begeben. Gleiches galt für die umfänglichen Vorbereitungen der Tat. Unbeherrscht schlug er mit der Faust auf den Schreibtisch. Wer hatte Wagner erschossen? Paulsen und Müller hatte er längst ausgeschlossen. Er sah sie nicht als Täter, sondern als Profiteure ihres Wissens. Das galt insbesondere für Paulsen. Wie war das mit Müller? Er verunglückte mit einem brandneuen GTI. Der hatte garantiert abgekocht. Wie gelangte der sonst an ein neues Auto? Die beiden waren Zeugen, nicht Täter, Erpresser, keine Mörder.

Er dachte über Peterson nach. Tatsächlich hatte er ihn bereits aussortiert, weil das Motiv fehlte. Nach Andreas Aussage war er an dem Mordabend zumindest zeitweise anwesend und er war an dem Komplott stärker beteiligt, als er bislang zugegeben hatte. Aber ein Mörder? Andrea stach ihm ins Auge. Die Option Spontantat hatte er verworfen. War sie damit aus dem Schneider? Nach ihrer Aussage war sie eher zufällig auf Bitten ihres Vaters in das Geschehen involviert gewesen. Und Laura? Bisher gab es keinen Hinweis auf sie. Das musste nichts heißen. Hatte er die beiden aus rein emotionalen Gründen zu früh aus dem Kreis der Verdächtigen entlassen? Paulsen wurde Jahre später vergiftet, weil er allem Anschein nach jemanden erpresst hatte und am Ende übers Ziel hinausgeschossen war. Wen hatte er erpresst? Es konnte nur der Mörder oder die Mörderin sein. Bis auf Below hatten sie niemanden ermittelt, der zumindest theoretisch als Täter infrage kam, sahen sie von Paulsen und Müller einmal ab. Der passte so wenig wie die beiden anderen. Die einzige Option wäre ein Auftragsmord gewesen. Doch diese These war eher unwahrscheinlich. Paulsen und Below verbrachten die vergangenen Jahre auf dem Niveau besserer Hartz-IV-Empfänger. Niemand hatte sie mit Geld zugeschüttet. Paulsen war mit kleinen Beträgen abgespeist worden. Das reichte gerade mal für einen mittelprächtigen Alkoholismus. Below erhielt seines Wissens in den Jahren keinen Cent. Müller war tot. War ihm mit dem Auto ein dickes Stück vom Kuchen abgeschnitten worden, weil er den Journalisten getötet hatte? Hilpert schüttelte den Kopf. Danach wäre Paulsen Zeuge eines Verbrechens gewesen, bei dem der Mörder längst tot war. Dafür hätte es keinen Cent gegeben. Nein, der Täter musste jemand anderes gewesen sein. Das hieße, Below sagte die Wahrheit. Er hatte den Hof tatsächlich vor der Bluttat verlassen. Es musste einen anderen geben, der den tödlichen Schuss abgegeben hatte. Paulsen hatte somit als einziger Überlebender aus der Gruppe mitbekommen, wer der Täter war. Deshalb musste er Jahre später sterben.

Wie passte Grothe in das Schema? War er ein Erpresser? Hatte Andrea gelogen? Waren sie die Auftraggeber für den Mord gewesen? Hatten sie selber geschossen? Damit schloss sich der Kreis und er stand ziemlich am Anfang seiner Überlegungen. Er begann vor sich hin zu murmeln. Zwei Limousinen waren vorgefahren, als Below den Hof mit seinem Motorrad verließ. Mit Gewissheit wusste er, dass Peterson und seine Tochter in einem Fahrzeug saßen. Und in dem anderen? War der große Unbekannte ihr Mörder? Wurde dieser von Paulsen erpresst? Womit hätte der sein Wissen belegen wollen? Wer interessierte sich mehr als zehn Jahre nach der Tat für die Aussage eines Alkoholikers? Die zerlegte jeder Jurastudent vor Einstieg ins erste Semester, ohne ins Strafgesetzbuch schauen zu müssen. Oder hätte allein der Verdacht gereicht? Hilpert klackerte mit dem Bleistift auf der Schreibtischunterlage. Zu seinem Glück durfte er ein Einzelzimmer sein Eigen nennen. Kein Nachbar fühlte sich gehalten, sich darüber zu beschweren. Und bis nach nebenan gelangte der Lärm nicht. Plötzlich war Stille im Raum. Der Bleistift sank langsam in seine Ablage. Hilpert setzte ein sattes Grinsen auf. Der Journalist war erschossen worden. Die Tatwaffe war bis heute nicht gefunden worden. Hatte Paulsen sich um sie gekümmert? Hatte er sie beiseitegeschafft, und konnte jederzeit an sie gelangen? Mit ihm starb das Wissen um das Versteck. Jetzt kam Sinn in seine Überlegungen. Fragte sich nur, wo steckte die Waffe? Er stieß einen Urschrei aus. Die Antwort war so simpel wie ein Schlagertext von Heino. Er hatte sie mit Sicherheit ebenfalls eingemauert, und zwar an einer Stelle, die ihnen bislang nicht aufgefallen war. Paulsen galt als relativ intelligent. Somit war nicht auszuschließen, dass es darauf einen Hinweis gab. Viele Möglichkeiten besaß er zu Lebzeiten nicht. Ein Schließfach konnte von vornherein ausgeschlossen werden. Das hätte er sich auf Dauer nicht leisten können. Seine Computer waren auseinandergenommen worden. Sie enthielten keine für sie bedeutenden Hinweise. Stimmten Hilperts Überlegungen, so lag die Wahrheit in Paulsens Wohnung. Sie war eine der wenigen Konstanten in seinem Leben. Hilpert wollte nach seinem Autoschlüssel greifen, als ihm ein Ziehen in der rechten Schulter signalisierte, weshalb er krankgeschrieben war. Folglich ging er bei Albers vorbei und winkte ihn zu sich. »Es wird wieder mal Zeit für eine Wohnungsdurchsuchung.«

»Welche meinst du diesmal?«

»Die von Paulsen.«

»Du scheinst es ja mit den Wohnungen zu haben«, bemerkte Albers ironisch. »Man möchte fast meinen, du liebst es, sie ständig aufs Neue zu durchsuchen.«

»Da mag was dran sein. Sie verraten einem eine Menge über den Menschen, der darin gelebt hat. Leider kapierst du manches von dem, was du vorfindest erst, wenn du dich tiefer in den Fall eingearbeitet hast.«

Albers verstand Hilpert ohne große Worte. Neugierig folgte er seinem Chef. Soviel hatte er mittlerweile hinzugelernt, auf dessen Nase konnte man sich verlassen. Er tat selten etwas, ohne vorher darüber eingehend nachgedacht zu haben. Ihn machten nicht die originellen Einfälle stark, auf die außer ihm niemand gekommen wäre. Seine Ideen ergaben sich aus einer akribischen Auseinandersetzung mit den Fakten ihrer Ermittlungen. Das Geniale an einem Puzzle waren nicht die Einzelteilchen. Vielmehr ging es um die Fähigkeit des Menschen, die richtigen Teile zu erkennen und diese zu einem Gesamtbild zusammenzufügen. Darin war er den meisten überlegen.

Seit ihrem letzten Besuch hatte sich in der Wohnung der Mief intensiviert. Zu Lebzeiten des Mieters war die Unterkunft nicht großartig gepflegt worden. Jetzt, da es niemandem einfiel, sie wenigstens mal durchzulüften, begann der Gestank unerträglich zu werden. Sie rissen die Fenster auf, um einigermaßen durchatmen zu können. Hilpert erwischte sich für einen kurzen Augenblick dabei, wie er losstürmen und alles ohne Sinn und Verstand auf den Kopf stellen wollte. Das lag längst hinter ihnen. Seine Kollegen verstanden das besser als er, und zwar mit System. All die gängigen Verstecke in der Küche im Eisschrank, hinter Schränken, im Spülkasten der Toilette konnte er sich schenken. Den Polstern der Couch und des einzigen Sessels war anzusehen, dass sie malträtiert worden waren. Was suchte er? Groß oder sperrig konnte es unmöglich sein, das wäre ihren Blicken nicht verborgen geblieben. Im Prinzip gab es nichts, das nicht durch mehrere Hände gegangen war. Gedankenverloren blickte er auf das spärlich ausgestattete Bücherregal mit den wenigen Krimis und den Fachbüchern aus dem Maurergewerbe. Er betrachtete sie etwas eingehender. Die Broschüre eines Kreditinstituts wollte dazu nicht passen. Er zog sie heraus und las den Titel. Tipps und Hinweise für den Bausparer. Er stellte sie zurück, bis er begriff, Tipps und Hinweise waren für Leute wie ihn bestimmt. Nach und nach holte er die Bücher aus dem Bord heraus und blätterte sie durch. Beim dritten Anlauf stellte sich der erste Erfolg ein. Er hatte einen von Hand auf Millimeterpapier gezeichneten Grundriss vor sich. Es handelte sich eindeutig um die Küche auf dem Hof, einschließlich der neu gezogenen Wand. Hastig blätterte er weiter. Aus einem der Kriminalromane zog er sinnigerweise einen weiteren Grundriss. Und der gehörte zu einem der Giebelzimmer. Paulsen hatte eine Abseite ein Stück weit in den Raum hineingelegt. Nach der Zeichnung etwa einen Stein breit. Er schuf damit ausreichend Raum, um beispielsweise eine einzelne Waffe perfekt verstecken zu können. Er sah die anderen Bücher durch, ohne etwas zu entdecken. Albers begann mit leichter Verzögerung zu begreifen, was Hilpert in Händen hielt. War das ein brauchbarer Hinweis zur Lösung des Mordes an dem Journalisten?

»Wir fahren zum Hof«, entschied Hilpert. »Wie sieht es mit dem Schlüssel aus?«

»Den müssten wir uns besorgen. Ich habe nicht alle Schlüssel von Tatorten generell am Mann. Das trägt zu sehr auf«, erwiderte Albers.

»Dann zuerst Richtung Präsidium.«

Wie so häufig im Leben hielten sie diverse Telefonate davon ab, sofort loszufahren. Zwei geschlagene Stunden später saßen sie endlich im Wagen. Diesmal dachten sie sogar an Handwerkszeug, um die Wand einzureißen. Ein ordentlicher Vorschlaghammer sollte reichen. Unterstützung war vorerst nicht angesagt. Albers als Leistungssportler verfügte mit Sicherheit über die erforderliche Kondition, um kräftig zuzulangen. Zumindest beklagte er sich nicht. Hilpert besaß gute Argumente, seine lädierte Schulter von solchen schweißtreibenden Arbeiten zu verschonen. Sie redeten auf der Fahrt nicht viel miteinander. Sie waren gespannt auf das, was sie in dem Hauptgebäude des Hofs erwarten mochte.

Auf den ersten Blick schien sich vor dem Gebäude nichts verändert zu haben. Selbst das Siegel an der Haustür war unverletzt. Sie warfen einen kurzen Blick in die Küche. Wer war dafür verantwortlich, den Schutt der eingerissenen Wand zu beseitigen?, fragte sich Hilpert, als sie an der offenen Tür vorbei zur Treppe gingen, die in den ersten Stock führte. Albers hatte das schwere Handwerkszeug geschultert. Geduldig stiefelte er Hilpert hinterher. In dem hinteren Giebelzimmer war chaotische Unordnung angesagt. Unter Garantie hatten die Kollegen der Spurensicherung das Ihrige dazu beigetragen. Große Gedanken machten sie sich nicht darüber. Wer auf die Idee käme, das Anwesen zu erwerben, er würde kräftig in das Haus investieren müssen. Im Prinzip war eine TNT-Sanierung mit anschließendem Neubau angeraten. Albers wollte sich gleich an die Arbeit machen, als Hilpert ihn vorerst zurückhielt.

»Klopf mal die Wand ab, ob sich dahinter ein Hohlraum verbirgt. An sich benötigte Paulsen nicht viel Platz.« Albers wurde schnell fündig. In der Mitte der Wand klang es hohl. Doch leider ließen sich mehrere Steine problemlos eindrücken. Das verhieß wenig Gutes. Was immer sich dahinter verborgen haben mochte, es war beseitigt worden.

»Grothe!«, stöhnte Hilpert auf. »Der Sack hat uns ein weiteres Mal in die Suppe gespuckt.«

»Wie kommst du gerade auf ihn?«, fragte Albers.

»So, wie die Dinge liegen, hätte Paulsen niemand anderem von dem Versteck erzählt als ihm.«

»Ich verstehe.«

Wütend warf der Hauptkommissar einen Brocken verfestigter Verfugungsmasse in den Raum. »Dieser Scheißkerl führt uns an der Nase herum. Mir scheint, dass er über mehr Wissen verfügt, als wir alle zusammen, und davon herrlich und in Freuden lebt.«

»Und der will sich in der Politik nach oben schwemmen lassen? Müssen wir das nicht verhindern?«

»Eigentlich schon, ich fürchte nur, das wird ein schwieriges Unterfangen.«

»Ein paar Brocken, die man der schreibenden Zunft zuwerfen könnte, sollten da reichen.«

»Wenn du meinst, versuch es.«

»Ich dachte eher an dich. Du verfügst schließlich über die entsprechenden Kontakte.«

»Sorry, ich lehne solche Form der Einflussnahme ab.«

»Ist es dir wirklich gleichgültig, was in der Politik stattfindet, wer dort die Macht in Händen hält?«

»Natürlich nicht. Was uns jedoch vorliegt, sind Vermutungen, nicht mehr und nicht weniger. Machen wir einen guten Job, wird sich Grothe selbst das Genick brechen. Stell dir vor, wir liegen mit unseren Annahmen daneben und haben vorsichtshalber eine politische Karriere zerstört?«

»Ich meinte ja nur.«

»Ist geschenkt, lass uns gehen. Schieß vorher ein paar Fotos von der Abseite.«

Vor der Haustür blieb Hilpert auf dem Tritt stehen und versuchte sich zu recken. Es funktionierte einigermaßen. Die Schulter zwickte kaum noch. Er hatte mit ersten Reha-Übungen begonnen und sie schlugen an. Er ging die Stufe hinunter und winkte Albers zu. Kurz darauf waren sie auf dem Weg nach Hamburg.

Er überlegte auf der Rückfahrt, was er zu finden erhofft hatte. Die Mordwaffe, alternativ dazu vielleicht das Notebook des toten Journalisten, oder beides? Was hätte er mit der Waffe angefangen? Vermutlich hätten sie darauf Andreas Fingerabdrücke und die ihres Vaters gefunden, und die des Mörders. Sie wären nicht drum herum gekommen, sie zu verhaften. So gesehen konnte er zufrieden sein, keinen Erfolg gehabt zu haben, und das weniger wegen ihres Vaters. Wagner kam ihm in den Sinn. Er hatte über einen längeren Zeitraum eine ganze Reihe kritischer Artikel über die RLU geschrieben, ohne dass er damit gleich sein

Leben gefährdete. Der Journalist musste etwas über jemanden in Erfahrung gebracht haben, das in keinem Fall an die Öffentlichkeit gelangen durfte. Die Entführung und der Mord an ihm waren eiskalt bis hin zur Beseitigung der Leiche geplant und keineswegs nur billigend in Kauf genommen worden. Was konnte Wagner herausgefunden haben, dass er sterben musste? Hilpert stand wie gehabt da mit seinen altbekannten Verdächtigen, ohne den Hauch eines Beweises gegen einen von ihnen in Händen. Er dachte an Frau Breckwoldt, die knallharte Unternehmerin. Alles sprach gegen ihre Täterschaft. Er schlug sich mit der flachen Hand gegen die Stirn. Verfügte sie nicht über einen treuen Weggefährten, der sich nicht gescheut hatte, mit einem Gewehr auf Polizisten zu schießen? Der wäre nie auf die Idee gekommen, sie zu erpressen oder sein Wissen gegen sie einzusetzen. Den Mann musste er sich vorknöpfen.

Albers überließ ihn seinen Gedanken und konzentrierte sich auf den Straßenverkehr. Den Weg zurück nahmen sie über den Elbtunnel. Sie kamen einigermaßen durch. Hilpert erstickte beinahe an den Fragen und Mutmaßungen, die ihm während der Fahrt durch den Kopf gingen. Er war froh, als sie endlich das Präsidium erreichten. Es war an der Zeit, dass er Auto fahren konnte. Da verblieb ihm weniger Gelegenheit für krude Überlegungen. Nach dem Reinfall in Tostedt entschied sich Hilpert heimzugehen. Ärgern konnte er sich ebenso zu Hause. Wellners Chauffeur stand zwanzig Minuten später vor dem Präsidium. Im weiteren Verlauf des Abends ging er in den Keller, in dem alles an Trainingsgeräten stand, was gut und teuer war. Dort arbeitete er weisungsgemäß wie ein gelehriger Schüler. Er musste viel nachholen und schonte sich nicht.

34

Die Schulter war wenige Tage danach beweglich genug, dass Hilpert sich mit dem Auto bereits kurze Strecken zutraute. Selbst Lenkbewegungen konnte er ohne größere Probleme mit rechts ausführen. Mit ihren Ermittlungen waren sie nicht so recht vorangekommen. Einmal mehr dachte er über das Versteck in dem

Hofgebäude nach. So musste es Archäologen gehen, wenn sie eine Pyramide öffneten und feststellen mussten, dass Grabräuber vor ihnen tätig geworden waren. Stimmte ihr Verdacht, dass Grothe Paulsens Versteck gefunden hatte? Aus Erfahrung wusste er, die leichten Lösungen waren häufig die falschen. Am besten, er besorgte sich einen Durchsuchungsbescheid für dessen Haus. Entnervt gab er den Gedanken auf. Bei der gegebenen dünnen Beweislage gegen Grothe würde man ihn abschmettern und das zu Recht. Und wie dumm musste der Mann sein, wichtige Beweisstücke in seinem Haus zu verbergen?

Aufgeregt betrat Albers sein Zimmer. »Mich hat gerade ein Anruf von Erich Mauthe erreicht.«

»Dein Kumpel aus Hannover, der sich mit Vorliebe in St. Georg und am Hauptbahnhof rumtummelt? Was erzählt er denn so?«

»Petersons Favorit, ein zwanzigjähriger Stricher, liegt im Krankenhaus. Er ist schwer an Aids erkrankt.«

»Hat er einen Namen?«

»Er nennt sich Timo.«

»Scheußlich. Da hat euch das Schicksal eine Scheißkrankheit um den Hals gehängt.«

»Das mag stimmen. Jeder halbwegs intelligente Mensch weiß, wie man sich davor schützen kann. Die ersten Opfer waren arme Schweine. Wer mit dem Wissen von heute in die Scheiße fasst, hat selber Schuld.«

»Gut, dass ich das nicht gesagt habe.«

»Siehst du, da werde ich auf kaltem Weg zu deinem Sprachrohr.«

»Gute Strategie, mach weiter so. Ich ruf Andrea an. Die kann es ihrem Vater schonend beibringen. Hoffen wir, dass die vorsichtig gewesen sind.«

Sie versprach, ihn zum Arzt zu schicken. Ihre Stimme klang wenig zuversichtlich. Hilpert betrachtete zweifelnd das Telefon und danach seinen Mitarbeiter. »Momentan hat der Reeder wohl keine Glückssträhne.«

Albers ließ Petersons Situation ungerührt. »So ist das Leben, mal bekommst du nicht, was du dir wünscht, mal kriegst du, was du absolut nicht haben willst.«

»An dir ist ein beeindruckender Philosoph verloren gegangen«, stellte Hilpert ironisch fest.

»Das wird man auf Dauer in diesem Job. Vor allem, wenn man einen Chef wie dich hat.«

Hilpert lachte auf. »Da könnte was dran sein.«

Sein Telefon unterbrach ihr Gespräch. Es war Andrea. »Mein Vater ist informiert.«

»Das heißt, er weiß, was zu tun ist.«

»Davon gehe ich aus.«

Ansonsten verlief der Tag wenig spektakulär. Sie bewegten sich wie seit geraumer Zeit im Kreis. Niemand half ihnen heraus oder bot neue Optionen an.

Der nächste Vormittag wartete mit einer bösen Überraschung auf. Peterson war in seinem Haus tot aufgefunden worden. Dem ersten Anschein nach hatte er sich erschossen. Hilpert und Albers hetzten gemeinsam an den Feenteich. Vor seinem Haus gönnten sie sich einen Rundumblick.

»Hier ist es viel zu schön, als dass man sich das Leben nimmt oder auf Polizisten mit einem Gewehr schießt«, merkte Albers an, beeindruckt von dem weiß verputzten Jugendstilhaus.

»Sollte Peterson eine vernichtende Diagnose von seinem Arzt bekommen haben?«, warf Hilpert ungerührt ein.

»Du meinst die Aidserkrankung des Strichers am Hauptbahnhof?«

»Zum Beispiel.«

»Irgendwie klingt das vorwurfsvoll.«

»Blödsinn. Warst du es nicht gestern, der mir darüber einen lehrreichen Vortrag gehalten hat?«

»Schon gut, entschuldige.«

Stange erwartete sie bereits im Arbeitszimmer des Reeders. Er stand neben dessen Schreibtisch. Peterson hatte sich augenscheinlich in den Mund geschossen. Teile der Kopfstütze des Sessels waren mit seinem Blut und seiner Hirnmasse verschmiert. Der Teppich unter ihm hatte ebenfalls einiges abbekommen, ebenso Teile der rückwärtigen Wand. Schüsse in den Mund waren zwar äußerst wirksam, für die Ermittler dagegen wenig erbaulich, von den Tatortreinigern ganz zu schweigen. Der Tote bot ihnen einen Anblick, an den sich Hilpert selbst nach fünfzehn Jahren Polizeiarbeit nicht gewöhnt hatte. Albers dagegen betrachtete die Situation abgeklärt, als sei er ständiger Gast in der Gerichtsmedizin. Hilpert wandte sich dem Amtsarzt zu, der die erste Untersuchung abgeschlossen hatte.

»Der Tod ist vor etwa eineinhalb Stunden eingetreten«, erklärte dieser, »also gegen neun Uhr. Obwohl die Obduktion noch aussteht, handelt es sich meines Erachtens eindeutig um Selbstmord. Wir haben Schmauchspuren an der rechten Hand gefunden. Die Waffe liegt in richtiger Position am Boden.« Er wollte ihnen am Toten demonstrieren, was er meinte.

Hilpert unterbrach ihn: »Ist okay, Doc. Wenn Sie es sagen, wird es stimmen.«

»Danke für die Blumen. Wir haben keinerlei Verletzungen gefunden, die auf eine direkte Gewaltanwendung hinweisen. So leicht steckst du niemandem eine Pistole in den Mund und befördert ihn ins Jenseits. Warten wir die Obduktion ab.«

So eindeutig hatte Hilpert den Arzt in seiner Meinungsbildung selten erlebt. Er hielt sich sonst eher mit vorschnellen Schlüssen zurück.

Stange gesellte sich zu ihnen. »Er hat eine 7,65 Walther PPK verwendet. Es handelt sich um eine klassische Waffe aus den Vierzigerjahren. Hat vorzüglich funktioniert, wie man sieht. Sie soll nach Aussage der Tochter dem Vater des Toten gehört haben.«

»Hat sie ihn gefunden?«

»Ja, sie war unterwegs. Sie wollte mit ihm absprechen, wann sie essen gehen.«

»Scheiße, das muss furchtbar für sie gewesen sein. Wie geht es ihr?«

»Sie schlägt sich wacker. Wir haben vorerst auf ein Verhör verzichtet.«

»War sonst jemand im Haus, als er sich das Leben nahm?«

»Nein, die Zugehfrau hat heute ihren freien Tag.«

»Keine Köchin, kein Butler?«

»Wurde alles in den letzten Jahren abgeschafft.«

»Habt ihr einen Abschiedsbrief gefunden?«

»Nein, keine Silbe. Das ist keine Sensation. Die meisten Selbstmörder gehen, ohne sich zu verabschieden.«

Stange bat sie an den Besprechungstisch in dem Zimmer. »Das dürfte euch interessieren.«

Er wies auf das Schreiben eines medizinischen Instituts in Frankfurt hin. »Er hatte einen Aidstest machen lassen.«

»Und das Resultat?«

»Negativ.«

»Das ist tatsächlich erstaunlich«, bemerkte Hilpert.

»Wie das?«

»Warum erschießt er sich, wenn alles im grünen Bereich ist? Warum lässt er einen Test machen, wenn er eh die Absicht hat, sich zu töten?«

Stange horchte auf. »Sollte mir etwas entgangen sein?«

Mit wenigen Worten hatten sie ihn informiert.

»Es gibt zuweilen andere Gründe, die einen Menschen in den Selbstmord treiben«, antwortete Stange gelassen.

»Welche zum Beispiel?«

Stange reichte Hilpert mehrere Papiere. »Alles Mahnbescheide. Hier sind drei Vollstreckungsbescheide. Die Beträge sind nicht unerheblich und stellen vermutlich die Spitze des Eisberges dar. Das ist bestimmt nicht sonderlich lustig für ein Mitglied des Hamburger Geldadels.«

Er übergab Hilpert weitere Schreiben. »Die Reederei steckt in erheblichen Zahlungsschwierigkeiten. Der Wirtschaftsprüfer weist eindringlich auf eine drohende Zahlungsunfähigkeit hin und nimmt das Wort Insolvenzverschleppung in den Mund.«

»Scheiße!«, reagierte Hilpert überrascht. »Wer hätte damit gerechnet? Der Laden galt über ein Jahrhundert als grundsolide.«

»Das sehen die Banken offensichtlich etwas kritischer. Zumindest klingen deren Briefe nicht sonderlich freundlich. Vor wenigen Tagen hat ihn die Kündigung seiner Kreditlinien erreicht. Das war möglicherweise zu viel für ihn.«

Hilpert versuchte die letzten Informationen zu verarbeiten. Musste Peterson damit nicht rechnen? Schließlich war der Mann seit Jahrzehnten im Geschäft. Insolvenzen hatte er garantiert zuhauf miterlebt, wenn auch nicht am eigenen Leibe. Vielleicht war das der entscheidende Unterschied? Er wandte sich Albers zu. »Ich sollte mit Andrea sprechen. Mal sehen, ob sie etwas mitbekommen hat. Der muss es in jeglicher Hinsicht beschissen gehen.«

Sie saß im Wohnzimmer des Hauses und hatte sich in einen gewaltigen Ohrensessel verkrochen. Er passte eher zu dem Verstorbenen, weniger zu ihr. Sie hatte rot verweinte Augen. Vor ihr stand ein reichlich gefüllter Kognakschwenker auf einem Mahagonitisch. Hilpert ging auf sie zu und strich ihr übers Haar. Er sagte kein Wort. Wie hätte er ihr Trost zusprechen sollen? Von ihrer herausfordernden Art war nichts übrig geblieben. Sie schaute hoch. Erst jetzt schien sie ihn zu erkennen. Mit einem Ruck erhob sie sich und fiel in seine Arme.

»Warum hat er das getan?«, fragte sie ihn schluchzend.

»Der Firma geht es schlecht. Es riecht nach Insolvenz«, antwortete er ruhig. Im gleichen Moment fragte er sich, ob das die geeigneten Worte für sie waren. Zurücknehmen konnte er sie nicht.

Sie reagierte verständnislos. »Und wennschon! Er hätte über ausreichend Geld verfügt, um anständig weiterleben zu können.«

»Vielleicht hätte er dann das Haus abgeben müssen?«

»Blödsinn, es gehört längst mir. Er besaß ein Wohnrecht auf Lebenszeit.«

»Bedenke, ein Leben lang sitzt du auf den besten Plätzen und sollst nun ins Glied zurücktreten. Das hält nicht jeder aus.«

Sie löste sich von ihm und fixierte ihn kritisch. »Für einen Menschen wie dich wäre das kein Problem, habe ich recht?«

»Das ist bei mir was anderes. Ich bin in kleinen Verhältnissen aufgewachsen. Was sollte ich vermissen? All das Brimborium, das um einen gemacht wird, prallt an mir ab wie ein Ball beim Squash von der Wand.«

»Du bist gesund und weißt, was im Leben wichtig ist.«

»Was hast du vor?«, fragte er.

»Ich versuche, die Reederei zu verkaufen, und hoffe, die Banken spielen mit.«

»Hast du jemanden, der dir hilft?«

»Dr. Siebert steht an meiner Seite.«

»Du weißt, du kannst jederzeit auf mich zählen.«

»Vielleicht komme ich auf dein Angebot zurück.« Sie lachte gehässig auf. »Mein lieber Mann darf sich freuen.«

»Wie das?«

»Das Haus in der Karlstraße gehört der Firma und fließt in jedem Fall in die Insolvenzmasse. Ob ein neuer Inhaber der Firma seinen Vertrag übernimmt, darf bezweifelt werden.«

»Wird er versuchen, sich bei dir gütlich zu tun?«

»Das soll er versuchen. So viel habe ich nicht zu bieten.«

»Na ja, immerhin das Haus. Du könntest es verkaufen.«

»Eher nicht, meine Mutter steht mit im Grundbuch. Die verzichtet nicht auf ihren Anteil. Dafür kenne ich sie gut genug. Und für meinen Gatten gleich gar nicht. Sie konnte ihn nie leiden.«

»Nicht mal für ihre Tochter?«

»Ich hatte mich nach der Scheidung entschieden, bei meinem Vater zu bleiben. In Hamburg lebten meine Freunde, Mannheim war mir zu weit weg. Ich fürchte, das trägt sie mir bis heute nach.«

»Sie kam von dort?«

»So ist es.«

»Ihr habt keinen regelmäßigen Kontakt zueinander?«

»Es geht so.«

»Ist sie wieder verheiratet?«

»Nein, sie lebt seit Jahren mit einem Freund zusammen. Der ist ganz okay.«

»Wie alt ist sie?«

»Ende fünfzig.«

»Das muss damals ein echter Schock für sie gewesen sein, als sie feststellte, dass ihr Mann homosexuell war.«

»Mag sein, dass sie zu dumm und zu unerfahren war. Wer denkt bei der Heirat gleich daran? Ich bin mir manchmal nicht so sicher, ob sie es nicht von Anfang an gewusst haben könnte.«

»Hat sie ihn wegen des Geldes genommen?«

»Wer will das ausschließen?«

»Wie lange sind deine Eltern getrennt?«

»Seit beinahe zwanzig Jahren. Die Ehe bestand vorher nur mehr auf dem Papier. Ich weiß, sie hat wenig anbrennen lassen.«

»Das galt ja wohl ebenso für deinen Vater, wenn auch mit dem gleichen Geschlecht.«

»Das alles habe ich viel zu spät realisiert.«

»Hätte das deine Entscheidung beeinflusst?«

»Keine Ahnung.« Sie schüttelte entschieden den Kopf. »Nein. Nichts hätte mich von Hamburg weggezogen.«

Andrea hatte sich mittlerweile erholt. Ihre Tränen waren versiegt. Anscheinend tat ihr das Gespräch gut. Er atmete tief durch.

»Kann ich mit dir über ein paar Dinge sprechen?«

»Untersucht ihr Selbstmorde immer so akribisch?«

»Du weißt, es geht ebenso um Morde. Vielleicht hat sein Suizid ganz andere Ursachen?«

»Man zu. Ist okay, wenn du mich befragst. Da komme ich auf andere Gedanken und kann mich aufregen. Leg los.«

»Hat dein Vater für die Firmenkredite persönlich gehaftet?«

Empört blickte sie auf. »Selbstverständlich nicht.«

»Reicht denn der zu erwartende Verkaufspreis für die Reederei aus, um die Verbindlichkeiten zu tilgen?«

»Eher nicht. Ich schätze, es werden am Ende bis zu 100 Millionen fehlen.«

»Wie geht's weiter?«

»Wir werden alles zusammenkratzen, um mit den Banken zu einer Einigung zu gelangen.«

»Du willst also eine Insolvenz abwenden?«

»Mit allen Mitteln. Das gehört sich so.«

»Eines verstehe ich nicht, wie kam es zu dieser Entwicklung?«

»Da kommt das eine zum anderen. Die Weltwirtschaftskrise ist längst nicht überwunden. Die Frachtraten sind im Keller, und zwar gnadenlos. Die Containerschiffe fahren halb leer über die Weltmeere. Versuche, die Situation im Konzert mit anderen Reedereien zu verändern, sind letztlich ins Leere gegangen.« Sie ließ ihren Blick durch das konservativ eingerichtete Wohnzimmer schweifen. »Was du siehst, ist alt und teuer. Trotzdem richtet sich niemand mehr in diesem Stil ein. Für den Privatbereich ist das in Ordnung. Leider fand die Geschäftspolitik ebenso in diesem Sinne statt. Personell erhielt jede Pflaume aus der Familie ein warmes Plätzchen. Hast du nicht einen von denen kennengelernt? Verträge wurden nach Gutsherrenart ausgehandelt. Viel geschah per Handschlag. Leider sind bei vielen Kunden die alten Inhaber nicht mehr am Ruder. Sie sind ausgeschieden oder haben verkauft. Die neue Generation denkt und handelt anders. Das hat mein Vater viel zu spät gerafft.«

»Kommen wir auf den Mord an Wagner zurück. Du bleibst bei deiner Aussage, dass dein Vater damit nichts zu tun hatte?«

»Absolut.«

»Dir fallen keine neuen Aspekte ein?«

Ihr Ton wurde geradezu eisig. »Nein.«

Er stand auf und blickte zu ihr herunter. Er hatte sie genug gequält. »Du meldest dich, wenn du Hilfe brauchst?«

Sie nickte. Zusehends wurden ihre Augen feuchter. Vorsichtig zog er sich zurück. Andrea fühlte sich ganz der Tradition ihrer Familie verpflichtet. Garantiert mutierte sie nicht zu einer Hartz-IV-Empfängerin. Vom Überfluss früherer Zeiten musste sie sich wohl verabschieden. Fragte sich, wie wichtig das für sie war. Im Hausflur traf er Grothe. Er sah blass aus. Vorerst wollte Hilpert ihn zufriedenlassen. Er nickte ihm zu und ging an ihm vorbei. Was geschah mit seiner politischen Karriere? Ohne einflussreichen Förderer sah es vermutlich finster aus. Passte er nicht auf, würde er seine Brötchen künftig im Schweiße seines Angesichts verdienen müssen. Das Schicksal konnte zuweilen brutal sein.

Vor dem Hauseingang erwartete ihn Albers. »Na, wie hat sie es aufgenommen?«

»Schwer zu sagen. Solche Ereignisse ziehen nicht in den hohlen Zahn. Zum Glück ist sie stark.«

35

Zufrieden registrierte Hilpert auf dem Rückweg, dass Schulter und Arm den Strapazen standhielten. Zu Albers' Erstaunen hatte er sich auf dem Fahrersitz breitgemacht. Er überdachte den Selbstmord. Machten sie es sich zu leicht? Er wollte unbedingt mit dem Gerichtsmediziner sprechen. Vielleicht war Petersons Tod doch auf Fremdeinwirken zurückzuführen. Es sollte sich einige Stunden später zeigen, dass an der Diagnose nicht zu rütteln war. Hilpert fragte sich, ob ein Mann wie Peterson tatsächlich darauf verzichtete, der Nachwelt etwas Schriftliches zu erhalten.

Hatte Andrea möglicherweise einen Abschiedsbrief verschwinden lassen? Wenn ja, warum? Fragte er sie, kannte er bereits die Antwort. Sie würde es abstreiten.

Hilpert kam Sigrid Breckwoldt in den Sinn, deren Haus neben Petersons stand. Sie und der Tote hatten manches gemeinsam. Ihm fiel ihr Verwalter ein, der das Haus mit der Waffe in der Hand gegen Polizei und Verfassungsschutz verteidigt hatte. Bislang hatte er versäumt zu recherchieren, ob er als Wagners Mörder infrage kam. Vom Auto aus bestellte er ihn zu einem Verhör ein. Gegen fünfzehn Uhr konnte er mit ihm rechnen. Es verblieb ihnen ausreichend Zeit, sich dem kulinarischen Angebot der Kantine zu stellen. Zuweilen vermisste er das vorzügliche Essen in Wellners Unternehmen in City Nord. Er hatte es nicht anders gewollt. Niemand hatte ihn dazu gezwungen, als Ermittler tätig zu werden. Folglich würgte er nach ihrer Ankunft im Präsidium das zu trockene Schnitzel mit viel Wasser und Todesverachtung herunter. Zum Ausgleich dafür war das Gemüse leicht verkocht und somit selbst von Gebissträgern zu genießen, die ihre Zähne zu Hause im Wasserglas auf dem Nachtschränkchen vergessen hatten.

Roland Gärtner saß Hilpert unruhig gegenüber. Nervös spielte er mit seinen Fingern.

»Ich habe mir Ihre Unterlagen angesehen«, eröffnete der Hauptkommissar das Gespräch. »Sie sind bisher ein unbescholtener Mann gewesen. Wie sind Sie darauf gekommen, mit einem Gewehr auf die Polizei zu schießen?«

»Es ist meine Aufgabe, Frau Breckwoldts Eigentum zu schützen.«

»Doch nicht vor der Polizei.«

»Vor jedem. Heutzutage kann man niemandem mehr vertrauen.«

»Ob das die richtige Haltung zum Rechtsstaat ist, werden Sie in aller Ruhe im Gefängnis überdenken können. Hoffentlich weiß Ihre Chefin, wer Sie sind, wenn Sie in einigen Jahren wieder draußen sind.«

Hilpert begriff, es mit einem Menschen zu tun zu haben, dessen intellektuellen Grenzen zügig erreicht waren. Der Mann vor ihm besaß nicht einmal einen Führerschein. Er diente seiner Herrin wie ein treuer Sklave seit mehr als zwanzig Jahren. Sie war das Zentrum seines Universums. Er würde für sie töten. Dafür nahm er Wetten an. Beauftragte eine rational denkende Frau, wie die Breckwoldt, jemanden mit einem Mord, der mit einem Auto zum Tatort gefahren und von dort zurücktransportiert werden musste? Er wollte nicht so recht daran glauben. Sie unterhielten sich keine halbe Stunde, als Hilpert das Verhör abbrach. Von dem Mann erhielt er keine verwertbare Aussage.

Am Nachmittag erreichte Hilpert eine kurze Info vom Verfassungsschutz. Reuter teilte ihm lapidar mit, dass sich Frau Breckwoldt gemeinsam mit ihrem Verwalter um die Zeit des Mordes an Wagner in ihrem Haus in Südfrankreich aufgehalten haben wollte. Stimmte die Aussage, konnte er das Duo von seiner Liste der Verdächtigen streichen, sah man davon ab, dass sie ziemlich weit unten standen. Ein Anruf von Andrea riss ihn aus seinen Überlegungen. Sie bat ihn, bei ihr vorbeizuschauen. Ihre Stimme klang verängstigt. Wie sie ihm mitteilte, hielt sie sich allein zu Hause auf. Zum zweiten Mal an diesem Tag machte er sich auf den Weg zum Feenteich. Zu seinem Erstaunen ließ ihn niemand herein. Er vernahm allerdings Geräusche von drinnen. Also drückte er mehrmals heftig auf den Klingelknopf. Endlich bequemte sich jemand, die Tür zu öffnen. Vor ihm stand Grothe.

»Was wollen Sie?«, giftete er ihn an.

»Was interessiert Sie das?«, erwiderte er im gleichen Ton. Energisch schob er den Mann zur Seite und trat ein.

»He, was fällt Ihnen ein?«, pöbelte Grothe ihn weiter an. »Was erlauben Sie sich?«

»In diesem Haus haben Sie nichts zu bestellen, Grothe. Ich bin hier auf Bitten der Eigentümerin.«

Im Wohnzimmer traf er auf Andrea, die sich ihre Oberarme rieb. Sie starrte mit böser Miene in Hilperts Richtung. »Würdest du bitte in deiner Funktion als Polizeibeamter meinem Mann die Haustürschlüssel für dieses Haus abnehmen!«

Er schob die Ärmel ihres Shirts hoch und entdeckte an beiden Oberarmen Hämatome.

»War er das?«, fragte er mit wütendem Unterton.

Sie nickte.

Ruhig wandte er sich Grothe zu. »Die Schlüssel.«

»Sie haben mir gar nichts ...«

Weiter kam er nicht, da Hilpert ihn unterbrach: »Wenn ich Sie wegen Widerstands gegen die Staatsgewalt festnehme, dürfen Sie nach dem anschließenden Presserummel in der Fußgängerzone in der Spitaler Straße Handzettel verteilen. Gewalt gegen Frauen kommt ebenfalls nicht gut.«

Grothe spürte, wie ernst Hilpert es meinte. Der Beamte hatte Mühe, sich zu beherrschen. Vielmehr war er kurz davor, ihm an den Kragen zu gehen. Grummelnd fasste Grothe in seine Hosentasche, nahm ein Schlüsselbund heraus und knallte es auf einen Beistelltisch. Hilpert blickte zu Andrea herüber und erahnte ihr leichtes Nicken.

»Bitte geh jetzt«, wandte sie sich an ihren Ehemann. »Ich bin gern bereit, mit dir reden. Mit Sicherheit nicht allein, nicht in solch einer Stimmung und vor allem nicht über Traumschlösser. Mein Vater stand vor dem Bankrott, als er starb. Die fetten Jahre sind vorbei, und zwar für uns beide. Je früher du das begreifst, desto besser für dich.«

Grothe schien etwas antworten zu wollen, verzichtete aber darauf. Wahrscheinlich war es besser so. Schweigend verließ er das Haus. Wie Hilpert vermutete, ging es zwischen den Eheleuten ums liebe Geld.

»Mir scheint, er hat sich verspekuliert«, erklärte ihm Andrea. »Wäre wohl sinnvoller gewesen, er hätte sich nicht nur um das Vermögen meines Vaters gesorgt, sondern sich auf seine eigenen Fähigkeiten besonnen.«

»Hat er welche?«

»Wollen wir es hoffen. Ansonsten wird es schwer für ihn.«

»Was hat er mit seiner Kohle angestellt? Spielt er etwa?«

»Nicht dass ich wüsste. Er hat sich bei den Abgeordneten seiner Partei lieb Kind gemacht. Hat manches Fest ausgestattet, manche Runde Champagner ausgegeben. Da ist viel Geld zum Anfüttern geblieben. Seine Spenden wurden ebenfalls gern genommen.«

»Was ist mit Frauengeschichten?«

»Wer will das ausschließen. Konkretes ist mir nicht zu Ohren gekommen.«

Er blickte sich um. »Willst du vorerst die Zeit hier verbringen?«

»Vorläufig ja, gewiss nicht bis ans Ende meiner Tage.«

»Was ist mit dem Arbeitszimmer deines Vaters, wo er ...«

»Es wurde alles gereinigt. Einen der Teppiche und den Schreibtischsessel habe ich entsorgt. Die kann ich nicht mehr sehen. Morgen kommt der Maler.«

»Wie geht es weiter?«

»Meine Mutter hat sich für heute angesagt.«

Er wies mit dem Kopf Richtung Ausgang. »Soll ich einen Kollegen zum Schutz für euch abkommandieren?«

Sie lächelte sanft. »Wenn du es bist, gern. Ansonsten komme ich allein zurecht.«

»Hatte er dich geschlagen?«

Sie winkte ab. »Nein, das würde er sich nicht trauen. Er hat nur zu fest zugepackt. Ich bekomme leicht blaue Flecken.«

»Pass auf, dass es zwischen euch nicht zum Rosenkrieg kommt. So was passiert schneller, als man glaubt.«

»Das wäre nicht gut für ihn. Und das weiß er. Noch so 'ne Veranstaltung wie heute und er muss sich umsehen. Dann gibt es eine Anzeige. Die kann er sich einrahmen, der Herr Politiker.«

»Wirst du dich mit deiner Mutter einigen können?«

»Es geht um Geld. Da findet sich immer ein Kompromiss. Über das Haus kann ich mit ihr nicht diskutieren. Irgendwie hängt sie daran.«

Das Läuten an der Haustür unterbrach ihr Gespräch. Andrea entschuldigte sich bei ihm und verließ das Zimmer.

»Warum befällt mich in diesen Gemäuern stets das Gefühl, mich in einem Museum aufzuhalten? So ein schönes Haus und solch eine finstere Möblierung!«, vernahm er kurz darauf von der Zimmertür her eine weibliche Stimme, die Andrea ansprach. Anschließend schien die Frau sie in den Arm zu nehmen. »Ist schon gut, Kleines. Du kennst deinen Vater«, versuchte sie sie zu trösten. »Er hat ein Leben lang gemacht, wozu er Lust und Laune hatte. Das gilt jetzt selbst für seinen Tod.«

Kurz darauf stand Andreas Ebenbild im Wohnzimmer, halt

gut fünfundzwanzig Jahre älter als sie und durchaus ansehnlich. Niemand musste Hilpert erklären, dass ihre Mutter eingetroffen war. Sie bewegte sich wie selbstverständlich in den Räumen.

»Sind Sie der Neue meiner Tochter?«, fragte sie ihn unvermittelt.

»Wir haben nur gelegentlich Sex miteinander«, beantwortete Andrea ihre Frage. »Wir sind genügsam, das reicht uns.«

»Brigitte Peterson«, stellte sie sich vor. Sie begutachtete ihn eingehend. »Das ist ein ganz anderes Kaliber als dein werter Gatte. Der ist nicht Fisch, nicht Fleisch. Was hast du nur an dem gefunden?«

»Den Fehler bin ich ja dabei zu korrigieren.«

»Das wurde wirklich Zeit. Pass bloß auf, dass du den Neuen für dich alleine hast.«

»Ich tu, was ich kann. Zeitweise war er allerdings nicht einsatzfähig. Er lässt gern auf sich schießen.«

Brigitte Peterson betrachtete ihn zweifelnd. »Sie müssen dieser Polizist sein.«

»Es gilt das Gerücht«, kam Hilpert erstmals zu Wort und stellte sich ebenfalls vor. Zeitweise sprachen die Frauen über ihn, als sei er nicht anwesend.

»Sie achten auf meine Tochter?«

»Ich tu, was ich kann.«

Andreas Handy verhinderte, dass das Gespräch vertraulicher wurde. Sie hörte angestrengt zu und verließ den Raum. Brigitte Peterson schaute ihr neugierig hinterher. Offensichtlich hätte sie gern mitbekommen, was am Telefon besprochen wurde. Zum Ausgleich dafür hatte sie Hilpert für sich allein.

»Da hat sich mein Ex erschossen. Das war so nicht zu erwarten.« Hilpert spürte, dass sie reden wollte. Ganz Profi blickte er sie aufmerksam an, schwieg und nickte gelegentlich zu ihren Worten. Und sie tat ihm den Gefallen.

»Unsere Familienverhältnisse waren stets gewöhnungsbedürftig. Als ich meinen Mann heiratete, war mir bald klar, dass er anders war als die Männer, die ich bis dahin kennengelernt hatte. Von Anbeginn an erwartete er nichts von mir als Frau.« Sie blickte ihn direkt an. »Sie wissen, was mit ihm los war?« Er nickte, daran interessiert, den Redeschwall am Leben zu erhalten. Und sie redete weiter, denn es lag auf der Hand, dass sie niemanden hatte, mit dem sie sich über diesen Teil ihres Lebens austauschen konnte.

»Das wollte ich auf Dauer nicht mehr hinnehmen. Folglich lernte ich, mich anderweitig zu orientieren. Er hatte nichts dagegen. Es kam, wie es kommen musste. Ich wurde schwanger und wollte gehen. Er dagegen drängte mich zu bleiben und erklärte sich bereit, die Vaterschaft zu übernehmen. Er hat meine Andrea angenommen wie sein eigen Fleisch und Blut. Er stellte keine Fragen. Ich gab keine unerbetenen Antworten.«

»Ihr Mann hat nie erfahren, wer Andreas Erzeuger war?«

»Anfangs nicht. Erst ein paar Jahre später klärte ich ihn auf.«

»Und?«

»Nichts und. Er nahm es hin wie den Wetterbericht nach der Tagesschau.«

Hilpert blickte sie erstaunt an, während sie begann, in einer anderen Zeit zu schwelgen. Diese Informationen musste er erst einmal verdauen. Ungerührt fuhr sie fort: »Er war auf seine Art ein Gentleman. Er kam nie mit seinen Kerlen in unser Haus. Ich hielt es ebenso mit meinen Liebhabern, wobei es nicht viele waren.«

Endlich traute er sich, etwas zum Gespräch beizutragen. »Das heißt, Sie spielten Ihrer Tochter ein ganz normales Familienleben vor.«

»Sie sagen es.«

»Weiß sie inzwischen, wer ihr leiblicher Vater ist?«

»Selbstverständlich. Irgendwann sprach sie mich auf das Verhalten ihres Vaters an. Sie musste etwas gespitzt haben. Da habe ich ihr die ganze Wahrheit erzählt.«

»Und wie hat sie darauf reagiert?«

»Unterm Strich gelassen. Ihre Antwort war sinngemäß: ›Dann habe ich halt zwei Väter.‹«

»Wer Andreas Vater ist, wollen Sie mir nicht verraten?«

Sie winkte entschieden ab. »Das lassen Sie unser Geheimnis bleiben. Glauben Sie mir, da ist nichts Spektakuläres dran.«

Hilpert verzichtete darauf, sie zu bedrängen. Diese Frage war vermutlich nicht so bedeutend, dass er sich dafür ins Zeug legen musste.

»Als Sie gingen, blieb Andrea bei Peterson, und das unter den gegebenen Bedingungen.«

»Er hatte sie verwöhnt, wie es kaum ein zweiter Vater getan hätte. Er bot ihr alles und ließ nahezu alles durchgehen. Und Hamburg ist ihre Heimat. Also zog ich allein ab.«

»Warum sind Sie gegangen?«

»Ich hatte die Lügen und das Versteckspielen satt.«

»Ich verstehe. Sonst gab es keine Gründe?«

»Nein.«

Offenbar war sie am Ende ihrer Beichte. Er wollte nicht weiter insistieren. Von der Logik her hätte er selbst darauf kommen können, dass Peterson nicht der Erzeuger seiner Tochter sein konnte. Davon abgesehen war es nicht Hilperts Aufgabe, die Untiefen der Familie auszuloten.

»Haben Sie eine Idee, was mit diesem Haus geschehen soll?«, wechselte er das Thema.

»Ich werde Andrea meinen Teil überlassen. Sie erbt es eh. Peterson hat mich vorzüglich gestellt. Ich komme hervorragend mit dem zurecht, was er mir in der Vergangenheit gezahlt hat.«

»In den letzten Jahren hat er Sie nicht mehr unterhalten?«

»Nein, ich erhielt eine Abfindung in mehreren Raten und die Hälfte dieses Hauses. Da bleibt für Andrea einiges übrig. So wie es aussieht, wird sie in der Zukunft Geld gebrauchen können. Die Firma ist ja kaum mehr zu retten.«

»Ich glaube, Andrea geht davon aus, dass Sie auf Ihren Anteil bestehen werden.«

»Das habe ich ihr am Telefon so gesagt. Ihr Nassauer von Ehemann bekommt hiervon zumindest nichts ab. Meinen Anteil übertrage ich erst auf sie, nachdem Grothe abgefunden ist. Bitte behalten Sie das für sich.«

»Da können Sie sich voll auf mich verlassen. Ich halte das für eine vorzügliche Entscheidung. Geben Sie diesem Schmarotzer so wenig wie möglich.«

Sie reichte ihm die Hand. »Da sind wir ja einer Meinung. Bleiben Sie uns erhalten.«

»Ich tu, was ich kann.«

Nachdem Andrea zurückkehrte, verabschiedete sich Hilpert. Er hatte sich lange genug am Feenteich aufgehalten.

Er hatte einiges an diesem Tag in Erfahrung gebracht. Was davon war für ihre Ermittlungen zu gebrauchen? Dachte er an Grothe, so schwammen diesem Mann zusehends die Felle davon. Öffnete das seinen Mund? Er hielt ihn nach wie vor für einen zentralen Zeugen.

36

Grothe hatte das Haus am Feenteich aufgewühlt verlassen. Er war wütend auf sich. Er hatte die Selbstbeherrschung verloren. Damit landete man stets am Ende der Fahnenstange. Das sagte ihm seine Lebenserfahrung. Egal, welche Asse er im Ärmel stecken hatte, er war dabei, sie Stück für Stück gegen Luschen einzutauschen. Zu seinem Leidwesen schrie Andrea auch noch nach Hilpert. Wer wollte es ihr verdenken, aggressiv, wie er aufgetreten war. Er musste unbedingt verhindern, den Kripomann gegen sich einzunehmen. Der verfügte über Kontakte, mit denen er seine gesamten politischen Ambitionen torpedieren konnte. Seine Frau litt ebenso wie er unter Petersons Selbstmord. Sie mussten beide zusehen, dass sie wirtschaftlich überlebten. Spätestens mit dem Verkauf der Firma konnte sie ihren Job dort ebenfalls vergessen. Er lachte bitter auf. Am Ende musste er sie finanziell unterhalten. Verkehrte Welt. Mehr als zehn Jahre war alles glattgelaufen. Er konnte sich um seine politische Karriere kümmern und hatte sich einen Lebensstil angewöhnt, der nicht von schlechten Eltern war. Es ging um viel. Mit wem konnte er sich beraten? Ihm kam nur einer in den Sinn: Dr. Siebert. Der wusste stets einen Ausweg. Ihn auf seiner Seite zu wissen, war ein großes Privileg. Hastig drückte er dessen Kurzwahltaste. Eine Stunde später saß er ihm in seinem Besprechungszimmer gegenüber. Er hatte sich mittlerweile beruhigt. Sachlich schilderte er das Ereignis.

»Ich muss dir zustimmen, Christoph, du bist ein Idiot. Du verärgerst nicht nur die Frau, von der du etwas willst. Nein, du machst ganz am Rande die Polizei auf dich aufmerksam. So wie in alten Zeiten.«

Betroffen senkte Grothe den Blick. »Ich war so aufgebracht,

als ich hörte, dass alle Vereinbarungen, die ich mit Peterson getroffen hatte, null und nichtig waren.«

»Sollte dir entgangen sein, dass er tot ist und er vorher seinen Laden gegen den Baum gefahren hat?«

Wütend fuhr er den Notar an: »Hör auf, mich wie einen dummen Jungen zu behandeln!«

»Dann benimm dich gefälligst wie ein Erwachsener.«

Grothe reagierte nach wie vor verärgert. »Verflucht, ich werde mich doch an die Erbin seines Privatvermögens wenden können.«

»Was hast du die letzten Jahre als Anwalt auf die Beine gestellt? Haben nur deine Mitarbeiter gearbeitet und du durftest die Rechnungen unterschreiben?«

»Was mäkelst du an mir rum?«

»Tu ich nicht. Ich versuche nur, dir klarzumachen, wo du stehst. Peterson hat sich dir gegenüber im Rahmen seiner Funktion als Inhaber der Reederei verpflichtet. Es ging letztlich nicht anders. Das Haus in der Karlstraße gehört der Firma. Über den Beratungsvertrag müssen wir nicht lang und breit diskutieren.«

»Und wie stehen da meine Chancen?«

»Schlecht. So wie die Dinge liegen, ist eine Insolvenz kaum abzuwenden. Da bleibt für dich nichts übrig, nicht einmal ein Einwegkugelschreiber. Kann sie abgewendet werden, übernimmt gegebenenfalls der Käufer die Vereinbarung, da die Firma weiterbesteht. Meine Hand würde ich darauf nicht verwetten.«

»Das heißt gegebenenfalls?«

»Glaubst du ernsthaft, ein potenzieller Erwerber wird dich als Anwalt volle zehn Jahre übernehmen? Und das zu dem Kurs? Solche Leute haben selbst alles, was sie brauchen. Die werden mich ebenso wenig benötigen. Was die Übertragung des Hauses betrifft, ist dir bekannt, dass bislang kein Notarvertrag gemacht worden ist. Also handelt es sich lediglich um eine rechtlich unverbindliche Absichtserklärung seitens Petersons. Die kannst du dir irgendwohin schmieren.«

»Ich weiß, ich weiß. Ich muss mich folglich bei Andrea schadlos halten.«

»Da würde ich erst mal die Testamentseröffnung abwarten. Mal sehen, wie viel Peterson privat retten konnte.«

»Irgendwas wird übrig bleiben.«

»Da hat er garantiert die Mutter mit eingeschaltet.«

»Du meinst wie bei dem Haus am Feenteich?«

»Du sagst es.«

Grothe war anzusehen, wie ihm das Gespräch zusetzte. Egal, in welche Richtung er dachte, ständig setzte jemand einen Pfropfen davor. Hilfe suchend schaute er in Sieberts Richtung. »Was rätst du mir?«

»Schmink dir deine horrenden Forderungen ab und versuch mit Andreas Mutter einen Deal auszuhandeln. Setz deinen nicht vorhandenen Charme ein. Sprich in aller Ruhe mit Andrea. Vor allem hör auf damit, sie zu bedrängen, sonst macht ihre Mutter dicht.«

»Sie ist nach wie vor meine Frau.«

»Wenn du meinst. Tu, was du für richtig hältst, und lass mich künftig zufrieden mit deinen Problemen. Ich bin nicht dein Vormund.«

»Nun sei nicht gleich beleidigt. Ich halte mich ja zurück, allein wegen Hilpert. Ich glaube, der hätte mir beinahe in die Fresse gehauen.«

»Ich verstehe dich nicht. Der Mann ist recht umgänglich. Dem Vernehmen nach kann er allerdings auch anders. So gesehen hast du Glück gehabt.«

Grothe kam auf sein Anliegen zurück. Die Unterhaltung mit dem Notar hatte ihn auf klaren Kurs gebracht. »Könntest du mal mit Andrea reden?«

»Das will ich gerne tun.« Kritisch nahm er den Politiker ins Visier. »Hast du momentan Geldsorgen?«

»Ich bräuchte kurzfristig 20.000 Euro.«

»Das kriege ich geregelt.«

»Danke. Du bist ein echter Freund.«

»Was machen deine politischen Pläne?«

»Das wird schwer ohne Kohle, ohne Peterson.«

»Das ist nicht gut. Ein paar Leute setzen auf dich. Mal sehen, was ich tun kann.«

»Ich fürchte, da fehlen dir ein paar Millionen.«

»Geld ist nicht alles, werter Kollege.«

»Ohne ist man erst recht scheiße dran.«

»Kannst du wenigstens die Sozietät halten?«

Grothe winkte ab. »Auf Dauer wohl kaum. Allein die Miete frisst uns auf.«

»Das ist halt so, wenn die beste Lage gerade gut genug ist. Willst du zu uns rüberkommen?«

»Und Laura? Meinst du nicht, sie kehrt irgendwann zurück?«

»Das sieht momentan schlecht aus.«

»Sag mal, Hans, warum bist du nicht der Testamentsvollstrecker?«

»Das müsstest du am besten wissen. Peterson hat seine Aufträge gern auf unterschiedliche Schultern verteilt, misstrauisch, wie er war.«

»Du weißt somit nicht, wie sich der Stand seines Privatvermögens darstellt?«

»Kein Stück. Da wirst du abwarten müssen. Große Hoffnungen würde ich mir nicht machen.«

Grothe schlug beide Fäuste gegeneinander. »Scheiße, dass sich Peterson umbringen musste.«

Siebert blieb beherrscht. »Damit konnte niemand rechnen. Es ist unabänderlich, nimm das zur Kenntnis.«

»Du hast gut reden. Mit deinem Mandat bei der Bank kannst du hervorragend überwintern.«

Der Notar gönnte ihm einen strengen Blick. »Mein lieber Freund, dafür darf ich mir Tag für Tag den Arsch aufreißen. Die haben nichts zu verschenken, nicht einen Cent. Und wir machen einen guten Job. Sonst wären wir längst weg vom Fenster.«

»Ich weiß, schließlich bist du mein Lehrmeister. Ich werde jedenfalls deinem Rat folgen.«

Wie zu erwarten, gingen die Gespräche mit den beiden Frauen unbefriedigend aus. Sie wollten vorerst die Testamentseröffnung abwarten. Zumindest ließ Andrea durchscheinen, Grothe eine viertel Million Euro als Abfindung zukommen zu lassen, sollte es die Erbmasse zulassen. Erfreulicher verliefen Sieberts Gespräche mit den Gläubigerbanken. Diese erklärten sich bereit, sich mit dem Verkaufserlös der Reederei, der momentan aufgerufen wurde, zufriedenzugeben. Ihnen spielte in die Karten, dass zwei größere Konkurrenten versuchten, sich gegenseitig den Rang abzulaufen und so den Preis nach oben trieben.

Es zeigte sich, dass Peterson zur Rettung seiner Firma große Teile seines Privatvermögens eingesetzt hatte. Am Ende verblieben für Mutter und Tochter zwei Wohnungen in Eppendorf und etwa drei Millionen Euro in bar beziehungsweise in Wertpapieren.

* * *

Hilpert hatte sich seit dem Vormittag in sein Zimmer zurückgezogen. Er wollte in Ruhe seine Gedanken ordnen. Die einzig zuverlässige Konstante waren die Ungereimtheiten, die den Morden anhafteten. Bis auf Andrea und Below, der in Haft saß, waren alle tot, die sich am Mordabend im Hofgebäude aufgehalten hatten, zumindest soweit sie sie identifiziert hatten. Bei mindestens einer Person konnten sie mutmaßen, falls Belows Aussage glaubwürdig war, dass zwei Limousinen in der Mordnacht vorgefahren waren. Er kratzte sich an der Stirn. Die Mordwaffe blieb verschwunden. Das war's bereits. Einmal mehr kam ihm der Begriff Vergeltung in den Sinn. Gab es jemanden, der die Mitglieder der RLU gleich reihenweise ausschaltete? Spann er den Gedanken weiter, stellte sich die Frage, wer dafür in Betracht kam. Gab es in den Jahren neben dem Mord an Wagner weitere Verbrechen, an denen die Rechtsradikalen beteiligt gewesen waren? Hatte man es ihnen nicht zugerechnet wie bei den NSU-Morden oder war die Tat bisher unentdeckt geblieben wie im Fall Wagner? Musste er sich mit dieser Idee anfreunden? Momentan hatten sie wenigstens einen aus der ehemaligen Gruppe inhaftiert. Vielleicht konnte er dem noch etwas entlocken.

Zwei Stunden später saß ihm Below gegenüber. »Mann, denken Sie nach!«, fuhr Hilpert ihn an. »Was ist in der Zeit vor Wagners Ermordung geschehen, über das wir nicht gesprochen haben? Gibt es ein weiteres Opfer zu beklagen?«

Man sah dem Mann an, dass er verzweifelt in seiner Erinnerung kramte. Wollte er einigermaßen ungeschoren aus der Sache herauskommen, musste er kooperieren. Das war ihm längst klar.

Plötzlich erhellte sich seine Miene. »Junge, Rolf Junge, genau. Das war ...«, er begann an seinen Fingern abzuzählen, »Ende 2004. Der hatte 'ne Freundin. Ich fand die nicht so geil. Paulsen dagegen ging voll auf die ab und sie auf ihn. Als Junge die beiden im Nahkampf erwischte, konnte er gegen Paulsen wenig ausrichten. Also besoff er sich sinnlos. In der Nacht hat er einen Libanesen erschlagen.«

»War das 'ne Aktion von euch?«

»Nicht dass ich wüsste. Ich meine, es war sonst keiner von uns dabei, eben nur Junge.«

»Fühlte er sich von euch im Stich gelassen? Erst schnappt ihm einer sein Mädchen weg. Dann muss er in den Kahn.«

»Blödsinn, dieses Ding ging allein auf seine Kappe.«

Viel mehr war aus Below nicht herauszuholen. Schwer atmend saß er vor dem Hauptkommissar. Er wirkte auf ihn wie eine ausgedrückte Zitrone. Hilpert fragte sich im Gehen, ob Below als einer der Letzten aus der Gruppe nicht mehr wusste, als er scheibchenweise zugab? Hätte er dieses Wissen nur für sich behalten und nicht versucht, es in bare Münze umzusetzen? Wo stand geschrieben, dass es nicht längst geschehen, ihnen nur entgangen war? Hatten sie sich eingehend genug um seine finanzielle Situation gekümmert? Hilpert war unsicher. Er ließ Albers zu sich kommen. Sollte der sich um Belows Kontenbewegungen seit der Ermordung Wagners kümmern.

War Junge für sie eine neue Fährte? Hilpert ließ sich dessen Akte kommen und studierte sie eingehend. Mittlerweile musste der Mann 42 Jahre alt sein. Er war also um die dreißig, als er eingebuchtet wurde. Zu seinem Erstaunen stellte er fest, dass der Mann nach der mittleren Reife bei der Bundeswehr gelandet und dort als Sanitäter eingesetzt worden war. Dem konnte man die Morde mit dem Schlafmittel durchaus zutrauen. Eine wüste Kneipenschlägerei beendete seine hoffnungsvolle Karriere kurz vor der Beförderung zum Unteroffizier. Offensichtlich neigte er im betrunkenen Kopf zu Gewalttätigkeiten. Bis auf einige unbedeutende Kleinigkeiten bestätigte sich Belows Aussage. Junge wurde wegen schweren Totschlags zu neun Jahren Gefängnis verurteilt. Sein zeitweise aggressives Verhalten während der Haft verhinderte eine vorzeitige Entlassung. Inzwischen war er auf freiem Fuß. Zuletzt war er in Harburg bei seiner Mutter gemeldet, die in einer Dreizimmerwohnung in der Bremer Straße lebte. Verfolgte der seine ehemaligen Kumpel mit seinem Hass?

Der Durchgangsverkehr in der stark befahrenen Straße verursachte garantiert keine erhebenden Wohngefühle. Dafür lag der Friedhof dicht bei. Hilpert suchte sie allein auf. Albers sollte sich ungestört um Belows Finanzen kümmern. Die rundliche Frau machte auf ihn mit ihren etwa siebzig Jahren einen fitten Eindruck. Wie sie erzählte, ging sie nebenbei zur Aufbesserung ihrer schmalen Rente putzen. Ihren Sohn wollte sie seit seiner Entlassung aus dem Gefängnis nur einige wenige Male gesehen haben. Trotzdem war er ihr ganzer Stolz, obwohl das mit der mittleren Reife ein paar Jahrzehnte zurücklag. Da sie früh verwitwet war, bildete er das Zentrum ihrer Existenz. Selbstverständlich war er unschuldig verurteilt worden. Bereits bei der Bundeswehr habe sich alles gegen ihn verschworen. Eine harmlose Kneipenschlägerei sei gegen ihn aufgebauscht worden. Mehr brachte Hilpert nicht in Erfahrung. Er überließ der Mutter seine Karte und machte sich auf den Weg zur Autobahn. Gegen den Mann lag nichts vor, so konnten sie kaum ihre Wohnung überwachen lassen. Sie würden ihn dort suchen, wo sich Menschen seines sozialen Zuschnitts hinbegaben: auf dem Kiez. Kräftig und aggressiv, wie er war, gab es dort für ihn genug zu tun.

Die Überprüfung von Belows Einkommensverhältnissen blieb unergiebig. Seit 2006 hatten auf seinem Konto keine nennenswerten Bewegungen stattgefunden. Er lebte im Rahmen seiner Möglichkeiten und verfügte über keine besonderen Besitztümer. Er kam mit seinem Gehalt als Schulmeister einigermaßen über die Runden. Eine größere Wohnung oder ein Auto waren nicht drin. Verfügte er durch Erpressung über ein Sondereinkommen, so musste er das Geld brillant versteckt haben. So recht wollte Hilpert nicht daran glauben.

Einen Tag später sollten sie in Sachen Junge fündig werden. Der Mann überraschte die Beamten insoweit, als er nicht auf dem Kiez sein Glück suchte, sondern in einer Altenpflege als Aushilfskraft tätig war. Eine treue Seele hatte ihm in Altona ein möbliertes

Zimmer besorgt. Sie ließen ihn vorerst zufrieden. War er unschuldig, wollten sie seine kleine Existenz nicht gefährden. War er tatsächlich dabei, seine ehemaligen Kumpel umzubringen, mussten sie Beweise gegen ihn sammeln. War Junges Hass gegen Paulsen so übergroß gewesen, dass er sich über mehr als ein Jahrzehnt hielt? Was brachte ihn gegen die anderen Gruppenmitglieder auf? Kannte der überhaupt Rössler und wusste um dessen Rolle innerhalb der Organisation? Dazu fiel Hilpert nichts ein. Zum Ende der Woche erreichte sie ein Anruf von Junge. Seine Mutter hatte ihn informiert und ihm Hilperts Telefonnummer durchgegeben. Von dem aggressiven Menschen schien nicht viel übrig geblieben zu sein, denn er reagierte ruhig auf Hilperts Verdächtigungen. Sollten neun Jahre Knast den Mann geläutert haben? Zumindest ließ der Hauptkommissar Ermittlungen in dessen Richtung vorerst liegen und ersparte sich ein Verhör. Da gab es Dringlicheres zu tun. Einmal mehr verzichtete er darauf, die Idee mit der Rache an den RLU-Mitgliedern weiter zu verfolgen. Er fühlte sich wie ein Alkoholiker, der wieder und wieder versuchte, seiner Bierflasche einen weiteren Tropfen zu entlocken. Nichts ging mehr, sie war leer. Diesen Punkt hatte er erreicht. Ihm kam kein neuer Einfall, wie es weitergehen sollte. Er stierte auf die Ermittlungsakte, die sich vor ihm aufgetürmt hatte. Stand etwas darin, das ihm entgangen war? Er zuckte mit den Achseln. Ihm war an diesem Tag nicht danach, Papier zu wälzen. Sie steckten fest. Am späten Nachmittag traf er sich mit Weber. Die Ruhe der letzten Wochen und eine gesunde Ernährung hatten ihm wohlgetan. Er überspielte Hilperts Frustration mit einem müden Lächeln. Ihm musste niemand erklären, wie oft man im Verlauf von Ermittlungen in eine Sackgasse geriet. Dort herauszukommen und eine andere Richtung einzuschlagen, war die große Kunst. Er war davon überzeugt, dass Hilpert sie beherrschte. Glücklicherweise gestattete ihm dieser keinen Einblick in seine Gefühlswelt. Es hätte ihn nur seine innere Ruhe gekostet.

37

Die Erde drehte sich weiter. Sie kannte kein Stand-by. Gegen Abend erreichte Hilpert Reuter vom Verfassungsschutz. »Also, Frau Breckwoldt ist wieder im Spiel«, klärte Reuter ihn auf. »Zu der Zeit, in der sie mit ihrem Verwalter in Südfrankreich gewesen sein wollte, herrschten dort grausige Waldbrände. Nix da mit Urlaub machen. Die Gegend war evakuiert worden. Ihr Anwesen entging nur knapp einer Feuerfront.«

»Sieh mal einer an«, antwortete Hilpert. »Man darf in diesen Zeiten niemandem mehr glauben.«

»Sitzt sie noch ein?«, wollte Reuter wissen.

»Nein, sie wurde gegen Kaution auf freien Fuß gesetzt.«

»Eine erneute Verhaftung würde uns gut ins Konzept passen. Da kann sie uns nicht ausbüxen.«

Hilpert lachte auf. »Na, da werden wir uns die junge Frau mal vornehmen. Allerdings ist sie reichlich verstockt. Meint, was Besseres zu sein. Sie kann nicht verstehen, dass sie ungestraft vernommen werden darf.«

»Ja, ja, verdammte Demokratie. Wer hat die bloß erfunden?«

Diesmal lachten beide im Duett. Es gab sie, die Menschen, die glaubten, aufgrund ihres Reichtums oder ihrer gesellschaftlichen Stellung über dem Gesetz zu stehen.

Hilpert nahm die Informationen von Reuter wie ein trockener Schwamm auf. Das Tor Breckwoldt durfte wieder geöffnet werden. Trotzdem bezweifelte er, ob es zu einem Haftbefehl reichte. Das Telefonat, das er anschließend mit ihr führte, war alles andere als erfreulich. Sie beschimpfte ihn und fragte nach ihrem Verwalter.

»Von dem werden Sie sich für einige Jahre verabschieden müssen. Es ist nämlich in unserem Land verboten, auf die Polizei zu schießen.«

»Gehen Sie davon aus, dass er nur mein Eigentum beschützen wollte.«

Langsam wurde es ihm zu viel. »Gnädige Frau, egal, welches politische System Ihnen vorschwebt, selbst in Ihrer Welt ist das kein Kavaliersdelikt.«

Nach einigem Zögern akzeptierte sie einen Vernehmungstermin am Nachmittag. Dafür erklärte er sich bereit, sie in ihrem Haus am Feenteich aufzusuchen und nicht ins Präsidium zu beordern.

Sie empfing die Beamten aufgeschlossener, als es das Telefonat erwarten ließ. Sogar Albers wurde mit einem freundlichen Kopfnicken bedacht, obwohl sich seine Vermögensverhältnisse seit dem letzten Zusammentreffen nicht sonderlich verbessert hatten. Sie trug eindeutig Trauer. Hilpert konnte sich denken, wem diese Geste galt. Ohne dass er darauf einging, kam sie auf Peterson zu sprechen.

»Er hat Sie sehr geschätzt, Herr Hauptkommissar.«

»Das höre ich gerne. Kommen wir zum Thema. Ich möchte mich nicht über Ihre politischen Ansichten mit Ihnen auseinandersetzen, obwohl ich dazu einige Anmerkungen hätte. Mir geht es um den Mord an dem Journalisten im Jahr 2006.«

»Sie meinen diesen Menschen, der jedem Rock hinterherlief?«

»Genau den. Wo sind Sie zu der Zeit gewesen?«

»Zu ärgerlich, das mit dem Waldbrand. Richtig ist, wir haben uns in Hamburg aufgehalten und sind erst nach der Weltmeisterschaft nach Frankreich gereist.«

»Sie haben Gärtner überall mit hingenommen?«

»Allerdings, er ist eine treue Seele. Der würde mich selbst dann bemuttern, wenn ich in einem Zelt campieren müsste. Ich glaube, auf seine Art liebt er mich. Dass er auf Sie geschossen hat, war eine Kurzschlussreaktion von ihm. Niemand bedauert das mehr als ich.«

»Er wird nicht um eine Gefängnisstrafe herumkommen. Nehmen Sie ihn auf, wenn er auf freien Fuß gesetzt wird?«

»Selbstverständlich. Er ist nicht der Klügste, jedoch mein Freund und vor allem ist er loyal. Solche Leute trifft man selten.«

Hilpert beugte sich ihr entgegen. »Ich will sehen, was ich für ihn tun kann, wenn Sie mir die volle Wahrheit erzählen.«

»Zu meinen politischen Aktivitäten?«

»Nein, die interessieren den Verfassungsschutz. Mir geht es um den Mord an Wagner.«

»Glauben Sie etwa, ich ...«

»Garantiert nicht Sie.«

Bevor er weiterreden konnte, nickte sie in seine Richtung. »Sie vermuten, Gärtner könnte für mich ...« Sie musste ihren Satz nicht beenden. »Ja, das ist keineswegs so abwegig.«

»Und hat er?«

»Nein, natürlich nicht.« Stück für Stück sprudelte es aus ihr heraus: »Ich erinnere mich sehr genau an diese Zeit. Peterson war ganz verunsichert zu mir herübergekommen. Dieser Journalist wollte eine Serie über reiche Hamburger Familien schreiben. Er war unter anderem bei mir gelandet.«

»Sie haben ihn abgewimmelt?«

»Ich merkte schnell, dass er auf ganz andere Informationen aus war und habe ein Interview mit ihm rundweg abgelehnt. Augenscheinlich ging es ihm um die Finanziers der RLU.«

»Und wie hatte Peterson die Geschichte aufgenommen?«

»Wagner versuchte ihn unter Druck zu setzen.«

»Wegen seiner Homosexualität?«

»Womit sonst? Peterson hatte eine Heidenangst davor, dass Wagner damit an die Öffentlichkeit gehen könnte.«

»Wäre das solch eine Tragödie gewesen?«

»Für Peterson sicherlich. Er stand nicht dazu, sondern schämte sich ein Leben lang dafür.«

»Wie war das mit Wagner?«

Sie schnaubte verächtlich. »Mehrere Kameraden von der RLU wollten ihn ein für allemal mundtot machen.«

»War der Mord geplant?«

»Nicht dass ich wüsste. Der Journalist sollte ordentlich verdroschen werden.«

»Waren Sie dabei anwesend?«

»Nein, Peterson bat mich, Gärtner dafür abzustellen.«

Plötzlich wurde Hilpert hellwach. Bekamen sie endlich den Mörder zu fassen? War der Hausmeister der große Unbekannte?

»Hat er an der Aktion teilgenommen?«

»Nein, ich habe das abgelehnt.«

»Und warum?«

»Ich mag den Mann, insbesondere, weil er kein Gehirnakrobat ist. Das hätte ich ihm nicht antun dürfen. Ich habe eine Grippe vorgeschoben.«

»Wussten Sie, wie Wagner eingefangen wurde? Der strolchte nachts nicht aus Jux und Tollerei durch die Gegend.«

Sie druckste herum, fast schien es, als wollte sie ihren Redefluss beenden. Mit einem Ruck machte sie sich gerade. »Ich habe ihn angerufen und mich mit ihm um Mitternacht am Stadtpark verabredet. Diesen Gefallen konnte ich Peterson nicht abschlagen.«

Hilpert verstand. Der erfahrene Journalist wäre nicht auf einen Anruf irgendwelcher Typen eingegangen. Von einer älteren Dame befürchtete er dagegen keine Gefahr. Letztendlich gab sie zu, dass sie mit dem Schlimmsten gerechnet hatte, als sein Verschwinden durch die Presse geisterte. Sie wirkte eiskalt auf ihn. Nicht die Spur an Mitgefühl ließ sich während des Gesprächs erahnen. Zu seinem Erstaunen lehnte sie die These vehement ab, Peterson könnte Wagner erschossen haben. »Eher hätte ich ihn erschossen als Thies. Er war ein Patriarch, kein Mörder. Der schoss nicht auf andere. Der Umgang mit seiner Homosexualität beweist zudem, dass er in gewisser Hinsicht eher feige als entschlossen war.«

»Wussten Sie von seinen finanziellen Problemen?«

»Nein, leider war er in diesem Punkt sehr zurückhaltend. Ich hätte ihm jederzeit mit größeren Summen ausgeholfen. Inzwischen bin ich selbstredend informiert.«

»Es geht um sehr viel Geld, wie Sie vielleicht mitbekommen haben!«

»Ich habe mich darüber mit meinem Finanzberater auseinandergesetzt. Mit fünfzig bis hundert Millionen hätte ich ihm bequem aushelfen können.«

»Wären Sie nicht Gefahr gelaufen, gutes Geld schlechtem hinterherzuwerfen?«

»Das mag so sein, hätte mich aber nicht gestört.«

»Haben Sie eine Ahnung, wie es nebenan weitergeht?«

»Ich trage mich mit der Absicht, die Reederei zu übernehmen. Es ist eine Selbstverständlichkeit, dass ich seiner Tochter helfe. Allerdings kann ich nur bis zu einer gewissen Kaufpreishöhe mitgehen. Auch meine Mittel sind begrenzt.«

»Wo setzen Sie Ihre Grenze an?«

»Das behalten Sie bitte für sich. Bei maximal 200 Millionen Euro.«

»Und haben Sie eine Chance, den Zuschlag zu bekommen?«

Sie zuckte mit den Achseln. »Ich habe keine Ahnung. Das hängt von den Preisvorstellungen der Banken ab. Vielleicht gibt es andere Bieter, die mehr Geld in den Ring werfen. Zum Schnäppchenpreis geht die Reederei jedenfalls nicht weg.«

»Das hieße unterm Strich, wäre Peterson offener gewesen, hätte es für ihn keinen Grund gegeben, sich das Leben zu nehmen.«

»Zumindest nicht aus finanziellen Gründen. Ich verstehe bis heute nicht, weshalb er mir nicht das Wort gegönnt hat.« Sie tupfte mit einem Taschentuch vorsichtig ihre Augen ab. »Er hätte nur kommen müssen.«

»Wissen Sie, dass Peterson nicht Andreas Vater war?«

»Selbstredend, sie ist dennoch seine Tochter gewesen.«

»Weiß sie, dass Sie die Firma übernehmen wollen?«

»Natürlich nicht. Das regel ich mit Dr. Siebert. Er ist ein loyaler Notar. Der hat die Banken ordentlich in den Schwitzkasten genommen. Andrea wird das Werk ihres Vaters weiterführen können, sollte ich den Zuschlag bekommen.«

»Dann muss ich zusehen, dass Ihr Verwalter mit einer Bewährungsstrafe davonkommt.«

»Thies hatte recht, als er mir erzählte, dass Sie ein feiner Mensch sind.«

Hilpert nickte zu einem Cognac, den sie ihm anbot. Albers lehnte ab. Einer von ihnen musste stocknüchtern bleiben. Schließlich stand ihr Wagen vor der Haustür. Die Frau des Hauses ging selbst an den Barschrank und füllte zwei Schwenker. Sie meinte es gut mit ihnen. Hilpert nahm einen kräftigen Schluck. Überraschend hielt sie mit.

»Was halten Sie von Grothe?«, fragte er, während er den Alkohol sanft im Glas kreisen ließ.

Sie antwortete erstaunlich offen. »Er ist ein Abstauber. Ich bin davon überzeugt, dass dieser Scheißkerl meinen Freund erpresst hat.«

»Mit seiner Homosexualität?«

»Davon gehe ich aus. Genaues weiß ich nicht. Zu dem Thema waren Petersons Lippen versiegelt. Grothe wird zumindest nicht von dem geplanten Kauf profitieren. Bitte informieren Sie ihn nicht über meine Pläne.«

»Ich werde einen Teufel tun. Ich halte ihn ebenso wie Sie für einen Erpresser. Leider schweigen sich alle Betroffenen dazu aus. Selbst Andrea. Ich bin überzeugt, sie musste das größte Opfer bringen.«

»Sie glauben, die Ehe wäre unter normalen Umständen nicht geschlossen worden?«, fragte sie betroffen. Im gleichen Atemzug beantwortete sie ihre Frage. »Da könnte was dran sein. Das arme Mädchen. Weshalb findet sie plötzlich den Mut, sich von ihm zu trennen? Ist das jetzt gegessen, was er gegen sie in der Hand hatte?«

»Keine Ahnung, ich denke, das hängt eher mit seinen politischen Träumen zusammen«, mutmaßte Hilpert.

»Klar, da kann er keine alten Kamellen aufwärmen. Jeder würde ihn fragen, weshalb er so lange damit hinterm Berg gehalten hat. Es ist allem Anschein nach besser, er wird zum Fraktionsvorsitzenden gewählt. Da muss er den Mund bis zum Ende seiner Tage halten. Wäre er nicht solch ein Nassauer, würde ich seine Kandidatur mit Geld unterstützen.« Sie lachte gehässig auf. »Ich könnte ihn ja mit Rat und Tat unterstützen. Mit dem Verfassungsschutz im Nacken halte ich hingegen besser den Mund.«

»Sie müssen selber wissen, was für Sie gut ist. Mit den Kollegen ist zumindest nicht zu spaßen. Inzwischen sehen die recht ordentlich auf dem rechten Auge.«

»Kommt Zeit, kommt Rat«, erwiderte sie ungerührt. »So schnell jagt mir niemand Angst ein.«

Hilpert verließ die Frau mit zwiespältigen Gefühlen. Er glaubte nicht daran, in ihr eine neue Bewunderin gefunden zu haben. Vielmehr hielt er sie für ausgesprochen clever.

Auf dem Rückweg machte der Hauptkommissar selbst seinen Plan zunichte, sich nach Hause fahren zu lassen. Er meldete sich bei Siebert, dem Notar, an. Dieser stand kurzfristig zu einem Gespräch zur Verfügung. Er empfing Hilpert und Albers gut gelaunt. »Frau Breckwoldt hat mich angerufen und mir mitgeteilt, dass Sie gerne Cognac trinken.« Er wies auf einen Getränkewagen in dem Besprechungsraum. »Da haben Sie in mir einen Weggenossen.«

Neben einem weiteren Getränk informierte er sie dahingehend, dass die Banken mittlerweile bereit waren, auf die Hälfte ihrer Forderungen zu verzichten. Sie lagen somit bei einem Mindestpreis von 260 Millionen Euro. Damit war Frau Breckwoldt aus dem Rennen. Als Hilpert Siebert darauf ansprach, lachte dieser auf.

»Warten wir es ab. Keiner der beiden anderen Bieter wird in dieser Größenordnung zuschlagen wollen. Jeder weiß, dass er bei einer Insolvenz mit einem weiteren Abschlag rechnen kann. Der Markt ist momentan in keiner guten Verfassung. Das Geld sitzt nicht locker.«

»Sie meinen also, die alte Dame hat eine Chance, die Firma zu übernehmen?«

»Absolut. Jetzt sind starke Nerven gefragt. Wichtigstes Ziel ist dabei, Andrea von allen Forderungen Dritter frei zu halten. Erst danach stellt sich die Frage, wer die Firma übernimmt.«

»Sie machen das schon, Doc.«

»Bloß keine Vorschusslorbeeren. Die Gegenseite ist nicht dumm.«

»Zum Schluss interessiert mich eine Frage. Was will Frau Breckwoldt mit einer Reederei anfangen? Hat sie überhaupt Ahnung von dem Geschäft?«

»Es geht um reine Spekulation. Sie muss nur ein, zwei, vielleicht drei Jahre durchhalten, bis sich die Weltwirtschaft berappelt hat. Unter veränderten Rahmenbedingungen geht der Laden für 300 Millionen und mehr weg. Sie kann damit leben, sollten in nächster Zeit Verluste eingefahren werden. Sie kann diese sogar steuerlich geltend machen. Das Management steht, sie muss nur ein paar Familienmitglieder rausschmeißen. Andrea kann den Laden managen.«

»Ist das nicht trotzdem ein riskantes Geschäft?«

»Nur der Mutige gewinnt.«

Albers brachte Hilpert beeindruckt nach Hause. »Du solltest häufiger im Dienst trinken. Das bringt allem Anschein nach mehr, als vorschriftsmäßig zu arbeiten. Ich schätze, wir sind ein ganzes Stück vorangekommen.«

»Du Optimist. Unterm Strich sind wir einen Tick schlauer geworden. So gesehen, hat sich der Einsatz gelohnt. Ich muss nur aufpassen, nicht zum Alkoholiker zu werden, bis wir den Mörder gefasst haben. Das ist der Job nicht wert.«

»Ich werde auf dich achten.«

»Dann kann ja nichts mehr schiefgehen.«

38

Hilpert schaffte es am nächsten Tag erst nach zehn Uhr ins Präsidium. Die gehaltvollen Getränke am Vorabend hatten ihm gelangt. Nur schwer hatte er aus dem Bett herausgefunden. Im Büro wurde er bereits von Dr. Maertens, dem Rechtsmediziner, empfangen. »Mann, ich warte seit einer geschlagenen Stunde auf Sie.«

»Der gestrige Abend ist etwas feuchter geworden als geplant. Was gibt es, dass Sie sich in die Niederungen der Ermittler begeben?«

Maertens reichte ihm zerknirscht den Obduktionsbefund. Er enthielt eine mittlere Sensation. Bei Peterson war im Körper ein starkes Beruhigungsmittel gefunden worden. Er wäre danach nicht in der Lage gewesen, sich selbst zu töten oder sich zu wehren. Er war eindeutig ermordet worden. Der Arzt versuchte gestenreich, seine vorschnelle Diagnose zu entschuldigen. Hilpert winkte ab. Ihnen unterliefen Tag für Tag Fehler. Und nicht jeder ließ sich wie in diesem Fall korrigieren. Sie hatten es mit einem Mord zu tun. Und sie standen wie gehabt mit leeren Händen da, mussten nach neuen Motiven suchen. Es schüttelte ihn. Sie waren von einem Selbstmord ausgegangen und mussten nun nachlegen. Hilpert bestellte Albers zu sich und beauftragte ihn, mit mehreren Kollegen die Nachbarschaft abzuklappern. Eventuell hatten sie Glück und trafen auf einen Zeugen, der den Täter hatte ins Haus gehen sehen.

Am späten Vormittag trudelten die ersten Ergebnisse per Mail bei ihm ein. Es war an diesem Tag außerordentlich ruhig in der Straße gewesen. Andrea war gesehen worden, als sie gegen halb neun das Haus verließ. Sie hatte einen frühen Termin in ihrer Boutique gemacht und kam erst nach zehn Uhr zurück, mit zwei Tüten bewaffnet. Bis auf den Postwagen und ein Taxi, dessen

Fahrgast am Anfang der Straße ausstieg und eines der Häuser betrat, fand nichts Aufregendes statt, von den Bewohnern abgesehen, die sich auf den Weg ins Büro oder zum Einkaufen machten. Ein älterer Herr wollte an diesem Tag zwei Postautos gesehen haben. Das erste sei ihm relativ früh am Morgen vor dem Peterson-Haus aufgefallen. Die genaue Uhrzeit konnte er nicht sagen, ebenso wenig, wann es weitergefahren war. Das war gut nachzuvollziehen. Wer interessierte sich für den Briefzusteller, wenn er keine Post erwartete? Das zweite Fahrzeug habe er später beobachtet. Es gab somit die Option, dass der Mörder als Postbote verkleidet ins Haus gelangt war. Nach Aussage von Andrea, bewahrte ihr Vater seine Pistole seit Jahr und Tag in einer der Schubladen seines Schreibtischs auf. Davon wussten alle, die ihn näher kannten, da er das gute Stück gern herumreichte und Geschichten aus alten Zeiten erzählte, die sein Vater erlebt hatte. Für eine aktive Rolle während der Nazizeit war er selbst zu jung. Als Nächstes stellte sich die Frage, wie Peterson das Betäubungsmittel verabreicht worden war. Darauf hatte der Arzt die geeignete Antwort. Es war offensichtlich in seinen Morgenkaffee geschüttet worden, den der Tote vor seinem Ableben getrunken hatte. Zwei Kaffeetassen waren nach Aussage von Andrea verschwunden. Für Hilpert war klar, dass Peterson den Kaffee mit seinem Mörder getrunken haben musste. Das hieß, man kannte sich. Er überlegte, ob es Sinn machte, die Spurensicherung ein weiteres Mal an den Feenteich zu schicken. Da sie alle von Selbstmord ausgingen, war die Untersuchung eher flüchtig vorgenommen worden. Nur, was wollten sie finden? Er dachte über das zeitliche Fenster nach, das dem Täter zur Verfügung stand. Es war kaum mehr als eine Stunde. Der Mörder musste Blut und Hirnmasse abbekommen haben, da er dicht neben seinem Opfer gestanden hatte. Er erschoss Peterson, verließ das Haus und fuhr mit seinem gelben Wagen davon, den er vermutlich gestohlen hatte. Energisch griff Hilpert nach dem Telefon und informierte die zuständige Stelle im Haus, dass unbedingt nach einem verlassenen Postauto gefahndet werden sollte. Manch Hamburger Briefträger hatte an diesem Tag einem Uniformierten zu erklären, dass er tatsächlich berechtigt war, mit dem Fahrzeug Briefe und Pakete zu verteilen. Die Person, die sie suchten, oder wenigstens das Auto, fanden sie nicht.

Am Nachmittag meldete sich bei ihnen eine Anwohnerin vom Feenteich, die verspätet mitbekommen hatte, dass ihr dementer Vater ebenfalls befragt worden war und die beiden Postautos gesehen haben wollte. Einen Irrtum seinerseits wollte sie nicht ausschließen. Licht und Schatten würden sich in seinem Kopf leider abwechseln. Was fingen die Beamten nun mit seiner Aussage an? Durften sie ihr Glauben schenken oder mussten sie von vorn beginnen? Nur, wo war vorn? Sie stellten die Frage, wie der Mörder ins Haus gekommen war, vorerst hintan. Peterson war ermordet worden und sie konnten einmal mehr alle altbekannten Verdächtigen durchgehen. Ein neues Gesicht bot sich ihnen nicht an. Das musste nichts heißen. Abermals tauchte der große Unbekannte in ihren Denkmodellen auf.

* * *

Hilpert kam um ein Gespräch mit Andrea nicht herum. Trotz der neuen Ereignisse machte sie auf ihn einen gefassten Eindruck.

»Weißt du, die Vorstellung, mein Vater habe sich das Leben genommen, hat mich unendlich belastet.« Sie schaute ihn mit traurigen Augen an. »Du machst dir ständig den Vorwurf, es verhindert haben zu können.« Zurückgelehnt in ihren Sessel fuhr sie wie befreit fort: »Einen Mord konnte ich nicht abwenden. Der ist geschehen, als ich einkaufen war. Warum wurde er umgebracht? Hast du eine Idee?«

Er zuckte mit den Schultern. Ein Tatmotiv konnte er vorerst nicht erkennen, sah man von der einen oder anderen Vermutung ab. »Eigentlich wollte ich dir diese Frage gestellt haben.«

Ihr Gesichtsausdruck verriet ihm, dass sie nicht schlauer war als er.

»Du hast mitbekommen, dass Frau Breckwoldt für die Reederei mitbieten will?«, setzte er neu an.

»Ja, Dr. Siebert hat es mir erzählt. Ist das nicht schrecklich? Sie wird ihr ganzes Geld verschleudern, wenn sie den Zuschlag erhält.«

»Und ich dachte, es freut dich, sie auf deiner Seite zu wissen.«

»Tut es irgendwo auch. Trotzdem darf sie das nicht machen. Schließlich gehört sie zu unseren engsten Freunden. 200 Millionen Euro, das ist der echte Wahnsinn.«

»Es heizt andererseits die restlichen Anbieter an.«

»Bei denen ist das was anderes. Die können Synergien geltend machen, Schiffe gegeneinander austauschen, ihre Europazentralen auf einen Standort konzentrieren. All diese Optionen entfallen bei Tante Sigrid. Die hat bisher mit Schiffen nicht viel am Hut gehabt, eher mit Immobilien und Kliniken.«

»Dr. Siebert scheint das anders zu sehen.«

»Er muss es wissen, denn er ist ein alter Fuchs. Unabhängig davon verdient er mit dem Verkauf nicht schlecht. Ich schätze mal eine halbe Million, wenn nicht mehr. Es sei ihm gegönnt.«

»Knöpft er die etwa dir ab?«

»Keine Angst, die drückt er dem Käufer aufs Auge.«

»So lässt es sich leben.«

Sie beugte sich vor und griff nach seiner Hand. Sanft fuhr sie mit den Lippen darüber. »Machst du dir Sorgen um mich?«, fragte sie. »Befürchtest du, ich könnte verhungern? Keine Angst, er will mit mir sein Honorar teilen.«

»Das finde ich in Ordnung.« Hilpert versuchte unruhig, seine Hand vorsichtig zurückzuziehen. Andrea wusste, was ihm guttat. »Da fällt mir ein, Siebert meinte, es könnte für deine Tante Sigrid mittelfristig ein lukratives Spekulationsgeschäft werden.«

»Darüber habe ich ebenfalls nachgedacht. Nur, wie lange braucht die Weltwirtschaft, um auf Touren zu kommen? Das kann leicht nach hinten losgehen. Der Betrieb ist momentan defizitär. Da müssen Jahr für Jahr erhebliche Gelder hineingepumpt werden.«

»Kommen wir auf den Mord an deinem Vater zurück. Ist dir an dem Tag auf der Straße was aufgefallen, vielleicht ein Postwagen?«

»Nein, nicht dass ich wüsste.«

»Und in eurem Haus?«

»Richtig, die Kaffeemaschine war an. Mein Vater hat sich nie selbst Kaffee gemacht. Das hat mich verwundert.«

»Das heißt, er könnte Besuch gehabt haben?«

»Jetzt, wo du's sagst, ja.«

»Habt ihr im Haus keinen dieser modernen Automaten?«

»Damit hat er sich nie befasst. Ich habe in meinem Zimmer ein Gerät stehen, solch eines mit Tabs. Das habe ich gelegentlich in Betrieb, wenn ich hier bin.«

»Hm, vermutlich war ihm jemand behilflich. Im Zweifelsfall sein Mörder.« Mit dem Handy ließ er sich mit der Spurensicherung verbinden und beauftragte sie, die Kaffeemaschine zu untersuchen. Man versprach ihm, in der nächsten Stunde jemanden vorbeizuschicken.

»Hast du in den letzten Tagen damit Kaffee gemacht?«

»Nicht mit seiner Maschine. Die habe ich seit Monaten nicht angefasst. Ich trink eh lieber Tee.«

Dreißig Minuten später trafen zwei Kollegen von der Spurensicherung ein. Es sollte sich zeigen, dass die Kaffeemaschine sorgfältig abgewischt worden war. Hätte man vor Tagen darauf geachtet, wären sie vielleicht stutzig geworden. Zuweilen war solch ein Hinweis ebenso bedeutsam wie eine dicke DNA-Spur. Nur, wie hätten sie zu dem Zeitpunkt gerade auf die Kaffeemaschine kommen sollen?

»Bevor ich es vergesse«, fuhr Hilpert fort, »nahm dein Vater manchmal junge Männer sozusagen zur Abendunterhaltung mit in sein Haus und ließ sie bei sich übernachten?«

»Eigentlich war das für ihn eher unüblich. Als meine Mutter bei uns lebte, hat er allein ihretwegen darauf verzichtet. Später vielleicht, als wir aus dem Haus waren?« Sie winkte ab. »Dafür hatte er viel zu viel Angst davor, geoutet zu werden. Nein, das kann ich beinahe ausschließen.«

Ein Anruf von Albers rief ihn ins Präsidium zurück. Andrea lächelte ihm fröhlich hinterher, als er ging. Im Gehen fragte er sich, wie seine Beziehung zu dieser Frau war. Eine abschließende Antwort wollte ihm nicht einfallen.

Albers erwartete ihn bereits hektisch. »Da bist du endlich! Die Buchholzer Polizei hat einen dicken Hiev gemacht.«

»Du sprichst in Rätseln.«

»Vermutlich haben unsere Kollegen aus der Nordheide die Waffe gefunden, mit der Wagner getötet wurde. Es handelt sich um eine 9 mm Pistole aus deutscher Produktion mit Schalldämpfer.«

»Aha und wo war sie versteckt?«

»Eingemauert im Tritt vor dem Eingang des Haupthauses.«

»Und wie sind die darauf gekommen?«

»Die Jungs meinten, was wir können, können sie auch, und haben vor dem Haus rumgestöbert.«

»Tolle Sache und was sagt der Eigentümer dazu?«

»Dem ist es egal. Er hat alles in Bausch und Bogen vertickert.«

»Na, hoffentlich gehen da nicht wieder Rechtsradikale rein.«

»Keine Angst. Diesmal sind Biobauern angesagt.«

»Das hat wenigstens Gesicht. Die sollen ja nicht so große Neigungen zu Gewalttätigkeiten und Waffen haben. Die Pistole liegt bei der KTU?«

»So ist es. Außerdem soll ich Grüße aus Buchholz bestellen. Kriminalrat Gäbler will mit dir auf dem nächsten Stadtfest ein Bier trinken gehen.«

»Bis September verbleiben zum Glück ein paar Tage. Vor einigen Jahren bin da mal gehörig abgestürzt. Die schenken dort alkoholhaltige Getränke aus, musst du wissen.« Er grinste seinen Mitarbeiter an. »Warten wir ab, was die Untersuchung der Waffe ergibt.«

Hilpert hatte ein ungutes Gefühl in der Magengegend. Er erinnerte sich an Andreas Aussage, wonach sie und ihr Vater die Waffe kurz in der Hand gehalten haben wollten. Gegen Abend fiel ihm ein Stein vom Herzen. Die Pistole war sorgfältig gesäubert worden, bevor Paulsen sie eingemauert hatte. Andrea war bis auf Weiteres aus der Schusslinie genommen. Das hieß für ihn bei Weitem nicht, dass sie nichts mit Wagners Ermordung zu tun hatte. Um mit einer Pistole zu töten, wurden weder Kraft noch Mut benötigt. Jeder Jugendliche wäre auf kurze Distanz dazu in der Lage. Alles was man neben einer geladenen Waffe benötigte, war die Entschlossenheit zu töten. Ging ihr Hass gegen Wagner damals so weit? Gegen den Mann, der jede Frau, mit der er zusammen war, mit einer anderen betrog? Er wollte es nicht glauben. Andrea war sinnlich und durchaus emotional. Vor allem leiteten sie ein fester Wille und ein klarer Verstand.

Es war spät geworden. Hilpert ging nach nebenan in das

Großraumbüro, in dem ein Teil von Stanges Team untergekommen war. Nachdenklich stellte er sich vor das Whiteboard, auf dem versucht wurde, die Struktur der Morde zu visualisieren. Petersons Porträt hatte sich zu den anderen Opferfotos hinzugesellt.

»Wie ist der Mörder zu dir gekommen?«, brummelte er vor sich hin. »Mit einem Postauto, als normaler Passant, auf den niemand geachtet hatte?« Petersons Bild schien ihn gefangen zu nehmen. »Warum gibst du deinem Killer einen Kaffee aus? Kanntest du den verkappten Postboten?«

War es sinnvoll, die Nachbarn ein weiteres Mal zu befragen? Existierte das zweite Postauto oder hatte sich der verwirrte ältere Herr geirrt? Schnell verwarf er diesen Plan. Innerhalb eines Tages würde sich niemand zu einer geänderten Aussage bewegen lassen. Unzufrieden schüttelte er seinen Kopf.

Hilpert nahm in seinem Rücken eine Bewegung wahr. Stange war eingetreten und hatte ihn einige Minuten bei seinen Überlegungen beobachtet. »Na«, sprach er ihn an, »worüber denkst du nach?«

»Es will nicht in meinen Kopf reingehen, wie der Mörder unbemerkt in Petersons Haus gelangt sein soll. Der verkleidete Postbote kommt mir immer unwahrscheinlicher vor. Ich will nicht glauben, dass ein dementer Mann als Einziger in der Straße ein weiteres Postauto bemerkt haben will.«

Stange stellte sich neben ihn und warf ebenfalls einen interessierten Blick auf die Tafel. »Wie uns bekannt ist, hat der Täter mit Peterson einen Kaffee getrunken. Hat er vielleicht am Abend zuvor einen Strichjungen mit nach Hause genommen? Vergiss nicht, er lebte seit Jahren allein und hat sein bisheriges Verhalten unter Umständen geändert.«

»Und seine Angst vor einem Outing?«

»Nachts sind alle Katzen grau.«

»Da ist was dran. Nur was ist mit Andrea? Die soll nichts bemerkt haben?«

»So was gibt es. Keine Ahnung, wie fest ihr Schlaf ist.«

»Bernd, der Mann war über siebzig. Bei dem spielten die Hormone nicht mehr verrückt.«

»Und wenn doch?«, blieb Stange skeptisch.

»Gut, denken wir über ein Motiv nach. Weshalb sollte der Stricher ihn ermordet haben?«

»Geld?«

»Meines Wissens wurde nichts gestohlen. Und warum wartet er die ganze Nacht, bis er den Mann umbringt und das auf diese komplizierte, ekelhafte Art und Weise?«

»Wenn wir den Gespielen gefunden haben, wissen wir mehr.«

»Und der hatte vorsichtshalber ein Beruhigungsmittel dabei und wusste, wo Peterson die Pistole versteckt hat?«, redete sich Hilpert in Rage.

»Ich gebe zu, das wären zu viele Zufälle. Vergessen wir einen Stricher. Der hätte ihn erschlagen, erwürgt oder mit einem Messer umgebracht.«

»Einverstanden, fällt dir auf die Schnelle eine andere Option ein?«

»Nee.« Stange gähnte unverhohlen hinter vorgehaltener Hand.

Hilpert zog die Konsequenz daraus und brach das spontane Meeting ab. »Es ist spät, machen wir für heute Schluss. Morgen ist ein neuer Tag.«

Auf dem Weg nach Blankenese kam Hilpert eine weitere Alternative in den Sinn, die durchaus logisch schien. Der Täter war mit einem Boot an das rückwärtige Grundstück herangefahren und betrat das Haus von hinten. Aufgrund des Kaffees musste es jemand gewesen sein, den Peterson ohne Probleme eingelassen hatte, oder der vorgab, von jemandem geschickt worden zu sein, den er kannte. Der Kaffee wäre sogar nachvollziehbar gewesen. Es war recht frisch am Morgen. Die ersten Sendboten des Herbstes hatten sich angemeldet. Da wurde ein Getränk zum Aufwärmen gern genommen. Ein Boot wäre durchaus plausibel. Wer achtete darauf in Alsternähe? Zu Hause angekommen, kümmerte er sich flüchtig um seine Tochter und zog sich in die Bibliothek zurück. Dort fertigte er ein Diagramm an, auf dem er die unterschiedlichsten Mittel und Wege aufzeichnete, wie ein potenzieller Täter ins Haus gelangte. Er ließ jegliche Option gelten, egal, ob sie sie verworfen hatten oder nicht. Wirklich einleuchtend erschien ihm keine, am ehesten passte das Boot. Entnervt gab er auf.

Während des gesamten nächsten Tages dachte er über seine kleine Handzeichnung nach. Wann immer es ihm in den Sinn kam, machte er sich Notizen zu der Frage, wie der ungebetene Besuch bei dem Reeder gelandet sein mochte. Erneute Gespräche mit seinen engsten Mitarbeitern blieben ergebnislos. Sie steckten wie so oft in letzter Zeit fest. So weit stimmten sie zumindest überein. Es bestanden Möglichkeiten für den Mörder, unbemerkt ins Haus zu gelangen. Ob am selben Tag oder am Vorabend, ob als Postbote oder als unbemerkter Passant. Damit waren sie dort angelangt, wo es um die Frage ging, wer es gewesen sein könnte. Offensichtlich jemand, den das Opfer kannte oder gerade kennengelernt hatte. Darüber waren sie sich jedenfalls einig. Die Alternativen hierfür hielten sich in Grenzen. Albers spürte die Blicke von Stange und Hilpert auf sich ruhen. Ihm war klar, worauf sie hinauswollten. Zähneknirschend erklärte er sich bereit, den Straßenstrich um den Hauptbahnhof herum heimzusuchen. Zu seiner Überraschung stellte man ihm Birgit Grosser, Stanges Mitarbeiterin, zur Seite. Hilpert versprach sich viel von einem gemischten Team in dem Umfeld.

Ob die abendlichen Erlebnisse im Sinne des Duos waren, blieb dahingestellt. Zumindest hielten sie wacker durch. Gleich am ersten Abend trafen sie auf Albers' Freund Erich Mauthe, den er ansatzweise ins Vertrauen zog. Selbst seine Unterstützung half ihnen nicht weiter. In der Gegend begegnete ihnen niemand, der als Täter infrage kam. Keiner der jungen Männer schwamm plötzlich im Geld oder hatte sich wegen Reichtums abgemeldet. Wie gehabt kämpften sie um jeden Euro, weniger um zu überleben, eher um ihre Sucht zu befriedigen. Dope war teuer, Alkohol wurde nur in seltenen Ausnahmefällen verschenkt.

Birgit Grosser nahm es froh zur Kenntnis, als Hilpert ihre Untergrundarbeit am dritten Tag abblies. Sie waren auf der falschen Fährte. Am Nachmittag saßen sie in Hilperts Zimmer und diskutierten ihre Erfahrungen. Die junge Kommissarin war entsetzt über ihre Erlebnisse. Sie war auf zerstörte Menschen getroffen, die zum Teil im Schulalter oder gerade darüber weg waren. Sie hatten ihre Zukunft bereits in der Gegenwart verspielt. Sie lebten ausgemergelt im Dreck, gezeichnet von Alkohol und Drogen, schliefen auf der Straße, gewärmt von ihrem Hund. Sie traf auf Freier, die ihr für kleines Geld die widerlichsten Angebote unterbreiteten. Soweit sie in der Vergangenheit von einem Undercover-Auftrag geträumt hatte, waren ihr die Illusionen auf das große Abenteuer gründlich versalzen worden. Wer war wie in Petersons Haus gekommen? Die Fragen blieben offen.

Lustlos blätterte Hilpert seine Postmappe durch. SMS und Mail hatten sie im Verlauf der Jahre deutlich dünner werden lassen. Zu seinem Erstaunen fand sich darin ein Briefumschlag aus wertvollem Büttenpapier. Seine Adresse war mit einem Füllfederhalter geschrieben worden. Er drehte den Umschlag um. Absender: Thies Peterson. Hatte er sich doch das Leben genommen und ihm auf diesem Weg einen Abschiedsbrief zukommen lassen? Tatsächlich war das Gegenteil der Fall. Der Reeder bedankte sich bei ihm für die vorangegangenen Gespräche und seine Diskretion. Er teilte ihm mit, dass er beschlossen habe, sich seiner Homosexualität zu stellen und damit ab sofort offensiv umzugehen gedachte. Der letzte Satz war der wichtigste. Hierin bot Peterson einen weiteren Gesprächstermin zum offenen Gedankenaustausch an. Das Wort offen hatte er unterstrichen. Was Hilpert in Händen hielt, war ein eindeutiges Motiv für seine Ermordung: seine Bereitschaft, mit ihm zu sprechen. Wem hatte er sich anvertraut? Es fiel ihm ein weiterer Grund ein: Peterson wäre mit seiner sexuellen Veranlagung nicht mehr erpressbar. Sofort kam ihm Grothe in den Sinn. Hatte er seinen Schwiegervater umgebracht, weil dieser vielleicht zurückzuschlagen gedachte? War er überhaupt der Initiator der ganzen Morde? Musste der Erpresser die Erpressten aus dem Weg räumen, damit seine Taten unentdeckt blieben? Dieser Ansatz war durchaus plausibel, bedachte man, dass schon der Anschein eines Verdachtes, er könnte ein Erpresser sein, den Tod seiner politischen Träume bedeutete. Hilpert musste ihn sich einmal mehr greifen. Da biss die Maus keinen Faden ab. Er mauserte sich mittlerweile zum Stammgast, der hoffnungsfrohe Politiker. Ein Anruf von der KTU brachte Gewissheit über die Pistole, die im Tritt vermauert gefunden worden war. Es handelte sich nicht um die Tatwaffe.

39

Die Aufgeschlossenheit, mit der ihnen Grothe bisher begegnet war, hatte sich spürbar verflüchtigt. Gleichzeitig hatte sich sein äußeres Erscheinungsbild gewandelt. Hilpert kannte ihn als sorgfältig gekleideten Mann, der auf sein Äußeres Wert legte. Der Anzug, den er trug, musste unbedingt aufgebügelt werden, sein Hemd hätte er besser gewechselt. Seine Rasur war nachlässig. Seine Augen waren rot unterlaufen. Begann er wie sein ehemaliger Kumpel Paulsen damit, dem Alkohol stärker zuzusprechen, als ihm guttat? Tatsächlich schien es sich um die Nachwirkungen des Vorabends zu handeln. Zumindest trug er an diesem Vormittag keine Schnapsfahne vor sich her. Er blickte misstrauisch in ihre Richtung. Hilpert hatte kein Interesse, sich lange aufzuhalten. Er sprach ihn ohne Vorbereitung auf die neuen Ermittlungsergebnisse an: »Wie sich herausgestellt hat, wurde Ihr Schwiegervater ermordet. Von der Selbstmordthese können wir uns beruhigt verabschieden.«

»Ermordet?«, flüsterte Grothe sichtlich entsetzt. »Er hat sich nicht selbst erschossen?«

»Das haben die letzten amtsärztlichen Untersuchungen ergeben.«

Es war schwer für Hilpert und Albers festzustellen, worin die Ursache seines Entsetzens lag. In der neuen Erkenntnis oder darin, dass die wirkliche Ursache von Petersons Tod ans Tageslicht gekommen war? Auf sein Alibi angesprochen, musste er erstmals passen. An dem fraglichen Abend und am darauffolgenden Vormittag wollte er sich zu Hause aufgehalten haben. Dies war ebenso wenig nachzuweisen, wie das Gegenteil. Hilpert schob ihm eine Kopie des handgeschriebenen Briefs des Reeders herüber. »Lesen Sie ihn. Hiernach scheint mir, wollte Ihr Schwiegervater auspacken. Wäre das möglicherweise ein Problem für Sie geworden?«

»Für mich? Wie kommen Sie darauf?«

»Nach den Ergebnissen unserer Recherchen verdichtet sich der Verdacht zusehends, dass Peterson vor allem wegen seiner Homosexualität erpresst wurde. Außerdem war er allem Anschein nach in die Ermordung Wagners verwickelt oder zumindest in dessen Entführung.«

»Das mag alles so stimmen«, entgegnete Grothe entschieden, »nur was habe ich damit am Hut?«

»Es gibt erste Verdachtsmomente, wonach Sie mit der Erpressung zu tun haben könnten. Gelingt das an die Öffentlichkeit, wäre es das gewesen mit Ihrer Kandidatur als Fraktionsvorsitzender.«

Wütend schlug Grothe mit der Faust auf den Tisch. »Das ist totaler Blödsinn! Mein Schwiegervater hat meine politischen Pläne unterstützt und zwar aus innerer Überzeugung. Und zu Ihrer Information: Frau Breckwoldt hat mir gestern Abend volle finanzielle Mithilfe zugesagt. Sie wünscht, dass ich mich politisch stärker engagiere. Sie will sogar Geld für einen Antritt für den nächsten Bundestagswahlkampf locker machen. Womit habe ich die denn erpresst? Ist sie vielleicht lesbisch, schläft mit ihrem Verwalter oder hat sie gemeinsam mit Peterson Wagner erschossen oder Paulsen vergiftet?« Selbstbewusst wie früher beugte er sich vor. »Wo soll ich all das Material herbekommen haben? Meinen Sie, ich laufe mit 'ner Videokamera durch die Gegend, in der Hoffnung, reichen Unternehmern aufzulauern? Mensch, Hilpert, kommen Sie endlich auf den Boden der Tatsachen zurück! Alle Welt preist Sie als den großen Ermittler. Tatsächlich tapern Sie wie ein Hamster durchs Laufrad und konfrontieren einen mit unsäglichen, vor allem unbewiesenen Vorwürfen.« Er verschärfte seinen Ton. »Zwingen Sie mich nicht, juristisch gegen Sie vorzugehen. Ich fand es bisher gut, dass Sie sich ohne Ansehen von Personen und deren sozialer Stellung auf jeden gestürzt haben, der verdächtig schien. Nun fangen Sie an, gehörig nachzulassen.«

Der Hauptkommissar blickte gelassen in seine Richtung. »Ich hätte eine zusätzliche Frage. Die Abseite des Hofgebäudes wurde durch Paulsen leicht verändert, sodass dort ebenfalls ein Hohlraum entstanden ist. Wussten Sie davon?«

»Wie kommen Sie darauf?«

»Nun, sie wurde geöffnet. Wir vermuteten darin die Waffe, mit der Wagner erschossen worden ist.«

Grothes selbstbewusste Haltung schwand merklich. Trotzdem behauptete er, nichts damit zu tun zu haben.

Hilpert gab vorerst auf. Erleichtert erhob sich Grothe von seinem Sitz und verließ den Raum.

Albers kratzte sich verwundert am Kopf. »Der ledert dich ab und du sitzt da, als sei der Fall nunmehr gelöst.«

»Sein Hinweis auf die Breckwoldt ist Gold wert.«

»Wie darf ich das verstehen?«

»Jetzt weiß ich wenigstens, dass ich ihr kein Wort glauben darf. Ich will Gärtner, ihren Gespielen, sehen, und zwar so bald wie irgend möglich. Die Frau hat mich ganz schön verarscht.«

»Willst du sie dir greifen?«

»Wie und womit? Nein, ich behalte sie im Auge.«

»Was hat Grothe denn Besonderes aus dem Sack gelassen?«, fragte Albers verwundert.

»Mir gegenüber hat sie behauptet, nicht einen Cent für ihn locker zu machen.«

»Und was hat das mit den Morden zu tun?«

»Das ist mein Problem«, gab Hilpert zu. »Ich habe keine Ahnung.«

»Seine Reaktion auf die Waffe war interessant«, fasste Albers nach. »Der hat sich eindeutig das Teil gegriffen. Der Sack kennt den Mörder.«

Hilpert nickte zu den Worten seines Mitarbeiters. »Wo dürfen wir ansetzen? Bei Peterson? Bei seiner Tochter? Selbst die Breckwoldt greift wieder ins Spiel ein. Wieso unterstützt sie plötzlich Grothe? Nur aus politischen Gründen? Oder hat er sie jetzt am Wickel?«

Entnervt warf Hilpert seinen Kugelschreiber auf seinen Schreibtisch. Er kam mit Grothe einfach nicht weiter. Nach dem Mittagessen wollte er sich eingehend mit der Akte Breckwoldt befassen. Dieses Ansinnen gab er bald auf, dafür gab sie zu wenig her. Am Ende blieb Gärtner, ihr verstockter Hausmeister. Bei dem kam es auf die richtige Ansprache an. Fand er keinen Zugang zu dem Mann, konnte er sich das Gespräch schenken.

Der Inhaftierte saß Hilpert in dessen Büro mit unsteten Augen gegenüber. Er wusste mit diesem Termin offensichtlich nichts anzufangen. Gärtner saß kerzengerade in seinem Sitz, als habe er einen Ladestock als Ganzes heruntergeschluckt. Er wirkte wie ein Wesen, das man aus seiner dunklen Höhle herausgezerrt hatte und nun mit dem Sonnenlicht konfrontierte. Fehlte bloß die Schockstarre und alles wäre perfekt gewesen. Der Mann war ohne Zweifel ein Einzelgänger, der sich selbst genügte. Ein Leben lang Einzelzelle würde ihm vermutlich besser passen, als mit einem oder mehreren Nachbarn die nächsten Jahre zu verbringen. Hilpert versuchte vergeblich, ihn mit einem Lächeln einzufangen. Für diesen Mann war er ein Feind, vor dem er sich hüten musste. Wie konnte er Gärtner erreichen? Vielleicht mit einem kleinen Bluff?

Er setzte mit ernstem Gesichtsausdruck an: »Es muss ja für Sie schrecklich langweilig sein, ständig so allein in einer Zelle. Wir werden Sie in eine Gemeinschaftszelle verlegen. Da haben Sie die Gelegenheit, sich mit Ihren Mitgefangenen zu unterhalten und nette Spielchen unter der Dusche zu treiben.«

Die bisher abweisende Miene des Mannes veränderte sich schlagartig. Angstvoll starrte er ihn an und schrie auf: »Nein, ich will alleine bleiben!«

Hilperts Strategie hatte gepasst. »Da müssen Sie besser mit uns zusammenarbeiten, wenn wir Sie allein in einer Zelle belassen sollen. Solche Sonderwünsche werden nicht so ohne Weiteres erfüllt.«

Widerwillig öffnete sich Gärtner ein Stück. »Was wollen Sie von mir?«

»Als Erstes möchte ich von Ihnen wissen, ob Sie uns töten wollten.«

Er schüttelte heftig den Kopf. »Nein, ich wollte nur, dass Sie verschwinden. Sie hatten bei unserem Haus nichts zu suchen.«

»Ich soll Sie von Frau Breckwoldt grüßen.«

Bei Nennung ihres Namens veränderten sich Gärtners Gesichtszüge. Sie wurden weich, ein sanftes Lächeln fuhr über sein Gesicht. War es Liebe, war es Verehrung? Diese Frau konnte nach wie vor auf seine Loyalität bauen.

»Sie haben sie getroffen?«

»Ja, in ihrem Haus.«

»Das ist gut, dann ist sie nicht mehr böse auf Sie. Hat sie gesagt, wann sie mich holen kommt?«

»Das wird dauern. Das mit dem Gewehr war nicht gut.«
»Aber sie braucht mich.«
»Das hätten Sie sich vorher überlegen müssen.«
Er versuchte mehr aus Gärtner herauszuquetschen. Wie es schien hatte er das Maximum an Kooperationsbereitschaft erreicht. Man mochte meinen, er erahnte seine Fragetaktik. Oder er wusste nicht mehr. Vermutlich lag die Wahrheit irgendwo in der Mitte. Er ließ Gärtner abführen. Dieser war sichtlich erleichtert, seinen Fragen entronnen zu sein. Das Gespräch, vor allem das Verhalten des Mannes, wirkten in Hilpert nach. Zog Sigrid Breckwoldt solch einen Typen ins Vertrauen, machte ihn zu einem Mordkomplizen, einen Menschen, den man eher ausnutzte, als um Rat befragte? Er wollte es nicht glauben. Nach ihren jetzigen Erkenntnissen war sie zumindest indirekt an der Ermordung Wagners beteiligt, indem sie ihn zum Stadtpark lockte. Er fuhr sich unwillig durchs Haar. Wie aus heiterem Himmel bekam er Peterson, Andrea, seine Tochter, und Frau Breckwoldt auf eine Linie. Er hatte eine Annahme nie hinterfragt. Waren die aktuellen Morde tatsächlich in direktem Zusammenhang mit dem Mord an Wagner zu sehen? Oder mussten sie die unabhängig voneinander betrachten? Töteten Peterson und Breckwoldt Mitwisser, die um ihre Rolle bei der RLU wussten und waren an der Ermordung Wagners im engeren Sinne nicht beteiligt? Taten sie sich deshalb so schwer, weil es zwei Tätergruppen gab? Sie mussten diesen Aspekt im Auge behalten. Er bat Stange und Albers zu sich und diskutierte diese Idee mit ihnen. Sie hörten angeregt zu. Keiner von ihnen verwarf diesen Ansatz. Ganz im Gegenteil waren sie für jeden Knochen dankbar, der noch nicht abgenagt war.

Im Verlauf des Nachmittags suchte Reuter Hilpert auf. Der Verfassungsschützer hatte sich kurzfristig bei ihm angemeldet.
»Weshalb ich bei Ihnen vorbeischaue: Bei uns verdichten sich die Hinweise auf einen höheren Beamten, der seine schützende Hand über Teile der rechten Szene halten soll.«
»Weshalb überrascht mich das jetzt nicht?«, erwiderte Hilpert betroffen. Er kramte in einer seiner Mappen herum und fand,

was er suchte. »Bei mir ist ebenfalls Ähnliches gelandet. Scheiße, irgendwo ist diese Mitteilung bei mir untergegangen.«

»Nicht so schlimm. Fragt sich nur, wen kann ich damit bei euch konfrontieren, ohne gleich den Bock zum Gärtner zu machen?«

»Am besten leiten Sie das diskret über Weber. Der weiß, an wen er sich im Haus wenden muss. Der kennt sich aus wie kein Zweiter.«

»Er ist gesund und munter zurück?«

»Die Vorsehung hat es mit ihm und mit uns gut gemeint. Linsmann ist in der Versenkung verschwunden. Beten wir darum, dass er nie mehr daraus auftaucht.«

»Dann nehm ich diesen Weg. Danke für den Hinweis.«

Hilpert spielte unruhig mit seinen Fingern. »Mir geistern da ein paar Ungereimtheiten hinsichtlich der Frau Breckwoldt durch den Kopf.«

»Ich hatte Ihnen doch das Vernehmungsprotokoll zugeschickt.«

»Mir geht es da weniger um das, was sie gesagt hat, sondern mehr um ihre Glaubwürdigkeit.«

Reuter lachte schallend auf. »Mit dem Problem beschäftigen wir uns seit ihrer Festnahme. Glaubt man ihren blauen Augen, so ist sie eine junge, unerfahrene Frau, die in schlechte Gesellschaft geraten ist und sich ab sofort bessern will. Selbstverständlich hat sie mit den Zielen dieser Organisationen nichts am Hut, ist eher Verführte denn Motor der Vereinigung. Steigt man in die Fakten und Strukturen ein, so gehört sie ohne Zweifel zu den treibenden Kräften dieser Vereinigungen. Das wird schwer werden, ihr nachzuweisen. Aber sie wird trotzdem Probleme bekommen. Die Aufzeichnungen der denkwürdigen Sitzung haben sie meines Erachtens demaskiert.«

Kurz darauf trennten sie sich. Hilpert erwischte sich dabei, wie er darüber nachzudenken begann, wer in ihrem Verein auf zwei Schultern trug. Konsequent schüttelte er sich. Es durfte nicht angehen, dass er sich eine weitere Baustelle an Land zog. Sie waren ausreichend mit ihren eigenen Problemen beschäftigt. Entnervt gab er für diesen Tag auf. Grothe hatte recht, sie bewegten sich tatsächlich wie in einem Hamsterrad. Fanden sie einen Ausgang? Oder steigerten sie nur ihre Geschwindigkeit?

40

Es war kurz nach zwei Uhr in der Nacht, als ihn sein Handy hochscheuchte. Am anderen Ende vernahm er Stanges Stimme.

»Vielleicht machst du dich mal auf den Weg zum Hansaplatz. Wir haben Interessantes gefunden.«

Hilpert saß bereits auf seiner Bettkante. Nächtliche Anrufe bedeuteten prinzipiell das Ende einer zu kurzen Nacht. Selten waren sie mit erfreulichen Ereignissen verbunden.

»Was habt ihr gefunden?«

»Einen toten Stricher. Jemand hat ihm eins über den Schädel gezogen.«

»Stricher ist immer gut, tot weniger. Ich mache mich so schnell wie möglich auf den Weg. Transportiert bitte die Leiche erst weg, wenn ich sie mir angesehen habe. Den Arzt möchte ich ebenfalls sprechen.«

»Alles längst organisiert. Ich kenne mich schließlich mit deinem Geschmack aus.«

Hilpert wollte durch das Erdgeschoss eilen, als sich ihm seine Mutter in den Weg stellte. »Ich habe dir einen Kaffee gemacht, Junge. Den wirst du gebrauchen können.«

Da sollte sie recht behalten. Zweimal kräftig geschluckt und er reichte ihr die leere Tasse. »Deine Ideen sind die besten.« Das Lob galt in jeglicher Hinsicht. Sie hatte offensichtlich kaltes Wasser hinzugegeben, sodass er sich nicht die Zunge verbrannte.

Eine halbe Stunde später blickte er in das Gesicht eines jungen Mannes um die zwanzig. Er lag mit dem Rücken gegen einen der Bäume gelehnt. Seine Taschen waren geleert, seine Schuhe oder Stiefel verschwunden. Das blutverschmierte Hemd hatte man ihm sinnigerweise gelassen. Der Amtsarzt war brummelnd neben Hilpert getreten. Wer liebte es, aus seinem Tiefschlaf gerissen zu werden?

»Vermutlich wurde er weiter drüben, eher zur Straße hin, mit einem stumpfen Gegenstand erschlagen. Blutflecken weisen darauf hin. Die Schläge wurden mit großer Kraft ausgeführt. Er war sofort tot. Wer immer auf ihn eingeschlagen hat, er wollte ihn töten. Anschließend wurde der Tote in den Schatten der

Bäume gezogen und dagegen gelehnt, sodass es aussah, als schliefe er. Dort wurde er aller Voraussicht nach untersucht und ausgeraubt.«

»Kann es sein, dass andere nachträglich seine Taschen geleert haben?«, fragte Hilpert nach.

»Möglich, allerdings unwahrscheinlich. Der Knabe ist keine Stunde tot. Die Streife muss ihn unmittelbar nach der Tat aufgefunden haben. Da hätten die Diebe den Tätern unverzüglich gefolgt sein müssen. Viel Zeit wäre denen nicht verblieben.«

»Könnte ihn eine Frau auf diese Weise umgebracht haben?«

»Wenn sie kräftig genug ist, allemal. Ich tippe trotzdem auf einen Mann. Aber wenn ihr mich jetzt entschuldigen wollt.« Der Arzt zog sich die Handschuhe aus. »Obduktion morgen im Verlauf des Vormittags. Ich gebe Bescheid. Danach wissen wir Genaueres.«

»Danke, Doc.«

Hilpert ging zu Stange herüber. »Irgendwelche Zeugen?«

»Sieh dich um, es ist menschenleer. Als sei hier die Pest ausgebrochen.«

»Eine Streife hat ihn entdeckt?«

»Willst du die sprechen?«

»Sollte ich?«

»Da kommt nichts rüber. Man ist seit geraumer Zeit im Bereich der Holstenstraße aufmerksamer geworden. Unter anderen Umständen wäre der Tod des jungen Mannes erst später entdeckt worden. Man hätte ihn für jemanden gehalten, der seinen Rausch ausschlief, und zufriedengelassen. Zumindest war das Opfer noch warm, als sie es auffanden.«

»Müssen die so jung sein?«

»Ach, Fabian, schau dir die Leute in diesem Umfeld an oder geh auf den Kiez. Da findest du auf der Straße genug junge Menschen, die zu unbedarft sind, um zu begreifen, was sie sich antun. Die dröhnen sich den Kopf mit Alkohol und Drogen zu. Für den Nachschub tun sie alles. Der hier hat definitiv keine Zukunft mehr. Das gilt für viele andere ebenso. Der Unterschied ist, sie wissen es noch nicht.«

»Na gut, dieses Opfer hat sich keinen goldenen Schuss gesetzt oder ist an Alkoholvergiftung gestorben. Der wurde ermordet. Hatte er ein Handy bei sich?«

»Es wurde keines gefunden.«

»Die SpuSi soll alles akribisch absuchen.«

»Die sind schon dabei.«

»Klar, die wissen, wie das geht.«

»Wir haben was anderes gefunden. Er trug es in der Gesäßtasche. Da haben sie sich wohl wegen des Bluts nicht rangetraut oder es wurde ihnen zu brenzlig.«

Stange reichte ihm ein Etui mit gut zweihundert Euro in kleinen Scheinen und einem Personalausweis. »Robert Eissler«, las Hilpert leise, »22 Jahre alt. Der hat nicht viel Zeit auf dieser Welt verbracht.«

»Das ist eines der Kennzeichen in dieser Gegend, sozusagen die Kehrseite von St. Georg.«

Hilpert schüttelte den Kopf. »Oder sollte nur der Eindruck eines Raubmords erweckt werden? Und der ganze Aufbau ist ein Fake?«

»Ich kau auf demselben Problem rum«, stimmte ihm Stange zu. Er gab ihm ein Schreiben. »War ebenfalls in dem Etui. Deshalb habe ich deinen heiligen Schlaf gestört.«

Neugierig las der Hauptkommissar in dem grellen Licht der aufgebauten Scheinwerfer. »Eine Exmatrikulationsbescheinigung, der junge Freund hat ein Medizinstudium abgebrochen. Ob das seine Eltern wissen?«

Er reichte Stange vorsichtig das Papier zurück. »Darauf steht eine Hamburger Adresse ganz in der Nähe, in der Bürgerweide. Schauen wir uns an, wie er so lebte. Trug er einen Schlüssel bei sich?«

»Es wurde keiner gefunden.«

»Möglicherweise haben die Täter den mitgenommen. Beeilen wir uns. Nicht dass die vor uns da sind.«

Mittlerweile war der Leichenwagen eingetroffen. Zwei Männer waren dabei, den Toten in einen Zinksarg zu legen.

Stange und Hilpert fuhren das kleine Stück zur Bürgerweide. Die Hausnummer lag ziemlich am Anfang der Straße auf der rechten Seite. Sie parkten den Wagen direkt vor der Haustür eines nach hinten versetzten Patrizierhauses. So tief in der Nacht war nicht damit zu rechnen, dass der zugeparkte Nachbar sein Auto unbedingt benötigte. Das gepflegte Putz-Haus zeichnete sich durch kleine Türmchen und Erker und vor allem durch einen neogotischen Treppengiebel aus. Sie öffneten die halbhohe Pforte im Bereich des Vorgartens und gingen auf das Gebäude zu. So wurde heute nicht mehr gebaut. Trotzdem oder gerade deshalb konnte man sich dem Charme des Hauses nicht entziehen. Nach endlosem Läuten öffnete ihnen eine ältere Dame, nachdem sich die Polizisten laut und deutlich zu erkennen gegeben hatten. Bei eingelegter Kette öffnete sie die Tür einen Spalt weit und ließ sich ihre Ausweise zeigen. Danach erst durften die Männer eintreten.

»Ob ich Robert Eissler kenne?«, reagierte sie leicht verschnupft auf Hilperts Frage. »Sie belieben zu scherzen. Schließlich handelt es sich um meinen Untermieter. Sie müssen wissen, er studiert in Hamburg Medizin. Er will Chirurg werden.« Sie war auf den Toten stolz wie eine Großmutter. »Er ist der Enkel einer lieben Freundin von mir.« Fast schien es, als verdrehte sie die Augen. »Er ist solch ein liebenswerter Mensch. Manchmal unterhält er das ganze Haus. Wenig später ist er in sich gekehrt und konzentriert aufs Lernen.«

Mit leichter Verzögerung fing sie an zu begreifen, dass die Fragen hinsichtlich ihres Untermieters zu so später Stunde eher ungewöhnlich waren. Nur langsam erholte sie sich von dem Schock, als Stange ihr den Grund ihres Besuches nannte. Sie bat sie ins Wohnzimmer, das die plüschige Eleganz eines Salons ausstrahlte, wie man ihn sich um die vorletzte Jahrhundertwende ein Jahrzehnt vor Ausbruch des Ersten Weltkriegs vorzustellen vermochte. Sie schilderte Eissler als anständigen jungen Mann, der keinen Damenbesuch empfing. Gelegentlich schauten Freunde von ihm vorbei, mit denen er wohl lernte und Musik hörte. Manchmal seien sogar Dozenten gekommen. Die hätten sich lieber klassische Musik angehört. In letzter Zeit sei er allerdings sehr unausgewogen in seinem Verhalten gewesen. Es stand wohl irgendein Physikum an. Da hätte sie ihn zufriedengelassen. Es seien nur noch selten Freunde vorbeigekommen. Die mussten ihrer Meinung nach gewiss selber lernen. Die beiden Beamten konnten sich durchaus vorstellen, was sich in Wahrheit in den Räumlichkeiten des jungen Untermieters abgespielt hatte. Doch die Kriminalbeamten waren nicht angetreten, um die letzten Illusionen der älteren Frau zu zerstören.

Der Tote hatte im ersten Stock für einen Studenten recht luxuriös gelebt. Er hatte zwei ineinander übergehende Räume bewohnt. Der vordere Bereich mochte in alten Zeiten tatsächlich als Studierzimmer benutzt worden sein. Vermutlich diente es später dazu, die Besucher des Ermordeten zu versorgen. Zumindest ließ eine breite Couch das erahnen. Auf den ersten Blick erfassten sie, wie penibel alles aufgeräumt war. Da wirkte die ordnende Hand der Vermieterin. Im Schlafraum stand ein mächtiger Eichenschrank.

Die ältere Dame war unbemerkt hinter sie getreten. »Dort drin bewahrt er seine Medikamente auf, mit denen er experimentieren muss. Zum Glück machen die ihre Tierversuche immer an der Uni. Das wäre mir zu viel gewesen, weiße Ratten und Frösche im Haus.«

Hilpert grinste in sich hinein. Wie versteckte man vertrauliche Unterlagen? Indem man sie wie Werbesendungen offen herumliegen ließ. Am besten verstaute man eine abgeschlossene Kassette ans Ende einer Schublade. Damit durften sich vorwitzige Schnüffler wie Vermieterinnen, Mütter oder Putzfrauen herumquälen. Sobald etwas geheim schien, erweckte es die Neugier der anderen. Was jedermann in die Hand nehmen konnte, war dagegen völlig uninteressant. Hilpert drehte sich zu der Hauseigentümerin um und bat sie höflich, aber bestimmt, sie allein zu lassen. Mit wenig Verständnis verließ sie die Männer. In dem Karton fanden sie genug an Designerdrogen, um manche Schülerparty aufzumischen. Die Mengen waren deutlich höher, als sie für den Eigengebrauch benötigt worden wären.

»Alles da«, stellte Hilpert fest. »Speed, Ecstasy, hier, sogar Badesalze. Und natürlich, der kluge Mann baut vor, Tranquilizer, um runterzukommen.«

Stange sah ihn verständnislos an. »Badesalze, was ist das?«

»Dieses Scheißzeug ist seit einigen Jahren auf dem Markt. In Teilen der USA ist es frei erhältlich, weil der Gesetzgeber mit ständig neuen Formeln konfrontiert wird und mit Verboten nicht hinterherkommt. Nebenwirkungen bis hin zu Halluzinationen und Selbstverstümmelung. Gelegentlich setzen schon mal die Nieren aus oder das Herz macht Probleme. Alles teuflische Designerdrogen. Die peppen dich auf und reißen dich anschließend tief in den Abgrund runter.«

»Die sollen nicht süchtig machen?«

»Von der klassischen Definition her mag das stimmen. Hier gehst du halt an den Nebenwirkungen drauf.«

»Tolle Perspektiven. Wieso kennst du dich so gut aus?«

»Du vergisst, dass ich mal bei der Drogenfahndung gearbeitet habe. Bestell bitte die Spurensicherung hierher.«

»Schade, ich hoffte, die Verbindung von Stricher und ehemaligem Medizinstudenten führen uns zu Peterson. Haben wir es jetzt mit einem simplen Mord in der Drogenszene zu tun?«

»Keine Ahnung, zumindest können Julian Albers und Birgit Grosser in der Richtung recherchieren. Endlich haben wir was Konkretes in der Hand. Damit starten wir morgen. Ich werde schlafen gehen. Was ihr vorhabt, ist mir egal.«

Albers und Grosser durften sich am nächsten Tag wie gehabt auf einen erneuten Einsatz rund um den Hauptbahnhof einrichten. Ob es sie zufriedenstimmte, dass eine Reihe weiterer Kollegen dieses Privileg übertragen bekamen, blieb dahingestellt.

»Wie kommt ihr eigentlich darauf, das Opfer gehöre der Stricherszene an?«, fragte Albers seinen Vorgesetzten zweifelnd. »Oder sucht ihr nur einen Dummen, der sich durch den Dreck durchwühlen darf?«

»Das Letzte kannst du vergessen. Du darfst dich in der Gegend umschauen, weil ich es so will. Ich hoffe, du billigst mir dieses Direktionsrecht zu und möchtest nicht mit mir darüber diskutieren. Außerdem bist du ein Polizist. Stell dich nicht so an, nur weil du schwul bist.«

»Natürlich nicht«, antwortete er kleinlaut.

»Fein, das wäre damit geklärt. Was den Rest betrifft, nein, ich habe keine Ahnung, weshalb der Ermordete Stricher sein soll. Bernd hatte davon gesprochen. Ich hab's so übernommen. Fragen wir ihn.«

Stange schaute verwundert hoch, als die beiden vor seinem

Schreibtisch aufkreuzten. »Gleich zu zweit, da muss euer Besuch von besonderer Dringlichkeit sein.« Grinsend ging er auf Hilperts Frage ein. »Ja, man sollte alles hinterfragen. Die Antwort ist simpel. Einer der Streifenpolizisten kannte ihn. Sollte euch das nicht reichen, müssen wir das überprüfen.«

»Fangen wir gleich damit an«, entschied Hilpert. »In einer halben Stunde beginnt die Obduktion. Vor dem Hintergrund der Wichtigkeit der Ergebnisse, möchte ich euch dort gemeinsam sehen. Ihr könnt mir danach berichten.«

Albers sah zu Stange herüber und wartete auf dessen Reaktion. Der sagte kein Wort, stand auf und griff sich seinen Wagenschlüssel. Er winkte ihm zu. »Ich fahre.«

An diesem Vormittag hatte Albers eine Menge dazugelernt. Hilpert war Freund und Ideengeber. Trotzdem war er Chef. Und darüber gab es in seiner Gruppe allem Anschein nach keine zwei Meinungen. Er wollte es sich für die Zukunft merken.

Gegen Mittag waren sie zurück. Zu Todesart und -zeitpunkt brachten sie keine Neuigkeiten mit. Von hinten waren mehrere Schläge vermutlich überraschend geführt worden, da keinerlei Abwehrbewegungen des Opfers registriert wurden. Es musste sich um zwei Täter gehandelt haben, die ihn nahezu zeitgleich trafen. Rostspuren in den Wunden wiesen auf Eisenstangen hin, wie sie am Bau verwendet wurden.

»Er hatte sich bis unter die Halskrause mit irgendwelchen Amphetaminen vollgestopft«, ergänzte Stange. »Das war allerdings nach unseren Funden in seinem Zimmer nicht weiter überraschend.«

»Er hat also nicht nur fleißig gedealt, er war gleichzeitig sein bester Kunde«, kommentierte Hilpert. »Das sichert einen gewissen Mindestumsatz.«

Albers kam auf ihr gemeinsames Thema zu sprechen. »Allem Anschein nach ist er Stricher gewesen oder zumindest homosexuell. Das hat der Zustand seines Analbereichs deutlich gemacht.«

»Somit wäre diese Frage hinlänglich beantwortet«, stellte Hilpert sachlich fest. »Es könnte also auf Peterson passen. Er nimmt einen jungen Mann mit zu sich nach Hause. Der bleibt über Nacht. Am nächsten Morgen bringt der seinen Freier um und täuscht einen Selbstmord vor.«

»Wie verlässt er das Haus?«, fragte Albers nach.

»Übers Wasser. Ein Boot findet er in dieser Gegend allemal.«

»Hat jemand eines als gestohlen gemeldet?«

Stange schüttelte den Kopf. »Nicht dass ich wüsste.«

Hilpert begann in alter Manier mit den Fingern auf der Schreibtischunterlage zu klackern. »Denkt nach, wenn unser Toter Petersons Mörder ist, muss er irgendwie von dem Grundstück weggekommen sein. Dem Vernehmen nach vermochte er nicht zu fliegen. Er wird sich kaum mit einem zusammenklappbaren Boot unterm Arm in St. Georg herumgetrieben haben.«

Stange war aufgestanden und rieb sich das Kinn. »Vernachlässigen wir mal das Boot. Vielleicht ist er geschwommen? Wichtiger ist, was soll er Peterson in den Kaffee getan haben? Hatte er solches Zeug am Mann?« Er patschte sich mit einer Hand gegen die Stirn. »Klar, die Tranquilizer. Das Problem hätten wir gelöst. Nur, warum soll dieser junge Mann plötzlich zum Mörder werden?«

»Vermutlich hat er das gefunden, was er haben wollte«, versuchte sich Albers mit einer schnellen Antwort.

Hilpert nickte. »Und was?«

»Im Zweifelsfall Geld.«

»Nach Aussage der Tochter wird nichts vermisst«, widersprach Stange.

»Woher will sie wissen, wie viel Kohle ihr alter Herr dabeihatte?«

»Ich rede nochmals mit ihr«, entschied der Hauptkommissar. Besorgt blickte er in Albers' Richtung. »Seid vorsichtig, wenn ihr euch nachher am Hauptbahnhof herumtreibt. Dort draußen laufen irgendwelche Killer herum.«

Hilpert blieb mit Stange zurück. »Bernd, wer unterstützt die beiden?«, fragte er. »In der Gegend sind zwei Ermittler schnell aufgemischt.«

»Wir haben drei weitere Kollegen abgestellt.«

»Gut. Ich habe darüber nachgedacht, ob ich mich dort nicht ebenfalls am späteren Abend mal sehen lassen sollte.«

»Willst du für Birgit und Julian den Schutzengel spielen? Die sind erwachsen, gut ausgebildet und ausgezeichnet trainiert. Lass die machen. Die können das.«

»Da hast du recht. Weißt du, es tut weh, einen Kollegen zu verlieren.«

»Wem sagst du das? Im Zweifelsfall müssen wir eher auf dich achtgeben als auf die anderen. Die sind im Gegensatz zu dir vorsichtig.«

»Nun übertreibst du.«

Stange versuchte, ihn zu beruhigen. »Du weißt, dass das nicht der Fall ist. Fahr nach Hause, schau nach deiner Tochter und bete zum lieben Gott, dass nichts in die Hose geht. Dort draußen streichen genug Kollegen herum, die einander helfen können. Davon unabhängig muss jeder in der Lage sein, auf sich selber zu achten.«

Tatsächlich liefen die Befragungen relativ unproblematisch ab, sah man von gelegentlichen verbalen Entgleisungen kleinerer Dealer ab, die sich ertappt fühlten. Das Ermittlerduo spürte zwar nicht Eisslers Mörder auf, dafür trafen sie auf einen aufgepumpten Stricher, der vorgab, den Toten gut zu kennen. Zwei grüne Scheine machten ihn redselig wie einen Wasserfall. Danach hatte dieser aus Angst vor Aids angefangen, mit den Designerdrogen zu dealen. Seitdem konnte er es sich leisten, ausschließlich mit ausgesuchten Freiern sein Taschengeld aufzubessern. Gepflegt wie er aussah, hielt er sich in besseren Bezirken auf, ohne sonderlich aufzufallen. Er meinte, Eissler sei klug genug gewesen, nicht zu versuchen, seine Stofflieferanten über den Tisch zu ziehen. Von der Seite gäbe es so gesehen keinen Grund, ihn aus dem Weg zu räumen. Die Beamten zeigten ihm ein Foto von Peterson, der ihm bekannt vorkam. Ob er zu Eissler Kontakt hatte, konnte er nicht mit Bestimmtheit sagen. Dafür wusste er, dass der Ermordete als vorzüglicher Schwimmer galt. Er habe sogar bei Bezirksmeisterschaften mitgemacht.

Als Petersons Mörder blieb er für sie erste Wahl. Fragte sich nur, weshalb er sterben musste? War Eissler ein Auftragsmörder und hatte für seinen Hintermann eine Gefahr dargestellt? Diese Option schien Sinn zu machen. Für wen mochte er tätig geworden sein? Für ihn gab es keinen Grund, den Reeder zu töten. Wäre es Eissler um Geld oder andere Wertsachen gegangen, wäre es ein Leichtes gewesen, sein Opfer zu betäuben, auszurauben und es in aller Ruhe in der Nacht zu verlassen. Garantiert wäre er von Peterson nicht angezeigt worden. Unwillig trat Hilpert ans Fenster und schaute hinaus. Wie so häufig drang ein Wust an Fragen und Vermutungen auf ihn ein. Er tat sich schwer damit, so etwas wie eine innere Logik zu erkennen. Er wandte sich ab und setzte sich an seinen Schreibtisch. Etwas sprach gegen die These vom Auftragsmörder. Sie hatten in Eisslers Zimmer keine nennenswerten Geldbeträge gefunden. An ein Schließfach wollten sie nicht glauben. Wer tötete für Gotteslohn?

41

Petersons Tod ließ Hilpert nicht los. Die Klärung des Mordes an Eissler beließ er vorerst bei Birgit Grosser und Albers, dem ungleichen Duo, das offensichtlich dabei war, harmonisch zusammenzuwachsen. Ihm sollte es recht sein. Es war niemand gesehen worden, der ins Haus gegangen wäre oder es verlassen hätte. Ihm kam das Postauto in den Sinn, das der ältere Herr mit den Gedächtnislücken gesehen haben wollte. Er wusste, dass Menschen mit Demenzerkrankungen vielfach das Gefühl für Zeit und Raum verloren. Die Krankheit überfiel sie schubweise mit stetig wachsender negativer Tendenz. Spontan entschied er sich, den vermeintlichen Zeugen aufzusuchen.

Er genoss es, selbst fahren zu können, auf niemanden mehr angewiesen zu sein. Vor dem gepflegten Haus am Feenteich öffnete eine aparte, zartgliedrige Frau die Tür. Er schätzte sie auf Mitte vierzig. Auf dem Türschild stand Sandra Brandt. Ihr volles blondes Haar wurde von ersten grauen Strähnen durchwirkt. Die Komposition erschien ihm überaus ästhetisch. Trotz des Altersunterschieds gefiel sie ihm. Ihre klare Altstimme bewirkte einen interessanten Kontrast zu der schmalen Person. Er hatte sich bislang keine Gedanken gemacht, wie er zu Frauen stand, die älter waren als er. Soviel war ihm klar, sein Gegenüber würde sich nicht groß um ihn bemühen müssen. Sie gefiel ihm, obwohl oder gerade weil sie nicht unbedingt dem Frauentyp entsprach, den er ansonsten favorisierte. Sie lächelte ihn gewinnend an, als er sich vorstellte, und bat ihn zu sich herein.

»Sie wollen mit meinem Vater sprechen? Da haben Sie Glück, er ist heute Morgen in ausgesprochen guter Form aufgewacht. Er ist 82 Jahre alt und die Krankheit macht ihm mal mehr, mal weniger zu schaffen. Ich bin seine jüngste Tochter und kümmer mich um ihn. Das passt insoweit, da mein Mann vor drei Jahren überraschend verstorben ist.«

Im Wohnzimmer des eher modernen, im Bauhausstil gehaltenen Hauses saß ein leicht vorgebeugter älterer Herr mit schütteren weißen Haaren. Er schaute Hilpert neugierig entgegen, als der auf ihn zutrat. Er vermittelte den Eindruck eines Menschen, der durchaus mitbekam, was um ihn herum geschah. Das musste nichts bedeuten, wenn die Schübe des Vergessens ihn erreichten. Seine Tochter stellte ihm Hilpert vor.

»Sie kommen wegen des Postautos?«, fragte er mit leicht krächzender Stimme. »Das wird wirklich Zeit.« Er schaute vorwurfsvoll zu seiner Tochter herüber. »Man hört ja nicht mehr auf einen. Ich hab es heute wieder gesehen, das Postauto. Diesmal saß nur einer drin.«

»Tatsächlich?«, fragte Hilpert verdutzt. »Beim letzten Mal waren also zwei Personen darin?«

»Richtig.«

Verärgert dachte Hilpert über die Worte des älteren Mannes nach. Über zwei Personen hatte er in dem Protokoll nichts gelesen. Mittlerweile hatte sich die Hausherrin ihnen gegenübergesetzt. Sie schlug ihre schlanken Beine übereinander und hörte interessiert zu. Einmal mehr erwischte sich Hilpert dabei, wie er die Frau musterte. In Gedanken schlug er sich auf die Finger. Das fehlte ihm in seiner Sammlung, Zeuginnen zu belästigen und sei es nur mit Blicken. Er spürte an ihrer Reaktion, dass sie es wahrgenommen hatte. Er zwang sich, in eine andere Richtung zu schauen, bis er das Wort in bewusst geschäftlichem Ton an sie richtete: »Haben Sie auch ein Postauto gesehen?«

Sie schüttelte den Kopf. »Heute Vormittag habe ich nur wenige fremde Autos in der Straße bemerkt. Nun strecke ich nicht regelmäßig den Kopf nach draußen, wenn ich ein Motorgeräusch höre. Man hat ja schließlich im Haushalt zu tun.«

Er bedankte sich artig und erhob sich von seinem Sessel. Sie stand ebenfalls auf und ging vor ihm her zur Diele. Vor der Haustür reichte sie ihm die Hand. »Kommen Sie gern vorbei, wenn Ihnen weitere Fragen einfallen.«

Er stand schon auf dem Tritt, als ihm etwas einfiel. Er drehte sich überraschend um, griff geistesgegenwärtig zu und hatte die Frau im Arm, die ihm einen halben Schritt gefolgt war. So verhinderte er zumindest, dass sie fiel. Fast schien ihm, als wollte sie sich nicht aus seiner Umklammerung lösen. Nur, was blieb ihnen vor dem Haus anderes übrig.

»Schade«, sagte sie keck mit roten Wangen. »Sie hätten gern stärker zudrücken dürfen. Es ist lange her, dass mich ein Mann so angesehen und in den Arm genommen hat wie Sie. Da hat sich bei mir in den letzten Jahren nicht viel ereignet.«

Er war versucht, ihr etwas ins Ohr zu flüstern, widerstand jedoch dieser Regung. Er durfte sich nicht um jedes einsame Herz kümmern, dem er im Rahmen seiner Tätigkeit begegnete. Selbst dann nicht, wenn es ihm gefiel. Er war bereits bei Andrea eindeutig zu weit gegangen. Im Zweifelsfall gefährdete er seinen Job und vor allem seine Arbeit. Wichtige Voraussetzung war die kühle Distanz zu Verdächtigen und Zeugen. Die Lösung der Mordfälle war eh schwer genug.

»Ob das hier vor Ihrem Haus passen würde. Ich bin da skeptisch.«

»Kommen Sie herein.«

»Was glauben Sie, wie viele Nachbarn nach einem neuen Thema für ihr Getuschel geifern!«

»Das wäre mir egal. Ich bin niemandem Rechenschaft schuldig.«

»Leider habe ich ein paar Morde aufzuklären. Ich stehe nicht als Privatmann vor Ihnen. In dem Zusammenhang hätte ich eine weitere Frage. Besitzt jemand in der Straße ein gelbes Auto?«

Sie schmunzelte in seine Richtung und legte ihre Stirn in Falten. »Sie können Fragen stellen. Warten Sie, natürlich. Jetzt, wo Sie es sagen, Frau Grothe fährt solch einen Wagen, ich meine, es ist ein Mini. Sollte mein Vater nicht so weit danebengelegen haben?«

»Hat sie sonst nicht einen Porsche?«

Sie zuckte mit den Achseln. »Keine Ahnung. Ich bin keine Spezialistin für die Fahrzeuge meiner Nachbarn. So häufig hat sie sich in den letzten Jahren hier nicht blicken lassen.«

»Vielen Dank für die Auskunft. Vielleicht sieht man sich wieder, wenn keine Mörder mehr in der Gegend ihr Unwesen getrieben haben.«

»Sie sind herzlich willkommen«, antwortete sie keck. »Ich habe nicht die Absicht, in nächster Zeit umzuziehen. Lassen Sie mich nicht zu lange warten.«

Er winkte ihr knapp zu und machte sich auf dem Weg zu Andrea. Ihm schien, als habe er ein Rätsel gelöst. Er war wütend auf sie. Wie eine Tatverdächtige hielt sie es mit der Wahrheit nicht sonderlich genau.

»Na, du hast unsere Nachbarin aufgesucht«, empfing sie ihn vor dem Haus.

»Ja, sie und ihren Vater. Es gab ein paar Ungereimtheiten abzuklären. Jetzt bin ich aus dem gleichen Grund bei dir. Sag mal, du fährst einen gelben Mini?«

»Ja«, entgegnete sie, »neben dem Porsche.« Sie bat ihn ins Esszimmer. »Einen Kaffee?«

Er lehnte ab. Vielmehr blickte er sie streng an. »Wann hast du wen wohin gefahren?«

Für einen Moment schien sie in sich zu gehen. »Du hast es rausgefunden. Gut. Am Morgen seines Todes weckte mich mein Vater gegen halb acht und bat mich, jemanden für ihn wegzufahren. Er war zu dem Zeitpunkt wohlauf. Ein junger Mann kam aus seinem Zimmer. Er machte einen fahrigen, zittrigen Eindruck auf mich. Ich setzte den Lover meines Vaters in der Nähe des Hauptbahnhofs ab. Während der ganzen Zeit verhielt der sich sehr seltsam, sagte kein Wort, bedankte sich nicht einmal, als er den Wagen verließ. Mir war's egal, ich wollte ihn nicht heiraten. Als ich von meinen Einkäufen zurückkehrte, war mein Vater tot. Den Rest kennst du.«

»Nicht so schnell. Warum hast du uns belogen?«

»Muss ich dir das wirklich erklären? Es wird genug Staub wegen der Morde aufgewirbelt. Da wollte ich uns wenigstens den Trubel wegen seiner Homosexualität ersparen. Außerdem ging ich von Selbstmord aus. Der junge Mann kann es zumindest nicht gewesen sein.«

»Da sind wir wieder bei der Frage, wie der Mörder gekommen und wie er gegangen ist«, stellte er sachlich fest. Das Hamsterrad kam ihm abermals in den Sinn.

»Eines ist mir aufgefallen«, versuchte Andrea für gutes Wetter zu sorgen. »Eine der Terrassentüren stand an dem Morgen offen. Möglicherweise hat sie jemand benutzt und ist übers Wasser weg.«

»Ich gehe davon aus, dass der Mord an deinem Vater geplant war. Somit wurde bestimmt an ein Boot gedacht, ein Kajak oder was Ähnliches. Zumindest passt es. Jemand kommt überraschend übers Wasser und trifft auf deinen Vater und dessen Lover.« Er nickte zu seinen Worten. »Der Eindringling hat das Beruhigungsmittel in den Kaffee gegeben und deinen Vater gezwungen, die Tasse auszutrinken, nachdem sein Gespiele gegangen war. Alles Weitere kennen wir. Wenigstens sind wir ein Stück vorangekommen. Fehlt bloß der Täter. Was soll's, man bekommt nur selten alles an einem Tag geregelt.« Nachdenklich knabberte er an seiner Unterlippe. »Der Stricher hat den Mörder deines Vaters gesehen. Deshalb musste er sterben.«

Andrea wurde bei seinen Worten blass. Langsam ging ihr auf, dass sich der Mörder nur wenige Schritte entfernt von ihr im Zimmer ihres Vaters aufgehalten haben musste, als der sie bat, den jungen Mann zum Bahnhof zu bringen. Hilpert verspürte wenig Lust, bei ihr zu verweilen. Dafür war er zu angefasst über ihre zurückhaltende Mitteilungsbereitschaft. Einen Teil ihrer Beweggründe konnte er nachvollziehen, obwohl er sie nicht gutheißen durfte. In diesen Familien steckte ein Traditionsbewusstsein, das über den Tod hinaus hielt. Was nicht sein durfte, wurde ignoriert oder gesundgebetet. Was einem nicht passte, wurde passend gemacht.

Im Büro trommelte Hilpert die Mitarbeiter zusammen, die mit der Aufklärung der Morde befasst waren, und informierte sie über die aktuellen Ergebnisse.

»Da ist Eissler also unschuldig, wenngleich tot«, brummelte

Stange. »Und ich dachte, wir könnten dir gegenüber mit neuen Hinweisen aufwarten.«

»Sprich.«

»Es wurden vierhundert Euro in Eisslers Zimmer entdeckt. An mehreren Fünfzigern prangten Petersons Fingerabdrücke. Nicht zu viel für 'ne Liebesnacht, viel zu wenig für einen Auftragsmord.«

»Das passt zu der Aussage von Frau Grothe«, stellte Hilpert einigermaßen zufrieden fest. Sie hatten sich ein paar Millimeter nach vorne bewegt. Wenn sonst keine größeren Erfolge vorgewiesen werden konnten, musste man sich halt darüber freuen, ein etwas größeres Stück Fleisch auf den Teller gelegt zu bekommen als der Tischnachbar.

42

Einen Tag darauf bestellte ihn Weber zu sich. Ihm war anzusehen, dass es Ärger gegeben haben musste. Die Sorgenfalten auf seiner Stirn schienen sich darin geradezu eingefräst zu haben.

»Kommen Sie, Hilpert«, lud er ihn ein, sich ihm gegenüberzusetzen. »Einen Kaffee habe ich für uns bereits geordert.«

Wurde bei dem Kriminaldirektor ein Getränk angeboten, dauerte das Gespräch erfahrungsgemäß länger. Erwartungsvoll nahm Hilpert Platz. Bevor es ans Eingemachte ging, ließ sich Weber über die letzten Ermittlungsergebnisse informieren. Ihm war die Enttäuschung darüber anzusehen, dass mit dem entscheidenden Durchbruch vorerst nicht zu rechnen war. Sie diskutierten angeregt die Frage des Maulwurfs in den eigenen Reihen, die der Verfassungsschützer aufgeworfen hatte, ohne damit weiterzukommen. Weber hüstelte in die Faust und schaute besorgt in Hilperts Richtung. Offensichtlich lag ihm etwas auf der Seele, das den eigentlichen Anlass des Gesprächs bildete.

»Wir haben ein gänzlich anderes Problem«, setzte er an. »Ich sage nur Linsmann. Er hat offiziell Beschwerde gegen Sie eingelegt. Er will es bei Ihnen unbedingt auf eine Suspendierung hinauslaufen lassen.«

Hilpert spürte, wie die Wut in ihm hochstieg. »Nicht wieder

dieser Arsch! Gibt es denn keinen Weg, wie wir ihn uns vom Hals schaffen können?«

Weber blieb ungerührt. »Sie wissen selbst, der Mann ist Berufsbeamter. Eine Chance sähe ich, wenn Sie ihn gewaltsam aus dem Weg räumten. Ich fürchte nur, das ist verboten. Selbst bei Beamten«, fügte er hinzu. »Mich ärgert vor allem, dass diese Untersuchung vorerst die Chance blockiert, Sie in den höheren Dienst zu hieven.«

»Wenn's das nur ist, darauf verzichte ich gern.«

»Sie denken zu kurz. Mein Arzt gibt mir nur noch ein paar Jahre, anschließend geht's ab in die Pension.«

»Großartig für Sie. Dann müssen Sie sich über Typen wie Linsmann nicht mehr aufregen.«

Weber reagierte wütend. »Sind Sie so dumm oder tun Sie nur so? In dieser Zeit müssen alle Weichen gestellt werden. Die politische Großwetterlage verändert sich schnell, Polizeipräsidenten werden gerne ausgetauscht. Plötzlich sitzt Linsmann oder einer wie er vor Ihrer Nase. Das können Sie nicht wollen. Sollen Typen wie er die Oberhand behalten?«

»Natürlich nicht«, antwortete Hilpert kleinlaut.

Er versprach Weber, sich künftig mehr um seine Karriere zu kümmern. Linsmanns Anschuldigungen ließen ihn kalt. Was wollte der ihm vorwerfen? Bis ihm seine Beziehung zu Andrea in den Sinn kam. Kalt lief es ihm den Rücken herunter. Sie war fraglos seine Sollbruchstelle. War sie der Köder, der für ihn an den Haken gehängt wurde? Waren seine Gegner bereits dabei, ihn Meter für Meter an Land zu ziehen? Und er Idiot hatte nichts davon bemerkt? Mit einem Anflug von Nervosität setzte er zu einer Beichte an. Weber nahm seine Enthüllung in einem Gemisch aus Neugier und Entsetzen auf. Er verzichtete darauf, zu einer großen Schimpftirade anzusetzen, sondern beließ es bei einem Kopfschütteln. Die Erfahrung lehrte, dass es nichts brachte, sich aufzuregen. Das hielt den Kopf davon ab, über eine Problemlösung nachzudenken. Ihm war bisher nicht bekannt, welche konkreten Vorwürfe gegen Hilpert vorgebracht wurden. Dafür begriff er, dass sie diese Feuerstelle austreten mussten, bevor es zu einem Flächenbrand kam, den niemand aufhalten konnte.

Webers Gesicht hellte sich auf. »Ich hab da eine Idee. Als

Erstes fertigen Sie eine rückdatierte Aktennotiz an. Die Beziehung mit der Frau habe ich im Krankenhaus angeordnet, um Ihnen einen Einstieg in die verdächtige Familie zu ermöglichen.«

»Und wie sind wir darauf gekommen?«, fragte Hilpert vorsichtig nach.

»Hatte sie Ihnen nicht beim ersten Kennenlernen schöne Augen gemacht? Das sogar vor Zeugen? Gab es nicht eine Beschwerde ihres Ehemannes?«

Hilpert rutschte unruhig auf seinem Sessel hin und her. Ihm war geradezu physisch anzumerken, dass er sich mit Webers Idee nur schwer anfreundete. »Das schlägt beinahe James Bond. Alles für Königin und Vaterland.«

Weber schmunzelte. »Großartig, wie lernfähig Sie sind. Nennen wir es hanseatisches undercover de luxe. Vielleicht ist unsere Vorsorge nicht erforderlich und die Dame hält sich bedeckt. Und Linsmann bedenkt Sie mit irgendwelchen abstrusen Vorwürfen, die Sie ihm um die Ohren schlagen können.«

Hilpert wiegte nachdenklich den Kopf. »Linsmann mag blöd sein, aber nicht dumm. Der zieht mit scharfer Munition in den Krieg.«

»Warten wir ab, was auf uns zukommt.«

Der Gang vor die Disziplinarkommission ließ gerade zwei Tage auf sich warten. An diesem Vormittag entschied sich Hilpert für eine sorgfältige Rasur und ein anständiges Jackett. Petra hatte es wie viele andere Kleidungsstücke für ihn ausgesucht. Würden die Kollegen wissen, was es gekostet hatte, es ginge ab in den tiefsten Kerker.

Vor ihm saßen zwei streng dreinblickende Kollegen vom LKA und ein Staatsanwalt. Er kannte die Männer nicht weiter. Der Umgangston war höflich, trotzdem bestimmt. Linsmann saß halb rechts von ihm. Anfangs wurde es ihm leicht gemacht. Es wirkte wie ein Aufgalopp. Erst mal den Beklagten in Sicherheit wiegen und anschließend zuschlagen. Die Vorwürfe gegen ihn kehrten sich anfangs eher ins Gegenteil um, als dass sie ihn trafen. Er ließ sich nicht einlullen. Schließlich verfügte er über ausreichend Erfahrung in seiner Behörde und wusste, der eigentliche Sprengstoff war bislang nicht gezündet worden. Dann wurde zum großen

Rundumschlag ausgeholt. Betroffen nahm er die Beschuldigung von Andrea auf, er habe sie mehr oder weniger zum gemeinsamen Sex genötigt. Gespannt starrten ihn die Kommissionsmitglieder an, als erwarteten sie einen Bericht von ihm mit allen Details seiner schändlichen Tat. Zum Erstaunen der Männer gab er das sexuelle Abenteuer zu. Vehement verwahrte er sich dagegen, Zwang ausgeübt zu haben. Für ihn sprach, dass keine Anzeige erstattet worden war und dass sie sich nachts in ihrem Büro getroffen hatten. Weshalb lud eine attraktive Frau einen attraktiven Mann spät am Abend ein? Vermutlich nicht, um ihm Rilkes gesammelte Werke nahezubringen oder gemeinsam mit ihm Wanderlieder zur Laute zu singen. Wie eine Granate schlug seine Ausrede ein, faktisch undercover tätig geworden zu sein. Weber wurde spontan telefonisch dazu befragt und argumentierte wie besprochen. Damit war das Thema mehr oder minder vom Tisch. Überraschend fing der Staatsanwalt an, prustend loszulachen. Nachdem er sich beruhigt hatte, ergriff er das Wort.

»Sollten Sie mal Unterstützung bei Ihren Undercover-Einsätzen benötigen, ich stehe Ihnen gern dabei zur Verfügung. Doch wie ich Sie einschätze, behalten Sie sich das lieber selber vor. Sollte sich Frau Grothe durch Sie belästigt gefühlt haben, geht das seinen strafrechtlichen Gang. Darum müssen sich andere Instanzen kümmern.« Er wandte sich den Kommissionsmitgliedern zu. »Wenn jemand von Ihnen das anders sieht, sollte er sich jetzt dazu äußern.« Es ging keine Hand nach oben.

Am Ende trennte sich die Runde guter Dinge, sah man von Linsmann ab, dem die letzten Felle davongeschwommen waren. Ein letztes Aufbrausen von ihm wurde gnadenlos unterbrochen. Er musste die Ermahnung hinnehmen, die operative Arbeit der Ermittler nicht durch irrelevante Regularien zu erschweren. Hilpert wusste selbst, dass er nur um Millimeter an einem Verweis oder Schlimmerem vorbeigeschrammt war. Fraglos hatten seine Kollegen den Braten gerochen. Fröhlich blinzelten sie ihm zu. Gerettet hatte ihn seltsamerweise ein Staatsanwalt, der seine Art zu arbeiten anscheinend schätzte. Üblicherweise waren gerade sie es, die gern ein Exempel statuierten. Seine Kollegen hegten sowieso mehr Sympathien für den Ermittler als für den Paragrafenreiter. Beim Hinausgehen begriff Hilpert, dass er sein

Glück nicht zu sehr strapazieren durfte. Künftig würde er sich vorsehen müssen. Zu einem anderen Zeitpunkt traf ein anderer Gegner die Zwölf. Mit Wonne würde man diese Akte ziehen und gegen ihn verwenden. Nicht jeder Staatsanwalt verfügte über den erforderlichen Humor, der ihn vor unangenehmen Konsequenzen schützte. Es war deutlich zu spüren, man wollte ihn in den Reihen der Polizei behalten.

Mit schweren Beinen ging Hilpert zu seinem Büro. Er konnte froh sein, dass Andreas Vorwürfe auf schwachen Füßen standen und Weber voll für ihn Partei ergriffen hatte. Bis jetzt hatte er geglaubt, Linsmann wollte sich nur für sein eigenständiges Handeln rächen. Mittlerweile war er davon überzeugt, dass der Mann beabsichtigte, ihn geradezu auszumerzen. Das ging weit über die Fragen nach unterschiedlichen Pflichtauffassungen hinaus. Er wollte ihn nicht nur aus dem Präsidium drängen, sondern beabsichtigte offensichtlich, ihn hinter Gitter zu bringen. Hilpert hatte seine Lektion gelernt. Er würde Andrea künftig nur im Beisein von Kollegen im Präsidium vernehmen. Gott sei Dank standen kurzfristig keine weiteren Gespräche mit ihr an. Er spürte kein Verlangen, sie zu sehen, geschweige denn zu sprechen. Sich selbst durfte er seine Enttäuschung über ihr Verhalten eingestehen. Trotzdem fragte er sich, welche Strategie dahintersteckte? Seine Überlegungen wurden von Stange und Albers gestört. Sie bestanden auf einem detaillierten Bericht. Also tat er ihnen den Gefallen. Danach war Schulterklopfen angesagt. Die anderen Mitglieder seiner Sonderkommission bevölkerten ebenfalls bald sein Zimmer und beglückwünschten ihn. Erstmals begriff er, dass man ihn mochte. Am meisten freute ihn ein Satz von Birgit Grosser. »Einer wie du soll eine Frau belästigt haben? Lächerlich! Dir muss man eine schriftliche Aufforderung zuschicken, damit du bemerkst, dass sich eine Frau für dich interessiert.«

Irgendwann saß er allein hinter seinem Schreibtisch. Die Reaktion seiner Leute hatte seinen Kopf freigeschwemmt und seine Seele entlastet. Zu seinem Erstaunen erreichte ihn ein Anruf von Andrea.

»Ich will nichts von meiner Anschuldigung beschönigen. Ich bedaure sie. Es ging nicht anders. Ich bin gern mit dir zusammen gewesen.«

Bevor er reagieren konnte, erklang bereits das Freizeichen. Die Frau wurde ihm zusehends rätselhafter. Sie waren beileibe nicht miteinander durch. Fraglos gehörte sie nach wie vor zum Kreis der Verdächtigen. War sie Täterin? Wollte er nicht daran glauben, weil er sie mochte? Gegenüber Dritten würde er sich dagegen vehement verwahren. Zu sich durfte er ehrlich sein, sich musste er nicht belügen. Wäre er in diesem Augenblick von jemandem beobachtet worden, der hätte sich über sein heftiges Nicken gewundert. Hilpert lachte auf. Albers hatte ihn dabei ertappt, dass seine so hoch gepriesene Toleranz erhebliche Defizite aufwies. Der Fall Andrea machte ihm klar, dass er wie ein Pennäler seinen Emotionen freien Lauf ließ. Er konnte sich seine Täter nicht schnitzen. Er musste einen freien Kopf behalten, wollte er diesen Fall erfolgreich abschließen. Mit diesem Wissen beschloss er, sich nicht mehr zu malträtieren, sondern einen Betriebsausflug in die nächste Kneipe zu unternehmen. Es bedurfte keiner besonderen Überredungskunst, Stange und Albers davon zu überzeugen, ihn zu begleiten. Sie schafften es tatsächlich, sich ein paar Stunden ohne eine Diskussion der aktuellen Fälle miteinander auszutauschen. In fröhlicher Stimmung landete jeder vor Mitternacht in seinem Bett. Selbst die Alkoholmengen, die sie zu sich genommen hatten, hielten sich einigermaßen im Rahmen. Es reichte bis zum Schluss zu einer weitgehend fehlerfreien Kommunikation. Sie würden den neuen Arbeitstag allemal ohne Zuhilfenahme sprudelnder Kopfschmerztabletten einläuten können.

43

Hilpert saß an diesem Morgen kaum in seinem Sessel, als ihn ein Anruf von Weber erreichte.

»Da sind Sie ja endlich!«, begrüßte er ihn entnervt. Offensichtlich hatte er des Öfteren versucht, ihn zu erreichen. »Starten Sie neuerdings um die Mittagszeit und gehen pünktlich um fünf?«

»So ungefähr. Ich war gestern mit einigen Kollegen einen saufen.«

»Ach ja? Und an einen einsamen Kriminaldirektor denkt niemand?«

»Beim nächsten Mal sind Sie dabei.«

»Fein, ich hab eine fröhliche Nachricht für Sie.«

»Und die wäre?«

»Uns hat vor etwa einer Stunde eine Mail von Frau Grothe erreicht. Sie entschuldigt sich für ihre Anschuldigungen. Sie gibt vor, aus Eifersucht gehandelt zu haben. Tatsächlich habe sie jede Sekunde mit Ihnen genossen.«

»Das klingt so theatralisch, dass man das kaum ernst nehmen kann«, reagierte Hilpert entspannt.

»Mann, nun freuen Sie sich! Damit ist die Geschichte vollends vom Tisch!«

»Mir gehen andere Empfindungen durch den Kopf. Was bezweckte sie mit ihren Anschuldigungen? Und worauf will sie nun hinaus?«

»Um ein paar unbedeutende Details müssen Sie sich selber kümmern, junger Mann, schließlich haben Sie Abitur.«

»Ich tue, was ich kann.«

Andreas Verhalten beschäftigte ihn das gesamte Wochenende, ohne dass er zu einer abschließenden Antwort kam. Er glaubte nicht an Zufälle und vor allem nicht an kurzfristige Verhaltensänderungen von Menschen ohne konkreten Anlass. Zu Beginn der neuen Woche hatte er sie überraschend am Handy, als hätte sie ihn nicht lange genug beschäftigt. Diesmal ließ sie ihn erstaunlicherweise zu Wort kommen. Sie bat ihn um ein gemeinsames Treffen. Seiner Bitte um einen neutralen Treffpunkt entsprach sie mit einem hellen Lachen. Trotzdem äußerte sie Verständnis für seine Vorsicht.

»Nicht, dass du mit einem ganzen SEK aufkreuzt. Da löst sich möglicherweise ein Schuss und trifft einen Unbeteiligten. Ich verspreche dir, keinen Sprengstoffgürtel umzubinden.«

»Damit wäre mein größtes Problem gelöst«, antwortete er gut gelaunt. Vielleicht war sie diesmal bereit, etwas mehr auszuspucken als die Male davor. Vor allem war er schlichtweg neugierig darauf, von ihr zu hören, wie sie auf die abstrusen Anschuldigungen gegen ihn gekommen war.

Sie verabredeten sich unweit von ihrem Büro entfernt bei dem Italiener am Kaiserkai. Sie saßen draußen direkt am Wasser und konnten zur Kenntnis nehmen, dass der Hafen auf der anderen Seite des Ufers tatsächlich in Betrieb war. Andrea erwartete ihn bereits. Er bestellte sich von der Mittagskarte eine Salamipizza, sie beließ es bei einem Cappuccino.

»Ich verstehe ja, dass du sauer auf mich bist«, versuchte sie ein Gespräch in die Gänge zu bringen, als sie einander gegenübersaßen.

»Ich bitte dich«, begann er ohne innere Überzeugung zu widersprechen. »Das ist keine Seltenheit, dass ein Mann seine Situation ausnutzt und sich an einer Frau mehr oder minder vergreift. Gut, dass ich dich nicht schlagen musste. Du hast bestimmt befürchtet, ich könnte zur Pistole greifen.«

Ihre Augen waren feucht, als sie ihn anschaute. »Ich habe es nicht besser verdient. Es ging um meine finanzielle Zukunft. Da habe ich gegen mein Gefühl gehandelt.«

»Erklär mir, worum es sich dreht. Mag sein, dass ich dich danach besser verstehe.«

»Es war mein Mann, der mich erpresst hat. Es ging um die Abfindungsregelung. Leider hatten wir in jungen Jahren keinen ordentlichen Ehevertrag gemacht. Er mit seinen juristischen Kenntnissen wusste mit Sicherheit, weshalb er dem ausgewichen war. Hätte ich nicht mitgemacht, stände ich jetzt im Regen. Tut mir leid, meinen Egoismus über alles gesetzt zu haben.«

»Und er hat das an Linsmann weitergereicht?«

»Nein, der hat mich persönlich aufgesucht und meinen Kommentar aufgenommen, den Grothe mir eingeimpft hatte. Er ließ mich diesen unterschreiben.«

Er war das Thema leid. Das China-Porzellan war zerschmettert. Egal, wer die Scherben aufhob und versuchte, sie zusammenzukleben, das Ergebnis wäre mit dem Originalzustand nicht zu vergleichen. Man behandelte solch wertvolle Gegenstände vorsichtig. Und das galt weitaus stärker für eine Beziehung. Wobei er sich fragte, ob sie mehr als der gemeinsame Sex verbunden hatte. Er mochte sie immer noch. Und er begehrte sie nach wie vor. Ein weiteres Mal tapste er trotzdem nicht in diese Falle. Für ihn wie für seine Kollegen galten klare Regeln, gegen die jeder mal verstieß. Wollte er sich verhalten, wie es ihm in den Sinn kam, musste er seinen Job aufgeben. Er überlegte, was Grothe dazu trieb, ihm diese Probleme zu bereiten. Die vordergründige Antwort war leicht: Eifersucht. Ließ sich damit alles erklären? Grothe wollte ihm schaden, Gleiches galt für Linsmann. Brachte jeder seine eigenen Motive dafür mit, oder schwebte über allem ein gemeinsamer Wille? Wenn ja, zu wem gehörte er?

Mit kleiner Stimme fuhr sie fort: »Es macht vermutlich wenig Sinn, dich zu fragen, was du in den nächsten Stunden vorhast?«

Überraschend nahm er ihre Hand in seine und küsste sanft die Innenfläche. Als sie begann, unruhig zu werden, ließ er sie los. »Am liebsten möchte ich es mit dir jetzt treiben. Nur ist mir das Risiko zu groß. Wir fahren irgendwohin und werden von jemandem mit der Kamera verfolgt. Bei geeignetem Filmmaterial wäre ich arbeitslos.«

»Du nimmst mir nicht ab, dass ich geläutert bin?«

»Das ist nicht die entscheidende Frage. Es gibt zu gute Argumente, weshalb sich ein Ermittler nicht mit potenziellen Zeugen einlassen sollte. Und meinen Job liebe ich tatsächlich. Ich konnte die Dinge einigermaßen hinbiegen. Niemand gäbe mir eine zweite Chance, nicht einmal meine engsten Freunde. Und das zu Recht.«

»Ich habe gehört, ich hätte dir beinahe eine Beförderung vermasselt?!«

»Die Frage stellst du jetzt nicht ernsthaft.«

»Ist solch eine Beförderung nicht eine Bestätigung für deine Arbeit? Vergrößern sich dadurch nicht deine Freiräume?«

»Das ist alles Theorie. Ich bin mir nicht mal sicher, ob ich überhaupt in den höheren Dienst will. Richtig genommen werde ich dazu gedrängt.«

»Na ja, du musst von deinem Gehalt nicht unbedingt leben.«

»Es gilt das Gerücht. Ich habe eine ganz andere Frage. Wie seid ihr auf Linsmann gekommen?«

»Er hielt wohl mal einen Gastvortrag an der Uni, den sich Grothe angehört hatte. Er meinte, er sei ein brauchbarer Idiot. Also hat er den Kontakt zu ihm gesucht und aufrechterhalten. Mein Vater, Frau Breckwoldt und andere trafen sich mit ihm gelegentlich.«

»Und hat die Verbindung was gebracht?«

»Was weiß ich, ich kenne ihn nicht weiter. Der Mann hat mich nie interessiert. Er ist alles andere als mein Typ.«

»Sag mal, kann es sein, dass dein werter Gatte alten Idealen nachhängt und das demokratische Getue nur ein Deckmantel für ihn ist?«

»Gute Frage. Was ist er? Ein konservativer Rechtsaußen oder ein liberaler Nazi? Keine Ahnung, das musst du selbst herausfinden. Zumindest versteht er es vorzüglich, sein Fähnchen stets neu nach dem Wind auszurichten.«

Sie spürte, dass sich Hilpert mit den Gedanken auf den Weg ganz woandershin begab. Eine Bemerkung von ihr musste es ihm angetan haben. An diesem Tag würde er nirgendwo mit ihr hingehen, vermutlich nicht mal nach Hagenbeck. Ihr blieb nichts übrig, als das zu akzeptieren. Also löste sie ihr kleines Treffen auf. Mit dem Versprechen, sich nicht aus den Augen zu verlieren, trennten sie sich. Sie ging die wenigen Schritte, die vor ihr lagen, zu Fuß. Was hatte sie sich erhofft? Dass Fabian den Vorfall abhaken und zur Tagesordnung übergehen würde? Und er, war er wirklich geläutert?

44

Hilpert dachte über Linsmann nach. War er der Schwachpunkt im Präsidium, nach dem seit geraumer Zeit gesucht wurde? Er hielt ihn nicht für einen Maulwurf, der für Geld Geheimnisse weiterreichte. Er war kein Ihle. Eher traute er ihm zu, sich Menschen gegenüber zu öffnen, die seinen Idealen nachhingen, ihn darin bestärkten. Profitierte Grothe von solchen Indiskretionen? War seine Arbeit in der demokratischen Partei nichts weiter als ein Deckmäntelchen seiner eigentlichen politischen Ziele? Konnte er zulassen, dass solch ein Mann die Position des Fraktionsvorsitzenden in seiner Partei übernahm, sollten seine Vorbehalte gegen ihn zutreffen? Im Wagen telefonierte Hilpert mit einem der internen Ermittler. Es würde ihn nicht wundern, wenn Linsmann dort gepackt wurde, wo er verwundbar war, bei seiner Eitelkeit und seinem Ehrgeiz. Vermutlich glaubte er, sogar mit dabei behilflich zu sein, linke Machenschaften zu bekämpfen. Sein nächster Anruf galt Wellner.

»Wenn du Einfluss in deiner Partei hast, verhinder, dass Grothe ganz nach oben gespült wird. Ich habe da ganz böse Vorahnungen.«

Anschließend wurde Hilpert beim Verfassungsschutz vorstellig. Er war kräftig dabei, Grothe einzukesseln.

Auf dem Rückweg erreichte ihn Weber. »Ihre Hinweise auf Linsmann haben Wellen geschlagen. Er wird in einer Stunde vernommen. Man hat mich gebeten, Sie dafür abzustellen, da Sie am tiefsten in der Sachlage drinstecken.«

»Meinen Sie wirklich, dass das eine gute Idee ist? Wird er nicht dichtmachen, wenn er mich sieht?«

»Wir haben das diskutiert, meinen jedoch, dass die Vorteile Ihres Insiderwissens schwerer wiegen.«

»Ich will mich nicht verstecken. Ich benötige keine zehn Minuten, bis ich vor Ort bin.«

»Wie sind Sie auf die Hinweise gestoßen?«

»Ein Gespräch mit Grothes Frau.«

»Sie haben sich wieder mit ihr getroffen? Sind Sie des Teufels?«

»Keine Angst, die Begegnung fand in der Öffentlichkeit statt, bei Pizza und Cappuccino.«

»Na gut, viele Wege führen nach Rom. Es ist nicht meine Aufgabe, Ihnen vorzuschreiben, wie Sie Ihren Job zu machen haben. Da hätte ich viel zu tun.«

Der Kriminaloberrat sah einigermaßen verdattert aus, als er Hilpert zu Gesicht bekam. »Wird das hier eine Retourkutsche?«, fragte er mit aggressivem Unterton.

Hilpert blieb unbeirrt. Er sollte den ersten Teil des Verhörs führen. Weber und ein interner Ermittler saßen interessiert neben ihm.

»Sie haben den richtigen Einstieg gewählt, Herr Oberrat. Wir beginnen tatsächlich mit meiner Geschichte.«

»Hab ich mir gleich gedacht. Nachkarren wollen Sie! Legen Sie los! Ich bin mir keiner Verfehlung bewusst.«

»Erzählen Sie uns, wie Sie auf die Bettgeschichte mit Frau

Grothe und mir gekommen sind. Meines Wissens wurde darüber keine Presseinformation herausgegeben, am allerwenigsten von mir.«

»Äh, man kannte sich.«

»Frau Grothe will Sie nur zwei-, dreimal gesehen haben, bis Sie sich mit ihr unterhalten haben.«

»Na und? Das ist schließlich nicht verboten.«

»Noch mal dieselbe Frage: Wie sind Sie darauf gekommen, eine Frau, die sie kaum kannten, auf ihre Bettgeschichten anzusprechen?«

Linsmanns Stimme wurde leiser, als könnte er dadurch die Bedeutung seiner Aussage verschleiern. »Ihr Ehemann rief mich an.«

»Und wie kam der darauf, Sie auf dieses Thema anzusprechen?«

»Er wusste von mir, dass ich mit Ihrer Arbeit zutiefst unzufrieden bin.«

»Finden Sie das nicht ungewöhnlich, über dienstliche Probleme mit einem Außenstehenden zu reden? Dies insbesondere mit jemandem, der zumindest zum erweiterten Kreis der Verdächtigten einer Mordermittlung zählt?«

»Was reden Sie da!«, wurde Linsmann laut. »Herr Grothe soll Fraktionsvorsitzender der SCP werden. Wollen Sie den Mann etwa als Kriminellen bezeichnen? Er wollte mit mir sogar über einen attraktiven Listenplatz bei der nächsten Bürgerschaftswahl reden.«

»Das heißt, mit solchen Leuten darf man über Interna plaudern? Machen Sie das bereits länger?«

»Es findet seit Jahren ein reger Gedankenaustausch zwischen uns statt. In Herrn Grothe habe ich einen konstruktiven Gesprächspartner gefunden, der genau wie ich der schleichenden Infiltrierung linker Elemente in den öffentlichen Dienst Einhalt gebieten will.«

»Und mich haben Sie als linksradikales Element identifiziert, das Sie mit wertem Herrn beseitigen wollten?«

Erstmals seit Hilpert Linsmann kannte, verlor dieser die Fassung. »Ja, Sie haben vollkommen recht. Leute wie Sie müssen raus aus der Polizei!«

Aufgebracht mischte sich Weber ein: »Ich verstehe Sie recht? Einer unserer erfolgreichsten Ermittler muss aus dem Polizeidienst entfernt werden? Warum? Weil er keine Krawatte bei der Arbeit trägt?«

»Sie verstehen ebenso wenig. Es geht ums große Ganze.«

Wie erschöpft lehnte sich Weber in seinem Stuhl zurück. »Das wird's wohl sein.«

»Wo fanden denn solche Gespräche statt?«

»Entweder in seinem Haus in der Karlstraße oder bei Frau Breckwoldt beziehungsweise Herrn Peterson am Feenteich.«

»Und diese Herrschaften haben gemeinsam mit Ihnen Probleme der Polizei erörtert?«

»Gelegentlich. Schließlich handelt es sich um hochgestellte Persönlichkeiten des öffentlichen Lebens.«

»Dr. Kessler war zu Lebzeiten ebenfalls dabei?«

»Das entspricht den Tatsachen.«

Nun mischte sich der interne Ermittler ein. »Diskutierten Sie geplante Polizeieinsätze gegen rechtsradikale Elemente?«

»Nur, wenn ich sie für nicht gerechtfertigt hielt.«

»Ihnen ist schon klar, dass Sie engste Kontakte zu Mitgliedern und Geldgebern rechtsradikaler Gruppierungen hielten?« Dem Mann war anzusehen, wie erregt er mittlerweile war. »Für Sie war es ganz normal, sich mit solchen Elementen gemeinzumachen.«

»Was reden Sie für einen Blödsinn?! Hier handelt es sich um Spitzen unserer Gesellschaft. Ich empfand es als große Ehre, von ihnen empfangen zu werden.«

Weber wandte sich Hilpert zu. »Peterson wie Breckwoldt haben ihre Mitgliedschaft in solchen Vereinigungen längst gestanden?«

»So ist es. Von Frau Breckwoldt existieren Aufzeichnungen in Bild und Ton, in denen sie unser politisches System gnadenlos niedermacht und eine autoritäre Staatsform fordert. Eine Klage gegen sie als Mitglied einer kriminellen Vereinigung ist in Vorbereitung.«

»Sie verbreiten da infame Lügen über Leute, die nur das Wohl unseres Staates und der wertvollsten Menschen, die darin leben wollen, im Sinn haben!«, schrie Linsmann auf.

Hilpert taxierte ihn von oben bis unten. »Das zu beurteilen, überlassen wir am besten den Gerichten. Oder sitzen dort ebenfalls nur linke Weltverbesserer?«

»Was Ihr Verhalten in den letzten Jahren betrifft, Herr Linsmann, kommen wir wohl nicht drum herum, es näher zu beleuchten«, entschied Weber. »Ich zumindest habe genug gehört. Sie sind vorläufig festgenommen.«

Der Kriminaldirektor und Hilpert verließen einigermaßen desillusioniert den Vernehmungsraum. Sie hatten einen Kollegen vernommen, für den es nach dessen Selbstverständnis ausreichte, dass jemand eine gewisse gesellschaftliche Stellung innehatte, schon war diese Person unangreifbar und stand über dem Normalbürger. Fehlte bloß eine Art Diplomatenstatus für reiche Unternehmer und deren Familienangehörigen.

Am frühen Abend empfingen sie Grothe. Dieser tat einigermaßen überrascht, als sie ihn mit ihren Vorwürfen konfrontierten.

»Ich soll vertrauliche Informationen, die mir Herr Linsmann mitgeteilt hat, weitergereicht haben? Und das an rechtsradikale Vereinigungen? Sie belieben zu scherzen! Ich habe 2006 mit dieser Tradition gebrochen. Ich habe einen längeren Weg als andere gehabt, trotzdem bin ich ein überzeugter Demokrat. Wer das Gegenteil von mir behauptet, wird von mir verklagt.«

Auf die Karte Peterson und Breckwoldt parierte er ebenfalls gelassen. »Ich ging davon aus, dass beide genau wie ich den richtigen Weg eingeschlagen haben. Dass das nicht so gewesen ist, mag bedauerlich sein. Das kann unmöglich mir angelastet werden. Sollte einer von ihnen Dritte vor Polizeiaktionen gewarnt haben, kann ich das nur aus innerer Überzeugung ablehnen. Ich zumindest bin mir keiner Schuld bewusst.«

Weber setzte nach: »Und die Informationen, die Sie Linsmann hinsichtlich der Beziehung von Herrn Hilpert mit Ihrer Frau weitergereicht haben, der Druck, den Sie auf Ihre Frau ausgeübt haben, was ist damit?«

»Hilpert hat es mit meiner Ehefrau getrieben. Ich gehe nach wie vor davon aus, dass wir unsere Ehe kitten werden. Man mag mir nachsehen, dass ich dafür gekämpft habe.« Er beugte sich ein Stück weit mit dem Oberkörper vor. »Herrn Hilpert ist bekannt, dass ich trotz der geplanten Scheidung meine Frau liebe. Ich spüre zeitweise Rachegelüste gegen ihn in mir, die ich kaum zu unterdrücken vermag. Meine Methoden mögen illegal gewesen sein. Irgendwo fühle ich mich moralisch im Recht.« Wütend blickte er in Hilperts Richtung. »Ich hätte Sie am liebsten getötet. Das gilt bis heute. Mein Problem ist, dass ich nicht in der Lage bin, jemanden zu töten. Das Schlimmste ist nicht, dass meine Frau mit Ihnen geschlafen hat, sondern es hat ihr offensichtlich gefallen.«

Was sollten sie mit dem Mann anfangen? Eifersucht, Rache, kein Gericht der Welt würde ihn dafür belangen wollen. Was Hilpert ansonsten gegen ihn vorzubringen hätte, wäre ein Gemisch aus Vermutungen und Unterstellungen. Stichhaltige Beweise hatten sie nicht. Resigniert ließen sie ihn ziehen. Hilpert telefonierte nochmals mit Reuter vom Verfassungsschutz, um ihn über die letzten Ereignisse zu informieren. Der nahm das gelassen hin. »Wissen Sie, Herr Hilpert, wir verlassen uns da ganz auf Ihre Nase. Wir haben den Herrn im Fadenkreuz und werden ihm eng auf den Fersen bleiben. Irgendwann muss er raus aus seinem Bau und Farbe bekennen. Dann schlagen wir zu.«

45

Hilpert wurden die Vernehmungen und Telefonate an diesem Tag langsam zu viel. Erst als er seine Mails öffnete, verbesserte sich seine Laune auf einen Schlag. Mutter und Tochter Dunkel strahlten ihm auf einem Foto entgegen. Darunter bedankte sich die Herzpatientin dafür, dass er ihr die lebensrettende Operation ermöglicht hatte. Nach Aussage ihrer Ärzte seien die Prognosen außerordentlich positiv. Die Mutter wollte ihm sogar 3.000 Euro zurückgeben. Das verhinderte er mit der knappen Aufforderung, dass die beiden das Geld für einen netten Urlaub oder anderweitig verwenden sollten. Er war für Momente glücklich, als er den PC ausschaltete. Das Geld für die Operation hatte er vor längerer Zeit von seinem Freund Pristic geschenkt bekommen, der es garantiert auf illegalen Wegen erworben hatte, durch Drogengeschäfte, Prostitution und Ähnliches. Hilpert konnte damit nicht die Welt verändern, gegebenenfalls im Kleinen Akzente setzen. Immerhin lag gut eine halbe Million Euro im Schließfach und wartete darauf, ausgegeben zu werden. Mutter und Tochter ging es gut. Spontan überwies er an diesem Abend weitere zweitausend Euro auf deren Konto. Da blieb für sie etwas mehr übrig für ein gutes Essen und andere wichtige beziehungsweise unwichtige Dinge. Fröhlich räumte er seinen Schreibtisch auf. Er war auf dem Weg nach draußen, als sein Telefon läutete.

»Ich weiß nicht, ob Sie noch wissen, wer ich bin. Verdieck ist mein Name, Elke Verdieck.«

»Ach, Lauras Tante, die so gut kochen kann.«

»Freut mich, wenn es Ihnen geschmeckt hat. Ich rufe an wegen Laura. Ich habe Sie seit Längerem nicht gesehen.«

»Sie wissen, dass ich zweimal bei ihr war?«

»Jetzt fällt es mir ein, wir haben uns einmal vor der Klinik getroffen.«

»Lauras Onkel war dabei«, erinnerte er sich. »Ich bin mir unsicher, ob es momentan angebracht ist, sie zu besuchen.«

»Siebert, mein Schwager, will sie in eine amerikanische Klinik stecken.«

»Ich habe davon gehört, dass er darüber nachdenkt. Sie wird von einem gebürtigen Österreicher geführt.«

»Ich habe mich darüber eingehend informiert. Der Mann ist 81 Jahre alt und soll ausschließlich seinen Namen für die Klinik hergeben. Der Laden steht heute unter der Leitung eines Puerto Ricaners. Er hat fraglos einen einwandfreien Ruf. Nur dort spricht außer dem Österreicher niemand Deutsch.«

»Ich verstehe, das hört sich nicht gut an.«

»Siebert und ich entscheiden als einzige Verwandte über Lauras Schicksal. Ich wünsche mir das Beste für sie. Leider bin ich darin total unbeleckt. Deshalb möchte ich, dass Sie meine Funktion übernehmen. Das können wir gern notariell beglaubigen lassen, wenn Sie es wünschen.«

Er dachte kurz nach. »Besser, wir nehmen einen Psychiater dafür.«

»Kennen Sie einen geeigneten?«

»Nein, ich schätze, das sollte kein Problem darstellen. Wenn Sie wollen, machen wir es so.«

»Selbstverständlich bin ich einverstanden.«

Hilpert stellte anschließend fest, dass es für Telefonate zu spät war. Die Frage nach einem Psychiater konnte er durchaus am nächsten Tag klären.

Am Abend im Gespräch mit seinem Schwiegervater versprach dieser, ihm behilflich zu sein. Versierte Fachleute, die nur darauf warteten, kurzfristig ein paar Stunden ihrer kostbaren Zeit zu investieren, lagen nicht auf der Straße herum.

Es sollte sich am nächsten Vormittag zeigen, dass selbst Wellner mit dieser Aufgabe überfordert war. Die Kalender der Koryphäen waren gespickt mit ellenlangen Warteschlangen. Die Konsumgesellschaft forderte ihren Tribut. Nun war dies nicht Hilperts größte Baustelle. Aus dem Kreis der Verdächtigen wollte er sich einmal mehr Sigrid Breckwoldt vornehmen. Die Frau hatte es bisher geschafft, sich durch alle Untiefen durchzulavieren. Obwohl die denkwürdige Sitzung in Marienthal eindeutige Verdachtsmomente gegen sie hervorbrachte, ging er davon aus, dass sie sich an einer Haftstrafe vorbeimogeln würde. Diesmal hatte er sich vorgenommen, ihre Akte bis zur letzten Seite durchzugehen. Die von Peterson sollte anschließend folgen. Er wollte die erste Seite bereits umblättern, als er stutzte. Er las die Passage nicht einmal, sondern zweimal und schob die Unterlage von sich weg. Erschrocken über ihre nachlässige Arbeit erhob er sich aus seinem Sessel und stellte sich, die Hände in die Hosentaschen versenkt, vor seinen Schreibtisch. Manches erschien auf einmal in neuem Licht. Sie mussten schnell handeln. Ein winziger Hinweis brachte sein Universum durcheinander. Er setzte sich zurück auf seinen Sessel und massierte sich energisch die Schläfen. Es blieb dahingestellt, ob es seine Denkfähigkeit anregte. Zumindest tat es ihm gut. Eine Viertelstunde später war er auf dem Weg zu Weber. Der musste für ihn einen Durchsuchungsbescheid mit lausigen Beweisen erwirken. Die NSU-Hysterie spielte ihnen da in die Karten. Eine halbe Stunde später drückte ihm Weber das Papier in die Hand. Sie beorderten Birgit Grosser zu sich. Weibliche Unterstützung konnte ihnen mit Sicherheit helfen.

»Jetzt brauchen wir einen Psychiater«, stieß Hilpert hervor. Wieder fiel ihm ein, wie schwer er sich bisher damit getan hatte.

»Polizeipsychologen laufen doch genug im Präsidium rum. Einer hält sogar regelmäßig Vorlesungen an der Uni.«

Hilpert schaute die Kommissarin fröhlich an. »Was mache ich nur ohne euch?«

»Hauptsache, du weißt es.«

Hilpert klatschte sich mit der flachen Hand gegen die Stirn und lachte befreit auf. Da traktierte er seinen Schwiegervater mit der Bitte, ihm einen Psychiater zu organisieren und musste sich nur im eigenen Haus umsehen. So löste er das Problem letztlich in einer halben Stunde. Sie fuhren am selben Tag mit kleinem Aufgebot nach Blankenese. Sie wollten kein schwer bewaffnetes Terroristennetz auseinandernehmen.

»Wie sind Sie darauf gestoßen, dass mit dem Aufenthalt von Frau Verdieck etwas nicht in Ordnung sein könnte?«, wollte der Psychologe während der Fahrt wissen.

»Professor Maurer hat eine Schwester, Sigrid Breckwoldt«, erläuterte Hilpert. »Leider ist mir das erst heute aufgefallen. Und das ist mir ein Zufall zu viel.« Er erklärte in kurzen Sätzen, wie die Unternehmerin ins Schema der Verdächtigen passte.

An der Eingangstür zur Klinik empfing sie ein knapp zwei Meter großer mächtiger Mann, der manchen Wrestler das Fürchten gelehrt hätte. Diesen Mann glaubte Hilpert in der Bundesliga boxen gesehen zu haben. Unbeeindruckt musterte der den Durchsuchungsbeschluss.

»Ohne das Okay von Professor Maurer lass ich niemanden herein.«

»Gilt das selbst für die Polizei?«

Hilpert musste sich beherrschen. Dies war das zweite Mal in relativ kurzer Zeit, dass ihre polizeiliche Autorität ignoriert wurde. Mussten sie sich auf eine erneute Auseinandersetzung einstellen? Er steckte das Papier ein. Langsam hob er die Hand. »Ich werde jetzt mit meinen Kollegen an Ihnen vorbei die Klinik betreten. Ich mache vorsorglich darauf aufmerksam, dass, sollte meine Hand heruntergehen, zwei Scharfschützen den Auftrag haben zu schießen. Dies ist das verabredete Zeichen dafür, dass wir bedroht werden. Wollen wir hoffen, dass die nicht Ihren Kopf treffen. Mit etwas Glück kommen Sie mit einem Lungensteckschuss davon.« Entschieden drückte er sich an dem 130 Kilo schweren Muskelpaket vorbei und betrat, gefolgt von seinen Begleitern, den Flur. Nachdem er die Tür geschlossen hatte, grinste dieser Hilpert an.

»Jetzt hilft Ihnen kein Scharfschütze mehr.«

»Sie sind ja ganz ausgebufft. Sollte es Sie trösten, ab sofort helfen wir uns selbst. Was der Kollege hinter Ihnen auf Sie richtet, nennt man eine Pistole. Sie hat übrigens ein Kaliber von neun Millimeter. Ob Sie dagegen resistent sind, wird sich zeigen. Keine Angst, Ihr Leben ist nicht gefährdet. Auf die kurze Distanz reicht es, eine Ihrer Kniescheiben oder beide zu zerschießen. Ihre Krankenkasse übernimmt sicherlich die Kosten für einen Rollstuhl.«

Der kräftige Mann war nicht dumm, zumindest kapierte er, dass die anderen ihm voraus waren. Er ging vorweg in Richtung auf das Zimmer des Klinikchefs.

»Welche Nummer hat das Zimmer von Frau Verdieck?«, fragte ihn Hilpert im Gehen.

»Ich bin nicht befugt ...«, setzte der ehemalige Boxer an, als der Hauptkommissar ihn unterbrach.

»Bis zu diesem Moment habe ich Ihr Verhalten als übereifrig interpretiert. Ich bin nun gezwungen, darin eine bewusste Behinderung unserer Arbeit zu sehen Und das bei einer Mordermittlung. Glauben Sie mir, danach geht's vor den Kadi. Ich hoffe, Sie sind nicht vorbestraft. Sonst können Sie sich auf den Knast gefasst machen.«

Man sah dem Mann an, dass er ins Grübeln geriet. »Erster Stock, Zimmer 108«, stieß er hervor.

»Geht doch«, lobte Hilpert ihn. Er kannte sich gut genug aus und begriff, dass sie zu dem Repräsentationszimmer des Klinikchefs geführt wurden. Der breitschultrige Pfleger wollte sie zuerst eintreten lassen, als Hilpert innehielt. »Melden Sie uns ruhig bei Ihrem Chef an. Das gehört sich so.«

Wie zu erwarten, war das Zimmer leer. Hilpert wandte sich seiner Kollegin zu. »Wenn ich um die Handfesseln bitten dürfte. Der junge Mann ist leider nicht lernfähig.« Anschließend wies er auf den Klinikmitarbeiter. »Sie sind vorläufig festgenommen. So schlau bin ich auch, um zu wissen, dass dieses Zimmer wie alle anderen von außen verschlossen werden kann. Zu dumm für Sie, dass Professor Maurer mir erzählt hat, dass er diesen Raum nur in Ausnahmefällen nutzt.« Er drehte sich Albers zu. »Sollte er sich wehren, sofort schießen.«

»Das trau'n Sie sich nicht!«, fauchte der Pfleger mutig los.

»Bei einem Verhältnis von fünf zu eins trau ich mich alles, Klugscheißer. Keiner meiner Leute gerät Ihnen zwischen die Finger. Wir wollen in der Klinik keinen Straßenkampf veranstalten.«

Hilpert betrachtete den Mann eingehender. Sein Blick verweilte auf dessen rechter Hand. »Hübsche Tätowierung, die Sie da tragen. In welchem Knast haben Sie sich die denn verpassen lassen? So nachlässig arbeitet kein Profi. Wenn Sie nicht schleunigst umschwenken, werden Sie bald die Gelegenheit bekommen, Ihre Motive zu ergänzen.«

Der Pfleger streckte folgsam seine Hände vor, als ihm die Handfesseln umgelegt wurden. Offensichtlich wirkten Hilperts Worte stärker nach als die Waffe, die auf ihn gerichtet wurde. Eine weitere Diskussion erübrigte sich, weil ihnen ein weißer Kittel entgegenkam, dessen Träger ihm durchaus bekannt vorkam. Der Klinikchef gab sich die Ehre.

»Meine Dame, meine Herren, was soll der Lärm? Wir sind hier nicht auf dem Dom«, tönte er selbstbewusst. »Warum haben Sie sich nicht wie sonst vorher angemeldet, Herr Kommissar?«, richtete er das Wort an Hilpert. »Das hat bisher stets geklappt.«

»Das ist richtig, da wusste ich leider nicht, dass Frau Breckwoldt Ihre Schwester ist.«

Maurer wies auf die Eingangstür seines Prachtzimmers. »Gehen wir dort hinein. Da gibt es ausreichend Platz, um alles zu erörtern, was Ihnen wichtig ist.«

Der Professor ging mit festen Schritten voraus und trat als Erster ein. Anschließend begann er den aufmerksamen Gastgeber zu spielen und fragte umständlich nach den Getränkewünschen. Für einen kurzen Moment spielte der Hauptkommissar mit dem Gedanken, auf den Psychiater einzugehen, bis ihm klar wurde, dass er auf Zeit spielte. Für alle unerwartet sprang Hilpert auf. Er wies auf den Polizeipsychologen. »Folgen Sie mir zu Zimmer 108.«

Sie ließen einige verblüffte Leute zurück, als sie auf den Korridor stürmten. Von dort aus wandten sie sich zur Treppenanlage. Erstaunlicherweise hielt der Psychologe gut mit, als sie die Treppe hochsprinteten. Beinahe zeitgleich erreichten sie das Zimmer, in dem sich Laura aufhalten sollte. Zu ihrem Glück war es unverschlossen. Leider handelte es sich um das Raucherzimmer der Klinik. Wütend stapften sie hinaus. Auf dem Korridor trafen sie auf eine schlanke Dame in Weiß, die ihnen das korrekte Stockwerk nannte. Es lag am Ende des oberen Flurs. Dort trafen sie auf eine hektische Ärztin, die Laura untergehakt hatte und mit ihr auf dem Weg zu einem Fahrstuhl war. Sie konnten sich nur in kleinen Schritten vorwärtsbewegen. Laura taumelte mehr, als dass sie ging. Die Ärztin machte einen letzten Ausbruchsversuch, indem sie bemüht war, ihren Status hervorzukehren.

Hilpert fegte sie barsch an: »Ihre Approbation können Sie sich bald irgendwohin schmieren. Zurück ins Zimmer! Was für ein Mittel haben Sie Frau Verdieck gespritzt?«

Die Frau in mittlerem Alter zog es vor zu schweigen. Gemeinsam gingen sie in Lauras Zimmer zurück. Dessen Ausstattung konnte man nachgerade als luxuriös bezeichnen. Es erinnerte eher an eine Suite in einem Fünfsternehotel als an ein Krankenzimmer. Zwei Räume grenzten aneinander. Im hinteren Bereich stand ein großes französisches Bett, darauf hatte man achtlos eine Einwegspritze und eine Kanüle geworfen. Auf dem Boden lag die Verpackung des Mittels, das Laura gespritzt worden war. Vorsichtig nahm Hilpert die Utensilien auf und verstaute sie in mehrere Plastiktütchen.

Der Polizeipsychologe richtete sich an die Medizinerin, deren Namen er auf dem Schildchen ablas, das sie vor die Brusttasche ihres Kittels geheftet hatte. »Dr. Hagedorn, die Indikation möchte ich sehen, die dieses Mittel vorschreibt. Da können Sie ja gleich Speed verabreichen. Der Effekt ist derselbe.« Hilpert zugewandt erklärte er: »Die Nebenwirkungen können frappierend sein. Das beginnt bei Bewusstseinsstörungen und geht hin bis zu Gedächtnisschwund.« Er untersuchte Laura flüchtig. »Herrgott, die ist gnadenlos zugedröhnt worden.«

Mittlerweile hatte sich Birgit Grosser zu ihnen gesellt. Hilpert wies auf die Ärztin. »Die Frau ist festgenommen.«

Widerstandslos ließ sie sich die Handschellen anlegen.

Anschließend beorderte Hilpert Unterstützung in die Klinik. Das Wespennest war größer, als er geahnt hatte. Kopfschüttelnd sah er sich um und kratzte sich am Kopf. Was war Laura faktisch vor ihrer Nase angetan worden?

Ein Wirtschaftsprüfer ging die Bücher der Klinik auf Hilperts Bitte hin durch. Nach eineinhalb Tagen lagen erste Ergebnisse vor, die durchaus interessant für ihre weiteren Nachforschungen waren. Als Hauptgesellschafterin trat Maurers Schwester, Sigrid Breckwoldt, auf. Sie hielt gut zwei Drittel der Anteile. Anscheinend bestanden für sie vorzügliche Möglichkeiten, für sich steuerliche Vorteile zu nutzen. Das war weder ehrenrührig noch verboten. Interessanter waren mehrere Positionen in der Gewinn- und Verlustrechnung, die auf den ersten Blick nicht plausibel nachzuvollziehen waren. Jahr für Jahr wurden erhebliche Mittel abgezogen. Hilpert konnte sich durchaus vorstellen, in welche Richtung das Geld ging. Fast wäre dabei die Frage nach Lauras Allgemeinbefinden in den Hintergrund getreten. Der Polizeipsychologe wollte nicht ausschließen, dass sie während ihres Aufenthalts in der Klinik mit starken Antidepressiva behandelt worden war. Erhielt sie Besuch von Hilpert oder ihrem Onkel, erhöhte man die Dosis mit den bekannten Effekten. Der Hauptkommissar hatte das Bild vor sich, als sie wie unbeteiligt in ihrem Sessel hockte, niemanden erkannte, nichts um sich herum wahrnahm. Bevor er sich eindeutig festlegte, bestand der Psychologe allerdings auf weitergehende Analysen. Maurer war nicht irgendwer und hatte beileibe nicht nur Neider, sondern mindestens ebenso viele Bewunderer. Der Psychologe machte Hilpert wenig Hoffnung, dass man dem Klinikchef ärztliche Kunstfehler oder gar Vorsatz nachweisen könnte. Es stellte sich nur die Frage, wie und warum Laura in die Klinik gekommen war. Und ob es gegen ihren Willen geschehen war. Würde sie sich von allem erholen oder waren Restschädigungen zu befürchten? Er wollte sie an diesem Abend im Altonaer Krankenhaus besuchen, wo sie ein paar Tage zur Beobachtung lag. Vorher hatte er sich mit ihrem Onkel verabredet. Vielleicht brachte der etwas mehr Licht in die Geschichte.

Hilpert und Siebert trafen sich wie zuvor im Besprechungszimmer des Notars. Dieser machte einen aufgeregten Eindruck auf den Hauptkommissar. Der sonst so ausgeglichene Mann begann sofort nach der Begrüßung hektisch auf den Beamten einzureden: »Sie müssen dafür sorgen, dass meine Schwägerin und ich Laura besuchen können. Die muss ja eine schreckliche Zeit in der Klinik verbracht haben. Diese Medikamente, die ihr eingeflößt wurden, müssen ein fürchterliches Zeug gewesen sein.«

Hilpert versuchte, ihn zu beruhigen. »Bleiben Sie gelassen. Die Ärzte geben mir heute eine halbe Stunde und das nur, weil sie mich sehen will. Morgen, spätestens übermorgen, können Sie sicherlich zu ihr.«

46

Leise betrat Hilpert an diesem Vormittag das Krankenzimmer. Vorab hatte er der Wache im Flur eingeimpft, niemanden ohne seine Erlaubnis hereinzulassen. Es musste einen Grund geben, weshalb man sie mit Medikamenten vollgestopft hatte. Ihm schien, als sollte sie aus dem Verkehr gezogen werden. Was wusste sie, das für andere bedrohlich war? Ihr Gesicht war kleiner geworden. Ihre Augen wirkten dagegen eindeutig klarer auf ihn. Ein sanftes Lächeln umspielte ihre Lippen, als er eintrat. Offensichtlich erkannte sie ihn. Ihre Lippen bebten, als wollte sie etwas sagen. Ein innerer Druck schien es zu verhindern. Er schminkte sich alle Fragen ab, die er im Sinn hatte, und setzte sich zu ihr ans Bett. Automatisch ergriff er ihre Hand und streichelte sie sanft.

»Fabian«, vernahm er überraschend seinen Vornamen, »nicht wahr, du wirst Maximilian finden.« Ihre Finger krallten sich in seine Hand. Sie sprach mit leiser Stimme. »Er ist in Tanger. Ich habe eine Mail von ihm bekommen.«

»Natürlich suche ich nach ihm, versprochen.«

»Du musst meinen PC nehmen, darin findest du die Mail. Das Kennwort ist Verdieck83. Der Haustürschlüssel liegt bei meiner Nachbarin.«

»Ich kümmer mich darum.«

Er spürte, wie sich ihre Hand in seiner lockerte. »Jetzt, wo wir wissen, dass Maximilian lebt, können wir nicht mehr miteinander schlafen. Das verstehst du hoffentlich!«

»Natürlich nehme ich darauf Rücksicht.«

Ihre Augenlider wurden schwerer und sie schlief ein. Wenigstens hatte sie ihn nicht vergessen. Er überlegte, ob er gehen sollte, als die Türklinke vorsichtig heruntergedrückt wurde. Zu ihnen gesellte sich ein Herr mittleren Alters im weißen Kittel. Seit seinen Erlebnissen in Blankenese hatte sich in Hilpert eine innere Distanz zu Ärzten aufgebaut. Er wusste selbst, dass es eine übertriebene Reaktion war und er an sich arbeiten musste. Das sollte sich insbesondere in diesem Fall erweisen.

»Wir überwachen zurzeit die Gesprächsfrequenz von Frau Verdieck«, erläuterte er Hilpert. »So viel wie mit Ihnen hat sie die ganze Zeit nicht gesprochen. Wäre gut, wenn Sie es schafften, häufiger zu kommen. Sie muss Ihnen tiefes Vertrauen entgegenbringen. Jetzt wird sie einige Zeit schlafen.«

»Wie sieht es ansonsten mit Besuch aus? Sie hat eine Tante, einen Onkel, die für sie mehr oder minder wie Eltern gewesen sind.«

»Geben Sie ihr einen Tag Ruhe, sich zu sammeln.«

»Wie steht es um sie?«

»Sie wird erst einmal entgiftet.«

»Und ihre psychischen Probleme?«

»Dazu kann ich noch nichts sagen. Alles in allem bin ich optimistisch, dass sie wieder wird.«

Hilpert berichtete ihm in wenigen Worten die Umstände der Ermordung Wagners und die Rolle, die er in ihrem Leben gespielt hatte.

Der Arzt verschränkte die Arme vor seiner Brust. »Das könnte eine denkbare Erklärung sein.«

»Und die Medikamente?«

»Die haben sie fraglos heruntergezogen. Die hierdurch bedingten Symptome klingen mächtig ab. Das ist bald gegessen.«

Hilpert merkte, dass der Arzt nach Worten suchte. Vermutlich wollte er ihm die Dinge so veranschaulichen, dass selbst ein Laie eine Chance hatte, sie zu verstehen.

»Das eigentliche Problem, dem wir uns stellen müssen, ist

komplizierter zu bewältigen. Ihr Unterbewusstsein nimmt gewisse Fakten nur bedingt zur Kenntnis.«

»Eine Art Gedächtnisverlust?«

»Kann man so nennen.«

»Ich verstehe, wird sich dieser Zustand normalisieren?«

»Gute Frage. Für eine definitive Antwort ist es zu früh. Im Prinzip bin ich optimistisch.«

Der Arzt reichte ihm die Hand. »Sie sind jederzeit willkommen. Mir scheint, Sie tun ihr gut.«

Auf dem Korridor dachte Hilpert über das Erlebte nach. Die menschliche Seele war etwas Kompliziertes. Einer Eingebung folgend rief er vor dem Krankenhaus Lauras Onkel an.

»Nett, dass Sie mich informieren«, bedankte er sich bei ihm. »Meine Cousine steht neben mir, sie möchte mit Ihnen sprechen.«

Kurz darauf vernahm Hilpert eine weibliche Stimme. »Macht es Sinn, Laura heute aufzusuchen?«

Ruhig nahm sie die Empfehlung zur Kenntnis, die der Arzt ihm gegeben hatte.

»Gut, warten wir ab. Es geht um sie, nicht um uns.«

Am nächsten Vormittag, auf dem Weg ins Präsidium, fiel Hilpert das Versprechen ein, das er Laura gegeben hatte. Lohnte es sich überhaupt, die Mail in ihrem PC anzuschauen? Er kannte sie, hatte ihr jedoch keine Bedeutung beigemessen, weil sie kurz darauf die Leiche des Journalisten gefunden hatten. Halbwegs überzeugt, das Richtige zu tun, fuhr er zu ihrer Wohnung. Die Nachbarin, eine ältere Dame, überließ ihm den Schlüssel, nachdem er ihr seinen Ausweis unter die Nase gehalten hatte. Hilpert fühlte sich wie ein Eindringling, als er ihre Wohnung betrat. Er wollte sich etwas anschauen, von dem er wusste, dass es völlig sinnlos war, es zu tun. Wagner war tot. Er konnte somit unmöglich die Mail an Laura geschickt haben. Gleichgültig, wie sinnvoll sein Tun sein mochte, betrat er ihr Arbeitszimmer und schaute sich um. Zu seinem Erstaunen stellte er fest, dass das Notebook verschwunden war. Das Akkuladekabel lag auf dem Schreibtisch, nicht der Computer. Er begann, sich sorgfältig umzusehen. Kleine Hinweise machten ihm deutlich, dass ihre Wohnung durchsucht worden war. Schubladen, die nicht vollständig zurückgeschoben worden waren. Das Bett im Schlafzimmer, das nur oberflächlich glatt gestrichen wurde, nachdem es jemand aufgedeckt hatte, verwischte Staubfetzen. Verfügte Laura über Informationen, die für andere gefährlich oder kompromittierend sein konnten? Hatte man sie deshalb in der Klinik festgehalten und mit Drogen vollgepumpt? Wie war sie eigentlich in die Klinik in Blankenese gekommen? Durch Dr. Siebert, ihren Onkel. Vom Wagen aus telefonierte er mit ihm und schilderte seine Eindrücke, die er in Lauras Wohnung gewonnen hatte. Sie redeten nicht lang und breit miteinander, sondern verabredeten sich bei dem Notar.

»Ich will das alles nicht glauben«, empfing er Hilpert kurz darauf erschrocken.

»Leider sprechen die Fakten für sich. Wie sind Sie auf die Idee gekommen, Laura bei Maurer unterzubringen?«

»Das fragen Sie jetzt nicht im Ernst«, erwiderte Siebert leicht angesäuert. »Maurer gilt in der Psychiatrie als absolute Kapazität. Seine Klinik ist weit über Hamburgs Grenzen hinweg ein Begriff.«

»Und woher wussten Sie davon? Hatten Sie sich vorher damit beschäftigt, Ihre Nichte ambulant unterzubringen?«

»Sind Sie des Teufels? Laura hat immer funktioniert wie ein Computer. Nie wäre ich auf die Idee gekommen, sie in psychiatrische Behandlung zu geben. Das begann alles mit diesen Morden, nachdem der Name des verschwundenen Journalisten wieder ins Gespräch kam. Da fing sie an, sich zu verändern.« Er blickte Hilpert direkt in die Augen. »Können Sie sich vorstellen, wie froh ich war, als ich mitbekam, dass sich zwischen Ihnen und Laura eine Beziehung anzubahnen begann? Dann kam der Rückschlag. Ich war bei Peterson wegen eines Vertrags, als Laura mich anrief. Sie war völlig verwirrt. Redete davon, dass sie, unbedingt nach Marokko müsse, um dort Wagner zu helfen.«

»Ich weiß, jemand hatte ihr eine Mail gesandt. Möglicherweise, um Ermittlungen in dessen Richtung zu torpedieren.«

»Das stimmt. Das mit Marokko machte mir Angst. Als ich sie umgehend aufsuchte, schien sie völlig aus den Fugen geraten zu sein. Ich musste handeln.«

»War es Peterson, der Ihnen Maurers Klinik empfahl?«

»Ja, er gab mir den Rat, nachdem er spürte, wie verwirrt ich nach Lauras Telefonat war. Er meinte, dass eine psychologische Unterstützung angebracht sein könne, und lobte den Mann über den grünen Klee. Ich kenne mich in dem Metier nicht sonderlich gut aus.« Beschwörend breitete er seine Arme aus. »Welche Alternative hätte ich gehabt? Ich habe mir ihre Unterbringung in der Klinik wirklich nicht leicht gemacht. Anschließend unterrichtete ich ein paar Freunde und Bekannte darüber, unter anderem auch Sie. Das war's.«

Hilpert war weit davon entfernt, Siebert einen Vorwurf zu machen. In der gleichen Situation hätte er sicherlich ähnlich gehandelt. Ihn interessierte mehr, weshalb Laura festgehalten wurde. »Betrachten wir die drei Personen auf einem Haufen: Professor Maurer, seine Schwester und Peterson. Inzwischen wissen wir, dass sie zumindest zeitweise eng mit der rechten Szene verbandelt waren. Aus Maurers Klinik wurde vermutlich Geld in die Szene abgezweigt. Hatte Laura mit einem der drei zu tun?«

Siebert überlegte und gab dann per Telefon einen Auftrag an seinen Bürovorsteher. »Machen Sie sich mal in der Anwaltskanzlei schlau, ob meine Nichte in Sachen Breckwoldt oder Peterson tätig geworden ist. Wenn ja, organisieren Sie mir die Akte.« Er wandte sich wieder Hilpert zu. »Ich kenne die einzelnen Fälle nicht, die sie bearbeitet hat. Sie haben mich letztlich nicht zu interessieren. Ich weiß, sie ist gelegentlich für eine der Parteien tätig geworden. Sie ist eine exzellente Wirtschaftsanwältin. Da macht sie uns allen was vor. Mag sein, dass sie an einer nicht ganz koscheren Geschichte dran gewesen ist.«

Eine Viertelstunde später lag Siebert eine Akte vor. Tatsächlich hatte Laura ein gemeinsames Mandat von Peterson, Breckwoldt und Maurer abgearbeitet. Interessiert blätterte er in der Unterlage. Schließlich schob er sie von sich weg, als wisse er alles, was an wichtigen Details drinstand. Er blickte Hilpert an. »Soweit ich den Sachverhalt beurteile, geht es um eine komplizierte Unternehmenskonstruktion, die ich schlecht durchschaue. Genau das Richtige für Laura. Sie war betriebswirtschaftlich ebenfalls vorzüglich ausgebildet. Ihr Steckenpferd war Steuerrecht.«

»Wie ist Laura an das Mandat gekommen?«

»Keine Ahnung, schauen wir in die Akte rein.« Er blätterte abermals darin und reichte sie Hilpert herüber. »Die Aktennotiz beantwortet Ihre Frage. Grothe hat ihr den Auftrag rüberwachsen lassen.«

Hilpert warf einen kurzen Blick auf den Vermerk, den vermutlich Laura verfasst hatte. »Ich gehe davon aus, dass es ein fettes Mandat war. Und das gibt Grothe so mir nichts, dir nichts aus der Hand?«

»Aus guten Gründen«, erwiderte Siebert ungerührt. »Bevor er sich damit blamiert hätte, hat er sich lieber 'ne Vermittlungsprovision reingezogen.«

»Wie komme ich an die Akte ran?«, fragte der Hauptkommissar unvermittelt. »Da stecken garantiert ein paar interessante Informationen für mich drin.«

Siebert lachte auf. »Davon ist auszugehen. Ich darf sie Ihnen nicht rausgeben. Was ich hier tue, ist bereits illegal.« Er klopfte nachdenklich mit der Hand auf die dicke Mappe und blickte gequält zu ihm herüber. »Schicken Sie morgen einen Spezialisten vorbei. Er kann sich da reinlesen.«

»Danke, Sie wissen, ich würde nie und nimmer einen richterlichen Beschluss für eine Akteneinsicht erhalten haben.«

»Wir verfolgen dieselben Ziele, Herr Hilpert. Da sollte man gelegentlich über seinen eigenen Schatten springen. Ich muss Sie nur bitten, damit nicht hausieren zu gehen. So was kann für mich teuer werden. Bitte denken Sie daran, ich bin Notar. Eigentlich kenne ich diese Anwaltsakte ebenso wenig wie Sie. Anwaltsbüro und Notariat sind in jeglicher Hinsicht strikt voneinander getrennt.«

Siebert stand auf und ging an eine Anrichte, die zu einer Art Barschrank umfunktioniert worden war. Aus einer Karaffe füllte er zwei Kognakschwenker.

»Einen zum abgewöhnen?«, fragte er.

Hilpert nickte. Sie genossen das Getränk und ließen sich ein wenig absacken. Sie unterhielten sich einige Minuten lang über Belangloses und waren schlau genug, auf einen zweiten Drink zu verzichten.

Im Treppenhaus meldete sich der Bilanzsachverständige bei Hilpert übers Handy. »Sie erinnern sich an die größeren Geldbeträge, die an mehrere dubiose Firmen in Meck-Pomm und Niedersachsen gegangen sind?«

»Klar, das waren vermutlich Beiträge für irgendwelche rechtsradikale Vereinigungen.«

»Bisschen viel Kohle für ein paar Unverbesserliche.«

»Haben Sie eine passendere Idee?«

»Wir haben uns die Empfänger etwas näher angeschaut. Nach ersten Erkenntnissen haben die mit radikalen Umtrieben ebenso wenig am Hut wie Sie oder ich. Es handelt sich ganz offensichtlich um Scheinfirmen. Deren Funktion ist es, Geld einzunehmen und auszukehren. Das ist alles nicht ganz unkompliziert, allerdings ...«

»Nichts erklären«, unterbrach ihn Hilpert. »Was bedeuten Ihre Ergebnisse in letzter Konsequenz?«

»Ganz simpel, die Klinik ist ein wesentliches Glied in einem ausgeklügelten System von Geldwäsche. Alles sehr intelligent gemacht.«

»Ging es um hohe Beträge?«

»Ein paar Millionen haben sich angesammelt.«

»Und von wem ist das Geld gekommen?«

»Das konnten wir nicht endgültig feststellen, dazu war die Zeit zu knapp. Irgendwer hat in einen Trichter nennenswerte Geldbeträge, sprich Schwarzgeld, eingefüllt und auf die Reise geschickt. Irgendwann ist es sauber. Da die Klinik über hohe Verlustvorträge verfügt, war es aus steuerlicher Sicht relativ unproblematisch, das Geld darüber weiterzuleiten, ohne dass der Fiskus davon viel gesehen hätte.«

»Wie kommen Sie darauf, dass es sich um Geldwäsche handelt.«

»Nur unter diesem Aspekt macht das Konstrukt Sinn.«

Erstaunt fragte Hilpert nach: »Geldwäsche in Deutschland? Ich dachte, das findet in der Karibik oder in Liechtenstein statt.«

»Weit gefehlt. Bei uns gibt es hervorragende Möglichkeiten, seine Kohle sauber zu bekommen. Vor allem muss man keine großen Wege mit Geldkoffern gehen und keine Landesgrenzen überschreiten.«

»Wieder was dazugelernt. Gehen Sie davon aus, dass es für dieses Konstrukt eines besonderen betriebswirtschaftlichen oder juristischen Sachverstands bedarf?«

»Man sollte sich damit auskennen. Ein pfiffiger Anwalt muss

nicht gleich Betriebswirtschaft studieren, um das auf die Reihe zu bekommen.«

»Haben Sie versucht, Maurer oder seine Schwester darauf anzusprechen?«

»Versucht schon. Die sind leider verschwunden.«

»Hatten wir ihn nicht festgenommen?«

»Der war schneller draußen, als Sie 'ne Weinflasche entkorken.«

»Scheiße! Melden Sie sich bitte morgen früh bei Dr. Siebert, dem Notar. Er wird Ihnen eine interessante Akte zur inoffiziellen Einsicht geben. Das erleichtert unter Umständen Ihre Suche.«

»Ausgezeichnet. Man sieht sich.«

»Danke, Sie haben mir sehr geholfen.«

»Das ist mein Job.«

Fluchend verließ Hilpert das Haus und schimpfte vor sich hin. »Da ist man auf der Suche nach brutalen Mördern und wo landet man? Bei Geldwäscherei, dem Sport reicher Leute.«

Langsam begann er zu begreifen. Laura war vermutlich der kreative Kopf dieses Konstrukts. Garantiert war Peterson in diese Sache involviert. Als einer der Nutznießer dieses illegalen Steuersparmodells erfuhr er von ihren psychischen Störungen. Damit stellte sie selbstredend eine massive Bedrohung für ihn, für Maurer und für seine Schwester dar. Folglich kümmerten sie sich in geeigneter Form um sie. Siebert hatte seine Nichte, ohne es zu ahnen, direkt in die Höhle des Löwen geschickt. Was musste sie dort durchlitten haben? Hatte es überhaupt die Absicht gegeben, sie zu therapieren? Voller Wut dachte Hilpert an den Psychotherapeuten. Bekam er ihn zwischen die Finger, würden die Fetzen fliegen.

Und Grothe, clever, wie er war, wälzte lieber das Risiko auf Laura ab und gab sich mit einer bescheidenen Provision zufrieden. Laura hatte das dicke Mandat vor Augen und verzichtete darauf, nach links und rechts zu gucken. Ihn würde er heute aufsuchen, und zwar unangemeldet. Wie oft hatte sie dieser Mann an der Nase herumgeführt? In einer Hinsicht musste Hilpert seine Meinung über Grothe ändern. Er hielt ihn durchaus für fähig, in die Mordserie involviert zu sein, selbst als Ideengeber. Er verfügte über weitaus mehr Format, als sie ihm zugetraut hatten.

47

Grothe empfing Hilpert unaufgeregt. Fast schien es, als habe er seine frühere Abgeklärtheit zurückgewonnen. Zumindest stimmte sein Outfit wieder. Unumwunden gab er zu, das Mandat, das sein Schwiegervater ihm übertragen wollte, an Laura weitergereicht zu haben. Er habe sich mit zehntausend Euro Provision zufriedengegeben, da er sofort den Braten gerochen und die Risiken gesehen habe. Vor dem Hintergrund seiner politischen Pläne wollte er diese in keinem Fall eingehen. Es gäbe genug Spuren von ihm im Internet, die ihm ständig aufs Brot geschmiert würden. Die hätten ihm gereicht. Laura hatte dagegen den Auftrag ohne mit der Wimper zu zucken übernommen und ihn zur Zufriedenheit aller Beteiligten abgewickelt. Zu großen Diskussionen sei es seines Wissens nicht gekommen. Die anstehenden Ziele wurden erreicht, Laura erhielt ein stattliches Honorar und er seine Prämie. Damit war die Sache für ihn erledigt gewesen. Der hoffnungsfrohe Politiker saß völlig entspannt vor ihm. Fehlte bloß, dass er ihn auf einen Drink einlud. Wo nahm der Mann seine Gelassenheit her? Sein größter Förderer war tot. Seine Hoffnung, aus der Scheidung mit einem ordentlichen Schnitt herauszukommen, war dabei, sich zu verflüchtigen. Er musste über weitere Reserven verfügen. Hilpert hatte den dringenden Verdacht, sie hingen mit seinem Fall zusammen. Dieser Mann entwickelte sich zunehmend zu seinem Trauma. Er bekam ihn einfach nicht zu fassen.

Im Verlauf des nächsten Tages erreichte Hilpert ein Anruf des Bilanzsachverständigen.

»Die Akte hilft uns erheblich weiter. Nun kennen wir die Geldempfänger und die Absender. Petersons Tochter steckt ganz tief mit darin. Zwei Banken oder zumindest Mitarbeiter sind ebenfalls mitbeteiligt. Die haben es nicht so genau genommen, wenn größere Geldbeträge in bar eingezahlt und auf den Weg geschickt wurden.«

Hilpert fluchte wütend vor sich hin. Es wäre besser für seine Ermittlungen gewesen, er hätte Laura und Andrea links liegen gelassen. Egal, wie er die Dinge drehte, er hatte beide mit Samthandschuhen angefasst, sich mit Aussagen von ihnen zufriedengegeben, die man selbst bei großzügigster Auslegung als unbefriedigend bezeichnen musste. Er konnte nichts mehr ändern, maximal seine Lehren für die Zukunft daraus ziehen. Er beschloss, Andrea eingehend zu befragen. Laura genoss nach wie vor Welpenschutz.

Andrea sprang das Misstrauen geradezu aus ihrem Gesicht, als Hilpert sie mit Albers in ihrem Büro in der HafenCity aufsuchte. Viel Zeit, sich auf das Gespräch vorzubereiten, hatte er ihr nicht gelassen.

»Ihr schlagt zu zweit bei mir auf, das ist kein gutes Zeichen«, empfing sie die Ermittler. Sie saß im ehemaligen Zimmer ihres Vaters und wirkte hinter dem gewaltigen Schreibtisch wie verloren. Ihr fehlte seine Masse, seine Präsenz. Vor allem bewegte sie sich in einem Umfeld, das eher einer dreißig Jahre älteren Frau gerecht geworden wäre. Allerdings waren diese Äußerlichkeiten relativ bedeutungslos. Sie war dabei, alles für den Verkauf vorzubereiten, und stand offensichtlich ihren Mann. In absehbarer Zeit säße dort jemand anders, der oder die hoffentlich besser hineinpasste als sie.

»Na, wie laufen die Verkaufsverhandlungen?«, fragte Hilpert ungeniert, ohne auf ihre Worte einzugehen.

»Schleppend«, erwiderte sie und verzichtete darauf, etwas beschönigen zu wollen. »Ich bin trotzdem optimistisch. Wir werden über die Runden kommen.«

»Und danach?«, wollte er wissen.

Sie zuckte mit den Achseln. »Keine Sorge, ich bin noch nicht so tief unten angekommen, dass ich die Fußballstadien abklappern muss, um dort Pfandflaschen einzusammeln.« Sie grinste verlegen. »Ihr seid sicher nicht gekommen, um mit mir mein Schicksal zu beklagen?«

Ohne Umschweife ging Hilpert auf sie ein. »Wie recht du hast. Maurer, was weißt du über den Mann?«

»Frag nicht so dumm«, antwortete sie angefasst. »Das ist Tante Sigrids Bruder. Den kenne ich seit meiner Kindheit. Er gehörte zu den ganz engen Freunden meines Vaters.«

»Das Firmenkonstrukt, das Laura Verdieck für euch kreiert hat, was kannst du dazu sagen?«

»Daher weht also der Wind.« Sie blickte unverwandt in Albers' Richtung. »Kann dein Kollege einen Kaffee trinken gehen? Ich sage ausschließlich vor dir aus.« Sie grinste ihn an. »Ich werde dir nicht an die Wäsche gehen, Unbotmäßiges von dir verlangen oder meine Bluse zerreißen und nach der Polizei schreien.«

Albers erhob sich, ohne dazu von seinem Chef aufgefordert worden zu sein. »Ich gehe ein paar Schritte an die Elbe. Mal sehen, ob das Wasser warm genug ist, um drin schwimmen zu können.«

Er winkte ihnen zu und verließ den Raum. Hilpert war unsicher, ob es eine gute Idee war, allein mit Andrea in ihrem Büro zu bleiben. Sie blieb sittsam hinter ihrem Schreibtisch sitzen. Offenbar war ihr der Appetit nach sonstigen kulinarischen Kleinigkeiten vergangen.

»Also«, setzte sie erneut an. »Maurer, seine Schwester und mein Vater verfügten, sagen wir, über freie Mittel, die sie ungern dem Finanzamt anzeigen und auf der anderen Seite nicht im Schuhkarton unterm Bett verwahren wollten.«

»Dazu hattet ihr deinen Mann angesprochen?«

»Eigentlich ging es darum, ob er eine gute Idee hatte, wie man das Geld unter die Leute bringen konnte, ohne aufzufallen. Uns war klar, dass wir das über irgendwelche Firmen abwickeln mussten, hatten jedoch keine konkreten Vorstellungen.«

»Er wollte damit nichts zu tun haben?«

»Anscheinend war es ihm zu heiß, vor allem vor dem Hintergrund seiner politischen Ambitionen. Er gab außerdem zu, in diesem Bereich kein Fachmann zu sein.«

»Stimmte das denn?«

»Blödsinn, wenn er von einer Sache Ahnung hatte, dann davon, wie man Geld sauber bekam. Er empfahl uns Laura. Sie wurde widerspruchslos akzeptiert, allein schon wegen ihres Onkels, der als loyaler Notar für uns tätig ist. Und sie hat einen guten Job gemacht.«

»Dr. Siebert sah da keine Probleme?«

Sie zuckte mit den Achseln. »Der wurde gar nicht in die Sache eingebunden. Der hätte abgelehnt. Er ist so 'n akribischer Mensch. Ein Typ, wie man sich einen Hamburger Notar vorstellt.«

»Wäre dieses Konstrukt an die Öffentlichkeit gelangt, wie hätten sich die Beteiligten dazu gestellt?«

»Wir reden über einige Millionen. Da kommen ein paar Jahre Gefängnis zusammen. Trotzdem wären die geschäftlichen Konsequenzen gravierender gewesen. So etwas nennt man, glaube ich, einen Super-GAU.«

»Könnte das der Grund sein, weshalb Laura in der Klinik festgehalten und unter Drogen gesetzt wurde?«

»Keine Ahnung. Wurde sie nicht wegen Depressionen oder etwas Ähnlichem eingeliefert?«

»Da bin ich mir nicht mehr so sicher. Fast scheint mir, als habe man sie bewusst aus dem Verkehr gezogen.«

»Und du willst jetzt von mir wissen, ob ich daran beteiligt war?«

»So in etwa.«

»Du traust mir 'ne ganze Menge zu.«

»Beantworte einfach meine Frage.«

»Ich hatte damit nichts tun. Reicht dir das als Antwort?«

»Muss ja wohl. Hast du eine Idee, wo sich Professor Maurer und lieb Schwesterlein aufhalten könnten?«

»Meinst du, die hätten sich vorher mit mir abgestimmt, als sie sich abgesetzt haben?«

»Nicht wirklich. Gelegentlich erfährt man Dinge, die nicht für einen bestimmt sind.«

»Da muss ich dich enttäuschen.«

»Kommen wir auf Wagners Ermordung zurück. Du hast wirklich nichts von dem tödlichen Schuss mitbekommen oder weißt, wer ihn abgegeben hat?«

»Ich habe dir doch erzählt, dass wir vorher gegangen sind.«

Hilpert ging nicht weiter auf ihre Antwort ein, sondern versuchte, ihr durch die Blume ein Angebot zu unterbreiten. »Du weißt, dass sich eine Zusammenarbeit mit uns durchaus strafmildernd auswirken kann?«

»Strafmildernd wofür? Ich bin mir keiner Straftat bewusst, die ich begangen haben könnte.«

»Das weißt du besser als ich. Denk drüber nach. Ich werde jetzt gehen.«

Er ließ eine Frau zurück, mit der er einige gute Stunden verbracht hatte. Eine Frau, der er nicht einen Millimeter über den Weg traute. Für ihren Vorteil log sie unverhohlen und tat alles dafür.

Vor der Haustür erwartete ihn Albers. »Nun, ist was dabei herausgekommen?«, fragte er erwartungsfroh.

»Geht so. Die sind alle miteinander versippt. Wir müssen dazwischenhauen. Mir fehlt dafür der zündende Funke. Verdammte Scheiße, dass sich die Breckwoldt und ihr Bruder aus dem Staub gemacht haben! Denen kommt eindeutig eine Schlüsselrolle zu.«

»Ich habe mit Stange telefoniert. Maurers Mercedes fehlt. Sie haben sich über keinen deutschen Flughafen abgesetzt. Das wurde überprüft.«

Hilpert schürzte die Unterlippe, bis es ihm selber auffiel und er sein Gesicht in den Normalzustand zurückversetzte. »Das heißt, sie halten sich aller Voraussicht nach in Deutschland oder dem benachbarten Ausland auf.«

Albers strich sich übers Kinn. »Besitzt Frau Breckwoldt nicht ein Haus irgendwo in Südfrankreich?«

»So ist es. Wenn wir zurück im Büro sind, organisier die Adresse und bitte Interpol um Mithilfe. Vorher gehen wir essen. Mein Magen hängt in etwa auf Höhe meiner Kniekehlen. Hier in der Gegend gibt es einen Thailänder. Der soll nicht schlecht sein. Gönnen wir uns was Gutes.«

Nach vierzehn Uhr waren sie im Büro. Hilpert dachte über Laura nach. Augenscheinlich hatte ihr Schicksal nichts oder nur am Rande mit den Morden zu tun. Um diese Brandstelle mussten sich vorerst andere Kollegen kümmern. Vor ihm lagen die gesamten Ermittlungsakten gestapelt. Er versuchte festzustellen, ob sie etwas übersehen hatten. Ihm war klar, dass es bei der Datenfülle ein eher verzweifeltes Unterfangen war. Nacheinander nahm er sich die Tatortfotos vor. Er war bei Paulsen angelangt, als sein Telefon ihn aus seinen Gedanken riss. Ein Kollege der Spurensicherung informierte ihn, dass in Professor Maurers

Klinik größere Mengen des Schlafmittels aufgefunden worden waren, mit dem mehrere Menschen umgebracht wurden. War der Mörder von dem Psychiater beliefert worden? Wütend schlug Hilpert mit der flachen Hand auf seine Schreibtischplatte. Warum hatten sie nicht aufgepasst und Maurer entwischen lassen? Kopfschüttelnd widmete er sich wieder seinem Aktenstapel. Er vergegenwärtigte sich die Situation vor Ort, dachte an die überraschend professionelle EDV-Ausstattung von Paulsen, die so gar nicht zu einem Trinker passen wollte. Hatte er tatsächlich nichts Bedeutendes gespeichert? Hilpert wollte es nicht glauben. Er fragte sich, wo Pausen es hätte deponieren können? Nervös spielte er mit seinem Kugelschreiber, bis er ihn endlich entnervt zur Seite legte. Eigentlich kamen nur Hildegard Dunkel, die Mutter seiner Tochter, infrage oder dessen Freund Grothe. Die Idee mit Grothe verwarf er so schnell, wie sie gekommen war. Er wäre ein unsicherer Kantonist gewesen. Einem Mann, der stets auf seinen Vorteil bedacht war, überließ man nichts Vertrauliches. Da schon eher einer ehemaligen Geliebten. Beinahe automatisch griff er nach dem Telefonhörer. Zu seiner Enttäuschung erreichte er nur Hildegards Mutter. Ihre Tochter und ihr Enkelkind waren auf dem Weg nach London zu einer Nachuntersuchung. Sie wurden erst zu Beginn der neuen Woche zurückerwartet. So lange konnte er allemal warten.

Die Tatortfotos von Rössler waren eher langweilig. Die sterile Ordnung, die er zu Lebzeiten pflegte, drang selbst bei den eher wenig inspirierenden Bildmotiven durch. Am Schluss hielt Hilpert die Fotos von Peterson in Händen. Nach wie vor fragten sie sich, wie es dem Mörder gelungen war, unerkannt zu verschwinden. Jemand hatte das Häuserensemble gegoogelt und der Akte beigelegt. Ein Ensemble am See, dachte er. Sehr viel besser lebte es sich in Hamburg nicht. Peterson und Frau Breckwoldt waren direkte Nachbarn. Sie besaßen prächtige Häuser in prächtiger Umgebung. Er stierte darauf, als verkündete das Foto die Offenbarung eines Propheten. Stöhnend blickte der Kommissar auf. Wie konnte man nur so borniert sein! Der Mörder war tatsächlich vom hinteren Grundstücksteil gekommen. Doch er hatte es nicht mit einem Paddelboot übers Wasser erreicht. Nein, er hatte sich gemütlich von dem Anwesen der Nachbarin durch die halbhohe Hecke auf Petersons Grundstück geschlängelt. Gelegentlich musste man die Dinge von oben betrachten, um einen anständigen Überblick zu bekommen. Telefonisch erwirkte Hilpert einen Durchsuchungsbeschluss. Den gab er an die SpuSi weiter. Stimmten seine Vermutungen, so war der Mörder nicht nur aus dem Haus der Breckwoldt gekommen, sondern nach der Tat dorthin zurückgekehrt. Vielleicht stießen sie auf Spuren von ihm. Da der Hausmeister weiterhin einsaß, mussten die Kollegen nicht mit Widerstand rechnen. Standen sie vor ihrem großen Durchbruch? Frau Breckwoldt hatte sich mit ihrem Bruder aus dem Staub gemacht. Nun begriff er, warum. Sie war dabei behilflich, einen ihrer ältesten Freunde umbringen zu lassen. Sie würden beide über kurz oder lang zu fassen bekommen. In deren Alter zog es einen nicht mehr in die große weite Welt oder man versteckte sich in Südamerika. Für einen Moment überlegte er, ob er sich nicht ebenfalls an der Durchsuchung des Hauses beteiligen sollte. Innerlich winkte er ab. Er dachte an Laura. Als er sie im Krankenhaus aufsuchte, wirkte sie erholt. Erst als sie ihn nach Tanger und Wagner befragte, begriff er, dass es ein langer Weg bis zu ihrer vollständigen Genesung werden würde. Und was käme danach? Eine Anzeige wegen Beihilfe zu Steuerbetrug? Oder konnte sie sich da herauswinden? Der behandelnde Arzt hatte ihm dringend angeraten, seine spürbare Ungeduld zu unterdrücken. Sie würde den Genesungsprozess in die falsche Richtung lenken. Hilpert hatte versprochen, an sich zu arbeiten. Geduld und Gelassenheit, manchmal ging ihm beides ab.

Ein Erfolgserlebnis hatte er dennoch an diesem Abend. Im Souterraingästezimmer der Breckwoldt fanden sich tatsächlich Blutspuren und winzige Teilchen Hirnmasse an. Niemand musste ihm erklären, zu wem sie gehörten. Diesmal behielt er recht. Ein Teil des Mordes an Peterson war aufgeklärt. Sie wussten nun, wie der Mörder gekommen und wie er gegangen war. Fehlte nur der Täter. Viele Alternativen sah er nicht. Sigrid Breckwoldt war eindeutig in die Affäre verwickelt. Sie musste den Mörder kennen. Schließlich hatte er sich in ihrem Haus aufgehalten. Mit Sicherheit war sie ihm behilflich gewesen. Da durchsuchten sie das Haus des Opfers und hätten nur nach nebenan zu gehen brauchen, um den Täter einzukassieren. Wenigstens konnten sie für sich entschuldigend in Anspruch nehmen, am Tag der Tat nicht nach einem Mörder gesucht zu haben, weil sie es nicht besser wussten. Er kratzte sich am Kopf. Ihr Bruder würde vorzüglich passen, insbesondere nach seiner Idee, den Mord an Wagner und die aktuellen Fälle getrennt voneinander zu betrachten.

48

Hilpert dachte an Andrea. Würde sie ihre spröde Haltung aufgeben, wenn er ihr mitteilte, dass ihre bezaubernde Tante Sigrid direkt oder indirekt an dem Tod ihres Vaters beteiligt gewesen war? Er versuchte, sie telefonisch zu erreichen. Ohne Erfolg. Sie habe sich bereits ins Wochenende verabschiedet, war die lapidare Antwort aus dem Sekretariat. Auf dem Handy lief die Mailbox, in ihrem Haus am Feenteich nahm niemand ab. Wie hieß es so sinnig, abwarten und Tee trinken. Kurz entschlossen tat er es ihr nach.

Am Samstag suchte er Laura im Krankenhaus auf und traf dort auf Onkel und Tante, die sich besorgt mit ihr unterhielten. Mittlerweile hatte sie das Bett verlassen. Sein Eindruck, den er wenige Tage vorher gewonnen hatte, bestätigte sich. Solange nicht das Gespräch auf Wagner kam, machte Laura einen total normalen Eindruck. Sie sah so gut aus wie vor ihrer Einweisung in die Klinik. Geschickt verstanden es beide Seiten, dem kritischen Thema aus dem Weg zu gehen. Gerade diese scheinbare Normalität drückte Hilperts Gemütszustand nach unten. Als er mit ihr alleine war, rückte sie bedenklich dicht an ihn heran. »Maximilian hat es mit der Treue nicht so eng gehalten. Also nehme ich mir nach reiflicher Überlegung das gleiche Recht heraus.«

Sie legte ihre Arme um seine Taille und begann damit, sich an ihm zu reiben. Er spürte die Wirkung bei sich und vernahm ihren schweren Atem. Er benötigte einige Momente, bis sein Verstand die Oberhand übernahm. Vorsichtig begann er damit, sie auf Distanz zu halten. Sie reagierte merklich enttäuscht auf seine Zurückhaltung. Wenig später nutzte er mit der Ausrede, die

Toilette aufzusuchen, die Gelegenheit, ihren Arzt darauf anzusprechen. Dieser grinste nur unverschämt und reagierte völlig entspannt. »Die junge Frau ist volljährig, Sex gehört zum Leben dazu. Ganz offensichtlich empfindet sie für Sie das Gleiche wie vor ihrem Nervenzusammenbruch. Je mehr Normalität in ihrem Leben Platz greift, desto besser sind ihre Heilungschancen. Also sperren Sie sich nicht.«

»Ich habe dabei ein blödes Empfinden. Mir kommt es vor, als sei sie nicht Herrin ihrer Gefühle.«

Der Arzt nickte. »Diese Merkmale gibt es fraglos. Sie kommen insbesondere bei depressiven Menschen schubweise. Es geschieht durchaus, dass sich Frauen den Erstbesten an den Hals werfen. Diese Symptome sind mir bei Frau Verdieck nicht aufgefallen. Sie sind bislang der Erste und der Einzige, mit dem sie zusammen sein will. Sie müssen natürlich für sich entscheiden, ob Sie es wollen. Nicht dass Sie demnächst mit depressiven Anwandlungen bei mir landen.«

»Wäre es nach ihr gegangen, hätten wir es im Krankenzimmer miteinander getrieben.«

Der Arzt grinste. »Ein Ortswechsel wäre wohl angeraten.«

»Sie sehen das alles so einfach.«

»Weil es das ist. Nun sollten Sie wieder zu ihr gehen. Für eine Pinkelpause sind Sie lange genug unterwegs gewesen.«

Kopfschüttelnd verließ er den Arzt, der wenigstens zehn Jahre älter war als er und doppelt so flexibel. Vermutlich musste er an sich arbeiten.

»Na, bist du für Prostataprobleme nicht ein wenig zu jung?«, begrüßte Laura ihn, als er ihr Zimmer betrat.

»Manchmal braucht ein Mann seine Zeit«, erwiderte Hilpert schmunzelnd.

Sie stimmte seinem Vorschlag, mit ihm in Richtung Alster zu fahren, begeistert zu. So gesehen hatte der Arzt bereits die ersten Punkte gesammelt. Beim Italiener in dem Innenhof an der Milchstraße beließen sie es bei einem Nudelgericht. Laura wollte keineswegs auf ihren Wein verzichten, Hilpert hielt mit. Am Ende landeten sie bei zwei Flaschen. Ihre sonstigen Pläne zur Freizeitgestaltung zerschlug der Grappa, kurz bevor sie gingen. Das Auto ließ er in dem Parkhaus stehen. Sie nahmen ein Taxi zurück zur Klinik. Trotzdem hatten sie einen unterhaltsamen Nachmittag genossen. Der Rest lief nicht weg. Er versprach ihr, sie bald wieder zu besuchen und nahm sich vor, sie vorerst nicht mit Fragen zu belästigen, die die Mordfälle betrafen.

»Was machen Ihre Gedächtnislücken?«, fragte der Psychiater Laura unverhofft bei der Abendvisite.

»Wie darf ich das verstehen?«, erwiderte sie verunsichert.

Er hatte sich neben ihr Bett auf einen Besucherstuhl gesetzt. »Ich habe über Sie nachgedacht und bin mir sicher, dass Sie recht gut auf dem Laufenden sind.«

»Wie kommen Sie darauf?«

»Sie müssen wissen, ich bin Psychiater und kenne mich mit Krankheitssymptomen aus. Ich glaube nicht mehr an Ihre Gedächtnisstörungen.«

»Sie haben mich durchschaut. Ich weiß sehr wohl, dass Wagner tot und die E-Mail ein Fake gewesen ist. Seitdem die Wirkung der verdammten Medikamente abgeklungen ist, kann ich wieder einigermaßen vernünftig denken. Mit jedem Tag wird es besser.«

»Was suchen Sie dann noch hier?« Er blickte sich um. »Wirklich anheimelnd ist es bei uns nicht. Oder wohnen Sie in einem Campingwagen?«

»Meine Gedächtnislücken sind mein Alibi, wenn Sie mitspielen. Kann ich hier noch ein paar Tage bleiben?«

»Warum nicht, Sie sind Privatpatientin. Die Kliniken müssen sich nach der Decke strecken. Geld ist stets willkommen. Nur, was soll das Theater?«

»Ich will herausbekommen, wer an dem Komplott gegen mich beteiligt gewesen ist.«

»Sollten wir das nicht eher der Polizei überlassen? Dieser Hilpert macht einen recht ausgeschlafenen Eindruck.«

»Es geht mir nur um ein paar Tage.«

»Was wollen Sie herausfinden?«

»Es begann alles mit meinem angeblichen Nervenzusammenbruch, nachdem mir mitgeteilt wurde, dass Wagner ermordet worden war. Ich war tief betroffen, irgendwo traurig. Trotzdem war ich nach all diesen Jahren darauf vorbereitet. Irgendwer muss mir ein Medikament eingeflößt haben, das diese Reaktion hervorgerufen hat.«

»Und Sie wollen wissen, wer das gewesen ist?«

»Genau. Viele Personen kommen nicht infrage.«

»Haben Sie darüber nachgedacht, wie riskant das sein kann? Soweit mir bekannt ist, sind in Ihrem Umfeld mehrere Menschen umgebracht worden.«

Nachdenklich fuhr sie mit der Hand an ihren Mund. »Na klar. Ich dachte mir, meine vorgetäuschte Amnesie könnte so etwas wie ein Schutzschild sein.«

»Ich bin kein Kriminalist im Gegensatz zu Hilpert. Gönnen Sie ihm das Wort. Oder gehört er zu Ihren Verdächtigen?«

»Natürlich nicht. Ohne ihn hockte ich weiter in Blankenese im goldenen Käfig. Ich denke drüber nach.«

Die Worte des Arztes verfehlten ihre Wirkung nicht. Fabian wollte sie am nächsten Tag besuchen. Da beabsichtigte sie, ihm reinen Wein einzuschenken.

Hilpert war an diesem Sonntag wild entschlossen, einen Teil des Tages mit Laura zu verbringen. Zu seiner Überraschung traf er sie in den Räumlichkeiten des Arztes. Diese waren überschaubar. Im Vergleich zu Maurers Zimmer war es einfach gehalten. Es reichte gerade für einen schmalen Schreibtisch, dahinter ein passender Sessel, davor zwei Besprechungsstühle. Im Rücken des Arztes stand ein filigranes Highboard, hier stapelten sich die unvermeidlichen Fachbücher. Hilpert starrte Laura unverwandt an, als sie ihn mit der Wahrheit über ihren Zustand konfrontierte. Er schluckte mehrfach, bevor er ihr antwortete: »Das muss ich mir auf der Zunge zergehen lassen. Aber ich freu mich, dich als Mensch unter Menschen begrüßen zu dürfen.« Ernsthaft fuhr er fort: »Wer könnte dir das Mittel verpasst haben?«

»Die Auswahl hält sich in Grenzen.«

»Spuck die Namen aus.«

»Am späten Nachmittag hatte mich Christoph Grothe aufgesucht. In der Nachbetrachtung mit eher banalen Problemen. Die hätte man durchaus am Telefon abfiedeln können.«

»Habt ihr zusammen etwas getrunken?«

»Er Kaffee, ich Wasser.«

»Wie ging es weiter?«
»Kurz darauf suchte mich Andrea Grothe auf.«
»Was wollte sie von dir?«
»Wir hatten einige Tage vorher eine Auseinandersetzung.«
»Ging es um diese Firmenkonstruktion, die du ausgearbeitet hast?«
»Genau. Ich war damals naiv, als ich mich daransetzte. Mir wurde erst später klar, dass ich mich faktisch an einem Konzept beteiligt habe, Schwarzgeld zu waschen. Da hätte die Mafia bei mir anklopfen können. Die hätten wenigstens ein ordentliches Honorar rüberwachsen lassen. Wir tranken zwei Gläser Wein, ohne uns letztendlich zu einigen. Sie ist dann abgezogen. Anschließend hatte ich den Zusammenbruch. Es muss eine Droge gewesen sein, die mir eingeflößt wurde.«
»Es hatte nichts mehr mit Wagner zu tun?«
»Er spukt durchaus durch meinen Kopf. Jedoch mehr wie eine Erinnerung, nicht wie eine Sehnsucht. Das Wissen um seinen Tod gibt mir eher Gelassenheit. Es reicht nicht mal mehr für Trauer.«
»Gut zu hören.«
»Hat meine Einweisung in die Klinik mit den anderen Morden zu tun? Wie siehst du das?«
»Vermutlich nicht. Hier ging es wohl um unseriöse Geldgeschäfte. Ich werde mir Andrea vorknöpfen.«
Sie nickte. »Wenn du meinst.«
Er nahm automatisch ihre Hand in seine. »Wir müssen aufpassen, dass dir nichts geschieht. Deine Idee, deinen Gedächtnisschwund zu konservieren und ein paar Tage in der Klinik zu bleiben, finde ich nicht schlecht. Vorsichtshalber stelle ich eine weibliche Mitarbeiterin in Zivil zu deinem Schutz ab. Du darfst mit niemandem darüber reden, nicht einmal mit deinen Verwandten. Deren Verhalten würde sich dir gegenüber sofort verändern und dich entlarven.«
»Gehen wir wieder zusammen essen? Diesmal könnten wir auf den Alkohol verzichten und durch was anderes ersetzen. In der Nähe liegt ein bezauberndes Hotel.«
Hilpert winkte ab. Er war mit seinen Gedanken bei Andrea Grothe. Er wollte von ihr wissen, wie sie sich dazu stellte, dass der Mörder ihres Vaters vom breckwoldtschen Grundstück ge-

kommen sein musste. Hatte sie Laura das Medikament eingeflößt? Zumindest würde es passen. Beweise konnte er keine vorlegen. Einen dezidierten Verdacht zu haben, war das eine, ihn zu belegen, das andere. Spätestens der Staatsanwalt würde es ihm vor Augen halten, wenn er einen Haftbefehl beantragte. Jetzt am Sonntag konnte er sie kaum zum Verhör einbestellen, sah man davon ab, dass er nicht wusste, wo sie sich aufhielt. Er überlegte, sollte er ihren Mann auffordern, gleich mitzukommen? Theoretisch hätte er Laura ebenfalls irgendein Mittel einflößen können. Mit besorgter Miene fuhr er zurück nach Hause.

49

Zu Beginn der neuen Woche war Hilpert entschieden. Er wollte sich mit der Befragung von Andrea und ihrem Mann zurückzuhalten. Sprach er sie auf das Medikament an, das Laura verabreicht worden sein musste, lief er Gefahr, Lauras Deckung zu zerlegen. Wer sonst als sie hätte ihn auf diese Idee bringen können? Sie mussten nur sicherstellen, dass sich die beiden nicht ähnlich wie die Geschwister Maurer aus dem Staub machten. Der Kommissar war sich unsicher, wo er weitermachen sollte. Beim Durchblättern der Ermittlungsakte fiel ihm eine Seite auf, an die er einen kleinen Merkzettel geheftet hatte. Jetzt fiel es ihm ein, ohne dass er sich groß einlesen musste. Es ging um den Privatdetektiv, den Siebert vor Jahren engagiert hatte, um Wagner zu überwachen. Sie hatten ihn schlichtweg aus den Augen verloren. Felber wollte Polizist in Bremen gewesen sein. Hatte er nicht vor ihm mit dem finanziellen Erfolg seiner privaten Ermittlungen geprahlt, frei nach dem Motto, ihr wartet auf die nächste Beförderung und ich besitze ein dickes Haus in Rissen? War dieser Mann tatsächlich koscher? Hilpert hatte seine Vorurteile gegen diese Leute. Sie spielten die Karte des ehemaligen Polizisten, umgaben sich mit dem Deckmantel der Seriosität, um an Aufträge heranzukommen. Zumeist hatten sie den Polizeidienst unter dubiosen Umständen verlassen müssen. Mit dem Überwachungsauftrag bekam er unter Umständen Einblicke in die RLU, die sich in Geld umsetzen ließen. War er auf andere

Geldgeber gestoßen? Konnte Felber ihnen neue Namen nennen, die sie nicht auf dem Zettel stehen hatten? Hilpert grinste in sich hinein. Wie viele Fragen solch ein kleiner Papierschnipsel aufwarf. Er bat Albers zu sich und überließ ihm seine wenigen Informationen über den Mann. Sollte der sich bei den Kollegen in Bremen über Felber schlaumachen.

Der Oberkommissar wirkte nicht sonderlich glücklich mit dem Auftrag, den Hilpert ihm aufs Auge gedrückt hatte. Was blieb ihm übrig? Er konnte es sich nicht aussuchen. Ehemaligen Kollegen hinterherzutelefonieren und sie gegebenenfalls an den Pranger zu stellen, wurde selten positiv aufgenommen. Es gab sie, diese Nibelungentreue. Sie war nur schwer zu durchbrechen. Truppe schoss nicht auf Truppe, ein alter Satz, ein schlimmer Satz. Umso mehr überraschte ihn das Verhalten der Bremer Kollegen, die sich frei zu Felber äußerten. Demnach hatte er sich jahrelang von Kiezgrößen hofieren lassen, hielt sich bei deren Damen schadlos und kassierte eiskalt ab. Am Ende hatte er sich isoliert. Man einigte sich auf sein fristloses Ausscheiden aus dem Polizeidienst und einer freiwilligen Zahlung einer beachtlichen Summe für einen karitativen Zweck. Dafür wurde auf eine Anzeige verzichtet. Das vereinbarte Geld sollte nie geflossen sein. Trotzdem schloss man die Akten, vermutlich froh darüber, dass die Medien davon keinen Wind bekommen hatten und der Mann sich nach Hamburg absetzte. Erleichtert stand Albers zwei Stunden später in Hilperts Büro und präsentierte ihm seine Ermittlungsergebnisse.

Hilpert ließ sie sich wie einen guten Wein auf der Zunge zergehen und grinste den Oberkommissar fröhlich an. »Du und Birgit Grosser, ihr kümmert euch die nächsten Tage um den werten Herrn.«

»Wir sollen ihn überwachen?«

»Keine Ahnung, ob das was bringt.« Hilpert kratzte sich unsicher am Kopf. »Es sei denn, wir werfen damit einen Stein ins Wasser.«

»Soll heißen?«

»Du weißt sicher, dass sich um den Stein konzentrische Wellen bilden.«

»Wie interessant, du hast damit eine meiner drängendsten

Fragen beantwortet. Ab sofort sehe ich das Leben völlig anders als zuvor.«

»Jetzt für Blöde: Wir müssen Felber aufrütteln.«

»Fein, hast du eine Idee, wie das geschehen soll?«

»Wir werden ihn observieren. Und zwar so, dass er es mitbekommt. Gleichzeitig warten wir seine Reaktion ab.«

»Soll ich mich mit Birgit abwechseln?«

»Nein, das machen zwei andere Kollegen aus Stanges Gruppe. Ihr wartet den Moment ab, wo der werte Herr nervös wird.«

»Was ist, wenn er nicht reagiert?«

»Dann ist unser Verdacht falsch oder der Mann zu clever für uns. Warten wir's ab. Ich halte es für wahrscheinlich, dass er in dem Stück mitspielt. Kümmert euch insbesondere um seine Vermögens- und Einkommenssituation. In unserem Haus strolcht ein brillanter betriebswirtschaftlicher Sachverständiger herum. Schaltet den in jedem Fall ein, solltet ihr gewisse Zusammenhänge nicht verstehen. Der kennt sich aus wie kein Zweiter und besorgt euch bei Bedarf die erforderlichen Durchsuchungsbefehle.«

Den nächsten Tag über saßen zwei Ermittler Felber abwechselnd auf den Hacken. Sie stellten es nicht so dumm an, dass er zwangsläufig über sie stolpern musste, aber auffällig genug, dass ein Profi wie er sie nicht übersehen konnte. In der Mönckebergstraße verloren sie ihn. Das Karstadthaus war zu unübersichtlich. In der Bücherabteilung war er plötzlich verschwunden. Sie informierten Hilpert, der an mehrere Stationen Leute geschickt hatte, in der Hoffnung, dass der Privatdetektiv zumindest an einer der Stellen auftauchte. Gespannt wartete er auf dessen Reaktion. Nach ihrem Kenntnisstand besaß er wenige Optionen. Nichts bewegte sich bei ihnen in den nächsten eineinhalb Stunden. Hilpert war beinahe geneigt aufzugeben, als ihn ein Anruf von Lauras Nachbarin erreichte, der er vor geraumer Zeit seine Karte überlassen hatte.

Aufgeregt redete sie auf ihn ein. »Ein Unbekannter hat mich vor unserem Haus angesprochen und nach Frau Verdieck befragt.«

Er ließ sich den Mann beschreiben. Ohne Zweifel handelte es sich um Felber. Was hatte Laura mit ihm am Hut? Was wollte er von ihr? Offensichtlich waren ihm die letzten Ereignisse nicht zu Ohren gekommen und er wusste nicht, dass sie sich in einer Klinik aufhielt. Keine halbe Stunde später erreichte ihn ein Anruf aus der Karlstraße. Mittlerweile war Felber dort aufgetaucht und verhielt sich erwartungsgemäß. Grothe hatte ihn in sein Haus gelassen. Das hieß, sie kannten einander. Sie kamen dem Politiker ein Stück näher. War es an der Zeit, ihn festzunehmen und Felber gleich mit? Hilpert entschied sich dagegen. Sie mussten überlegt agieren. Gegen keinen der beiden gab es einen konkreten, halbwegs untermauerten Verdacht, der einem Gespräch vor dem Haftrichter standgehalten hätte. Bislang zählten Bauchgefühle nach deutschem Recht nicht. Er zitierte Albers zu sich und befragte ihn nach den Ergebnissen ihrer Untersuchung von Felbers finanziellen Verhältnissen. Enttäuscht musste er hinnehmen, dass sie nicht so richtig weitergekommen waren. Er machte Druck und dachte dabei an Al Capone, den erst die Steuereintreiber hinter Gitter gebracht hatten. Für einen kurzen Moment zog er einen anonymen Anruf beim Finanzamt in Erwägung. Sollte er Feuer mit Feuer bekämpfen? Er winkte ab. War der Mann unschuldig, würde er ihm einen Berg an Problemen aufbürden. Hilpert begann, sich zu verkrampfen. Musste er Felber ziehen lassen, war die gesamte Aktion für die Katz. Konnte er ihn ohne konkrete Handhabung einkassieren? Er konnte, zumindest für einige Stunden. Mit einem Ruck stand der Hauptkommissar von seinem Sessel auf. Er wollte Nägel mit Köpfen machen. Er rief den Kollegen an, der sich vor Grothes Haus aufhielt und gab Anweisung, den Privatdetektiv vorläufig festzunehmen, wenn er dessen Haus verließ und ins Polizeipräsidium zu bringen. Der Rest musste sich zeigen. Dieser Teil seines Vorhabens sollte der leichtere werden. Felber ließ sich ohne großes Gezeter abführen.

Ihm war anzumerken, dass er sich bei den ehemaligen Kollegen unwohl fühlte. Vernehmungen bereiteten den Betroffenen selten Freude. Trotzdem war Felber Profi genug, sich nicht aus der Reserve locken zu lassen. Mit den üblichen Fragetechniken kannte er sich hinlänglich aus. Es würde nicht einfach werden, den Mann festzunageln. Bekam der mit, dass ihre wesentlichen Argumente auf Spekulationen basierten, konnte er ihn gleich nach

Hause schicken und musste nicht auf das Erscheinen seines Anwalts warten. Hilpert begann, sich vorsichtig vorzutasten.

»Wir haben uns bereits vor geraumer Zeit unterhalten. Ihre damalige Aussage war in der Nachbetrachtung unbefriedigend.« Er schwieg in der Hoffnung, Felber würde reagieren. Dieser enttäuschte ihn und blieb bei seiner abwartenden Haltung. Also fuhr Hilpert fort: »Was suchten Sie bei Frau Verdieck?«

Mit dieser Frage hatte Felber nicht gerechnet. Trotzdem schien sie ihn nicht weiter zu berühren. Als er zu reden begann, war bei ihm vielmehr eine gewisse Erleichterung zu verspüren.

»Ich kenne sie aus der Zeit, als ihr Onkel mir den Auftrag gab, diesen Journalisten zu beobachten. Sie stand eines Tages in meinem Büro und forderte von mir Rede und Antwort, weshalb ich ihn überwachte. Sie war recht energisch.«

»Wie war sie darauf gekommen? Das zweite Gesicht hat sie garantiert nicht.«

Felber zuckte mit den Achseln. »Unter Umständen hat sie bei Siebert was gespannt. Sie half damals als Praktikantin in seiner Kanzlei aus. Oder dieser Wagner hat was mitbekommen und mit ihr darüber geredet. Es war mir letztlich scheißegal. Hauptsache, meine Rechnungen wurden pünktlich bezahlt.«

»Und was haben Sie ihr gesagt?«

»Dass ich über die Aufträge von Klienten nicht rede.«

»Was geschah daraufhin?«

»Nun, sie meinte, dann müsse sie mich ebenfalls beauftragen.«

»Beauftragen womit?«

»Ich sollte Wagner weiter ausspionieren.«

»Mann, worauf wollte sie hinaus? Lassen Sie sich nicht alles aus der Nase ziehen.«

»Worauf schon, auf dasselbe wie ihr Onkel. Sie drückte ein paar Scheine ab und bekam von mir, was ich bereits eruiert hatte. War 'n gutes Geschäft. Konnte denselben Stoff gleich zweimal verticken. Das kommt selten genug vor.«

»Wie reagierte sie auf Ihre Rechercheergebnisse?«

»Soweit ich mich erinnere, erstaunlich cool.«

»Weshalb haben Sie heute versucht, sie zu treffen?«

»Warum wohl! Der von mir Observierte wird ermordet und

ich werde plötzlich von der Polizei überwacht. Ich wollte von ihr wissen, ob sie mir dazu etwas erzählen könnte.«

»Nur so, sagen wir aus intellektuellem Interesse?«

»Nicht nur. Ich dachte, vielleicht ließ sich damit schnelles Geld machen.«

»Warum haben Sie nicht ihren Onkel angesprochen?«

»Meinen Sie, ich bin bescheuert? Der Mann ist stets für einen Auftrag gut. Und das seit nunmehr fünfzehn Jahren. Den werde ich gerade mit meinen Problemen belästigen.«

»Was wollten Sie bei Grothe?«

Felbers anfängliche Gelassenheit wich einer geradezu physisch spürbaren Unruhe. »Dr. Siebert schien damals mit Grothe über mich gesprochen zu haben, denn bald kam Grothe mit einem kleinen Auftrag auf mich zu.«

»Und worum ging es?«

»Keine Chance. Darüber rede ich nicht. Grothe ist heute 'ne dicke Nummer in Hamburg. Bring ich den gegen mich auf, kann ich meine Klamotten zusammenpacken. Außerdem war es nichts Bedeutendes.«

Hilpert nickte zu den Worten des privaten Ermittlers. Er öffnete eine Mappe, starrte auf irgendwelche Papiere, blätterte sie um, runzelte die Stirn und klappte sie schließlich zu. »Okay, Sie wollen mir nicht weiterhelfen und schreien vermutlich gleich nach Ihrem Anwalt. Ich werde über meinen Schatten springen und einen Teil meiner Ermittlungsergebnisse weiterleiten. Eigentlich ist das ja nicht meine Art.«

»Wie darf ich das verstehen?«

»Nun, Sie wissen, wir ermitteln in mehreren Mordfällen. Da muss man zuweilen tief graben. Oftmals sucht man nach Gold und findet eine Wasserader, manchmal trifft man auf eine sorgfältig vergrabene Leiche.«

»Was für 'ne Leiche?«

»Nehmen Sie nicht alles gleich so wörtlich. Ich meine das mehr im übertragenen Sinne.« Hilpert warf erneut einen Blick in die Mappe und schüttelte den Kopf. »Den Steuereinnehmer scheinen Sie wirklich nicht zu mögen. Passen Sie bloß auf, dass man Ihnen nicht all die hübschen Dinge wieder abknöpft, auf die Sie so stolz sind. Mich dagegen interessiert das weniger. Ich habe Morde aufzuklären.«

Felber war kreidebleich geworden. Seine überlegene Haltung brach in sich zusammen. Der Mann hatte augenscheinlich Dreck am Stecken.

»Also«, setzte der Detektiv vorsichtig an, »Grothe beauftragte mich damals, einen Typen namens Paulsen zu überwachen und einen anderen, der hieß Müller, dies seltsamerweise für einen klar begrenzten Zeitraum.«

»Was wollte er wissen?«

»Nun, wo die sich schwerpunktmäßig aufhielten, was sie so anstellten. Wie Sie wissen, sind beide ja mittlerweile tot.«

Hilpert reagierte unwirsch. »Weshalb denken Sie, sitzen wir hier im trauten Gespräch zusammen?«

»Sie werden es nicht glauben, die hingen in der Heide ab. Auf 'nem Bauernhof. Die verrichteten in einer Scheune Betonarbeiten, professionell mit Mischer, Stahlmatten und so.«

»Das will ich Ihnen gerne abnehmen.«

»Grothe ist fast vom Glauben abgefallen, als ich es ihm erzählte. Zuerst argwöhnte er, ich wollte ihn auf den Arm nehmen.«

»Sind Sie dichter rangegangen und haben zugesehen, was sich sonst in der Scheune abgespielt hat?«

»Bin ich bescheuert? Haben Sie sich diesen Paulsen mal näher angeschaut? Das war 'n gewaltiger Brocken. Dem wollte ich nicht zwischen die Finger geraten. Und dieser Müller war auch nicht gerade aus Marzipan. Die beiden hätten Hackfleisch aus mir gemacht, wäre ich denen zu nahe gekommen. Ich bin kein Weichei, doch ich kenne meine Grenzen.«

»Haben Sie es mal nachts versucht, wenn die geschlafen haben?«

»Nee, nee, die haben in dem Haupthaus übernachtet. Was ich gesehen hatte, reichte mir voll und ganz.«

»So, so und Grothe wollte das nicht so recht glauben.«

»Anfangs war das so«, antwortete Felber. »Nach und nach schien mir, hat er geschnallt, was dort veranstaltet wurde.«

»Sie wissen bis heute nicht, worum es ging?«

»Wie denn? Glauben Sie, jemand hätte mich ins Vertrauen gezogen. Außerdem war es mir egal. Ich habe in der Zeit anständig Kohle verdient und hab mich dabei nicht totgemacht. So leicht ist mir das Geld nie wieder in den Schoß gefallen.«

»Und sonst war Ihnen nichts aufgefallen?«

»Irgendwann wurden ein paar Paletten Kalksandsteine abgeladen. Die wurden nicht in der Scheune verarbeitet. Sah so aus, als planten die einen Anbau oder Ähnliches.«

»Was damit geschah, haben Sie nicht mitbekommen?«

»Kein Stück. Ich bin dort zwei Monate später mal vorbeigefahren, da war der Haufen verschwunden. Es gab allerdings keinen Anbau.«

»Und Sie wollten nicht wissen, was damit geschehen ist?«

»Kein Stück. Die Hauptsache war, dass ich meine Kohle gekriegt hatte.«

»Und weshalb sind Sie heute bei Grothe gelandet, nachdem Sie Frau Verdieck nicht angetroffen hatten?«

»Wie gesagt, ich wollte wissen, was los ist.«

»Sie haben sich nach Ihren Worten nichts vorzuwerfen. Was soll die Neugier?«

Felber wischte seine schweißnassen Hände auf der Tischplatte ab. Ihm war anzusehen, dass er unentschlossen war, wie er weiter verfahren sollte.

Eine steile Falte zwischen Hilperts Augen verriet dessen Unmut. Mit einem Ruck erhob er sich. »Sie haben sich offensichtlich entschieden. Gleiches gilt für mich. Sie können gehen.«

»He, was ist mit den Steuersachen?«, kam Leben in den Privatdetektiv.

»Das dürfen Sie mit der Steuerfahndung ausmachen. Ich sehe mich in der Verpflichtung, diese zu informieren.« Er grinste den ehemaligen Kollegen an. »Schließlich bin ich Beamter.«

Felber blieb sitzen und schien nachzudenken. »Gut, ich erzähle, was ich weiß. Sie vergessen, was Sie über meine steuerlichen Sachen ermittelt haben. Einverstanden?«

»Das kommt drauf an. Legen Sie los. Schreiben Sie sich hinter die Ohren, dass ich diverse Morde aufzuklären habe. Steuerhinterziehung ist nicht mein Steckenpferd.«

»Grothe war damals mit meinen Beobachtungsergebnissen in der Heide zufrieden. Es schien, als hätte ich ihm ein wichtiges Puzzleteil zugespielt. Kurz darauf kam er zu mir und fragte mich, ob ich Lust hätte, ein Auto in Polen zu verticken. Der Verkaufspreis sollte in meine Tasche fließen.«

»Und?«

»Na klar habe ich zugesagt. Da wusste ich allerdings nicht, was mich erwartete.«

»Das mit dem Auto fanden Sie normal?«

»Natürlich nicht, deshalb habe ich einen Mitarbeiter hinzugezogen. Die Sache stank gehörig. Zu der Zeit lebte ich in Scheidung von meiner ersten Frau und konnte Kohle gut gebrauchen.«

»Apropos, was hat denn Grothe für Ihre Beobachtertätigkeit rüberwachsen lassen?«

»Knapp siebentausend Euro.«

»Das war ja recht lukrativ für Sie. Sie sollten also ein Auto nach Polen überführen und dort an den Mann bringen.«

»Genau. Was ich nicht wusste, es gehörte diesem Journalisten.«

»Der hat Sie gebeten, sein Auto zu verscherbeln?«

»Nicht wirklich«, antwortete Felber zögernd. »Wir trafen uns am Rand des Stadtparks. Neben Grothe, diesem Riesenmenschen und Müller, war der Journalist anwesend. Der hatte sich dort offensichtlich mit denen verabredet. Sie haben ihm einen überzogenen, ihm seinen Autoschlüssel und den Kfz-Schein abgenommen und mir in die Hand gedrückt.«

»Was geschah danach?«

»Die haben ihn in den Kofferraum gepackt und sind abgezwitschert. Ich schwöre Ihnen, zu der Zeit lebte Wagner. Ich habe ihn reden gehört.«

»Wissen Sie, woran er gestorben ist?«

»Wurde er erschlagen?«

»Nein, erschossen.«

»Aha.«

»Und Grothe ist in dem Auto mit dem Journalisten mitgefahren?«

»Nein, seltsamerweise nicht. Ihm hatten sie ebenfalls einen Schlüssel gegeben. Er ist mit seinem eigenen Wagen abgedampft. Allerdings in eine andere Richtung.«

»Wie ging es weiter?«

»Ich hab die Kiste in Stettin verkauft. Das war das Geschäft meines Lebens. Die haben mir 12.000 Tacken gegeben, bar auf die Hand. Der Kfz-Schein und die Schlüssel waren sehr dienlich. Mein Mitarbeiter bekam einen Schein ab.«

Hilpert blickte ihn zweifelnd an. »Das ist ja 'ne Win-win-Situation gewesen, von Wagner abgesehen. Wenn Sie einigermaßen über die Runden kommen wollen, empfehle ich Ihnen, als Kronzeuge aufzutreten.«

»Darüber muss ich nachdenken.«

Hilpert schaltete das Tonbandgerät ab und starrte nachdenklich darauf. »Kommen Sie nicht auf die Idee, sich abzusetzen.«

»Wo sollte ich hin?«

»Eine Frage zum Abschluss: Hat Sie Wagners Schicksal nicht interessiert? Sie waren dabei, als er zusammengeschlagen wurde. Plötzlich ist er verschwunden. Als ehemaliger Polizist müssen Sie sich doch Ihre Gedanken gemacht haben.«

Energisch schüttelte Kurt Felber den Kopf. »Bloß das nicht. Ich wollte nichts damit zu tun haben. Ich bin zu lange in eurem Verein gewesen, um zu begreifen, dass Erwachsene nicht so mir nichts, dir nichts verschwinden.«

»Ich verstehe, aus den Augen, aus dem Sinn.«

»Genau. Später war ich heilfroh, dass Wagner aus den Schlagzeilen verschwand. Die Fußballweltmeisterschaft kam wie gerufen. Unruhig wurde ich erst, nachdem seine Leiche gefunden wurde. So, jetzt hab ich Ihnen alles zu diesem Thema erzählt, was ich weiß.«

Felber wurde an einen Beamten weitergereicht, der mit ihm das Protokoll anfertigen sollte.

Hilpert griff danach zum Telefon. »Grothe wird vorläufig festgenommen. Den Haftbefehl besorge ich nachträglich. Außerdem will ich seine Frau bei uns sehen.«

Vorsorglich wies er an, Felbers Mitarbeiter ins Präsidium zu beordern. Er war gespannt, ob er die Aussage des Detektivs im Wesentlichen bestätigte oder ob dieser etwas ausgelassen hatte. Als er an Albers' Zimmer vorbeiging, winkte dieser ihm heftig zu. Geradezu hektisch kam er auf Felbers Finanzgebaren zu sprechen. »Dieser Mann hat in den letzten zehn Jahren kaum Steuern bezahlt. Wie der sich mit seinen fragwürdigen Bilanzen ein dickes Haus in Rissen geleistet hat, ist mir absolut rätselhaft. Am besten, ich versuch mal, mit seiner Bank zu reden. Seine Konten geben garantiert weitere Auskünfte.«

»Stell dir das nicht so einfach vor. Ohne richterlichen Erlass geht nichts. Was wir haben, reicht mir vorerst.«

Nun hatte Hilpert die passende Antwort auf die Kooperationsbereitschaft des Detektivs in Händen. Mit seinem Schuss ins Blaue hatte er die Zwölf getroffen. Anschließend rief er Laura an und befragte sie zu dem Detektiv. Im Wesentlichen bestätigte sie seine Aussage über ihre Zusammenarbeit.

50

Grothe trat Hilpert misstrauisch entgegen. Seine bisherige Jovialität war vollends verschwunden.

»Was wollen Sie von mir?«, fragte er barsch.

»Ich möchte mich mit Ihnen über den Abend unterhalten, als Wagner am Stadtpark von euch einkassiert wurde.«

»Was gibt es da zu erzählen?«

»Das frage ich Sie.«

Grothe kratzte sich nachdenklich an der Stirn, als dächte er darüber nach, einen Anwalt einzuschalten. Irgendwann ging ihm wohl auf, dass er selber einer war.

Hilpert setzte nach: »Sie haben die Möglichkeit, sich auf die Seite der Sieger zu schlagen. Doch meine Geduld schwindet zusehends.«

»Was macht Sie so sicher, dass ich etwas dazu beitragen kann?«

»Die Aussage von Felber und seinem Mitarbeiter.«

»Ich verstehe, die konnten das Wasser nicht halten. Da macht es wenig Sinn, um den heißen Brei herumzureden.«

»Brillanter Einfall, Herr Grothe.«

»Wo fang ich am besten an?«

Er startete mit einem Gespräch in kleiner Runde, das er gemeinsam mit Paulsen und Müller aus ihrer Gruppe geführt hatte. Es war geplant, dem Journalisten für das, was er bisher geschrieben hatte und zu schreiben plante, einen ordentlichen Denkzettel zu verpassen. Grothe gab zu, den Mann abgrundtief gehasst zu haben. Dies weniger wegen seiner journalistischen Arbeit, sondern vielmehr, weil er mit Andrea geschlafen hatte und sie trotzdem weiterhin mit anderen Frauen betrog. Sie hatten sich nicht weiter gekannt, aber er liebte diese Frau, seit er sie zum ersten Mal gesehen hatte. Wäre es gewollt gewesen, er hätte in dieser Nacht mitleidslos auf ihn eingeschlagen. Ansonsten bestätigte er die Worte des Detektivs. Als er sich schließlich auf den Weg in Wagners Wohnung begab, sei ihm aufgegangen, dass diese Form der Rache unsinnig und dämlich war. Er sollte den PC des Journalisten, Datenträger und Kopien seines geplanten letzten Artikels aus dessen Wohnung besorgen. Das habe er getan. Alles habe er weitergereicht. Er erhielt seinen Geldumschlag und sei abgezogen. Den USB-Stick wollte er behalten haben. Wirklich Erhellendes habe er darauf nicht gefunden.

»Fein, besorgen Sie uns das Teil«, ging Hilpert darauf ein.

»Gern, ich muss es nur wiederfinden. Ich habe das Ding irgendwo verkramt. Überlegen Sie, wir reden über das Jahr 2006.«

Hilpert benötigte kein zweites Gesicht, um zu spüren, dass Grothe nicht annähernd durch war mit seinem Geständnis. Vielmehr verschloss er sich ihm gegenüber zusehends. Weder Drohungen noch Zusagen halfen da weiter.

»Ihre Frau behauptete, Sie hätten die Unterlagen von Wagner an sie weitergereicht?«

»Das entspricht der Wahrheit.«

»Nehmen wir das mal so hin. Weshalb haben Sie Paulsen und Müller beobachten lassen?«

Die Antwort kam wie aus der Pistole geschossen, als habe er dafür geübt. Augenfällig hatte er mit dieser Frage gerechnet. »Die hatten mich in letzter Zeit mehr und mehr an den Rand gedrängt. Ich wurde nicht wie früher mit einbezogen. Die brüteten was aus, woran sie mich nicht beteiligen wollten.«

»Ich denke, Paulsen war Ihr Freund?«

»Er war es insbesondere, der mich außen vor hielt. Mag sein, dass er mich schützen wollte. Somit passte es gut, dass mir dieser Detektiv über den Weg lief.«

»Und was haben Sie mit den Informationen angefangen?«

»Damit konnte ich nichts anfangen.«

Hilpert schaute abermals in seine Unterlage. »Und dafür haben Sie ihm knapp siebentausend Euro gezahlt?«

»Das war so vereinbart.«

»Nun gut. Felber behauptet, die Information über Paulsens Aktivitäten seien von Ihnen wohlwollend aufgenommen worden, als würden Sie etwas verstehen.«

»Blödsinn, der spinnt, der Mann.«

»Mensch, Grothe, mir scheint, Sie sind sich über Ihre Situation nicht im Klaren. Nach allem, was wir vorliegen haben, reicht die Beweislage zumindest für die Beteiligung an einem Mordkomplott. Da ist nichts mit Bewährung. Da kommt einiges zusammen. Felber ist zur Zusammenarbeit bereit. Am Ende spuckt der alles aus, was wir hören wollen.«

Grothes gefurchte Stirn machte deutlich, wie es in ihm arbeitete. Er war als Anwalt erfahren genug, um zu begreifen, dass es längst nicht mehr um seine politische Karriere ging. Davon konnte er sich eh verabschieden. Vielmehr standen einige Jahre Gefängnis ins Haus. Und anschließend? Alles, was er sich aufgebaut hatte, wäre bis dahin längst den Bach hinuntergegangen. Langsam brach es aus ihm heraus. Aus dem Rinnsal wurde bald ein Strom. Hilpert gefiel nicht alles, was er hörte.

Zwei Stunden später saß ihm Andrea gegenüber. Sie hatte längst begriffen, dass die Zeit der Glacéhandschuhe vorbei war. Das machte allein die Tatsache deutlich, dass sie festgenommen und ins Präsidium befördert worden war. Hilpert war ins Vernehmungszimmer umgezogen und hatte Stange hinzugebeten. Ihm durfte kein Stockfehler unterlaufen. Sein Angebot an sie, einen Anwalt hinzuzuziehen, lehnte sie ab. Trotz aller Befürchtungen, die in ihr schlummerten, wirkte sie wach und gefasst. Bei ihrem Vater hatte sie Beherrschung gelernt, ob ihr das weiterhelfen würde, sollte sich zeigen.

»Dein Ehemann hat ausgesagt und zwar ordentlich«, eröffnete er das Verhör.

»So, hat er, das Schwein?!«, antwortete sie wenig hanseatisch.

»Er behauptet, du hast auf Wagner geschossen. Er habe davon Fotos.«

Sie griff in ihren Ausschnitt und zog einen Speicherchip heraus. »Sicher meint er diese.«

Erstaunt nahm Hilpert den Chip in die Hand. Stange sprang auf. »Ich besorge einen PC.«

Hilpert bewunderte, wie gefasst sie ihm weiterhin gegenübersaß. Verkniffen lächelte sie ihm zu. »Ich kann dir sagen, was du auf den Fotos sehen wirst. Nämlich, wie ich Wagner erschieße.«

»Aha, wie ist das geschehen?«

»Du kennst einen Teil der Geschichte. Es hat sich nur etwas anders abgespielt. Mein Vater hatte als Erster nach der Waffe gegriffen und sie entsichert. Er richtete sie auf Wagner, drückte jedoch nicht ab. Frustriert legte er sie auf den Küchentisch zurück. Er war knallhart im Geschäftsleben. Auf einen Menschen zu schießen, lag nicht auf seiner Linie. Da habe ich nach der Pistole gegriffen und abgedrückt.«

»Du kannst mit einer Pistole umgehen?«

»Das wäre zu viel gesagt. Ich weiß, wie so 'n Ding funktioniert. Auf einer Jagd durfte ich mal mit solch einem Teil spielen.«

»Okay, was passierte dann?«

»Ich habe die Waffe fallen lassen und bin aus dem Haus gestürmt. Mein Vater hinter mir her. Draußen musste ich mich beruhigen. Danach sind wir weggefahren.«

»Niemand ist euch gefolgt?«

»Nein. Es war dunkel, das hätten wir gemerkt.« Sie stockte. »Jetzt, wo du's sagst, mir ist, als hätte ich am Straßenrand einen Wagen gesehen. Keine Ahnung, ob dort jemand drin saß. Ich habe nicht genau hingeguckt.«

»Wahrscheinlich handelte es sich um das Auto deines werten künftigen Gatten.«

»Von mir aus. Jetzt ist eh alles zu spät.«

»Gehen wir einen Schritt zurück. Ihr seid nicht zurückgegangen und habt nachgeschaut, was du angerichtet hast?«

»Nein, ich wollte nur weg. Einige Zeit danach fing mein Martyrium an.«

»Mit dem Ergebnis, dass du Grothe geheiratet hast. Hat er dich dazu erpresst?«

»Das kannst du so oder so sehen. Sagen wir, es war ein Deal. Wir haben uns mehr oder weniger aneinander gekettet. Er mit dem Wissen um meinen Mord, ich als Garantin für seinen ökonomischen Erfolg.«

»Hat es dich nicht interessiert, was mit Wagner geschehen ist?«

»Nein!«, schrie sie auf. »Dieser Mensch hatte mich so gedemütigt. Ich wollte nichts mehr von ihm hören und sehen. Mir war egal, was die mit ihm anstellten. Er hat seinen Tod tausendmal verdient. Wie viele Frauen hat der unglücklich gemacht!«

»Dafür hast du lieber eine Ehe mit einem ungeliebten Mann in Kauf genommen?«

»Du glaubst hoffentlich nicht, dass ich diesen Menschen an mich hab rankommen lassen. Er kam an Kontakte und an Geld. Fortan lebte er in Alsternähe. Das war's. Wo er herkam, ist er mit drei Geschwistern in einem Zimmer aufgewachsen.«

Spontan griff er nach ihrer Hand und streichelte sie zärtlich. »Es tut mir so leid für dich. Ich fürchte nur, ich muss dich verhaften.«

Sie blickte mit feuchten Augen zu ihm herüber. »Ich hätte dich und deine Tochter gern näher kennengelernt.« Sie lachte plötzlich auf. »Du kannst ja auf mich warten. Mal sehen, wie viele Jahre ich aufgebrummt bekomme.«

»Was ist mit den anderen Morden?«

»Reicht dir nicht einer?«, versuchte sie witzig zu sein. »Damit habe ich nichts zu tun.«

Schwerfällig stand er auf. »Mal sehen, ob ich was für dich tun kann.« Gedanken wie Mord im Affekt gingen ihm durch den Kopf. Mit einem guten Anwalt kam sie vermutlich billiger davon, als sie auf den ersten Blick befürchten musste.

Auf dem Gang begegnete er Stange, ein Notebook unterm Arm. »Bitte schick jemanden rein, sie hat gestanden, Wagner getötet zu haben. Er soll ein Protokoll aufnehmen.«

»Und die anderen Morde?«

»Die streitet sie ab.«

»Glaubst du ihr?«

»Mehr oder minder.«

»Na gut, da haben wir wenigstens ein Zwischenziel erreicht, sieht man davon ab, dass es zu unseren Überlegungen passt. Und wie fühlst du dich?«

Hilpert grinste ihn schief an. »Beschissen.«

Stange klopfte dem Kollegen auf die Schulter. »Du magst sie, nicht wahr?«

»Kann man so sehen.«

»Los, gehen wir in die Kantine, Mittag essen. Ich bringe den PC zurück und organisier das mit dem Protokoll.«

Den weiteren Nachmittag wiederholte Hilpert das Verhör mit Grothe. Der wies jegliche Form von Erpressung weit von sich. Andreas Vorwürfe gegen ihn waren nicht so eindeutig, dass sie eine Klage hätten anstreben können. Ansonsten bestätigte er ihre Aussage. Schließlich gab er zu, dass er sich durch die Ermittlungen des Detektivs ausmalen konnte, wo Wagner hingeschafft werden sollte, nachdem er am Rande des Stadtparks zusammengeschlagen worden war. Er habe vorsorglich eine Videokamera mitgenommen und entsprechende Bilder geschossen. Mehr war nicht aus ihm herauszuholen. Das Bildmaterial lag ihnen vor. Es war eindeutig und untermauerte die Aussagen des Ehepaares. Am Ende des Gesprächs stach Hilpert erneut die Gelassenheit des Mannes ins Auge, der im Kern die materielle Grundlage seiner Anwaltstätigkeit ebenso verloren hatte wie seinen letzten Sponsor. Seine Frau kam für Geldgeschenke mit absoluter Sicherheit nicht mehr infrage, sein Schwiegervater war tot. Hatte er ein Ass im Ärmel, das er nicht auszuspielen gedachte? Immerhin schlummerten ein paar ungeklärte Morde auf seinem Schreibtisch. Die Tatwaffe blieb verschwunden. Das Ehepaar konnte er dafür als Tatverdächtige mehr oder weniger ausschließen. Allerdings blieb die Option, dass sie dafür den Auftrag erteilt hatten. Motive gäbe es genug, für sie, um den Mord an Wagner zu verschleiern, für ihn, um seine politischen Ziele nicht zu gefährden.

Vermutlich würde es sich der Staatsanwalt diesmal nicht nehmen lassen, mit ersten Ergebnissen an die Öffentlichkeit zu treten. Schließlich war ein beinahe zehn Jahre zurückliegender Mord aufgeklärt worden. So was war den Medien immer willkommen. Hilpert fragte sich, ob er sich dazusetzen wollte, sollte das Wort an ihn gerichtet werden. Gut aufgelegt war er nicht dafür. Er setzte sich auf die Kante seines Schreibtischs, verschränkte die Arme vor seiner Brust und kam ins Grübeln. Andrea hatte Wagner erschossen. Den Bildern nach zu schließen auf eine Distanz von ziemlich genau sieben Metern. Erregt sprang er auf. Da stimmte was nicht! Er stürmte in Stanges Zimmer, der sich gerade einen Schokoriegel gönnte und nun vergaß zuzubeißen. Langsam sank seine Hand nach unten und er blickte erwartungsvoll zu Hilpert herüber. Dieser atmete hektisch und musste sich erst beruhigen, bevor er zu einer konkreten Frage fähig war. »Wie viele Schüsse wurden im Mordfall Wagner abgegeben?«

»Zwei«, kam es wie aus der Pistole geschossen. »Eine Kugel steckte neben dem Fenster, wurde allerdings durch die neu gezogene Wand verdeckt.«

»Da habe ich es also richtig im Kopf behalten. Sehr schön. Grothe ist im Haus?«

»Na klar, der ist uns nach wie vor ein paar Antworten schuldig.«

»Schön, ich will ihn sehen.«

»Ich lasse ihn bringen.«

»Nicht so schnell, vorher möchte ich mit Andrea sprechen.«

»Wer möchte das nicht, sie ist eine stattliche Frau.«

»Red keinen Dünnschiss!«

Erstaunt saß sie ihm kurz darauf gegenüber. »Hast du was vergessen?«

»Mag sein. Eine Frage, wie oft hast du geschossen?«

»Einmal.«

»Wer hielt sich zu dem Zeitpunkt in der Küche auf?«

Er spürte, wie sie bei seiner Frage zusammenzuckte. Ihre Antwort kam zögernd, als hielte sie mit etwas zurück. »Mein Vater, ich, dieser riesige Mensch und ein weiterer Typ, dessen Namen ich nicht kenne.«

»Sonst erinnerst du dich an niemanden, der anwesend war?«

Sie grinste ihn schief an. »Und Wagner natürlich.«

»Okay, das war's vorerst.«

Er nickte zu Stange herüber. »Nimm sie mit in dein Zimmer. Nun könnt ihr Grothe holen.«

Der Anwalt trat sichtlich überrascht auf Hilpert zu. Dieser wies mit dem Zeigefinger auf ihn und stellte seine Frage, bevor Grothe sich sammeln konnte. »Wie oft hat Ihre Frau geschossen?«

»Einmal, es muss ein Glücksschuss gewesen sein, dass sie Wagner getroffen hat und zwar mitten in den Kopf.«

»Unwahrscheinlich, sehr unwahrscheinlich«, widersprach Hilpert. »Es wurde zweimal geschossen. Wollen Sie mir erzählen, dass vorher so aus Jux und Tollerei auf die Wand geschossen wurde?«

Grothe ging einen Schritt nach vorn, zog sich einen Stuhl heran und setzte sich unaufgefordert hin. »Sie haben recht, das hätte ich in jedem Fall mitbekommen. Wenig später habe ich einen zweiten Schuss mitbekommen. Ich war ein paar Schritte weg vom Fenster und konnte nicht sehen, wer geschossen hat.«

»Ist es denkbar, dass Wagner beim ersten Mal nicht getroffen wurde, sondern zum Beispiel ohnmächtig zusammengesackt ist und jemand anders das Werk vollendet hat?«

»Sie sagen es. Es gäbe sonst keinen triftigen Grund für einen weiteren Schuss.«

»Und Sie haben keinen Blick auf den Toten geworfen und sind abgezwitschert?«

»Genau so ist es gewesen. Ich hatte Schiss und wollte, so schnell es ging, weg.«

»Wer hielt sich zu dem Zeitpunkt im Haus auf?«, stellte er ihm die gleiche Frage wie seiner Frau und erhielt exakt dieselbe Antwort.

»Danke, Sie können gehen.«

Mit gerunzelter Stirn hockte Hilpert in seinem Sessel. Er hätte es niemandem erklären können. Er war fest davon überzeugt, nicht die volle Wahrheit erfahren zu haben. Das galt für Grothe wie für Andrea. Beide taten nichts ohne konkreten Hintergedanken. Was war mit dem großen Unbekannten? Wollten sie jemanden schützen? Wer war für sie so wichtig, dass sie sich vor ihn stellten? Er überlegte. Außer Andrea waren alle bekannten Tatbeteiligten tot. Nahm sie Rücksicht auf einen Toten? Er winkte entschieden ab. Ihr Verhalten machte ausschließlich Sinn, wenn der oder die Betroffene lebte. Dieser Jemand musste für beide eine gewisse Bedeutung haben. Er dachte an die Breckwoldt. Diese Frau zu schützen, machte allemal Sinn. Sie verfügte über die erforderlichen finanziellen Mittel, um ihnen beiden auf die Beine zu helfen, wenn sie ihre Strafen verbüßt hatten. Andrea hatte im Affekt auf jemanden geschossen. Das war kein Kavaliersdelikt wie Falschparken. Mit einem cleveren Anwalt kam sie mit Bewährung davon. Und ihrem Mann, was wollte man ihm strafrechtlich vorwerfen? Das Zurückhalten von Beweismaterial? Der Vorwurf der Erpressung war mangels konkreter Beweise nicht aufrechtzuerhalten. Das Paar würde vermutlich mit dem erhobenen Zeigefinger des Richters davonkommen. Zumindest Grothe würde ein softes Urteil nicht gerecht werden. Was konnte Hilpert dagegen unternehmen? Nach dem jetzigen Ermittlungsstand herzlich wenig. Er brauchte jemanden, der gegen ihn aussagte. Ihm fiel der Privatdetektiv ein, der Mann mit der Heidenangst vor dem Finanzamt. Er musste sehen, wie weit Albers mit seinen Recherchen über ihn war.

Dieser fuchtelte unzufrieden mit den Händen in der Luft herum, als er ihn darauf ansprach. »Ich stecke fest. Man müsste direkt an seine Hausbank herantreten. Ohne richterliche Anordnung kann ich mir das abschminken.«

Wie so oft in letzter Zeit musste Weber mit seinen vorzüglichen Kontakten herhalten. Keine Stunde später zog Albers zufrieden mit dem erforderlichen Papier ab. Es ging voran.

51

Den ganzen Abend über hatte Hilpert zu Hause über Grothe und Felber gegrübelt. Ihn beschäftigte insbesondere der Tod des Strichjungen auf St. Georg. Die wenigen Verdächtigen, die an seinem geistigen Auge vorbeidefilierten, waren allesamt nicht die Typen, die jemanden mit einer Eisenstange erschlugen. Dem Detektiv traute er das dagegen zu. Für Geld tat Felber garantiert mehr, als nur alte Damen in der Dunkelheit zu erschrecken. Wovon lebte er ansonsten? Bislang hatte er sich mit dessen Geschäften kaum befasst. Womit beschäftigte sich ein Privatdetektiv gemeinhin? Große Kapitalverbrechen klärten sie nur im Kino auf. Üblicherweise verblieb es bei der Überwachung untreuer Ehepartner oder der Aufklärung von Personaldiebstählen im Supermarkt. Gelegentlich durften sie säumige Schuldner jagen. Hilperts erste Amtshandlung am Tag darauf war, Birgit Grosser zu beauftragten, das Sekretariat der Anwaltskanzlei aufzusuchen, das den Detektiv als Untermieter aufgenommen hatte. Er hoffte, dass im Gespräch von Frau zu Frau ein paar brauchbare Informationen für sie abfielen. Felber lockten sie mit einem fingierten Auftrag nach Norderstedt.

Nach kurzem Nachdenken veranlasste er Andreas Entlassung aus der Untersuchungshaft. Bevor sie gehen durfte, wollte er sie abschließend befragen. Gegen Mittag saß sie ihm gegenüber.

»Nach unseren Recherchen müsste sich eine weitere Person in dem Haus, in dem Wagner umgebracht wurde, aufgehalten haben«, eröffnete er das Verhör.

»Diese Recherchen sind falsch«, erwiderte sie unaufgeregt. »Es sei denn, es ist nach uns jemand gekommen. Dazu kann ich nichts sagen.«

»Dieser Jemand soll zeitgleich mit euch aufgeschlagen sein.«

»Blödsinn, wir sind allein gekommen.«

Ihre gesamte Körpersprache belegte, dass sie log. Hilpert kannte sie mittlerweile zur Genüge. Er würde von ihr zu diesem Thema an diesem Tag keine andere Antwort erhalten. Folgerichtig wechselte er das Thema. »Ich habe ein paar Fragen zum Tod deines Vaters. Wir wissen jetzt, wie der Mörder unerkannt in sein Haus gelangte und sich anschließend absetzen konnte.«

Sie beugte sich interessiert vor und blickte ihn erwartungsvoll an. »Tatsächlich?«

Obwohl er meinte, eigentlich ihren Nerv treffen zu müssen, reagierte sie eher gleichgültig, als er von seinem Verdacht sprach, dass der Täter aus dem Haus von Frau Breckwoldt zu ihnen herübergekommen war und sich anschließend verzogen hatte.

»Das glaube ich nicht«, widersprach sie energisch. »Tante Sigrid und mein Vater sind seit Jahrzehnten miteinander befreundet gewesen. Das hätte sie ihm nie angetan. Sei ehrlich, das ist einer von euren Tricks, die ihr bei Verhören auspackt.«

»Überleg selbst, was sollte ich damit bezwecken wollen?«

»Egal, dann habt ihr euch geirrt.«

»Und die Spuren, die im Gästezimmer gefunden wurden?«

»Die müssen auf anderem Weg dorthin gelangt sein. Vielleicht, um meine Tante zu belasten.«

Die Diskussion begann ihn zunehmend zu nerven. »Wie soll das passiert sein? Das hieße, der wahre Täter nimmt mit einer

Pipette Spuren von Blut und Hirnmasse auf, bricht ins Haus der Breckwoldt ein und verspritzt es dort. Danach entfernt er sich seelenruhig. Niemandem fällt etwas auf. Du glaubst nicht, dass das ziemlich weit hergeholt ist?«

Sie war total blockiert und rang nach Fassung. »Irgendeinen Weg wird der Mörder gefunden haben, um die verräterischen Spuren zu legen.«

»Wie du meinst«, reagierte er entnervt. »Du kannst gehen.«

»Du machst Scherze.«

»Keineswegs. So wie es aussieht, hast du Wagner nicht erschossen. Es wurde ein zweiter Schuss abgegeben, nachdem du das Haus bereits verlassen hast.«

»Nein!« Erschrocken schaute sie zu ihm herüber. »Das ist unmöglich.«

Voller Erstaunen nahm er zur Kenntnis, dass sie ganz und gar nicht erleichtert auf ihn wirkte, eher verzweifelt. Sie stand auf und verließ ohne einen Gruß sein Zimmer. Eine Beamtin, die vor seiner Zimmertür auf Andrea gewartet hatte, würde sich um sie kümmern. Er verstand Andrea genauso wenig wie ihren Mann. Below hatte eindeutig ausgesagt, dass zwei Fahrzeuge vorgefahren waren, als er mit dem Motorrad den Hof verließ. In einem saßen Andrea und ihr Vater. Nach wie vor hatten sie mindestens eine Person nicht identifiziert, die in der anderen Limousine gesessen haben musste. Handelte es sich um die Breckwoldt mit ihrem Bruder oder ihrem Faktotum?

Hilpert wurde insbesondere aus Andrea nicht schlau. Was hatte er erwartet? Dass sie ihm dankbar um den Hals fiel, weil sie das Gefängnis verlassen durfte? Er konnte damit leben, dass das nicht geschah. Dass sie die Fakten der Ermordung ihres Vaters ignorierte, leuchtete ihm ebenso wenig ein wie die Vehemenz, mit der sie sich hinter die Breckwoldt stellte. Weiterhin fehlte jegliche Spur von der Frau und ihrem Bruder. Sie kamen weder im Inland noch in Frankreich voran. Sie konnten überall sein. Bei ihren finanziellen Mitteln wäre eine Ferienwohnung in Italien ebenso denkbar wie ein Appartement in London. Wie konnten sie die Fahndung nach ihr forcieren? Er hatte keine Idee. Sie hatten ihre Möglichkeiten ausgeschöpft und mussten darauf hoffen, dass sie sich irgendwann aus ihrem Versteck herauswagen würde. Die Frau war über siebzig. Wie lange hielt sie es außerhalb ihrer gewohnten Umgebung aus?

Albers bereitete Hilperts fruchtlosen Überlegungen vorerst ein Ende. Übers ganze Gesicht grinsend betrat er das Zimmer seines Chefs. Allem Anschein nach war sein Besuch bei Felbers Hausbank von Erfolg gekrönt. Tatsächlich pfiff der Detektiv auf dem letzten Loch. Seine Bank hatte Anfang des Monats die Hypothek auf seinem Haus in Rissen fällig gestellt, da er die Annuitäten nicht mehr bedienen konnte. Völlig überraschend löste er sie vor wenigen Tagen ab. Immerhin ging es um einen Betrag von siebzigtausend Euro. So gut, wie er sich darstellte, schien es dem selbstbewussten Herrn nicht zu gehen. Wo hatte er so kurzfristig das Geld aufgetan? Vor allem wofür? Nach dem Mittagessen trudelte Birgit Grosser ein. Die Kommissarin berichtete, dass der Privatdetektiv zeitweise mit mehreren Büromieten in Rückstand gelegen habe. Vor Kurzem sei das Problem zur Zufriedenheit aller gelöst worden.

Hilpert winkte Albers zu sich. »Greif dir deinen Kumpel Erich am Bahnhof. Nimm dir jeweils ein Foto von Grothe und unserem Detektiv mit. Ich will wissen, ob einer von denen zur Zeit des Mordes an dem Stricher in der Gegend gesehen wurde. Geh nicht allein, nimm einen Kollegen mit.«

»Du machst dir Sorgen um mich?«

»Allerdings«, erwiderte der Hauptkommissar mit ernster Miene.

Albers war bereits im Gehen, als Hilpert ihn zurückrief. »Mal 'ne blöde Frage. Was hältst du davon, wenn ich in den höheren Dienst aufstiege?«

»Ich würde es absolut bedauern, dich als Chef zu verlieren. Für den Verein wäre es eine brillante Entscheidung.«

Hilpert sah auf seine Fußspitzen und anschließend zu Albers hinüber. »Ich glaube, ich habe dir nie gesagt, wie froh ich darüber bin, dass du zu uns gestoßen bist.«

»Das ist okay und freut mich. Ich spüre, dass du mich und meine Arbeit respektierst und schätzt.«

»Zeig, was du kannst und roll heute Abend die Szene am Hauptbahnhof auf.«

»Ich tu, was ich kann.«

Den Rest des Tages verbrachte Hilpert mit dem Aktenstudium. Vielleicht schlummerten weitere Schätze darin, die nur darauf warteten, von ihm gehoben zu werden. Die Hoffnung starb zuletzt.

Gegen neun verließ er das Präsidium und schaffte es tatsächlich, vor elf ins Bett zu kommen. Er wälzte sich unruhig hin und her, als ihn kurz nach Mitternacht sein Handy aus dem Schlaf riss. Es war Albers, der keine Rücksicht auf die späte Stunde nahm. »Wir haben interessante Neuigkeiten für dich, die du vielleicht aus erster Quelle hören möchtest.«

»Schieß los«, knurrte Hilpert ins Telefon.

»Der Detektiv ist tatsächlich von zwei Leuten unabhängig voneinander identifiziert worden. Er war in der Mordnacht in Begleitung eines Mannes. Es handelte sich eindeutig nicht um Grothe.«

»Bestimmt war das sein Mitarbeiter, mit dem er bereits das Auto in Polen entsorgt hat. Das würde passen wie die Faust aufs Auge.«

»Das ist nicht alles. Erich hat jemanden aufgetan, der beobachtet hat, wie zwei Männer in der Nacht zwei Stangen auf einer Baustelle haben verschwinden lassen.«

»Die SpuSi ist auf dem Weg?«

»Klar.«

»Gut, gib Erich fünfhundert Mäuse. Du kriegst sie morgen von mir zurück.«

»Damit machst du zwar jemanden glücklich, aber glaubst du allen Ernstes, ich trage so viel Geld mit mir herum?«

»Entschuldige, ich bring die Kohle morgen mit. Pass auf, dass uns der Zeuge nicht entwischt, der Felber und seinen Begleiter identifizieren könnte.«

»Der schlägt morgen Punkt zehn bei uns auf. Ich habe ihm einen Hunderter versprochen.«

»Du bist ein weiser Mensch. Wenn du es schaffst, sei bitte morgen Vormittag vor Ort. Den Nachmittag kannst du bei Hagenbeck verbringen.«

»Alles klar, wir sehen uns.«

Zufrieden beendete Hilpert das Gespräch. Endlich konnten sie mit konkreten Verdachtsmomenten arbeiten und Ergebnisse vorweisen, die einem nicht gleich aus der Hand geschlagen wurden.

Felber und sein Mitarbeiter hatten den Tag darauf gerade ihr Frühstück beendet, als sie von Beamten der Gruppe Stange verhaftet und ins Präsidium gebracht wurden. Hilpert hatte sich entschieden, alles auf eine Karte zu setzen. Er saß seit sieben Uhr an seinem Schreibtisch. Der Allgemeinzustand von Albers, insbesondere seine zerknautschte Kleidung ließen den Verdacht aufkeimen, dass er diese Nacht nicht zu Hause verbracht hatte. Es hatte zu einer mäßigen Trockenrasur gereicht, was bei dem ansonsten gepflegten Beamten sofort auffiel. Kurz nach halb elf beorderte Hilpert ihn nach Hause. Er dankte der Vorsehung, sich für ihn als Verstärkung in seiner Abteilung entschieden zu haben. Albers' Ermittlungstätigkeit um den Hauptbahnhof herum war von Erfolg gekrönt und mit Geld nicht zu bezahlen. Der Zeuge hatte mittlerweile das Protokoll unterzeichnet und neben Felber den zweiten Mann eindeutig identifiziert.

Die auf der Baustelle sichergestellten Stangen lagen bei der KTU. Von Felber und seinem Mitarbeiter wurden bei ihrem Eintreffen genetische Fingerabdrücke genommen. Es würde dauern, bis die Auswertungen vorlagen. Trotzdem entschied sich Hilpert, mit den Vernehmungen zu beginnen, als läge alles in trockenen Tüchern. Der Mitarbeiter des privaten Ermittlers fiel gegen Mittag um und holte zu einer großen Beichte aus. Zwei Stunden später begriff Felber, mit den Eisenstangen einen Fehler gemacht zu haben. Das Risiko, damit in der Nähe des Hauptbahnhofs aufgegriffen zu werden, war so groß, dass sie sich ihrer schnellstens entledigen mussten. Zähneknirschend gab er die Tat zu. Der junge Stricher musste als unliebsamer Zeuge von der Bildfläche verschwinden. Als Auftraggeber benannte er Frau Breckwoldt. Sie habe ihn für den Mord an dem jungen Mann cash ausbezahlt, sodass er seine Hypothek ablösen und seine Schulden bezahlen konnte.

Der Staatsanwalt hatte endlich seine Themen, mit denen er

an die Öffentlichkeit gehen konnte. Diesmal fehlten Hilpert die Argumente, sich gegen eine Beteiligung an der Pressekonferenz zu sperren. Dabei wollte er die Situation nutzen, die Fahndung nach der Breckwoldt und ihrem Bruder zu intensivieren.

Da sie in die rechte Szene hineinoperierten, saßen ihnen am nächsten Tag diverse Vertreter überregionaler Medien gegenüber, die große Berichte planten, Fernsehinterviews fehlten ebenso wenig. Selbst Tagesschau und Heute widmeten ihrem Fall einige Sendesekunden. Für kurze Zeit war Hilpert wie gehabt der gehätschelte Star der Szene, mit dem jeder Journalist reden wollte. Er überstand die Situation besser als befürchtet. Inzwischen ging er mit diesem kurzzeitig aufflammenden Personenkult gelassener um als vor Jahresfrist. In kürzester Zeit würde er wieder in der Bedeutungslosigkeit eines Ermittlers der Hamburger Kripo versinken. Dort gehörte er hin. Dort fühlte er sich wohl.

Hilpert versuchte an diesem Abend vergeblich, Laura zu erreichen. Sie sei von einem Taxi abgeholt worden, hieß es. Die Polizistin vor ihrem Zimmer glaubte, sie sei zu ihm gefahren. Zumindest habe sie ihr das auf Nachfrage mitgeteilt. Hilpert musste an sich halten, um die Frau nicht zusammenzufalten. Irgendwo hatte sie sogar recht. Sie sollte Laura vor Gefahren schützen, die von außen auf sie eindrangen, nicht vor sich selbst. Zwischenzeitlich war Grothe aus der Untersuchungshaft entlassen worden. Er versuchte, ihn zu erreichen, ohne Erfolg. Bei Andrea nahm ebenfalls niemand ab. In allen Fällen blieben Festnetz und Handy stumm. Hilpert kratzte sich nachdenklich am Kopf. Was sollte er davon halten? Als habe sich das Trio gegen ihn verschworen. Ein ungutes Gefühl machte sich in seiner Magengegend breit. Musste er sich um Laura Gedanken machen? Kurz nach Mitternacht erreichte ihn ihr Anruf auf dem Handy. Sie habe ihr Auto zu Hause abgeholt und sei damit durch die Gegend gefahren, erklärte sie ungefragt. Sie war ihm keine Rechenschaft schuldig. Zumindest gefährdete sie ihre Tarnung. Darauf angesprochen, meinte sie, sie wolle das Spiel beenden und in ihre Wohnung zurückkehren. Gute Argumente fielen ihm gegen ihre Entscheidung nicht ein. Eine echte Gefährdungssituation sah er für sie nicht mehr, nachdem die Umstände ihrer Steuervermeidungsmodelle publik geworden und die Beteiligten identifiziert waren.

52

Am Tag darauf kam Bewegung in die Fahndung nach Sigrid Breckwoldt und ihren Bruder, Professor Maurer. Gegen zehn erreichte Hilpert ein Anruf aus Lübeck. Das Paar war in einer Wohnung in Travemünde gesichtet worden. Eine Nachbarin hatte die beiden am Vorabend erkannt und sich erst den Morgen darauf an die Polizei gewandt. Leider waren sie mittlerweile ausgeflogen. Angefressen beendete er das Gespräch und suchte die Gruppe Stange auf.

»Wie ist es möglich, dass sich das Geschwisterpaar vor unserer Nase in Travemünde verbergen konnte? Hat denn niemand deren Immobilien überprüft?«

Stange erhob sich gelassen und ging einen Schritt auf Hilpert zu. »Wofür hältst du uns? Für blutige Anfänger? Der werten Dame gehören nahezu 200 Einheiten in ganz Deutschland. Das Mehrfamilienhaus in Travemünde galt als an Dritte vermietet. Wir hätten 'ne Hundertschaft losschicken müssen, um überall unsere Nase hineinzustecken.«

»Ist schon okay«, beruhigte sich Hilpert so schnell, wie er auf Touren gekommen war. Er beauftragte einen Mitarbeiter, sich in Lübeck zu melden. Anschließend winkte er Stange und Albers zu sich. »Ich brauche zwei klare Köpfe. Mein Brain reicht nicht aus.«

Sie setzten sich mit ihm an seinen Besprechungstisch und schauten ihn erwartungsvoll an. Ohne weitere Floskeln setzte er ihnen seine Gedanken auseinander. »Sind wir nach wie vor der Meinung, dass Andrea und ihr Mann jemanden schützen wollen?«

Ihn erreichte ein stummes Nicken. Konzentriert fuhr er fort: »Folgt man unserer bisherigen Logik, so wollen sie die Breckwoldt schützen. Ausschließlich sie kann deren materielle Zukunft auf hohem Niveau garantieren. Sie hat vermutlich in dem zweiten

Auto gesessen, vielleicht waren ihr Bruder dabei, ihr Hausmeister oder beide.«

»Und sie oder einer ihrer Begleiter sind für den Mord an dem Journalisten verantwortlich?«, fasste Stange nach.

»So sehe ich das.«

Es war Albers anzusehen, dass er unbedingt etwas sagen wollte. Es platzte beinahe aus ihm heraus. »Die letzten Überlegungen sind durchaus einleuchtend. Ich sehe trotzdem eine andere Option.«

»Nur raus damit«, antwortete Hilpert interessiert und beugte sich ihm entgegen.

»Wir gehen davon aus, dass sich das Ehepaar Grothe vor andere stellen wollte. Das mag durchaus plausibel sein, muss es jedoch nicht. Ich behaupte, sie wollen sich selber schützen.«

»Verstanden. Was bedeutet das für den Mord an Wagner?«

»Ganz einfach, Fabian, deine Andrea hat nicht vorbeigeschossen sondern getroffen.«

»Und der zweite Schuss?«

»War ein Alibischuss.«

»Da muss jemand zu der Zeit verdammt weit gedacht haben.«

Albers war in Fahrt gekommen. »Jetzt kommt Grothe ins Spiel, der sich nach eigener Aussage ausschließlich draußen aufgehalten haben will. Was lernen wir daraus? Richtig«, beantwortete er seine Frage gleich selbst, »der hoffnungsfrohe Politiker hat gelogen und steckt tiefer drin, als er zugibt. Er hat die Ideen für den zweiten Schuss und die Beseitigung der Leiche geliefert. Dafür wurde er später reichlich belohnt.«

»Das passt ganz vorzüglich zu ihm«, stimmte ihm Hilpert zu. »Und die aktuellen Morde? Wer ist dafür verantwortlich? Ebenfalls Andrea?«

Seine Mitarbeiter schauten sich fragend an. Wie bei der Schienenanlage einer Modelleisenbahn fehlte ihnen ein Verbindungsstück, um die Kurve zu kriegen. So landeten sie im Nirwana.

Albers nickte gelassen. »Wer sonst?«

»Und wer hat ihren Vater ermordet? Jetzt sag nicht Andrea.«

»Natürlich nicht. Das war die Breckwoldt, unterstützt durch ihren Bruder.«

»Warum soll die ihren alten Kumpel umbringen?«

»Fabian, du hast das Motiv auf deinem Schreibtisch liegen.«

»Du meinst Petersons Schreiben an mich, in dem er ankündigt, reinen Tisch zu machen? Scheiße, du hast recht! Hätte er ausgesagt, dass sie seit Jahrzehnten die rechte Szene finanziell und ideologisch unterstützt, wäre es vorbei mit einer Bewährungsstrafe.«

Stange grinste ihn säuerlich an. »Und die Breckwoldt ist uns mit ihrem Bruder entwischt - schon ärgerlich.«

»Das müssen wir vorerst so stehen lassen«, fuhr Hilpert fort. »Es bleibt für mich eine ganz andere Frage offen. Weshalb kämpfen Grothe und seine Frau plötzlich Schulter an Schulter auf derselben Seite?«

Unschlüssig starrten sich die drei Männer an. Hilpert klackerte in alter Manier mit den Fingerkuppen auf der Tischplatte, bis Stange ihn bat, damit aufzuhören. Wie ein ertapptes Kind kam er dem Wunsch des Kollegen nach.

Albers fand als Erster zu einer sachlichen Analyse zurück. »Stimmen unsere Überlegungen, so geht es um Geld und Karriere. Wie wir schon früher festgestellt haben, kann Grothe unmöglich mit Verdächtigungen gegen seine Frau an die Öffentlichkeit gehen. Damit würde er den Rest seiner politischen Pläne zerstören, von den strafrechtlichen Konsequenzen ganz abgesehen. Zum Thema Geld: Wo steht geschrieben, dass die liebe Andrea arm bleiben muss? Sie hat eine Mutter, die ihr unter die Arme greifen wird. Und die liebe Tante Breckwoldt hat vielleicht ein Testament gemacht, in dem sie bedacht wird.

Hilpert patschte mit beiden Händen auf die Tischplatte. »Das erklärt vielleicht ihre Zurückhaltung und die ihres Mannes. Die Breckwoldt hätte deren Schweigen erkauft. Man müsste wissen, wer im Falle ihres Ablebens als Testamentsvollstrecker tätig wäre.« Hilpert nickte in Albers' Richtung. »Julian, zeig, was du kannst, finde das raus. In zwei Stunden sehen wir uns wieder.«

Die Aufgabe war schneller gelöst, als erwartet. Keine dreißig Minuten später stand Albers vor seinem Chef. Tatsächlich lag das Testament bei Dr. Siebert. Hilpert erklärte sich bereit, die Aufgabe zu übernehmen, den Notar um einen Blick in das Papier zu bitten.

Sie trafen sich am frühen Abend im Notariat. Siebert zierte sich anfangs, ohne richterliche Anordnung zu dem Testament eine Aussage zu treffen. Schließlich winkte er ab. »Ich habe die wichtigsten Passagen im Kopf. Das Gesamtvermögen beläuft sich auf gut 350 Millionen Euro. Dabei wurden für die Beteiligungen und Immobilien ausgesprochen konservative Werte angesetzt. Je nach verkäuferischem Geschick der Erben kann deutlich mehr dabei herauskommen.«

»Will heißen?«

»'ne halbe Milliarde?!«

»So viel! Da ist ja ordentlich was zu holen. Wer sind die Erben?«

»Der Bruder erhält ihre Anteile an der Klinik. Der Exmann ist mit einer Handvoll Eigentumswohnungen in Altona bedacht worden. Das Gros landet beim Sohn.«

»War's das?«

»Fast. Von einigen Legaten abgesehen, erhält Andrea Grothe 30 Millionen Euro. Das wurde ganz frisch ins Testament aufgenommen.«

»Nach Petersons Tod?«

»Sie sagen es.«

»Will da jemand sein schlechtes Gewissen beruhigen?«

»Fragen Sie mich was Leichteres. Hinzu kommt, dass die anfallende Erbschaftssteuer aus dem Vermögen bezahlt wird. Das Erbe ist brutto für netto.«

»Sie hat keine politische Organisation mit Geld bedacht?«

»Das war die zweite Änderung im Testament. Diese Positionen wurden ersatzlos gestrichen.«

»Sehr späte Einsicht.«

»Es steht mir nicht zu, mich dazu zu äußern. Frau Breckwoldt ist meine Mandantin. Ich kann mich über sie nicht beschweren. Über Politik haben wir nie diskutiert.«

Hilpert bedankte sich für die offene Auskunft des Notars. Er war im Begriff aufzustehen, als Siebert an den Barschrank ging und zwei Schwenker füllte. »Sie sind der Einzige, mit dem ich ohne betriebliche Veranlassung diesen Stoff von seinem irdischen Dasein befreie. Belassen wir es bei dieser Sitte.«

»Sie haben eine überzeugende Art, einen zu überreden. Spät genug ist es dafür.«

Auf der Rückfahrt ließ Hilpert das Gespräch nachwirken. Andrea blieb eine wohlhabende Frau. Dafür sorgte die Breckwoldt. Andreas Wohlverhalten ihr gegenüber wäre damit erklärt und das von Grothe ebenso. Hilpert entschied kurzfristig, sich Andrea abermals zu schnappen. Auf große Vorankündigungen wollte er verzichten. Er zitierte sie ins Präsidium.

Selbst bei wohlwollender Auslegung musste er die Blicke, mit denen ihn Andrea zwei Stunden später bedachte, als missmutig bezeichnen.

»Was werft ihr mir diesmal vor?«, fragte sie genervt.

»Es geht weniger um Vorwürfe gegen dich, eher um die Breckwoldt. Hast du eine Idee, wo sie untergekommen sein könnte?«

»Was erwartest du von mir, dass ich eine alte Freundin der Familie an den Pranger stelle?«

»Wir suchen sie immerhin wegen Mordes an deinem Vater.«

Wütend blitzte sie ihn an. »Ich glaube nach wie vor nicht, dass sie damit etwas zu tun hat.«

»Ich will darauf nicht eingehen. Die Beweislage ist eindeutig. Wie sonst kommen Hirnteile und Blut deines Vaters in ihr Haus? Warum beauftragt sie Felber, den jungen Mann zu beseitigen, der vermutlich den Mörder hätte identifizieren können?«

Sie saß ihm mit versteinerter Miene gegenüber und presste die Lippen zusammen. Sie wollte offensichtlich nicht hören, was er sagte, und nicht verstehen, was er meinte. Ruhig, geradezu emotionslos sprach er weiter. »Du weißt, dass du im Testament der Breckwoldt berücksichtigt wirst?«

»Das interessiert mich nicht die Bohne. Ich komme auch so über die Runden.«

»Allem Anschein nach bist du mit deinem werten Gatten harmonisch auf einer Linie«, fuhr er ungerührt fort, ohne auf ihre Antwort einzugehen. »Wirst du ihn künftig finanziell unterstützen?«

»Es ist richtig, wir haben uns auf ein neutrales Miteinander ohne gegenseitige Bezichtigungen geeinigt. Ansonsten hat er genug abgekocht. Kurzfristig ist bei mir eh nichts zu holen. Testamente werden gemeinhin vollstreckt, wenn der Erblasser das Zeitliche gesegnet hat. Irgendwann taucht meine Tante wieder auf, gesund und unschuldig.«

Er stand auf, ging um den Schreibtisch herum und reichte ihr die Hand. Sie erhob sich ebenfalls. Auf ganz kurze Distanz standen sie einander gegenüber. Weinend fiel sie ihm in den Arm. »Sag, dass das mit meiner Tante nur ein mieser Trick von dir gewesen ist.«

Er löste sich vorsichtig von ihr und redete leise auf sie ein: »Der Mörder deines Vaters hat sich bei deiner Tante Breckwoldt im Souterrain aufgehalten. Alle Indizien deuten darauf hin, dass sie aktiv in seine Ermordung verwickelt ist. Hoffentlich bekommen wir sie bald zu fassen, um sie zu befragen.«

Sie zog ein Taschentuch aus ihrer Umhängetasche und tupfte sich die Augen ab. »Ich gehe wohl besser.«

Er blickte ihr traurig hinterher und murmelte: »Hoffen wir, dass du aus dieser Geschichte ungeschoren herauskommst.«

Kurz darauf stieß Albers zu ihm. Er hatte zeitgleich Grothe vernommen. Das Gespräch hatte er nach einer knappen Stunde ergebnislos abgebrochen. Der Mann ließ sich nichts entlocken, was sie nicht bereits wussten, oder wand sich um konkrete Antworten herum, als habe er einen Rhetorikkurs bei Genscher besucht. Ob sich der Expolitiker das in seinem Alter zumutete? Sie diskutierten lange die Ergebnisse ihrer Vernehmungen und waren am Ende kein Stück klüger als vorher. Nachdem Albers gegangen war, kam Hilpert an seinem Schreibtisch ins Grübeln. Wie war das mit Laura? Sie wirkte auf ihn wie das liebe Mädchen von nebenan, das kein Wässerchen trüben konnte. Und trotzdem wurde sie von denen, die mit ihr zusammengearbeitet hatten, als intelligent und clever im Job bezeichnet. Sie war beileibe nicht das scheue Reh, das er gelegentlich in ihr sah. Andrea war fleißig und strebsam, obwohl die Dinge um sie herum von Anbeginn an geregelt waren. Sie strahlte Selbstbewusstsein und Durchsetzungsfähigkeit aus. Laura dagegen musste sich ihre Position erkämpfen. Dr. Siebert, ihr Onkel, war dem Vernehmen nach nicht unvermögend. Doch hätte er ihr längst nicht annähernd das bieten können, wozu Peterson in den guten Jahren mit links in der

Lage war. Hilpert kam eine Ungereimtheit in den Sinn, die ihm vor wenigen Tagen aufgefallen war, ohne dass er ihr größere Bedeutung beigemessen hätte. Dr. Siebert meinte ihm gegenüber, bei einem ihrer ersten Gespräche, dass ihm Grothe aufgrund der Qualität seiner politischen Texte aufgefallen sei, die er für die RLU verfasst hatte. Er selbst hatte sie dagegen als schlichtweg schlecht empfunden. Diesen Widerspruch wollte er geklärt haben, bevor er sich aus seinem Büro verabschiedete. Ohne nachzudenken, griff er nach dem Telefonhörer. Der Notar reagierte auf seine Frage einigermaßen überrascht.

»Sind Sie sicher, dass Sie sich Grothes Texte so wie ich zur Brust genommen haben, so ganz ohne Scheuklappen?«, fragte er Hilpert.

»Davon gehe ich aus.«

»Lesen Sie die mal unvoreingenommen. Zielgruppe ist der einfache Mann auf der Straße, der Angst vor Überfremdung hat oder meint, dass seine Steuern für Leute verpulvert werden, die keinen Finger dafür krumm gemacht haben. Oder glaubt, dass in kürzester Zeit alle christlichen Kirchen in Moscheen verwandelt werden. Versetzen Sie sich in die Lage von Frieda Glauke oder Herbert Kunze. Und danach rufen Sie mich an.«

Er folgte Sieberts Rat und tat sich die Texte unter diesem Aspekt an. Er empfand sie nach wie vor als widerlich und tumb, gerade tauglich für den *Stürmer*. Trotzdem oder gerade deshalb musste er Siebert zustimmen. Die angesprochene Zielgruppe sog sie vermutlich auf wie ein trockener Schwamm und unterschrieb jedes seiner Worte. Hilpert musste dem Juristen zähneknirschend zustimmen. Er schob dieses Thema beiseite und beschloss, den Arbeitstag zu beenden. Viel aufzuräumen gab es auf seinem Schreibtisch nicht. Albers' Ordnungssinn begann, auf ihn abzufärben. Wenige Minuten später orientierte er sich Richtung Aufzug. Unterm Strich war er recht zufrieden mit den Ergebnissen des Tages. Er dachte an Laura. Kam sie als Andreas Komplizin in Betracht? Allemal. Passte zu ihr ein akribisches Mordkomplott? Wieder kam er zur gleichen Antwort. In den Jahren wären die beiden Frauen jederzeit in der Lage gewesen, Paulsen finanziell ruhigzustellen. Das galt insbesondere für Andrea. Bedingt durch die finanzielle Schieflage ihres Vaters begann dieser Geldfluss allerdings zu versiegen. Musste Paulsen sterben, weil sie seinen Forderungen nicht mehr nachkommen konnten oder wollten? Da schlief er in den letzten Monaten mit zwei attraktiven Frauen und musste sich nun eingestehen, dass sie im Verbund durchaus als Mörderinnen passten. Entnervt fuhr er sich übers Kinn. Fing er an, kleine grüne Männchen zu sehen? Zumindest musste er bei seinen Frauengeschichten mehr Sorgfalt walten lassen. Trotzdem spürte er, wie sich alles in ihm gegen diese Lösung der Morde sträubte. Leider ging es in seinem Job nicht nach Lust und Laune. Fakten waren gefragt. Und er musste sich eingestehen, dass sie nicht einmal über den Hauch brauchbarer Indizien verfügten. Möglicherweise, weil er auf dem falschen Dampfer gelandet war?

53

Wie so häufig in seinem Arbeitsleben kamen ihm die guten Einfälle kurz vorm Einschlafen, wenn er zur Ruhe gekommen war. Das Dumme war, dass sie einen nicht mehr losließen und gelegentlich an den Rand der Verzweiflung trieben. Die Ideen, die er entwickelte, konnten um Mitternacht garantiert nicht umgesetzt werden. Er hatte über Paulsen nachgedacht, den Riesenkerl mit den gewaltigen Händen. Wahrscheinlich konnte der einen gestandenen Mann allein mit einer Backpfeife aus dem Verkehr ziehen. Dieser Kraftprotz war ein ausgewiesener Computerfreak und sollte so gar keine EDV-Spuren hinterlassen haben? Kein Notebook mit Hinweisen, keine CD, kein USB-Stick? Er wollte dessen Exfreundin befragt haben und war davon abgekommen. Verärgert über sich wurde es eine quälende Nacht. Erst nach fünf Uhr fiel er in einen unruhigen Halbschlaf. Mit verquollenen Augen wachte er am Morgen auf. Sofort dachte er daran, Hildegard Dunkel in Dresden anzurufen. Energisch ermahnte er sich zur Disziplin und griff erst im Büro nach dem Telefonhörer. Es war zwar gerade halb neun, trotzdem war sie bereits auf dem Weg zu ihrer Arbeitsstätte. Dafür erreichte er die Tochter, die erst zur dritten Stunde in die Schule musste. Sie brauchte ein paar Sekunden, um sich zu sammeln und zu begreifen, mit wem sie sprach. Nach einigen verdrückten Tränen und einem gestammelten Danke hielt er die Handynummer der Mutter in Händen. Er erwischte sie nach zehn Uhr während ihrer Kaffeepause. Ihr Arbeitgeber sah private Telefonate ungern.

Tatsächlich hatte ihr Paulsen 2006 einen Karton mit einem Notebook und einigem technischen Krimskrams überlassen. Noch im selben Jahr wollte sie alles in Bausch und Bogen für 250 Euro an einen Nachbarn verkauft haben. Nach ihrer Aussage war sie ständig knapp bei Kasse, unabhängig von Rebeccas Erkrankung. Sie versprach, den Käufer nach Feierabend auf die Sachen anzusprechen. Dies allerdings mit geringem Optimismus. Ein über zehn Jahre alter PC genügte wohl kaum den aktuellen Erwartungen.

Nach siebzehn Uhr erreichte Hilpert der Anruf der dankbaren Mutter. Der PC war erwartungsgemäß längst entsorgt worden, das Zubehör im Müll gelandet. Ohne Zweifel war seine Idee gut gewesen. Trotzdem brachte sie ihn nicht weiter. Was ihn beruhigte, war die Tatsache, dass diese Vernichtungsaktion vor mehreren Jahren stattgefunden hatte. Es hätte ihnen somit nicht geholfen, wäre er früher darauf gekommen, Paulsens Exfreundin auf den PC anzusprechen. Somit hielten sich seine Selbstvorwürfe in Grenzen. In einem Anflug von Verzweiflung fragte er sich, ob sie alle Leute identifiziert hatten, die für die Tat infrage kamen? Ein Anruf von Laura riss ihn aus seinen Gedanken. Sie beschwerte sich bei ihm, dass er sie in den letzten Tagen vernachlässigt habe. Er gelobte Besserung und verabredete sich mit ihr für den Abend in ihrer Wohnung. Von seinen Verdächtigungen gegen sie erzählte er lieber nichts. Er konnte sie damit während seines Besuchs überraschen, Verhör statt Sex. Ob er damit punkten würde?

Hilpert landete bei seinen Überlegungen wieder bei Paulsen. Er hatte damit begonnen, eine seiner berüchtigten Rhythmen auf der Schreibtischplatte zu intonieren, diesmal mit beiden Händen. Er wurde zusehends schneller und stoppte abrupt. Es war nicht anzunehmen, dass sich Paulsen ausschließlich auf seine Ex verlassen hatte. Das Risiko, dass mit dem PC etwas geschah, war viel zu groß. Mit Sicherheit hätte er sich in den folgenden

Jahren darum gekümmert. Sein Wissen um den Mörder war sein Kapital. Damit kam er die Jahre so einigermaßen über die Runden. Es mussten an einem anderen Ort USB-Sticks oder Chips herumliegen, die ihm sein Einkommen garantierten. Hilpert hatte bereits nach seinem Autoschlüssel gegriffen, um Feierabend zu machen, als er stockte. Nach menschlichem Ermessen gab es nur eine Örtlichkeit, wo das Material versteckt sein konnte, und zwar da, wo sie die Pläne gefunden hatten: in Paulsens Wohnung. Hätten sie bei ihrem letzten Besuch genauer hinschauen sollen? War er dort ebenfalls als Maurer tätig geworden? Aufwendige Arbeiten wären nicht erforderlich gewesen. Schließlich ging es um keine sperrigen Utensilien, die er zu verstecken hätte. Hilpert hatte Glück, Albers saß wie gewohnt hinter seinem Schreibtisch. Sie verfügten noch über den Wohnungsschlüssel, da sie es schlichtweg versäumt hatten, die Wohnung freizugeben. Unter normalen Umständen säßen längst neue Mieter darin. Der Vermieter hatte sich nicht beschwert. Sie konnten unbehelligt hinein. Es sollte sich später erweisen, dass die Immobiliengesellschaft als Eigentümerin des Hauses, keineswegs vergessen hatte, die Wohnung zu vermieten. Vielmehr hatte sie andere Pläne. Der obere Mieter hatte sich schon mit einer Abfindung zufriedengegeben und würde demnächst ausziehen. Spekulanten und Altmieter, die am selben Ende zogen, das fand in diesen Tagen in der Hansestadt eher selten statt.

Der üble Geruch in der Wohnung hatte sich nicht verzogen. Zu ihrem Glück war der Strom nicht abgestellt worden. Sie strolchten durch die Zimmer, den Blick auf alle möglichen Stellen gerichtet, an denen bauliche Veränderungen vorgenommen worden sein konnten. Hilpert blieb stehen und bat Albers zu sich. »Es kommen nur Küche oder Bad infrage. Ich die Küche, du das Bad. Mal sehen, wer erfolgreich ist.«

Albers war skeptisch. »Immer unterstellt, er hat gemauert.« Kurz darauf rief er nach Hilpert. »Komm mal rüber, Fabian. Mag sein, dass ich was gefunden habe.«

Er wies auf ein dickes Rohr, das zur Toilette führte. »Hier läuft das Abflussrohr zum Klo. Vor Jahren hat er da mal Farbe draufgeschmiert. Das war's. Die blättert inzwischen wieder ab.

Das hat niemanden gestört.« Er wies auf die andere Seite. »Da hat jemand einen Malerkasten sorgfältig hingesetzt. Ich wüsste nicht, was der überdecken sollte.« Er klopfte dagegen. »Klingt ziemlich hohl.«

»Wenn wir jetzt an einen Hammer gedacht hätten, wären wir zu den Polizisten des Monats gewählt worden«, meinte Hilpert selbstironisch. »Vielleicht kann uns der trinkfeste Nachbar von oben aushelfen. Hoffentlich erkennt er mich.«

Sie hatten doppeltes Glück. Der Mann überließ ihnen einen Hammer und der Malerkasten gab sein Geheimnis preis. Einen gut verschlossenen Beutel mit einem Speicherchip, passgenau für ihr iPad. Endlich hielt Hilpert Wagners Textentwurf in Händen. Er musste ihn zweimal lesen, ohne dass ihm etwas Besonderes aufgefallen wäre. Er stieß auf die altbekannten Namen. Allem Anschein nach war er mit seinem Artikel nicht so recht in die Gänge gekommen. Ganz am Schluss rang er sich zu einem vagen Hinweis auf den Kopf der Gruppierung hin, ohne Ross und Reiter zu nennen. Warum hielt er sich da bedeckt? Oder drückte er eher seine Hoffnung aus? Hilpert begriff, in die richtige Richtung gedacht zu haben. 2006 wären die erwähnten Unternehmer mit Sicherheit auf die Barrikaden gegangen, hätten sie über ihre Unterstützung einer rechten Gruppierung gelesen. Einige Wochen früher wäre dieses Material von hoher Brisanz gewesen. Breckwoldt und Peterson wären über dessen postume Veröffentlichung garantiert nicht zur Tagesordnung übergegangen. War es fundiert genug, um dafür zu morden? Mittlerweile hatte es den Wert der Zeitung von gestern. Es führte sie nicht näher an den Täter heran. Ihre anfängliche Euphorie, als sie das Versteck gefunden hatten, versandete so schnell, wie sie sich eingestellt hatte. Über mangelnde Ideen konnten sie sich wahrlich nicht beklagen. Sie führten sie überall hin, nur nicht zum Ziel. Für diesen Tag gaben sie auf.

* * *

Hilpert stand einigermaßen pünktlich vor Lauras Haustür. Er schaute auf seine leeren Hände. Wie üblich hatte er nicht an Blumen oder sonst ein Gastgeschenk gedacht. Sie würde ihn deshalb nicht nach Hause schicken. Tatsächlich schien es sie nicht zu interessieren. Sie wirkte nervös auf ihn, als sie ihn hereinbat. Zu seiner Überraschung realisierte er, dass sie nicht allein war.

Im Wohnzimmer saß Andrea und nippte an einem Glas Weißwein. Als sie ihn gewahrte, strahlte sie ihn an. »Komm, setz dich zu mir«, begrüßte sie ihn. »Wir nehmen dich in die Mitte. Bloß keine Verhöre heute Abend. Wir wollen ganz privat miteinander sein.« Mit diesen Worten knöpfte sie ihre Bluse auf und gewährte ihm einen Einblick in ihr pralles Dekolleté. Ganz offensichtlich hatten die beiden Frauen mehr als ein Glas Wein getrunken und ihn für die nächsten Stunden verplant. Es wäre ungleich besser gewesen, sie hätten sich mit ihm abgestimmt. Wortlos drehte er sich um und verließ die Wohnung, ohne sich um das abenteuerlustige Duo zu kümmern.

Er fragte sich in seinem Wagen, ob er in Liebesdingen zu konservativ für diese Welt war. Zwei attraktive Frauen boten sich ihm an und er lehnte ab. Wahrscheinlich hätte er mit diesem Verhalten jede Internetumfrage verloren. Und wie beurteilte er die Situation? Er hatte wenig Lust, sich vorführen zu lassen. Oder hatte das Duo anderes mit ihm vor, als es den Anschein hatte? So tief konnten die Gefühle der Frauen für ihn nicht sein, wenn sie ihn bereitwillig unter sich aufteilen wollten.

Der Verkehr floss für Hamburger Verhältnisse relativ ruhig dahin. Sein Telefon unterbrach seine Gedanken. Deutlich vernahm er Lauras Stimme. »War keine so gute Idee von uns«, sprach sie ihn direkt auf das Geschehene an.

»Wie wäre wohl deine Reaktion gewesen, wenn ich einen Freund zur geflissentlichen Unterstützung mitgebracht hätte?«

Für einen kurzen Moment war sie sprachlos. »Ich hätte dir die Augen ausgekratzt«, platzte es aus ihr heraus. Selbstbewusst fuhr sie fort: »Du wärst tot für mich gewesen, hättest du unser Angebot angenommen.«

»Und Andrea?«

»Die meinte es bitterernst. Die hätte es gerne krachen lassen. Nach ihrer Scheißehe hat sie anscheinend erheblichen Nachholbedarf.« Ihre Stimme wurde seidenweich. »Bitte komm zurück. Ich bin allein. Du hast nichts zu befürchten.«

»Um euch Frauen zu verstehen, muss man als Mann zweimal geboren werden und wer weiß, ob das reicht.«

»Dafür verstehen wir, es euch nett zu machen.«

»Überredet.«

Bei nächster Gelegenheit wendete er und nahm den Weg, den er gekommen war.

Sie machte ihm Avancen, aber er ging nicht darauf ein. Dafür nickte er zu einem Glas Wein, das sie ihm anbot. Sie unterhielten sich angeregt und schafften es, die Morde sicher zu umkurven. Zum Schluss bot sie ihm einen Cognac an, den ihr Onkel für ihn spendiert hatte. Er lehnte dankend ab, da er nicht die Absicht hatte, seinen uniformierten Kollegen seinen Führerschein zu überlassen. Interessiert begutachtete er das Etikett auf der Flasche. »Geiles Gesöff. Trinkst du gelegentlich mal ein Gläschen?«

Sie winkte kopfschüttelnd ab. »Ich trinke nie Schnaps. Ich kann damit nicht umgehen.«

»Sehr vernünftig. Das überlass am besten den Männern, die verstehen sich besser darauf.«

Sie lachte kurz auf. »Sollte an dir ein Macho verloren gegangen sein?«

»Wer weiß?!«, grinste er sie herausfordernd an.

Gegen Mitternacht verließ er sie. Trotz des unerquicklichen Beginns konnte er sich über den Verlauf des Abends nicht beschweren. Mittlerweile war er rechtschaffen müde und hatte ausschließlich das Bedürfnis, sich ins Bett zu legen. Er verzichtete sogar darauf, nach seiner Tochter zu sehen. Sie schlief tief und fest und würde nichts vermissen. Und der nächste Morgen kam bestimmt.

Nach einem schnellen Frühstück zog es ihn ins Büro. Der Tag verlief ungewohnt ruhig. Die Hände hinter dem Kopf verschränkt, die Beine lang gemacht lag er mehr auf seinem Sessel, als dass er darin saß. Er vergegenwärtigte sich ihre Faktenlage. Egal, in welche Richtung er dachte, stets landete er bei der Ermordung des Journalisten. Sie erschien ihm wie ein Verkehrsknotenpunkt, an dem man ständig landete, weil das Navigationsgerät versagt hatte. Sie vermeinten, alle Akteure identifiziert zu haben, die sich in der Nacht auf dem Bauernhof aufgehalten hatten, als Wagner erschossen wurde. Als Letzte war Andrea übrig geblieben, gegebenenfalls mit Laura. So richtig daran glauben wollte er nicht.

54

Zwangsläufig setzte er seine Überlegungen am nächsten Tag fort und dachte über die Geschehnisse des Jahres 2006 nach. Die Fußballweltmeisterschaft kam ihm in den Sinn, die Enttäuschung darüber, dass es die deutsche Nationalmannschaft nicht auf den Olymp geschafft hatte. Dritter war sie geworden. Geblieben war die Freude darüber, dass es die Menschen in Deutschland verstanden hatten, als Gastgeber zu überzeugen. Was war geschehen, dass der Journalist in diesem Jahr ermordet wurde? Er hatte die RLU die Jahre zuvor in diversen Artikeln attackiert. Ihm waren Drohbriefe geschrieben worden, das war's. Es gab keine Hinweise auf Übergriffe gegen ihn, keine zerschnittenen Reifen oder Farbbeutel, die gegen seine Fenster geworfen wurden. Der angefangene Artikel, den er in Paulsens Wohnung gefunden hatte, war nichtssagend. Die Namen der Parteigänger, die darin auftauchten, waren zwar spektakulär, aber wirkliche Beweise für deren Gesinnung konnte der Journalist keine vorlegen. Und die RLU war eindeutig auf einem absteigenden Ast. Ließ solch eine Organisation kurz vor Toresschluss einen Menschen umbringen? Eher nicht. Dahinter steckten andere Interessen.

Und die aktuellen Morde? »Erpressung«, murmelte Hilpert leise vor sich hin. Paulsen und Grothe nahmen 2006 ihr einträgliches Geschäft auf, ebenso wie Müller mit seinem GTI. Der hatte nicht lange Freude daran. Paulsen musste sterben, weil seine Forderungen zu explodieren schienen. Grothe stellte es intelligenter an und ließ es krachen, als er die Tochter des Reeders heiratete. Der Hauptkommissar patschte mit der flachen Hand auf die Ermittlungsakte, die er hassen gelernt hatte. Wer war erpressbar? Bei wem reichten Andeutungen in der Presse aus, um ihm oder ihr zu schaden? Was war geschehen, dass der Journalist sterben musste? Gab es ein besonderes Ereignis? Er schüttelte den Kopf, um dann innezuhalten. Wie aus heiterem Himmel erinnerte er sich an eine Aussage, die sich auf das Jahresende 2005 bezog. Er hatte ihr nie besonderes Gewicht beigemessen. Hastig begann er zu blättern. Ein lapidarer Satz. Lag darin der gesamte Sprengstoff? Alles war vage und schwammig, beinahe wie aus der Luft gegriffen. Trotzdem passten die aktuellen Morde ebenso wie der Mord an Wagner zusammen. Alles war auf einmal einfach geworden. Aus Fragen waren Antworten geworden. Wie bekam er das auf die Reihe? Er wählte Andreas Handynummer an.

Erstaunt nahm sie seinen Anruf entgegen. »Du rufst mich an und willst mich sehen? Sind dir neue Verdächtigungen gegen mich eingefallen? Oder spielen deine Hormone verrückt?«

»Nichts von alledem. Es geht um ein paar Informationen, die ich von dir haben möchte.«

»Einverstanden. Jetzt kommt es eh nicht mehr drauf an. Wenn du mich nicht einbuchten willst, musst du mich am Feenteich besuchen. Deine Handschellen kannst du vorsichtshalber mitbringen. Traust du dich überhaupt zu mir? Vielleicht rufe ich eine andere Freundin an. Und wir machen uns über dich her.«

»Vergessen wir die ollen Kamellen.«

»Der Herr ist ja geradezu tolerant. Ich werde dich in geeigneter Form zu empfangen wissen. Ich habe sehr wohl mitbekommen, dass du bei Laura gewesen bist, nachdem ich gegangen bin.«

»Ein Mann wird hoffentlich seine Meinung ändern dürfen. Du warst zu schnell weg.«

»Das ist in Ordnung«, erwiderte sie gelassen. »Ich verzichte vorerst auf Unterstützung. Diesmal lasse ich keine Ausrede für dich gelten.«

»Ich zitter schon.«

»Sonst bist du nicht so ängstlich.«

»Bei dir muss ich vorsichtig sein. Du bist für jede Überraschung gut.«

»Da machst du einen Fehler. Und schon musst du bis zur Steinzeit und zurück darunter leiden.«

»Du weißt, die Menschen sind nachtragend.«

Grinsend legte er auf. Der nächste Anruf galt Laura. Sie erklärte sich ebenso bereit, ihn bei Andrea zu treffen. Zufrieden rieb er sich die Hände. Den Schneeball hatte er geworfen. Nun musste sich daraus nur noch die erhoffte Lawine entwickeln.

Jetzt, so kurz nach einundzwanzig Uhr, hatte sich die Dunkelheit durchgesetzt. Es war ruhig in der Straße, als sei den Einwohnern befohlen worden, sich in ihre Häuser zurückzuziehen. Andrea hatte die Außenbeleuchtung eingeschaltet, als wollte sie verhindern, dass er das Haus verfehlte. Auf sein Läuten hin öffnete ihm Dr. Siebert die Eingangstür. Hilpert blickte ihn verwundert an. Der Notar winkte beruhigend ab. »Keine Angst, ich habe mit Andrea nur ein paar Erbschaftsangelegenheiten erörtert, ich werde Ihre Zweisamkeit nicht stören. Sie hat mir im Vorfeld mitgeteilt, dass ich mich zügig zu verabschieden habe, wenn Sie aufschlagen.«

»Du störst nicht«, erklang hinter Siebert Andreas Stimme. »Kommt ins Wohnzimmer, für ein gemeinsames Glas Wein wird es allemal langen.«

Sie hatte vorgesorgt. Auf einer Anrichte standen ein dekantierter Rotwein und eine Flasche Weißwein im Kühler. An die richtigen Gläser hatte sie ebenfalls gedacht.

Sie war dabei, sich zu erheben, als Siebert ihr zuvorkam.

»Beim Einschenken bin ich gern behilflich. Sie trinken ein Glas Rotwein mit mir, Herr Hilpert? Leider kann ich mit keinem ordentlichen Cognac dienen. Und für dich, Andrea?«

»Du weißt, ich nehme lieber einen Weißen.«

»Dein Wille sei mir Befehl.«

Hilpert war stehen geblieben und unterstützte Siebert bei seiner verantwortungsvollen Tätigkeit. Er griff sich zwei Gläser und reichte Andrea eines. Der Notar kam mit seinem Getränk zu ihnen herüber. Sein Glas war nur zur Hälfte gefüllt. Hilperts kritischen Blick konterte er lächelnd.

»Je weniger ich trinke, desto schneller lasse ich euch allein.«

Lachend ließen sie die Gläser klingen. Hilpert nahm einen kräftigen Schluck. Nach einem arbeitsreichen Tag hatte er sich den Wein verdient. Er nickte zufrieden, als er das Glas absetzte. »Ich habe in meinem Leben schon schlechtere Weine getrunken.«

Siebert tat es ihm nach. Ein Schluck und sein Glas war leer. Er setzte es ab und machte Anstalten zu gehen. Er erwartete nicht, zum Bleiben aufgefordert zu werden.

Die Türglocke schreckte Andrea hoch. »So später unangemeldeter Besuch?«, fragte sie, ohne auf eine Antwort zu hoffen.

Kurz darauf stand Laura vor ihnen.

»Das habe ich mir gedacht, dass du versuchst, dir Fabian zu greifen«, giftete sie Andrea an. Erst jetzt entdeckte sie ihren Onkel. »Oh, du hier?!«

»Wie man sieht«, erwiderte er wenig erfreut über ihren emotionalen Ausbruch. »Hauptkommissar Hilpert hat einige Fragen an Andrea«, versuchte Siebert die Situation zu retten.

Betreten schaute sie zu Boden. Mit einem Glas Weißwein gelang es ihrem Onkel, ihre Betroffenheit zu mildern.

Siebert schaute auf seine Uhr und verabschiedete sich. »Wir sind durch mit unseren Sachen. Andrea, komm auf mich zu, falls neue Fragen auftauchen.«

Er winkte dem Trio zu. »Bleibt sitzen, ich finde allein hinaus.« Hörbar fiel die Tür ins Schloss, als er das Haus verließ.

Andrea blickte belustigt in Hilperts Richtung. »Mir scheint, Laura ist als dein Schutzengel erschienen. So musst du wenigstens keine Angst davor haben, mir allein in meinem Haus ausgeliefert zu sein.«

»Da habe ich allem Anschein nach Glück gehabt«, erwiderte er gelassen, griff nach seinem Glas und leerte es mit einem kräftigen Schluck. »Daran kann man sich gewöhnen. Wenn du nichts dagegen hast, nehme ich noch ein Glas davon.«

In einem Zug trank Andrea aus. Sie reichte ihm ihr leeres Glas. »Diesmal werde ich den Roten probieren. Schenkst du mir ein sauberes Glas ein?«

Er füllte beide Gläser großzügig und reichte ihr eines. Bevor sie ansetzen konnte, vernahmen sie einen schrillen Schrei, der offensichtlich von Siebert kam. »Nicht trinken!«, erklang seine Stimme abgehetzt, als habe er einen Vierhundertmeterlauf hinter sich gebracht.

Überrascht stellte sie das Glas vor sich auf den Tisch. »Du bist gar nicht gegangen?«, redete sie auf den Notar ein, der ins Zimmer getreten war.

Er blieb stumm und starrte auf Hilpert, der aufgestanden war.

Ruhig griff der Hauptkommissar in seine Jacketttasche und entnahm ein paar Handschellen.

»Ich verhafte Sie wegen diverser Morde, Dr. Siebert.«

Widerstandslos streckte er die Hände aus. »Sie haben es gewusst, Hilpert, dass mit dem restlichen Wein in der Karaffe was nicht in Ordnung ist.«

»Allerdings. Sie konnten ihr eigenes Kind wohl schlecht davon trinken lassen.«

»Wer wollte dem widersprechen?«

Schluchzend fiel Andrea dem Notar um den Hals.

Hilpert schaute mit traurigen Augen zu ihr hinüber. »Deinen leiblichen Vater wolltest du all die Jahre nicht ans Messer liefern. Bis zum bitteren Ende hast du zu ihm gehalten.«

Hilpert griff zu seinem Handy und beorderte Albers und die SpuSi ins Haus. Weit hatten sie nicht zu gehen. Sie standen wenige Schritte vom Haus entfernt und hatten nur auf sein Signal gewartet.

Er wies auf Siebert. »Garantiert finden sich in seinem Sakko Spuren des Schlafmittels. An der Karaffe müssten seine Fingerabdrücke sein. Darin dürfte der Wein so stark verfeinert sein, dass er einen Dinosaurier schaffen könnte.«

Langsam kam Bewegung in Laura. »Das ist alles nicht wahr!« Sie wandte sich an Hilpert. »Sollte ich vorbeischauen, um dieses Schauspiel mitzuerleben?«

»Ich wollte nur wissen, wo ihr Mädels steht.«

»Und?«

»Alles ist gut.«

Sie blickte mit verkniffenen Lippen zu ihrem Onkel hinüber. »Nichts ist gut.«

* * *

Siebert strahlte Souveränität und Gelassenheit aus, als Hilpert und Albers an diesem Abend das Verhör aufnahmen. Er blickte ruhig zu den Männern hinüber, als gingen ihn die Fragen nichts an, die auf ihn einprasselten. Er wandte sich vielmehr direkt an Hilpert. Eher interessiert fragte er nach: »Wie sind Sie auf mich gekommen?«

Der Hauptkommissar beschloss, das Spielchen mitzumachen. »Von Anbeginn an bin ich zu kurz gesprungen. Ich war ständig auf der Suche nach Geldgebern. Unterschwellig habe ich die mit den geistigen Führern verwechselt. Die Unterstützer, auf die ich gestoßen bin, waren nicht die Vordenker. Peterson war viel zu sehr mit sich beschäftigt, der Breckwoldt fehlte das intellektuelle Format. Spätestens nach seinem Tod kam Rössler für die geistige Führerschaft ebenfalls nicht infrage. Sie haben es die ganze Zeit vorzüglich verstanden, sich aus allem herauszuhalten. Und ich habe es schlichtweg versäumt, nach dem eigentlichen Kopf der Organisation zu suchen. Mag sein, dass ich dann früher auf Sie gestoßen wäre. Was mir als wichtiges Versatzstück fehlte, war das Motiv für Wagners Ermordung 2005, 2006. Sein Material war dürftig. Damit hätte er niemanden hinter dem Ofen hervorgelockt.« Hilpert strich sich übers Kinn, als müsse er seine nächsten Worte sorgfältig abwägen. »Man bekommt zuweilen das Gefühl, als habe zu der Zeit ausschließlich das Thema Fußball im Raum gestanden. Es überdeckte alles und vernebelte auch meinen Kopf. Glücklicherweise verfügen wir über eine Ermittlungsakte. Prinzipiell wird darin festgehalten, was für die Aufklärung eines Verbrechens relevant sein könnte. Alles ist bedeutend, jedes Detail.« Er grinste in Richtung des Juristen. »So auch als Randnotiz der kleine Empfang, den Sie Ende 2005 gegeben hatten, um das dicke Mandat bei Bodemer & Söhne zu begießen.« Er schüttelte den Kopf und lachte gehässig auf. »Ein rechter Parteigänger und Demagoge wie Sie und eine Privatbank mit jüdischen Hauptgesellschaftern.« Hilpert kreuzte die Arme vor seinem Oberkörper und lehnte sich zurück, als wollte er auf Distanz zu dem Juristen gehen. »Selbst eine unbewiesene flüchtige Bemerkung in den Medien in diese Richtung und Sie wären aus dem Spiel gewesen.«

Siebert ließ die Worte auf sich wirken, als säßen sie wie gewohnt bei einem gemeinsamen Glas Cognac beisammen. Seine Hände ruhten in seinem Schoß. Wirklich beeindruckt war er offensichtlich nicht.

Er schien seine Worte vorsichtig auszuwählen, als er zu sprechen begann: »Es sind zuweilen die Kleinigkeiten, an denen man scheitert. 2005 war die RLU auf einem absteigenden Ast. Meine

Idee, neben der ideologischen Aufklärungsarbeit auf eine Art Kampftruppe zurückzugreifen, war mehr oder minder gescheitert. Dieser entsetzliche Haufen an Proleten, den wir um uns gescharrt hatten, widerte mich inzwischen an. Sie zerstörten alles, was in den Jahren zuvor aufgebaut worden war. Ich wollte Leute wie Sie, Herr Hauptkommissar. Intelligente Menschen, die sich nicht scheuten, mal dazwischenzuschlagen, aber wussten, was sie taten.« Er lachte heftig auf. »Wie das Leben so spielt. Da wird einem das Mandat seines Lebens angeboten. Mir wurde klar, auf welch dünnem Eis ich meine Pirouetten drehte, würde ich es annehmen. Es gab keine Alternative dazu. Ich musste raus aus diesem Verein, der ganze Verein musste weg. Das ging am besten, wenn man ihm das Wasser abdrehte.«

»Das heißt, Sie haben es bewusst darauf angelegt, Grothe dort rauszuholen? Und zwar nicht seinetwegen, sondern, um die RLU stillzulegen?«

»So ist es. Als Paulsen Grothe folgte, hatte ich gewonnen. Der Mann war intelligent genug, um zu begreifen, dass die RLU in der Sackgasse steckte und dort nicht mehr herauskam.«

Er verzog plötzlich sein Gesicht und griff sich an den Hals. Als hätte ihn ein überraschender Schmerz ergriffen. Trotzdem lehnte er sich ruhig zurück und wartete auf die nächste Frage.

»Kommen wir auf Wagner zurück«, fuhr Hilpert fort. »Er begann Ihre Kreise empfindlich zu stören?«

»Wohl wahr. Sie können sich nicht vorstellen, wie entsetzt ich war, als dieser aufgeblasene Egozentriker in unserem Umfeld auftauchte.« Kopfschüttelnd schien er seine damaligen Gefühle nachzuempfinden. »Dieser Arsch war tatsächlich nicht dumm. Er war mir auf die Schliche gekommen. Mitte 2005 kamen ihm die ersten Namen der Unterstützer unter. Peterson, der Blödmann, trieb sich damals am Hauptbahnhof herum wie ein Dreißigjähriger, dessen Hormone überschwappten. Wagner musste ihn dort erkannt haben. Langsam tastete er sich in meine Richtung, stieß auf die Breckwoldt und vor allem auf Rössler. Schritt für Schritt pulte er unseren komplizierten Knoten auf und suchte nach dem verbindenden Element. Laufend stieß er auf meinen Namen. Ich war für jeden als Notar tätig. Das war mein Pech und wurde zu seinem Problem.« Er lachte hämisch auf. »Mein

Glück war, dass mich niemand außerhalb meines Arbeitsbereiches kannte. Ich hatte es stets vermieden, in der Öffentlichkeit in Erscheinung zu treten. Außerhalb meines Dunstkreises interessierte sich niemand für mich. Ich war ein Nobody – im Gegensatz zu unseren Unterstützern. Ich wäre dem Herrn keine Geschichte wert gewesen. Hinzu kam, dass er die Rolle, die ich in dem Verein spielte, unterschätzte.«

»Was wollte Wagner von Ihnen?«

»Was schon? Er steckte mit seiner Enthüllungsstory fest. Sprich, es fehlten ihm Beweise. Der Sack erpresste mich ganz offen. Geld interessierte ihn nicht, nur Namen und Fakten. Hätte ich dem nachgegeben, wäre meine gesamte wirtschaftliche Existenz den Bach runtergegangen. Eine Bemerkung am Rande und ich wäre von meinen Klienten abgeschossen worden. Das konnte ich nicht zulassen.«

»Sie entschlossen sich daher, ihn zu töten?!«

»Diese Idee reifte langsam in mir. Wer wird schon als Killer geboren? Ich musste sichergehen, dass ich an seine bisherigen Textentwürfe kam. Glücklicherweise hatte er mir erzählt, dass er kein Material aus der Hand gab, bevor es nicht in Druck ging. Er musste es folglich zu Hause aufbewahren.«

»Sie sind zeitgleich mit Peterson und Andrea auf dem Hof eingetroffen. Wie lief das genau ab mit dem Mord an Wagner? Andrea hat daneben geschossen und verschwand mit Peterson?«

»Dem gibt es nichts hinzuzufügen.«

»Das heißt, Sie haben nach der Waffe gegriffen und den Journalisten erschossen?«

»Korrekt.«

»Von Andreas Schuss gibt es im Gegensatz zu Ihnen Bilder. Wie das?«

»Wie ich heute weiß, musste sich Grothe verbergen, als Peterson und Andrea das Haus verließen. Erst nachdem sie gegangen waren, ist er ans offene Fenster zurückgekehrt. Da hatte ich bereits geschossen.«

Sieberts Hände wurden zittrig. Er fasste in seine Jackentasche und entnahm ihr eine Packung mit Tabletten. Fast automatisch griff Hilpert zu, um zu verhindern, dass der Notar ein Medikament zu sich nahm, das unter Umständen sein Leben vorzeitig beendete.

»Keine Angst, Hauptkommissar, es sind Schmerztabletten, die ich gelegentlich nehmen muss. Ihr Gerichtsmediziner weiß Bescheid.«

Hilpert ließ es dabei nicht bewenden, sondern sicherte sich telefonisch ab. Der Arzt bestätigte Sieberts Aussage.

»Sie leiden an Lungenkrebs?«, wandte er sich wieder an den Juristen.

»So ist es. Es sieht nicht sehr rosig aus bei mir. Das nennt man, glaube ich, austherapiert. Es verbleibt mir nicht mehr viel Zeit.«

»Sind Sie in der Lage, weiter mit mir zu reden?«

»Durchaus«, behielt Siebert die Ruhe.

»Mich interessiert eine Frage am Rande, Sie hatten kein Problem damit, dass Sie Ihr Geld mit jüdischem Kapital verdienten?«

Der Notar brauste auf. Noch steckte ausreichend Kraft in ihm. »Mann, seien Sie nicht so eindimensional. Ich bin nie Antisemit gewesen. Den Führer wollte ich ebenso wenig auferwecken wie einen neuen Krieg entfachen. Es ging mir um nationale Werte.«

»Grothes Pamphlete klangen da zuweilen anders.«

»Auf einen groben Klotz gehört ein grober Keil. Schlimmer waren die Idioten um ihn herum. Sie sollten aufrütteln, nicht Angst verbreiten. Tja, die Geister, die ich rief.«

»Kommen wir auf die gegenwärtigen Morde zu sprechen. Musste Paulsen sterben, weil seine Forderungen an Sie übers Ziel hinausschossen?«

»Nicht primär. 50.000 Euro hätten mich nicht sonderlich gestört. Ich wusste nicht, was er damit anfangen wollte. Er hat mir nichts von der Krankheit seiner Tochter erzählt. Sein Alkoholismus machte ihn für mich unberechenbar. Geben Sie solch einem Menschen so viel Geld in die Hand, wissen Sie nicht, was er damit anstellt. Und wann wird er versuchen, sich erneut zu bedienen?« Er blickte nachdenklich zu Hilpert hinüber. »Der Mann war nicht verkehrt, seine Sucht machte ihn gefährlich. Über die Jahre war er eine ständige Bedrohung für mich. Er wusste zu viel.«

»Hat er nicht direkt nach dem Mord an Wagner Geld von Ihnen gefordert?«

»Er wollte keinen Cent von mir. Ich habe ihm für seine Unterstützung eine Art Rente geboten. Er hat mich nicht erpresst.«

»Was war mit Müller?«

»Der Sack ging mich direkt an. Das Auto war gerade mal der Anfang. Der machte große Schwierigkeiten. Der Unfall kam mir sehr gelegen.«

»Es wurde nicht daran gedreht?«

»Nein, da habe ich Glück gehabt.«

»Und Grothe?«

»Was soll mit ihm sein?«

»Er hat Sie nicht erpresst?«

»Nein, womit denn?«

»Was ist mit der Breckwoldt und ihrem Bruder?«

»Nichts, die haben mit den Morden nichts am Hut.«

»Ich verstehe. Warum wollten Sie mich umbringen?«

Er kratzte sich am Kopf. »Weshalb wollte ich Sie aus dem Weg schaffen? Ganz einfach. Sie sind zu dicht an mich rangekommen.«

Die Vernehmung war beileibe nicht beendet. In den nächsten zwei Stunden blieb Siebert auskunftsfreudig wie zuvor. Rössler musste sterben, weil der schnell eins und eins zusammengezählt hatte und Schwierigkeiten machte. Er kannte alles und jeden. Peterson war bereit, sich zu outen. Er wollte reinen Tisch machen und hatte sich entschieden auszusagen. Das war sein Todesurteil. Die Angst, geoutet zu werden, hatte seinen Mund verschlossen. Mit dem neuen Mut wurde er zu einer ernst zu nehmenden Bedrohung.

Hilpert fiel spät am Abend ins Bett. Der Fall war gelöst. Das Geständnis des Täters lag vor. Er war zufrieden mit dem Erreichten. Siebert würde die Gerichtsverhandlung gegen sich aller Voraussicht nach nicht mehr erleben. Der Krebs war zu weit vorangeschritten. Der Mann hatte kein halbes Jahr mehr vor sich.

Der Hauptkommissar leistete sich ein spätes Frühstück. Jetzt nach neun Uhr erwartete er einen eher fließenden Verkehr. Hier sollte er irren. Aus unerfindlichen Gründen quälten sich die Fahrzeuge dahin, als habe jemand Straßensperren aufgestellt. Der Verkehrsfunk verriet ihm einen Unfall auf seiner Strecke. An einem Tag wie diesem hätte es in Hamburg ein Erdbeben oder einen Vulkanausbruch geben müssen, um seine gute Laune zu beeinträchtigen. Mit beidem war nicht zu rechnen. Mit einer Spur Selbstzufriedenheit trat er sanft auf die Bremse. Er dachte über die Morde und den Täter nach. Am Ende stellten sich seine Grundüberlegungen als richtig heraus. Es ging um Geld. Unerwartet schlug er sich mit der flachen Hand gegen die Stirn. Nichts konnte so stimmen, wie es ihm erzählt wurde. Er war dem Tross gefolgt, dabei zeigte der Wegweiser in eine andere Richtung. Hätte er Zigaretten im Wagen liegen, er würde sich eine anzünden. Seine bisherige Ruhe war in Hektik umgeschlagen. Er konnte nicht schnell genug zum Präsidium kommen.

Auf dem Gang traf er Albers. Dieser gönnte ihm einen Blick und traf exakt das Zentrum. »Mit welchem Problem schlägst du dich herum, Chef? Schließlich ist Hochstimmung angesagt.«

»Wir waren zu schnell, werter Mitarbeiter«, ging Hilpert auf dessen Ton ein.

»Ach ja?«

»Hol mir Grothe ran und wenn du ihn an den Haaren herbeischleifen musst!«

Energisch griff er zum Telefon und ließ sich mit Weber verbinden.

»Ich benötige einen Gerichtsbeschluss. Ich muss unbedingt ein Testament einsehen.«

»Es macht keinen Sinn, Sie zu fragen, worum es geht.«

»Bitte den Beschluss!«

»Worum geht es?«

»Um die Breckwoldt.«

»Das sollte machbar sein.«

»Außerdem benötige ich einen Durchsuchungsbeschluss für Grothes Haus.«

»Heute so bescheiden?«

Grothe saß ihm unruhig gegenüber. Selbstbewusstsein und Arroganz waren endgültig auf der Strecke geblieben. Hilpert starrte ihn böse an. »Wo haben Sie die Waffe versteckt, mit der Wagner erschossen wurde?«

»Ich weiß nicht, wovon Sie reden.«

»Mensch, Grothe, gehen Sie tatsächlich davon aus, ein Stück

von dem Kuchen abzubekommen? Glauben Sie mir, Ihr Insiderwissen wird bald nicht mehr gebraucht. Sie werden eine lange Nase machen.«

»Können Sie etwas konkreter werden?«

»Nein. Sie müssen sich entscheiden.«

Grothe überlegte kurz. Hilperts Worte schienen ihn überzeugt zu haben. »Okay, ich tausche sie gegen eine Kronzeugenregelung ein.«

»Ich rede mit dem Staatsanwalt.«

Zwei Stunden später war der Deal perfekt. Am Nachmittag lag die Waffe bei der KTU. Zu dem Mord an Wagner konnte Hilpert schon bald auf jegliche Zeugenaussage verzichten. Die Waffe sprach Bände, besser die Fingerspuren darauf.

Das Studium des Testaments der Breckwoldt beseitigte die letzten Zweifel des Hauptkommissars. Es fungierte eindeutig als prall gefülltes Sparkassenbuch für wohlgefälliges Verhalten. Am frühen Abend saßen ihm Laura und Andrea gegenüber. Hilpert schaute zu den beiden attraktiven Frauen hinüber wie ein Oberlehrer, der sie examinieren wollte. Tatsächlich fühlte er sich so.

»Du wirst 30 Millionen erben, Andrea, brutto für netto. Das ist viel Geld.«

»Was soll das Geschwafel, Fabian? Du bist seit geraumer Zeit darüber informiert.«

»Da muss ich dir recht geben. Neu für mich ist, dass Laura den gleichen Betrag erhält. Hast du Pläne, was du damit anfangen wirst?«

Die Angesprochene erwiderte seinen Blick in aller Gelassenheit. »Soweit mir bekannt ist, erfreut sich Frau Breckwoldt bester Gesundheit.«

»Momentan hat sie sich leider unserem Zugriff entzogen. Ich bin optimistisch, dass wir sie und ihren Bruder bald erwischen werden. Dr. Siebert hält sich recht bedeckt, was die Rolle der beiden betrifft. Wollt ihr es nicht ausspucken, damit ich endlich die Akte schließen kann?«

»Deine Sorgen möchte ich haben«, antwortete Andrea.

Hilpert ging nicht auf sie ein, sondern wandte sich Laura zu. »Was hältst du davon, wenn du auspackst? So langsam ist es an der Zeit.«

»Was willst du wissen?«

»Es ist doch korrekt, du hast Wagner erschossen, nicht dein Onkel!«

Sie sah ihn an, als habe er sie mit Schlägen bedroht. »Wer behauptet das?«

»Die Mordwaffe.«

»Du hast sie von Grothe, dem Scheißkerl?«

»Du sagst es.«

»Ich schätze, ich sollte mir meine nächsten Worte genauestens überlegen.«

»Tu das, ich sorge dafür, dass dich niemand in deiner neuen Unterkunft stört.«

Hilpert griff zum Telefon und bat Birgit Grosser zu sich. Anschließend wandte er sich Laura zu. »Ich nehme dich vorläufig fest, meine Kollegin wird dir deine Rechte erklären.«

»Wie kommst du auf mich?«, fragte sie ihn eher neugierig als betroffen.

»Dein Onkel liebt dich, wie er seine Tochter liebt. Und der lässt seelenruhig zu, wie du in eine psychiatrische Klinik eingewiesen und dort unter Drogen gesetzt wirst? Er hat nur noch wenige Monate zu leben und ermordet vorsorglich mehrere Menschen, um seinen Ruf zu wahren und seine Geschäfte als Notar nicht zu gefährden? Das ist nachgerade lächerlich. Der hat wahrlich andere Probleme.«

»Wenn du meinst.«

Sie lächelte gelassen in seine Richtung. »Ein Tötungsdelikt aus Leidenschaft? Das krieg ich gebacken«, erwiderte sie und erhob sich langsam aus ihrem Sitz.

»Leidenschaft! Die Einzige, die sich diese Gefühle erlaubt hat, war Andrea«, belehrte Hilpert sie.

Laura lachte auf. »Was du nicht alles weißt.«

Andrea starrte sie entsetzt an. »Kann mir mal jemand erklären, was hier abgeht?«

Laura antwortete gehässig: »Was schon? Die versammelten Männer auf dem Hof waren zu feige abzudrücken. Da habe ich das übernommen. Maximilian hat mich angewidert, der aufgeblasene Egozentriker.« Sie begann zu kichern. »Wenn er was von mir wollte, habe ich ihm 'ne Eifersuchtsszene gemacht, habe vom Heiraten gefaselt, vom Kinder kriegen. Da hatte ich wenigstens meine Ruhe vor ihm. Der glaubte wirklich, ich hätte mich in ihn verguckt.«

»Du hast ja lieber bei diesem rechtsradikalen Verein mitgewirkt«, reagierte Andrea unwirsch. »Ich habe ihn geliebt.«

»Ich hatte gehofft, ihn von seinem Vorhaben abzubringen, was meinen Onkel betraf«, stieß Laura hervor. »Das ging leider nach hinten los.«

Hilpert beäugte die beiden Frauen, als habe er einen Blick in den Abgrund der Hölle getan. Laura ließ sich wie erschöpft in ihren Sitz zurückfallen. Sie begriff, zu viel gesagt zu haben. Sie starrte Hilpert mit blitzenden Augen an und brach in ein schallendes Gelächter aus. »Jetzt weißt du wenigstens, weshalb du mich so schnell bekommen hast, Fabian. Wir brauchten einen direkten Draht zu den Mordermittlungen. Wirklich mitteilsam bist du nicht gewesen. Der Rest war nette Freizeitgestaltung.«

»Was sollte das mit deinem Zusammenbruch?«

»Mein Onkel meinte, es sei angebracht, mich aus der Schusslinie zu schaffen, bevor ich ins Visier deiner Ermittlungen geraten wäre.«

»Tja, die Liebe deiner Tante hat letztlich das filigrane Konstrukt zerlegt.«

»So ist das Leben.« Sie erhob sich abermals, als Birgit Grosser eintrat. Ohne sich zu verabschieden, verließ sie die beiden.

Hilpert atmete schwer durch. Er wandte sich Andrea zu. »Na, was hast du in Sachen Breckwoldt/Maurer zu sagen? Spuck's aus.«

»Nichts, es gibt nichts, was ich zu denen sagen könnte.«

Es lag nichts Konkretes gegen sie vor, dass er sie hätte festsetzen können, sah man davon ab, dass er es nicht wollte. Traurig blickte er ihr hinterher, als sie ging. Auf einen Schlag verlor er zwei Frauen, die ihm etwas hätten bedeuten können. Ein Anruf von Weber verhinderte, dass seine Gedanken zu trübsinnig wurden. Der Kriminaldirektor bat zum Rapport. Interessiert hörte er sich Hilperts Bericht an. Am Schluss kratzte er sich an der Stirn.

»Eines will mir nicht in den Kopf. Weshalb hat die niedliche Laura Sie auf den ermordeten Journalisten gehetzt?«

»Sie ging vermutlich davon aus, dass wir über kurz oder lang eh bei ihm landen würden. Da hielt sie es für eine gute Idee, sich direkt an die Quelle zu begeben und zu versuchen, die Ermittlungen zu beeinflussen.«

»Sie scheint mir ausgebufft zu sein, die schöne Frau.«

»Sie sagen es. Ich hätte früher darauf kommen müssen. Egal, wer sich zu ihr äußerte, jeder wies auf ihren brillanten Verstand hin. In der Nachbetrachtung passte die Psychoshow nicht zu ihr.«

»Auf wen gehen die aktuellen Morde, auf ihren Onkel oder auf sie?«

»Das wird sich zeigen. Dr. Siebert nimmt sie auf sich. Allerdings wird er Probleme bekommen.«

»Wie das?«

»Albers hatte seine Alibis eher routinemäßig überprüft. Für den Mord an Rössler kommt er nicht infrage. Während der Tatzeit lag er in Hannover in der Klinik.«

»Da bleibt wohl nur die schöne Anwältin übrig«, stellte Weber gelassen fest. »Wieso hat sie Wagner erschossen und nicht ihr Onkel? 2006 muss er noch gut zu Fuß gewesen sein.«

»Darauf gibt es nur eine Antwort. Sie hatte als Einzige den Schneid dafür. Nur wird ihr das schwer nachzuweisen sein.« Beinahe besorgt fragte Hilpert: »Wird Sie lange weggesperrt werden, was meinen Sie?«

»Bei ihrem Geschick kommt sie mit der Mindeststrafe davon. Und Sie, Hilpert, werden Sie diese Frau vermissen?«

Der Angesprochene lachte auf. »Wie ich mich kenne, eher Andrea.«

Weber war noch nicht durch mit seinen Fragen. »Was ist mit der Breckwoldt und ihrem Bruder? Wie sind die in die Angelegenheiten verwickelt?«

»Das ist eine ausgesprochen interessante Frage. Mit Sicherheit stecken die tief in dem Mord an Peterson drin. Das beweist allein die Tatsache, dass Andrea und Laura geradezu mit Geld überhäuft werden. Ich meine, das nennt man Schweigegeld.«

»Wie kommen wir an die ran?«

Hilpert zuckte mit den Achseln. »Keine Ahnung. Bei den gewaltigen Beträgen bleibt die letzte Wahrheit mit Sicherheit auf der Strecke. Die müssen wir mit dem, was wir haben, bedenken.

Bei der Breckwoldt können wir nur auf den Verfassungsschutz hoffen. Ihr Bruder kommt vermutlich so davon.«

Weber erhob sich aus seinem Sessel. »Trotz allem, ein guter Job, Hilpert. Mit dem Rest werden wir leben müssen.«

Der Hauptkommissar verließ seinen Vorgesetzten mit einem schlechten Gefühl in der Magengegend. Nicht zum ersten Mal in seinem Berufsleben würde Geld alles toppen. Er hatte keine Idee, wie er diese Struktur knacken konnte.

Jörg von Bargen
Die Gutachter

Durch den Tod eines Kunsthistorikers muss sich der Hamburger Hauptkommissar Fabian Hilpert mit einer Materie befassen, die ihm bislang nicht zugänglich war: Es geht um hohe Millionenbeträge, die auf einem überbordenden internationalen Kunstmarkt gezahlt werden und Begehrlichkeit wecken. Welche Rolle spielen in diesem Fall Gutachter, die über die Echtheit eines Meisterwerks urteilen müssen?

Principal Verlag, 2014; 464 S.; Pb.
ISBN 978-3-89969-177-1

Jörg von Bargen
Rattenpack

Die Entführung eines jungen Mannes endet tragisch mit dessen Tod. Was anfangs wie die Aktion von Amateuren wirkt, stellt sich bald als perfide Planung von Profis heraus. Obwohl Hilpert mittlerweile als Sicherheitschef eines Konzerns tätig ist, wird er von seinem Arbeitgeber gebeten, das Verbrechen aufzuklären, da das Opfer mit ihm verwandt ist.

Principal Verlag, 2013; 470 S.; Pb.
ISBN 978-3-89969-158-0

Jörg von Bargen
Elbtrauma

Trotz aller beruflichen Erfolge gerät Hauptkommissar Fabian Hilpert zwischen die Mühlsteine der Politik. Um ihn vorerst aus der Schusslinie zu nehmen, stellt ihn sein direkter Vorgesetzter in eine Sonderkommission ab. Diese ermittelt gegen einen Sexualmörder, der eine Spur des Grauens durch Deutschland zieht.

Principal Verlag, 2012; 433 S.; Pb.
ISBN 978-3-89969-144-3

Jörg von Bargen
Alsterrausch

Nach einem längeren Aufenthalt im Kosovo muss sich Hauptkommissar Fabian Hilpert in Hamburg nicht nur um die Aufklärung mehrerer Morde in der besseren Gesellschaft kümmern. Vielmehr holen ihn Geschehnisse vom Balkan ein, die ihm nicht nur seinen Schlaf rauben, sondern auch sein Leben bedrohen.

Principal Verlag, 2011; 389 S.; Pb.
ISBN 978-3-89969-127-6

Jörg von Bargen
Im Schatten des Regenbogens

Die Mitarbeiter eines kleinen Anwaltsbüros werden von zwei professionellen Killern kaltblütig erschossen. Sie sollen nicht die einzigen Opfer bleiben. Da die Mörder bei dem Anschlag selbst ums Leben kommen, steht Frank Payton hinsichtlich des Tatmotivs vor einem schier unlösbaren Rätsel. Auf der Suche nach den Hintermännern ermittelt er in verschiedene Richtungen. Die Spuren führen von der Mafia bis in die Geschäftswelt von Clanston.

Principal Verlag, 2006; 316 S.; Pb.
ISBN 3-89969-032-X

Jörg von Bargen
So far away

Eine unerwartete Erbschaft führt Frank Payton nach zwanzig Jahren der Abwesenheit in seine Heimatstadt zurück. Die Hoffnung auf eine kurze Stippvisite schwindet, als ein enger Mitarbeiter von ihm brutal ermordet wird. Er soll nicht das einzige Opfer bleiben.

Payton begreift, daß sich im Spiel um viel Geld hinter der Fassade bürgerlicher Normalität eine hohe kriminelle Gewaltbereitschaft verbirgt.

Principal Verlag, 2003; 270 S.; Pb.
ISBN 3-89969-003-6

Jörg von Bargen
Wo das Licht sich bricht

Gerade dem Teenageralter entwachsen, stellen Jenny Mandry, Steve Garnett, Roy Baker und Pierre Marat außerordentliche Fähigkeiten an sich fest. Ihre Wege kreuzen sich in London, wo sie zu einer verschworenen Gemeinschaft zusammenwachsen. Sie sind einander vorher nie begegnet und wurden dennoch in ihren Heimatländern, USA, Frankreich und England auserwählt, als Wächter der Kraft zu dienen. Die ihr innewohnende Gewalt sprengt alle menschlichen Maßstäbe und Vorstellungen.

Principal Verlag, 2004; 498 S.; Pb.
ISBN 3-89969-019-2